征服少女

AXIS girls

Mahoro FURUNO

古野まほろ

光文社

征服少女

AXIS girls

——我はアルパなり、オメガなり、初《はじめ》なり、結《をはり》なり

Ego sum Alpha et Omega initium et finis

装幀　坂野公一（welle design）
装画　爽々

登場一覧

日香里《ひかり》　方舟《はこぶね》〈バシリカ〉艦長にして使徒団のかしら。枢機卿《すうききょう》、元帥・提督
月夜《つきよ》　〈バシリカ〉の使徒。芸術委員、司教
火梨《かりん》　〈バシリカ〉の使徒。軍事委員、大佐
水緒《みお》　〈バシリカ〉の使徒。社会科学委員、大司教補
木絵《きえ》　〈バシリカ〉の使徒。人文学委員、大司教補
金奏《かなで》　〈バシリカ〉の使徒。警察委員、警視正
土遠《とわ》　〈バシリカ〉の使徒。副長《ふくちょう》、自然科学委員・応用科学委員、大司教
地霧《ちぎり》　〈バシリカ〉の使徒。監察委員、大司教補・大佐・警視正

第1章　方舟の少女たち

α

（橋が架かる。とうとう。

幾万年に一度の、そしてたった一度きりの、束《つか》の間《ま》の橋が。あの私達の、熱い夏への橋が。

今、時は来た……愛する者よ、生きていて）

I

祝祭。

歓喜。

熱狂!!

——青い血の流れる私達の世界は、実に幾万年ぶりの、昂揚《こうよう》のさなかにあった。

正確には幾十万年ぶり、ううん幾百万年ぶりだろうけど、こうなると数字に意味は無い。

遥《はる》かな、遥かな昔。

私達は、地球を追われた。

私達は、あの豊饒《ほうじょう》の大地と紺碧《こんぺき》の海、そして清澄《せいちょう》な空を奪われた。

私達の帝陛下《みかどへいか》が生み育《はぐく》んできた、ひとつの世界を。

そこで生きるべきヒトらも。


かつて私達の陛下は、地球を創造し、ヒトを創造し、猿とでも呼ぶべき存在を、とうとう万物《ばんぶつ》の霊長《れいちょう》にまで導いた。私達も、ささやかながらそれを翼賛《よくさん》した。それはそうだ。美しい世界、善なる世界、真なる世界――それを実現するのが、陛下の詔勅《みことのり》だったから。

陛下と私達は、ここ天国から、地球に住まうヒトらを教え、救い、導いてきた。

――〈悪《あ》しき者〉と、絶えず戦いながら。


悪しき者。

……私達には敵がいた。現に、今もいる。

私達の陛下に公然と叛逆《はんぎゃく》した敵、悪しき者。かつてのはらから、背教者《はいきょうしゃ》。

その悪しき者らは、自分達の住まう地獄から、地球に住まうヒトらを惑《まど》わし、滅ぼし、堕落させてきた。陛下と私達を怨《うら》み、その希求《ききゅう》する美しい世界、善なる世界、真なる世界を破壊するために。


そして、とうとう――

今を遡《さかのぼ》ること幾十万年、幾百万年の昔。

これも数字に意味が無いけれど、具体的には……ヒトが自身の設計図を解読できるようになった頃。

自身の焔《ほむら》や毒で、種《しゅ》としての自殺ができるようになった頃。自身の船で、地球というゆりかごを脱出できるようになった頃。

私達の感覚からすればあまりに短いものの、その五千年、六千年の歩みを――そう、文明を築き上げていた頃。

悪しき者らは、終《つい》に地球への侵略を開始したのだった。

それは、圧倒的な電撃戦だった。

悪しき者らは、無数の〈黒い口のバケモノ〉の姿をとり、自らに許された汚らわしく暗い地獄から、ヒトの地球へ公然と侵攻した。

そして、たったひとつの大切な地球に、おぞましい毒を撒《ま》いた。

奇襲に抵抗すべき私達は、いたるところで各個撃破され、猛毒に侵され、躯《からだ》を焼け爛《ただ》れさせ、そして食い尽くされた。

虐殺された私達は、次々と塵《ちり》になって消えた。

必死の抵抗で駆除できた悪しき者らは、〈黒いヘドロ〉〈黒い粘液〉となって死んでいったけれど、その腐敗した死骸は汚穢《おわい》であるばかりか、それ自身が毒、汚染源となった。ううん、死骸どころか、〈悪しき者〉そのものが私達にとっては猛毒となってしまう。

遥《はる》かな時をかけて実現すべきだった美しい世界、善なる世界、真なる世界は……それはまだ当然発展途上だったし、ヒトの独善や暴走も目立つようになってはいたのだけど……どのみち、たちどころに汚染された。

悪しき者らのおぞましい毒はたちまち、ヒトも私達も無意味な海月《くらげ》のごときモノに変容させ、地も海も黒い毒沼に変容させ……やがてはいずれも、そうヒトも私達も地も海ももろともに、汚らわしい黒の何かに腐敗させてしまった。腐り果てた、その黒の粘液……

そして、そればかりじゃない。

悪しき者らはとうとう、その黒の粘液に貶《おとし》めた世界そのものすら、猛々《たけだけ》しい口と牙《きば》とによって嚙《か》み砕《くだ》き、咀嚼《そしゃく》してしまったのだ。腐り果てた世界は、まるで林檎《りんご》が齧《かじ》りとられるように、悪しき者らの軍勢によって、食べられてしまったのだ。


――だから。


地球にヒトはいなくなり、その地球自身もなくなった。すべては虚無となりはてた。悪しき者らは、地球を汚染するだけでは飽き足らず、その陸《くが》の一片《ひとひら》さえ、海の一滴さえ存在することを許さなかった。私達の陛下の創造のみわざを、徹底して嘲笑《あざわら》うかのように。

だから地球は、ヒトの世界は、もはや〈なんでもない〉〈意味の無い〉虚無となった。

かくて私達は、たったひとつの、大切な地球を失い……

そこから石もて追われた。

これが、私達の天国でいう〈大喪失《だいそうしつ》〉である。


地球の虚無化。

私達の敗北と撤退。

私達は、陛下の地球を放棄した……放棄させられた。

そこに残ったのは、〈なんでもない〉〈意味の無い〉虚無だけ。私達の陛下が意味を創造する以前の、なにもない虚無だけ。

ところが――

なんと悪しき者らは、そこに『自分達の地球』を創造し始めたのだ。

まるで自分達が、私達の陛下であるかのように。

無論、またもや陛下の創造のみわざを、徹底して嘲笑うかのように。

……けれど、私達も、そしておそれながら陛下も、それを看過するしかなかった。

不敗を誇った私達の軍勢はぼろぼろで、ここ天国を死守するだけの力しか残っていなかったから。

とはいえ、この天国を死守することができただけでも、奇跡というべきだろう。

それだけ悪しき者らの軍勢は獰猛《どうもう》で、凶悪で、情容赦《なさけようしゃ》なかったから。その周到に準備した毒は、圧倒的におぞましく、陰湿で、致命的だったから。

……絶滅寸前にまで追い込まれた私達は、結果、ここ天国に閉じ込められた。ここ天国の国境が、私達と悪しき者らの戦いの最前線となり、最終防衛線となってしまった。

そして、私達がこの最後の砦《とりで》を死守しているそのうちに――


悪しき者らによる〈天地創造〉が行われ、いったんすっかり虚無化した世界に新たな〈地球〉が生まれ、その歴史を刻み始めてしまった。〈光〉がもたらされ、同様に〈空〉〈大地〉〈海〉〈植物〉〈魚〉〈鳥〉〈獣〉〈家畜〉が生み出され……

当然、〈ヒト〉も創造された。

その新たな〈ヒト〉が――猿が――かつてのような文明を築き上げるまで、また幾十万年ないし幾百万年。この点、歴史は繰り返した。すなわち今や、私達の陛下のみわざでない〈ヒト〉は、あの黒い毒沼、あの黒の粘液によって地球が滅んでしまったそのころと同様の、知的水準にまで達している。そのころと同様の、文明の殷賑《いんしん》を享受している。

それが、それらが、本来のヒトなり地球なりと著しく酷似《こくじ》しているというのは……私達にとって残酷で皮肉な事実だ。天国と地獄のちからが、結果としては、ほぼ一緒の果実をもたらしているという意味において。とはいえそれゆえ、その果実は、征服と再使用に耐えるという意味において。


私達の、この敗北と屈辱の物語。

それを、カンタンにまとめれば――

私達は悠久《ゆうきゅう》の時をかけて育《はぐく》んだ地球を滅ぼされ、それとほぼ一緒の歳月をへた今現在まで、指をくわえ、かつての領土が不法に再生する様《さま》を傍観するしかなかった。そうなる。

これは教区の学校で、新世代の誰もが学ぶことだ。けれど。

(これからは……これからは、違う)

Ⅱ

(とうとうきたんだ、このときが……!!)

私は、車窓から首都の賑《にぎ》わいを見遣《みや》った。

祝祭。

歓喜。

熱狂!!

悠久《ゆうきゅう》の時を耐えた帝都を――ううん、この天国そのものを狂踏《きょうとう》させる興奮。

身分も階級も職も世代も問わず、数多《あまた》の群衆がパレードやデモに沸《わ》いている。

その誰もが、私達の地球から石もて追われた歴史を噛み締めているに違いない。

その誰もが、大きく晴れやかな声で幾つかのスローガンを呼号《こごう》している――

陛下万歳!!
至高界《しこうかい》、万歳!!
方舟《はこぶね》万歳!!
〈バシリカ〉万歳!!

失われた地球を我らに。
汚された領土を正しき姿に。
法と正義を、安全と秩序を。
真を、善を、美を。
ヒトの魂に我らの救いを——
再征服《レコンキスタ》、万歳!!

(私達は、今、歴史的偉業をはたそうとしている……
そうだ。
〈大喪失〉で失われた地球を、再び私達の、天国のもとへ!!)
そのためにこそ、〈バシリカ〉は飛び立つんだ。
明日、飛び立つんだ。

Ⅲ

謁見《えっけん》の間《ま》。

――天国、宮城《きゅうじょう》、正殿《せいでん》。

九ある階級のうち最上位階級に属する枢機卿《すうききょう》たち、そしてその頭《かしら》、宰相《さいしょう》たる首席枢機卿が燦然《さんぜん》といならぶ。私達の政府――聖座《せいざ》を構成する全ての顕官《けんかん》たちが。ただ、その数はわずか六名。歴史で学ぶあの壮絶な撤退戦を戦いぬいた、その生き残りの英雄。あの〈大喪失〉で、かつて億《おく》を数えた陛下のしもべは、たったの六名になってしまった……だから、今の天国を統治するのは、その栄誉ある旧世代六名と、やはり生き残りの英雄、その筆頭たる帝陛下《みかどへいか》だ。

今私は、お召しを受けた他の仲間の子らと一緒に、最上級の謙譲《けんじょう》をあらわす拝礼の姿勢をとりながら、首席枢機卿の言葉を待っている。いならぶ顕官たちの様子と、その先にある輝く御簾《みす》の様子を、伏し目がちに、こっそりのぞきみながら。そう、今はまだおられないけれど……

（その御簾の、その奥こそは。その奥にもうじき）

……そのとき私の脳は微《かす》かな、けれど確実に厳《おごそ》かな圧《アツ》を感じた。

仲間の子とも、ううん顕官たちのどんなプレッシャーとも違う、超越的な圧を。

あっお越しだ、と私が胸をたかならせたその刹那《せつな》、首席枢機卿の声が響く――

「主上《しゅじょう》、臨御《りんぎょ》じゃ」

私達は儀典《ぎてん》どおり、その声を受けいっせいに、よりいっそう深く深く頭《こうべ》を垂《た》れる。末席の私には、他の仲間の子の様子もよく分かる。

（陛下の御前《おんまえ》に出るのは、初めてじゃない。けど、何度経験してもこの緊張は解けない……）

ただそれは当然のことだ。私だろうと仲間の子だろうと顕官だろうと、天国では誰もが陛下のしもべ。天国は陛下の世界で、天国の民は陛下の民。新世代であろうと旧世代であろうと、陛下とは存在そのものが異なる。それは、今の陛下が実は二代目の御方《おかた》であろうと何ら変わることがない。あるじはあるじ、しもべはしもべだ。

「〈バシリカ〉の使徒《しと》らに」そして首席枢機卿が朗々《ろうろう》と続ける。「かたじけなくも勅《ちょく》を賜《たまわ》る。謹《つつし》んで聴け」

「我が七名の使徒らよ――」

陛下が勅語《ちょくご》を下賜《かし》され始めた。その美しいお声は、しかしまるで幼女のよう。瞳《ひとみ》の上の部分で懸命に――微かに、こっそりと――仰ぎ見るそのお姿も、そう輝く御簾のなかで更に輝く玉体《ぎょくたい》も、まさに幼女ほどと申し上げていい。

(初めての時、かなり途惑ったっけ。

だって玉音《ぎょくおん》はあまりにあどけなく、あまりに可憐《かれん》だから)

……もっともこの天国で、陛下の意のままにならないものは無い。当然、陛下御自身のお姿さえも。まして今の陛下は、〈大喪失〉以降に即位された二代目の御方。先帝陛下《せんていへいか》に対する謙譲の意を尽くすため、あえて、お若いお姿を選んでおられるのかも知れない。

(お若い、といったって、御即位から何万年も何万年も過ぎてはいるけれど)

「――〈バシリカ〉の使徒らよ、時は来た。

先帝陛下と我々が、地球を石もて追われ幾星霜《いくせいそう》。

我々は待った。

闇によって、完全に閉ざされたこの世界で。

我らの生きる糧《かて》さえ奪われた苦難のうちに。

我が民の遥《はる》かな歳月にわたる忍従のはてに。

——今や我らは〈バシリカ〉を獲《え》た。

いざ我が七名の使徒らよ、行きて知らせよ。

我々の帰還を。

我々の権威を。

我々の勝利を。

まつろわぬ賊《ぞく》徒《と》らに法と正義を。

悪に惑う仔《こ》羊《ひつじ》らに安全と秩序を。

——征旅《せいりょ》における我が権能をおまえたちに委《ゆだ》ねる。

我が全権の証《あかし》として、〈塵《ちり》の指輪〉をおまえたちに与える。

その善き心のみにしたがい、我らの領土に真と善と美とを恢復《かいふく》せしめよ」

ここで陛下は、枢機卿の一名に声を掛けた。そのお顔がそちらにむいた、気がする。

「日香里《ひかり》。

〈バシリカ〉艦長を命ずる。あわせ、地球総督心得《こころえ》を命ずる。

我が七名の使徒団のかしらとして、その善き心のみにしたがい、征旅の完遂《かんすい》を期せ」

……日香里が頭と瞳のそっとした動きで勅を肯《がえ》んじ、そして陛下の勅語が終わる。

次に首席枢機卿の声が響いたとき——

輝く御簾の先には、もう誰もいなかった。

「——陛下の御旨《みむね》にしたがい、また至高界三〇万の民草《たみぐさ》のため、必ずや再征服《レコンキスタ》を成功させよ」

（その善き心のみにしたがい、かあ……）私は拝礼の姿勢のまま思った。（……そのあたり、何か、ちょっと不思議なニュアンスがあったような。考え過ぎかも知れないけれど）

いずれにしろ。

私達は、陛下と枢機卿しか持てないはずの天国の至宝《しほう》、天国禁断の技術の粋《すい》、これ以降生きて在るかぎり右手の薬指から外すことの絶対に許されない〈塵《アダマ》の指輪〉を拝受し、正殿を出た。

Ⅳ

——天国、軍港、将官の間《ま》。

拝謁《はいえつ》後、私達〈バシリカの使徒〉がここに集まった。

といって、〈バシリカ〉計画に携わった高位の文官武官、そして爵位《しゃくい》のたかい大貴族たちもいる。出港前夜の晩餐会《ばんさんかい》をひかえた、サロンでのお茶会《ちゃかい》だ。しかも、かなりの賑《にぎ》わい。

——ここ軍港の尖塔《せんとう》は、陛下の宮城《きゅうじょう》についで、ここ至高界の天にいちばん近い。

それにふさわしい、アド・デクステラム様式の内装は壮麗と荘厳《そうごん》を極める。大きくとられた優美な窓たちからは、真なるもの、善なるもの、美なるものの輝きにあふれた帝都と、その民のきらめきと、そして……

とろけるように美しい、〈バシリカ〉の一部が見える。

ほんの一部だ。

というのも、史上最も巨大な建造物となる〈バシリカ〉は、最も長いところで約一九五スタディア、最も太いところで約二八スタディアもあるから。ちなみに私の身長なんて、一〇〇分の一スタディアを頭ひとつ下回るほど……

（この大きさ。あたかも、帝都がまるまる動くようなものだわ。

まあそれも道理かな。私達の再征服《レコンキスタ》が成功した暁《あかつき》には、陛下でさえ地球に遷座《せんざ》されるって噂《うわさ》が

あるほどだから。今の陛下は、とても開明的な御方《おかた》だと聴くし）

――私がお茶を飲みながら、ソファの上で大きく身を傾けつつ〈バシリカ〉の威容《いよう》を眺《なが》めていると、衣擦《きぬず》れのように美しい絨毯《じゅうたん》の音がした。今度はその音の方へ視線をむければ、修道衣《スカプラリオ》のお仕着せを着た木偶《でく》がひとり、鈴の音のように美しい茶器を整え直し、私の方へティーポットを差し出そうとしている。天国の文物《ぶんぶつ》は全て美しい……とりわけ、最上位階級のための文物は。

私は、そのティーポットを見遣りながら。

「ううん、ありがとう」否《いな》の意思をハッキリ言葉にして首まで振った。木偶《でく》は端的《たんてき》には奴隷だ。喋《しゃべ》れはしないし命じなければ動けもしない。「もう充分、いただいているから」

「……ねえ、月夜《つきよ》？」

月夜。私の名。今の陛下がくださった私の名。

今名を呼ばれた私は、その声のした方《ほう》を――お茶のテーブルのその先を見る。

そこでは、〈バシリカの使徒〉の仲間、火梨《かりん》が謁見用の装束《しょうぞく》を搬《はこ》んでいた。というか、それを木偶《でく》に搬ばせていた。その木偶《でく》もやはり、修道衣《スカプラリオ》のお仕着せを着た奴隷だ。しかしそれが四人も動員されている。

（よ、四人もだなんて……確かに謁見用の装束一式は、たいそうな荷物になるけど。

そして当然、勝手に消し去ったり創り出したりすることは厳禁だけど、それにしても）

青い血の流れる私達は、ヒトなどを超越した力に恵まれている。現に私は、木偶《でく》など使わず火梨と
おなじ力作業を終えたばかりだ。陛下が〈バシリカの使徒〉に下賜してくださった黒白モノトーンの制服がたいそう皺《しわ》になったけど、そんなことも問題にならない。私達は、自分が工程なり仕組みなりを想定できる器物ならカンタンに創り出せるし原状回復できる――私達のなかの〈太陽の炎〉が続くかぎりは。私達が〈太陽の炎〉を食べていられるかぎりは。

もっとも今現在、天国は戦時下にあり、まして悪しき者に包囲され、まったき闇のなかにある。すなわち本来、今の天国には太陽の恵みも〈太陽の炎〉の供給もない。また科学的に〈太陽の炎〉を精錬《せいれん》できる、善なるヒトの魂も昇ってはこない。だのに、例えば帝都をざっと眺め渡してもまるで平穏無事に見えるのは……先帝陛下が譲位《じょうい》の上、その全能の力を今上《きんじょう》陛下にすべて委ねられ、自らは天国の太陽となってくださったそのお陰だ（ゆえに今の陛下は二代目となる）。これまた、教区の学校で誰もが学ぶこと。要は、私達の超常の力は、〈大喪失〉以前は太陽とヒトのおかげ。そのあとは先帝陛下のおかげ。このことに感謝しない天国の民はいない。というか、〈太陽の炎〉がなければ天国もその民も成り立たない。それは私達の食糧であり燃料だ。

（だからこそ、失われた光ある領土を再征服するんだ、って話にもなるんだけど……）

「ねえ月夜？」

「あっゴメン火梨、何？」

しまった。私の思念が伝わっちゃったかも。ううん、伝わっただろう。火梨の声には険《けん》がある。私達にはヒトを超越した力があるけど、思念でも意思疎通できちゃうのは――距離と文量の如何《いかん》を問わずほぼ即座に・瞬時に意思疎通できちゃうのは――時に不便というか厄介《やっかい》だ。当然、思念を隠すこともできるけど、ヒトでいう独り言＝独り思念みたいな現象も生じてしまう。

まあそれは注意力の問題だし、まして思念だと、肉声のような質感や個性を隠してしまうことすらできるから、切実な理由なくして眼前にいる者に肉声を用いないのは、あからさまな無礼行為・非礼行為とされている（そして火梨は武官らしく、そのような無礼に滅茶苦茶《めちゃくちゃ》厳しい。私はこの一週間で、火梨が無礼を働いた仲間に対し、すぐさま仁王立ちになり激昂《げっこう》した様《さま》を幾度も目撃した）。

……どのみち、私の先の思念は、火梨に伝わってしまったろう。

そしてそれは火梨の、次の肉声で裏書きされた。

「月夜って、木偶《でく》に優しいんだね？」

「そ、それはどうかな……？」

「まして木偶《でく》に『ありがとう』『いただいている』だなんて面妖《おか》しいよ」

「そ、それはそうだけど、まあでもね、なんとなくね……」

私は一瞬だけ火梨の制服姿を見上げると、すぐ残り少ないお茶の水面《みなも》に視線を落とした。そして今度は独り思念を漏らさないよう、悶々《もんもん》と考えた。

（火梨は〈バシリカ〉の七名の使徒のうち、軍事委員……）その職なら砲術長《ほうじゅつちょう》、階級なら大佐だ。

（要は、いちばんの武闘派だからなあ。元々、軍務省の武官さん）

陛下から下賜された制服姿でも、そう、少女然としたセーラーカラーにスカーフ、プリーツスカート姿でも、彼女の鞭《むち》のような、炎のようなプレッシャーは隠れない。背丈はそう大きくなく、私より目線ひとつ上くらいでしかないけど……ましてうなじを飾る大きな、そう日本人形の毬《まり》のごとく可愛《かわい》らしくしかしとても固く強くつくったシニョンや、きちんと整えた前髪そして美しく垂れる横髪はむしろ甘やかなんだけど……名前どおりの燃えるようなルビーの瞳が、彼女の強固な意志とゆるぎない信条を感じさせてやまない。なお私達は『少女』の姿をしているけど、それがヒトの『少女』でないことはいうまでもない。まして、火梨はどのような意味でも少女でない。だから、『彼女』という代名詞だって取り敢えずの翻訳みたいなもの。それはそうだ。私達は天国の民だ。

「月夜は芸術委員で、そもそも文科省の文官だもんね？」火梨が続ける。「ひょっとしたら、軍務省や内務省が推進している、〈過激派〉狩りに抵抗感があるとか？」

「……私そんなこと言葉にしていないよ？　そもそも考えてもいない」

「木偶《でく》が木偶《でく》に堕《お》ちたのには、充分な理由がある。完全な自己責任だ」

「私そんなことを議論する気もないよ、火梨。

私自分のことを自分でするのが好きなの。それだけ。それは火梨が木偶《でく》をどう使うかとか、天国が〈過激派〉をどうしているかとか、そんなこととは全く、全然別問題だよ」

「あっ、そういわれてみれば――」

ここで、仲間の水緒《みお》が会話に入ってきた。どうやら私が〈バシリカ〉に魅入《みい》られているうち、いつしか優雅で大きなテーブルに就《つ》いてしまっていたよう。

私同様、〈バシリカ〉の七名の使徒である水緒は、典雅にティーカップのハンドルを摘まみながら、そっとお茶を口に含む。そしていう。

「――今気付いたんだけど、確かに月夜は貧乏性だね、木偶《でく》の手を借りない。さっきの謁見のための着換《きが》えだって、木偶《でく》を使ってはいなかったよね？　家でもそう？」

「もう一度いうけど水緒、それって、個体的な好き嫌いの問題だから。

まさか〈過激派〉に同調して、木偶《でく》の解放とか木偶《でく》制度の廃止とか、ううん〈バシリカ〉の任務を妨害するとかサボタージュするとか、そんなこと考えてもいないから。

そもそも私達って、絶対に嘘を吐《つ》くことができないし――そういうモノとして創造されているよね――万々《まんまん》が一《いち》、実は私が〈ヒト〉か〈木偶《でく》〉か〈悪しき者〉だったとして、要は嘘を吐けるモノだったとして、そんな私が〈バシリカ〉のクルーに勅任《ちょくにん》されるはずないよ。だって天国では誰も、陛下の御前《ごぜん》で嘘を吐くことができないんだから。私達の陛下は天国で唯一、あらゆる嘘を見破ることのおできになる絶対者なんだから」

「あはは、月夜、そんなにムキになる必要はないわよ」

水緒はどこまでも自然に木偶《でく》を使い、お茶を搬び直させる。また違う木偶《でく》に命じ、果物を幾つか求める。それを待つあいだも、他の木偶《でく》が水緒のため、ソファのクッションやオットマンを整え始めている――

私よりちょっとだけ背の低い水緒は、肩に掛かる絹のように繊細なミディアムストレートの髪とリムレスの眼鏡、そして優しい水色の瞳が特徴的な、〈バシリカ〉の社会科学委員だ。実は私とおなじく文科省の文官なので、少なくとも軍務省の火梨よりは安心できる仲間である。ちなみに彼女の『眼鏡』は、純然たる趣味というか嗜好品《しこうひん》だ。私達には老いも病《やまい》もない。まさかホンモノの眼鏡なんて必要ない。ただ——天国の歩く六法全書《コルプス・ユーリス》と綽名《あだな》される水緒には、ホント似合っている。

その水緒は、恐ろしく丁寧に、けれどどこか機械的に剝《む》かれた果物たちを口に入れながら、私を弁護するように言葉を続けた。

「陛下に嘘は吐けない。私達は嘘が吐けない。それはさすがの火梨も認めざるをえない真実でしょう？　だったら月夜は自身の言葉どおり〈過激派〉ではないし、〈バシリカ〉の任務を妨害する気もサボタージュをする気もない。こうなる。

でしょ、火梨？」

すると火梨は、謁見用装束《しょうぞく》一式を搬ばせていた木偶《でく》に必要な命令を下すと、ソファにも座らず、水緒と私を睥睨《へいげい》しながらいった。

「いい機会だから、芸術委員の月夜にも、社会科学委員の水緒にもいっておくけど——

特に月夜は、一週間前の悲劇で〈過激派〉に暗殺されてしまった前任者の、交代要員。要はいちばん新しい仲間。これまでよく知らなかった仲間。だから、今いっておくけど」

（あの悲劇がなかったら、私なんかが〈バシリカ〉に乗ることは無かったろうなあ……）

「〈大喪失〉の大戦《おおいくさ》によって、億を数えていた天国の民は、なんと三〇万にまで減った。正確には、八の御方《おんかた》——先帝陛下、今上《きんじょう》陛下、そして六名の枢機卿にまで減って、残りのすべては今上陛下によって新たに創造されたんだけどね。

いずれにしろこの三〇万の籠城《ろうじょう》世界においては、〈バシリカ〉の建艦を例にとるまでもなく、あるいは僕らの食糧たる〈太陽の炎〉の生産を例にとるまでもなく、恐ろしいほど労働力が欠如している。またおそれおおいことだけど、〈太陽の炎〉の絶対量も常に不足している。

それはつまり、かつて旧世代が意のままにした超常の力を、僕らは、今ここでは、自由自在に発揮できはしないということだ。だから闇の包囲を破り、地球を奪還《だっかん》し、本来の太陽の恵みを取りもどす――そう、再征服《レコンキスタ》という話になる」

「それくらいは最新任の月夜でも知っているわよ火梨」水緒がいった。「天国の常識」

「じゃあ――その天国の常識は、木偶《でく》制度を大前提としている。これはどう？」

「まあそうよね」水緒はあっさり答える。「一、〇〇〇万人の木偶《でく》あらばこそ、我が天国のあらゆる社会機能・社会基盤は維持されている。私達、まさか自分で農作業も工業生産もしないしね。もっとも私達って、家畜の肉だの穀物だの果物だのを食べなくとも死なないし死ねないけど……ただまあ〈大喪失〉よりこのかた、こうも人間的な文化と儀典が定着してしまってはね。それに食事の問題を別論としても、研究開発なり生産活動なりは、さすがの私達にとっても必要不可欠だし。だのに、かくのごとき退嬰的《たいえいてき》な……あっと失言……かくのごとき肉体労働を忌《い》む文化と儀典が定着してしまっては。またそれが幾万年も幾万年もまた幾万年も続いてしまっては。今更奴隷ナシの天国なんて想像もできないわ。これまた、天国の常識よ火梨」

「そう、奴隷は奴隷――だから、木偶《でく》は木偶《でく》だ。それ以上でもそれ以下でもない。まさか私達のはらからでも眷族《けんぞく》でもない。

――ところが、それを徹底して否定する奴等《やつら》がいる。

月夜、君の先任者をテロで爆殺した〈過激派〉が。

君が新たにバシリカの使徒となった原因をつくった〈過激派〉がね」

（……前任者の死。私の昇格。要はクルーの交代。まさか火梨は、そこに何かの疑いを？）

私が、胸の内に秘めている思いを必死で隠しながらドギマギしていると――

「あら～、三名でとっても楽しそうに～、いったい何の話～？」

「あっ、木絵《きえ》」

「ああ水緒、お疲れ様～。もちろん火梨も月夜も、お疲れ様～」

将官の間のサロンをわたって私達のテーブルにやってきたその子は、もちろん〈バシリカ〉の使徒の仲間、人文学委員の木絵だった。

ふんわりたっぷりしたボブが、とてもおっとりしていて優しそう。ただ、おとなびた茶の瞳が懐《ふところ》の深さを――ひょっとしたら奥に秘めた深謀遠慮《しんぼうえんりょ》を、感じさせる。可愛らしい口調や顔にかかわらず、一筋縄ではゆかない不思議な強靭《きょうじん》さ。それが木絵の特徴である。またその専門・担当分野から解《わか》るとおり、木絵はヒト語のスペシャリストだ。今時の天国で、電算機のヘルプなくしてヒトの原書が読めるのは何気にすごいと誰もが言う。まあその特殊技能を濫用《らんよう》して、よからぬこともしているんだけど……

（そして実は、水緒＝木絵＝私は、文科省の文官仲間でもある……比較的、安心できる）

といって、私は一週間前に〈バシリカ〉の仲間となったばかりなので、一緒のお役所に勤めながら、それまで水緒や木絵と接したことがなかったんだけど。だから水緒と木絵の個体情報とかなんて、全然知らなかったし今もあまり自信がないんだけど。ただ水緒や木絵の方はといえば、既に私のことをかなり知っていたから、ここには私の性格的な問題があるのかも知れない……まして水緒と木絵は〈大司教補〉、私はワンランク下がって〈司教〉だから（ちなみに私達のあらゆる位階《いかい》は能力による――年齢といえば基本一緒なので）、微妙に引け目を感じるところもなくはない。

「それで～？　火梨はまた、何をムキになっているの～？」

「火梨はね」さっそく口を開こうとした火梨に、水緒が先んじた。「なんと月夜が〈過激派〉じゃないかって糾弾《きゆうだん》しているのよ。だから月夜は木偶《でく》解放論者だし、木偶《でく》制度否定論者だと、そう睨《にら》んでいるのよ。そしてそれは当然――」

「ああ、成程《なるほど》ね～」木絵はたちまち議論の流れを理解した。「だから月夜は〈バシリカ〉の使徒になったのをよいことに～、〈バシリカ〉艦内で破壊活動をやらかすおそれがあると～、ああ成程《なるほど》ね～」

「い、いや僕はそこまでは……!!」本来は、サッパリした性格の武官である火梨が急いでいう。「い、意地悪だなあ水緒。僕は何も、そこまでの事は……ただ僕は月夜のことをよく知らないし、しかもこの一週間観察したかぎりでは、なんだかその、木偶《でく》に同情的な感じも受けたから。だからいよいよ〈バシリカ〉の出航を翌日に控えた今、ちょっとした意思疎通しようとしただけだよ。まったく他意は無い。

知ってのとおり僕、〈バシリカ〉の警備責任者だし、まして、警備責任者としては許されざる大失態を先週、やらかしちゃったばかりだしね……」

「ただ火梨～」木絵は絡《から》む感じで続ける。「火梨としては～、そう軍務省の武官にして〈バシリカ〉軍事委員の大任にある火梨としては～、月夜に含むところがあるはずよね～。だって月夜は～、使徒候補リストでいったら～、九名抜きで大抜擢《だいばつてき》されたルーキーだもんね～。いくら陛下の勅裁《ちよくさい》・親任だからって～、かなり不思議な異動ではあるもんね～」

(……まさしくだわ)私自身も思った。(私より上位の候補者が、なんと九名もいたのに)

「まして～、火梨の軍務省と～、月夜をふくむ私達の文科省は～、〈バシリカ〉計画の最重要部分について～、激しくやりあった経緯があるもんね～。その文科省から謎のルーキーが送られてくれば～、それは軍務省の火梨としては～、まあ思う所もあるわよね～」

「そんなことはないよ」火梨は断言した。そして私達は誰も嘘が吐けない。「そもそも軍務省対《たい》文科省のあの協議は、陛下臨御《りんぎよ》の御前《ごぜん》会議で完全に決着している。〈バシリカ〉計画は文科省が推した再征服《レコンキスタ》計画であって、軍務省が推した再創造《レクレアシオン》計画じゃない——というのが御前会議の決定だ。陛下の聖旨《せいし》だ」

「軍務省はかなり粘ったけどね」水緒がリムレスの眼鏡を外す。「悪しき者が創造した地球とヒトは、これすべて〈バシリカ〉の最終兵器によって灰燼《かいじん》と化すべきだと。今の地球は破壊し、今のヒトは絶滅させるべきだと。悪しき者の天地創造など、その痕跡すら微塵《みじん》も残すべきではないと。私達の手で、三度目となる新たな天地創造をこそすべきだと。

……そう、この右手の薬指にある恐ろしい〈塵の指輪〉の最終形態ともいえる、いえ〈塵の指輪〉のバケモノともいえる、私達の〈最終兵器〉でね。まあ悪しき者は元々私達の眷族《けんぞく》だから、指輪なり最終兵器なりのメカニズムがそのまま通用するのも道理だけど、どう考えてもこれ、大量破壊兵器・大量殺戮《さつりく》兵器よね。まして、指輪より発動条件が緩《ゆる》い」

「軍務省としては、今でも我が省の計画が最善だと考えている」火梨は立ったままだ。「ただ聖座は……枢機卿団はそれを否定した。文科省の側に立った。いわく、『今の地球も今のヒトも、天国の技術によって浄化できる』と。『そこに住まう悪しき者ども、天国の技術によって塵にできる』と。だから『破壊と絶滅には及ばない』と。よって『再征服と聖別《せいべつ》・聖化《せいか》こそが〈バシリカ〉の任務である』と。

……その枢機卿団の判断には様々な理由と背景があるんだろうけど、どのみち御前会議での勅裁《ちょくさい》をへている。また結果としては、〈過激派〉を幾許《いくばく》かは宥《なだ》め、天国の分裂をふせぐことにもつながる——なにせ、木偶《でく》の権利なんてものすら尊重しろと訴える輩《やから》どもだ。〈バシリカ〉計画が今のヒトを絶滅させるものだなんて聴いたら、いよいよ革命と内乱を起こしかねない。そのときは〈バシリカ〉計画どころじゃなくなる。そのかぎりでは、軍務省にも妥協をするメリットがある。

だから、今更文科省をどうこう思わないし、だから、まさか月夜に含むところもない。

月夜、僕の態度が不愉快だったなら謝る、すまない。

ただ、ね……

たったひとつの意志を持ち、たったひとつの動きをすべきこの天国で、〈過激派〉なんてものがド派手に跳梁跋扈《ちょうりょうばっこ》しているのも事実だから、つい。

月夜、僕ちょっとイライラしていたみたいだ。難癖《なんくせ》をつけるような真似《まね》をしてしまった。重ねて、もう一度謝る。そして〈バシリカ〉の使徒として、改めて一緒に頑晴《がんば》ろう」

「全然大丈夫だよ火梨。私もきっと、ハッキリしない態度を見せちゃっただろうし――」

V

「――それに軍事委員の火梨としては、〈過激派〉問題にさんざん悩まされてきただろうし。ううん、明日の〈バシリカ〉出航まで、全然気が休まらないだろうし。

私に思い遣りが足りなかったよ、ゴメン火梨」

「そういってくれると有難い。何万年も何万年も生きてきて、僕はまだまだ未熟だなあ」

――たったひとつの意志を持ち、たったひとつの動きをすべきこの天国。

陛下の勅《ちょく》の下《もと》、今こそ総力を挙《あ》げて失われた領土を再征服すべきこの天国。

ところが、この天国にも違う意志を持つ集団がいる。

それが〈過激派〉だ。聖座《せいふ》の公用文では〈異端者《いたんしゃ》〉だけど。

その求めるところは、究極的にはたったのひとつ――

そう、木偶《でく》制度の廃止だ。

（そしてこれは……これこそは）私はまたしっかり思念を閉じた。危険思想を有することもまた、異端者となることを意味する。（聖座《せいふ》を激昂《げっこう》させるものだ。何故なら正義だから。聖座の泣き所だから。痛いところを突かれるからこそ激昂する。そして容赦なく弾圧する）

この、真と善と美を、だから正義を体現すべき天国において、木偶《でく》制度こそはあからさまな不正義である。何故なら。

（私達が使役する木偶《でく》とは、奴隷とは、元々、私達のはらからなんだもの……）

ここ天国の、三〇万のはらから。

特に、その一％にも満たない最上位階級の社会生活を成立させている一、〇〇〇万人の木偶《でく》。

その実態は、無理矢理奴隷に堕とされた異端者たちなのだ。

〈大喪失〉以降、闇に閉ざされて孤立した天国において何らかの罪を犯したとされ、異端者として奴隷に堕とされるという刑を受けた、かつての眷族《けんぞく》たちなのだ（ちなみに、天国の民が故意の犯罪を犯すことなどまさかありえない――とされている――ので、公式には、また統計上は、天国には過失犯しか存在しない。ヒトの世界で喩《たと》えれば、『まさか殺人者などはいないが、運転ミスで交通死亡事故を起こしてしまった者なら時々いる』という感じだろうか。といって、どのみちそんなのフィクションなんだけど……）。

ともかく、だからここ天国にも罪があるし、刑がある。

では、はらからをどうやって、機械人形ともいえる奴隷に堕とすか？

ここで。

最上位階級のうち枢機卿以上だけが持てる〈塵《アダマ》の指輪〉――私達も先の拝謁で下賜《かし》されたあの携帯版最終兵器〈塵《ちり》の指輪〉は、なんと、私達の組成を変えることができるのだ。どう変えるか。これまたなんと、使用者の望むまま、選択したままに

Ⅰ　私達を塵に帰すことができる
Ⅱ　私達をヒトに堕とすことができる

のである（①もちろんこれは私達についての話で、絶対者である陛下、〈塵の指輪〉すらお創りになった陛下は徹底して、絶対に、何があっても論外。②またこれは私達についての話だから、ヒトにとって〈塵の指輪〉はまったく無効・無意味。③ただし、今地球を占拠している〈悪しき者〉にはまったく有効だ。というのも、悪しき者は元々先帝陛下がお創りになったもの、元々私達のはらからだから――これこそ、再征服《レコンキスタ》にむかう〈バシリカ〉の使徒に、超々特例として指輪が下賜された理由である。これで私達は、地球にいる悪しき者を塵と化すことができるようになった。これは、さっき火梨がいったとおりだ）。

また、ここで。

帝陛下《みかどへいか》がお定めになったとおり、そして聖書にもあるとおり、私達はそもそも頭部を徹底的に破壊されなければ不死だ。これこそが私達を物理的に殺す唯一の方法であり、〈太陽の炎〉のガス欠では機能停止となるが死ぬことはない。また過去の例によれば、『頭部』には首がすべて含まれるので、例えば完全に斬首されたとしたら、それもまた『徹底的な破壊』になる。このように、私達が頭部を徹底的に破壊され死ぬと、私達の躯《からだ》はゆっくりと、そう三日四日ほどを掛け静かに塵と化してゆくのだが……とまれ、ともかく右のⅠこそは、そのルールのぶっちぎりの例外。〈塵の指輪〉さえあれば、目視《もくし》確認できる距離・範囲にいる対象にⅠを肉声で命じた刹那《せつな》、私達の躯《からだ》は足からたちまち塵と化してゆく。膝《ひざ》が崩れ、腰が崩れ、肩が崩れて頭が崩れるまで、なんと一〇秒程度だとか。そしてこの変容は不可逆的《ふかぎゃくてき》であり、誰それ、塵になれと命じられたが最後、この死刑を免《まぬか》れる術《すべ》はない。またこの変容は自律的であり、指輪は肉声さえ感受したなら、そのコトバだけをトリガーとして、例えば私達自身の超常の力も外界のあらゆるエネルギーも一切必要とせず、自らの呪力《じゅりょく》のみで完全完璧に稼動《かどう》する。というか、むしろ指輪を稼動させるとき私達自身の超常の力を使っていてはいけない。どうやら指輪は私達の青い血を嫌うよう設計されているらしく——だから私達を殺せる——使用者自身が青い血の超常の力を使っていると、むしろそちらをターゲットにして襲い掛かり、なんと使用者自身だけを塵化《ちりか》するなど、暴走してしまうのだとか（なお巨大な塵の指輪ともいうべき〈最終兵器〉は、さっき水緒もちょっと触れていたけど、塵の指輪より発動条件が緩い。すなわち対象の目視確認も指名も必要ない。最大有効範囲半径一、〇〇〇ミッリアリア——一万五、〇〇〇km弱だろうか——のうちエリア指定をして命令さえすれば、重ねて対象の目視確認も指名も要せず、エリア内のターゲットをまるごと塵に帰すことができる。まさに大量破壊兵器だ。使い方をちょっとミスったら、私達自身も塵になるなんてマヌケたことにもなりかねない）。

つまり、Ⅰは死刑だ。

ところが死者の塵なり灰なり、そんなもの、私達の社会生活に役立てることができない。

そこで、右のⅡとなる。

Ⅱは死刑ではないけれど、むしろそれより残酷なものだ。超常の力を持ち、不死ですらある私達、ヒトの導き手である私達が、限りある命の、怪我をすれば病もする、とても非力なヒトに無理矢理変えられてしまうのだから。そしてこれまた、〈塵の指輪〉を持つ者が誰それ、ヒトになれと肉声で命じたが最後、二度とふたたび眷族にもどることができない。かくて青い血の流れる私達は、赤い血の流れるヒトとして、天国の感覚からすれば瞬《またた》きほどの人生を送らされることとなる——

——この、Ⅱの刑を受けたはらから。これこそが木偶《でく》だ。

といって、私達にもヒトにも『自由意思』がある。だから、Ⅱの刑を執行しただけでは木偶《でく》として使えない。そのため、Ⅱの刑を受けた者の自由意思を、脳科学的に、かつ遺伝的に処理する必要がある。端的《たんてき》には、脳の〈知恵の樹の実〉――ARHGAP11B遺伝子等――を処理する。これによって、IIの刑を受けた者は、知的水準を維持したまま、しかし自発的思考を全くしなくなる。これすなわち、ヒトのあらゆる行為ができる機械人形の完成だ。

その木偶《でく》が今現在、一、〇〇〇万人。

そして――〈塵の指輪〉を下賜された使徒として指輪の禁秘《きんぴ》を教えられたとき知ったのだけど――ここ天国の歴史を通じ、木偶《でく》の総数にはほとんど変化がない。

といって無論、〈大喪失〉直後は、木偶《でく》など一人もいなかったろう。だって先帝陛下に今上《きんじょう》陛下、そしてあと六名の英雄しか、あの大戦を生き残らなかったのだから。

ただ〈大喪失〉以降、天国が雌伏《しふく》の時代を刻み始めてから――今の陛下が新世代のはらからをお創りになられてから、天国の住民は増えたし、だから、罪を犯してヒトに堕とされる住民もまた増えた。その養殖・牧畜と、時代時代で新たに刑を執行された者の追加で、いつしか総数一、〇〇〇万人。そしてこの一、〇〇〇万人に達した時点で（それがどれほどの昔か私には分からないけど）、総数がずっと固定化されているのである。

そのように固定化されている理由は、二重の意味で解らない。①養殖・牧畜・刑の執行の限界があるのかも知れないし、もっと不正義なことに、②奴隷階級の適正数を調整しているのかも知れない。もし後者なら、『労働力のために犯罪者を用意している』だなんて、倒錯《とうさく》した、恣意的《しいてき》でおそろしいことにもなるけど……天国にそんな不正義はないと信じたい。特に今の陛下は、開明的な御方《おかた》と聴くから。ただどのみち。

（そのあたりの秘密は、まさか教えてはくれなかった……）

というか、こんな想像をすること自体、思想犯で反逆罪だ。異端者だ。火梨が断言したとおり、奴隷は奴隷、木偶《でく》は木偶《でく》。天国はずっとそれでやってきた。

（まして、そもそも最上位階級でなければ――ううん枢機卿と、あと犯罪を取り締まる内務省・軍務省の顕官《けんかん》でなければ、木偶《でく》がどうやって生産されているかを知らないんだもの。〈塵の指輪〉は天国最大の禁秘《きんぴ》だし、だから平民《プレブス》は、『木偶《でく》は最初から木偶《でく》という種族として生まれるもの』『天国には木偶《でく》という奴隷階級があるもの』としか思っていないんだもの）

――いずれにしろ。

今の天国は、木偶《でく》なしでは成り立たない。

木偶《でく》制度もまた、天国のたったひとつの意志にして、たったひとつの動きだ。

（そうでなければならない。そうでなければ、きっと……それに叛《さか》らえば、きっと……）

ところがそれに、堂々と、公然と異を唱えているのが〈過激派〉なのである。

その求めるところは、もういったけど、木偶《でく》制度の廃止。

そして〈過激派〉の名に恥じず、その要求を通すため、天国のインフラその他の重要拠点に対する、あからさまな暴力主義的破壊活動を開始した。端的《たんてき》にはテロ・ゲリラだ。暗殺、爆破、暴動略奪なんでもアリ。この事態は、嘘ひとつ吐けず、また基本的には不死である私達にとって、かなりの衝撃だった。今現在もそうだ。

（というより、聖座の〈バシリカ〉計画が始動し、方舟《はこぶね》〈バシリカ〉が起工されるに至り、どんどん公然化・凶悪化している……）

なんでだろう。意味が解らない。

（ひょっとしたら、火梨がちょっと触れていたように、〈バシリカ〉が地球とヒトを滅ぼしにゆくと、それが〈バシリカ〉計画なんだと、そんな誤解をしているんだろうか？　木偶《でく》もヒトも大事だと、私達だけが尊いんじゃないと、それが〈過激派〉の思想なんだろうか？）

といって、少なくとも私には、その思想というか綱領《こうりょう》がよく解らない。ヒトでいう奴隷解放運動のようなものなのか、動物愛護運動のようなものなのか、人種差別反対運動のようなものなのか……

確かに、〈過激派〉はそのいずれにも通じるようなアジテーションをしている。その意味で、〈過激派〉のなかにも多様な考え方があるようだ。そしてひょっとしたら、私の知らない、想像もできない綱領なり動機なりがあるのかも知れない。聖座に禁秘があるのなら、〈過激派〉にもすごい秘密があっておかしくはないから。ただ、どのみち。

（天国は、まさか多様な考え方など許しはしない、絶対に）

そもそも叛逆行為をぜんぶひっくるめて許しはしない。『ひとつの意志、ひとつの動き』。それが真・善・美を既に体現している天国のおきてだから。既に正義と正解が実現されてしまっている以上、誤解や異端が認められるはずもない。そもそもあってはならないもの、いや無いものだ。理論的に、また定義からして、正解以外が存在するはずもない……

よって、存在するはずのないものは、白く上書きしなければならない。

その行為が既に矛盾だけど、そんなことを指摘すればこれまた思想犯だ。

だから軍務省・内務省は、〈過激派〉の徹底的な弾圧を開始した——

『私達の精神を蝕《むしば》む、恐るべき感染症が発生した』との名目で。それはそうだ。定義上、天国に誤解も異端も故意犯もありえないけど——しかもこんな大量の確信犯などあろうはずもないけど——まあ病気ならありうる。よって〈過激派〉は、公式には、隔離・保護・治療されるべき重度の精神障害者と位置付けられた。もちろんそれは公用文表記の問題に過ぎない。隔離・保護・治療なんて、鎮圧・検挙・処罰と何も変わらない。

だから天国では、夜陰《やいん》に紛《まぎ》れ蒸発させられる者、朝起きたら蒸発していた者が激増したし、どこども公表されない医療機関で、気の毒なことに『病死』する過激派指導者らも激増した。

そして。そして。

〈指輪の禁秘《きんぴ》を知ってしまった今なら解る。その最期は、どう考えても塵か木偶《でく》かだ。だけど、軍務省や内務省がそんなことをしていたなんて。まして私自身、そんな木偶《でく》を平然と使っていたなんて……〉

天国では、犯罪者には必ず、陛下による裁判を受ける権利が認められているのに。陛下御自身の勅令《ちょくれい》で認められているのに。それを素っ飛ばして、しかも奴隷にするなんて〉

……もし〈過激派〉が指輪の禁秘を、木偶《でく》の正体を知ってしまったらどうなるだろう？

〈そうなればいよいよ内戦だ〉

それはそうだ。〈過激派〉の主張こそが正義なのだし、木偶《でく》こそは解放すべきはらからなのだから。ならば、聖書にもあるいにしえの最終戦争が――あの最も先帝陛下に近く、あの最も美しかった首席枢機卿が、はらからの三分の一をも率いて先帝陛下に謀反《むほん》を起こしたという、天国の最終戦争が再現されてしまうだろう。そう私達のリーダー、日香里《ひかり》が、夜を日に継ぐ死闘の末、叛乱軍《はんらんぐん》を全て地獄に追い堕としたという、すさまじい最終戦争が。

〈……ただ、これも今なら解る。

〈塵の指輪〉による統治が固まってしまった今の天国では、最後は指輪を持つ者が勝つ。私達にとって、指輪のちからは圧倒的だから。だから具体的には、〈過激派〉がどんな大戦を起こそうと、その戦禍《せんか》がどんなに大きかろうと、最終的には聖座が――枢機卿団が勝つ〉

だから、軍務省も内務省も、怨恨《えんこん》報復なんでもこいの、無差別反テロを実行できるのだ。極論、聖座に叛《さか》らう者はすべて塵かヒトにできる。それは要は、死刑と終身刑だ。

――ところが。

そんな、死刑と終身刑しか用意されない、徹底した弾圧にもかかわらず。

〈バシリカ〉の艤装《ぎそう》が終わって竣工《しゅんこう》したその頃には、優に三〇〇名もの〈過激派〉が処理される事態となっていた。

ここで重ねて、天国の員数は三〇万名。私達は生殖ができないので（そもそも不死だけど）、陛下の創造がなければ員数は増えない。ところがさっき火梨が指摘した〈太陽の炎〉の食糧問題があるため、陛下もおいそれとは員数を増やせない――要は、私達の世界は三〇万名をデフォルトとしてきた。幾万年も幾万年も、また幾万年も。

そのうち、なんと少なくとも三〇〇名が〈過激派〉となっているのである。少なくとも、私が指輪の禁秘とともに教わった話ではそうだ。

（単純計算で一、〇〇〇名に一名が過激派・異端者……社会の〇・一％というのは、まさか莫迦《ばか》にできた数値じゃないよ。

しかもこれ、いわゆる検挙率・検挙員数でしかない。実際のところは分からないけど、過激派の実員というなら、今や六〇〇名だろうと三、〇〇〇名だろうと全然不思議じゃない。ううん、もっとかも）

……そうでなければ、特に火梨をやきもきさせた、ううん火梨に命の危機を感じさせた、一週間前の〈バシリカ〉爆破未遂事件なんて、まさか発生しなかったろう。そう、私の前任者の芸術委員――私がそのポストを譲《ゆず》られることになった先輩を、頭部ごと瞬時に爆殺してしまった、あんな大規模爆弾テロなんて。

（火梨にも、二重に命の危機があったことになる。瞬時に爆殺される危機と、そして引責処刑される危機が。もしあれが未遂でなかったなら、火梨もまた塵かヒトに……）

ちなみに当該《とうがい》爆破未遂事件によって、私の身にも、ある意味命の危機が発生した。激務による命の危機が（重ねて、私達はガス欠になると機能停止になる）。というのももちろん、いきなり〈バシリカ〉芸術委員に勅任《ちょくにん》されたからだ。

引継ぎをしてくれたであろう先輩は亡くなってしまっているし、〈バシリカ〉の出航は一週間後……テロ対策や警戒警備には御縁《ごえん》がない芸術委員でも、本来業務はまさに山場。聖座宝物庫・聖座図書館・聖座博物館・聖座美術館・聖座資料室等々から、かつての地球からサルベージできた芸術品や、天国が再現したそのレプリカや、はたまた、かつての地球に存在していた芸術的知識・技術・技能を、系統立てて整理しながら私達の方舟《はこぶね》、〈バシリカ〉に搬入する責務がある。

そしてもちろん〈バシリカ〉は最長一九五スタディアの巨船。物理的な搬入作業をするのが私独りのはずもなし。知ったばかりの禁秘《きんぴ》に途惑いつつ、それまでとは違う目で見ながら、私は結局数多《あまた》の木偶《でく》を使役した。当然、一〇人二〇人なんて規模じゃない。まさか一日当たり一、〇〇〇人を切ることはなかったろう……

（かつてのはらからを、あるいはその子孫を、平然と。

私もまた、天国の奴隷制度に染まりきっている。そのことを、私は実は）

――過激派の求めるところは、きっと、たぶん正義だ。

けどその正義のために、私の先輩を始め、無辜《むこ》のはらからまで殺すだなんて。

まして天国最大の希望、〈バシリカ〉計画を滅茶苦茶《めちゃくちゃ》にしようだなんて。

（解らない。私には〈過激派〉がそうまでする気持ちが、まだ解らない……）解らない、けど。（内務省出身の、〈バシリカ〉警察委員の金奏《かなで》が、いつか教えてくれたところでは）

――私がまさにその、金奏の顔を思い浮かべたとき。

まさに彼女は弾むような脚《あし》どりと声で、この巨大な『将官の間』に入ってきた。

「ああ、まったく……!!〈過激派〉の御各位《ごかくい》ときたら、もうっ!!」

Ⅵ

金奏《かなで》は近くのソファにどすん、と座った。

私が仲間のうちでもいちばん魅力的だと思う、いさぎよくもあり少女的でもある長めのポニーテイルが、そう楽譜のように跳ねる。おなじく、檸檬《れもん》色の瞳がとても香《かぐわ》しく光る。陛下から下賜された制服の——だから私と一緒の制服の——プリーツスカートとローファーが、まるで音符のように動く。

（元気で、キレイだ）

その金奏は、『もう草臥《くたび》れはてた』と言わんばかりに、手近な木偶《でく》を呼んでは、冷たい飲み物と冷たいタオルとを求める。ただ、冷たいタオルはやり過ぎだろう。様式過多というか、演技過剰だ。理由は言うまでもない。私達は汗など掻《か》かないから……もっといえば、私達にはヒトの生理現象なんてないから。例えば涙を零《こぼ》すことがあったとしても、それはヒトが自分の髪の毛を引き抜くような意図的で自発的なもの。まさか自然の反射じゃない。

（ただ、金奏は〈バシリカ〉の警察委員で、内務省の警察官だ。

要は、私達七名の使徒のうち、取締りとか取調べとか、特に人間的なお仕事をする仲間）

その金奏に、ヒトっぽい挙動《きよどう》や仕草がいつしか染み着いていても全然不思議じゃない。そしてここまで考えて、私は、何故こんなにも自分が金奏を好きなのか解った気がした。

（天国ではまさか褒《ほ》め言葉にならないけど——金奏はとても人間くさいもの）

それは、水緒がいうところの『退嬰的《たいえいてき》な』、貴族的なそして儀典的な保守文化を何万年も何万年も積み重ねてきた天国では、とても貴重なもの。少なくとも私にはそう思える。

「金奏」軍事委員の火梨がいった。「ホントお疲れ様。どうだい、お客様方《がた》の様子は？」

「どうもこうも!!」

金奏は内務省警視正だから、軍務省大佐の火梨とは同格の、まあ武官仲間といえなくもない。ただ警察官は武官とは違う。実際、金奏は武官の階級を持たないし、むしろ文官同様『大司教補』の職にある。だから一緒のドンパチ系でも、金奏と火梨には極めて微妙な緊張感と距離があるように感じられる。少なくとも私には。

「どうもこうも、お決まりの完全黙秘に決まっているじゃん?」

「じゃあ、取調べの方も――」

「日暮《ひく》れて道遠しね。私達の道なら万年単位だけど。

さっきの謁見もそこそこに、さっそく再開してはみたものの……牛蒡《ごぼう》抜きに検挙した六名が六名とも完黙《カンモク》のまま。明日の出航までに全容解明をするのは、正直いって絶望的ね」

「まあ～、それはそれで当然だけどね～」人文学委員の木絵が、おっとりしたボブをゆらす。「理屈としては～、完全黙秘しかありえないもの～」

「私達、誰も嘘が吐けないものね」社会科学委員の水緒も、絹のようなミディアムを撫《な》でる。「被疑者としては、肉声や思念を発し始めた途端《とたん》、どんどん襤褸《ぼろ》を出してしまうわ」

「千スタディアの堤防だって」芸術委員の私も会話に加わる。「蟻《あり》の一穴《いっけつ》から壊れるっていうもんね。なら何も喋らないのが道理だよ……」

「ゴメンね月夜!!」金奏が私に手を合わせる。こんなところも人間くさい。「月夜の先輩を、私達の大事な仲間を爆殺したテロリストたち。せっかく、まるっと検挙できたのに。私のちからでは、自白を獲《え》ることも改悛《かいしゅん》させることも、謝罪させることも無理。ホントごめん」

「ううん金奏、それは金奏の能力の問題じゃないよ。必然で、当然の帰結だよ」

「そうだな。陛下御自身にでもお出ましいただかない限り」凛々《りり》しいシニョンの火梨がいう。「金奏でも僕でも、いや首席枢機卿でも無理だろうな」

「火梨〜、それはどういう意味〜、いきなり陛下だなんて〜？」

「あっは、だって木絵、陛下は全能者だから。私達の創造者だから。なら定義上、おできにならないことはないよ。嘘を見破ることも――ううん心を見破ることも。駆け引きとか取引とか罠《わな》のため必要なら、そう、嘘を吐くことさえ」

「そんな定義は〜、確かアンセルムスも使っていたわね〜。

まあ陛下はあらゆる意味において別格だから〜、そのおちからが具体的にどのようなものか〜、私達被造物《ひぞうぶつ》なんかには理解できないけどね〜。例えば〜、私達には絶対に使えない時空を繰《あやつ》るちから――更に例えば瞬間移動とかタイムトラベルとかはどうなのかしらね〜。はたまた〜、きっと天地はお創りになれるけど〜、じゃあヒトを一気に一万人ううん一〇〇人ううん一〇人お創りになれるかっていえば〜、それは御無理かお命懸けよね〜」

「あっそうか」理知的な水緒が頷《うなず》く。「先帝陛下は天地創造までなさったけど、お創りになったヒトはアダムとイヴ程度。あとは自然増にお任せになった。成程《なるほど》、おできにならないことも……はたまたとても御苦労なさることも、ある」

「といって〜、火梨がさっき例に出した『嘘』くらいなら〜、きっと児戯《じぎ》だろうけどね〜」

「でも火梨、木絵」金奏は搬ばれたての冷たいグラスを一気に飲み乾した。「まさか私達の陛下に、下賤《げせん》な取調べ官なんかやっていただく訳にもゆかないでしょ」

「そうすると」火梨のルビーの瞳が、金奏の檸檬《れもん》の瞳を射る。「聖座のいうところの『いささか原始的で野蛮な手段』に頼るしかない、か。当然、その許可はすぐ出たんだろ？」

「そりゃ当然よ」金奏はまた手近な木偶《でく》に甘いお菓子を求める。「速攻で出た。留置する前に出た。もちろんそう。よりにもよって〈バシリカ〉に対する破壊活動を仕掛けるだなんて、最大級かつ最上級の犯罪……じゃなかった、病《やまい》なんだもの。だから聖座は、被疑者にはどんな苦痛を与えてもいいって考えだもの。ま、とはいってもねえ」

「木偶《でく》やヒトならいざ知らず」水緒はリムレスの眼鏡の奥で、水色の瞳をそっと伏せた。「私達に苦痛を与える手段というのも、かなり限定されるわね……」

「躯《からだ》の組成そのものが違うもんね～」茶の瞳をした木絵がしみじみ頷《うなず》く。「頭部以外への攻撃は～、事実上意味をなさないし～。その頭部への攻撃も～、致命傷じゃなきゃ見る間に治癒《ちゆ》が開始されてしまうし～。まして～、頭部以外への攻撃っていうなら～」

「光を刻んだり殴ったりするようなもんよ」金奏は器用にお菓子を食べつつ嘆息《ためいき》を吐いた。「ま、ここにおられる世界同列第三位の高齢者各位が身に染みて御存知《ごぞんじ》のとおり――」

私は指折り数えた。①先帝陛下が最初にあられ、②今上《きんじょう》陛下や日香里《ひかり》や枢機卿団が戦前世代、③今上陛下に創造された私達が戦後世代だ。なるほど。

「――頭部以外への攻撃っていうなら、そりゃ攻撃の大きさに比例して苦痛を感じるけど、頭部にましてアッサリ治癒してしまうしね。例えば脚を折ろうが腕を斬ろうがお腹《なか》に穴を空けようが、〈太陽の炎〉のガス欠状態でなければ、やがては自己修復してしまう。躯《からだ》を上下まっぷたつに切断したって以下同文」

「私としては～、ちょっとでも痛いのは嫌だけどね～」

「うんそれはよく知っているよ木絵。ただ〈過激派〉は主義者で確信犯だから。『いささか原始的で野蛮な手段』は、むしろ受難《じゅなん》のよろこびになっちゃう。死ねれば殉教《じゅんきょう》よ？」

「とはいえ金奏、その手段で苦痛を最大化するために、ガス欠の状態に追い込んではいるんだろう？」

「そりゃもちろんそうだよ火梨。我らが聖座の拷問《ごうもん》科学……嫌な科学ねこれ……まあ拷問科学の粋《すい》を凝《こ》らせば、ちょっとしたコツとノウハウで、たちまち被疑者のなかの〈太陽の炎〉の総量を意のままにできるし、する。ガス欠にまで持ち込めば与える苦痛を更に大きくすることができるし、する。またガス欠なら自然治癒をかぎりなく遅延させることができるし、する。

——私達の超常の力のみなもとはもちろん、〈太陽の炎〉。

こんな、文化あるいはレクリエーションとしての、お茶なりお菓子なり晩餐なりじゃなくってね。そんな趣味嗜好を無視しても、〈太陽の炎〉という糧《かて》さえあれば私達は生きられる——さかしまに、天国の民の命のみなもとたるこんなすさまじいもの、ヒトが食したら一滴で死んでしまうけど。

とまれ、〈太陽の炎〉こそ私達の食事の本質。

裏から言えば、〈太陽の炎〉を欠いたとき、私達の超常の力はとても弱くなる……」

「だから、取調べではガス欠に追い込む」

「だね火梨。まあ匙加減《さじかげん》の難しさはあるけどね。完全にエンジンストップに追い込めば、いよいよ機能停止、躯を動かすことも思念を紡《つむ》ぐこともできなくなっちゃうから。ただそのコツとノウハウは、幸か不幸か……主観的には恐ろしい不幸だけど……我が内務省だけの御家芸《おいえげい》かな。火梨には悪いけど、軍務省にやらせればすぐ殺しちゃうから、はあ」

「僕らは僕らで、〈バシリカ〉の警戒警備なり最終兵器の最終調整なりで大童《おおわらわ》だから」

「何言ってんの火梨。そんなことといって内務省から機動隊まで持っていった癖《くせ》に。あっそうだ、悪いけどその機動隊は返して。聖座のド腐れ老害どもときたら、また私をガス欠に追い込むようなド腐れ通達おろしてきたの。内務省に残された木偶《でく》機動隊なんか、まさか使いものにならない」

ここで私はあわてて『将官の間』をぐるっと見遣った。金奏の直截《ちょくせつ》な聖座批判……ぶっちゃけ罵《ば》詈雑言《りぞうごん》は、思想犯罪そのものだから。けど巨大なサロンはまさに宴酣《えんたけなわ》、あちらこちらのテーブルで会話の大花が咲いていて、私達の声など掻き消されてしまうほど。金奏もそこは警察官、防衛意識を欠いてはいないということか。

私は、肉声でなく思念を使うように言おうかと思ったけど……

ただ、はらからの誰もが思念を感受するちからを持っているのだから、肉声であれ思念であれ、はらからのいるところでは大した違いなんてない。つまり思念による意思疎通は、『伝達速度と伝達量と伝達コストに圧倒的に優れる』だけで、肉声による意思疎通と、仕組みとしては大きく違わない。まさかピンポイントで誰か／誰かたちに思念を送ることもできないし、音が消せないのと同じ意味でその波動は消せない。ヒトでいえば、肉声伝達と思念伝達は、例えば『拡声機を使うか』『全員一斉送信メールを使うか』程度の違いしかない。とはいえ、思念は発声器官の限界にしばられないから、例えば絶叫するより遥《はる》か遠くにひろげることも可能だ。そんなはしたないこと、天国では著しい無礼とされるけど。

とまれ、私をかなりドギマギさせた、金奏の聖座批判は肉声で続いている。

「私まだ警視正だから、どうにか大隊を動かすのがやっとなのに――だから全然部隊足りないのに。それをあの老害どもときたら、『枢機卿団その他の聖座重臣《じゅうしん》に係《かか》る警護及びテロ対策に遺漏《いろう》のないようにされたい。勅命《ちょくめい》に依《よ》り通達する』なんてあからさまに保身に走った、まして陛下の御名《ぎょめい》を濫用《らんよう》したトボけた通達おろしてきやがったの。

ましてあの老害ども、あっちこっちの巨大な宮殿で、地球再征服後の権力闘争の陰謀ばっかくわだててよろこんでいるから、あっちにもこっちにも、またそれぞれの宮殿いっぱいに、かなりの部隊を展開しなくちゃいけないのよ。重ねて、私の権限じゃあ大隊ひとつ動かすのが関の山なのに。

こうなると。

飽くまでも個体的な感想としては、そう、〈過激派〉御各位にはむしろ、聖座なり枢機卿の宮殿なりにこそ殴り込みを掛けてもらって、陛下以外の重臣どもの頭部をたちまち、ぜんぶブッ壊してほしいところだわ。その方が、陛下の御簾《みす》の見透《みとお》しも天国の風透しもよっぽどよくなるってもんよ。

ところがどうして――

その〈過激派〉から破廉恥《はれんち》な老害を警護するために東奔西走《とうほんせいそう》しなきゃいけないとは。まったくホント、内務省・警察ってのは因果な仕事だわ!!」

「じゃあ僕の権限で、機動隊はどうにか返すけどさ」火梨は顔をしかめた。「老害だの、聖座のド腐れ老害だのっていうのは、警察官としてどうなんだよ……」

「だってさ火梨、彼奴等《あいつら》ときたら!!

いつも陛下の御稜威《みいつ》をカサに着て、陛下が実務を枢機卿団にお委《ゆだ》ねになっているのをいいことに、『口は出すけど手は出さない』『私有木偶《でく》も出さない』『予算も出さない』。そう、いつもドケチで唾液《だえき》過多。先の大戦の英雄だからって、まあ言いたい放題やりたい放題。それでもう、何万年」

Ⅶ

（精神の、老い……）私は思った。（……文化の退嬰《たいえい》・退廃。無理もない。天国は、固定された世界だから。〈太陽の炎〉が続くかぎりは、あるいは処刑されないかぎりは、誰も死なない。〈太陽の炎〉の限界からして、新たに創造される者もいない。
三〇万のはらからが、ほとんど一緒の面々、ほとんど一緒の年齢、変わらない名前、変わらない階級、ひとつの目的、ひとつの意志、ひとつの動きで、ヒトのいう永劫《えいごう》を生き続けてきた）
――ヒトからすれば、ここは不老不死の楽園だ。
飢えの恐怖も病の恐怖も、老いの恐怖も死の恐怖も基本、ありはしない。

ましてここは、文明と文化の最終図書館でもある。〈大喪失〉以前の文明と文化とを、できうるかぎりサルベージした最終図書館。また、それを遥かに超越した私達の超常の文明と文化をも収蔵した最終図書館。なら。

（ここはやはり、真と善と美を実現した、ユートピア。

閉じ込められてしまってはいるけれど、この最後の砦に限って言えば、世界のあらゆる命題の真と偽を証明でき、世界のあらゆる物の位置と速度を測定できる。

まさに、神の脳の座《ざ》……それがここ、天国）

けれど、でも。

私達は、どこかで道を誤っている。私は実はそれを確信している。

というのも、私は、ここを楽園ともユートピアとも思えないから。

（……精神の、老い。

ここは、時の止まった世界。だから、閉じた世界。終わった世界。世界についての最後の言葉が語られてしまった世界。物語が、歴史が、真と善と美の実現で終わった世界。そしてそれを幾万年また幾万年とただ保守してきた、そんな固定された世界）

そして、それだけだ。

この無限に近い歳月で、ヒトを導くという使命を奪われた私達が試みた『新しいこと』は……

まさに〈バシリカ〉の建艦だけ。ほんとうに、それだけ。

（……私達は、なら、いったい何をやってきたのだろう？

私達は、なら、いったい何をすべきだったの？

とてもキレイで美しくて立派なお墓を——皆《みんな》でそう信じることにしたお墓を、ただただ守ってきた、それだけ。そう墓守《はかも》り。これまで地球を取り返そうともせず、だから使命をやり直そうともせず。

まして木偶《でく》なるものを意図的に創っては使役し、だからますます自分では何もしないようになり。まして異なる意見を徹底的に禁圧し、だからますます新しいことがらを忌《い》み嫌うようになり）

他方で、私達より遥かに非力なヒトは、わずか五千年、六千年のうちに、自身の設計図を解読できるようになったり、自身の焔《ほむら》や毒で種《しゅ》としての自殺ができるようになったり、自身の船で地球というゆりかごを脱出できるようになったというのに。そう、わずか五千年程度で……

（私達は、少なくとも今の私達は、いったい何なのだろう？）

もしヒトにこの悠久《ゆうきゅう》の時が与えられたとしたら、いったい、どれくらいのことができるだろう？

――だのに、私達はヒトを導く使命を忘れたばかりか、事実上ヒトを奴隷化している。だって、指輪の禁秘《きんぴ》から明らかなとおり、木偶《でく》の正体はヒトそのものなのだから。ううん、この奴隷化政策はそれ以上に悪辣《あくらつ》だ。木偶《でく》にされたヒトの正体は、私達の眷族《けんぞく》なのだから。物理的に食べていないだけで、こんなこと、同種の共食《ともぐ》いと一緒……私達の世界は、同じ種を家畜化してそれでようやく成立できる、共食い文明の世界だ。

（それは真でも善でも美でもない。まして正義でもない）

なら正義は、正解はどこにあるのか……

（私達という種《しゅ》に無いのなら、それは必然的に、木偶《でく》かヒトにある。理屈ではそうなる。聖座にも枢機卿団にも無いのなら、もしかしたらそれは〈過激派〉にある……？）

――私はこの世界の秘密を、そう指輪の禁秘を教えられてから、こんなことばかり考えている。そして明日はいよいよ〈バシリカ〉出航の日だ。地球再征服計画が開始される日だ。私は〈バシリカ〉の圧倒的な力を信じて疑わない。私達は地球を奪還《だっかん》できるだろう。けどそのとき、奴隷文化に染まりきってしまった私達は変われるのだろうか。はらからを、ヒトを木偶《でく》に堕としている私達が、また再び地球のヒトの導き手になれるのか。それとも。

（金奏の非難には理由がある。すなわち、枢機卿団はぶっちゃけ、老害だ。この奴隷制貴族社会において、地位と権益の確保しか考えてはいない……私も文科省の司教、そのことは骨身に染みている。そんな枢機卿団が、再征服《レコンキスタ》なった豊饒《ほうじょう》な地球で何をするか？　すっかり忘れ去って久しい、ヒトの導き手なる役割を思い出すかというと、それは……）

すると。

引き続き横暴な激務に憤《いきどお》っていた金奏が、私をどこか悲しそうな瞳で見ながらいった。

今金奏が語り始めたのは——前にちょっと触れたけど——彼女が私に教えてくれた、〈過激派〉に関する情報だった。すなわち。

「そもそも聖座のド腐れ老害の言いたい放題やりたい放題は、テロ対策とか警護とかだけじゃないんだよ。〈過激派〉の裁判、ううん処置についてだってそう——

軍務省の火梨だって、ううん文官の水緒だって木絵だって月夜だって、〈過激派〉が陛下の裁判を受ける権利をガン無視されているってこと、知っているよね？」

「……〈過激派〉は犯罪者じゃない」火梨がいった。「重度の精神障害者だからな」

「でもそれは聖座の意思であって、実は陛下の御意思じゃないんだよ。

少なくとも警察での噂話《うわさばなし》ではそう」

「というと金奏」火梨のルビーの瞳がまた燃える。「まさか陛下は、〈過激派〉なんかに裁判を受けさせろだなんて、そんなことお考えになっておられると？」

「私の漏れ聴いたところではね。

ううん、もっというわ。陛下は、〈過激派〉との対話をお望みでいらっしゃるのよ。だからせめて、御自身の法廷で裁判を受けさせ、証言をさせたい、御質問をなさりたいと思っていらっしゃるのよ」

「——そんな莫迦《バカ》なことが!!」

「火梨、今の言葉」金奏はポニーテイルを跳ねさせながらしれっといった。「不敬罪だよ」

「あっしまった。でも金奏、〈過激派〉との対話だなんて、それはつまり――」

「当然、社会制度改革につながるよね。私達の終身独裁官である陛下にはその権限があるもの。そして〈過激派〉の求めるところは畢竟《ひっきょう》、木偶《でく》制度の廃止なんだもの」

「そんな莫迦《バカ》なことを陛下がっ……あっこれもマズい……そんな莫迦なことを枢機卿団が認めるはずもないよ!! どんな意味においても。そうそれが〈過激派〉との対話であろうと木偶《でく》制度の廃止であろうと、まるっとすべて!!」

「まあ枢機卿団の御老体どもはそうだよね。だって嬉々《きき》として死刑執行の現場に集《つど》っては、〈過激派〉たちに指輪、使いまくっているもん。

私、職務上立会《りっかい》しないといけないこともあるんだけど、ホント死刑のときは戦慄《せんりつ》するよ。まるで娯楽だもの。御老体、お暇《ひま》だしね。とりわけ、『断末魔《だんまつま》の悲鳴が何秒続くか賭けている』のを知ったときは、ドン引きを過ぎ越して殺意がわいたよ……さすがに私達の日香里は、同じ枢機卿でもそんなことしないどころか死刑執行すらしやしないけど、先週も、首席枢機卿が他の四名から、私有木偶《でく》なり銀器なり先帝陛下の聖遺物《せいいぶつ》なりをゴッソリ巻き上げててさ……」

（……そうか、指輪による死刑は、要は塵《ちり》に帰すこと。そして誰それ、塵になれと唱えてから頭部までが塵に成り終えるまで、確か一〇秒程度。当然、悲鳴を上げる時間はある。肉声でも思念でも……ましてや思念というなら、私達のルールとして、塵化《ちりか》にしろ物理的破壊にしろ大量失血にしろ、『脳の機能が停止させられるまでは』発することができる。だから、今金奏が言ったようなおぞましい娯楽も成立してしまう）

「御老体の独断専行は、ホントえげつない……」

陛下が対話を望んでいらっしゃるのに、それを侮辱するかのように死刑を強行し続けるだなんて。

いったい誰が異端で叛逆者なのかって話にもなってくるわよ」

「だ、だけど、僕の軍務省ではそんな不敬極まるデマ、いっさい無いよ!!

陛下がまさか、家畜解放論者だなんて!!」

陛下がまさか、凶悪なテロリストや、暴力主義的破壊活動に共感しているだなんて!!」

「またもや警察官としては見逃せない不敬罪だけど……しかも私、そこまでのことは全然言ってないけど。まして私、出航を明日に控えた〈バシリカ〉の警察委員として、ドンパチ仲間ともいえる軍事委員の火梨とケンカしたくないけど。おまけに私、キチンと注意して、『噂話』『漏れ聴いたところ』って前置きをしているけど?

ただ。

陛下の宸襟《しんきん》は過激派との対話にある。これ高位の警察官のあいだではもう常識よ。そして水緒、木絵。きっと文科省の重職者にあっても事情は一緒だと思うけど？　だってほら、例の公会議《こうかいぎ》問題があったじゃん?」

「そうね」水緒は水色の瞳をスッと上げた。「陛下から文科大臣に勅命があったあれね。過激派問題及び社会制度問題を討議するため、特別の公会議を招集するようにと」

「でも～」木絵は茶色の瞳を不満げに細める。「もちろんそれが実現することはなかったわ～。オモテムキは『バシリカ計画に天国の総力を挙げるため、関係重臣・聖職者の集合が極めて困難である』なんて理由からだけど～。実際のところは当然～、枢機卿団からの妨害が～、ううん禁止があったのよ～。陛下の勅命の執行を禁止するだなんて～、成程《なるほど》～、いったい誰が異端で叛逆者なのかって話になるわね～」

「こ、公会議……陛下はそこまで……」火梨のシニヨンが大きく震える。「た、ただ……それが木偶《でく》制度の廃止とまでは……だって木偶《でく》制度がなかったら天国はもたない。あらゆる社会基盤が崩壊する。

そして陛下は天国の終身独裁官。誰よりもそのことを御存知《ごぞんじ》のはず。御自分の社会を崩壊させ、御自分の三〇万臣民《しんみん》を滅ぼす……そんなことまさかお考えになるはずがない!! ナンセンスだ!!」

「重ねて言うけど」金奏が嘆息《ためいき》を吐いた。「噂話を漏れ聴いただけなんだから、陛下の御心《みこころ》がホントはどうなのか、そんなこと私には解らないけどね」

(……確かに、被造物たる私達に、陛下の御真意などまず解りはしない。

だけど。

陛下は、再征服《レコンキスタ》なった暁《あかつき》には、地球に遷座《せんざ》しようとまでお考えになっておられる)

そんな噂もあることは既に触れた。そう、陛下はそこまでの開明派だという噂。なら。

(ひょっとして、もしかして……とても、とても不遜《ふそん》で不敬だけど。

陛下が私と一緒のことをお考えになっておられるとしても。そう、今の天国の在り方そのものに御疑問を持っておられるとしても、不思議じゃない。なら火梨が激怒した『家畜解放論者』でいらっしゃるとしても、不思議はない)

それがもし、ホントだったら。

そのとき世界は、私達は、ヒトは木偶《でく》はどうなるのか?

――私の好奇心は大きく震えた。

(私は、この固着した世界の住民としては、好奇心が強すぎるのかも知れない)

Ⅷ

「けれど、不思議ね」水緒はリムレスの眼鏡を光らせる。「どうして旧世代は――枢機卿団は、そうも公然と陛下に叛《さか》らえるのかしら。だって陛下は、天国の終身独裁官。まあお亡くなりにならないから、永遠独裁官でいらっしゃるけど。どのみち陛下は絶対者よ。なら首席枢機卿だろうが枢機卿団総員だろうが、不敬があればたちどころに処断できるはず――具体的には、創造者たる陛下御自身のお定めになったルールによって、①〈塵《ちり》の指輪〉で塵に帰すか、②〈塵の指輪〉でヒトに堕とすか、③頭部を不可逆的に破壊するかの方法で、処分できるはず」

（そしてもちろん、陛下は塵の指輪をお持ちだ。というかその創造者だ）

「ところがそこに、ちょっといい、いい、かなりの秘密があるの……」ここで金奏は、長いポニーテイルをサッとゆらすと、さすがに警戒して、会話を思念伝達に切り換えた。ただ思念が『聴こえる』範囲は肉声と変わらないから、彼女は思念をとてもとても『小声』にする。［……枢機卿団が陛下に叛らえる、その絡繰《からく》りがね」

［これすなわち？」

［水緒、そして皆《みんな》も、これ枢機卿団の禁秘《きんぴ》とされている話だから絶対に黙っていてね。ていうか出所《でどころ》は日香里《ひかり》だから、日香里のためにも絶対に黙っていてね？」

――謁見には参列した日香里だけど、まだこのサロンには来ていない。そう、私達のリーダー、旧世代最大の英雄、自身も枢機卿であるあの日香里だ。

［……私達を殺すには、頭をブチ割るなんて陛下らしからぬ方法を除けば、絶対に指輪が必要。これは陛下自身がお定めになったルール。だから枢機卿団を殺すには、陛下といえども指輪を使わなきゃいけない。指輪の力を発揮させせなくちゃいけない。

ところが。

実はあの、〈塵の指輪〉。あれ一定数が一箇所に集まると、安全装置なりリミッターなりが働いて、純然たる装身具になってしまうらしいんだ。要は、何の変哲《へんてつ》もないただの指輪になっちゃうみたい。また要は、その有する超絶的な呪力《じゅりょく》がまるで発揮できなくなっちゃうみたい」

「ええ～っ、それってつまり～、ええと～」木絵の茶の瞳が興味津々《しんしん》になる。ふんわりしたボブが俄《が》然《ぜん》持ち上がる。「壐の指輪は～、たくさん持ち寄ると～、ただの金属の輪になっちゃうってそういうこと～？」

「日香里はそういっていたよ」

「となると――」水緒は思わずといったかたちで絹のようなミディアムを撫《な》でる。「――具体的な状況を想定すれば、聖座の御老害たちが閣議等で一致団結すると、そしてそれぞれ指輪を持っていると、そこに臨御《りんぎょ》しておられる陛下の指輪を封じることができる。そういうこと、金奏？」

「この秘密がホントなら、そういうことになっちゃう」

「じゃあ、ええと」私も金奏に訊《き》いた。「枢機卿団が一致団結しているかぎり、陛下としては、その誰一名として壐にもヒトにもできない――そういうこと？」

「それもそうなっちゃうよね、月夜」

「なら、『一定数が一箇所に集まると……』の一定数とか一箇所って？　具体的には？」

「月夜は意外に好奇心旺盛《おうせい》なのよね――だから御期待に応えたいけど、実はそこまでは知らないし聴いていない。ただ、指輪を持つことを許されたのは枢機卿団だけ。そして、枢機卿団は謁見にも参列していた六名。また言葉の使い方から考えれば、『一定数』が1ってことはありえないよ。

だから安全装置なりリミッターなりを発動させられる『一定数』は現状、最大で6、最小で2だと思うんだけど。でも、同じく枢機卿である日香里は陛下の忠臣だし、だから他の老害どもには与《くみ》しないはずだし……うーん、不確定要素が多すぎるかな」

「一箇所の方は？　範囲っていうか、ひろさっていうか」

「さっきの謁見の間から想像すれば、最大でも三六平方ペルティケ――ええと、二〇m弱×二〇m弱くらいかなあ。一度入ったことのある、聖座の閣議室から想像すれば、まあ九平方ペルティケ――一

○m強×一○m強じゃないかと思うよ」
（枢機卿団が団結して陛下に抵抗するって話がほんとうなら、金奏の今の想像は現実的だ。公式の会議なり謁見なりの現場で、枢機卿団の意思を強要しなくちゃいけないんだもの）
［でも金奏〜、おじいちゃんたちが一箇所で一致団結するったって〜、まさか日々の起臥寝食《きがしんしょく》すべてを一緒にする訳にもゆかないし実際していないわよね〜。まさに金奏の言っていたとおり、あっちこっちの枢機卿御殿で贅沢《ぜいたく》三昧なんだもの〜。
なら陛下としては〜、極論〜、寝込みを一匹ずつ襲って各個撃破って作戦もとれるわよね〜？］
［ぷっ、木絵ったら――］文官仲間の水緒が可愛らしく失笑する。［――陛下はそんな木絵なんかと違って、テロリストみたいな真似はなさらないのよ。それにいちおうツッコんでおくと、起臥寝食ったって私達、食事も睡眠もとらなければ排泄すらしないでいいしね。趣味嗜好として、はたまた気分としてやる以外は。これって何を今更で、釈迦《しゃか》に説法《せっぽう》……はマズいか、ええと……神に十戒、天使に聖書な事実なんだけどね］
［テロリストをなさらないのと〜、テロリストができないのとは全然違うわよ〜？］
［そうね木絵、物理的にはきっとおできになるよ、全能者だもの］けれどそういった金奏は、ポニーテイルごと首を振った。［けれど陛下は、私の知るかぎり――だから同年齢の皆《みんな》も知るかぎり、御即位のその日から、一度たりとも宮城《きゅうじょう》をお離れになったことがないよ。天国のどこにも行幸《ぎょうこう》されていない。陛下が帝都の、例えばレスレクティオ大通りやパトリアルカ大聖堂を闊歩《かっぽ》なさるなんて、木偶《でく》廃止以上の、驚天動地《きょうてんどうち》の椿事《ちんじ》だよね。もちろん当然に御警衛《ごけいえい》をつかさどる警察としても、そんな激レアイベント、聴いたこともない。
そして、これまた想像になっちゃうけど……
陛下は宮城《きゅうじょう》の外を、実体験としては、まるで御存知《ごぞんじ》ないんじゃないかなあ。〈大喪失〉当時の、御即位のころの御記憶は別として。だから枢機卿の各個撃破なんて、まさか。

それに木絵、実は陛下には、枢機卿団にまあその……借りがあるもの」

「借りっていうと～？」

「これも日香里から聴いたんだけど……

まあその、陛下はその、行政実務はお解りにならない。君臨すれども統治せずだから。具体的な行政実務は、すべて枢機卿団に委ねておられる。言い換えれば、陛下は直接の手脚をお持ちでないし、直接お口を差し挟むことができない――天国のルールとしてね。

けれど。

その陛下が、どうしても直接行政を動かし、直接命《めい》を下したいとそう思われた一大計画があった。これまた天国としては、特にその行政各部としては、驚天動地《きょうてんどうち》のことだった」

「金奏……」私は直感した。「……まさかそれって。まさか私達の」

「そのとおり。私達の〈バシリカ〉計画よ月夜。

バシリカ計画を起案なさったのは、陛下御自身。その詳細や枝葉はともかく、目的と手段とを御発案なさったのは陛下御自身。陛下は、地球を奪還して私達もヒトも救いたいと、そう強く希求《ききゅう》された。ところが」

「議論の流れからすると」水緒がいった。「枢機卿団はそれに反対した」

「そう強烈に反対した。

すなわち地球の再征服《レコンキスタ》にも、そのための方舟《はこぶね》・戦艦の建造にも、それに搭載すべき最終兵器の開発にも、それに搭乗すべき使徒に指輪を与えることにも、すべて、ことごとく反対した――オモテムキは、今の天国にはそんな国力が無いと言って。まあそれは、言い訳ではあるけれど嘘だとまでは言えない。そもそも私達嘘は吐けないしね。

けれど陛下は、何故か頑《がん》として聖旨《せいし》をお曲げにならなかった。結果、私達がいちばん知っているとおり、〈バシリカ〉計画はいよいよ実戦フェイズにまで突入する――」

［その～、おそれおおくも『ワガママ』が～、陛下の借りだと～。枢機卿団の貸しだと～］

［それが当事者双方の結論だと思うよ、木絵］金奏の思念が強く翳《かげ》る。［だって実際、今日この日も、平民がどれだけ〈バシリカ〉計画に伴う大動員の余波に苦しんでいるか……］

［だからワガママを通した陛下は～、増長しているおじいちゃん家臣どもを～、強く叱責《しっせき》することができないと～。まして処罰など論外だと～］

［それもそうだと思う。これまた実際、枢機卿団が全面協力に転じたからこそ、どうにか〈バシリカ〉計画をここまで漕《こ》ぎ着けることができたんだもの］

……確かに、私達の〈バシリカ〉計画は天国の総力を挙げたものだった。

〈バシリカ〉の建艦。最終兵器の実装。新たな指輪の創造。

あらゆる知識・技術・技能・物件そして生きとし生けるものの搭載。

これはきっと、この宇宙が創造されて以来、史上最大の公共事業となったことだろう。

それはそうだ。〈バシリカ〉は、あのノアの方舟《はこぶね》が何艘《そう》も何艘もそのまた何艘も積めてなお余りある巨船だから――だからこの公共事業には、天国の木偶《でく》の実に七〇％以上が動員された。枢機卿団も大貴族も平民も、そしてもちろん陛下も例外なく、私有木偶《でく》まで供出することとなった。無論、社会基盤を現に支えている木偶《でく》の七〇％以上を動員するとなれば、食糧の確保にも経済活動にも工業生産にも甚大《じんだい》な影響が出てしまう。だから、とりわけ高位聖職者や高位有爵者《ゆうしやくしや》の憤懣《ふんまん》はすさまじかったけれど――

〈私達、下々《しもじも》にも伝わってきた。陛下の御熱意もまたすさまじかった。そしてそれは、平民《プレブス》の感激と熱狂とに支えられた。悪しき者に石もて追われ、太陽の恵みすら奪われ、常に戦時下の籠城《ろうじよう》生活を

強いられてきた、平民《プレブス》の発奮《はっぷん》もまたすさまじかった）
まして陛下は、文科省で聴いた噂話《うわさばなし》だけど、〈バシリカ〉計画が実現できなければ直ちに譲位《じょうい》なさる――とまで断言なさったとか。
（かくて〈バシリカ〉は、なんとたった二〇〇年弱で竣工《しゅんこう》した。
二〇〇年なんて、私達の時間感覚からすればまさに瞬く間《またたくま》……）
そう、私達の〈バシリカ〉計画は、真実、天国の総力を挙げたものだった。そうやって国運を賭《と》した結果、階級の低い平民《プレブス》たちは今日この日も、疲弊《ひへい》と貧困に苦しんでいる。再征服《レコンキスタ》への情熱がなければ、革命が起こったかも知れない。その意味で、陛下の御情熱は、まあその、異様なほどで、だから枢機卿団の反対は、かなりの理由があるものだったろう。
ただ……
［ねえ金奏］水緒が訊いた。［枢機卿団は『オモテムキ』、国力を理由に反対したのよね？］
［それは確実。オモテムキの話だから、秘密でも何でもないし］
［なら、ウラガワの反対理由って？　要するに、枢機卿団の真意って何？］
［それは閣議の秘密だから、これまた伝聞になるけれど――
極論、自分達六名の安泰《あんたい》が図れればそれでいいからだよ。平民が〈太陽の炎〉不足に苦しもうと、戦時下の籠城生活で疲弊しようと、木偶《でく》すら使えない労働に喘《あえ》ごうと関係ない。大戦の英雄たる自分達は〈太陽の炎〉を配分する側だし、耐乏生活を強いる側だし、私有木偶《でく》をいくらでも持てる側だから……
ま、私達自身も天国で一％未満の最上位階級者だから、それをしれっと批判するのは傲慢《ごうまん》だし面映《おもは》ゆいけど……ただ枢機卿たちなんか、『狩猟用木偶《でく》』『闘技用木偶《でく》』果ては『飼い猫用木偶《でく》』なんてものまで所有しているから、ちょっと破廉恥《はれんち》の度が過ぎるんじゃないかなあと。木偶《でく》を派手に使い続けるってことは、率直に言い換えれば、そう、もうヒトなんてただの奴隷としか見ていないってことだし、だから、ホンネのホンネのところでは、私達本来のヒトを導く使命なんて、もうどうでもいいってことだもんね」

［とまれ、平民は死ねと。旧世代はお大事にと」

［ぶっちゃければそういうことだよ、水緒。

そしてそこまで開き直るなら、成程《なるほど》バシリカ計画なんかに意味は無い。だって旧世代にとっては、天国は『安定している』。悪しき者も、ずっと包囲はしているものの攻城戦までは仕掛けてこない。それはそうだよ。ここはあの〈大喪失〉でも陥落《かんらく》しなかった、難攻不落《なんこうふらく》の最後の砦なんだから。恐らくは、今現在でも、悪しき者のどんな攻撃だって撃退できる。

そうなると――わざわざ『こちらから最新鋭の超ノ級戦艦で殴り込みを掛ける』だなんて、そりゃ野蛮な挑発、軍事的冒険だって結論になっちゃうよね。ううん、軍事的冒険どころか、日香里が大活躍したあの聖書の最終戦争にもなっちゃう」

［……けど、なるわよね？」今更だけど、と水緒。［バシリカは明日、出航するんだもの。再征服《レコンキスタ》に赴《おもむ》くんだもの。当然ながら、悪しき者を、その最終兵器で塵に帰すんだもの」

［そうすると～」木絵がいった。［どうして枢機卿団は意見を変えたの～？　サボタージュも面従腹《めんじゆうふく》背《はい》もできたはずなのに～、陛下の〈バシリカ〉計画に対して～、全面協力に転じたのは何故～？」

［それはホントに謎で、解らないよ。噂話すら聴こえてこない」金奏はまたポニーテイルごと首を振った。［だって、私有木偶《でく》まで供出させられるとか、だから貴族的生活に支障をきたすとか、要は枢機卿団にとっては何のメリットもない決断なんだもんね……

――さて。

大事なドンパチ仲間の火梨がずっと黙っちゃっているけど……何か意見はないの？」

「金奏、これ、言おう言おうと思ってはいたんだが――金奏は口数が多過ぎる。

そこは警察官と武官の大きな違いだ。警察官は御託《ごたく》が多過ぎる。

僕は軍務省の大佐で、〈バシリカ〉の軍事委員・砲術長《ほうじゅつちょう》で、だから陛下の武官だ。

武官は陛下の大命《たいめい》に遵《したが》う。そして上司・上官の命令に遵うだけ。

――陛下の御真意？　枢機卿団の傲慢？　そんなこと武官にとってはどうでもいい。

先の謁見のとおり、大命は下った。陛下は宣戦大権を行使された。僕らは戦争にむかう。そして、それだけだ」

「ならあえて御託《ごたく》を続けるけど火梨、天国がかかえるあらゆる問題――寡頭《かとう》政治、奴隷制度、階級社会、既得権益、路線対立その他もまたどうでもいいと？」

「これだから警察官は……武官は政治に容喙《ようかい》しない!!」

「過激派の主張も？　木偶《でく》の在り方も？　だから今の天国の正義も？」

「くどい!!」

いよいよ立ちっぱなしの火梨は、突然の肉声を発すると、決然と大きなシニョンをゆらせた。そのあざやかなルビーの瞳も、確かにちょっと執拗《しつこ》い金奏の、檸檬《れもん》色の瞳を鋭く射る。最新任で末席の私がドギマギしていると――なんと金奏は、いきなり議論の矛先《ほこさき》をその私にむけた。彼女もまた、肉声にもどって。

「なら月夜はどう？　一緒の質問だよ。天国がかかえるあらゆる問題について。今の天国の正義について……そう、火梨にしたのと一緒の質問だけど」

「わ、私は……私は……」金奏は内務省の警察官だ。これ、何かのテストなんだろうか。ただ、それでも。「私は、火梨みたいに強くはないから……不思議に思うこともあるし、疑問に思うこともある。金奏たちの話を聴いていて、新しく考えたこともある。だから、その……もっと皆《みんな》と対話してみたいし、もちろん過激派になんか賛同しないけど、陛下が対話を望まれるとおっしゃるなら、それは私も」

おろおろと纏《まと》まりの無いことを考えも無いまま口にしていた、まさにそのとき。

絢爛《けんらん》豪華なこのサロン、ここ至高界で二番目に天に近いこの『将官の間』に、いよいよ朗々《ろうろう》たる声が響いた。そう、真打《しんう》ち登場をつげる紹介の声が――

――皆様!!

枢機卿猊《げいか》下、大公殿下にして地球総督心得《こころえ》閣下、

地球方面軍司令官閣下、〈バシリカ〉艦長にして〈バシリカ〉使徒団のかしら、

元帥《げんすい》・提督《ていとく》にして偉大なるアルキストゥラテーゴス、御来臨《ごらいりん》です!!

（あれっ？　また肩書きが増えている……そうか、さっきの謁見でみっつ増えたっけ）私はかなり同情しながら、私達のリーダーを見遣った。（日香里もホント、大変だなあ……）

IX

「ああ御免《ごめん》、御免、遅くなって――」

私達〈バシリカ〉七名の使徒の長、日香里は、登場してから実に十五分ほどを掛け、いならぶ顕官《けんかん》や大貴族の宮廷作法的無駄話から身を躱《かわ》しつつ、私達のテーブルに到《たど》り着いた。日香里はどこでも憧れの的。

それはそうだ。

もういったとおり、日香里は聖書にある最終戦争の英雄。まして、それればかりじゃない。あの〈大喪失〉において地球を陥落《かんらく》せしめた悪しき者らが、余勢《よせい》を駆って、ここ天国の門を突破することができなかったのは――だから私達が今ここで生きていられるのは――億を数えるはらからが殺戮《さつりく》された、絶望的な撤退戦のしんがりを、日香里が務めてくれたそのお陰。先帝陛下の右腕だった日香里の、獅子奮迅《しふんじん》・八面六臂《はちめんろっぴ》の大奮戦のお陰。その偉業なら誰でも教区の学校で学ぶ。

(その撤退戦のとき日香里は、染みひとつ無いとろけるように真白《ましろ》い肌を、自分の青い血と悪しき者らの体液とで、それはもうどろどろの、ぐちょぐちょの、べちゃべちゃの――まあ壮絶なものとしていたとか)

文弱な文系文官の私としては、ただただ絶句するしかないエピソードだ。といって実は私に限らず、〈バシリカ〉の仲間の誰も――そう日香里以外は――武官たる火梨でさえ、実戦なんて経験したことがないけれど。だから悪しき者と戦うどころか、悪しき者と遭遇したことすらないけれど。

でも、それはそうなる。

だって私達は新世代。〈大喪失〉のあと今の陛下に創造された世代。創造されたとき、天国の門はもう固く閉ざされていた。そしてまさか此方《こちら》から開けるはずもない。だから新世代の誰も、天国の外を知らない。

(ただ、そういえば。天国の門といえば。

それだけの武功を挙げた日香里だけど、あの〈大喪失〉のとき、最後に天国の門を閉じたのは……閉じることができたのは、その日香里じゃなかったって聴いたことがある)

日香里自身も、お茶とかしたときに、照れながら当時のことを、最新任の私にも語ってくれる――『最大の武功は最後に門を閉じてくれた仲間のもので、僕はただ、猪《いのしし》武者《むしゃ》として暴れただけの戦莫《いくさば》迦《か》だよ』『彼女が悪しき者の奸計《かんけい》を見破って、門のほんとうに数歩手前のところで敵を地獄に帰してくれたからこそ、今の天国はある』『僕はと言えば、そのとき奴等《やつら》の返り血で顔も躯《からだ》もどろどろにしていたんで、仲間に奴等と間違えられたりして、そりゃもう斬りかかられるわ殴りかかられるわ……』とかいっていた。でも。

（ところがその、『最大の武功を挙げた仲間』『最後に門を閉じてくれた仲間』のことは、教区の学校で学ばないどころか、どんなエピソードも残されてはいない。かなり率直で分《わ》け隔《へだ》てのない、誰にでもオープンな性格をしている日香里ですら、黙して語らない。

私達は基本、不死なのだから、その仲間はまだ天国にいるはずだし、最大の功績者というなら枢機卿団にいてもおかしくはないんだけど……ただ、枢機卿団はもう諸々《もろもろ》指摘されているとおり、その、問題が多い御老害たちだからなあ……）

日香里もまた枢機卿団の一員だから、あまり非難をしたくないけど……そもそも撤退戦の英雄で、元々先帝陛下の右腕とされていた日香里が、首席枢機卿になれないようなそんな集団だ。天国でも栄誉ある大公であり、生粋《きっすい》の武官として数多《あまた》の軍功ある日香里こそ、旧世代臣下六名の筆頭だと思うんだけど……ぶっちゃけ、枢機卿団のなかではかなり冷遇されているとの噂《うわさ》。

その理由もいろいろ囁《ささや》かれているけれど、思わず納得してしまうのは、『先帝陛下に最も近かった重臣への嫉妬《しっと》』『最大軍功を挙げた将軍への警戒』という、実に人間的なしみじみするものだ。

まして今般、史上最大の作戦の司令官に抜擢《ばってき》されたとはいえ、それは要はドンパチの斬り込み隊長・殴り込み隊長に祭り上げられたようなもの。門の外の様子が皆目《かいもく》分からないのだから、『前人未踏《ぜんじんみとう》の暗黒大陸を冒険して植民地にしてこい』と命ぜられたにも等しい。しかも、天国最長老の他の五名は——日香里の元々の仲間は——その冒険に誰も参加しないときた。穿《うが》った見方をすれば、他の五名は、日香里が戦死しても横死《おうし》してもいい、とさえ思っているのかも知れない……

（日香里でさえそんな扱いなら、『最後に門を閉じてくれた仲間』がどんな冷遇を受けているかも、

まあ想像に難《かた》くない。そもそも、その存在すら公的記録に残さないなんて)

「——やあ月夜。どうやら、また難しい考え事かい？」

「ひ、日香里!!」尊敬するその日香里に最初に声を掛けられた私はドギマギした。「う、ううん、ちょっといつもどおり、頭悪くボケッとしていただけだよ」

「あっ、ようやく呼び捨てに慣れてくれて嬉《うれ》しいな、あっは」

「日香里!!」さっきまで激怒していた火梨が、違う感じで頰《ほお》を上気させる。「地球総督拝命《はいめい》、おめでとう!!　それって陛下の全権代理だよ!!」

「うん、ありがとう火梨。でも再征服《レコンキスタ》に成功しなきゃ、総督も全権代理も名前だけさ」

「日香里と一緒に戦えるなら、絶対に成功するよ!!」

ああ、武官としてホント嬉しい……大戦の英雄である日香里と轡《くつわ》を並べられるだけで、信じられないほどの名誉なのに。こうやって、武官の地位まで押し上げてもらって!!

……戦争が無かったのをいいことに、どれだけ武官が冷遇されてきたことか。だから日香里は武官の鑑《かがみ》で、僕らの希望だよ!!」

(火梨は、日香里には恐ろしく素直だ。まるで、実の姉のように日香里を慕《した》っている)

「あっは、そんなに褒《ほ》められると羽《はね》がぱたぱたしちゃうな。

でも火梨、僕は飽くまで軍司令官で艦長——実際の戦闘行為は、これすべて火梨に委ねられている。とりわけ〈最終兵器〉の運用については、軍務省出身の火梨、砲術長たる火梨がいちばん詳しい。だから〈バシリカ〉計画における火梨の軍功は、僕がこれまでの軍歴で積み上げてきたものを、ぶっちぎりで超えるものになるはずだ。

僕こそ火梨と征旅《せいりょ》をともにできて嬉しいよ。改めてよろしく頼む!!」

「絶対に期待を裏切らないよ日香里。何でも命じてほしい。何でもする」

いよいよ日香里は私達のテーブルに就《つ》くと、木偶《でく》が用意した瀟洒《しょうしゃ》なソファをひらりと取り上げるや、好みの位置にサクッと置いた。自分のお尻もほぼ同時に、弾むがごとくそこへ沈める。そして直ちに、美しい手を翳《かざ》してお酒を求める。諸事《しょじ》さわやかで嫌味がない。音楽のような動きには無駄もない。木偶《でく》の取扱いも、なんというか、残酷なまでに自然だ。このあたり、貴種《きしゅ》としての立ち居振る舞いが、もう本能になっているよう。

（そして貴種としての本能ばかりか、貴種としての容姿にもまた比類がない）

威風堂々《いふうどうどう》たるロングロングストレートの髪は、天翔《あまか》ければ旗幟《きし》のごとくあざやかに靉靆《たなび》くだろう。その情熱的な朱《しゅ》の瞳は、火梨の燃えるルビーの瞳とはまた違って、神々《こうごう》しい朝の太陽のよう。もちろん、私達の誰より背丈があり、私達の誰より凜々《りり》しい。

着ているのは私同様――使徒団の皆《みんな》同様――陛下が下賜された〈バシリカ〉の制服。だから、少女然とした黒白モノトーンのセーラーカラーにセーラースカーフ、プリーツスカートにローファー姿（陛下の御趣味は謎だ）。でも例えば私なんか、どう鏡を見ても羽さえ出さなければヒトの女子高生そのものなのに、日香里はどう眺めても武官にしか見えない。また日香里は、行政官としては、〈検邪聖省《けんじゃせいしょう》〉なる悪しき者に対抗するための恐るべき特務《とくむ》機関・防諜《ぼうちょう》機関を陛下から委ねられていると聴くけど……その明朗快活な言動からは、そんなこと微塵《みじん》も感じることができない。

――いずれにしろ。

これで私達〈バシリカ〉の使徒七名のうち、六名が集まった。

さらに。

実は最後の七名目も、日香里と一緒に合流している。この最後の子は、いつも物静かで冷静で、まったく我《が》を感じさせない。そして、まるで日香里の影のごとく彼女に寄り添っていることが多い。最後の子がいま日香里と一緒に合流したのは、だから、私達にとっては自然でアタリマエのことだった。

その子に日香里が声を掛ける――

「ねえ土遠《とわ》、土遠も座らないかい？　明日の〈バシリカ〉出航まで、式典ずくめでもあれば、仕事だらけでもある。皆《みんな》で優雅に天国のお茶を――なんて機会は、きっとこれが最後だろうからね」

「私は結構」

「あっは、またバッサリと。それも土遠らしいけど」

「それよりも総員、優雅なお茶の方を中断して頂戴《ちょうだい》――出航まで二十四時間を切っている。各委員から、担当部門の現状報告をお願い」

「ええと……」日香里が美しく微苦笑する。「……定時の会議を、今朝《けさ》朝イチで終えたばかりだよね？」

「過激派の蠢動《しゅんどう》もある。部門によっては計画に遅延を生じさせている所もある」

「あっは、了解だよ副長、すべて土遠に任せる」

〈バシリカ〉艦長の日香里は優美にお酒を喉へすべらせ、視線とすらりとした指とで、会話の主導権を土遠に譲った。だから、日香里の影のようだった土遠が、スッと前に出る。彼女らしく凜《りん》と立ったまま。私達『雑談組』は、俄《にわか》に緊張感を強めた感じで押し黙った。

（やっぱり、土遠がいると締まるなあ……）

さっきちょっと日香里も触れていたとおり、軍司令官・艦長は、決裁官で管理職だ。だから、実務者は各委員だ。それをもう一度整理すれば――火梨が軍事委員、水緒が社会科学委員、木絵が人文学委員、金奏が警察委員、私が芸術委員。そしてこれら各委員＝実務者を日々束《たば》ねるのが、〈バシリカ〉副長の土遠である。土遠は委員のなかの首席だ。また自身、委員としての実務をも担当している。すなわち、自然科学委員兼《けん》応用科学委員。

――その土遠の容姿をひと言でいうなら、それはもう『クール』に尽きよう。触れれば斬れるように鋭利なボックスボブ。冷たい刃《やいば》を思わせる、全然甘やかでないシャープなカチューシャ。凍土《とうど》のような灰色の瞳。感情なるものを感じさせない、無駄を削《そ》ぎ落とした言動に身のこなし。

私が聴き及ぶかぎり、土遠は、〈バシリカ〉計画が開始されてからずっとずっと、参謀として、親友として、秘書官として日香里に付き随《したが》ってきた。まさに副長――Number One / First Officer の名にふさわしい。またその行政官としての能力にも、血統のよさにも比類がない。土遠はそもそも建省で大司教を務めていた超エリート技監《ぎかん》だし（前述のとおり水緒・木絵は大司教補、私にいたっては司教……）、ゆえに〈バシリカ〉の機関長にも任ぜられている。だから再征服《レコンキスタ》なった暁《あかつき》の地球の再建は、挙《あ》げて土遠の双肩《そうけん》に懸かっている。その血統すら、大公・枢機卿たる日香里と比べても全く問題ない。土遠は実は、首席枢機卿の養女であり、自身、伯爵《はくしゃく》の名乗りを許されているからだ。

（首席枢機卿の養女だから、自然、日香里の監視役なのかなあとか思っていたけど）

でも、ここ一週間で観察するかぎり、日香里と土遠の信頼関係は確固たるもののように思える。そして、いかにもあけっぴろげでサバサバした日香里と、諸事《しょじ》ストイックで潔癖で（敢えて言うなら）機械的な土遠は、とてもよいコンビに思える。まあ、土遠の潔癖さというか規律・規則・秩序・整理整頓に対する強靭《きょうじん》な執拗《こだわ》りには、ちょっと辟易《へきえき》することもあるけど。天国が真善美の世界だとするなら、土遠こそはその第一の使徒にふさわしいのかも知れない……

さてここで、いよいよ〈バシリカ〉の七名の使徒がそろったから、それぞれの任務や身分や職や出身省庁を整理しておこう。ちなみに陛下の恩寵《おんちょう》か、私達それぞれの瞳の色その他の容姿はまさに『それぞれの名が体を表している感じ』なので再論しない。また、繰り返しだけど私達の名付け親は陛下だ。もっといえば、今上陛下の御治世《ごちせい》では、かつての日本語が公用語となっている（これも微妙に謎だ）——

日香里《ひかり》　軍司令官・艦長、地球総督心得、枢機卿、大公、元帥・提督［検邪聖省］
土遠《とわ》　副長・機関長、自然科学委員兼《けん》応用科学委員、大司教、伯爵［建設省］
月夜《つきよ》　芸術委員、司教［文科省］
火梨《かりん》　軍事委員、砲術長、大佐［軍務省］
水緒《みお》　社会科学委員、大司教補［文科省］
木絵《きえ》　人文学委員、大司教補［文科省］
金奏《かなで》　警察委員、大司教補、警視正［内務省］

——〈バシリカ〉に乗るのはこの七名で、七名だけ。

天国三〇万のはらからのうち、陛下のあまりに突然の、そしてくつがえらない勅《ちょく》を受けたこの七名だけだ。もちろん私は超繰り上げ当選だし、枢機卿たる日香里はむしろ選ぶ側だろうから、全員が全員、一緒にビックリしたわけじゃない。ただ一覧を見て解るとおり、大佐とか警視正とか大司教補とか、確かにそれぞれの省庁で中核的な役割を担っている子が多いけれど、まさか大臣とか次官とか局長とかじゃない。要は中堅どころ。大臣クラスというなら日香里しかいない。日香里を除けばこんなの、ちょっとしたプロジェクトチームの編成でしかない。

しかしそれが、史上最大の公共事業にして史上最大の軍事作戦を担当するのだ。それが陛下の勅。ましてこれが『陛下御自身のピックアップ』であることは——私が超繰り上げ当選となったことも含め——確実である。何故なら日香里がそう教えてくれたから。すなわち陛下は、天国三〇万のはらからを御自《おんみずか》ら総ざらえして、この七名をわざわざお選びになったのだ。では、何故この七名なのか。

（……その理由は、とうとう今日まで明らかになってはいない。少なくとも私は全然知らない。まさか自分が、三〇万分の七——〇・〇〇二三％の当たり籤《くじ》を引いてしまうなんて。まさか自分が、〈大喪失〉以来初めて天国の外へ出る七名に入るなんて。そして陛下の領土を再征服し、完璧に再建・再興して陛下のもとへお返しすべき七名に選ばれるなんて）

自分のことでもあるから烏滸《おこ》がましくなるけど、〈バシリカ〉計画は、聖書にある先帝陛下の天地創造に匹敵する、史上最大のプロジェクト。まして取り敢えず、再征服なった地球を『支配』するのはこの七名だ。事実、日香里は既に地球総督の職——地球における陛下の全権代理の職に任ぜられているから。だから戦争が終わり、そして再建・再興が終わるまでは、地球を支配できるしまたしなければならない。そうでなければ、天国の民は、かつてのごとく安全に地球へアクセスすることができない。そして再建・再興とか、天国と地球を結ぶあらゆるルートの安全確保なんて、まさか一朝一夕《いっちょういっせき》にできることじゃない。重ねてその間、地球を支配するのは日香里と私達で、それだけだ。

（私達はいにしえのヒトでいうコロンブスやカブラル、コルテスやピサロ、はたまたアームストロングなのかも知れない……）

それが何故、この七名なのか？

またそれが何故、補欠のしかも超繰り上げ当選の私なのか？

「月夜」

（私なんて、時として異端にも不敬にもなる、そんな不埒《ふらち》な好奇心を持っているのに）

「月夜」

（だけど陛下は全能者で絶対者。私のこころなんて読めないはずもない……ならどうして）

「……月夜？」

「あっゴメン土遠!!　何だっけ？」

「……いつもの難しい考え事はあとにして。〈バシリカ〉の現状報告。各部門ごとの」

私達の名前からして、だいたいトップバッターは私になる。ただこんな調子で、たいていは副長の土遠に睨《にら》まれる――もちろん土遠は何も悪くないけど。悪いのは私の思索癖《しさくへき》だ。

「ええと、そう現状報告だね。ええと、だから芸術委員としては。ええと、今朝の会議で」

「端的《たんてき》に」

「ええと、そう今日の謁見の直前、どうにか遅れを取り戻せたよ。だからええと、私が、芸術委員が〈バシリカ〉に搬入すべき物件等は、第10デッキの第1貨物室から第17貨物室までに、全部積み終えた」

「了解」

ここで土遠は端末を出した。ここでは物理的に出した。創り出すことは私達なら児戯《じぎ》だけど、データのいちいちを再現するのはさすがの土遠でも無理らしい。といって、〈バシリカ〉の巨大さとその諸データの膨大《ぼうだい》さを考えれば、創り出せたとしてすぐガス欠に陥《おちい》るかも知れないけど。

「月夜、確認するわ」端末は、土遠の視線の動きに応じ、メモ・画像・動画・図面図表をぽんぽん、ぽんと立体的に浮かべてゆく。「最後まで聖座宝物庫を徹底捜索した、例のピカソの胸像画。それから正倉院《しょうそういん》の戸籍に、乾隆帝《けんりゅうてい》の翡翠《ひすい》の御璽《ぎょじ》。そして『おーぷん・りーる』からサルベージすべきワルターのマーラー。キョプリュリュ・メフメト・パシャのイズニク陶器――そうあの大皿。あと焼き物だと、ルイXV世の景徳鎮《チントーチエン》、白磁の『龍になる魚《ポワソン》』。これらが悩みのタネだった。結果どうなった?」

「残念ながら、文科省で再現したレプリカばかりになっちゃったけど……でも搬入は終えたよ。未搭載リストに掲げられていた物件はぜんぶ搬入できた」

「バフチサライの泉は」

「モノクロ動画だけど、どうにか全編修復できた」

「ハラキリのプロセスは」

「あっそれは文献だけにしたよ。だから、水緒担当の社会学とか木絵担当の宗教哲学とかに管理換《が》え。手続は終えている」

「それはちょっと残念ね」

「いやそうでもないんじゃないかな……」

「最後に。芸術委員の管理物件等は総計何点？」

「総計、四七四八万三六四七点」

「計画どおりね、了解」

「月夜、引継ぎも充分じゃなかったのに、一週間でそこまで詰めてくれてありがとう」日香里が優しくいった。「準備に二〇〇年弱を費やして、今日この段階で忘れ物があったら、あっは、それこそハラキリものだからね。いや、あの過激派の爆弾テロには肝《きも》が冷えたよ」

「でもホントは、この一・五倍を積む予定だったみたいだね。亡くなった先輩の残した、議事録に書いてあったよ」

「それを指摘されると実はつらい」日香里は心底すまなそうに。「我が検邪聖省としては、とりわけ芸術品について、喧騒《やかま》しい、厳しい検閲をしなければならなかったから――」

「新たなる地球の基盤となるのだから」土遠は淡々といった。「検疫は不可欠よ。月夜は著しいロマンチストだしね」

「えっそんな」

「あと検疫といえば――月夜、搬入に使役した木偶《でく》は退去済み？　天国の家畜だの、その用具だのその病《やまい》だのを、新たなる地球に持ち込むわけにはゆかない」

「当然退去させたよ土遠。貨物室その他の聖別も終わっている。そこは念入りにやった」

「なら、月夜の管理する第10デッキの警備はどうなっているの？」

「それは警察委員の私から」金奏がぴょこんと挙手した。「現在、〈バシリカ〉内部の警戒に当たっているのは内務省の警察官で、まさか木偶《でく》じゃないよ」

「了解。月夜は以上。

次、火梨どうぞ」

「〈バシリカ〉の第14・第15デッキには、何を今更だけど〈最終兵器〉が搭載されている。その安全装置は異常なく稼動《かどう》している。臨界実験・停止実験もスケジュールどおりに行っている。起動シークエンスの訓練も、日香里と僕とがそれぞれの承認コードで行っている――無論、スケジュールどおりに」

「例の、承認コードの保安措置はどうした？」

「……土遠の指示があったから、二十四時間ごと変更するようにしたけど。ただ正直、無意味じゃないかな。というのも、〈バシリカ〉の電算機は光紋《こうもん》認証式だから。僕ら個々が発する光によるから。そして僕らの光紋は、ヒトのDNAのように銘々《めいめい》で異なり終生不変――ゆえに、最終兵器に関する命令は、僕が生きているかぎり僕にしかできないし、僕が死んだなら日香里にしかできない。電算機が受け付けないから。ああもちろん、承認コードだってただの記号と名前と数字の組合せじゃない、あれは僕らの声それぞれを識別する」

「ならその日香里も死んだら？　これ実戦よ？」

「そんな莫迦《バカ》な事態はまさかありえないけど……そのときは素直に撤退すべきだよ、これ実戦だから」火梨の言い方には、どこか土遠に対する反感がある。「実戦で日香里も僕も死んだなら、それは事実上全滅ってことだ。他に武官はいないんだから」

「だから文官の私には、〈最終兵器〉の承認コードも与えないし、光紋認証の登録もさせないと？」

「武官としての訓練を受けていない者に、この天国すら全滅させ得る兵器のトリガーを委ねるわけにはゆかないよ」

「なら警察官の金奏も駄目だと。それも理屈ね。まあいいわ。

私も好き好んでソドムとゴモラを幾億たびも塵《ちり》にできるような、ダヴィデとシビラが泣いて喜ぶような、そんな非天道的大量破壊兵器の番犬になんてなりたくはないし。

——ただ上司として命じておく。

〈バシリカ〉は戦艦よ、戦争にゆく戦艦。なら当然、敵が艦内に侵入するという事態も想定しておくべき。そして当該《とうがい》敵の最優先目的は無論、〈最終兵器〉の強奪又は無力化でしょうね。なら承認コードの件も含め、〈最終兵器〉の保安措置は絶対確実に万全でなければ困る。いえそうしておきなさい」

「……了解」

「ねえ日香里」土遠は灰色の瞳を光らせた。「せめてあなたと火梨の共同運用にしては?」

「月夜が芸術品の管理についてあらゆる権限を行使するように、火梨は〈最終兵器〉の運用についてあらゆる権限を行使する。そうすべきだというのが聖座の確乎《かっこ》たる、そして最終の判断だ。だから僕は命令をし、またバックアップを務めるにとどめる——

　というのは口実で、実はぶっちゃけ、僕は旧世代だから今の電算機には弱くってね……〈最終兵器〉の管制システムだなんて、とてもじゃないけど管理できないしいじれないよ、あっは。だからそれは、信頼できる武官の火梨におまかせだ」

「ならばそれで。

あと火梨、天国との直接連絡の常時確保。これについては」

「現時点、問題ないよ。通信システムにはさっき自己診断サブルーチンを走らせたばかりだ。最後にもう一度実地試験を試みたいけど、あれは〈太陽の炎〉を矢鱈《やたら》食うから……」

「イザというときに、通信システムがガス欠などということは」

「想定し難《がた》い。〈バシリカ〉そのものの太陽炉が停止しないかぎりあり得ない」

「これ事実上の片道切符である以上、天国との連絡手段を確保しておくのは最優先事項のひとつ。命綱。よって、何度も何度も繰り返して点検をすること」

「解っているよ」

「最後に。〈バシリカ〉艦内で諸般《しょはん》の作業に当たった木偶《でく》の処理は」

「延べ三〇万人を、確実に軍務省が処理しつつある……貴重な資源だから、惜しいけど」

――土遠による〈バシリカ〉の現状確認は、律儀《りちぎ》に私達の名前どおり、次に水緒、次に木絵と続いた。それぞれにちょっとした問題はあったけど（土遠に問題を発見されないのは至難の業《わざ》だ……）、社会科学委員の水緒も、人文学委員の木絵も、仕事量の膨大《ぼうだい》さはともかく、そこは文系、さほどテクニカルな問題をかかえてはいない。結果として、それぞれの現状報告はいずれも五分未満で終わった。

ただ、ふたりの仕事のイメージをつくるため、多少具体的なことを言えば――

水緒は〈バシリカ〉第8デッキの各貨物室に、木絵は第9デッキの各貨物室に、それぞれが担当する学問の文献・資料を搭載し、管理してゆく。それは当然、新たなる地球の基盤となる――私の管理する芸術品と一緒だ。ちなみに水緒の管理する物件は総計五億九三八六万三九二一点、木絵の管理する物件は総計八億八四一〇万五七二七点とまあ、実に膨大だけど……

（……ちょっとズルいしかなり嫉《うらや》ましいと思うのは、そのほとんどが書籍だってことだ）

この点、私の管理する芸術品は、億を超える両者とはまさに『桁《けた》違い』に少ないけど、そのほとんどが所謂《いわゆる》『一点モノ』だったり『動的なもの』だったりする。収集も貯蔵も管理も、私自身が担当したのはたったの一週間とはいえ、それだけでもほんとうに激務だった。聖座宝物庫とかで寝起きしたし、光を染《あ》びなすぎて羽も出せなくなったりしたし、〈太陽の炎〉を何度も食べ忘れて素っ裸で身動きとれなくなったりもした。

（でも社会科学や人文科学となると、極論本と鉛筆があればいいし、その本だって、要は文字情報があればオリジナルに執拗《こだわ》る必要はないもんなあ。〈バシリカ〉にわざわざ『芸術委員』なんてものを置いた理由が、仮死するほど解った……先輩も苦労したろうな……）

とはいえ、その程度で愚痴《ぐち》っていたら、土遠の鉄拳制裁は免《まぬか》れない。

というのも、自然科学委員兼《けん》応用科学委員の土遠は、もちろん生物学をも担当しているからだ。例えば動物学、植物学、微生物学……おまけに天国は、古生物すらサルベージしている。これすなわち、土遠は、そのすべてのサンプルを、方舟たる〈バシリカ〉に積み込んでは面倒みなきゃいけないってこと……

（土遠が管理する生物なんて、実に二一三一万飛んで七二一種!!）

よって〈バシリカ〉の第6デッキ全部、第7デッキ全部、そして食《は》み出《だ》して第8デッキの一部は、これすべて土遠専用の貨物室となっている。管理点数こそ少ないけれど、対象はイキモノ。『二千万種を超える動植物園の園長役』と考えれば、土遠の超絶的な労苦にただただ頭が下がる。

（方舟っていうのも、その実務を考えると、まさかロマンだけじゃ成り立たないよね……

というかそもそも土遠って、動物が好きなタイプには見えないんだけど。私達病気にはならないのに、すごい防護服まとって仕事しているしなあ。やっぱり潔癖症なんだろうなあ）

するとその土遠が、人文学委員の木絵に最後の質問をする――

「木絵、あなたの第9デッキだけど、例の物騒な貨物室は完全撤去したわね？　存在しないはずの、あの第71貨物室よ？」

「物騒かどうかは～、意見の分かれるところだけど～」

「分かれない、絶対に」

木絵はあからさまに、ボブごと顔を逸《そ》らした。ふっくらした唇も、可愛く尖《とが》らせる。

「まあ～、土遠の顔を立てて～、ちゃちゃっとキレイにしておいたわよ～」

「まあ、とかいう副詞の意味がよく解らないけど？

――ともかくよ木絵。

検邪聖省が激怒のあまり木絵の頭部をチタタプにしそうな、聖座図書館の〈地獄室《インフェルヌス》〉担当大司教も裸足《はだし》で逃げ出すような、あの悪趣味極まる私設図書館は絶対に容赦《ようしゃ》できない。これ木絵のために言っているのよ。いよいよ出航前日にまでなって、今更塵《ちり》に帰されたりヒトに堕とされたくはないでしょう。酔狂《すいきょう》にも程《ほど》がある。というか既に思想犯よ？」

「チタタプ……土遠ってガチ理系のガチ技官なのに～、人文学にも詳しいのね～!!」

「そ、そんなことはどうでもいい」

土遠を腰砕けにできるのは、独特のテンポとユーモアを誇る木絵くらいのものだろう。あまりのノホホンさに絶句した土遠に代わり、その検邪聖省出身の日香里が言葉を継ぐ。

「あっは、諸事《しょじ》マイペースな木絵のことだから、いやマイペースなフリをした木絵のことだから、ま、ちょっとした稚気《ちき》と洒落《しゃれ》のつもりだったんだろうけど――発見したのが僕でよかった。それが検邪聖省の審問官《しんもんかん》だったなら、まさか冗談ではすまされない。

ひとつの意志、ひとつの動き。それが天国の正義。だのに、あっは、あんなすごい本ばかりを」

「あんな淫《みだ》らで破廉恥《はれんち》で堕落した禁書ばかりをわざわざ収集してきただなんて」土遠が我に帰っていった。「ちょっと背表紙を眺めただけで発狂しそうになったわ、おぞましい」

「だから～、あれもう片付けたから～、もうないから～、ホントホント」

「……私達嘘が吐けないけど、言葉には解釈の余地というものもあるわ」

「もう～、土遠ったら心配性ね～。

だったら断言するけど～、もう土遠が目撃した第71貨物室は物理的に存在しないし～、そこに収蔵してあった禁書はぜんぶ焚《た》いてしまったから～。これホントにホント～」

「一冊残らず、よね」

「収蔵してあった奴～、一冊残らずよ～。スマリヤン嘘吐かな～い」

「最後のそれって嘘……でもないのか、ええと、現在形だから……」

このとき。

私の隣に座っていた金奏が、とても自然な感じで、私の肩にポニーテイルごと頭を載せた。そして、とてもとても微かな思念を発した。ヒトが小声で囁《ささや》くのと一緒だ。この姿勢、この距離。大きなテーブルの先の、しかも木絵によってまた煙《けむ》に巻かれている土遠には、絶対に感受されない――

「第71貨物室はダミーだよ、月夜」

「えっ？」

「だって本命は、私の警察施設がある第3デッキだもの」

「それってまさか……まさか木絵の『悪趣味極まる私設図書館』のこと？

でも今木絵、禁書はぜんぶ焚いたって」

「うん焚いた。私達嘘は吐けないもん。

そして焚いたってかまわない。第71貨物室の禁書なんて、ぜんぶ初心者むけの子供騙《だま》し。

といって、土遠を卒倒《そっとう》させるには充分過ぎたみたいだけど、あっは」

「じゃあ禁書の真打《しんうち》ちは」

「月夜だから教えるね。

それは第3デッキの、第10取調べ室の壁の裏にある。そこが、ホントの禁書図書館」

ここで金奏は、キレイな檸檬《れもん》の瞳をかなり真剣なものにして――

〈過激派〉の諸々《もろもろ》のことと一緒に教えてくれた、とても大事な秘密をもう一度囁《ささや》いた。

「月夜があれだけ読みたがっていた、例の本もあるからね!!」

――私は思わず音を出して息を飲んだ。金奏は頭で、大きく動いた私の唇を隠した。

X

なんともさいわいなことに、私の驚愕《きょうがく》は、仲間の誰をも刺激しなかったようで――

だから土遠は、きっと意図的にぬらくら喋っていた木絵との一幕劇《ひとまくげき》を切り上げると、最後に金奏への確認を始めた。

「金奏、〈バシリカ〉艦内はクリアね?」

「最後に残してある、艦内警備の警察官以外はね」

「密航者対策は?」

「〈バシリカ〉の電算機なら密航者を見逃しはしない。艦内スキャンは随時、掛けている」

「既に爆発物等が設置されているなどということは?」

「ありえない。これまた〈バシリカ〉の電算機は入退艦を徹底してチェックできるから。そして現在の所、許可・権限のない者の出入りは皆無《かいむ》。またそれが爆発物であれ汚染物であれ、〈バシリカ〉の電算機のスキャンを逃れることはできないよ」

「一週間前の不名誉な事件に鑑《かんが》みて、外殻《がいかく》・船外をテロられる蓋然性《がいぜんせい》は残る」

「それについては改めて面目次第《めんぼくしだい》もないけど……

周辺の飛行等禁止区域も急遽《きゅうきょ》、半径を倍にしている。軍務省が航空機動警らも実施し続けている。外殻の自己診断サブルーチンも始終走らせている。また出航前なら、いかに〈バシリカ〉が巨船といえど、ほら、こうやって目視で船体を確認することもできる。外周警備は火梨の担当だけど、内務省としても、先週みたいな爆弾テロは二度とふたたび繰り返させない」

「出航まであと二十四時間を切っている。火梨でもあなたでもよいから、蟲《むし》が集《たか》ったら直ちに叩《たた》き墜《お》とせるように」

「了解っ」

「そういえば土遠」日香里が威風堂々《いふうどうどう》たるロングロングストレートを掻き上げた。「爆弾テロによる物理的な被害は結局、どうなったんだい？　仲間の非業《ひごう》の死ばかりに気をとられて、技術的なあれこれは、土遠に任せっきりにしてしまっていたよ」

「実際の所、大したことは無かったんだろう？」火梨がいう。「そもそも〈バシリカ〉は天国最高水準の強度を誇る建造物――外殻を破壊するだなんて、電算機に自爆を命じなければ、僕ら自身にもできはしない。絶対者たる陛下が、どうにかおできになるかどうか。枢機卿クラスだって、罅《ひび》ひとつ入れられるかどうか……

　そうでなければ、〈バシリカ〉計画の航海そのものが成立しないもの」

「火梨の指摘は正しい。だから〈過激派〉の爆弾のひとつやふたつ程度では擦《す》り傷ひとつ付きはしない、はずなのだけど」技監の土遠は微かな嘆息《ためいき》を吐いた。「ただ偶然なのか、狙いがよかったのか、はたまた手引きした者がいたのか……その結論はともかく、方舟の物資を搬入していた、第8デッキの扉が被害に遭《あ》ったのよ。もちろん物資搬入中だから、開いていたときに。そして扉部分だから、純然たる外殻部分より強度の落ちる所がある。よって結局、そこは擦り傷以上のダメージを負ってしまった。

　無論、最優先で修理を試みた。だから、今この瞬間だと――理論値の八二・四五％までは復旧できている。そして明日の出航までにはそれを九〇％前後にまで持ってはゆける。けれど……裏から言えばそれが限度。出航前に、嫌な脆弱性《ぜいじゃくせい》をかかえてしまった」

「航行に支障は無いと聴いているけど?」

「それは日香里、そのとおり。私の名誉と職責に懸けて断言する。支障は無い。〈バシリカ〉のいわば密封・気密についても問題は無い」

「ならかまわないさ。航行中でも修理はできる。まして当該部分、強度九割というなら実際上の問題は想定し難《がた》い」

「いちばん危惧されるのは〜」木絵がいった。「悪しき者の侵入よね〜、さっきちょっと土遠も指摘していたけど〜」

「金奏」水緒が訊く。「〈バシリカ〉の電算機は、悪しき者の侵入なり存在なりもスキャンできるの?」

「もちろんできるよ」金奏は断言した。「というのも、私達と悪しき者って、種としてはまったく一緒の存在だもの。あの聖書にある最終戦争の後、天国に残ったか地獄に堕ちたかの違いだけで。だから、天国のテロリストなり木偶《でく》なり、まあ何でもいいけど、その存在をリアルタイムで探知できるのと同様、悪しき者の存在もすぐさま探知できるんだ」

「ただそのときは」土遠がいった。「既に異常事態・緊急事態ね」

「それもそう。

だって〈バシリカ〉外殻のすさまじい強度を考えたとき、それが悪しき者に突破されちゃうってのは余程《よほど》のことだし、そもそも〈バシリカ〉は私達七名の使徒で、そう七名の使徒だけで運航するから、いよいよ私達七名で白兵戦《はくへいせん》——ってことになっちゃうもの。まさか、猛スピードで離脱してゆくここ天国からの援軍なんてありえないし、期待できないもの」

「ゆえにそのときは」土遠が淡々《たんたん》と続ける。「日香里と火梨に獅子奮迅《ししふんじん》の活躍をしてもらうしかないと」

「もちろん私も警察委員として参戦するけど、警察官はもともと治安維持要員であって、生粋《きっすい》のドンパチ要員じゃないしね……そしてこれ嫌味でも何でもなく、月夜・水緒・木絵そして土遠は生粋の文官だし」

「かまわない」火梨がいった。「重ねて、武官である日香里と僕の手に負えない事態となったら、それは計画の失敗を意味するから。そしてそんな事態にさせはしない」

（……文官五名も、当然、戦闘訓練を受けてはきたけど）促成栽培《そくせい》の私は思った。（そしてそもそも、悪しき者と対決する存在として生み出された存在だけど。ただ仲間にも得手不得手《えてふえて》はあるし、まして私達新世代には、実戦の経験なんてまるでない。特に私なんか、平和ボケの最たるもの。イザ悪しき者と対峙《たいじ》したとして、それを数匹、ううん一匹滅しきれるかどうか）

まあいいや。

〈バシリカ〉の性能・諸元《しょげん》からしても、また、〈最終兵器〉の使用を要《かなめ》とする私達の計画からしても、まさか白兵戦なんていう、派手にドンパチする事態が生じるとは思えない。まさに火梨がいったとおり、私なんかが戦闘に駆り出される時点で〈バシリカ〉計画は失敗だ。そんな事態は、確かに想像もできないししても意味が無い。

そんなわけで。

私が土遠と金奏のする、幾つかの最終確認を聴き流しつつ、笑顔でお茶を注《つ》ごうとしてくれた木偶《でく》を制して、自分で自分のカップを満たしていると――

――突然、私のソファのすぐ近くで声がした。ほんとうに、突然。

「失礼。

こちら、〈バシリカ〉使徒団のお席ね？」

「あっはい、そうですが——」

私はその声を発した者の方へ顔をむけた。

そして微妙に吃驚《びっくり》した。そう、ふたつの意味で吃驚《びっくり》した。

——ひとつは、その姿。

（私達、〈バシリカ〉の使徒と一緒の制服を着ている……）

これは既述《きじゅつ》のとおり、陛下がお定めになった制服。天国で、他にこの制服を纏《まと》っている者はいないはず。こんな古式ゆかしい制服は。だから、その制服そのものが奇異だけど。

ただ、私を吃驚《びっくり》させたのはその制服だけじゃなかった。まさかだ。

（……う、美しい。この子、なんて綺麗《きれい》なんだろう。

こんな美しい子、この天国で……私の生涯で出会ったことがない）

強いて言えば、日香里の美しさに匹敵するだろうけど……

……ううん。

正直に言えば、私達のうちいちばん神々《こうごう》しい日香里でも、この子の美しさには敵《かな》わない。

（まして当然、平々凡々《へいへいぼんぼん》たる私なんて、比較の対象にすることすら烏滸《おこ》がましい……）

私達は誰もが、真・善・美の使徒として今の陛下に創造された。

それゆえ、そもそも醜《みにく》い仲間というのがまず存在しない。

ただ、私達にも個性がある……個性が付与されている以上、どれだけ美しいかは、まさにヒトのごとく千差万別。また〈太陽の炎〉の創造の力さえ用いれば、脳がひとつゆえ分裂することはできないけど、一時的に外貌《がいぼう》を変えることはできなくもない（ゆえに透明に変わることも——消えることもできる）。けれどそれは陛下の御業《みわざ》に反することゆえ、膨大《ぼうだい》な〈太陽の炎〉を必要とするし、それでいて五分一〇分の変容が精一杯だ。まして眼前の、今新たに現れた子は、そのような変容を試みている様子もない。そのような強引な変容は、必ず強引な圧《アツ》や力場《りきば》を形成してしまうけれど、そんなもの微《み》塵《じん》も感じられはしない……

　すなわち。

　私の眼前の、私達と一緒の制服を纏っている『少女』は――

（月の雫《しずく》に濡《ぬ》れたような、日香里とはまた趣《おもむき》の違う、純黒のロングロングストレート。
月の光から捏《こ》ね上げたような、とろけるほどなめらかで、物静かに艶《つや》めく肌。
かたちよい頬《ほお》と唇は桜か薔薇《ばら》か。いさぎよいぱっつん前髪は、甘やかでしかも力強い。
ましてその音楽のような四肢の、可憐で優美で、それでいて意志のしなやかさにあふれていることと言ったら……）

……私は知らず、呆然《ぼうぜん》と、啞然《あぜん》としていたみたい。ひょっとしたら、陶然《とうぜん》と。
鏡があったなら、ぽかんと口を開けていたそのマヌケぶりが、自分でも眺められたろう。
ただ、それを自分で眺めたとしても……依然として口を開けるのをやめなかったろう。
――真の美を前にしたら、あとは虚脱あるのみだ。

（それにしても、これほどだなんて。こんな不公平を、陛下はお許しになるの？）

これほどだと、私は眼前にいるのがたとえ『陛下御自身だ』といわれても、あるいは『その瓜二《うりふた》つの似姿《にすがた》だ』といわれても、素直に信じる。だって私の生涯のうち、いちばん美しいものとの邂逅《かいこう》だから。

　それほどまでに、この美しさは、ここ天国においてすら類《たぐ》い稀《まれ》なもの。

（ううん、類い稀どころか、もう無類《むるい》といっていい……）

ただ眼前の子は、その私の驚愕《きょうがく》を、自身の美しさ故とは微塵《みじん》も思わなかったようだ。何故と言って、私のいささか無礼なしつこい視線を受けても、自分の容姿に瞳《め》をやるそぶりすら見せなかったから。私はその泰然自若《たいぜんじじゃく》とした態度に、自分の容姿への自信よりも、自分の容姿への無関心をこそ強く感じた。成程《なるほど》、美しいモノにとってはそれが当然で自然で、まさか吃驚《びっくり》したり唖然《あぜん》としたりする必要なんてない……美しさというのは残酷で、ある種の罪だと思う。

　これらを要するに、眼前の子は、どこまでも、そう残酷なほど冷静で、自然だった。

「どうかした？　私の顔にお菓子でも付いている？」

「あっいえ、そういうわけでは」

「艦長さんは何方《どちら》？」

「日香里なら、あっちのソファの」

　私達七名が歓談なり検討なりをしているのは、サロンの一画だ。『将官の間』そのものは巨大だけれど、おたがいの距離はまさか一〇パッシも離れてはいない。私がいよいよ起《た》ち上がって日香里に躯《からだ》をむけると、日香里は私の傍《そば》の客の、とりわけその制服に興味を引かれたか、優美にソファを起つや、快活に握手を求めた。そしていった。

「〈バシリカ〉艦長の、日香里ですが？」

「初めまして。宮内省の地霧《ちぎり》といいます」

「宮内省の……陛下から何か？　というか失礼、昔何処《どこ》かで会っているような」

「そうですか。先《ま》ずは此方《こちら》の勅書《ちょくしょ》を確認してください、艦長」

　日香里は微妙に不思議な顔をしつつ、地霧、と名乗ったその子が差し出した端末を受け取った。まだ私の位置からは見えないけど、今、端末は日香里の視線に応じて何らかの文書を表示させたはずだ。そして文書と一緒に浮かび上がる、どうやら直筆《じきひつ》の署名と日付と、あとは紋章のようなもの――

　そしていよいよ私同様、ちゃっかり身を乗り出し、直近でそれをのぞきこんだ金奏がいった。

「げっ、陛下の御名《ぎょめい》に御璽《ぎょじ》じゃん。私ホンモノ見るの生涯二度目だわ、使徒団の辞令以来」

「……地霧さん、といったか」日香里はいよいよ訝《いぶか》しんだようだ。「俄《にわか》に信じ難《がた》いが」

「それは私の方もだけど。ただ陛下の勅《ちょく》とあらば是非《ぜひ》もない」

「ならばこの君の辞令の、〈監察委員〉というのは？」

「陛下の名代《みょうだい》として、〈バシリカ〉における公務の執行のすべてを監察する職だとか」

「監察……具体的には？」

「それは読んで字の如《ごと》く。非違《ひい》行為を調査し、罪咎《つみとが》あらばそれを指輪で罰する。それだけ」

「艦内の諸監督なら副長の土遠がやる。艦内の警察権なら警察委員の金奏が行使する。それに陛下の名代というなら、軍司令官兼《けん》艦長である僕がそうだけど？」

「誰が誰だかまだ分からないから、後刻、改めて自己紹介をしてもらうわ。それに、皆《みんな》のお仕事を邪魔する気は毛頭《もうとう》無い。そもそも乗艦することそのものが、私自身にとっても意外で大胆な行為だしね。とはいえ、私は陛下御自身の聖旨《せいし》により――辞令にあるこの一日付《ついたちづ》けで〈バシリカ〉八番目の使徒に勅任され、あなたたち七名を監察する職に充《あ》てられ、要はいきなり〈バシリカ〉の片道切符の旅をともにすることとなった。重ねて、それが陛下御自身の勅とあれば、何を論じても是非《ぜひ》の無いことよ」

「は、八名目が⁉　僕らの艦に乗る⁉」火梨はルビーの瞳を猛々《たけだけ》しく燃やした。「まして、日香里のやることも監督する⁉　そんなこと、使徒団の誰も聴いていない‼」

「でしょうね。今伝えたばかりだし、今日決まったばかりだもの」

「二〇〇年弱を掛けて準備されてきたこの〈バシリカ〉計画に……まして〈バシリカ〉出航前日に、見ず知らずの部外者が闖入《ちんにゅう》してくるだなんて、そんなことが‼」

「〈バシリカ〉の規模からすれば、たとえあと一、〇〇〇万名以上を乗せてなお余裕があるはずだけど――そう至高界の民《たみ》総員はおろか、至高界の木偶《でく》すべてを乗せてもね」

「そ、そういうことじゃなくって……!!

今更ルーキーだなんて。ただでさえ一週間前に月夜が加わったばかりなのに。そもそも君はどういう資格と権限で……能力も未知数なら、位階《いかい》も」

「待って火梨」土遠が激昂《げっこう》しつつある火梨を制した。「拝見するに、その辞令。陛下の御名御璽《ぎょめいぎょじ》はホンモノよ。私の辞令と一緒。もっとも、その偽変造ほどの叛逆罪《はんぎゃくざい》もないけど」

「そうだとしても!!」

「そう、そうだとしても――〈バシリカ〉副長としては、館内の指揮系統を乱すわけにはゆかない。〈バシリカ〉は日香里を頂点とする明確な指揮系統を有している。地霧さん、あなたの〈監察委員〉なる職は、それに不必要な混乱をもたらす虞《おそれ》がある。そしてそれは当然、再征服《レコンキスタ》なった新たなる地球においても懸念される問題となる。

要するに。

軍艦でもある〈バシリカ〉では、獣のように直截《ちょくせつ》な上下関係も必要なのだけど?」

「辞令を更に確認してもらえれば一目瞭然《いちもくりょうぜん》だけれど――私は本日付けをもって宮内省の大司教、内務省の警視正そして軍務省の大佐に勅任された。詰まる所、副長さん・警察委員さん・軍事委員さんと同格の地位を与えられた。だから艦長さん以外の、すべての使徒の同僚が一名増えたと、こう考えて頂戴。そして指揮系統というなら、これも辞令を更に確認してもらえれば一目瞭然だけれど、私の権限行使は、艦長たる日香里さんの調査依頼があったときに限定される。だから使徒団各位の素行を嗅《か》ぎ回るとか、ミスを摘発して難癖《なんくせ》を付けるとか、そういうくだらないことは私の職務でもなければ趣味でもない。ただ私も夏休みの絵日記、じゃなかった監察日誌を書かなければならないらしいから、それに必要な範囲で、艦内の巡視等をさせてもらうことになるけれど。

そうでしょう、艦長?」

「確かにそのとおり」日香里が端末の投映する辞令を確認した。私も盗み視ていた辞令を。「なら僕が頼まなければ、〈監察委員〉が自発的に出る幕はないと、そういうことだね？」

「まさしく。だから指輪とて、まさか私の一存で使いはしない。よって――

修学旅行の前日にやってきた転校生のごとく、とてもおとなしくしているわ」

「日香里」土遠が訊いた。「なら、転校生さんの席を決めないといけないわね？」

「そうだな……第2デッキの貴賓室がまるごと空いている。其処《そこ》を、地霧さんのオフィスと私室にしてもらおう。貴賓室だから、専有面積にも構造設備にも問題はないはずだ」

「ありがとう、艦長」

「……ただ地霧さん、いや地霧。

陛下は何故、艦長たる僕にも黙って、しかも出航前日に、わざわざ転校生なんかを送り込んだんだろう？」

「さあね。一介の使徒となった私は、陛下の大御心《おおみこころ》を云々《うんぬん》する立ち位置にない。

ただ、ちょっとした経緯で知りえた事情ならあるわ、艦長さん」

「これすなわち？」

「あなた秘密は守れる？」

「そりゃ内容によるさ」

「正直ね。まあいいわ。

……陛下は、憂慮《ゆうりょ》しておられる」

「何を」

「その御悲願が無事達成できるかどうかを」

「それってつまり、〈バシリカ〉の使徒団七名が、ぶっちゃけ力不足だ――ってこと？」

「断じて違うわ。というのも。

あなたがたの征旅《せいりょ》、あなたがたの〈バシリカ〉計画は、プロパガンダが熱唱するような、失われた領土の再征服と再建設などという、そんな単純なものではない……」

「なんだって？」

「……と、陛下はお考えになっている、らしい。

聖座の、だから枢機卿団の真意は、実はそんななまやさしいものではない、らしい。

だからあなたがたには、思いも掛けぬ苦役《くえき》と受難《じゅなん》が待っている、らしい」

「この〈バシリカ〉計画には、当事者の僕らも知らない、秘められた頁《ページ》があると？」

「――もしそうだとしたら。

転校生の手も借りたい事態が生じるかも知れないわね。

転校生は転校生で、修学旅行をおもしろいものにする義務があるでしょうし。

いずれにしろ、陛下の御旨《みむね》も枢機卿団の真意も、私達には推測すらできはしない。

そして秘められた頁があるにしろないにしろ、もう、本は開かれなければならない」

（もう散々、議論したとおりだ）私は何故か背筋を寒くした。（陛下と枢機卿団との間には、隠微《いんび》な路線対立と権力闘争がある……その陛下の、そう〈バシリカ〉計画に最も熱心でいらした陛下のお考え。とりわけ動機。また、突如として計画賛成派に転じた枢機卿団の真意。とりわけ動機）

……そこには、私達計画の実行者すらある意味欺《あざむ》いた、『そんななまやさしいものではない』『そんな単純なものではない』何らかの深謀遠慮《しんぼうえんりょ》、ううん　謀《はかりごと》があるのでは？

だからこそ陛下は急遽《きゅうきょ》、お目付役《めつけやく》まで派遣なさった……

（なら地霧と名乗るこの子は、いわば陛下の密使《みっし》？

ただ全能の御方《おかた》にしては、なさることがバタバタッとしているような気がするし、陛下の密使が送り込まれるくらいなら、聖座の密使だって送り込まれても不思議じゃない気がするけど……）

「じゃあ艦長さん、いえ日香里。いきなりだけどこれからよろしく、仲間として」

「解った地霧。なら最初の命令だけど、改めて自己紹介してくれるかな、転校生として？」

第2章　X

I

〈バシリカ〉第1デッキ、艦橋《かんきょう》。

七名の使徒の席が、とても優雅に配されている。一名分増えたけれど、全く影響ない。

艦橋の内装はすべて優雅なアルティシムス様式で、とても軍艦のそれとは思えない。

静かにしかし絢爛《けんらん》にあふれる、茶と赤と象牙と金。あるいは緋《ひ》と濃緑。

荘厳《そうごん》な列柱に、なだらかでのびやかな大階段。葡萄酒色と白色の、大理石のその荘厳さ。

とてもたかい、たかすぎる天には静謐《せいひつ》なフレスコ画が、陛下の御稜威《みいつ》を讃美している。

(何度見渡しても、慣れない。まるで大貴族や枢機卿の宮殿だわ……)

唯一、軍艦らしいといえるのは、私達の前方に大きく開けた窓だ。

もちろん、〈バシリカ〉の目視視界を確保するための艦橋窓だけど――

今はその窓の周囲に、無数の、矩形《くけい》の、光のモニターが浮かんでいる。

それらモニターは、天国のいたるところで爆発している、熱狂と歓喜とを映し出している。


　陛下万歳!!

至高界、万歳!!

方舟《はこぶね》万歳!!

〈バシリカ〉万歳!!

再征服《レコンキスタ》、万歳!!


花火の轟音《ごうおん》に、紙吹雪の群舞《ぐんぶ》。デモの熱気にスローガンの絶叫。

（ひとつの意志、ひとつの動き……）

艦長の日香里《ひかり》は、艦橋中央の自席で、不敵な笑みを浮かべつつそれらを見ていたけれど。

やがて、美しくしなやかにその艦長席へと歩み寄った、副長の土遠《とわ》へと躯《からだ》を傾けた。

その土遠は何の気負いもなく、当然のようにいう。

「出航準備、終了。

艦内警戒閉鎖、終了。不良箇所なし。機関臨界」

「よっしゃ、じゃあ、ゆこうか――

火梨《かりん》、喇叭《ラッパ》用意!!」

「喇叭《ラッパ》準備よし」

「吹けっ」

――火梨は誇らかに『出航準備』の喇叭《ラッパ》を吹奏する。それはかつての、聖書にある大戦《おおいくさ》のとき、今は艦長席に座している日香里こそが吹いたトランペットであり、その旋律だった。また今は、この〈バシリカ〉艦橋から、リアルタイムで天国じゅうに響き渡るしらべでもあった。

そして、火梨の喇叭《ラッパ》とともに。

天国時間、正午。〈バシリカ〉艦内時間、一二〇〇《ヒトフタマルマル》。

私達八名の使徒団の、航海の幕が切って落とされる。

余韻《よいん》を喫《きっ》していたかのごとく悠然《ゆうぜん》としていた日香里が、いよいよ号令を発する。

「出航用意。錨《いかり》を上げ」

「艦尾艦首《とりおもて》」副長の土遠が報告する。「スタンバイ」

立ち錨《いかり》。

起き錨。

――〈バシリカ〉が天国を抜錨《ばつびょう》してゆく。日香里の朗々《ろうろう》たる号令は続いてゆく。

「右後進微速《びそく》。左前進半速《はんそく》。面舵《おもかじ》――」

(これで私達八名は、遥《はる》かな、遥かな時にわたり、天国から切り離される)

「――両舷《りょうげん》前進半速、戻せ」

〈バシリカ〉の巨大な舵輪《だりん》が、日香里のあざやかな操艦《そうかん》にしたがい、イキモノのように動く。

もちろん天国最高水準の技術を蕩尽《とうじん》したこの艦に、手動の操艦なんて必要ない。

〈バシリカ〉の航法システムは、あらゆる航海シークエンスを自動化している。

だから舵輪の直近でスタンバっている土遠は、余程《よほど》デリケートな操艦をする必要がないかぎり、それに触れることはない。といって、私の予想が正しければ――

――今、軍港を大いに離脱した〈バシリカ〉は、いよいよ至高界の天の、とある一点に最接近しつつある。巨大な窓からそれを視認《しにん》していた日香里が、軍港との、だから天国との離別の通信のため、艦長席の装飾的な肘掛《ひじか》けを典雅に撫《な》でる。すると、艦橋の宙に幾つも幾つも浮かんでいたモニターのひとつが拡大されて、艦橋総員の眼前に展開された。

「首席枢機卿猊下《げいか》」日香里はどこまでも悠然《ゆうぜん》といった。「天国の門の、開扉《かいひ》を」

「……いよいよだな」

「それでは」

「陛下の御加護を」

「ありがたく」

その刹那《せつな》。

この天国と外界とを距《へだ》てる、最大の門が厳《おごそ》かに出現するや、やはり厳かに開き始める。私は初めて見るその天国の門の、威容と威風に魅入《みい》ってしまう。

これが開かれるのは、〈大喪失〉以来初めてのこと。この主たる正門も、その他数多《あまた》ある副門も、悪しき者との籠城戦《ろうじょうせん》のため、固く固く、固く閉ざされてきた。それどころか、それらの位置自体も、長い長い歳月をかけて秘匿《ひとく》されてきた。天国の門なり、副門なりを実際に見たことがあるのは、〈大喪失〉を生き延びた旧世代だけ。そこには無論日香里が入るし、日香里の言《げん》を信じるなら、『最後に門を閉じてくれた仲間』が入るだろう。とまれ、私達今上《きんじょう》陛下に創造された新世代にとって、天国の門を目の当たりにするのは初めてとなる。

（その天国の正門が、幾万年も幾万年も時を重ねたその果てに、いよいよ開いた……!!）

「土遠」日香里が命じる。「操艦を手動に切り換え」

「了解」

土遠が、〈バシリカ〉の舵輪を、慎重にあやつりはじめる――

〈バシリカ〉の航海のうち、ここここそが、最もデリケートさを求められる難所だからだ。理由はシンプル。史上最大の戦艦にして史上最大の方舟である〈バシリカ〉は、実はそのサイズを、天国の正門が通過できるギリギリの大きさとしているから。それはそうだ。どれだけ大きな軍艦を建造しようと、天国から出港できなければ何の意味も無い。

――土遠はとても器用に、帝都そのものすら収容できる巨船を、そろりそろりと、天国の門から脱出させようとする。威風堂々《いふうどうどう》とした正門は、その両開きの扉を既に全開にしていたけれど……そもそもが雄壮な矩形《くけい》だ。まさか伸び縮みも変形もしない。私は、艦橋の窓をハラハラしながら凝視した。ぐんぐん迫り来る天国の正門。まるで私達を挟み壊《つぶ》してしまいそうなその門柱。思わず瞳《め》を閉じてしまったことも二度三度じゃない。けれど。

「船体通過まで一五秒……一〇秒……」

土遠のどこまでも冷静な声に、私はホッと安堵《あんど》させられながら、けれどいよいよ自分達が前人未踏《ぜんじんみとう》の暗い海へと投げ出されつつあるのを感じた。天国の門のその先は、私達をずっとずっと包囲し続けている、悪しき者らの領域だから。すべて敵地そのものだから。

「猊下《げいか》」日香里が軍港にいった。「どうぞ閉門を――直ちに」

「陛下の代理として、また聖座と至高界とを代表して、武運を祈る」

「〈バシリカ〉――」鋭く響く土遠の声。「――天国の門を抜ける。三、二、一……今!!」

そのとき私は、あまりにも荘重《そうちょう》な、震動とも波動とも地響きともつかぬ、威厳ある大きなゆれを感じた。そして直感的に理解した。今、私達の〈バシリカ〉を通過させ終えたのと同時に、天国の門がまたもや固く、固く閉ざされてしまったのを。そしてこれまでどおり、もうその姿そのものを消してしまったのを。

(そうだ、もう帰ることはできない)

「土遠ありがとう。操艦は自動に切り換え」

「了解」

「よっしゃあ、幾万年ぶりの自由を満喫しながら、いざ僕らの地球へ――

最大戦速でいってみよう!!」

「え、日香里」土遠が無感情に訊く。「いきなり？　それなりの震動があるけど？」

「〈バシリカ〉の実戦性能を感じたい。

それにどのみち、チンタラ遊覧船していても意味は無い。一気に飛ばそう!!」

――私達使徒八名を乗せた〈バシリカ〉は、いきなりの最大戦速で故郷を離脱した。

Ⅱ

〈バシリカ〉第2デッキ、士官室。

といって、バシリカには私達八名しか乗艦してはいないから、士官も兵もない。

だからここは、私達の会議室で――

もっといえば、正餐室《せいさんしつ》でもある。

大公たる日香里の趣味もあってか、絢爛《けんらん》なシャンデリアに華麗な燭台《しょくだい》、清冽《せいれつ》で糊《のり》の利いた真白《ましろ》いテーブルクロスなどが目映《まばゆ》い。時代がかった瀟洒《しょうしゃ》な飾り暖炉に、数多《あまた》の肖像画なり彫像なり陶磁器なりがいろどりを添えている。私が用意したふんだんな生花もある。

――私達は出航シークエンスを終えてから、引き続き〈バシリカ〉を最大戦速で驀進《ばくしん》させた。そしてそのまま、それぞれの担当エリアと担当任務とに異常がないかどうか、ひととおりの確認を終えると、最初の夕食のためここに集まった。これまた夕食というか、絢爛たる晩餐《ばんさん》だけど。

ちなみに晩餐の準備をしたのは、私だ。

というのも、私が〈バシリカ〉の航程における最初の当直だから。

当直は、実働員が務める。その順序は、名簿どおり。

だから結局、私（月夜《つきよ》）→火梨《かりん》→水緒《みお》→木絵《きえ》→金奏《かなで》、の順になる。

（といって、余程《よほど》の緊急事態が発生しないかぎり、大した仕事はないんだけど）

そう、大した仕事はない。

この巨船には手動操艦の必要がないけど、それは別段操艦にかぎられない。艦内のほとんどの事務・作業は、電算機に命じるだけで自動処理される。乗員が八名っていうのは、それを考えれば多い方かも知れない——もちろん当該《とうがい》八名は、〈バシリカ〉を動かす以外の、再征服・再建設という重大任務を与えられているのだけど。でもどのみち、〈バシリカ〉をただ動かすだけなら一名でも充分。まして例えば晩餐の準備など、その一名すら必要ない。私達の食事の本質は〈太陽の炎〉でそれだけだし、諸準備はあらかじめ電算機に命じておけばよいから。だからついさっきまで私がしていたように、『料理をする』なんてのは、実は趣味か娯楽の類《たぐい》である——私達にヒトの食事は必要ない。

（でもまあ、私は料理が嫌いじゃない。

それに、電算機に命じて用意させるものと手製のものでは、あきらかに質が異なるもの）

そんなわけで、初日の当直である私は、電算機に命じてカトラリだのテーブルクロスだのを用意させつつ、いそいそと手料理に勤《いそ》しんだ。当初考えていたメニューのうち、難しくて調理できないものもあったけど、それならそれで電算機におまかせしてしまえばよい。また、私が味や工程を熟知しているものであれば、電算機に頼らずとも『創り出して』しまうことすらできる。重ねて、私達は、自分が工程なり仕組みなりを想定できる器物ならカンタンに創り出せるし原状回復できるから——私達のなかの〈太陽の炎〉が続くかぎり。だからちなみに、士官室を飾る生花もまた、私がぽんぽんと創り出したものだ。

（ただ、裏から言えば。

私達のなかの〈太陽の炎〉が失われ、あるいはバシリカの太陽炉《たいようろ》が機能停止すれば、私達自身の創造の力も、電算機による創造の力もすべて失われる。それはそうだ。どちらも〈太陽の炎〉に依存しているから。

だから太陽炉と〈太陽の炎〉がバシリカの、そして私達の命綱）

それが失われるような事態は、まさか起こり得ない。そこは機関長の土遠や、警察委員の金奏のやることだ。最終防衛ラインには、幾重《いくえ》にもセイフティを仕掛け、それを確実に稼動《かどう》させているだろうから。私はそこに不安を感じてはいない。感じてはいないけど……

（悪しき者らが、もし攻め入ってきたとしたら）

その最優先目的は当然、バシリカ最大の矛《ほこ》である〈最終兵器〉、そしてバシリカの心臓である〈太陽炉〉〈太陽の炎貯蔵庫〉だろう。そして後者がテロられ、私達がガス欠に陥《おちい》れば、私達のちからなど、ヒトのそれとほとんど変わらなくなる……

（だから、私が悪しき者でも、戦争を仕掛けるのであれば、当然それを狙うだろうな。

といって重ねて、このバシリカに敵の侵入を許すだなんて、バシリカの性能、なかんずくその外殻《がいかく》の固さを考えれば、もう荒唐無稽《こうとうむけい》と言ってしまっていいけれど）

――とまれ、航海初日、二〇〇〇《フタマルマルマル》。

「乾杯!!」

正餐卓の首座にすわった日香里の活き活きした声で、晩餐兼《けん》士官会議は始まった。

取り敢えず総員がシャンパングラスで飲み乾すのは、太陽の雫《しずく》を煮出したような、ぞっとするほど深い、深い琥珀《こはく》色の液体だ。琥珀色といっても、まるで虹か宝石のごとく、あざやかな紅や落ち着いた紺、きらびやかな金に官能的な紫などなどを、炎のように湛《たた》えている。傾けようによっては、緑やピンクまでが、あたかもオーロラのように輝く。ヒトが想像できるもののうちでは、オパールが近いかも知れない。

それが私達の食事の本質たる〈太陽の炎〉だ。

今は液体にしているけれど、固体にすることもできる。そして今はまるで食前酒のごとく飲まれているけれど、当然、食事はこれで終わって何の問題もない。

――ただ、日香里はシャンパングラスを乾すと、正餐卓を見渡して讃歎《さんたん》の声を上げた。

「うわあ、初日から豪華だねえ!!　これぜんぶ月夜が用意してくれたのかい？」

今日の当直は――月夜だろう？

「う、うん、まあいちおうね」私は頬《ほお》を紅くした。「といって、〈バシリカ〉の電算機は有能だから。私はちょっとアレンジをしただけだよ」

「月夜はこういうの、マメだもんね!!」金奏がいった。「ちなみに私のときは、このシャンパングラスだけになるからそのつもりで。火梨もそうでしょ？」

「ああ、こんな不必要なモノを用意しなくても――」火梨がいう。「――そのとおりこのグラスだけで充分だろう。ここは軍艦だし、僕らにとってヒトの食事なんて意味ないし」

「それはどうかしら？」水緒がいった。「私達にとって無意味でも、ヒトにとっては重大事よ。そして私の記憶が確かなら、私達って、地球とヒト社会の再建設にゆくのよね？」

「そうした意味でも～」木絵もいう。「ヒトの生き方なり～、文化なりを改めて体験しておくのは～、とっても有意義だと思うわよ～？」

「とはいえ、バシリカの〈太陽の炎〉はまさか無尽蔵《むじんぞう》じゃない」火梨が反駁《はんばく》した。「生花だの酒だのを創りまくるのは、艦の安定的な運用を考えれば、リソースの無駄だと思うな。土遠、電算機にいつ誰が何を命令したかは全て記録されるはずだろう？　今後はそれをリスト化して、リソースの合理化と最適化に資するべきなんじゃないかな？」

「火梨の指摘も一理あるけど」副長の土遠がいう。「バシリカの性能を考えれば、それを真剣に議論する意味が無い。艦の安定的な運用というのなら、そもそも当艦はその航程に必要な燃料の一・五倍を搭載している。当艦の太陽炉の燃料に不安はない」

「ただ土遠、そのうち〇・五あるいは〇・五弱は、〈最終兵器〉の稼動で失われるんだよ？」

「だとしても、第13デッキには当初から、相当量の〈太陽の炎〉が備蓄されている……

聖座の御老体各位から、日香里が散々嫌味を言われたけどね」

「あっは、そうだった、そうだった」日香里は屈託《くったく》なく笑った。「使徒団の七名には、過分にすぎるほどだって叱られたっけ。それだけの〈太陽の炎〉があれば、七名が一〇年間は生き延びられると。だから、食糧難にあえぐ平民《プレブス》にこそ配給すべきだと」

「でも日香里、戦闘行動が予定されているんだから、平民の生活を基準にされても困るよ」

「ただ火梨」金奏はパスタを頰《ほお》ばりながら。「目的地には太陽の恵みがあるってこと、忘れてない？　私達が地球を奪還できれば、太陽の恵みもまた奪還できる。そのときはもう太陽炉も太陽の炎もなにもない。私達は永久機関となる。ガス欠の心配なんて一切合切《いっさいがっさい》なくなるよ。残念ながら、それでもこの〈バシリカ〉が天国へ帰るだけの燃料を確保・充塡《じゅうてん》するには、真っ当にゆけば百年単位を要するけど……そう真っ当にゆけば良質な〈太陽の炎〉が精錬《せいれん》できないから百年単位を要するけど、でも地球で活動する分には何の問題も無い。

ましてーーこれ火梨の専門だからアレだけどーー地球まではちょうど六日、その後の戦闘行動に三日。これが軍務省の立案した作戦日数だよね？　なら、『七名が一〇年間は生き延びられる備蓄』だなんて、石橋を叩きすぎ。なら、たとえ月夜がこの巨船を月夜好みの生花で埋め尽くしたって、何の問題もないでしょ？」

「万々が一、太陽炉に不調があれば、備蓄の方を燃料に回さなきゃいけないって事態もあるだろ？」

「成程《なるほど》、火梨の意見にも万々が一理はあるかもね」自身が機関長でもある土遠は、ワインを堪能《たんのう》しつつしれっといった。「機関長への意見具申《ぐしん》として、記録《つど》はしておく」

ーー私はそんな議論を遠くに聴きながら、総員が集った士官室の、その窓の外を見遣った。それはどこまでも純黒の、ううん純黒を過ぎ越して絶望のような色をした、夜の黒、魔の黒だった。

（太陽の恵みなんて何処《どこ》にも感じられない、深刻で邪悪で堕落した、ゆがんだ黒……）

……太陽の恵みって、どんな感じなんだろう？

私達はそれすら奪われ、先帝陛下にその役割を押し付けて長い。

だからこそ私達は、〈太陽の炎〉に依存した社会を構築しなければならなかった。かつてはホンモノの太陽の下《もと》、永久機関であった私達が。だから、火梨の本能的な恐怖には理由があるし頷《うなず》ける。基本不死の私達にとって、ガス欠ほど恐ろしいものはないから……

「さて、ちょうどいい機会だから」日香里が和牛のロティを平らげながらいった。「我らが〈バシリカ〉の航海予定等をもう一度、整理しておこうか。

金奏もちょっと触れていたけど、天国の門から現在の地球までは、巡航速力で約六日を要する。いや、天国から地球なんて、かつては陛下の梯子《はしご》だけで行き来できた近さだったんだけど……悪しき者らが空間をゆがめてしまったから、梯子どころか軍艦でも往来できなくなってしまった。陛下その御《お》方《かた》にとってすら、茨《いばら》の道、毒沼の泥土《でいど》となるだろう。要はかなり厄介《やっかい》だとお感じになるだろう。これは各位、御案内のとおり」

……そう、私達は天国に幽閉された。その上、天国から地球までのあらゆるルートは、執拗《しつよう》に、執念深く、徹底的に、微《び》に入《い》り細《さい》を穿《うが》って封鎖された。具体的には、空間そのものが狂気のパズルのごとくガタガタに、ボロボロに、ズタズタにねじられゆがめられたのだ。私達が何の準備もなく脚を踏み入れたならば、たちまちバラバラに拗《ねじ》り切られてしまうほどに。しかも、脅威はそれだけじゃない。悪しき者らはそのような狂気のパズルに、更に毒をも撒《ま》き散らしたのだ。かつて地球と、無数の眷族《けんぞく》を滅ぼした猛毒を。私達が何の準備もなく脚を踏み入れたならば、たちまち躯《からだ》を侵蝕《しんしょく》され哀れな海月《くらげ》となってしまうほどに。

……私が今眺めている窓の外は、そうした魔の闇、悪の毒沼である。狂気と猛毒の夜。

「そこで、天国最新鋭のこの〈バシリカ〉だ」日香里は快活に続ける。「天国の叡智《えいち》と技術の粋《すい》であるこの聖別された〈バシリカ〉は、あたかも弾丸のごとく、悪しき者らの領域を突破できる。〈バシリカ〉の装甲にはそのちからがあるし、それが無事であるかぎり、僕らもまた無事息災《そくさい》でいられる。猛毒に冒されることもない。

この、僕らのいわば弾丸列車である〈バシリカ〉が、地球に到達するまで約六日——ただこの〈バシリカ〉の偉大さを考えれば、それをもってしてなお六日を要するだなんて、悪しき者らの妨害と汚染は、実に執拗で堅固だといえるだろうね。

しかし、さいわいなことに。

現在の所、その執拗で堅固な妨害をもってしても、我が〈バシリカ〉を捕捉《ほそく》したり、我が〈バシリカ〉に併走《へいそう》したりする能力は敵には無い——そうだね土遠？」

「そのとおりよ日香里」土遠は静かにサラダを摘まんだ。伯爵の名乗りを許されているだけあって、銀器等のあつかいもすべて美しい。「理論上もそうだし、現時点におけるあらゆる観測結果からしてもそう。天国最速のこの〈バシリカ〉を捕捉できる敵の艦艇・軍用機その他は存在しない。当然、悪しき者それ自身とてそんな速度を出せはしない」

「よって僕らは誰の、何の妨害も受けることなく、概《おおむ》ね航海六日目には地球に達し、今の地球の聖別・浄化を開始する。〈最終兵器〉を用いたその作戦行動には、概《おおむ》ね三日を要する——土遠、このスケジューリングにも問題は無いね？」

「無い。

このまま日香里好みの最大戦速を織り交ぜるなら、スケジューリングが幾許《いくばく》か前倒しになるでしょうけど、それもさしたる問題を惹起《じゃっき》しない。先刻触れたとおり、燃料には余裕も備蓄もある」

「土遠、それが先の」水緒はポタージュを飲み終えた。「必要な燃料の一・五倍とか、第13デッキの備蓄とか、そういったことね？」

「そのとおり」

「ただ〜、改めて確認すれば〜」木絵が仔羊《こひつじ》にむしゃぶりつきながら訊く。「天国へは〜、もう帰ることができないのよね〜、要は片道切符〜」

「それは絶対に無理ね、計画上は」土遠が答えた。「どれだけ燃料と備蓄を遣《や》り繰《く》りしても、今の〈バシリカ〉が地球と天国とを往復するのは不可能。というのも大前提として、〈バシリカ〉には『片道分の一・五倍』の燃料しか搭載されてはいないもの。また、仮に第13デッキに備蓄された〈太陽の炎〉をすべて太陽炉に投じたとしても――私達の任務と生活がある以上絶対に無理なのだけど――まさか『二倍』にはならないわ。精々《せいぜい》一・六倍か、一・七倍か。どのみち、往還《おうかん》は不可能な計画となっている」

「それってひょっとして〜、聖座の御老害どもの嫌がらせ〜？」

「あっは、木絵、そう思いたくなる気持ちも解るけど――」

日香里はまたワインボトルを空けた。日香里はお酒が好きだ。あの『将官の間』でも、たくさん嗜《たしな》んでいたっけ。けれどどれだけ痛飲しようと問題ない。私達がその気になれば、躯のアルコールをたちまち『飛ばす』『消し去る』こともできるから――私達はヒトじゃない。

「――そう木絵の気持ちも解るけど、実はそうじゃない。これは純然たる経済上の問題。すなわち」

「〈バシリカ〉航行のため掻き集められるだけ掻き集めた〈太陽の炎〉が」土遠がいった。「どうにかこの量だったということよ。私達が太陽を失って以来、天国も逼迫《ひっぱく》して長いわ」

「といって、もう議論されたとおり、僕ら自身がガス欠に陥るおそれは微塵《みじん》も無いからね」

「今日香里が言ったとおりよ――第11・第12デッキと、第13デッキが無事であるかぎりは。ゆえに日々の当直にあっては、最悪の事態にそなえ、それらデッキの防護に万全を期さなければならない。言い換えれば、①第11デッキと第12デッキをまるごとブチ抜いた機関室及び〈太陽炉〉と、②第13デッキの〈太陽の炎貯蔵庫〉の安全を絶対に確保しなければならない。そこで、各日の当直が誰かを確認しておくと——

一日目が月夜、二日目が火梨、三日目が水緒、四日目が木絵、五日目が金奏となる。よって月夜は早速、今夜から艦内の巡視を開始して頂戴。結果は当直日誌にして私に上げること」

「了解だよ、土遠」

「異常があれば私に、私と連絡がつかなければ直接日香里に、どのみち即報《そくほう》して」

「それも了解」

「艦内の見回りとなると～」木絵がチーズを口に放り込む。「ぱたぱた飛んで回るにしても～、そりゃもうひと仕事ね～!!」

「あっは、木絵、木絵のことだからどうせ本気じゃないにしろ」金奏が果物を剝《む》きながら笑った。「それはマジメ過ぎる意見だよ。だって、〈バシリカ〉の警備系と自己診断サブルーチンは——これちょっと自慢だけど——極めて優秀だもの。異常があれば、電算機の方ですぐさま警報と警告を発してくれるもの。

ま、こんな舐《な》めたことを言っていると土遠の鉄拳制裁が待っているし、機械は故障するものだっていうのが大前提だから、実際に点検をして回るのは大事だけど。ただまさか第1デッキから第15デッキまで——要は〈バシリカ〉の全てを——ぱたぱた飛び回る必要はないと思うよ。それこそ一夜でガス欠になっちゃいかねないもの、あっは」

「……日香里」それまで最初のグラスしか乾していなかった火梨がいった。「これ、井戸端《いどばた》会議しかしないようなら、僕は中座したいんだけど。〈最終兵器〉の調整もあるし」

「強いて引き留めはしないけど……月夜の料理、かなりいけるよ?」

「他の皆《みんな》と違って」火梨は冷ややかにいった。「僕にはヒトの食事をする習慣なんてないから。それが飲み物であれ食べ物であれ。まして味なんてどうでもいいよ」

「じゃあ機会を見てお茶会をしましょうよ」水緒がいった。「ヒトの導き手として再臨するんだから、好き嫌いは別論、真似事《まねごと》くらいはできても不都合はないでしょう？　それにヒトのテーブルマナーって、食器の使い方なり構造なり、結構論理的で合理的なのよ？」

「そんなもの。僕の仕事じゃないし興味もない。それこそ文官各位で楽しんでくれれば」

「火梨」日香里がしっとりいった。「艦長命令。お茶くらいはできるようにしておくこと」

「……空き時間ができたら、試してみるよ。湯呑みの創り方だけ、後で教えて」

そのとき。

ずっと黙っていた『仲間』が口を開いた。火梨がもう退出すると考えたのかも知れない。

「私からひと言、よい？」

「地霧《ちぎり》監察委員」日香里が食後酒のグラスを置いた。「何か御意見でも？」

「ただの地霧、で結構よ。私とて使徒団の仲間だもの。

そして意見なんてものはない。ちょっとした確認だけ」

──私は正餐卓の上をチラと確認した。そして啞然《あぜん》とした。

八番目の使徒──宮内省からきた地霧さんは、ヒトでいえばかなりの健啖家《けんたんか》らしい。汁物も魚も野菜も肉も、冷たいお菓子も果物もすべて食べ終えている。綺麗《きれい》さっぱり。そして今は、私が出しそびれた食後の温かい飲み物を自分で創り出し、淡々と喉《のど》にすべらせている。

（ただ、記憶を顧《ふりかえ》ってみれば、その食事の仕方はとても自然で美しかった）

銀器の扱いなど、まるでヒトそのもののよう。茶器の扱いなど、大貴族たる日香里・土遠、あるいはお茶仲間の水緒・木絵・金奏より美しかった。その点、食事なんか眼中になく、日香里の手前、お義理でパンをぶちぶち千切るくらいしかしていなかった火梨あたりとは、なんというか次元が違う。

（まあ火梨は自分で断言していたとおり、私の知る限りでは、ヒトの食べ物を口にするどころか、カトラリにさえ一切触れたことが無いからなあ……まして今の私達は、ヒト＝木偶《でく》だって秘密、知っちゃっているわけで。

なら、〈過激派〉の対極をゆく火梨としては、ヒトのマナーなんて、猿がどうバナナを剝《む》くか、猿がどう芋《いも》を洗うか程度にしか思っていないのかも知れない。そう考えると、カップの美しい持ち方なんてものにさえ一家言《いっかげん》ある大貴族・お茶仲間たちの方が、天国の住民としては余程《よほど》の物好きなのかも知れない）

他方で、この地霧さんっていう子は、どんなヒトより上手に、バナナを剝いたり芋を洗えたりできそうだ。その生涯で、よっぽどヒトと接してきたんだろうか？

（……ううん、それはありえないよ）

それはそうだ。〈大喪失〉以降の新世代は、ヒトと接する機会を持てていないから。だとすれば、水緒や木絵みたいに、ヒトの文化そのものにとても興味がある子なのかも……ただ、月光のごとく玲《れい》瓏《ろう》と、また冷然と美しいその姿から判断するに。すなわち、水緒や木絵みたいな愛嬌《あいきょう》がまるでないその挙措《きょそ》から判断するに。

（ヒトなりヒトの文化なりが好きなタイプには、到底、見えないんだけどなあ……）

「じゃあ呼び捨てで、地霧」日香里はむしろ楽しそうに。「地霧の、その『ちょっとした確認』っていったい何？」

「議論をシンプルにすれば」地霧さんはまったく表情を変えない。「当艦は、その航程に要する燃料の一・五倍量を確保している。ゆえに天国から地球までの距離を仮に1とすれば、1.5を航行できる燃料を有している。それが燃料の一〇〇％である。これはよい？」

「そのとおり」土遠が代わりに答えた。「幾度も確認されているとおり」

「そして当艦は、燃料の六六・六六……%を消費して地球に赴き、燃料の三三・三三……%を〈最終兵器〉の稼動のために用いる予定である。これもよい？」

「それもそのとおり。概略、航程に3分の2を、兵器稼動に3分の1を用いるから」

「なら。

もし最終兵器を用いなければ、当艦の帰還限界点は燃料を五〇%消費し、予定された航程の七五%に達した宙域。もし最終兵器を用いるのなら、当艦の帰還限界点は燃料を三三・三三%消費し、予定された航程の五〇%に達した宙域。これもよい？」

「帰還、限界点……」日香里は首を傾《かし》げた。「……それはぶっちゃけ、折り返しをするってことかい？」

「まさしく」

「その最後のチャンスは何処《どこ》か、ってこと？」

「まさしく」

（……確かにそうだ）数字に弱い私は指折り数えた。（議論を単純化すれば——一〇〇の燃料で地球へゆき、五〇の燃料で最終兵器を使う。

なら、①最終兵器を使わなければ一五〇の燃料がそのまま航程に費やせる。そのとき折り返しをするなら、七五使った地点が限界。他方で、②最終兵器を使うのなら一〇〇の燃料しか費やせないんだから、五〇使った地点＝航程の五〇%地点が、折り返しの限界だ）

「けれど何故」土遠の声が微妙な翳《かげ》りをおびる。「折り返しをしなければならないの？」

「諸々《もろもろ》の事情が仮説できるけれど、端的《たんてき》にまとめれば——

〈バシリカ〉計画の続行を断念し、当艦を天国まで撤退させるべき事態も生じうる、からよ」

Ⅲ

——出航の翌朝。

艦橋。

〈バシリカ〉艦内時間〇六〇〇《マルロクマルマル》。

設定された艦内時間はいつでも電算機が教えてくれるけど、無論、方舟《はこぶね》のあらゆる箇所に時計はある。艦橋にもある。古典古代の劇場をすら思わせる優美で雄壮な艦橋、その最後方の大階段上には、艦橋を威風堂々《いふうどうどう》と飾る大時計がある。時計盤の直径は五パッスス弱——七mくらいだろうか——長針は二・九パッスス、短針は一・八パッスス。針はいずれも典雅な紺。外周その他は金飾り。盤に散り嵌《ば》められた、乳白色のオパール・ガラス三二四片がとろけるようにきらびやか。これは〈大喪失〉以前の地球、そこで史上最大の帝国を創った歴史を有する英国《ブリタニア》で、平民会の議事堂の時計塔を飾っていたものだ。

（当直時間、終了……緊張したような、拍子抜けしたような）

当直は日香里の席に座ることになっているのだけれど（緊急事態には臨時の艦長として艦を動かさなければならない）、どうにも似合わない気がした私は一瞬だけお尻を付けたあと、自席を使っていた。『愛』『火』『教理』『殉教』を象徴する、真っ赤な真っ赤な赤が神々《こうごう》しい、もともとは鴇《とき》の羽根を素材にした天鵞絨《びろうど》が、優美にそして荘厳にはりわたされた艦長席……それはやっぱり日香里のものだ。少なくとも私は、恐《こわ》くて一分とて座っていられない。

ただそれでも問題ない。

どのみち私の技能でできることは限られるし、〈バシリカ〉の電算機にいろいろな命令をするときも別段、艦長席に座っていなければできないということもない。まして艦長席は、天鵞絨《びろうど》が神々しいのみならず、玉座とソファを組み合わせて思いっきり瀟洒《しょうしゃ》にしたような、大貴族の日香里にしか似合わないような、実に悠然《ゆうぜん》たるつくり。背もたれも意匠重視でふかふかながらずぶずぶと低く、油断すると爆睡してしまいそうなつくりだ。

――ともかくもさいわい、私の当直時間帯、緊急の事態が起こることはなかった。

(敢えて言えば、あの監察委員の地霧さんが定例巡視に来たことくらいかな。そして彼女はいっていた、当直時間帯は二度三度、適当な時間に艦橋へ来ることにしたと)

今般で言えば、それは〇一〇〇《マルヒトマルマル》過ぎと〇三〇〇《マルサンマルマル》過ぎの二度だった。そしてそれぞれ、私と十五分ほどお茶をして……無言《むごん》の行《ぎょう》みたいになっちゃったけど……いったい何を確かめに来たのか、私には全然分からないまま彼女は帰っていったのだった。その彼女以外、艦橋を訪れた仲間はいない。

私はとうとう見慣れることに成功した艦橋と、くだんの大時計そして艦橋正面の巨大な窓を見遣りつつ、最後に〈バシリカ〉のあらゆる自己診断サブルーチンを走らせた。電算機が私の命令を受け、かろやかに〈バシリカ〉の現状をスキャンしてゆく。そして私の眼前には、この一夜まったく変わることの無かった、星の瞬《またた》きひとつ無い闇の深淵《しんえん》が……

(それはそうだ。そもそも外はすべて腐敗し堕落した闇の領域、悪の領域)

「――スキャン終了。当艦は平常に機能・運航しています。続けて御命令はありますか?」

「いいえ、ないわ。そのまま自律監視モードに復帰。定期報告は二時間ごとに」

「了解しました」

私は電算機の報告に最終的に安堵《あんど》すると、艦橋の自席とそして艦橋そのものを離れた。最終的に安堵したのは、私に当直責任がある〇六〇〇《マルロクマルマル》までに異常がなかったからでもあり、また、この一夜幾度も幾度も自己診断サブルーチンを走らせていたからでもある。

土遠が始終警告しているように、はたまた、あの謎の地霧さんが謎の警告をしたように、悪しき者らがこの〈バシリカ〉を襲撃してくる虞《おそれ》も、だから艦内に侵入される虞も、だから最悪、任務達成を断念して天国に撤退をしなければならなくなる虞も――理論的には――あるから。

ただ私が思うに、実際的にはほとんど無い。

〈バシリカ〉の外殻も武装もまた速度も、あるいは日香里・火梨といった武官も、そんなことを許すほどなまやさしいモノではないから。そもそも〈バシリカ〉計画は、天国の総力を挙げた史上最大の作戦。この〈バシリカ〉には天国の叡智《えいち》と武力とが凝縮されているし、その性能については、改めて幾度も幾度もスキャンしてみて骨身に染みた。もし次の当直があるのなら、私はもっとお気軽な夜を過ごせたろう――当直の機会は一度しかないけれど。

さて艦橋を出た私は、艦内に何本もある昇降機のひとつを使い、ここ第1デッキから第6デッキを目指した。

〈バシリカ〉は、もし地球に頭から突き立てたなら余裕で成層圏《せいそうけん》を超す巨船だけれど、これまた天国の技術をもってすれば、艦内移動に支障を来《きた》すことはない。ヒトが歩いて移動しようというなら、目指す場所まで半日も一日も要するだろうけど、私達の昇降機（あるいは往還機）を用いれば、どれだけ遠くともまず一〇分を切る。昇降機自体も、私達使徒全員が一気に乗ったとしてなお余裕があり快適だ。また私達は、その気があるなら飛ぶこともできる――燃費の問題はあるけれど。私達の正体は、たとえ陛下に青い血と生身を与えられていようと、光そのものだ。

――そんなわけで。

私を乗せた昇降機が第6デッキに到着するのにも、私が同デッキにある土遠の私室に到着するのにも、分単位の時間しか掛からない。私は土遠の私室のドアをノックした。

「コンコン」私は肉声も使った。「土遠、月夜です――起きている？」

返事はない。私は確信した。もうお仕事モードだ。そもそも私達に睡眠は必要ないし、だからそれは余暇《よか》だし、ゆえに副長の土遠が当直時間帯を過ぎても惰眠《だみん》を貪《むさぼ》っていることはあり得ない。文弱な私とて、ひと晩の徹夜なんかに何の負荷も感じないんだから――

（といって、艦内の巡視に出たときはそれなりに負荷を感じたなあ。やっぱりこの方舟は巨大すぎる。それを実際にぐるっと見回るとなると、移動距離が半端じゃない）

さて、もうお仕事モードの土遠は、彼女の研究室にいるか、担当貨物室にいるか……

［土遠］私は今度は思念を使った。［月夜です。当直終了の報告と、あと日誌を渡すよ］

［有難う、月夜］土遠の思念が返ってくる。［研究室《ラボ》の方に来てくれる？］

［了解］

私はやはりここ第6デッキにある、土遠の研究室にむかった。

〈バシリカ〉の各使徒は基本、自分専用の、あるいは自分が担当すべきデッキを持っている。土遠の場合は、もうちょっと触れたけど第6・第7デッキ、そして第8デッキの一部だ。ここで、誰がどのデッキを受け持っているか、そしてそこには何があるか、〈バシリカ〉にとって枢要《すうよう》な部分だけを一覧にしておこう（例えば私室とかは省略）――

第1デッキ　艦橋（責任者は日香里）

第2デッキ　艦長室（責任者は日香里）、士官室（責任者は土遠）、

　　　　　　貴賓室（責任者は土遠、ただし臨時に地霧が私室として使用）

第3デッキ　戦闘艦橋（責任者は日香里）、電算機室（責任者は土遠）、

　　　　　　警察施設（責任者は金奏）

第6デッキ　研究室、自然科学用貨物室（責任者は土遠）
第7デッキ　自然科学用貨物室（同右）
第8デッキ　応用科学用貨物室（同右）、社会科学用貨物室（責任者は水緒）
第9デッキ　人文学用貨物室（責任者は木絵）
第10デッキ　芸術用貨物室（責任者は私）
第11デッキ　機関室・太陽炉（責任者は土遠）
第12デッキ　機関室・太陽炉（同右、2デッキぶちぬき）
第13デッキ　太陽の炎貯蔵庫（責任者は土遠）
第14デッキ　最終兵器格納庫（責任者は火梨）
第15デッキ　最終兵器格納庫（同右、2デッキぶちぬき）

ちなみに第4デッキと第5デッキはまるまる『予備』だとか。少なくとも日香里はそう教えてくれた。そして艦内の昇降機も両デッキには止まらない……私達文官のデッキは方舟の荷で溢《あふ》れかえらんばかりなので、いったい何の『予備』なのか全然解らないけど、艦長や副長以外は解らなくていいのかも知れない。スペースをちょっとくらい分けてくれれば、とは思うけど。

——さて私は土遠の思念にしたがい、彼女の研究室を目指す。

ちょっと距離があるので、飛ぶ。

ちなみに、はらからの誰にも聴かれてしまうという意味で——指向性が無いという意味で——肉声とあまり変わらない私達の思念だけど、しかし肉声にはないメリットもある。たった今やったように、遮蔽物《しゃへいぶつ》に減衰《げんすい》されずに遣り取りできるというメリットが。そもそも肉声の大声を上げるって文化は私達には無いし、仮に上げたところでその到達範囲はヒトと変わらないけど、思念なら、遮蔽されないばかりか一定エリアにくまなく拡散させることさえできる。例えば、もし〈太陽の炎〉の消費量を気に懸けないのなら——

（この巨船〈バシリカ〉の、第1デッキから……そうだなあ……第10デッキくらいまで響き渡らせることができる。そうだ、訓練ではできていた。

さすがに『全艦内』に対しては無理だけど、訓練でできていた範囲なら、あたかも艦内一斉放送のように、思念を響き渡らせることができる）

だから艦内一斉連絡のときは、電算機に命じてそれをさせることもできるし、たいていは第10デッキ以上にいる総員に対し、強い思念を使ってそれをすることもできる。といって、さっきの私にはそこまでする必要が無かった。土遠がいるとすれば、それはきっと彼女が担当する『第6デッキないし第8デッキ』の何処《どこ》かだから。だから私は適量を狙って第6デッキに思念を拡散させ、土遠は狙いどおり第6デッキでそれを受けてくれた——という訳だ。そしてその第6デッキの、彼女の研究室はもう眼前である。

［土遠］私は今度は日常会話レベルで思念を発する。［入っていい？］

［どうぞ］研究室のドアが自ら開いた。［そのまま投映室へお願い。ただし、使徒用の制服と端末以外であなたが創造したモノがあったなら、入れないで消去して。研究室には、私達の創造したモノを入れたくはない——それは研究室の地球生物に対する、思わぬ汚染《コンタミ》になり得る］

［あっ了解だよ、そうだったね、解った］

どのみち私は創造したモノなど伴ってはいない。私はそのまま研究室に入り——

——そして讃歎《さんたん》した。

目映《まばゆ》い真白《ましろ》な世界。ここは自然科学委員である、土遠の実験室あるいは理科室だ。

整然としたオフィスには大小長短《だいしょうちょうたん》様々な実験器具がならび、それに必要な薬剤なり試材なりサンプルなりが、これまた整然と収納・配置されている。この実験室部分だけで、もう懐かしく感じるあの天国の『将官の間』より広いかも知れない。そしてサンプルには生物が含まれるようで、実験室部分のあちこちから、私にとっては新鮮な鳴き声やリズミカルな足音も聴こえる。

　といってそこは土遠のこと、私を招き入れるのに実験室部分がしっちゃかめっちゃかだなんてことは無い。今はどこまでも統制され管理された、そう、どこか凍てついた静的なスペースだ。それはまた、土遠のイメージそのものでもある。

　――私は羽をちょっと閉じると、その実験室部分の先、土遠が『投映室』と呼ぶその室に入った。私が接近すると、これまた自動でドアが開いてくれる。

「ああ月夜、おはよう」室内の土遠は肉声を発した。「最初の当直、お疲れ様」

「う、ううん、そんなに大したことは……」私も肉声で、しかし吃驚《びっくり》した。「……と、土遠これは？」

「私のいるところまで飛んできて。そして食事がまだなら、一緒に」

「う、うん土遠」

　――私はまた讃歎した。讃歎しながら、土遠がさらりと腰掛けているその小高い位置までぱたぱたと飛んだ。そう、土遠が今、自然なかたちで座っているのは。

「法隆寺《ホウリユウジ》。知っている？」

「法隆寺……確か〈大喪失〉以前にヒトが維持していた、世界最古の木造建築物……」

「そう。とりわけこの金堂《こんどう》はね」

私達は今、その上層の軒瓦《のきがわら》に座っている。屋根の端《はし》から、制服姿の脚を下ろしながら。私はぶらぶらと。土遠は凛々《りり》しく。

「月夜、御覧なさい。

あれらの雲形組物《くみもの》、エンタシスの柱、卍崩しの高欄《こうらん》、あるいは人字型割束《ひとじがたわりづか》――ヒトが先帝陛下に最も近付いたともいえる美しさよ。また」

土遠は投映室の電算機に命じ、建築物の一部をたちまちスケルトンにした。

「西洋でいうアーチに匹敵する、斗《ます》と肘木《ひじき》を美しく組み合わせた、そう木材の繊維まで考慮した、構造上合理的な枓栱《ときょう》。当時、世界最古となっていたのには必然的な理由があるわ――実用の意でも、美的にも」

「天国が、なんていうか設計図をサルベージできたんだね？」

「そう。投映室が立体再現その他の操作をできるほどに。応用科学委員としては感涙に堪《た》えないわ」

（土遠が泣く行為をするようには見えないけど……確かに工学・建築学は土遠の担当だ）

「あと月夜、これ」

「……あ、ありがとう」

土遠はあらかじめこの投映室に用意してあったのか、〈太陽の炎〉を私にくれた。確かに先の当直で、それなりに艦内を見回ったからお腹が空《す》いている。

（けれど、こんなに美的な教会の上で、なにもビーカーに入れた固形の〈太陽の炎〉を食べることはないんじゃないかな……？）

そんな私のささやかな慨嘆《がいたん》をよそに、土遠はビーカーを傾けると、総じて小指のながさに満たない楕円《だえん》の固形となった〈太陽の炎〉をひと飲みにした。私はといえば、ビーカーからそれを採り出して、ヒトでいうドロップのように口に含む。液体状ならシャンパングラス一杯弱。固体なら大きなドロップ程度。それが一度の『食事』だ。それを日に三度摂《と》るのはヒト文化の逆輸入であって、ほとんど様式美に過ぎない。ただこの様式美には、『食事を忘れない』という、ヒトでいう投薬管理みたいな面もある。

「あっそうだ」お腹が満ちてきた私は思い出した。「当直の報告と、あとこれ、当直日誌の端末――

主要な報告書はここに」

「あっ危ない」

「えっ？」

私が、採り出した端末から幾つかの報告書を投映しようとした、そのとき。

いきなり、あまりにもいきなり私は何かの襲撃を受けた。寺院の、屋根の上でだ。

そして、右腕を鋭い爪がかすめる感覚!!

土遠が謎の襲撃者から私を擁《かば》い、そのまま二名は横薙《よこな》ぎに倒れる。横薙ぎに倒された私の目撃した、その襲撃者とは――

「と、虎!?」

「御免《ごめん》なさい、月夜」土遠は私に謝りながら、すぐさま虎の下に舞い下り、宥《なだ》める。「この子、何故か端末の光に興味津々《しんしん》で。怪我をしなかった？」

「うんした、けど」私達は嘘を吐けない。「腕も制服も、すぐに治るし直せるから」

事実、虎に裂かれた私の右腕も治癒しつつある。その部位の制服なんかはすぐ元通りにできる。ただ私はひさびさに、私達の青い血を流した――だからひさびさに、その鉄錆《てつさび》のような匂いを嗅いだ。陛下のお定めになったことだけど、私達の血の匂いはヒトのそれと変わらない。その匂いは、まさかバラでも蓮《はす》でもない。

――そして虎はと言えば、土遠の意外なほど優しい愛撫《あいぶ》にすっかり牙を抜かれている。ここで私は、土遠が自然科学委員でもあったことを思い出した。

「そ、それも方舟の荷の立体映像？」

「いえこれは実物よ。重ねて御免なさい月夜。私にはすっかり慣れているものだから」

「やっぱり、法隆寺みたいに貴重な虎なの？」

「そう。カスピトラ――所謂《いわゆる》ペルシャトラよ。〈大喪失〉の遥《はる》か以前に、乱獲《らんかく》で絶滅していた取り返しのつかないもの。またそれを言うなら」

土遠は虎を愛《め》でつつ、視線を投映室の青空に転じた。

「あの空を群れ飛んでいるリョコウバト。そして、境内《けいだい》をきぃきぃと跳ね回っているグアムクイナ。これらも害鳥駆除なり環境変化なりで絶滅に追い遣られた種。もちろん私の貨物室には同様に、ステラーカイギュウなりカモノハシガエルなりニホンカワウソなりもいれば、タカノホシクサなりオリヅルスミレなりコブシモドキなりもある」

「それは、新たなる地球の基盤として」

「そのとおり」いよいよ土遠は、虎を刺激しないように当直日誌を読み終える。「再征服なった新たなる地球で、ヒトが同じ誤《あやま》ちを繰り返さないよう祈るわ――というか、そのようなときのために私達がヒトを導くのだけれど。ただ私達は天国に幽閉されて長い。外界の情報とは、今の地球のそれを含め完全に遮断されてきた。今の地球が、なかんずく其処《そこ》に住まうヒトがどれだけ聖別・浄化できるのか、一抹《いちまつ》の疑問が無くもない。

その意味においては。

どのみちこの〈バシリカ〉は天地創造を再現できるだけの荷を、基盤を擁《よう》している。だったら、今の地球を灰燼《かいじん》に帰してもう一度、零《ゼロ》から天地創造をした方が賢明といえば賢明。そこは、火梨の軍務省が提示していたプランの方が直截《ちょくせつ》で素直よ。そう思わない？」

「……理屈としては、そうなのかも知れないけど。でもそれは」

「そうね。あなたの文科省が懸命に反対してきたプランだし、聖座も却下し、陛下もお認めにはならなかったプラン。そして私も〈バシリカ〉の副長として、事ここに至って、個体的意見は別論、何の情勢の変化もないのに、陛下にも聖座にも叛逆《はんぎゃく》する気など無い。

ただ月夜。予想外のことは起こるもの。

あの地霧が『折り返し』を主張していたような事態だって起こらないとは言えない。

なら――〈バシリカ〉計画の根幹部分を変更すべきそんな事態、また然《しか》り」

「それは例えば、今のヒトがとても聖別・浄化できるような状態になくって、だから……だからむしろ絶滅させてしまった方がよいような、そんな事態？」

「私達〈バシリカ〉の使徒の判断如何《いかん》によっては」土遠は不思議な感じで言葉を濁《にご》した。「そうした臨機応変の対処も必要になる、かも知れない。月夜はそのときどうする？」

「難しい、質問だけど……」これも何かのテストだろうか？「……私は艦長である日香里に、そしてそれを補佐する土遠にしたがうよ」

「それが聖座の、枢機卿団の当初の意図に反することとなっても？」

「日香里と土遠がそう判断するのなら。

だって私達遠征軍だし、まして、事実上本国の統制を受けない遠征軍だし。おまけに日香里は地球総督、陛下の全権代理者だもの。もちろん、冷静で冷厳な……あっこれ悪口じゃないよ……土遠が、私達にとって害のある選択をするはずないと思うし」

「ひとつの意志、ひとつの動き――そう、天国の正義に反することとなっても？」

「うーん……日香里や土遠は、天国の為《ため》にならないこと、陛下の御為《おんため》にならないことはしないと信じている。だから『臨機応変の対処』も、天国の正義に反することにはならないと思うよ」

「有難う、月夜」

土遠は理知的に微笑むと、当直日誌の端末を私に返した。

「当直もしっかり務めてくれて嬉しい。最後に、何か気になる問題はあった？」

「問題というほどじゃないけど、気になると言えば……

例の、出航前に〈過激派〉に爆破された第8デッキの扉。幾度か自己診断サブルーチンを走らせたんだけど……その強度が理論値の九二・五%でしかない、ことかな」

「ああ、あれね。火梨が断言していたとおり、〈バシリカ〉の気密・密封に影響無いけど――外殻《がいかく》を成すカルタフィリウムの自己再生機能が、やや鈍化《どんか》している気もするわ」土遠は建設省の高級技監で、カルタフィリウムの権威でもある。「地球到着までには一〇〇%に到達するとは思うけど、私自身でも重ねて点検しておく。あとは?」

「敢えて言えば、メインシャフトの大昇降機だけど、電算機の反応速度が微妙に重いかな」

「ああ、あれね……

あれは正直装飾だから、真っ当に点検をしていなかったわ。音声反応が遅い?」

「他の昇降機に比べると、かなり『考え考え』かも」

「了解。昇降機まわりのアルゴリズムをいじっておく」

土遠は科学者にして技術者にして貴族にして……実は私達の便利屋だ。私達がそれを公言することはまさか無いけれど、古典的にいえば『工具箱を持って』、端末だの艦内通話機だの認証機器だの、あるいは昇降機だののトラブルシューティングをしてくれる。誰も土遠に頭が上がらない感じなのは、土遠が恐い副長だからだけでなく、イザというとき泣きつけるヘルプデスクだからだ。

「報告はまだある、月夜?」

「もうない。じゃあ土遠も忙しいと思うからこれで。素敵なものを見せてくれて有難う」

「ああ、月夜」

「ん?」

「文官仲間としての、雑談だけど――

あなたは木絵の、あの私設図書館に入った? そう、かつての第9デッキ第71貨物室よ」

「……そんな恐いもの」

私は首を振った。私達は嘘が吐けない。ならここでイエス／ノーを答えてはいけない。何故なら白状することになるから——そう、実は私もその共犯者なんだから。

「そんな恐いものは、とても」

「あらそう」けど土遠はあっさり頷《うなず》いてくれた。私は心底安堵《あんど》した。「なら、また木絵なり木絵たちなりが、そんな恐いものを地球へ搬ぼうとしたそのときは？　月夜はそのときどうする？」

「……ヒトの導き手として、ヒトを汚染し堕落させるようなこと、私はしたくないよ」

私はドキドキしながら言葉を選んだ。そう、私は今嘘を吐いてはいない。何故なら私は、木絵たちと搬ぼうとしているモノが、ヒトを汚染し堕落させるなんて微塵《みじん》も考えてはいないから。

——土遠は、そんな私の瞳を、不思議なテンポでのぞいていたけれど。

「よく解ったわ月夜、重ねて有難う」

ひとつの意志、ひとつの動き。すなわち天国の正義。

あなたがそれをどう考えているかとてもよく解った——それじゃあまた、お昼か晩餐で」

「それじゃあ」

私は土遠の投映室を、そして彼女の研究室を後にした。

土遠は今どんな風に『よく解った』のか、それをドギマギと考え続けながら、だ。

Ⅳ

〈バシリカ〉第10デッキ、私室。

私は土遠のいた第6デッキから自分の領域に帰ると、私室で第10デッキ各貨物室の現状を電算機に報告させるなどしてから、熱いシャワーを浴びた。これまた様式行為だ。汗を流すとか、汚れを落とすといった目的は無いしその必要もない。ただやっぱり、疲れているときに熱いシャワーを浴びると、躯《からだ》も心もサッパリする。その意味で、実際に洗っているのは魂かも知れなかった——完全に娯楽で趣味嗜好だ。

いっそのこと朝風呂も、なんて考えていたそのとき。

バスルームの外で、電話がじりじり鳴る音がした。もちろん〈バシリカ〉艦内の通信手段がヒトの電話であるはずないけど、面倒なので以下『電話』『艦内電話』等々で通してしまおう。

私はふかふかのタオルを創り出すと、それを裸の躯に纏《まと》いながら、たちどころに掻き消してしまおうと思えば幾らでもできる水滴もそのままに、筆記机の上の電話機を採る。

電話機は、聖座博物館の物置に積み上げられていたもの——だから、廃棄処理すべきところを誰も何万年また何万年と処理してこなかった『がらくた』だ。古《いにしえ》の地球でいう十九世紀末の品、キャンドルスティック・タイプと呼ばれていたらしい電話機。その名のとおり、蠟燭《ろうそく》というか小さな小さな塔のよう。フックにすとんと吊《つる》された黒いラッパ状の受話器に、こちらをむいて咲く真鍮《しんちゆう》のちょっとまぬけた送話器、そして焦茶《こげちゃ》の台座に塔部分がとても可愛らしい（ので職権を濫用《らんよう》して盗んでしまった）。その超絶的な骨董品を、〈バシリカ〉の艦内電話につないでいるという訳だ。私はフックから受話器を採って——

「はい月夜です」

『おはよう月夜～』

「ああ木絵。何？」

『定例の文系文官会議をやろうと思うんだけど～、今私の第9デッキまで来られる～？』

「——うん問題ないよ」

私は独り苦笑していた。今は〈バシリカ〉最初の朝。定例の会議も何もあったもんじゃないし、文系文官会議なる言葉は初耳で、あからさまに理系の土遠を敬遠した造語だ……

「第9デッキのどこ？」
『第1投映室でお願い～』
「了解、すぐ行くから」
『ゆっくりぱたぱたと、でいいわよ～』

……どう考えても天国や地球の未来を賭した重要な会議じゃなさそうだ。私はそれじゃあ、と電話を置くと、さっき脱いだばかりの制服を身に纏い、今度は昇降機を上昇させて木絵の第9デッキに上がる。さっきにまして速い。何せ私の第10デッキの直上だ。木絵いうところの『文系文官』は、第8デッキ・第9デッキ・第10デッキを根城にしているから。

そして、指定された第1投映室までだって数分を要しない。飛ぶ必要すらなかった。私が第1投映室の前に立つと、あらかじめ木絵が電算機に命じてあったか、ドアは音も無く自動で開く。開いたその先は。

（こ、これはまた……）

第1投映室に数歩入った私の脚元は、今なんと岩礁《がんしょう》になっている。ううん、あまりにもささやかな岩場になっている。そして、それなりに勢いのある海潮に襲われては洗われている。要はいきなり海だ。そして。

（巨塔……ううん、灯台だ。大灯台。まるで大海に建てられたような、大灯台。

そして、なんて瀟洒《しょうしゃ》な。この輝きに艶《つや》めき、そして上品な模様は……総大理石）

岩礁に立つ私の眼前には、四アクティ――一四〇mほどはある三層構造の大灯台が。

［月夜～］木絵は絶妙な声量で思念を飛ばした。［灯台室のたもとまで上がってきて～］

「う、うん解った」

私は羽をひろげると、総大理石の灯台のたもとから、投映室の青空目掛けて飛び始めた。ゆっくりぱたぱた上昇してゆく。第一層の四角柱がちょうど二アクティ。その頂上の四隅には、これは……子海神《トリトン》の青銅像。それを越えた第二層の八角柱が、ちょうど一アクティ。それを越えると円柱の灯台室で、屋根と頂上の海王神《ポセイドン》像をあわせると三ペルティケ――約九m。ただ頂上までゆくことはない。

木絵はその思念のとおり、灯台室のたもとにいた。そして、そこにいたのは木絵だけでなく。

「おはよう、月夜」木絵と一緒にいた水緒が、剛毅《ごうき》な機械式クロノグラフを見遣りながらいった。

「といって、艦内時間既に一〇〇〇《ヒトマルマルマル》過ぎだけど」

「おはよう水緒。それから」私は巨大な灯台室のたもとにさっそく設《しつら》えられているテーブルを見ながらいった。「朝のお茶に御招待ありがとう、木絵」

「どうぞ座って〜、座って〜」

「文系文官会議なるものは？」

「まあ〜、趣味と趣味を兼ねながら〜」

「さっき、土遠の投映室でも吃驚《びっくり》させられたけど――」私はお茶会のテーブルに就《つ》きながら、はてしなく続く大海と、その反対側、ヒトの力強い営みが感じられる大きな街を見遣った。さすがに視界がいい。「――この大灯台って、木絵の趣味を察するに」

「土遠はどうせ〜、お気に入りの法隆寺だのケルン大聖堂だの〜、お堅いものを見せたんでしょうけど――そう、これこそは所謂《いわゆる》世界の七不思議がひとつ〜、〈アレクサンドリアの大灯台〉よ〜」

人文学委員の木絵が、もちろん意図的に・自覚的に鼻息を荒くする（くどいようだけど、私達は呼吸をしないから……）。社会科学委員の水緒がそれに苦笑しつつ、すっかり準備万端《ばんたん》というか、もう実用に供されている茶器を使って、私にお茶を淹《い》れてくれた。テーブルには磁器も銀器も白布もある。

お菓子の塔には甘味《かんみ》がずらり。それにつけるジャムやクリームの類《たぐい》もたくさんある。といって、水緒と木絵の席にはシャンパングラスもあり、水緒のそれには〈太陽の炎〉がまだ入っていたから、これは朝食兼《けん》お茶会なのだろう。

——そしてその舞台は、投映室が再現したものとはいえ、そこは天国の技術、すべてがホンモノと違《たが》わない。私達にとっては刺激が強すぎる潮の匂いも、ひりひりするような海風も、じりじりと肌を焼くたくましい日の光も、お茶会にとっては充分過ぎるアクセントでおつまみだ。

私はお菓子をひとつ採ると、それを手でふたつに裂き、バターナイフを使ってクリームをこってり塗った。クリームのお皿もジャムのお皿もバターのお皿もかなり目減りしているし、水緒と木絵のナイフはたっぷり使い込まれていたから、どっちももうかなりのお菓子を食べているよう。ヒトの食事嫌いの火梨や、無駄嫌いの土遠では考えられない状況だ。なるほど私達は文系文官である……

私はお菓子を頬《ほお》ばりながら、また水緒の淹れてくれたお茶を飲みながら木絵にいった。

「美味しい……電算機で創ったものじゃないね!!」

「木絵のお手製よ」水緒がお菓子にジャムを塗る。「無駄な知……じゃなかった、担当知識がゆたかだから。それに昨夜の晩餐じゃないけれど、手製の方が圧倒的に美味しいもの。電算機だと、ヒトの持つ匙加減《さじかげん》とかゆらぎとかマージンとかが処理できないしね」

「それに、この絶景!!」

「そうでしょ〜、そうでしょ〜」木絵がまた踏《ふ》ん反《ぞ》り返った。「こんなのを紀元前二五〇年ころにブッ建てたっていうんだから〜、ヒトも莫迦《ばか》にできたものじゃないわ〜」

「ただ確か、ええと……西暦一三二三年には灰燼《かいじん》に帰したのよね？」

「そうね水緒〜、もっとも七九六年の大地震でもう半壊状態だったけどね〜。ただ〜、ヒトが四アクティもの灯台《ファロス》を一〇〇〇年以上も維持していたなんて〜、それってちょっとすごくない〜？　だってただのヒトなのよ～？」

「私、人文学委員の木絵ほど詳しくはないけど」私はいった。「他にもこんな神懸かりの巨大建築物が六、あったんだよね？　それが所謂《いわゆる》、世界の七不思議」

「紀元前二世紀ごろ～、ビザンティウムのフィロンが著《あらわ》した書にいう～、〈世界の七つの景観〉ね～。ギザのピラミッド、バビロンの空中庭園、オリンピアのゼウス像、エフェソスのアルテミス神殿、ハリカルナッソスのマウソロス王廟《おうびょう》、ロードスのヘリオス巨像《きょぞう》、そしてまさにこの～、アレクサンドリアの大灯台～」

「でもどれも、〈大喪失〉の時点でもう、現存していなかったんだよね？」

「そうね月夜～。正確には～、ピラミッドはどうにか残っていたけれど～、そもそもあれ～、真白《ましろ》い石灰岩でツルツルの奴だったし～、周囲にはやっぱり真白い神殿・墳墓《ふんぼ》をめぐらせた～、一大宗教都市だったんだけどね～。その面影なんて〈大喪失〉の時点で微塵《みじん》もなくなっていたわ～。だからまあ～、七不思議のどれも～、五〇〇〇年を生き延びられなかったんだけどね～」

「それでも」私は法隆寺を思い出しながら。「木絵のお気に入りなんだ、これ」

「そうね～、私達にはとてもできないことだものね～」木絵は大きく頷《うなず》いて。「どのみち一万年も保《も》たないハリボテに～、時として千年程度しか保たないガラクタに～、途方も無い労力と財～、そして想像力を懸けるだなんて～」

「天国だったら、そもそも永劫《えいごう》を生き延びられるものしか創りはしないし」水緒がいった。「こんな無駄で無意味で装飾過多の、そう、木絵いうところの浪漫《ロマン》あふれるモノなんて認められはしないもの。

だってこの灯台の重油の光なんて、どれだけ史書を解析しても、最大一・五アクティ先までしか到《とど》かなかったっていう話よ。ましてその末路は、灯台の下に眠ると噂《うわさ》された財宝を捜すための、ヒト自身による略奪ときたわ……これまた、天国では想像を絶する」

「それも含めて浪漫《ロマン》じゃないの～。私ヒトやったことないから上手く言えないけど～、そうした挑戦とか～、背伸びとか～、ワクワクするような希望とかあるいはドロドロした欲望とか～、ぜんぶひっくるめて私達にはまったくインストールされていない～、そう想像力で人間力よ～、ヒトの意志の力よ～」

「でも木絵」私は訊いた。「いくら私達が新たなる地球の、ヒトの導き手になるからといって……こんなものの再現は許されないよね。私達の陛下を讃美してはいないし、まあ芸術的価値だけを考えたとしても、天国が目指す世界にはちょっと、必要なさそうだし」

「私達の天国が目指すのは」水緒がいった。「所謂《いわゆる》千年王国――真と善と美を実現した、正義の統《す》べる永遠の世界だものね。それはもちろん私達が……聖座が考える真・善・美でありまた聖座が考える正義なんだけど。だからそれに必要の無いものは、新たなる地球に持ち込むわけにはゆかない。それが聖座の判断」

「私べつに叛逆者《はんぎゃくしゃ》じゃないけど～、おまけにここだけの～、この三名かぎりの話だけど～、私達が天国に幽閉された数万年また数万年で何ができたかを思うと～、私達がヒトを導くだの～、私達の真・善・美や正義を強いるだの～、ちょっとかなり傲慢《ごうまん》な気もするわね～。そりゃ悪は討伐すべきだし～、悪徳はできるだけ撲滅した方がいいけど～、私達の生き方考え方を強いるってことは～、どっちかといえばヒトの停滞なり退嬰《たいえい》なりに結び付くんじゃないかって思うこともあるのよ～。ヒトのダイナミズムを、だから『とりあえずやっちゃえ!!』的な想像力・意志の力を～、思いっきり切除除去しちゃうみたいな～？」

「日香里は笑って聴き流してくれると思うけど」水緒が静かにカップを置いた。「土遠が聴いたら木絵の第9デッキ、また徹底して検閲・捜索されちゃうよ？　ううん、火梨が聴いたら軍事裁判で即決死刑かもよ？

まあ警察委員の金奏が身方だから、木絵も私達もこんな娯楽を楽しんでいられるけど」

「あっ、そういえば」私はいった。「木絵、木絵なら知っていると思うけど――このアレクサンドリアは、古典古代世界最大の学術都市だったんだよね？　だからここには!!」

「ああ月夜〜、月夜の訊きたいこと〜、解ったわ〜」木絵はたっぷりとクリームを盛ったバターナイフをいったん置くと、紺碧の海の反対側、市街地を指差した。「ほら、あそこ〜。あの純白の大理石がまぶしい〜、神殿っぽい建物〜。あれが〜」

「アレクサンドリアの大図書館!!」

「月夜を芸術委員にしておくのは勿体《もったい》ないわね〜」木絵は我が意を得たりといった感じで頷《うなず》く。「古典古代の森羅万象《しんらばんしょう》に係る知識を収蔵した〜、当時のヒトのまさに脳髄《のうずい》〜、私達の方舟《はこぶね》のごとき役割を果たした〜、あれが蔵書五〇万書ともいわれるアレクサンドリアの大図書館よ〜」

「これ投映室の立体映像だけど、やっぱりホンモノも大灯台から見えたの？」

「と思うわよ〜。大図書館の絶頂期というか最盛期は〜、まさにこの灯台が建てられた頃だから〜。ちなみにこの灯台の方も〜、当時世界最長の建築物よ〜」

「世界最大のともしびと、世界最大の脳かあ。うん、やっぱり浪漫《ロマン》だね!!」

「天国には理解されないけどね〜。

蔵書のうちサルベージできた分だって〜、検邪聖省のえげつない検閲があったし〜」

「まあそれは私の担当する芸術品でも一緒だけどね……

ひとつの意志、ひとつの動き。それが聖座の、だから天国の求めるところだし、新たなる地球にウイルスを撒《ま》くことはできないからね」

「でもそれって〜、ちょうどあの図書館と真逆にある考え方よね〜」

「そうだね。ヒトは森羅万象を知ることを恐れないし、それこそがヒトの定義だって考え方もあるもの――もろ異端だけど。

そして、知は武器でもある。

ヒトはその武器の用い方を、何度も何度も誤ってきた。他のヒトを奴隷にし、また自らも欲望の奴隷になってきた。もし私達がヒトの導き手だというのなら、その歴史を繰り返させるわけにはゆかない。それは結局、ヒトのためにならないし、ヒトを奴隷にすることだし、ヒトを滅ぼすことだもの」

「けれど月夜、敢えて議論をすれば」水緒が冷静にいった。「それはヒトから武器を奪うことでもあるわよね。言い換えれば、私達の牧場を離れない家畜にすることでもある。私達の牧場で許されるもの以外の考え方を、まるごと除去することでもある……

そう。

ひとつの意志、ひとつの動きを強いるということは、畢竟《ひっきょう》、木絵のいう想像力・意志の力を奪うことでもある。すなわち自由を奪うことでもある――私達がもう、木偶《でく》に対してやっているそのとおりにね。まさに月夜がいったとおり、奴隷にすることともいえる。

私社会科学委員で、だから法学者でもあるから時々考えるわ。正義を強いることは正義なのか、ってね。同様に、真実を強いることは真実につながるのか、善を強いることは善なのか、美を強いることは美しいのか……だから理想社会を強いることはほんとうに理想的なのか、ってね」

「……もちろん考えるだけだよね、水緒？」

「そうね月夜。私達は〈バシリカ〉の使徒、ヒトの導き手。

羊飼いが羊の自由意思をあれこれ考える……聖座の御老害からすれば笑止で戯言《たわごと》よね。

ただ……月夜はどう思う？　例えばあの大図書館のことを考えて、あるいは例えば第3デッキ第10取調べ室の奥のことを考えて、どう思う？」

（第3デッキ第10取調べ室の奥。それは金奏が確保してくれた、私達の禁書図書館……）

私はもう一杯、お茶を飲んだ。とても美味しかった。だからいった。

「……一度、この航海の内に、日香里とは正直に話し合ってみるべきだと思う。だって、これも異端かも知れないけど、そして私法学者でもなんでもないけど、ヒトを奴隷にしないために奴隷にするなんて変だもの。

土遠や火梨には、ちょっと相談できた話じゃないけど……でもあの日香里なら。私自身はまだ十日も接していないけど、日香里は信頼できると思うし、頭ごなしに否定はしない。そんな気がする。うん、結果がどうあろうと、陛下の全権代理である日香里には、そして私達と違って実際にヒトを見てきた経験のある日香里には、やっぱりきちんと筋を通して、意見を伝えるべきだよ。それがいちばんいい気がする」

「そのときは〜」木絵が〈太陽の炎〉のグラスを乾した。「月夜も一緒に〜、日香里と話し合ってくれる〜？　例えば今夜とか〜？」

「もちろんだよ。水緒、木絵、金奏そして私。皆《みんな》で一緒に日香里と話し合おう」

「そうしたら月夜〜、今日もし仕事のあいまに時間があったら〜、そのこと金奏にも伝えてくれる〜？　金奏の意見も聴いておきたいし〜」

「解ったよ木絵。時間を見つけて、金奏の第3デッキに行ってみる」

V

〈バシリカ〉艦内時間、一三五〇《ヒトサンゴーマル》。

お昼の〈太陽の炎〉を摂りながら、担当貨物室の点検なり気懸かりな収蔵品の確認なり、芸術委員としての仕事をしていた私は、自分の第10デッキを離れ、金奏の第3デッキにむかった。これまた数分と掛からないし、金奏とは電算機を介して一四〇〇《ヒトヨンマルマル》に約束をしてある。だから私は、約束よりかなり早めに彼女のオフィス前にいた。このあたり、私の小心《しょうしん》さの発露でもある。永劫《えいごう》を生きられる私達の内では、我ながらかなりめずらしいタイプだ。

私はその、警察委員の主たるオフィスのドアをノックする。同時に肉声も使う。

「コンコン、月夜です、入ってもいい？」

――無言。

ちょっと早過ぎた私は躊躇《ちゅうちょ》した。だから土遠のときのように、思念を飛ばすのが遅れた。するとまさにその代わりのごとく、当の金奏の思念が突如、私の脳内に響いてきた。

［まだ、水緒や木絵にも説明していないっていうの⁉］

［おい、突然声が大きいよ金奏‼］

――ただどうやら、それは私に対して発せられた思念じゃなかったみたいだ。それは私以外の相手方にむけられている。それはそうだ。響いてきたのはいわば会話だ。

（ああ吃驚《びっくり》した。いったいなんだろう、これほど強烈な思念を飛ばし合うなんて）

いわば突然の大声、いわば突然の怒鳴り合い。もちろん廊下にいる私は吃驚《びっくり》したけど、私同様、金奏のあまりの剣幕《けんまく》に、会話の相手方も吃驚《びっくり》したようだ。

（そして吃驚《びっくり》したその相手方は、どうやら火梨のよう……）

もう言ったとおり、私達の思念は、肉声のような質感や個性を隠してしまうことができる。ただそれは『隠してしまうことができる』だけで、もちろん肉声のように、ニュアンスやダイナミクス、トーンや速度を変えることは可能だ。いやむしろ、肉声よりももっと望んだ変化・効果を付けられると言ってもいい。そしてその変化・効果は、自発的に付けることもあれば、思わず付けてしまうこともある。

——金奏の大声に吃驚《びっくり》した火梨は、まさに今、『思わず』『驚愕から』あるいは『非難の意を明らかにする為《ため》に』、肉声のごとき情感ゆたかで率直な思念を発してしまったようだ。
（そしてその火梨も金奏も、どうやらこのオフィスの隣……第1会議室にいるみたい）
私は微妙に迷った。第1会議室のドアのたもとまで近付きつつ迷った。ただ私が両者に遠慮しているその内にも、金奏と火梨の応酬《おうしゅう》は響き続けている。
［あの不気味な、地霧っていう子はどうなのよ⁉］
［地霧は監察委員だ。最初から〈バシリカ〉の全任務を知って乗艦したと断言している］
［そしてまさか、あの土遠がそれを知らないはずも無し……］
するると火梨。火梨は水緒・木絵・月夜にはこれ、徹底して黙っているつもりなの⁉］
［——それが副長の土遠と、もちろん艦長の日香里の意志でもある。
ただ水緒と木絵には、この航海中、機会を見て説明するつもりだ。ヒトとのコミュニケーションというなら、社会科学委員と人文学委員は外せない］
［それなら月夜だってそうだよね⁉］
［まだ信用できない。〈バシリカ〉の使徒となって一週間程度じゃ。まして月夜の任務は、ある意味ヒトといちばん近しいもの。彼女のリアクションがまだ想定できない。
ただ、水緒と木絵が了解してくれたなら、文官仲間の両者から説得をしてもらっても］
［……陛下に勅任《ちょくにん》された仲間にも黙っているだなんて。
ひとつの意志、ひとつの動きが聴いて呆《あき》れるよ？］
［そういう金奏ですら、この任務にどこか不満気《ふまんげ》だけど？］
［我が〈バシリカ〉に警察委員だなんて謎の閑職《かんしょく》が置かれた時点で察するべきだったし、陛下のお許しさえ頂戴できるなら、ああ、いさぎよく使徒たるを辞するべきだった……］

［でも金奏はそうはしなかった］
［そりゃ私だって、聖座の老害どもにいきなり寝込みを襲われて塵《ちり》にされたくないもの］
［だったら!!］火梨は語気を強めた。［警察委員最大の任務は、確実に実行してもらわないと――第4デッキと第5デッキの準備はどうなっているんだい？］
［……私の趣味を全くの別論とすれば、幸か不幸か準備は万端《ばんたん》だよ］
［第4デッキの収容能力は最大限活用できる？］
［……火梨の御下命《ごかめい》さえあれば、直ちに二、〇〇〇万人を収容できるけど？］
［第5デッキの転換炉《てんかんろ》はどうだい？］
［同様の前置きで、最大一二〇人／分の処理能力を確保している。聖座の計画どおりに］
［そして当該《とうがい》処理が終わったなら――］
［そうだね火梨。
〈バシリカ〉の燃料問題も……ううん、私達の食糧問題も解決する。成程《なるほど》見事なものよ。さぞかし良質な〈太陽の炎〉が精錬《せいれん》できるでしょうからね。見事なまでに合理的で、そして微塵《みじん》の廉恥《れんち》もありはしない。だってそもそも陛下の御旨《みむね》は］
［もうそんな議論に意味はないよ!!
これで貯蔵がどうだの備蓄がどうだの逼迫《ひっぱく》がどうだの、そんなこと気に懸ける必要は一切なくなるんだ。それは当然陛下の御為《おんため》にもなるんだ――無論、地球の再征服《レコンキスタ》が成功裡《せいこうり》に終わること、それが大前提だけど。
……ところで金奏。
この寒々しい立体映像は何なんだい？　僕には地球の文化なんてよく分からないけど、とても凶々《まがまが》しい感じはびしびし伝わってくる……］

［ああ気に入らなかった？　もちろん敢えてこれを選んだんだけど？］
［……とにかく収容と留置と輸送。これは警察委員最大の任務だから］
［火梨はそれに疑問を感じないの？］
［僕個体の考え方なんて天国に関係ない――そしてそれは金奏にとってもそうだろう？］
――私ははしたなくも、あからさまな盗み聴きあるいは盗み傍受《ぼうじゅ》を続けてしまっていた。
ふと銀の懐中時計を採り出すと、艦内時間一四〇〇《ヒトヨンマルマル》ジャスト。
私は時計の針とローマ数字を見ながら思った。金奏と火梨の応酬に出てきた、極めて特徴的な語を。
（……そう、謎の『予備』空間である、バシリカ第4デッキと第5デッキ）
どうやらそれは、かなり嫌々ながら、警察委員である金奏が担当する区域のようだ。そして、今の応酬だけじゃまだ何の意味も解らないけど、そこは最新任の私なんかには開示できないような――ううん、コテコテの文官である水緒と木絵にも説明できないような、そんな秘密をかかえているデッキ。
（重ねて、両者の議論の意味は解らない。けれど金奏は……金奏と私は親しい。主観的にもそう信じているし、客観的にもくだんの〈禁書図書館〉の秘密を共有する仲間だ）
――その金奏なら、もし彼女が必要だと思うなら、どんな秘密でも私に明かしてくれるはず。さかしまに、その時機でないときに私が秘密を知ってしまったとあっては、火梨や土遠の手前、金奏の立場が悪くなる、かも知れない。
だから私は、引き続きの小心さを発揮して、いったん金奏のオフィス前まで帰った。要は、盗み聴きの現場である第1会議室前を離れ、最初にドアをノックした地点まで戻り、もう一度懐中時計を確認して、いよいよ必要最小限の思念を発する――
［か、金奏。月夜だよ。一四〇〇《ヒトヨンマルマル》からの打ち合わせを……］
［あっ月夜、待たせちゃってゴメン。もう問題ないから隣の第1会議室に入ってきて］

「うん解った」

今度は許可を受け、私がまた第1会議室前に差し掛かると——結構ないきおいで同室のドアから飛び出てきた、火梨と衝突しそうになった。

「あっ御免《ごめん》、月夜」火梨の頰《ほお》は、瞳と一緒のルビーに染まっている。「急いでいたんだ、すまない」

「ううん火梨」私は彼女の怒りや憤りには気付かないフリをした。「私も不注意だったよ」

「……月夜は、金奏と何か打ち合わせかい？」

「うんまあ」私達は嘘が吐けない。ボカすことならできる。「地球再征服後の復興計画について、ヒトを規制する金奏と、諸々《もろもろ》打ち合わせがあって」

「そうか、じゃあまた士官会議とかで」

「うんそれじゃあ」

火梨は武官らしく肩を怒らせながら……実際に怒ってもいたんだろうけど……憤然《ふんぜん》と私を過ぎ越しやがて昇降機で第3デッキを後にした。小心な私は、間違いなく昇降機が動くのを確認してから、金奏の第1会議室のドアに正対する。もちろんドアは自動で開いた。

（あっ、暗い……!!

とても、とても暗いわ。これはきっと、地球の夜……）

天国には夜が無い。もちろん天国の軍艦たる〈バシリカ〉にも。もしいま夜が現前しているというのなら、それは、土遠や木絵が投映室でしていたのと同様、金奏もまた、第1会議室に立体映像を投映しているからに違いない。そして。

（火梨は寒々しいといっていたけど……私に言わせれば極寒《ごくかん》だわ、あらゆる意味において。

そして火梨が凶々《まがまが》しいといっていたとおり、この空気は、雰囲気は、この圧《アツ》はよくないものだ。私の本能に強く訴えかけるそれは邪悪だ）

——第1会議室のドアは既に閉じている。

だから私はもう金奏が設定した現場にいる。土遠の法隆寺のように。木絵の大灯台のように。そして時刻は『夜』。月灯《あか》りも星灯りもない。なら真っ暗かというと、実はそうじゃない。ヒトの手になる灯りがある。それは主として、そう、いつしか線路脇にたたずんでいた私を襲う。高い所からの探照灯。そして機関車の前照灯。それらが強靭《きようじん》に動いては、光量調節に時間の掛かった私の瞳を鋭く灼《や》く。やがて私は気付いた。私のローファーは靴下のあたりまでずっぽり雪に埋《うず》もれている。今、この現場では雪が降っている。それはまさか吹雪じゃない。けれど雨でいうなら涙雨のように、ううんまるで鉛のように重々しく、悲愴《ひそう》に降りしきっている。だから、私の制服にもたちまち雪が積もってゆく。

（寒い……）

私は生理現象でない嘆息《ためいき》を吐いた。それは当然白い霧、白い水滴となって暗い夜を舞う。幸か不幸か、私達は温度の寒暖を感じられるよう創られている。それがこんなかたちで実用に供されようとは。金奏の温度設定が寒すぎるのか、そもそも現場がこれほど寒かったのか。

「ああ月夜」

「金奏」

「このお城まで登ってきて」

「りょ、了解」

——現場には、確かにお城と呼ぶべき建築物があった。ただお城じゃない。何故なら、両翼をぐっと展開したこの建築物は、私がたたずんでいた線路の最果てでもあったから。だから、いわば駅構造物だ。

線路は、この駅構造物の中央にある門へと——そしてよく見えないけどもっと奥へと続いている。

その中央門の上には、どこか機械的で無機質な塔がある。強烈に過ぎる探照灯がいならんでいるのもそこで、また、金奏が私を招いたのもそこだった。

(煉瓦《れんが》の建築様式からして、欧州《エウロパ》の駅構造物だろうか？　機関車も疾駆しているし……)

私は金奏の座っている所までぱたぱた飛んだ。金奏は塔の上で、自分の真横をぽんぽんと叩く。私は彼女の求めるまま、彼女に躯《からだ》を寄せるような位置で、駅構造物の上に座る。

——金奏はしばし黙して語らない。その瞳は眼下のシーンに注がれている。

私もそうした。

重く悲愴な雪がふりしきる。駅構造物の中央門をくぐった『V』の字を掲げる機関車は、剛直に、猛々《たけだけ》しくしかしどこか無感動に停車する。気が付けばすごい喧騒《けんそう》だ。軍隊の怒号に猛犬の吠え声。うらん、様々な銃の発砲音すらめずらしくない。私がまだ状況を理解できずにいると、停車した機関車の貨車から……そうまさか客車ではない貨車から、数多《あまた》のヒトがまるで物資の如く無理矢理に降車させられている。いや物資ならまだもう少し気を遣ってもらえたろう。私は奇妙な服を着た駅員（？）と威嚇《いかく》的な軍服を着た軍人が、貨車から到着したばかりのヒトらを恫喝《どうかつ》し、追い立て、駆けさせ、猛犬をけしかけ、列を作らせてはまた引き剝《は》がし、殴る蹴るの暴行を加え……ともかく天国の私達が木偶《でく》にもしないような出鱈目《でたらめ》なあつかいをする様《さま》を目撃した。そもそもプラットホームだの屋根だの、そんな小洒落《こじゃれ》たものなど無い。私が座った駅構造物、その中央門の上の塔から四方《しほう》を見渡すに、線路の周囲にはあるいは煉瓦《れんが》造りの、あるいは木造のバラックが群れを成している。けれどその陰惨な雰囲気は、まさか街や都のそれじゃない。強いて言うならば物資の仮初《かりそ》めの集積地。もっと言うなら仮《かり》初《そ》めの厩舎《きゅうしゃ》群だ。そして極め付きは……駅構造物からも、だから到着したヒトらからもハッキリ見える、やはり煉瓦造りの大きな塔。金奏と私が今座っている、駅構造物の塔よりずっと大きい。それが、闇と雪との中で確認できるかぎりでもひとつ、またひとつ……それが、闇と雪との中で確認できるかぎりでも、名状《めいじょう》しがたい恐ろしげな黒煙を吐き続けている。

「火梨には、全然解らなかったみたいだけど」金奏は私の視線を追いつついった。「文官の月夜にはこれ、もう解ったよね？」

「ひょっとして……あ、アウシュヴィッツ……？」

「まさしく。正確には、これはアウシュヴィッツⅡ・ビルケナウ絶滅収容所。

　この鉄路の引込線と駅構造物の『死の門』は、特にアウシュヴィッツ全体を象徴するものとして、往時《おうじ》の地球でも有名だったらしいわ」

「帝政時代のドイツ《ゲルマニア》が、劣等民族と位置付けたヒトを絶滅させようとしたという、あの」

「ヒトが裁判をしたり研究をしたりしたところでは、一五〇〇万人ないし四〇〇〇万人がこのアウシュヴィッツ全体で殺戮《さつりく》されたらしいよ……主として、月夜も知っているとおりの、またここから忌《い》まわしい煙が目撃できる、あの『ガス室』でね。もっとも、当該《とうがい》帝政時代を通じて欧州《エウロパ》・ロシア《ルテニア》で『劣等民族』六〇〇〇万人前後が受難《じゅなん》させられた——というのがヒト社会の通説だったらしいから、アウシュヴィッツだけで四〇〇〇万人、っていうのは言い過ぎかな。

　ただ、どのみち……

　ある種族が、ある国家が、ある権力が。

　そうひとつの意志、ひとつの動きの発露として。

　おなじヒトである存在を、何とまあ、六〇〇〇万人も殺しまくった……過失でも戦争行為でも政策破綻でもなくまさに故意の絶滅処理として殺しまくった……っていうのは、〈大喪失〉以前の地球における最高記録、あるいは少なくとも同列一位の記録じゃないかなあ。警察委員として、だから思想犯担当としていえば、被害者の統計どころか学説すら定かでなかった共産主義《コムーニスムス》の問題もあるから、純然たる一位とは断言しかねるんだけどね」

「ええと、確かこのアウシュヴィッツはロシア《ルテニア》に解放されたんだよね。帝政ドイツ《ゲルマニア》が敗戦したから。けれど、解放したそのロシア《ルテニア》もまた独裁国家だった……共産主義《コムーニスムス》っていう宗教を信じる、祭政一致の独裁帝国だった」

「そのあたりは水緒と木絵の専門でもあるけど、そのとおりだよ」

「統計も学説もないって話だけど、じゃあ、そっちの犠牲者数は全然解らないの？」

「共産主義《コムーニスムス》の二大巨頭だったロシア《ルテニア》と中国《セリカ》は、ドイツ《ゲルマニア》のように敗戦や裁判を、だから断罪を経験していなかったもの。よって実態は陛下あるいは先帝陛下のみぞ知るところだけど、論じるヒトによっては、両宗教帝国の所為《せい》で受難したのは実に二、〇〇〇万人とも六、〇〇〇万人とも一億人とも……」

「ひ、ヒトって好んでヒトを殺すんだねえ……同種なのに」

私の嘆息《ためいき》も、金奏の嘆息も、白い霧、白い水滴となって雪のまにまに消えてゆく。

ただ金奏の嘆息は、私のそれとはちょっとニュアンスが違ったみたいだ。何故なら——

「私達も、やっていることは変わらないよね、月夜」

「……金奏、それはひょっとして木偶《でく》のこと？」

「天国三〇万の民草《たみぐさ》は、奴隷として支配する一、〇〇〇万の木偶《でく》なくしては生きてゆけないもの。木偶《でく》なくして、どのような社会基盤も維持してはゆけないもの。まして」

「まして平民《プレブス》はともかく、私達は——〈バシリカの使徒〉は知ってしまった。使徒にならなければ、未来永劫知ることのなかった天国の禁秘《きんぴ》を。

すなわち、平民《プレブス》が固く信じて疑わないように、『木偶《でく》は最初から木偶《でく》という種族として生まれる』わけではないことを。『天国には最初から木偶《でく》という奴隷階級があった』わけではないことを……」

「今、眼下で行われているように」金奏はポニーテイルを哀《かな》しくふった。「ヒトがヒトを家畜に堕《お》とすこと、そう同種が同種を家畜に堕とすことが許されざる罪だっていうのなら、それは、ヒトの導き手たる私達にも等しく適用されなければならないルールだよね。

ましてヒトの導き手たる私達が、我《われ》と自《みずか》らこんな、こんな醜悪な家畜主義・奴隷主義を実践しなければならないとあっては……」

私はここで、この午前中、水緒と木絵とのお茶会で決めたことがらを思い出した。雪も夜気も眼下の悪夢も――すべて立体映像とは知りながら――凍えるように寒い。ただ、大事な話をするにはぴったりの舞台にも思える。私は、またもや猛々《たけだけ》しい煙と金属の咆哮《ほうこう》とを立てて『死の門』への引込線へ入ってきた黒光りする機関車を見つつ、金奏に訊いた。

「……今、打ち合わせの本題に入っていい？」

「あっゴメン月夜。月夜何か私と話し合いたいこと、あったんだよね？」

「うん、そしてそれは水緒や木絵ともう話し合ったこと、なんだけど……」

私は午前中のお茶会でした議論を、できるだけ再現した。

私達の使命である、地球の再征服《レコンキスタ》。そしてその後は文官の使命となる、地球の再建・復興。〈バシリカ計画〉と聖座の意志にしたがえば、それは地球に真・善・美の千年王国を顕現《けんげん》させることになる。言ってみれば、新たな地球に天国のルールを強いることになる――しかしそれは、幾万年も幾万年も停滞と退嬰《たいえい》のうちにあった、完成された、もう終わった、すべてを実現した、世界についての最後の言葉が語られてしまった、だからまた幾万年も幾万年もおなじように『清く正しく美しく』生き続ける、天国の再現なり移植なりに過ぎないのではないか。それは、ヒトから森羅万象《しんらばんしょう》を知る権利や、自由に物事を考える権利や、あるいはひょっとして派手に間違うことのできる権利を奪うことなのではないか。ヒトから牙と武器とを奪い、私達の牧場を離れない家畜に貶《おとし》めることなのではないか。

ひとつの意志、ひとつの動きを強制するのは、いわば人間力・想像力・創造力を去勢《きょせい》し、木偶《でく》と変わらない奴隷に、少なくとも私達の手を噛まない愛玩《あいがん》動物にし続けることなのではないか……

「だから、私達は考えたんだ」金奏が思想犯の仲間じゃなかったら、到底こんな話、できなかったろう。「理想社会を強いることは、実は理想的でも何でもないんじゃないかって。もちろん地球の再建と復興には諸手《もろて》を挙げて賛成するしできることは何でもするけど、新たなる地球に住まうヒトには、人間力・想像力・創造力——そう『意志の力』を認めて、それを育ててあげるべきなんじゃないかって。だから、そのためには」

「例えば私達が隠匿《いんとく》している書なり知識なりはヒトに開示する必要があるし」金奏はいった。「例えば少なくとも艦長の日香里はこっち側に墜《お》とす必要があるね、月夜？」

「そうなんだよ金奏。

もちろん復興の際、具体的にどうヒトに知恵を開示してゆくかとか、その危険性をどれだけコントロールできるかとか、詳細はもっと詰めないといけないけど。でも今まさに金奏がまとめてくれたとおり、せっかく私達が天国からサルベージできた禁書の類《たぐい》はヒトに提供すべきだし、それは、日香里の協力とか黙認とかが無きゃまるで不可能だし」

「そういうことなら」金奏は起ち上がった。「場所を変えよっか——ちょうどいい場所に」

「解った」

私はすぐ頷《うなず》いた。そろそろ手脚が凍《かじか》んでいたこともあったし、金奏が何処《どこ》へ行こうとしているのか、当然解ったからだ——

——そう、ここ金奏の第3デッキ、第10取調べ室の壁の裏。

陰謀仲間ならもう熟知している、私達の私設図書館・禁書図書館だ。

といって、私としては、土遠の摘発を免《まぬか》れたここに入るのは初めてで。ううん、そもそも第3デッキの警察施設に来るのが初めてだ。ここは芸術委員には無関係な区画。もっと言えば、捕虜なり被疑者なりを処遇できる区画だ。

もちろん私達は戦争と占領に行くのだから、その捕虜・被疑者とは〈悪しき者〉。だから取調べ室も留置場も保護房も、聖別された聖水と、聖別された鉛《なまり》あるいは銀の障壁による、ある種の結界によって閉ざすことができると、そう聴いたことがある。成程《なるほど》、物騒な図書館を隠すにはちょうどいい区画。

「ほ、ほんとうに、取調べ室のなかっていうかその先にあるんだね？」

「日香里や土遠の目を盗んで、これだけのものを急造するのはひと手数だったけどね――あっ月夜、今は私の光紋認証じゃないと、隠し扉開かないから」

そういった金奏は、キレイな檸檬《れもん》色の瞳を今は嬉しそうに輝かせると、率先して、陰鬱《いんうつ》で狭い取調べ室の奥の壁に触れた。そしてそのまま壁に溶けてゆく――壁の一部が立体映像化したようだ。取調べ室に独り残された私も、急いで金奏が消えたあたりへ身を投じる。

――スッ、と視界が開けて。

私は今度は、ヒトのいう秋風のようなものが涼しくゆきかう、中国風《セリカ》の宮殿にいた。こうなると、芸術委員である私の専門にもグッと近くなる。

例えば――豚の血と桐油《とうゆ》、麻と煉瓦と小麦粉を練って調合した、特別な朱《しゅ》の柱。

もちろん神木《しんぼく》とされた、木目の美麗な四川幽谷《しせんゆうこく》の金絲楠《きんしなん》。

床石はといえば、もう天国にしか製造法の残されていないもの。黄金の硯《すずり》みたいな輝きと、叩けば金石の如く澄《す》んだ音を発する、所謂金磚《いわゆるキンセン》。

あと黄金の瑠璃瓦《るりがわら》に、緑と青の梁《はり》、そして紅い壁。

（そう、すべて陰陽五行説を体現している……）

ふんだんに用いられた翡翠《ひすい》は、格子窓や簾《すだれ》越しに仄見《ほのみ》える深緑の蓮池《はすいけ》との対比が、何とも艶《つや》やかだ。その蓮池の周りには、梅、木蓮《もくれん》、りら、バラがあざやかに咲き誇り、また柳の種の白い綿毛が、時を忘れたように舞う。時を忘れたような雰囲気は、ある意味天国に近い。

「月夜に言うのも烏滸《おこ》がましいけど」金奏は可愛く苦笑した。「紫禁城《ウルプス・ウェティータ》」

「しかも、どうやら内廷《ないてい》だね!!」私はかなり嬉しくなった。「康熙帝《こうきてい》の……ううん乾隆帝《けんりゅうてい》の扁額《へんがく》、あと水時計……銅壺滴漏《どうこてきろう》に嘉慶《かけい》三年の機械時計がある。なら内廷のうち、宝璽《ほうじ》を納める交泰殿《こうたいでん》かな？」

「さすが月夜、芸術委員!!」

「ほ、ホンモノは私の第10デッキにあるから——わざわざ立体映像を創ったの？」

「そんなに手数じゃなかったよ。月夜がえっちらおっちら天国を駆け回っているあいだ、諸元をスキャンしただけだから。

あと隣の乾清宮《けんせいきゅう》と坤寧宮《こんねいきゅう》とが、私達の〈禁書図書館〉になっているんだ」

「図書館にふさわしいね、金奏。だって乾隆帝の治世には、大陸じゅうの書籍三、四六〇余巻をベースにした史上最大の漢籍《かんせき》シリーズ、『四庫全書《しこぜんしょ》』八万冊が編纂《へんさん》されているから」

「そして禁書図書館にもふさわしいよ、月夜。だって乾清宮には宦官《かんがん》たちの地下迷宮があったし、それは同治帝《どうちてい》へ、あっは、ポルノ絵巻をせっせと上納するのに使われたんだもの」

（確かに、禁書図書館にもふさわしいわ……

だって雍正帝《ようせいてい》や乾隆帝の禁書・焚書《ふんしょ》・思想犯取締りは苛烈《かれつ》を極めたから。いわゆる文字《もんじ》の獄《ごく》……ヒトって不思議ね。あのアレクサンドリアの大図書館がごとき知の一大データベースを創ろうとしたヒトが、同時に、書の片言隻句《へんげんせきく》をとらえ、難癖《なんくせ》を付けては次々と思想犯を死罪にしていったんだもの）

——金奏が急造してくれた見掛け上の宮殿には、そういかにも大急ぎでといった感じで、時代考証を無視した様々な意匠《いしょう》の書架が置かれている。そこにはパピルスの巻物もあれば、羊皮《ようひ》の冊子も、またもちろん紙の書籍もあれば記録媒体そのものもある。というか、書架にキチンと収められているのは圧倒的少数で、あとは壮麗な金磚《キンセン》のうえへ極めて雑多に積まれ、あるいは適当にバラ撒《ま》かれている。

「木絵はほら、あんな性格だから」金奏が苦笑した。「水緒や月夜みたいには、キチンと収蔵してくれなくて。といって、検邪聖省や土遠の目を盗んで、これだけサルベージしてくれたのはそれだけで大手柄だよね。

あっ、パパッとお茶創ったから、躯《からだ》を温めながら話そう。めずらしいバラのジャムもある――レシピ適当だから、すっごい味だったら笑って許して。空いた書架に置いとくね」

「ありがとう金奏」私は銀器を採って、パンにジャムを塗った。「ううん、美味しいよ。全然違和感ないよ」

私はお茶請《ちゃう》けを食べながら回想した。電算機産でないとあって、ゆらぎが美味しい。

（そう、いつか土遠は、木絵が用意した『ダミーに過ぎない図書館』についてでさえ、散々文句を言っていたっけ――）

『検邪聖省が激怒のあまり木絵の頭部をチタタプにしそうな、聖座図書館の〈地獄室《インフェルヌス》〉担当大司教も裸足《はだし》で逃げ出すような、悪趣味極まる』『淫《みだ》らで破廉恥《はれんち》で堕落《だらく》した禁書ばかりをわざわざ収集してきた』『おぞましい』、そんな図書館は絶対に許せないと。その土遠が、この真打ちたる〈禁書図書館〉を発見したら何て言うだろう？　ううん、何か言ったり思念を発したりする前に、激昂《げっこう》と悲憤《ひふん》とで卒倒するかも。

（要は、ここにあるのは……

天国が、聖座が、絶対に復興後のヒトに与えてはならないと、真にも善にも美にも資するところがない悪書だと、そう判断したもののエッセンスだ。だって木絵なら、『悪書』のうちいちばん濃いと

ころを密輸し、復興後の地球にバラ撒《ま》こうとするはずだから）

……といって。

陰謀仲間に入れてもらえた私が知るかぎり、またここ交泰殿《こうたいでん》のうち視界に入る箇所をザッと見遣るかぎり――実は、天国が是《ぜ》が非《ひ》でも地球にバラ撒かれたくないものなんて、ホント極めて少ない。異端、禁忌《きんき》、冒瀆《ぼうとく》、堕落《だらく》、逸脱《いつだつ》、背徳、犯罪、禁制品、大量破壊兵器（例えば〈最終兵器〉や〈塵の指輪〉）……そうしたモノに関する本など、実は極めて少ないのだ。正確な数も比率も分からないけど、そんなもの、パッと見で一〇％あるかどうか。

なら残りの九〇％程度はいったい何かというと、要はヒトでいうエンタテイメント、娯楽のため著されたもの。刹那《せつな》の楽しみを得るほか何らの実用性もない――と天国によって判断された――ものだ。そして、私が陰謀仲間に加わる決意をしたのも、実はこの九〇％のためと言っても過言じゃない。

（もちろん、その陰謀仲間である私からしても、その九〇％はくだらない）

ヒトが超絶的な技術で光速を超えるとか時を遡《さかのぼ》るとか、吹雪の山荘や絶海の孤島で連続殺ヒト事件が起こるとか、はたまた異端的な魔術で悪のまほうつかいと対決するとか、呪術的な動画を視てしまったヒトが異教的なバケモノに呪詛《じゅそ》され虐殺されるとか、事によると悪魔の子を産まされてしまうとか……まあ何でもいいけど、あらすじだけ聴けば、そんなもの何がおもしろいのかと不思議に思う。まして、新たなる地球の合理的・効率的な復興には何の役にも立たないだろう。けれど……

（私は木絵から数冊借りた。もちろん読むために。そして実際に読んだ。

くだらなかった。くだらなかった、けれど）

……私の脳の、それまで何の刺激も感じていなかった領域が、確かに痙攣《けいれん》した。

だからくだらないくだらないといいながら、また木絵に強請《ねだ》って何冊か貸してもらった。

だからくだらないくだらないといいながら、〈バシリカ〉の無制限無定量とも思えた激務のあいま、わざわざ、我《われ》と自《みずか》ら好《す》き好《この》んで、自分の翼に隠れながら、天国では存在すら許されない禁書にどっぷり浸《つ》かり、どっぷり塗《まみ》れた。だから、あらすじだけ聴けば何とくだらない、そんなもの何がおもしろいのかと思い続けていたモノが、今では自分の脳髄《のうずい》と青い血を、確実に侵蝕《しんしょく》しているのがよく解る。この脳と血の震えは。

(……ぶっちゃけ、おもしろいってことなんじゃないかな。

もちろん、何の実用性もないけど)

まして、もう水緒や木絵と散々議論したことだ——ヒトがおもしろいと感じるモノを、何の実用性も無いからといって、天国が検閲することなんてできるのか。ううん、それが正義なのか。ヒトが宇宙船や名探偵やまほうつかいや怨霊に心躍《おど》らせて、さかしまに何が悪いのか。連続殺ヒト事件の本を読んだら連続殺ヒト鬼になるのか。まさかだ。ヒトがどれだけ悪書を読み漁《あさ》ったところで、悪魔や怨霊になるはずもない。それと同じ理屈ではないのか。書をたのしむことや空想を描くこと。それが時に行為を生み、時に罪を生むこと。私はヒトじゃないから解らないけど、両者には因果関係なんて無いんじゃないだろうか。いや仮に因果関係があったとして、それこそヒトの選択であり、だからヒトの自由なんじゃないだろうか。それは時に『処罰される選択』で、『不自由を望む自由』に帰結するのかも知れないけど、そこにこそ責任が生まれるんじゃないのか。自分の生き方考え方に対する責任が。とまれ、私達がヒトの導き手というのなら、ヒトの選択肢を、だからヒトの自由をこそ尊《たっと》び広げるよう努めるべきなんじゃないのか……

理屈でいえば、今の私はそんなことを考えている。

(……ただ正直、直感的にいえば。

そう、やっぱりおもしろいんだ。そして、それだけだ)

あとちなみに、この第3デッキの〈禁書図書館〉には、実は木絵以外誰もおもしろいとは思わないジャンルの本もある——ぶっちゃけていえば、ポルノだ。

私達には性別がない上（そもそも生殖できないことは既述《きじゅつ》だし、娯楽等としての性交はできるけどそれは本能に裏打ちされてはいない）、ヒトの男女別の気持ちなどまさか想像しかねるので、変なところで律儀《りちぎ》な木絵は、男性用のものも女性用のものもほぼ同数を揃《そろ》えたと聴く。

これは私には……きっと水緒にも金奏にも……不必要である以上に犯罪的だと思えたけど、理屈で考えれば、そんな勝手な判断をすることがそもそも天国的傲慢《ごうまん》だ。またそもそも、この〈禁書図書館〉の存在意義に反する。

だから、木絵が私の第10デッキに積んでくれと頼んできた不気味な性的玩具の類《たぐい》は、私の美的感覚に懸けて拒否したけれど、でも〈禁書図書館〉に——それなりに膨大《ぼうだい》な——ポルノを収蔵することには、結局誰も反対しなかった。

「それで、月夜？」金奏はくすりと笑った。「また難しい考え事？」

「あっゴメン金奏、これ悪い癖《くせ》だね……」私は胸の前で手を合わせる。「……ええと、それで要は……そうそう、ひとつには金奏の意志確認かな。金奏は警察委員で、むしろこういう事態を取り締まる側だし、あと謎の地霧さんの存在もあるし……この〈禁書図書館〉のいわば知恵の実を、新たなる地球に撒いてよいものかどうか……」

「私、木絵のポルノはちょっとどうかと今でも思うけどね——ヒト社会でも犯罪とされてきたようなドギツいの、好んで集めてきているし。ただそれは各論の話。総論としては、そう、何を今更かな。私の第3デッキにここまでのものを用意した以上、私そもそも思想犯だし。ううん、私警察官である以上、単純な思想犯以上に叛逆者《はんぎゃくしゃ》だし。そして叛逆者は定義上、よろこんで叛逆行為をするものよ——だって確信犯だもんね」

「……ありがとう金奏、心強いよ」

「ううん月夜、むしろ私は……私は月夜が決意してくれたこと、嬉しく思うよ」

「それもありがとう。

そうすると後は、私達の決意を、どう艦長の日香里に伝えるかだけど……違うか、そもそも日香里に伝えるのが上策かどうか、だけど」

「……いっそのこと、日香里と火梨を一緒に説得すればどうかな？」

「そ、それはまた過激で一足飛《いっそく》びのような……

だって火梨は天国と聖座の権化《ごんげ》、武官の権化みたいなものだよ。絶対怒り狂って反対するに決まっているし、いきなり軍事裁判ってことも」

「でも月夜、私が思うに、火梨を説得できるとすれば日香里しかいないよ。そして日香里がウンといったら、火梨の性格からしてまさか叛《さか》らいはしない、叛らえない」

「だから、日香里を説得するその場で、一緒に火梨も墜としてしまおうと……

だけど、両者が両者とも反対したら？」

「いきなり例えば〈禁書図書館〉の話をしたら、それは火梨も無茶苦茶《むちゃくちゃ》不愉快だと思うよ。日香里もいい顔はしない。だけど、じわりじわりと本題に入ってゆくことはできる。そのあたりの駆け引きは、警察官の私を頼ってくれていいよ。

そしてきっと――私の確信水準の予測では――日香里が折れてくれるだろうし、そうでなくとも、『継続審議』にはしてくれると思う。だって、航海はまだあと五日以上あるもの。だからじっくり話し合う時間はあるもの。それならいきなり『絶対ダメ!!』っていう話にはならないし、こっちもそんな決定的なこと言わせないように言葉を選ぶよ」

「ええと、それはつまり、じわじわ話を始めて、敵の出方に応じて上手いこと押し引きする、戦局が悪いようなら上手いこと一時撤退する――ってことだね金奏？」

「まさしくそう。だから土遠のことには触れなかったの」

「あっそうだ。どうして土遠も一緒に説得しないの？」

「厄介《やっかい》な上司が同席するのは嫌だし、何より——

私達があらゆるほのめかしを開始した時点で、土遠なら私達の真意を察知するし、だからその場で〈禁書図書館〉の捜索と破壊を試み始める——なんてことになるかも知れないもの。火梨は日香里の妹みたいなものだから日香里には叛らわないけど、他方で土遠はね……日香里を支える影とはいえ、階級的にも地位的にも思想的にも、瞳ひとつ動かさず日香里に叛逆するだけの気概《きがい》がある。要は、敵えて土遠を同席させるメリットが何も無い」

「成程《なるほど》、よく解った。

じゃあ具体的には何時《いつ》、日香里と火梨を説得する？　はたまた誰が説得する？　さっき水緒たちと検討したところではね、今夜、私達みんなで……」

「ううん、私と月夜が一緒に。それでどう？」

「えっ、水緒とか木絵でなく？　特に、水緒なんか同席してくれれば適任だと思うけど……」

「さっき、あの『死の門』で月夜が私にしてくれた話——要は、月夜・水緒・木絵が何をどう思っているか。それ私とてもよく纏《まと》まっていると思ったし、はらからにしては情熱的だと思ったし、あと先《さき》様《さま》が二名ならこっちも二名がフェアかな、なんて思って。いや？」

「——ううん、まさか嫌じゃないよ。

金奏が言ってくれたみたいに自分が上手く話せるのかどうか、自分がそれほど情熱的なのかどうか、それ自分自身ではよく解らないけど……私自身も主犯なんだし、自分の決意や行為や選択には責任を負わなきゃいけないと思う。だから、嫌じゃない」

「そうしたら、そうね——

ちょうど今夜は、名簿順で火梨が当直を務める。火梨は今夜、基本的に〈バシリカ〉の艦橋にいる。なら私から日香里に声を掛けておくわ。日香里の都合が悪くなければ――日付が変わった〇二〇〇《マルフタマルマル》に、艦橋に集まるようにしよう。時刻が変わったらまた連絡するよ」

「うん解った。艦内時間の翌〇二〇〇《マルフタマルマル》。艦橋で。出席者は日香里・火梨・金奏・私だね？」

「まさしく。それでいこう。となると武官さん両名は、五分前行動、ううん一〇分前行動で現地入りかな、両名の日頃の素行《そこう》からして……」

あっそうだ月夜、ここまで来てもらったのに大事なこと忘れてた。私ったらいつもそう」

金奏はゴメンと頭を下げる。彼女のポニーテイルが勢いよく跳ねる。私がいったい何のことだろうと首を傾げていると――

――金奏は手近な万歴赤絵《ばんれきあかえ》の濃艶《のうえん》な、とろりとした脂身《あぶらみ》を感じさせる大きな大きな鳳凰《ほうおう》の花瓶から、ヒトがいう『Ａ４コピー用紙の紙束』をごそりと採り出した。それは量的には『本』とさえいえるボリュームだけど、表紙もカバーもオビも栞《しおり》も何も無い。ほとんど剝《む》き出しの、まさに『紙束』。その、優に百枚以上にはなろう『Ａ４の紙束』が、私達にとっては超絶的にクラシックな、黒地の巨大なクリップであっさりと留められている。芸術委員のメンツに懸けてその名を思い出せば……そう、『ダブルクリップ』という奴。

（実に、ヒトっぽい。〈大喪失〉以前の地球っぽい）

ここで金奏は悪戯《いたずら》っぽい笑みを浮かべると、そのダブルクリップで留められた百枚以上の紙束を私に手渡してきた。手渡すそのときの、彼女の言葉――

「はいこれ!!　これ月夜がすっごく読みたがっていた〈例の本〉だよ!!　その原稿ぜんぶ!!」

「えっ金奏それってまさか――!!」

「そう。

経緯も作者も何もかも解らないけど、天国の誰かが書いたミステリ!!　でもそんなのありえないよねえ!!　私達が小説を、ミステリを書くだなんて!!　私達嘘が吐けないいんだし!!」

……でもある。それを読んだ金奏が、出航前に教えてくれたことだ。

まさにある。今は私がこの手でつかんでいる。

(読者を騙《だま》せない私達が、いったいどんなミステリを書けるというの……ああ、読みたい。だけど……)

「ねえ金奏、これっていったい何処《どこ》にあったの?」

「木絵が持っていたの」ただ金奏は首を傾げた。「でも木絵は、意図して捜してきたものじゃない、いつしか禁書コレクションに紛《まぎ》れていたものだ――って言うんだ。それって、ちょっと不思議だよねえ。

まあ木絵のあの性格だから、このとおり蔵書はしっちゃかめっちゃかだけど、あっは」

VI

〈バシリカ〉艦内時間、〇一四五《マルヒトヨンゴー》。

私は磨いたばかりの懐中時計でそれを確認すると、自分の第10デッキを離れ、艦橋にむかった。この時刻設定も、やっぱり緊張のあらわれだ。

昇降機を目指し、しかし羽は使わず、考え考え歩いている――

(火梨は、今夜の晩餐でもあいかわらずだったなあ。話し合いなんて成功するのかな?)

――今夜の晩餐は、その火梨が当直だっただけに、とても質朴《しつぼく》なものだった。

すなわち、シャンパングラスに注がれた〈太陽の炎〉、そしてパンが一枚だけ。

料理どころか、スープ一杯、サラダの一皿も出なかった。ううん、バターすらない。

ただいつか日香里が命じていた経緯もあってか、食後のお茶は出た。ほんとうに、お茶だけだったけど。すなわちティーカップにティーソーサーに琥珀《こはく》の液体だけだったけど。ただそのカップは、これまたいつか火梨がいっていた『湯呑み』でなく、かなりキチンとした西洋白磁《はくじ》だった。日香里の命令に折れた火梨が、お茶だけは訓練したのかも知れない。火梨にはそういう素直さが確かにある……その発露の対象はかぎられるけど。

（土遠が第6デッキの研究室から用意してくれたたくさんの、色とりどりの生花がなかったら、さぞかし寒々しい晩餐になっていたろうな……もっとも木絵たちは不満たらたらで、また水緒・金奏と一緒に、お菓子たっぷりの二次会三次会を開催したって話だけど）

とまれ、今夜の晩餐は、昨夜にくらべて実にアッサリとお開きになった。

そして問題の説得も、予定どおり○二○○《マルフタマルマル》からとなった。金奏が調整してくれた結果、日香里の都合に特に問題はなかったし、ちょうど火梨も『○○○○《マルマルマルマル》から○一三○《マルヒトサンマル》あたりまで機関室とかを視るつもりだ』と教えてくれたので、○二○○《マルフタマルマル》がむしろ理想的な時間設定になったからだ。

だから私は、晩餐までは諸事《しょじ》多忙で手を付けることができなかった、〈例の本〉を読み始めることができた。

例の本。謎の本。

〈バシリカ〉出航前、金奏にその存在を教わったありえない本。

私が今夜、二時間で読み終えてしまった本。

だから……肝心要《かんじんかなめ》の『謎解き』『犯人当て』を記した、残り四分の一弱がまるで失われていることが分かったミステリ。

この本の、どこがありえないか？　どこが謎か？

（――すべてだ。この紙束をすべて読み終えた今そういえる。すべてが謎で、ありえない）

紙束そのものからして極めて特徴的だけど、それは本質的な謎じゃない。

だからその、紙束の特徴を先に述べると――

ヒトでいうボールペンで筆記された、そう手書きで筆記された『手記』。それがテクスト本体だ。ただテクストそのもの以外に――先に読んだ誰かのコメントだろうか――赤いペンによる、とても綺麗でびっしりとした字の書き込みが、たくさん。また同様に、とてもきりっと引いた、無駄のない蛍光ペンのラインもたくさん。それらの書き込みとラインは、印象論だけど、同じ性格を反映しているように思える。だから、同一者の手によるものと感じられる。

（そして、何だろう、上手く言えないいんだけど――

この綺麗でびっしりとした字の書き込み。赤いペンでの書き込み。頻出《ひんしゅつ》する字に……その筆跡に見憶えがある。ううん、頻出する字というか、もう線というか画《かく》というか。そのトメハネの美しさに見憶えがある。といって、まさか天国で肉筆の筆記をする仲間なんてそうはいないし。だから、筆跡に見憶えがあるも何もないはずだし。見憶えがないはずのものの既視感《きしかん》、だなんて、上手く言えないものの最上級だ）

しかしさらに特徴的なのは、やはりきりっと綺麗に裂いた細い附箋《ふせん》が、A4コピー用紙の至る所に、幾つも幾つも貼られていることだろう。もしそれすらも同一者の手によるものとするなら、その誰かはよほど熱心に――むしろ執拗《しつよう》に、このテクストを『解読』したに違いない。あとこの『手記』の特徴の最後として、これが日本語で書かれていることも挙げておこう。ただこれにも不思議なんてない。既述《きじゅつ》だが、今上《きんじょう》陛下がお定めになったとおり、天国の公用語は日本語でフィックスされているからだ（先帝陛下の御代《みよ》ではラテン語だったので、私達は言葉のおりふしで、特に歴史的用語や祈りなどではラテン語も使うけど、そもそも私達の名前そのものが示すとおり、日々の意思疎通は日本語で行っている）。

――そんな感じで、〈例の本〉の外貌《がいぼう》は極めて特徴的だけど、そこに本質的な謎はない。

だから、謎があるのは。

（その中身だ。内容だ……こんなこと、天国のはらからに書けるはずがない。

ましてや、その存在……こんなもの、天国に存在できるはずがない）

――〈例の本〉のあらすじは、こうだ。

主役は、眷族《けんぞく》のうち天国の風紀委員を務めていた子と、とある警察官の守護天使を務めていた子である。

さて〈大喪失〉によって地球を追われつつあったはらからたち――私達の眷族たちは、たったの数名で、最終の避難地たる絶海の孤島に逃げ延びた。その渚《なぎさ》にて、〈悪しき者〉の軍勢と猛毒とがもたらす終末を、ただただ待っている。天国からの救援なんて、もうまるで期待できなかったから。そのとき。最終の避難地、最後の聖域であったその孤島へ、秘《ひそ》かに〈悪しき者〉らが侵入を始め、なんと、生き残りの眷族たちを乗っ取り始める……眷族たちの姿形・記憶・立ち居振る舞い等々はそのままに、だから、乗っ取られた眷族自身そのもののカタチで、眷族たちに擬態《ぎたい》し始める。生き残りの眷族たちは、擬態した悪しき者らと自分たち仲間を識別することが全くできない。誰がもう敵であるニセモノなのか識別できない。それはそうだ。外貌も知識も言動も、乗っ取られる前と全く一緒なのだから。そして悪しき者らは無論、多数派を占めようとする。いや眷族たちを絶滅させようとする。絶海の孤島にいる眷族たち、全員を乗っ取ることによって。だから生き残りの全員は――こっそり内に潜んでいる悪しき者らも含めて――外見上、どうにか悪しき者らを識別し、その魔の手から逃れようとする、のだが。

（このあらすじにも謎はない。ヒトがどう思うかはいざ知らず、陳腐《ちんぷ》なものだから……）

　まして私達はその〈大喪失〉の歴史を知っている。だからあのとき悪しき者らが、どう眷族を殺し、あるいは辱《はずかし》め、あるいは乗っ取ったか、その手段方法をも知っている。言葉を選ばなければ、『強姦』そのものと呼べるその手段方法を。よって、この紙束の物語がフィクションであるにしろノンフィクションであるにしろ、悪しき者の侵略行為については極めて、実に極めて、リアルで正確な描写がなされている。それは間違いない。

　だから、手書きされている諸事実にも謎はない。

（ならこの本は、陳腐な、しかし正確なエンタテイメントなのかというと……）

　いいや、まさかだ。

大袈裟《おおげさ》になることを恐れずに言えば、これは天国を根底からくつがえす破壊力を持っているのだ。何故と言って。

（第一に、これは嘘吐きの文学だ。それはそうだ。ミステリである以上、読み手に対する騙《だま》しがある。実際に読んでみたら、嘘ばかりだと言ってもいいほどに。けれどどのようにボカしたとしても、どのように上手く言いくるめたとしても、私には解る……私達にはすぐ解る。一読すればすぐ解る。私達は、天地が引っ繰り返っても嘘を吐けないもの。嘘を言語化できないもの。私達は嘘になることを断言できない。それが帝陛下の定めた勅《ちょく》……いいや、いや）

　だから私達には、こんな嘘吐きの文学が書けない、絶対に書けない。にもかかわらず。

（第二に、これを書いたのは私達のはらから、私達の眷族——もっといえば、〈大喪失〉を経験した日香里たち旧世代の眷族でしかありえない。新世代には、こんなリアルで緻密な侵略行為の描写はできない。誰も襲われた経験がないんだから。誰も実際に、悪しき者と遭遇したことが……ううん、悪しき者を目撃したことすらないんだから。

もちろん物語上、その絶海の孤島に避難しているのは旧世代の眷族だと設定されている。テクストに明記されている。それが、書き手の属性についてのいちおうの根拠となる。まして……もし仮にその設定を疑ってかかるとしても、私達の生態をここまで正確かつ詳細に記せるのは、私達の眷族でしかありえない。それは、ヒトにも悪しき者にも不可能だ）

と、するならば。

（第三に、この本の書き手は——『私達の眷族でありながら、嘘を吐ける子』だ。先天的に、本質的に嘘を吐く能力も動機もないのに、しかし平然と嘘を吐けてしまう子）

これは、矛盾だ。

ヒトでいう、正直族と嘘吐き族。このモデルを用いるなら、私達は徹頭徹尾《てっとうてつび》正直族である。そして新世代の私とて、幾万年また幾万年を生きてきた。その経験論として言えば、正直族は何があっても正直族。突然変異などというものは天国には無い……すべてが完成され終えた天国には。

（そして私がどうこの本を読み返しても、何故この子が突然嘘を吐くようになったのか、ううんなれたのかが解らない。

突然変異じゃないとするなら、理論的には……理論的にはひとつの答えが無くもないけど、テクストをどう読み返しても、その状況には該当しないように思える）

——ひとつの答え。

それはもちろん、この子が悪しき者に乗っ取られた場合だ。それなら嘘吐き族になれる。

けれど重ねて、この本をどう読み返しても、この子が悪しき者に乗っ取られた描写はないし、そうなれた機会もない——結構注意して読み返してみたんだけど、見つからない。

（ああ、失われている残り四分の一弱。謎解き、犯人当て、解答編。

それさえ読むことができれば、ひょっとしたら……）

――もちろん金奏に確認はするけど、でも期待はできないだろう。金奏がそれを私に隠す理由がないし、そもそも彼女はこの紙束を『原稿ぜんぶ』って断言していた。そして私達は嘘を吐かない。なら水緒や木絵に訊いても無駄だろう。

（まして、この『書き手の矛盾』に匹敵する、恐ろしいほどの謎がある……）

手書きの、ダブルクリップで留めた、しかも附箋《ふせん》だの書き込みだののがあるこの手記。

私達の熟知していることがらをあまねく、しかし私達の全然知らないことも詳細に描いたこの手記。

ゆえに、旧世代の眷族が書いたとした思えないこの『本』。電算機も記録媒体も使っていないことからして、まさに〈大喪失〉のそのとき、その現場で急ぎ書かれたとして何の不思議もない。そもそも天国の民は、物好きにも筆記具を用いて肉筆で文章を綴《つづ》るなど、そんな風雅で古典的な行為は滅多《めった》にしない……古典芸能的に嗜《たしな》むのでなければ。

なら、①それは地球で書かれたものだ。

もしその仮定を捨てるとしても、嘘が吐けない私達に騙しの文学は書けない。

なら、②これは天国で書けたはずのないものだ。

（……『地球で書かれた』、又は、『天国では書けない』）

なら、そのいずれの結論を採るにしても――

この『本』が天国に存在していたこと自体がおかしいのだ（なお、『天国に存在していた』ことに疑いの余地はない。幾万年以上も幽閉され籠城《ろうじょう》をしてきた天国に、外界からの文物がもたらされるはずもないから。またそんな天国に存在していたからこそ、〈バシリカ〉に――こっそりと――搬入されることになったのだから）。

すると、恐ろしいほどの謎――

（誰が、嘘吐きの文学、騙しの文学、天国では絶対に許されない文学を、私達の世界に持ち込めたん書コレクションに……だから〈バシリカ〉にもたらされた経緯は？）

ボールペンで手書きしたテクスト。ダブルクリップで留められたテクスト。ヒトの筆跡でびっしり朱入れされたテクスト。蛍光ペンまで引かれたテクスト――こんなハンドメイド感たっぷりの、しかも本来的に・本質的に・徹底的に天国には存在しえない書が、自然と木絵の禁書コレクションに紛《まぎ》れ込むなんて考え難《がた》い。実際、木絵は『紛れ込んだ』その経緯を知らないという。

（そこに誰かの作為《さくい》を疑うのは、考え過ぎかなあ？

けど、それならそれでその動機が解らない。何の為《ため》に〈バシリカ〉に入れておくの？）

――そもそも、〈バシリカ〉は地球を再征服する方舟。そしてその地球は今、悪しき者らに支配されている。なら、私達の禁書コレクション級に腐敗し堕落したものではないにしろ、今の地球は嘘吐きの文学なんかに事欠かないだろう。同様の前提で、ポルノだってミステリだってあふれているはず。そこに、手書きのしかも未完のミステリを一冊搬《はこ》んだとして、ほとんど無意味だ。地球のヒトにとっては、未完であることを怒るかどうかは別論、アタリマエでありふれたものだろうから。

（そうすると、この本の狙いは地球のヒトではない……？

ただこれが〈バシリカ〉に積まれたのは事実。ならそれが狙うのは、結局）

そこまで考えたとき、私は昇降機の前にいた。気付いたらいた。仲間によく思索癖《しさくへき》をからかわれるけど、我ながら無理もない。私はやっぱり、固着した天国の住民としては、好奇心が強すぎるんだろう……

……独り頬《ほお》を赤らめつつ、すぐ扉を開いた昇降機にそそくさと乗る。昇降機内に一瞬、誰か仲間の気配みたいなものを感じたけど、もちろん見渡しても誰もいない。かなりの広さがあるけど、誰の姿も見えはしない。なら、ヒトでいう残り香のようなものか。

（誰かが、ニアミスで昇降機を使ったのかも知れないな。けど、日香里と金奏以外が艦橋に行っていたら……特に土遠や地霧さんが抜き打ち巡視に行っていたら、ちょっと都合が悪いなあ。だってもう、約束の時間直近のはず）

しかし私が懐中時計で時間を確かめると、我ながら呆れることに、まだ〇一四八《マルヒトヨンハチ》だった。たかが三分程度であんな長考をしてしまうなんて。私達の脳の演算能力はヒトのそれより優れているはずだけど、それにしても私はいろんなことを考えるものだ。はあ……

――とまれ、昇降機を上昇させる。私の命じるとおり、第10デッキから第1デッキまで。

私は努めて物を考えないようにした。余計なことを考えている余裕はない。いや感じている余裕さえない。これから、そう〇二〇〇《マルフタマルマル》から、金奏と一緒に、日香里と火梨を説得するっていう大事な務めがある。大袈裟《おおげさ》に言うなら、地球とヒトの将来を賭した務めが。

……そのとき。

まだ昇降機が第9デッキすら通過していないとき。

昇降機は突然停止した。

Ⅶ

私はやや頭上の、階数表示の針を見る。

そんな私の、微《かす》かな首の動きをとらえたかのように――

今度は、昇降機の灯りが突然消えた。あらゆる灯りが。照明も、計器類の灯も諸共《もろとも》に。

――当然、昇降機内はまったき暗闇に閉ざされる。

「昇降機」私は電算機に命じた。「灯りを点けて」

[実行できません]
「えっ」
私は微妙に途惑った。〈バシリカ〉の電算機からそんな回答をもらうのは初めてだ。
[理由]
[回答できません]
「ええっ？」
私はかなり途惑った。〈バシリカ〉の電算機が命令を拒否するなんてありえない。
「昇降機。自己診断サブルーチンを実行」
[実行できませ〜ん]
「えええっ⁉」
[ウフフフッ、ウフ、ウフ、ウッフフフフフフッ……]
（で、電算機の回答じゃない、これは電算機の音声じゃない、これは……思念。
なら。
ひょっとしたら、さっき感じた残り香なり気配なりっていうのは、まさかこの思念の主）
……既述《きじゅつ》だけど私達は、太陽の炎をそれなりに消費すれば、また分裂さえしなければ、姿を消すことも変えることもできるから。
ただ、その声が思念であることに気付いた刹那《せつな》。
あまりにも、あまりにも急激に昇降機内の温度が下がった。主観的には、急降下なんてなまやさしいものじゃない。昼日中《ひるひなか》から、いきなり真っ暗な冷凍庫に監禁されたかのよう。金奏の第1会議室で、そうあの『死の門』の雪で体験した寒さよりもっと、もっと寒い。しかもその寒さは外側からの寒さだけじゃない。何故だろう、私の背筋や神経そのものが凍りついてしまったかのように、躯《からだ》の内側からも、ヒトの瘧《おこり》のような悪寒《おかん》がわきおこる。それは私にたちまち鳥肌を立たせたばかりか、歯の根を合わなくさせ、骨身を軋《きし》ませ吐息を真っ白にしてしまう。

（何故なの、ヒトの病などとは無縁な私達なのに⁉）

悪しき疫病《えやみ》としか感じられない、この異様な寒さ……

これはまさか自然現象じゃない。そう、超常の力だ。姿を消したりするのと同様、私達が使える超常の力。

……そしてすぐさま。

私を忌《い》まわしい臭気が襲う。灯りのない、微動だにしない昇降機のなかで、その吐き気を催すほどの臭気が、何の姿もなく渦巻く。それが私の顔をひと撫《な》でしたと思いきや、まるでそれに満足したかのように、いきなり何かの化学反応のようにどごんと爆発する――

「ごほっ、ごほん……うぐっ……」

［今晩は～、月夜ちゃ～ん］

……爆発は、テロみたいな規模ではなかったようだ。いやむしろ演出、とでもいうべき規模だったのかも知れない。そう、舞台におけるスモークなりスポットライトなり、そんなていどの演出。ただ、演出というからには仕掛けた者がいる。演出というからには登場する者がいる。そして私はそれが何者なのか直感させられた。いや直感せざるを得ない。何故と言って、私が感じた爆発なるものは、その卵の腐ったような悪臭からたちまち理解できたとおり、まさに硫黄《いおう》の噴出だったから。容赦ない寒さ。濃密な硫黄――私は思わず懐中時計を採り出した。銀の時計はその両者に襲われ、指が腐れおちるほどの冷たさになり、また、磨きたてなのに硫化銀《りゅうかぎん》の汚泥《おでい》めいた黒に染め上げられてしまっている。

（ならもう間違いない――誰でも教区の学校で学ぶことだ。

だから今ここに登場したのは、このすさまじい圧《アツ》をも伴う存在は、まぎれもなく!!)

「初めまして〜ウフフフッ」

「昇降機、緊急事態よ!!　すぐ最寄りの階に――」

私が自分でも無駄だと感じた絶叫をした、そのとき。

突然、昇降機の四方《しほう》に冥《くら》い炎が出現した。なんて不思議な。蒼《あお》く暗い。私達の知っている炎じゃない。もちろんヒトのそれでもない。そしてこれは超常の力。なら。

……私は電算機へのあらゆる命令を諦めた。

そしていよいよ怪奇な炎に浮かび上がったその子を見た。

背丈がある。私達のうちいちばん背の高い、日香里ほどはある。

だから、その体躯《たいく》はとても美しい。日香里ほどに美しい。

けれど、どこまでも太陽と昼とを思わせる日香里に対し、この子はそう、どこまでも闇と夜とを思わせる。だからその美しさは、妖艶《ようえん》な美、妖異《ようい》の美だ。

(妖姫《ようき》、といっていいかも知れない)

……というのも、その子もまた、私達と似た制服姿だったから。だから女の、ううん少女の姿で、もちろんヒトに酷似《こくじ》していたから。ただ彼女の制服は、デザインこそ私達〈バシリカ〉の使徒が着るモノトーンのそれに似ていたけれど、よく見るにつれ、色調も細部もまるで違っていることが分かった。彼女の制服は、上衣もセーラーカラーもプリーツスカートもほぼ濡れるような紺で、カラーのラインとスカーフだけが狂気のように鋭い白。胸当てがなく襟刳《えりぐ》りがふかくひろく、だから、狂気のように白い胸肌と鎖骨《さこつ》の浮かび方が恐いほどなまめかしい。といって、胸から下にかけてのシルエットに、さほど女を意識させるものはない。とてもしなやかで流麗で、だから女性的な優美さにあふれているけど、とはいえそのしなやかさは鞭《むち》や荊《いばら》や絹、時に鋼線《こうせん》を思わせるもので、パンツスタイルだったなら男とも女とも言いかねるほど中性的だったろう。ゴシックなデザインをした、ピンヒールのようにもショートブーツのようにも見える怪異なローファーも、少女的どころか魔女的な何かを思わせる。

そして、そればかりじゃない。

その怪異な、鋭利で鋭角的な、とても攻撃的なデザインをしたローファーとコーディネイトしたような……ともかく、ゴシックなデザインをした鎖状《くさりじょう》の、紫の尻尾。それが、まるで悪戯《いたずら》のように彼女自身と、そして私の首周りをすらりぬるりと旋回したとき——

日香里のロングロングストレートほどはある、けれど淫《みだ》らで激しいピンクの、炎のように大きく大きく波打つ髪が、ばさりと舞う。彼女の制服と同色の、だから果てしなく濡れたような紺の翼も、どこか愛《いと》おしげにばさりと開き、はためく。はためいたその翼は、イキモノのごとき圧倒的な髪をまきあげたが、ところがどうしても彼女の目を、瞳を見ることはできない。彼女の目は意図的にだろうか、なまめかしい前髪にじっとりと隠されている。鼻梁《びりょう》から上は、仮面の如く隠されている。

冷気。硫黄。尻尾。翼。

ピンク、紺、白、紫。

そして、超常の力。

——彼女は四方の冥《くら》い炎にいよいよ全身を、ううん正体をさらけだした。

今最後に語るべき、彼女の最大の特徴……

それは、淫らで激しいピンクの大きな唇。

顔のパーツのバランスをあからさまに狂わせる、淫猥《いんわい》で大きな唇。

彼女はそれをにっこりとゆがませるや、厳《おごそ》かに翼をたたみながら言った。

「お邪魔しま～す」

「そんな、ことが」このバシリカに。このバシリカで。「ありえないわ……」

「そんな、ことが」彼女は嘲弄《からか》うように。「ありえちゃうのよ……ありえちゃうのよ……」

「いったいどうやって⁉」

「数分未満の実査《じつさ》で感じたけど、改めていいお船ねえ、これ……」彼女は舌舐めずりした。鋭い牙が、淫猥なピンクの唇からのぞく。あるいは見せ付けたのか。「……この〈バシリカ〉で、あたしたちの地球を奪還するんですって？　地球を再征服して、またヒトを導くんですって？　でもねえ……ここはあなたの天国でいう〈悪しき者〉の領域よ。そこに単艦で殴り込みだなんて、ウフフフッ、またひどく舐められたもの……舐めるのはおフェラ豚のときだけにしなさいよ～、月夜ちゃんったらやだもうエッチ～。


——まして!!

どてっぱらに、あんな大穴をくぱあしたままにしとくなんて。はしたないですわよ」

「あんな大穴……」まさか。出航前のテロで損壊したあの。「……第8デッキの扉⁉」

「かも、知れないわね～、可能性は其処《そこ》しか無いかもね～、ウフフフッ、ウフフフッ」

（そんな……

今朝の段階でさえ、そう、私自身も確認した。あの損傷箇所。強度は九割以上にまで自己再生していたのに!!）

「あなたもあたしも、ウフフフッ、望むなら液体にだって気体にだって成れるでしょう？　どろどろにも、すかすかにも。元々眷族《けんぞく》、できることはほとんど一緒よ……ましてあの〈大喪失〉のとき、ファッキンビッチエンジェルちゃんたちがどんなモノに、どんなふうに嬲《なぶ》られたか、ウフフフッ、よ～く思い出して……みちゃいなさい？」

ここで彼女はまた大きく笑った。淫猥なピンクの唇が、裂けんばかりに大きくなる。

――そう、おぞましい口が、おぞましく大きくなる。

そしてまさにその瞬間。

今ここにある異変と危機にシンクロしたかの如く、彼女のものではない、仲間の思念が昇降機内に強く到《とど》いた。仲間の思念――この声は、会話から察するに土遠の声だ。

［日香里っ、いま何処《どこ》？　私地霧とともに艦橋にむかうわ!!］
［……土遠どうした、何かあったのか？　僕は艦長室だが？］
［地霧が、緊急の艦内巡視をすると言って、今廊下を駆けていった……
そもそも定例巡視の時間だし、まして、当直の火梨と連絡がとれないからと。それ自体が異常事態だと］
［連絡がとれない？　火梨なら今艦橋にいるよ？　〇一三〇《マルヒトサンマル》には機関室の視察を終えているんだから］
［けど思念にも艦内電話にも反応がない］
［それは気になるな。僕も艦橋へゆこう］

……土遠が今どこにいるのか分からないけど、私が今いるのは精々第8デッキあたりだ。昇降機がほとんどいきなり停止したから。そして地霧さんは普段第2デッキ貴賓室を使っているんだから、雑に考えれば、土遠の思念は七階層ほども響き渡ったことになる。先にちょっと触れたとおり、それほどの思念となるとかなり強力なものだ――思念の内容といい、切迫感といい、また冷静冷厳な土遠らしからぬ絶叫ぶりといい、上層階は上層階で、何らかの異変と危機に見舞われているのかも。あの不思議な地霧さんなら、またその職務からしても、何かを察知したとして不思議はない。察知するなら、この昇降機の変態さんをこそ察知してほしかったけど。

そして、その変態さんは。

引き続きピンクの唇を大きく裂いて笑いながら、私の思考を盗み獲《と》るかのようにいった。

[It's Show Time!! パーリィパーリィそれパーリィフー!! パーリィパーリィそれっフッフー!!

あたしの眷族たちも、艦内のあちこちでパーティ、やらかしはじめちゃったみたいよ〜。これすなわち、ハイジャックよ〜。ハハハ・ハイハイ!! あハイハイ!! ハイハイ!! ハーイ・ジャックジャックジャックジャック……てかシージャック? She's Jack? Of course!! She's made of shit paper!! I assure you, she can sink...and she will!! It is a mathematical certainty!!]

「そ、それじゃあ」私はいよいよ戦慄《せんりつ》した。「あ、あなたは独りじゃない……〈悪しき者〉は、〈悪しき者〉の軍勢はもう艦内に!!」

[そりゃあもう大騒ぎさっ。

ほしい……ほしいわあ最終兵器。すごい……すごいわあ塵《ちり》の指輪。

天国のおたからを満載した超ノ級のこの方舟ごと、ドロちゃんしちゃおうって寸法よ。

にしても、おバカさん……

自分達の最終兵器で、自分達の天国がソドムとゴモラになるかもなんて。おお迷子《マイガ》ッ」

「そんなことは!!」

[——地球を襲ったあの猛毒、猛々《たけだけ》しい口ども、海月《くらげ》にされた仲間、腐り果てた粘液。

教区の学校でやったでしょ? 〈大喪失〉の、あのみじめで無残な敗北を……あたしたちのものである地球から、腐肉《ふにく》に湧《わ》いた蛆虫《うじむし》みたいに、みっともなくピンピーンって弾《はじ》き出されちゃった、超絶的に哀れな敗北を……

それを忘れちゃった奴等には!!

あたし自ら、そう日香里ちゃんとも懇意《こんい》のあたし自ら、お仕置きをしてあげるのよ〜。

……ううん。

ひょっとしてもしかしたら、お仕置き転じて御褒美《ごほうび》かもね!! だって月夜ちゃん、あまりの初体験に子宮ガクブルかも知れないから!! おっと、あたしたちに子宮なんて臓器はないけどこの際創っちゃえ!! キスミ〜!! ストウハ!!

う〜ん、たっかぶるぅ!! みっなぎるぅ!! Truie, tu es à moi!! Baise-moi!! Baise-moi!!]

〈悪しき者〉は、意味不明の言語を使うと聴いたけど。

次の刹那《せつな》いきなり私を襲った攻撃は、意味不明でも冗談事でもなかった。

彼女の鎖状の尻尾が、蠍《さそり》のそれの如く大きくしなり、高い所から私のプリーツスカートを襲撃する。鋭く、容赦なく、リズミカルに、楽しそうに。まるでピアノを弾《はじ》いているようだ。しかもすごいテンポで。その鎖状の尻尾の雨は、天から襲いくる氷柱《つらら》の如く、私のスカートをザクザクと裂いてゆく。上衣には攻撃をしてこない。それもそうだ。教区の学校でも学んだし、例の本で読んだばかり。それらによれば、〈悪しき者〉が私達を乗っ取る方法はたったのひとつ……

それをいよいよ立証するかのように、彼女の尻尾は今、そのゴシックなデザインを捨て、まるで違うものに変容しつつあった。

(まるで、蛇……そう欲望で肥大した、蛇)

色は紫のまま、今は鎖状どころか、奇妙にでこぼこして、異様に硬直している。異様に膨《ふく》れ上がっている。その傘《かさ》のような先端は、コブラのように威嚇的《いかくてき》に膨張し、とても猛々《たけだけ》しい、発情した矢尻《やじり》のようになっている。そのぬるぬる、どろどろ、ねちょねちょ、ずるずるした質感……紫の尻尾はいたるところで生々しい血管のようなものを雷《いかづち》みたいに浮き上がらせ、先端のおぞましい矢尻は、邪悪な腐肉がぱんぱんに詰まって今まさに弾けそうなそんな感じでてらてらと滾《たぎ》り漲《みなぎ》り熱《いき》り立っている。

それが今私の眼前で、大きく鎌首《かまくび》をもたげている。

　そして、そして……

　ザクザク裂かれたプリーツスカートを縫《ぬ》っていよいよ私の腿《もも》にまで!!

「こんなとき、絶好の台詞《セリフ》があったわよねえ……月夜ちゃん、ほらアレよ……

　Fais-toi baiser par Jésus!! Let Jesus fuck you!! Fatti chiavare da Gesù!!

　う〜ん、たっかぶるぅ、みっなぎるぅ!!」

「天にまします我らの父よ《パテルノステルクイインカエリスエス》――」私は決意した。私だって〈バシリカ〉の使徒。戦闘訓練くらいは受けている。「――願わくは御名の尊まれんことを《サンクティフィケトゥルノメントゥウム》。御国の来たらんことを《アドウエニアトレグヌムトゥウム》」

「あらまあ、おやまあ」彼女の尻尾が微妙にわなないて。「これまた懐メロっぽく感じなくもない呪《じゅ》禁歌《ごんのうた》。月夜ちゃんあなたあたしとヤル気〜? ひょっとして十字架来る〜?」

「御旨の天に行わるる如く地にも行われんことを《フィアトウオルンタストウアスィクトインカエロエトインテッラ》!!」

「うひいっ、あんたなにすんの!!」

　――それが御希望ならやってやる。私は制服の胸当てを外し純銀の十字架を採り出した。そのまま大きく翳《かざ》しつつ、尻尾とともにじりじり、じりじり距離を詰めてきた汚らわしい輩《ヤカラ》へさかしまにぐっと詰め寄る。戦闘訓練で金奏がいっていた、虚勢もいきおいのうち!!

「あらっ、やだ、なにあんた、あたしのデータとは違うじゃん、それいきなり型非行?

　気に入った。家に来て俺をファックしてよし」

「我らの日用の糧を今日我らに与え給え《パネムノストルムスペルスブスタンツィアレムダノビスオディエ》――」

　私は陛下その御方《おかた》から下賜された超I級の十字架を乏しい胸と一緒に懸命に突き出す。貧乳もいきおいのうち。意味が解らなかったけど水緒が慰めてくれた。それとともに、制服から愛用の万年筆を採り出す。もちろん筆記用じゃない。天国で筆記具を用いて肉筆で字を書くなんて、かつての地球で喩《たと》えれば手摑《てづか》みでパスタを食べるような古典的かつ物好きな行為だから。その万年筆の胴軸《どうじく》内にはインクでない、私らしく執拗《しつよう》に聖別したあれが入っている。彼女がほんとうに今の地球から来た、〈バシリカ〉の外殻を突破した汚らわしい輩だとすれば、きっと。

「——我らが人に許す如く《エトディミッテノビスデビタノストラ》、我らの罪を許し給え《スイクトエトノスディミッティムスデビトリブスノストリス》!!
我らを試みにひきたまわざれ《エトネインドゥカスノスインテンタツィオネム》、我らを悪より救い給え《セドリベラノスアマロ》!! 斯く在らんことを《アーメン》っ!!」

片手に十字架、片手に……

[やめて!! やめてよして!! やめてとめてやめてとめて Bibbidi-Bobbidi-Boo!!]

「——あんたなんかきらいよ!!」

[でもノリがいいじゃない!!]

彼女は万年筆からの水を、その顔に首に手に脚にあびた。それぞれひと呼吸置いて、今の私にはとても心地よい、肉が焼け爛《ただ》れる音がする。またそれぞれひと呼吸置いて、じゅわじゅわ〜と肉を浄化する白煙が立つ。彼女の狂気じみた白い肌が、万年筆からの水が染《し》みつき滴《したた》るそのかたちのままに、あざやかなヤケドとなって非道《ひど》いことになる。そのヤケドのじくじくしたキズからは、私達同様の青い血がじわじわとにじんでいる。当然の報いだ。

彼女は身を引きながら、尻尾を幾度も旋回させその水を撥《は》ね除《の》けようとする。けれど尻尾も躯《からだ》の一部だ。むしろ一身に万年筆からの水を引き受けることとなった尻尾は、先刻までの膨張と発情もどこへやら、最初の鎖状にもどり、まして——

(は、蠅《ハエ》!?)

堪《たま》りかねたと言わんばかりに、なんと、無数の蠅に分裂し分解した。しかしその蠅のおぞましいこと……彼女のテーマカラーが揃《そろ》っている。ピンクの蠅。白い蠅。紫の蠅。紺の蠅。かつて尻尾だったそれらが昇降機内で乱舞して、もう色彩感覚的に非道いことになっている。ただそれは結果として、彼女の盾、彼女の煙幕になってもいる。

「あたしたちだってビリビリきちゃうようなそんな聖水を!! あたしの顔に、顔に……!!

——怒っちゃったよ~、聖水がこんなに清いと~は~♪ それに痺《しび》れる憧れるぅ!!

と、いうわけで月夜ちゃん。

鏖殺《みなごろ》しタ~イム!! どんどんぱふぱふ。

月夜ちゃんたち、あたしたちに叛《さか》らうんならもう鏖殺し、鏖殺し、鏖殺しったら鏖殺し——あたしたちの仲間でよってたかって非道いことしちゃうんだから~、コイツ~。ちなみにここでいう非道いことっていうのは、もちろんのこと月夜ちゃんがSuce-moi,suce-moi!! Que Jésus me baise!! Baise-moi,baise-moi…ahhh putain!! Comment je te sens!! Elle est grosse… Je jouis, jouis——あっもうダメっ、ダメそこっ、な~んて天国の宮城《きゅうじょう》にまで響き渡る絶叫をしちゃうようなおまわりさんすぐ素っ飛んできちゃうようなそんな非道いことを含むだなんて破廉恥《はれんち》な想像しちゃった想像しちゃった? この売女《ビッチ》ちゃんったらもう——」

「陛下の御名《みな》において、うるさいわよ」私は狂気の蝿をかきわけ、陛下の十字架を輩に押し当てた。

「そもそも私、電算機がなければ日本語とラテン語しか解らないし」

「あっ、これすごい、この十字架すごい、ダメ、ダメあたしが先にいっちゃうかも~!!」

ぼわん

またもやあの硫黄の煙。忌まわしい臭気に、何かの化学反応のような爆発。私は思わず陛下の十字架を自分の胸元に引き寄せてしまった。大事な大事な十字架を、あの汚泥のような黒に穢《けが》されてしまっては……

ただ、私がそんな躊躇《ちゅうちょ》をしているうちに。

「あ〜れ〜」

どうやら今度は輩の躯《からだ》そのものが、ビビッド過ぎる蝿の群れに分裂し、分解している。

けれど先刻のように群れ飛びはせず、うじゃうじゃ、わらわらと集まった蛆虫のように気持ち悪く蠢動《しゅんどう》しては、やがて哀しく、ほろほろと、ヒト型のシルエットを崩壊させてゆく。汚らわしい黒い砂でできた人形が、ぼろぼろ、ぼろぼろと朽ちてゆくように。

やがて硫黄の煙と、ひどいセンスをした蝿たちが掻き消えたとき。

昇降機のなかの邪悪な気配もまた掻き消えた。

そしてもうどこにも、あの輩が発していたおぞましい魔の圧《アツ》はない。

――しかし私は聴いいた。

あの道化《どうけ》た少女あるいは魔女、ううん、道化たフリをした彼女が最後に発した思念を。

あの蝿でできているらしい〈悪しき者〉の捨て台詞、それは……

「――昇降機、照明を復旧して!!」

「復旧しました」

「昇降機、直ちに第1デッキへ。あっ途中階は全部通過――承認コードは月夜2τ《タウ》4」

「承認コードを確認。途中階はすべて通過します。第1デッキへむかいます」

彼女が最後に発した思念、それは。


とりあえず艦橋のハイジャック、終えとこっかな〜、すたこらさっさァ――

Ⅷ

〈バシリカ〉第1デッキ。

昇降機から飛び出した私は、すぐさま艦橋にむかって駆け出した。

駆けながら懐中時計を見る。艦内時間〇二〇一《マルフタマルヒト》。

昇降機に乗ったのは確か〇一四八《マルヒトヨンハチ》。十分ほども閉じ込められていたことになる、あれに。

(あの捨て台詞。土遠たちの思念。そして……奴等《やつら》は軍勢だってこと)

私はあの、枢機卿の宮殿や古典古代の劇場をすら思わせる艦橋めがけ、懸命に駆けた。

ただ艦橋がとても雄壮であるぶん、どの昇降機からも艦橋まで距離がある。コロッセウムへ入るため歩廊を回りこんでいるようなものだ。ただ〈バシリカ〉は実戦に供する軍艦である。距離がある距離があるといって、第1デッキのどの昇降機からも、艦橋までまさか三分を要することはない。飛んだなら一分を切るだろう。私は優美にカーブを描く、第1デッキの廊下を今はもどかしく思いつつ、いよいよ飛ぼうかと羽をひろげる――

けれど。

いざ羽ばたこうとしたその瞬間、見透しの利かなかった廊下の先に、そうゆるやかなカーブの先に、二名の仲間が駆けているのを見た。その二名は。

「日香里!!　金奏!!」

「あっ月夜!!」

金奏が私に気付き、わずかに駆け足を緩め私と列《なら》んでくれた。日香里は駆けながら私を見、私の無事を確かめるように瞳ごと頷《うなず》くと、金奏とはさかしまに速度を上げつつそのまま駆け去る。私は、金奏と一緒に日香里を追うかたちになる。

「か、金奏も艦橋に!?」

「うん日香里と一緒に。当直の火梨と連絡がとれないんだもの!!

地霧はそれ自体がもう異常事態だって。だから地霧と土遠が緊急の巡視にゆくって――」

成程《なるほど》、昇降機内で聴いたとおりだ。

「――で、私も土遠の思念を聴いたから駆け出してきたの。

でも月夜そのスカートいったいどうしたの？ 何処《どこ》かで怪我でもしたの？」

「あっいけない!! それ真っ先に言わないと!!

と、とても信じられないことだけど。あ、ありえないことなんだけど……

〈悪しき者〉がいるの!! このバシリカ艦内に〈悪しき者〉が侵入しているの!!」

「ええっ!?」

「わ、私いきなり襲われたの、ここに来るまでの昇降機のなかで変なのに襲われたの!!

そして其奴《そいっ》いっていた、艦橋を襲うって、〈バシリカ〉をハイジャックするって!!」

「……だったらまさか、『火梨と連絡がとれない』っていうのは」

「きっと火梨も〈悪しき者〉に……だって私が出会《でくわ》した奴ったら、自分達は軍勢だって、自分は独りじゃないって……しかもこの〈バシリカ〉をハイジャックしようというのなら、それはきっと嘘じゃないよ……」

「嘘であることを祈りたいわ。私達と違って、〈悪しき者〉なら幾らでも何時《いっ》でも嘘を吐けるから。

そもそも天国の叡智《えいち》と技術の粋《すい》である〈バシリカ〉に艦外から侵入するなんて、それ自身嘘話《うそばなし》としか思えないけど――」

――ううん、それは残念ながらどう足掻《あが》いても事実。月夜がそう証言したからには。

まさかいきなり実戦、しかもいきなり白兵戦とはね」

そうなのだ。

実に便利で好都合なことに……この場合は嫌な便利さで好都合さだけど……今金奏がいったとおり、私達は嘘が吐けない。先天的にその能力がない。私が物理的に断言できたことは、事実でしかありえない。これは天地が引っ繰り返っても変わらない私達のルール。だから重ねて便利で好都合なことに、『私が昇降機内で外敵に襲われたこと』『外敵はハイジャックを予告していること』『外敵は単独ではないと宣言していたこと』はすべて、金奏にとっても確定した事実となる。金奏が私の突拍子《とっぴょうし》もない発言をたちまち信じ、だからたちまち実戦を覚悟したのは、私達のこのルールに起因している。

「其奴《そいつ》、その〈悪しき者〉。いったいどんな奴だったの？」

「悪しき者そのものだよ!!　邪悪でおぞましくて汚らわしくて何処《どこ》か巫山戯《ふざけ》てて!!

羽があったりヒトの似姿《にすがた》だったり、私達と似ていないこともないけど、私達とは全然」

――しかし私は言葉を終えることができなかった。

先を駆けていた日香里がいよいよ艦橋内に入ったからだ。優美に曲がる廊下の先で艦橋への扉が開き、独り先行していた日香里がそこへ飛び込むのが見える。金奏はいよいよ翼を出して飛ぶ。自然私もそれに倣《なら》う。

より速度を上げた私達が、まだ自動で開いたままの扉に飛び込んでそして目撃したものは。艦橋に充《み》ち満ちた、強烈な硫黄の臭気にたじろぎつつも目撃したものは。

「か、火梨……!!」

「火梨!?」

同様の悲鳴を上げた金奏と私は、宮殿的な、舞台的な、ううん今はまさに舞台となっている巨大な艦橋の入口でしばし立ち尽くす。入口で立ち尽くした私達の眼前には日香里がいる。私達の幾許《いくばく》か先、なめらかに艦長席や艦橋窓へと下ってゆく劇場的な大階段の中途にいる。その日香里の先には彼女の艦長席がある。壮麗で瀟洒《しょうしゃ》な赤の天鵞絨《びろうど》をはりわたした彼女の艦長席が。その艦長席には今夜の当直を務める火梨がいる……

……ううん、火梨がいた。

それはもう火梨とはいえなかった。火梨だった躯《からだ》だった。

ましてその躯は尋常《じんじょう》な状態にはなかった。

あざやかに、蠟燭《ろうそく》や藁《わら》をすぱんと斬るように、首が斬られていたから。

それはほんとうにあざやかな斬り口だった。

だから艦長席の火梨というのは、その躯というのは首なし死体だった。

……その所為《せい》か、私はここ艦橋で、奇妙で不気味な、ぬめぬめした生暖かさを感じた。粘着的で、いやらしく、肌に纏《まと》わりつくような不快な生暖かさ。私は生理現象ではない、嫌悪としての汗をじめじめと流す。私に意図的な汗を流させるほど、艦橋の空気はじっとりと澱《よど》み、沈み、ぬめり、そしてグズグズと生暖かかった。

そのなかで火梨は死んでいる。

艦長席の、私達の青い血に塗《まみ》れた制服姿は微動だにしないし、私達は頭部を破壊されれば死ぬさだめだし……ましてや問題のその頭部というのが今、何処《どこ》に在るのかといえば。

「あら日香里ぃ、おひさしぶりねぇ、ウッフフフ、私の愛しい天使ちゃ〜ん……」

「ああ、無沙汰《ぶさた》したな。先の大戦《おおいくさ》以来になるか」

(……さ、さっきの〈悪しき者〉!!　あの蠅の少女!!)

昇降機で私を襲い、あまつさえ、そう、言葉を選ばなければ私を犯そうとしたあの〈悪しき者〉。あのピンクと白と紫と濡れるような紺の〈悪しき者〉が、今は艦橋にいる。彼女の捨て台詞どおりに。

そしてその紺の羽で艦橋の宙を飛んでいる。正確には、艦橋の宙に立ち姿のまま浮かんでいる。だから今、艦橋のゆかを踏んだ日香里を、一定距離を置いて、眼下に見下ろすかたちとなっている。そう、日香里と〈悪しき者〉は対峙している。そして両者には面識が、あるいは因縁《いんねん》がありそうだ。

「日香里ったら、あいかわらず凛々《りり》しいわぁ……神々《こうごう》しい。もう濡れそう。子宮下りそう。私達に子宮なんて臓器ないけどねウッフフフ。でもそうよねぇ、それは当然キレイよねぇ、だってあなたったらそれはもう、神様にいちばん贔屓《ひいき》されていた秘蔵っ子だものねぇ。だから私達のうちでもとりわけ神々《こうごう》しくとりわけ美しく創られたんだものねぇ……ああこの嫉妬の炎!! この天使を創ったのは誰だぁっ!!

──とはいえ世界第二位の高齢者なんだけど。ばばあね、ばばあ、ウッフフフ」

「それをいうならお前もそうだろう。僕らは旧世代、同級生なんだからな。

それで？

まさか幾万年ぶりの同窓会じゃあるまい。僕の、陛下の〈バシリカ〉で何をしている。

まして──」

ここで日香里は語気を強め、ロングロングストレートが逆立たん勢いで奴を睨《にら》んだ。

それはそうだ。

艦橋の果て、外界を臨《のぞ》む艦橋窓を背に宙に浮かんだ〈悪しき者〉は、まるで新しい玩具《オモチャ》でも自慢するかのように、その手で戦利品を翳《かざ》していたから。引き続き日香里を見下ろしながら、艦長席の火梨の躯にないものを……そう火梨の生首を、その髪を平然とつまみながら、道化たしぐさで、しかしなまめかしいしぐさで垂らしていたから。

〈悪しき者〉の手から哀しい鈴のように火梨の首が垂れ、その火梨の首からは……首と躯の切断面からは、彼女の青い血がぼとぼとと落ちている。空《くう》から落ちる青い血は、聖性すら感じさせる〈バシリカ〉の美しい艦橋に、だくだく、だくだくと青い血の池と飛沫《しぶき》をつくっている。

そして極め付き。

火梨の頭部は、火梨を特徴づける可憐なシニョンと前髪横髪とルビーの瞳ごと、まるで林檎にナイフを突き立てたかのように、ぶすぶす、ぶすぶすと、三本の細身な剣《つるぎ》によって刺し貫《つらぬ》かれている。あたかも、火梨の頭部がみずから優美な刃《やいば》を幾本も幾本も突き出しているかの如《ごと》く。この時点で、火梨の死は確定的となった……私達は頭部を徹底的に破壊されたら死ぬ。これも陛下が定めたもうた掟《おきて》。

だから次の日香里の言葉は、どの部分をどうとっても正確だったろう。

「――ましてその汚い手で僕の部下を虐殺するとはどういう狼藉《ろうぜき》だ」

「えっ？　私があなたの部下を殺した？　これ少なくとも準現行犯でしかないわよねぇ、あなた現場見たのぉ？　百歩譲って過失致死かも知れないし。日香里ったら、神学と法学の成績そこまで悪かったっけ？

ただまあ、一般論として言えば。

悪魔は悪を為《な》すものよぉ？　殺し、盗み、騙し、嘲《あざけ》るものよぉ？　ウッフフフ――」

そういいながら、〈悪しき者〉は今何かを投擲《とうてき》した。

それはまるで自白だった。

何故なら私達を嘲弄《からか》うように投擲《とうてき》されたのは、極端に美しくも妖しい、芸術委員の私にマフムトⅠ世の宝剣を直感させた、官能的に湾曲した鋭利な刀剣だったから。黄金にエナメル七宝《しっぽう》、そして邪悪なほど荘厳に輝く見事なエメラルドたち。刃渡りは一キュビット弱――四〇㎝ほどもある。濡れるような刀身は、触れれば斬れるほどに思える。カットしたてのようなエメラルドや絢爛豪華《けんらんごうか》で鋭角的な黄金もまた、肌の弱い持ち手なら掌《てのひら》を切ってしまいそうだ。そして当該宝剣からも滴《したた》る、私達の青い血。

「だから火梨を殺し、〈バシリカ〉を盗み、天国に対しよからぬ陰謀をくわだてると？」

［まさかぁ、まさかよぉ……そんなに恐い顔しないでぇ……いやだ私滾《たぎ》っちゃう……

さっき、そう其処《そこ》の月夜ちゃんには伝えてあるはずだけどぉ。

まさか、あなたの可愛い火梨ちゃんだけを残酷な目に遭《あ》わせたりなんてしないわ!! まさか、そんな残酷でクソつまらないこと!! んもう、悪魔を見括《みくび》らないで頂戴!!］

「――ああ日香里!!」

そこへ、新たな声。私が顧《ふりかえ》ると、艦橋に土遠と地霧さんが入ってきた。

「御免《ごめん》なさい、遅れた!!

昇降機のマシントラブル。いえ、電算機は昇降機の外部妨害だと……か、火梨っ!?」

（昇降機の、外部妨害）私は震えた。（そう、敵は軍勢だ。軍勢が艦内に侵入している。もうどこまでが侵蝕《しんしょく》されているのか……土遠と地霧さんが合流できてよかった。あとは水緒と木絵。比較的バシリカの下層階にいる水緒と木絵。どうかどちらも無事でいて!!）

「土遠、そして金奏、アシストを頼む」日香里が鋭く命じた。「地霧と月夜は非常警報を。艦内各部の現状報告そしてダメコンも頼む」

了解、とそれぞれが応じ、金奏と土遠は艦橋を駆け日香里の両翼へ。私は地霧さんと分担し、艦橋機器を使って〈バシリカ〉の現状把握を開始した。地霧さんはすぐさま電算機に命じる。

「非常警報。承認コード地霧8χ《カイ》6」

「承認コードを確認。非常警報を発令します」

ガラスの鐘のごとき警報が早刻み早打ちで鳴る。戦闘訓練で聴いたとおりに。また戦闘訓練で経験したとおりに、優美ながら燦然《さんぜん》と白に輝いていた艦橋の灯がぐっと落ち、艦橋は夜の海のごとくになる。様々な計器類と立体映像とが、ヒトでいう夜景の如く浮かび上がる。地霧さんと私は電算機とその制御盤とを駆使して〈バシリカ〉の今を知ろうとする。そんな私達を信頼してか、日香里はわずかに私達を見遣った後、すぐさま〈悪しき者〉と対峙し直しそして命じた。

「金奏、僕の剣を」

「あの大剣だね日香里」

「ああ、しかるべく重い奴を」

金奏はたちまち、『天秤《てんびん》』と同様に日香里を象徴する、あの『大剣』をぽんと創り出す。日香里もたちまちそれを受けとるや優美にかまえ、ゆっくりと、ゆっくりと〈悪しき者〉との距離を詰め始める。

（あの日香里が使う剣だ。私だったら持ち上げることすらできないだろう。ヒトなら微動だにさせられない重さのはず）

それをぽんと創り出した金奏も、さぞかし太陽の炎を消費しただろう。もっとも、それゆえの指名だったんだろうけど。

「呪われた地獄の蠅よ、先の大戦《おおいくさ》を忘れたか。天国の門へ攻め入ろうとしたお前を、その脳巓《のうてん》から尻尾まで、唐竹《からたけ》割りにしてやったのは誰だ。また天国の門を眼前にして、おめおめと汚らわしい蠅にもどり、似つかわしい地獄へと逃げ帰っていったのは誰だ」

「あら日香里ったらいきなり全開？　たとえ演技でも、ちょっとは焦《じ》らしてくれないのぉ？」

「――昔の誼《よしみ》だ。腐れ縁でもある。

今素直にお前が殺した火梨に詫《わ》び、今素直にお前の悪しき軍勢を退《ひ》かせるのなら、おしおきですませて捕虜にしてやる。さもなくば先帝陛下の右腕と呼ばれた僕が、そうかつてお前たちの首魁《しゅかい》をも地獄に叩き堕としたこの僕が、死んだことにも気付かない内にお前のその首斬り落とす」

［おしおき!! 捕虜!! 首を斬る～ぅ!?

……ウッフフ、ウフ、ウッフフフ、ウッフフフフフフ!!

たかが天使ちゃんどもの癖《くせ》にぃ、絶滅寸前まで殺戮《さつりく》されてド田舎の辺境のそのまた僻地《へきち》のゴキブリホイホイに駆逐されちゃったような天使ちゃんどもの癖にぃ……そこで何万年も何万年もお布団被《かぶ》って奥歯ガタガタ震わせながら〈悪しき者〉の襲撃に脅《おび》え隠れてきたって噂《うわさ》の、たかが、たかが天使ちゃんどもの癖に!!

おしおきだの、捕虜だの、首を斬るだの……

よくもそんなことを!!

じきこの〈バシリカ〉で天国の門を突破して天国をも統《す》べるであろう私達に!!

よくもそんなことを!!

滾《たぎ》る漲《みなぎ》る熱《いき》り立つぅ!!

ヤれるもんならヤって御覧なさいな、Baise-moi!! Baise-moi!! Fais-moi baiser par Jésus!!

――とかいうちょっと演技的なお怒りモードをいったんとめて素《す》に帰って。

そりゃ火梨ちゃんさすがにちょっとばかり可哀想だから謝れってんなら謝るのに何の不都合もありゃしないわよ火梨ちゃ～ん御免《ごめん》なさ～い私が悪かったわ～んだって悪魔は悪いモノなんだも～んけど艦長席で踏《ふ》ん反《ぞ》り返って優雅な夜のお茶でもなんてそんな感じで油断しまくっていたからステキな恋人が御挨拶《ごあいさつ》の声掛けたときも無警戒のままでいたからいきなり首ちょんぱされちゃったうえ頭ぶっすに串刺しだなんて武官の風上にも置けないような破廉恥《はれんち》な醜態《しゅうたい》をさらしちゃったのよねぇああ可哀想な火梨ちゃ～ん。

だけどねっ。

私は情け深くも優しくも、火梨ちゃんだけを可哀想なままにしておかないわ……

すなわちっ。

日香里、あなたはもとより……そう日香里、月夜、水緒、木絵、金奏、土遠及び地霧。誰独り私達のパーリィを中座させはしない!!　It's Show Time!!　Willkommen im...Dreamland!!　地球を侵略しようだなんて悪い子はみんな鏖殺《みなごろ》し!!　鏖殺し!!　鏖殺しっそれ鏖殺し!!　鏖殺しったら鏖殺し!!　弥撒《mass》と英町《acre》で massacre!!　マサコゥーホーゥ!!　当然ながら、地球を侵略し蹂躙《じゅうりん》しようだなんて悪いお船もまるっと頂戴しちゃうんだからねっ。ていうかもう頂戴しているんだけどねっ!!　もうこの船私達のものなんだけど!!　Aa!! Quel jeu lubrique!! Dieu, j'éouffe!!

――さあ、はじまるざますよ」

「日香里」地霧さんが電算機の報告を受けながらいった。よくぞ耐えているものだ……「第15デッキから第8デッキまでに所属不明者《インコグニート》、多数……電算機もすべてを捕捉《ほそく》できない。いえ、今第7デッキでも衝撃を感知」

「キちゃってますよぉ、ズンズンきちゃってますよぉ、キチャ、キチャキチャ、キチャってますのよぉ!!　下からズンズン中からズンズン!!　Elle nous appartient!! Jusqu'à l'ovaire!!」

「地霧」土遠がいった。「最重要区画――太陽炉、太陽の炎貯蔵庫、最終兵器の現状は」

「第7デッキ以下のシステムは、今あらゆる命令を受け付けない」

「……まさかすべて占拠されたと?」

「電算機の報告では」

「あの堅牢《けんろう》な、天国最高水準のセキュリティが」土遠は一瞬、絶句した。「そんなことが」

「地霧」日香里が奴から瞳《め》を離さず命じる。「艦内の全隔壁《かくへき》閉鎖。ぜんぶだ。連動して第7デッキ以下の全通路に鉛を注入。ぜんぶだ。また艦内のシャフトには銀を注入――物理的に遮断し、隔離する」

「日香里でもそれでは」土遠が訴えた。「私達もまた最重要区画から遮断されてしまう」

「敵を排除できさえすれば、時間は掛かるが障害物なんてどうとでもなる。また僕らの命あっての最重要区画であり〈バシリカ〉だ。さいわい〈悪しき者〉は鉛に弱く銀に触れえない。そして今ならまだ艦の脳髄《のうずい》は生きている。電算機室はまだ侵攻を免《まぬか》れているから。

奴等《やつら》を金属に溺《おぼ》れさせ、これ以上の侵攻を食い止め、敵首魁《しゅかい》を討って反撃に転ずる——だから地霧、先の命令を実行だ」

「了解」

……まさか出航三日未満で、そう地球の姿もまるで確認できないままこんな事態に陥《おちい》るとは。第14・第15デッキの〈最終兵器〉。第13デッキの〈太陽の炎貯蔵庫〉。第11・第12デッキの〈太陽炉〉。そしてもちろん私達が懸命に収集し輸送し搭載した、新たなる地球の基盤となるべき文物に生物に技術。今それらは全て、幾重もの剛強な隔壁と、艦内じゅうに充塡されつつある鉛そして銀によって私達と分断されつつある。

私達に残されたものといえば……実質的にはまさに日香里がいったとおり、第3デッキの電算機室、すぐれてそこにある中央電算機しかない。

（ただその脳髄あらばこそ、まだ艦内のシステムを動かせる。

そして日香里がいてくれればこの蝿の少女——この〈悪しき者〉は倒せるし、確かに時間は掛かるだろうけど、艦内の鉛や銀を撤去することも難しくない）

——しかし蝿の少女は、悠然《ゆうぜん》と日香里の命令を聴き流しながら、悠然と艦橋の宙に浮いている。そして自身の勝利を確信しているかの様《よう》に、悠然と演説を続ける。ねちねちと。

「こ〜んな立派な方舟を創ってくれてぇ、其処《そこ》にあらゆる世界のみなもとを載せてくれてぇ、〈太陽の炎〉までたくさん製錬してくれてぇ、まして最新世代の〈太陽炉〉と世界ひとつを滅ぼせる〈最終兵器〉を搭載してくれるだなんてぇ!!

天国って、その聖座の御各位ってホ〜ントお茶目かも……ホ〜ント素敵かも。

でもやっぱり、ホ〜ントおバカさんかもっ!!　敵に塩、敵に塩、敵に死を、敵に死を!!

うっクル、もうクル、滾《たぎ》る漲《みなぎ》る熱《いき》り立つぅ!!

だっから、最後の希望もさようなら——ええと、第3デッキね、ホホイの、ホイッと」


ぼん!!


「きゃあ!!」

——今悲鳴を上げたのは、私だ。私が懸命に繰《あやつ》っていた電算機の制御盤が、いきなり火を噴き爆発したのだ。飛び上がりながら後退《あとずさ》ると、地霧さんが繰《あやつ》っていた制御盤もまた非道いことになっているのが分かる。ただ地霧さんは私と違って醜態《しゅうたい》を見せず、機械類から冷静に離れると、皆《みんな》に最後の報告をした。

「第3デッキの電算機室が大破。中央電算機が機能停止。自律復旧率、〇%で不変」

「……なんてこと」土遠の声は絶望に満ちている。「それでは艦内の機能維持も、電算機による物品の創造も……いえ当艦の航行そのものが」

「まさにジ・エ〜ンド。ああ終幕《カーテンフォール》」

「そうだね」日香里が大剣をかまえて脚を進めた。「お前の旅路が、だけど」

「いよいよ肉弾戦?」

「地獄へ帰れ」

日香里が羽を出そうとするように腕と肩とを動かした刹那《せつな》。

――先に仕掛けたのは蠅の少女の方だった。

火梨の生首をぽんと投げ捨てるや、濡れるような紺の制服姿から伸びるあの鎖状の尻尾で、そしてすさまじいいきおいで、まるで金属の雨の如く、銃弾の雨の如くざくざくざくと日香里を襲撃する。襲撃された日香里はしかし、すらりとした大剣を鞭《むち》のように駆使してあらゆる攻撃を撥ね返し斬り飛ばす。そして見事、蠅の少女の尻尾を大剣の刀身で絡《から》めとり、その羽で宙を舞っていた彼女を艦橋のゆかに引きずり下ろす。日香里が大剣をぐっと引き、まさに鎖で獣を引くごとく彼女を至近距離に、そう殺せる間合いに導き寄せようとする。その頭部を破壊できる距離に――

〈悪しき者〉も私達の眷族《けんぞく》だった。その殺し方は私達と一緒だ。火梨がそうされてしまったとおりに。すなわち頭部を徹底的に破壊する。それともあるいは……

（あっ!!）

私が大事なことに気付き、大きな思念を出そうとしたその瞬間。

しかしいきなり日香里は大きく仰《の》け反《ぞ》った。私ならきっと尻餅《しりもち》を突いていただろうな、と思うくらいに大きく。そして日香里が何故突然に体勢を崩してしまったかと言えば。

［ウッフフフ、ウフ、ウッフフフ……

何万年を経ても変わらないのねぇ、可愛い日香里、直情型の猪突猛進《ちょとつもうしん》。

けれど、まだよ、まだダメよぉ、まだこの頭を火梨ちゃんみたいにされる訳にはゆかない……私には大事な使命があるから。こうみえて私、働き者だと思っているし］

――彼女の尻尾は、日香里が絡めとっていた鎖状の尻尾は、たちまち無数の蠅となり四散した。彼女のテーマカラーどおりの、ピンク・白・紫・紺の蠅たちが、狂気のサーカスあるいは醜悪な悪夢のように日香里の顔を襲い、ううんそれどころか日香里を援護しようとした土遠と金奏にたかる。というか突き刺さる。引き紐《ひも》のように使っていた鎖がいきなり雲散霧消《うんさんむしょう》し体勢を大きく崩した日香里は、しかし今度は自由になった大剣を駆使して、その刃でなく面を用いては、無数のビビッドな蝿を叩き潰《つぶ》してゆく。ただいかんせん、敵は群れ飛ぶ小さな虫だ。切りが無い。そしてどうやら敵は何の痛痒《つうよう》も感じてはいないようだ。それが証拠に。

「きゃあ!!」

「うぐっ!!」

日香里の両翼を固めるはずだった土遠と金奏が、いきなり悲鳴を上げたと思いきや、それぞれバタリと卒倒する。艦橋のゆかにぶっ倒れる。あまりの速さに何が起こったか分からなかった私だけど……やや時間差を置いて金奏よりあとに倒れた土遠の姿を見て、どうやって突然両者が無力化されたかを理解した。理解させられた。

「天国の天使もまあ、堕ちたものねぇ、なんと他愛《たわい》の無い……いわゆる鎧袖一触《がいしゅういっしょく》ぅ!!」

土遠の背後で、再びビビッドな蝿の群れから制服姿の少女となった〈悪しき者〉は、土遠のお腹から引き抜いた腕を、唾《つば》でも吐くようにぷっと振った。そう、土遠のお腹には、そして改めて見れば金奏のお腹にも、冗談のようにキレイな風穴が開いている。彼女らの背後に出現し直した蝿の少女は、立て続けに彼女らのお腹に砲弾も吃驚《びっくり》の貫《ぬ》き手《て》をお見舞いしたのだ。もちろん私達にとっても大怪我だ。それで死ぬことはルール上ないけれど、躯《からだ》にあんな大穴を開けられてしまっては、戦闘不能どころか自己治癒だけで精一杯……

けれどただ嘆いていた私と日香里の違うところは!!

「あっ――!!　うああああっ、ああっ――!!」

蝿の少女の、真剣な悲鳴。

日香里の大剣は今、再び少女の姿をとった〈悪しき者〉を頭から真っ二つにした!!

少なくとも私にはそう見えた。

「やっぱり——やっぱりあなたはひと味違うわね日香里!!」

「……外した?」

蝿の少女は、確かに真っ二つになった。

その躯からは今、勢いよく青い血が噴き出している。

ただ私が見誤り、そして日香里がきっと狙っていたような、頭頂からの唐竹《からたけ》割りにはならなかった。まさに、頭の皮一枚。すんでのところで日香里の大剣を見切った蝿の少女は、肝心要《かんじんかなめ》の頭を割られることを避け、首のところから袈裟《けさ》懸《が》けになるかたちで、斜めに躯を二等分されていた。その躯が不気味かつ悲喜劇的な感じで、七時五分の斬り口にそってずるり、するりとずれてゆき、頭を含む方の斜め半身が、艦橋のゆかに墜ちる。もちろん日香里は、その頭に大剣を突き刺そうとしたけれど——

「うっわ、あぶない、あぶない……なにがあぶない……って持ちネタはともかくとして」

ちょっと真剣味を増した口調で喋った〈悪しき者〉は、またもや両方の切り身ごと、無数のビビッドな蝿になる。今度は量を間違えた紙吹雪のような感じで。ぶわっと湧いた地吹雪のような蝿の群れは、きっと日香里を襲い、そしてたちまち私をも襲った。きっと、と言ったのは、もう日香里の姿が目で追えないほど私の眼の前が——ううん私の躯の周りじゅうが、極彩色の虫どもでいっぱいになってしまったからだ。私はいよいよ陛下の十字架を採り出しながら、聖水の入った万年筆をふりながら、懸命に蝿の煙幕をどうにかしようとする——

そのとき。

「めでたし聖寵充ち満てるマリア《アヴェマリアグラツィアプレナ》、主御身とともにまします《ドミヌステクム》!!」

「以下省略で今も臨終のときも祈り給え《ヌンクエトインオラモルティスノストレ》アーメン——皆《みんな》伏せて~すぐに伏せて~!!」

(この声は水緒、木絵!? どっちも無事だったの!?)

もう蝿、蝿、蝿で視界も利かず方向も分からなくなっていた私が、特に木絵の大胆な性格を思い出し必死に身を伏せると。

Bratatat...!! Bratatat tatata...!! BRATATATATA TATATATA...!!

(き、機関銃……!!)

IX

延々と続いた轟音が、突如ぱたりと止む。

頭を手で擁《かば》いながら、羽で身を蔽《おお》いながら蹲《うずくま》っていた私は、ようやく上半身をあげる。

——もうどこにも極彩色の蝿の煙幕はない。けれど、白い煙はそこそこある。いや濛々《もうもう》とある。発砲煙だろうか。

そして私が見たものは。

「ああ、月夜〜」

「木絵っ!! 大丈夫だったの!?」

「それは此方《こっち》の台詞よ〜」

起ち上がり、こんなときでもマイペースな木絵を改めて眺めれば——成程《なるほど》、かなり大きな機関銃をしかも両の手に持っている。まあ私達はヒトじゃないから、吃驚《びっくり》するほどの力じゃないけど。

「ど、どこにいたの」

「いったん〜、第3デッキの〜、戦闘艦橋よ〜」

「さっきね、土遠の強い思念が響いたから——」

そして水緒の声。彼女が接近してくるに連れ、白煙のうちに彼女の制服姿が浮かび上がってくる。そしてやはりその水緒も木絵同様、二挺の機関銃を持っている。

「——そう、土遠と地霧が艦橋にむかうって強い思念が響いたから、私も胸騒ぎがして、艦橋で合流しようって思ったの。木絵もまた、急いで艦橋に行かなきゃって思ったみたい。だから木絵と私は、結局合流できた」

「そうなのよ〜。あの冷静冷厳冷酷な土遠があんな強烈な思念を発するだなんてよっぽどのことだから〜、私もいよいよ戦闘訓練の成果を見せるときがきたのかな〜なんて思って〜。だから結局〜、水緒は自分の第8デッキから〜、私は自分の第9デッキから〜、それぞれ艦橋を目指したかたちになるわね〜」

「か、艦内の様子はどうだった？

特に第8デッキなり第9デッキなりは、敵の軍勢の侵攻を受けていたみたいだけど……」

「さっき木絵とも確認し合ったんだけど、私達が必死に昇降機へ乗れた時点で、もう第8デッキも第9デッキも放棄せざるをえない状況だ——というのが私達の結論」

「侵入〜、汚染〜、破壊〜、占拠〜。目指す昇降機に乗れてよかったわ〜」

「その昇降機は無事だった？　私、第10デッキからの昇降機で襲撃されたんだけど……」

「水緒と私にかぎっていえば〜、それはなかったわ〜。まあ結局〜、第3デッキで下りて〜、そこの戦闘艦橋で合流せざるを得なかったって物語なんだけどね〜」

「それはどうして？」

「それは月夜、月夜たちを襲撃していた〈悪しき者〉が第1デッキで大暴れしている、っていうのが自明だったからよ」水緒はいった。「あの〈悪しき者〉の思念もまた強烈」

（そういえば、あの蝿の少女、敵の首魁《しゅかい》だと思われる少女は、必ず思念で喋っている）

「だからその絶叫ぶりと～、まあその……ド派手なイカレっぷりからして～、徒手空拳《としゅくうけん》で艦橋にむかっても～、援軍としては弱すぎるんじゃないかって思ったの～。さいわい～、第3デッキの戦闘艦橋なら～、白兵戦を想定した各種武器があるわ～。だからそれを回収して～、第1デッキ艦橋に駆け付けたと～、まあそんな感じの一幕劇《ひとまくげき》かしらね～」

「各種武器って、例えばその機関銃だね？」

「軍務省折り紙付きの奴よ」水緒がいった。「当然、聖別された純銀弾をぶっぱなせる奴」

（だったらこの白煙も頷《うなず》ける!!）

私は依然、強い意志を感じさせる靄《もや》のような白煙越しに、艦橋の様子を確認しようとした。皆《みんな》はどうなったんだろう。私が、仲間たちがいたあたりへ脚を踏みだそうとすると――いよいよ、白煙のみなもとが何なのかよく分かった。

無数の蝿だ。

それらが、水緒と木絵の持ってきてくれたという四挺の機関銃によって、いろんな方向へと薙《な》ぎ払われては叩き墜とされている。それらが、あるいはひくひくと蠢《うごめ》き、あるいは微動だにせず、どのみち聖なる銀弾に触れたその効果で、じゅわっと、ぶすぶすと、躯《からだ》から嫌な白煙を漂わせている。一匹一匹は小さく、だからそれぞれの白煙は蚊弱《かよわ》いものだけど、それが何千匹、あるいは何万匹とあっては……私は、〈蝿の少女〉に万年筆の聖水を掛け、あるいは陛下の十字架を押し当てたときのことを思い出していた。

（成程《なるほど》、確かにあのときの白煙と一緒だ）

そして私が、さっき〈蝿の少女〉によって土遠と金奏が無力化されてしまったあたりに行き着いたとき。誰かの動きがある所為《せい》か、幾許《いくばく》か煙がゆらめき、また微妙に薄らいで、そこに三名の仲間がいるのを目撃できた。それは。

「地霧さん……それに金奏、土遠!!」

「静かに」地霧さんは白煙のなかで冷静にいった。「かなりの深手よ。さいわい頭部が無事だから死ぬことはない——先刻の、突然の弾幕は何？」

「ああ地霧さん、あれは水緒と木絵の機関銃だよ。戦闘艦橋から持ってきてくれたんだ」

「あ痛《いた》たた、なんてこと」金奏が半ば躯《からだ》を起こしながら、苦しそうに閊《うめ》く。「あのバカ、徹底的にやってくるだろうとは思っていたけど、まさかお腹に風穴とは、あ痛《いた》た……」

「自己治癒だけで、ガス欠になりそうなほどの大怪我なんて」土遠も同様に苦しそう。まだ立てないみたい。「何万年ぶりかしらね。ひょっとしたら、初めての経験かも」

（土遠の言うこともっともだ。これだけの風穴を塞《ふさ》いで治癒までもってゆくのに、どれだけの〈太陽の炎〉が必要になることか……）

外部からの〈太陽の炎〉無しで、仮に私達がとっているヒトの姿、ヒトの躯まるごとを再生・再現するというのなら——空恐ろしい事態だけど——癒《い》やす側はその場で昏倒《こんとう》し、二十四時間、ううん三日三晩は動けなくなっても不思議じゃない。

（……私達はまさか、陛下のように全能じゃない）

「私の〈太陽の炎〉も治療に使っているわ」地霧さんは引き続き淡々《たんたん》と。「あと五分もすれば、完全治癒は無理でもどうにか活動できるようにはなる」

そのとき。

——どん!!

いきなり私は躯への衝撃を感じ、横に倒れて半身をしたたか艦橋のゆかに撲《う》ちつけた。

「あっ御免《ごめん》、今のはええと……月夜だね？」

「ああ日香里っ!!」

私は安堵《あんど》のあまりすぐさま起ち上がり、白煙のなかから現れてくれた日香里にひしと抱き付いた。

そうだ。日香里が無事であるかぎり、私達はきっと大丈夫……私達の〈バシリカ〉も、きっと。

日香里はそんな私の頭を、額にちからをくれるような感じで優しく撫《な》でた。さっきの激しい戦いのゆえか、とりわけ蠅の少女との接近戦のゆえか、私達らしからぬ獣のような匂いが感じられる。ただもちろん不快には感じない。私が日香里を抱き締めたままその顔を見上げると、日香里は照れたようにいった。

「ゴメン、便利使いして悪いんだけど月夜、僕の躯のキズを癒やして取っ払ってほしい。

今の機関銃の流れ弾が、幾つかかすめた。

けれど——できるだけ僕自身の〈太陽の炎〉は、まだ温存しておきたい」

「もちろんだよ日香里」

私は日香里の躯から離れる。なるほど、確かに日香里は腕や脚をてのひらで押さえ、擁《かば》っていた。引き裂かれた制服のその上から。日香里の怪我は、蠅の少女との戦いによるものというより、日香里が断言しているとおり、突然の弾幕によるもののよう。私はすぐさま自分の超常の力を使って全ての怪我を癒やした。あわせて日香里の裂けた制服も直した。まさか戦闘員としてはカウントできない私にできることは、それくらいだから——

だけど。

「ひ、日香里」

「ん？」

「太陽の炎を、まだ温存しておきたいってことは。それはつまり、ひょっとして」

「もちろん奴はまだ生きているからさ。しかもまだ、この艦橋にいる。

そしてありがとう月夜。ちょっと不安もあったけど、躯のキズは全て癒えたようだ」

そのとき。

日香里と私、そして近くにしゃがむなどしていた地霧さん・土遠・金奏の周りに立ち籠《こ》めていた白煙が、俄《にわか》に渦《うず》を巻き始めた。死んで艦橋のゆかに墜ちた、無数の蠅もろともに。どうやら白煙のなかで蚊弱《かよわ》く舞っていた、まだ生きている気配がする蠅もろともに。

その渦は、何かを確かめるかのようにゆっくりと、しかしだんだん勢いを増しながら、私達五名の周囲をぐるぐる、ぐるぐると取り巻いてゆく。そして、その勢いがとても攻撃的な竜巻のようになったと思ったその刹那《せつな》——

いきなり。

日香里の背後に、制服姿のあの少女が出現した。

周囲の白煙を、そして生きた蠅死んだ蠅を吸収するようなかたちで。

……ただその制服姿は、あからさまに乱れている。

紺と白とが特徴的な制服は、ううん彼女のピンクの髪や紫の尻尾も、大きくデザインを崩している。それは、物理的な裂け目破れ目といった『損傷』のせいでもあれば、あまり物理的とは感じられない空漠やズレや断層、ぽっかり開いた虚空といった『欠落』のせいでもあった。

要は、肉体的にダメージを負ってもいれば、なんというか、エネルギーの塊としてもダメージを負っている。だから、ぼろぼろ……とはいえないまでも、かなりの痛手を負っていることが、その外貌からうかがえる。彼女がひたひたと流す、青い血からも。

「神様に聖別された銀弾の、しかも機関銃とはねぇ。水緒ちゃん及び木絵ちゃん、なかなかこましゃくれたことやってくれるじゃないのぉ、ウッフフフ」

「実戦で負傷するなんて、幾万年ぶりだろぅ?」日香里がまた大剣をかまえる。「もう痛がらなくともよいように、お前の蛆《ウジ》で彩られたその薄汚い旅路、終わらせてやろう」

［あら日香里、あなたにそれができる？］

「すぐに実証する」

［でしょうねえ……］意外にも〈悪しき者〉はアッサリ認めた。［……ええと、近くにいるのは地霧ちゃん、土遠ちゃん、金奏ちゃん、及び月夜ちゃんね……あと並びに日香里、もちろんあなた。〈悪しき者〉の責務としてはぁ、皆《みんな》まとめてすぐさま生首コレクションの乾し尻《ケツ》コレクションにしてあげるべきなんだけどぉ、正直私そろそろ疲れてきたし、だからこの姿を維持するのもひと苦労だし、何よりガス欠と自滅が気懸かりだわぁ……天使いいケツ、燃料空《から》っケツ……みたいな？］

「自棄《やけ》に正直だが……ならば投降を勧告してやろう。いさぎよく捕虜になれ」

［そうだったわねぇ、〈バシリカ〉第3デッキにはしかるべき留置施設及び取調べ室があるものねぇ、ウッフフフ――

だけど残念!!

私は疲れているけれどでもまだ遊び疲れてはいないのよ日香里!!

そして、ええと……

あっいたいた、艦橋入口付近ねぇ――この美しすぎて恐くなるようなこの世に大切なのは愛し合うことだけのような神の寵愛《ちょうあい》すら感じさせるとの評判があるかも知れないそんな姿態にキズをつけてくれたイタズラ木絵ちゃんは!!　そう、機関銃なんてセーラー服っぽいものを舞台に導入してくれた水緒ちゃん及び木絵ちゃんは!!

私、そんなお茶目に御褒美《ごほうび》を用意しないほど無粋《ぶすい》ではなくてよ？

だから、遊びを変えてあげるわ］

「なんだと」

［天使ちゃんたちが、ウッフフフ、どうやって悪魔に身を堕とすかは……堕とさせられるかは教区の

学校で死ぬほど学んでいるわよねぇ。その記憶も顔かたちも躯つきもまるっとそのままに、どうやって〈悪しき者〉にされちゃうかは死ぬほど熟知しているわよねぇ。特に、さっき昇降機であやうくツッコまれかけちゃった、そう月夜ちゃんはね……

……もし、仲間の天使ちゃんがそんなことになっちゃったら？

大事な大事な〈バシリカ〉の使徒が、だから遥《はる》かな征旅《せいりょ》をともにする大切なおともだちが、その天使ちゃんの姿のまま、ウッフフフ、〈悪しき者〉に変えられてしまったら？

天使ちゃんたちは苦しむでしょうねぇ。

天使ちゃんたちは悲しむでしょうねぇ。

そしてどうにか、大切なおともだちを天使ちゃんにもどそうと、無駄な足掻きを繰り返すでしょうねぇ……

……見てみたいぃ!!

そのときのリアルな苦悩と苦悶《くもん》と絶望を私は見てみたいぃ!!

またもや滾《たぎ》る漲《みなぎ》る熱《いき》り立つぅ、「Baise-moi,Baise-moi!! Suce-moi,suce-moi!! Vas'y craque,maintenant!!

そういうわけで、じゃあね～」

蝿の少女はあまりにも突然、紺の翼を出して私達の周囲から飛び去った。

もちろんすぐさま大剣を翳《かざ》し、彼女の直後を疾駆する日香里。

蝿の少女が飛ぶいきおいに、艦橋内の白煙が大きく裂かれてゆく。

だから私にも見え始める。蝿の少女の背。日香里の背。そして……

蝿の少女のおぞましい思念を傍受したか、彼女に再び機関銃の洗礼をほどこそうとする木絵の躯。

しかし彼女の機関銃が火を噴くより、蝿の少女がそれを蹴散らし、木絵の躯に襲い掛かるのがずっとずっと速かった。

「きゃあ〜!!」

「あっ木絵っ!!」

木絵とともに機関銃をかまえていたであろう、水緒の絶叫が白煙のまにまに響く。木絵の直近から響く。水緒の方《ほう》の機関銃も一瞬、見えた。ただもちろんそれは蠅の少女にたちまち蹴散らされ、白煙のなかに消える。

——背後から蠅の少女を叩き斬ろうとする日香里。

けれどその日香里の顔を、またピンク・白・紫・紺の数多《あまた》の蠅が襲撃する。

（まだあんなことをするちからが残っているなんて……!!）

そして日香里がほんの一瞬だけたじろいだその刹那《せつな》。

［ほんとうはぁ、時間が許せば舌から舌に注ぎ込んであげたいけどぉ!! ウッフフフ!!］

蠅の少女は首だけ一八〇度回転させるや、あのピンクに裂けた大きな大きな口から、毒々しい酸のようなものを吐き捨てる。それは顔に集《たか》った蠅を払っていた日香里の顔を直撃する。日香里の顔を直撃して、じゅうう、じゅうとそれを侵蝕するような音を立てる。

「くっ——」

膝《ひざ》を折りそうになった日香里が、おそらく渾身《こんしん》の力で大剣を投げつける。ようやく日香里を追って駆け出した私は、その大剣が蠅の少女の右羽の一枚に突き刺さり艦橋の大時計に刺さるのを見た。ただ一八〇度首を回していた蠅の少女は、一瞬だけ苦悶の表情を浮かべたけれど、なんと大剣ごと自分の右羽を引きちぎり、顔はこちら、躯はあちらで、青い血を流したそのまま木絵の躯をかかえるや片翼で艦橋を飛び去ってゆく——そして自動で開いた艦橋の扉を出、私がやってきた優美に曲がる廊下の先へと消えてゆく——

地霧さんが私を追い越して艦橋を出た。

私も気力をふりしぼって彼女を追った。

(胴に穴を開けられた金奏・土遠、そして今《いま》し方《がた》蹴散らされただろう水緒は、きっと戦闘不能だ。木絵を救えるのは地霧さんと私、そしてもちろん日香里)

――ただ、事態の進行は悪しき酸に襲われた日香里の到着を待ってはくれなかった。

第1デッキ、艦橋の外。

優美に曲がる廊下の、地霧さんと私から五ペルティケほど先。

今は首をもどし、けれど片翼で舞い上がった蠅の少女は、防戦一方の木絵に対し、あの鎖状の尻尾を雨霰《あめあられ》の如くふりそそぎ突き立てている。昇降機のなかで私がやられた様《よう》に。あの尻尾はほんとうに痛い。そして実際、宙からの攻撃をどうにか防御しようとする木絵は、躯《からだ》を擁《かば》う両腕も、ううん上半身の制服もズタズタにされている。セーラーカラーもスカーフも、もちろん腕部分を含む上衣も。

そして木絵が、あまりにも上からの攻撃に意識を奪われていたようなその瞬間。

だから地霧さんが、きっと蠅の少女の真意を察知し、最悪の事態を避けようとしたその瞬間。

[さ〜て、イッちゃうわよ〜ん!!　これぞ天国の門!!　イキましょう救いの世界へっ!!　救い救い救いの世界ぃ〜♪　船の外から●ん●売りっ!!　艦の中では●ん●売りっ!!

Fais-toi baiser par ton ange!! Let your angel fuck you!! Fatti chiavare dal tuo angelo!! Go fuck yourself!! Fuck yourself!!]

……蠅の少女の鎖状の尻尾は、ああ、さっき私が目撃したような、奇妙にでこぼこして、異様に硬直して、異様に膨れ上がった恐ろしい大蛇のようになり。その大蛇はコブラのように威嚇的《いかくてき》に膨張し、とても猛々《たけだけ》しい、発情した矢尻《やじり》のようになり。そのぬるぬる、どろどろ、ねちょねちょ、ずるずるした紫の大蛇は、いたるところで生々しい血管のようなものを雷《いかづち》みたいに浮き上がらせ。そして先端のおぞましい矢尻は、邪悪な腐肉がぱんぱんに詰まって今まさに弾けそうなそんな感じでてらてらと滾《たぎ》り漲《みなぎ》り熱《いき》り立っている。そう、さっき襲われた私が目撃したように。そして紫の尻尾の大蛇は、いよいよその矢尻を、鎌首を大きくもたげ。

大きく飛んだ地霧さんが大胆にもそれを握り、あるいは握りつぶそうとしたその刹那《せつな》。

「あぁうっ!!」

[Huumm...je vais craquer!! Pouffiasse, je vais craquer!!

This is my rifle, this is my gun!! This is for fighting, this is for fun!!]

……それは木絵のプリーツスカートへぬめぬめするりと潜り込むや、なんてこと、木絵にとても、とても残酷な悲鳴を上げさせた。ましてスカートのなかに尻尾を入れられたまま、空《くう》にぐいっと持ち上げられる木絵。恐らくその残酷さに苦渋の顔を浮かべた地霧さんは、蝿の少女が横薙《よこな》ぎに払った腕によって鳩尾《みぞおち》を痛打され、艦橋前廊下に叩き墜とされる。

「ち、地霧さん……木絵っ!!」

[月夜ちゃ～ん] いよいよ〈悪しき者〉は勝ち誇って。[私達、大っきいのも深いのも自由自在に創れちゃうでしょ～ん。どっちがどうでもいいから、一緒にずっこんばっこんべりーないすしましょうよぉ……だってもう木絵ちゃん、私達の仲間だもの!!]

「そんなこと!!」

あたしは十字架と万年筆をかまえた。内心、絶望しながら。

「聖父と聖子と聖霊とに栄えあらんことを《グロリアパトリエトフィリオエトスピリトゥイサンクト》!! 始めにありし如く《シクトエラトインプリンキピオ》、今もいつも《エトヌンクエトセンプレ》……」

[んもう、月夜ちゃんったらカマトト!! そういうのにかぎってガチオナ大好きっ子!! でもいいわ……いいわ……あっいい、幾万年ぶりの天使のキツキツぶりって、月夜ちゃんに分かるぅ～、ううん絶対分かっちゃうかもな癖《くせ》にこの処女ぶった玩具ガチオナ大好きビッチが!! らららら～らさびしんぼう～]

「――お前、よくも!!」

「あらやだ日香里、ちょうどイイところに。乙女の秘め事をのぞくなんてよくないことですわよ」

「木絵を、離せ」

「ん～まだ我慢汁しか出していないようなタイミングで生殺しにする気ぃ～?」

――けれど蠅の少女は木絵からずるりとぬめぬめした尻尾を抜き、ずぽり、ぽほんといった抜いた勢いそのままに、木絵の躯を解放した。完全に失神しているであろう木絵は、受け身もとれないまま艦橋前廊下にどさりと墜ちる。

「でもまあ、所期の目的は達成したから今の所は許してあげる……

……教区の学校でやったわよねぇ? 〈大喪失〉で痛いほど骨身に染みたわよねぇ?

〈悪しき者〉に強姦された天使が、さてどうなってしまうのか……

いいいい、私の木絵と、私の仲間の木絵とお茶でもしながら絶望しなさい!!

そして思い出すの!!

今や私及び木絵は言うことを聴かない悪い売女《ビッチ》に何時《いつ》でも何処《どこ》でもおしおきする気満々だという事を!! 悪魔はカマトト天使を幾らでも堕落させ同族にして絶望と快楽の淵に誘《いざな》い入れてしまうのだという事を!!

もちろん自発的に此方《こっち》につくっていうなら大歓迎よ、何時《いっ》なりと何処《どこ》なりと誘《さそ》って頂戴……ウッフフフ、ウッフフフ」

「待てっ!!」

「あせらないあせらない……ひとやすみひとやすみ。あぶないあぶない、ウッフフフ」

そして、猛烈な硫黄の爆発。

――日香里がその爆煙を薙ぎ払ったとき、〈悪しき者〉はもう何処《どこ》にもいなかった。

X

〈バシリカ〉艦橋。艦内時間〇三三〇《マルサンサンマル》。

私達は、時に自らの〈太陽の炎〉も使いつつ、負傷した仲間の応急救護をどうにか終えた。

蝿の少女に痛めつけられた水緒、金奏、土遠はなんとか動ける。

日香里は大きな怪我をしていなかったし、地霧さんと私はほぼ無傷。

だから、〈バシリカ〉八名の使徒のうち、結局……

(火梨が戦死した。そして木絵が……たぶん私達でなくなった。

犠牲者というなら、二名)

たった一匹で私達に挑んできた、〈蝿の少女〉の超絶的なちから。それを思えば、よくそれだけで終わったと思うべきなのか……けれど、基本不死である私達の内から犠牲者を出してしまうというのは、筆舌に尽くしがたい、ものすごくショッキングな出来事だ。まして。

(戦艦にして方舟である、この〈バシリカ〉そのものが危機のうちにある……)

とりあえず無事な者は、艦橋窓の前に凛然《りんぜん》と立った日香里の周りに集まった。

火梨の遺体は、そのまま艦長席に。火梨の首は残念だけど、まだあれが投げ捨てたその場所に。永劫を生きられる私達はお弔《とむら》いなんてものに慣れていないから、特に新世代は、取り敢えずどうすればよいのか解らない。また、依然昏倒《こんとう》したままの木絵は、目のとどく位置で静かに寝かされている。

そのうち……しかるべき措置をとらないといけないかも知れないけど。

「日香里」副長の土遠がいった。「応急の救護は終わった。今後のことを考えなければ」

「土遠、〈バシリカ〉の現状は分かるかい?」

「無理ね。中央電算機が、電算室ごと破壊されてしまったなら無理よ……

ただ不幸中の幸い、艦橋専用の電算機なら生きている。それとて瀕死《ひんし》だけど」

「ああ、あれ」水緒がいった。「非常用の、艦橋防衛用の孤立端末ね？」

「そうよ水緒。ただあれは非常用端末とはいえ、何を命じなくとも一時間ごと、中央電算機と有線通信する。艦内情報を更新しバックアップするために。

そして、あの超絶的に下品な蠅娘が艦橋に出現したのも中央電算機が破壊されたのも午前二時過ぎだから、〇二〇〇《マルフタマルマル》時点での〈バシリカ〉の状態は保存されている」

「これすなわち？」

「これすなわち水緒、絶望的な状態よ。俄《にわか》に信じ難《がた》いほどに。

今の私の精神状態と同様、いえそれ以上に絶望的と言えるわ」

「……土遠、僕もその艦橋専用電算機の情報、直《じか》に確認できるかな？」

「ええ日香里、もちろんよ。精神衛生に著しく悪いことを別論とすればね」

土遠が手近な制御盤へと日香里を導く。そのまま手際よく指を動かし光のモニタを浮かべる。日香里はそのモニタを一瞥《いちべつ》し……微《かす》かな、けれど万感《ばんかん》の思いを感じさせる嘆息《ためいき》を吐いた。そういえば日香里の躯の動きも、どこかしら重力を感じさせるというか、光でできた私達らしからず重そうだ。確かに激しい戦いだった……

「何を今更だが……第15デッキから第7デッキまでは全滅だな。電算機が数え切れないほどの、所属不明者《インコグニート》であふれかえっている。そしてそれはどう考えても〈悪しき者〉の軍勢だ。またその侵入経路はといえば……脆弱性《ぜいじゃくせい》が検知されているのは第8デッキの例の扉、出航前にテロられた例の扉だ。

ただ、何処《どこ》からにしろ外殻が突破されれば、直ちに派手な警報が鳴るはずなんだが——」

「艦内保安システムそのものを押さえられたか」土遠がいった。「中央電算機に介入されたか。あるいは……艦橋から誤報として止められたか。どのみち、艦橋で艦を制御していた当直の火梨がいきなり殺害されている以上、可能性は幾らでもあるし、事実警報は鳴らなかった。その原因究明は既に不毛で不可能よ」

「まったくだ」日香里は苦笑して。「ただ艦橋の火梨が無力化された時点で、奴等《やつら》の〈バシリカ〉占領オプションは無数にふえたろうな……でもこの〇二〇〇《マルフタマルマル》時点での情報では、第11・第12デッキにある太陽炉は正常で、かつ、第14・第15デッキにある最終兵器管制システムへのアクセスはない。まさか最終兵器起動シークエンスが開始されたということもない。幾度か最終兵器を制御しようという試みは為《な》されているが……セキュリティの防壁はやはり正常に機能している。

言い換えれば、火梨は命と引き換えに、最終兵器の承認コードを守ったことになる。

奴等にとっては垂涎《すいぜん》の的《まと》、最優先目的のひとつだったろうに……

現状、火梨のお陰で、天国の最終兵器が天国に使用されかねないといった、枢機卿団が激怒し絶望するような事態は、避けられている」

「といって日香里」土遠がいった。「管制システムの防壁がどれだけ維持できるかは、陛下のみぞ知る所でしょうね。まして太陽炉とあと第13デッキの〈太陽の炎貯蔵庫〉はもう」

「奴等の思うままだな。ただ奴等が莫迦《バカ》でなければ、〈バシリカ〉の命綱である太陽炉と、生きとし生けるものの命綱である太陽の炎を、破壊したり投棄したりすることはしないはずだ。それらは奴等にとっても重要な戦略施設であり戦略物資だからね。

だから〈バシリカ〉が突然機能停止となるような事態も、しばらくは避けられるだろう」

「……ただ日香里、奴等がいうところの『ハイジャック』が為されたということは」

「そうだね土遠、奴等はこの〈バシリカ〉のすべてを掌握したら、その舳先《へさき》を天国にむける。そして今度こそ天国の門を攻め落とそうとするだろう――そのときまでに最終兵器が使用できるならよし。もし最終兵器が使用できなくとも、通常兵器だけで既に必要十分かも知れない。いやこの巨艦〈バシリカ〉そのものが天国の門に対する質量弾となりうる。

だから。

しばらくは危機的な事態も避けられるだろうが……でも、しばらく、しばらくだけだ。

――おっと、その天国との直接通信は？ 〈バシリカ〉の通信システムは、天国との常時通信を許すはずだが」

「戦闘艦橋電算機によれば、真っ先に破壊されたわ」土遠が嘆息《ためいき》を吐いた。「自己修復機能も、故意に妨害されている」

「やはり奴等は莫迦《バカ》じゃないか。僕らを孤立させようとするのも当然だし、天国への警告をさせないようにするのもまた当然だな。ちっ、手堅い」

「ねえ日香里」水緒が訊いた。「〈バシリカ〉は今、航行しているのかな？」

（成程《なるほど》、艦橋窓の外は宇宙でもなんでもない魔の闇、悪の毒沼だ）私は思い返した。（狂気と猛毒の夜。〈悪しき者〉がゆがめた真っ黒い何か。まさか星の光も銀河の輝きもありはしない。ただただ深い深い闇――）

こうして艦橋窓をいくら眺めても、艦がどちらへ動いているのか……ううんそもそも動いているのかすら分からない。ましてこの船の太陽炉は恐ろしいほど静粛だし、この船はヒトの大都市圏ほどもある方舟。感覚で〈バシリカ〉の動きを知るのは、私達でも無理だ。

だから日香里は、非常用端末を慎重に確認しながら、水緒の問いに答えた――

「これも不幸中の幸いかな、水緒。〈バシリカ〉は所期の計画どおりに航行している。すなわち一路地球を目指したままで、かつ巡航速度のまま。天国には反転していない――今の所はね。航行状況くらいなら、この艦橋専用電算機でもモニタリングできるから」

「ただ、現状がそうなっている理由は」水緒が続けた。「幾つか想定できるね」

「そうだね。その幾つかを挙げるとすれば、奴等は〈バシリカ〉をまず地球に持ち帰る気なのかも知れない。あるいは奴等は、〈バシリカ〉の航法システムを掌握できていないのかも知れない。はたまた奴等は、〈バシリカ〉の慣熟《かんじゅく》訓練でもしているのかも知れない」

「あっ日香里」金奏がいった。「艦橋専用電算機は、第3デッキの戦闘艦橋専用電算機とリンクできるはずだよ。両艦橋どうしで、有線通信ができるようになっているはず」

「そうか、成程《なるほど》」日香里が制御盤を美しく叩く。「火梨亡き今、艦内の保安関係は金奏が頼りだなあ」

「あの火梨の代打が務まるかどうか解らないけど――第3デッキは私の警察施設がある区画でもあるからね。そして日香里、もし戦闘艦橋の電算機につながったなら、それ対暴動システム・白兵戦支援システムも動かせるから、どっちも起動して、戦闘艦橋周囲の脅威を評価させて。それでかなりの実態把握ができるはず」

「それは嬉しいな――」日香里の顔に生気がもどってきたような。ただ、対暴動システムっていうのはいったい何だろう。敵との艦内戦闘はまさに白兵戦だし、それを暴動とは呼ばないような気がする。

「――うん、金奏のいうとおり両電算機はつながる。そして、ええと対暴動システムに白兵戦支援システムは、と。金奏、警察委員の承認コードくれるかい？」

「承認コード金奏6κ《カッパ》8」

「よし、入れた――それから、両システムに戦闘艦橋周囲の脅威評価を命令、と。

ええと、電算機室が中央電算機ごと大破。これは残念ながら事実の再確認になるな。ただし電算機室に所属不明者《インコグニート》は確認できず。そもそも第3デッキを通じて所属不明者《インコグニート》はいない。だから戦闘艦橋はもとより、金奏の警察施設も何らのダメージを負ってはいない。

戦闘艦橋電算機の性能を信じるなら、第3デッキの脅威度は零《ゼロ》——要するに通常状態だ。何の警戒も要しない」

「あの蠅女が何処《どこ》へ消えたかは問題になるけど」金奏がいった。「だから第1デッキまで確実に上がってきたあの蠅女は警戒しなきゃいけないことになるけど——私としては日香里、司令部をその第3デッキに設けることを意見具申《いけんぐしん》するよ。

というのも、私が預かっている警察施設には今言ったような対暴動システム・白兵戦システムが働くし、そもそもヒトであろうと〈悪しき者〉であろうと処遇できるようになっているから。すなわち、聖別された鉛《なまり》や銀の障壁と聖水で、ある種の結界を働かせることができるから。

まして、日香里の判断で第7デッキ以下は——」

「そうだな。第7デッキ以下の全隔壁は閉鎖されたし、第7デッキ以下の全通路には鉛が、艦内のシャフトには銀が、それぞれ注入された。第7デッキ以下は物理的に遮断され隔離された。それが果たして確実・充分かは、陛下のみぞ知るところだけど」

「ただ現状、私達がいっさい襲撃を受けてはいないように」土遠がいった。「第7デッキ以下は、日香里の望んだとおりになっていると期待できる。確信水準の蓋然性《がいぜんせい》でね」

「確かに。さもなくば僕らは、敵の軍勢の前で青い血祭りになっているはずだ」

「そうすると日香里」金奏がいう。「重ねて、蠅女に対する警戒さえ怠らなければ、第3デッキは安全だって道理になるし、そこで必要最小限の司令部機能を発揮できるよ。第3デッキの戦闘艦橋はまるまる生きているんだもの。ううん、たとえ戦闘艦橋がやられていたとしても、私の警察施設は外敵に対処できる堡塁《ほうるい》になるしそう設計されてもいるよ。まして、その堡塁部分はまるごと〈バシリカ〉最大の救命艇・脱出艇にもなる。もちろん、この〈バシリカ〉を放棄するだなんて論外も論外だけど」

「最悪の事態は起きるもの、か――

そして僕の聴き齧《かじ》りが確かならば、戦闘艦橋からでも自爆シークエンスは起動できる」

「……そ、そんな事態は日香里、絶対に避ける覚悟だけど。ただそれも事実だし、そうした死活的な機能のことを考えれば。

蝿女が思うままに跳梁跋扈《ちょうりょうばっこ》して、火梨も殺されてしまった艦橋はとりあえず離脱して」

「第3デッキで態勢を立て直す、か」

「それに日香里」水緒がいった。「金奏の意見には更なる利点があるわ。すなわち私達が調達できたように、戦闘艦橋には白兵戦用の武器がある。この際それは絶対に確保したい。私達がね。あともうひとつ、言い難《にく》いことだけど……木絵のことがある。私は木絵が〈悪しき者〉に犯されたなんて信じない。けれどもしそれが事実だとすれば、その……」

「もしそれが事実だと確定すれば」日香里はいった。「木絵を拘束・隔離できる施設がどうしても必要になる……僕らに木絵を殺す覚悟が無いのなら。そして僕には無論、そんな覚悟はないしそんな覚悟をする気もないよ」

「決まったわね」土遠がいった。「第3デッキを確保して、臨時の司令部にしましょう」

「そして実態を把握し、戦術を練り、態勢を整えて僕らの〈バシリカ〉を奪還しよう!!

それじゃあ総員、この艦橋を一時、撤退して……」

「ちょっと待って頂戴」

――それまでずっと黙っていた、監察委員の地霧さんがいった。

「艦長。私にはこの艦橋で、まだ調査したいことがある」

「……すなわち?」

「火梨の遺体その他を調査したい。それが終われば、所要のお葬《とむら》いもしたい」

「後者にあっては無論実施する。火梨の遺体を第3デッキへ搬送したあと実施する。僕は旧世代で、ヒトとの関わりが深かったから、記憶をたどればそれなりのことはできるだろう」

「ならばなおのこと。

不幸中の幸いか、水緒と木絵は機関銃をなるべく艦橋上方へむけて撃ってくれた。艦橋内で白煙に取り巻かれていた、私達を慮《おもんぱか》ってのことでしょうけど。換言すれば、火梨がそこで殺害されたと思《おぼ》しきあの艦長席もその周囲も、あるいはくだんの〈悪しき者〉が火梨の首を投擲《とうてき》したその周囲も、考えうるかぎりホットな状態で保存されている。艦長が火梨の遺体を搬送するというのなら、私はその前にそれら関係箇所をこの眼で視てみたい」

「それは言ってみれば実況見分かい？　監察委員らしいといえば監察委員らしいけど――でもハイジャック被害の最中《さなか》にある当艦で、だから極めて喫緊《きっきん》の対処を必要としている当艦で、いったい何を目的に実況見分をしようと言うんだい？」

（……それもそうだ）私は思った。（ヒトが殺されたというなら別論、殺されたのは青い血の眷族《けんぞく》だ。悲しくて悔しいことを措《お》けば、その死に何の謎もない――

私達は頭部を徹底的に破壊されれば死ぬ。火梨の場合はまさにその方法が採られた。被害者を改めて論じるまでもない。誰がそうしたかっていう、犯人も明白すぎるほど明白だ、ヒトじゃないから犯人は変だけど。また何故そうしたかもさしたる疑問じゃない。事案はハイジャックだもの。おまけにあれはヒトでいう現行犯……水緒なら赤点を付けるかもだけど……ともかく私達は限りなくホットな状態で犯行を目撃している。すなわち何時《いつ》行われたかもまた明白。場所は艦橋で、言うに及ばない。

――これらを要するに。

火梨の死という物語は、見事なまでに六何《ろっか》の原則を満たしている。何時《いつ》、何処《どこ》で、誰が、何を、何故、どのように――全てが自明で何の謎もない）

私が、そしてきっと日香里たち他の仲間も訝《いぶか》しんでいると、地霧さんは静かにいった。

「〈大喪失〉以来、はらからが〈悪しき者〉に殺害されるなんて幾万年ぶりの椿事《ちんじ》だわ。換言すれば、実戦における戦死者は幾万年ぶり。更に換言すれば艦長、あなた以外の使徒は誰独り実戦を知らない。ならば——


火梨がどのように奇襲されたか。火梨がどのように抵抗したか。敵の攻撃手段は如何《いか》なるものか。それをしかるべく防御する術はあるのか——幾らでも調査したいことはある。私達が第3デッキで態勢を立て直し、しかるのち反転攻勢に出るというならなおのこと。

そして。


敵の実態解明をすることは……特に水緒、月夜、あなたたち文官仲間には気の毒だけど……私達が今後の木絵にどう対処すべきか、その知見をも与えてくれる可能性があるわ」

「だけど地霧」土遠が断じた。「そんな時間は無い。思うにその必要性も乏しい」

「一〇分くれればそれでよい」

「第3デッキを確保するためには」金奏も断じた。「一〇秒だって惜しまれるよ」

「ならば部隊を分けましょう」

「戦力の分散は愚策の典型だよ?」

「そうは思わないわ金奏。どのみち私と、そうね、月夜は戦力にならないもの。その私と月夜は所要の調査をする。他は第3デッキの確保に赴く。私達は例えばあの〈悪しき者〉の襲撃を受けたなら直ちに思念で警告するとともに艦橋を撤退する——


こうしたところで、第3デッキを確保する作戦には何らの支障も無いはずよ。

というわけで月夜、悪いけど私の補助官をお願い。漏れ聴くところによれば、最初にあの〈悪しき者〉と遭遇したのはあなたたのようだから」

（うっ、いきなり私？　でも確かに私、まったく戦力にはならないだろうな……）

「さあ、論争している時間こそ惜しまれる。私が土遠同様大司教であること、金奏同様警視正であること、そして火梨が亡くなった今、大佐として艦長を支える唯一の武官であることを思い出して頂戴。あるいは。これはまさに仇討《あだう》ちのため……そうあなたたちの、私達の大切な仲間だった火梨の仇《あだ》を討つための調査となることに思いを馳せて頂戴。

では艦長、いささか強引ながら改めて意見具申《いけんぐしん》するわ。私に所要の調査を認めて」

「月夜が戦力にならない、というならいっそう」土遠がいった。「艦橋に残すわけには」

「──いや土遠」日香里が最終的にいった。「地霧の意見も合理的だ。僕らは今の奴等のこと、何ひとつ知らないも同然だしね。また、武官たるあの火梨がああもあっさりと奴等に討ち取られた経緯は、成程《なるほど》実態把握しておくべきだろう。そして現状、奴等の封鎖・隔離も上手くいっているようだし、なら緊急の事態もかぎられるだろうし、そうした万一の時も、地霧独りより誰かと一緒の方がいい──どうせ僕の命令など、最終的には無視するつもりだろうしね。

けれど月夜、月夜は地霧が無茶をしないようしっかり見ていてくれ。

そして地霧、地霧は月夜の安全に最大限の配慮をしてほしい。

また両名とも、緊急の事態においては直ちに思念を発するとともに僕らと合流すること。

加えて両名とも、知りえた事実は細大《さいだい》漏らさず僕に直接報告するよう。

──では土遠、水緒、金奏。僕ら四名は、木絵を搬送しつつ第3デッキの確保にむかう。戦闘準備だ」

「ありがとう、艦長」地霧さんがいった。「改めて、火梨のことにお悔やみを」

「その火梨の仇討ちとまで言われては、あの子の師として断れないよ」

「調査が終了し次第、第3デッキへ赴くわ」

「いや」日香里はいった。「第3デッキの安全が確認され次第、此方《こっち》から迎えを出す」

かくて日香里・土遠・水緒・金奏そして意識のない木絵は艦橋を離れ――

私はかなり居心地の悪い感じで、監察委員の地霧さんとそこに残された。

その地霧さんはいよいよ改めて、艦長席へ脚を進める。

艦長席、そこには……

「酷《むご》いことを、するものね」

「それはまあ、〈悪しき者〉だからね……」

……そこには依然、火梨の遺体がある。首なしの遺体だ。

それは私達〈バシリカ〉の使徒の制服を、そう黒白モノトーンの制服を着たまま、躯《からだ》の様子を視るかぎりは泰然《たいぜん》と、座っている。座っているといっても、もちろんもう自発的にではないけれど。ただそのあまりに静的な状態は、格闘とか接近戦とか肉弾戦とかを微塵《みじん》も感じさせはしない。恐らくは死の現場であろう艦長席を視るかぎり、何もドタバタしたものは無く、何も活劇《かつげき》を想像させるものは無い。それほどに火梨の遺体は外観上、静謐《せいひつ》なものだった。地霧さんも同感だったようだ。

「おだやかなものね」

「〈蠅の少女〉の襲撃は、ホントにいきなりで、ホントに不意討ちだったんだろうね。だって日香里を極端な例外とすれば、火梨は私達随一《ずいいち》の武芸者で、生粋《きっすい》の武官だったから」

「ならその火梨はどうやって奇襲されたと思う？」

「……艦長席のすぐ右隣に出された、サイドテーブル。それを視るかぎり――また取り敢えずそれが染《あ》びた青い血を無視するかぎり、当直として艦長席に座っているところを突然、しかもお茶に手を伸ばしてそれを口に搬ぼうとしたところを突然、襲われたんじゃないかなあ」

私はそのサイドテーブルを視た。地霧さんも視た。日香里も時々使っている奴だ。主としてお茶をするのに使っている。そして今夜の火梨もそうしたよう。というのも、サイドテーブルの上にはティーカップがあるからだ……もっといえば、艦長席の火梨は右腕をそちらに伸ばし、そのティーカップのハンドルを美しく摘まんでいるからだ。ただ火梨は躯を大きく右へ傾けているわけじゃない。どこまでも艦長席でスッと背を伸ばしたまま――武官の火梨らしく――悠然《ゆうぜん》と右腕だけをサイドテーブルにむけ、右腕だけでティーカップをいざ摘まんだその状態で、躯と、もちろん右腕を固着させている。といって、火梨は少なくとも首を斬られている。その衝撃が躯に無いはずもない。だからその衝撃が右腕に伝わらないはずも無い。今火梨の右腕は静かに固着しているけれど、その衝撃のゆえか、火梨の右手の親指・人差指・中指でハンドルを摘ままれたティーカップは彼女の右手ごとかたりと倒され、中身のお茶をサイドテーブルと、その下の艦橋のゆかに滴《したた》らせている。腕の角度にも何らかの影響があったようで（それはそうだ）、自然にお茶を取ろうとしたその初期位置を崩された感じで、腕はバタリとサイドテーブルに落ちている。前腕の外側を真上にし、手首の内側をややサイドテーブルに付け、だからティーカップを摘まんだ方の掌《てのひら》を真下にしながら、腕はバタリとサイドテーブルに落ちている。

とはいえこれって、言葉にすると小難しいんだけど――

視るかぎり要は、『①座りながら右手でお茶を取ろうとして右腕を伸ばしハンドルを摘まんだその刹那《せつな》、②いきなりの異変があり、③だから躯は脱力し、④伸ばした右手右腕も力を失ってぱたりと内向き・下向きに崩れた』という物語、そして『⑤手が内向きに崩れたので、⑥触れていたティーカップもひねられて中身が零《こぼ》れた』という物語に過ぎない。若干の想像と再現とをすれば、さほど難しいシーンじゃない。ちなみに、火梨の左手・左腕の方は何もしていなかったらしく、艦長席で自然にだらりと脱力しているだけ。あと、右手の薬指に嵌められた〈塵の指輪〉にも異変はない。

ちなみに以上のことは、繰り返すけど、それらの品々が染《あ》びた青い血を無視した観察だ。血痕については、また後々検討することになるだろう。

「興味深いわ」そして地霧さんはナチュラルにいった。「おもしろい」

「お、おもしろいって……それはちょっとかなり不謹慎《ふきんしん》だと思うよ？」

「嘘よ、御免《ごめん》なさい月夜。ただ私、昔から興味深いことがあると興奮する癖《へき》があって」

（地霧さんは確かに変わっている。私の好奇心の強さとか思索癖《しさくへき》とかとは、かなりちょっと違ったかたちで変わっている……と、思いたい）

「――この、火梨の躯そのものはほとんど傾いていないわね？」

「それは無理もないよ地霧さん。この艦長席、日香里に似つかわしく瀟洒《しょうしゃ》でふかふかだもの。私もう当直やったから分かるんだけど、これ玉座とソファを組み合わせた感じの、実戦的というよりは装飾的なもの。ふかふかで、私なら爆睡しちゃいそうなもの――要は、腰が結構ずぶずぶ沈むんだ」

「だから何らかの衝撃を受けたとしても、また躯に何かをされたとしても、再び適当に着座させれば腰の据わった状態になると――成程《なるほど》」

「地霧さんが今言った『躯に何かをされたとしても』っていうのは、ぶっちゃけ、火梨が」

「そう、もちろん『首を斬られた』行為を想定している。ただそれも――火梨の右腕にさほど激しく動いた形跡がないことからすれば――鋭利な凶器で、極めてスムーズに行われたと考えられる。けれど。

首を斬った行為の検証は後刻するとして、先《ま》ずは艦長席周りの調査を片付けましょう」

「すなわち？」

「このサイドテーブル。そこには、倒れたティーカップの他にも幾許《いくばく》かの品がある」

「確かに。ティーソーサー、ティースプーン。ちょっとしたパン皿にパンが一枚。あとはバターナイフに……敢えて言えば、パン皿にちょっとだけ盛ったジャムがある」

ティーカップは傾き、そのお茶を零《こぼ》してしまっているけれど、ティーソーサーはそのままサイドテーブルの上にある。ティースプーンはそのティーソーサーの上、カップを置いたとき手前でなく奥になる位置に横たえられている。パン皿は何の変哲《へんてつ》もない、火梨が昨日の晩餐《ばんさん》で私達に供したのとまったく一緒に思える白磁のお皿。その上には、やはり火梨が昨日の晩餐で私達に供したのとまったく一緒に思える一枚のパン。パンはいわば手付かずで、原型をそのまま維持していて食べた痕跡がない。だからパン皿に申し訳程度載せられたジャムも、純銀と思《おぼ》しきバターナイフもまるで手付かずだ。自然に考えれば、バターナイフもジャムも初期状態を維持している——その他すべての品々と一緒で、青い血が派手に飛んでいなければ、だけど。裏から言えば、青い血の血痕以外は初期状態を維持していると思われる。

「純銀ね」地霧はスプーンとナイフに触れながらいった。「どちらも」

「私達なら、触れれば分かるからね。それに火梨の性格からして、紛《まが》い物は使わないよ」

「火梨の性格からすれば、お茶も食事も莫迦《バカ》げているんじゃなかった？」

「それは確かにそうだけど、これらの品々を創り出したのは火梨で間違いないと思うよ。そうでなければ状況からして〈悪しき者〉が創ったってことになっちゃうけど、そんなのまるで意味が解らないし、そもそも、〈悪しき者〉に昨日の晩餐とまるで一緒のパン皿やまるで一緒のパンが創り出せるとは思えない。

あれが出現したのは今日の午前二時前だし、だから晩餐のときは艦内にいなかったはずだし、仮にいたとしても、あんな破廉恥《はれんち》で下品で嫌がらせの為《ため》に生きているような輩《ヤカラ》が、晩餐の席でコッソリとパン皿とかパンを観察だけしているはずもないよ」

「あっは、なるほど同意するわ」

「ならそれだけでこれを創り出したのは火梨だと言えるけど、まだ傍証《ぼうしょう》はある——地霧もきっと憶えていると思うよ。火梨は日香里から、せめてお茶くらいは練習しておけみたいな命令を受けているし、だからティーカップの創り方を知りたいとか言っていたし、それだから此処《ここ》にはティーポットも茶葉もないんだよ。

例えば水緒や木絵がお茶をするっていうんなら、ちゃんと茶葉から淹れるはず。火梨だから、その手数を省いてあるいはその手数を知らずに、お茶そのものをポンと創っちゃったんだよ。おまけに駄目押しで言っておくと、このパンもパン皿も、昨日の晩餐で火梨自身が創ったものと瓜二《うりふた》つだから」

――するとここで地霧は、サイドテーブルからスプーンとナイフを採り上げた。

「これも興味深い。月夜はこれ、どう思う？」

「どう思うって……」純銀のスプーンとナイフだけど。「……血飛沫《ちしぶき》をのぞけば、ああ火梨律儀《りちぎ》に創ったんだなあと。ヒトの使うそれそのものだし、だから変なゆがみも考証の誤りもないし、スプーンにはお茶の雫《しずく》の跡があるし、それは自然にティーカップの奥側に垂れてもいるし……ナイフは、そうだね、下ろしたてのペインティングナイフみたいにちゃんとコテ状になっている。火梨がどう使い方を間違えても危なくない。おまけに現場との矛盾もないよ。火梨はパンを食べなかったんだから、ジャムもナイフも使わなかった。だからそれぞれ手付かずで、ナイフはキレイなまま。重ねて『血《ち》飛沫《しぶき》を除けば』ぴかぴかといってもいい。ちなみにスプーンも、お茶の雫以外はやっぱりぴかぴか。ナイフともども、まるで創り立て」

「まとめれば？」

「……艦長席周りに他の品はないから、当直をしていた火梨は予定どおりに機関室とかを巡視したあと、ちょっとした休憩を摂《と》るついでに日香里の命令をも実行しようと思って、お茶の練習をした。その準備が整い、いよいよティーカップを引き寄せてお茶を飲もうとしたその瞬間、変事が起こった」

「機関室の巡視云々《うんぬん》っていうのは、例の――」

「――そう、この〇一三〇《マルヒトサンマル》までやるって火梨が断言していた奴。そして実は、〇二〇〇《マルフタマルマル》からちょっとした打ち合わせも入っていたんだ。日香里と金奏と私と、火梨で」

「あらそっちは初耳だわ。それって何の打ち合わせ？」

「そ、それは」監察委員の前で、異端なり思想犯なりの話はできない。けれど私達は嘘も吐けない……「私、〈バシリカ〉の使徒になってとても日が浅いから、だから地球における任務に不安を憶えているから、私なんかよりずっと訓練を積んできて経験もゆたかな日香里たちに、諸々《もろもろ》相談しようと思って、そんな感じで」

どうにか嘘にはなっていないはずだ。要は、相談の中身に触れなければ……

ただ地霧さんは不思議なほど私の返事には無関心だった。そしていった。

「そうだったの。ただそれをいわれると、実は私が八番目の最新任使徒なんだけどね」

「あっ地霧さんゴメン、地霧さんにとって変な風に聴こえたなら謝るよ」

「いえ全然。微妙に興味深かっただけ――

さてそうすると、艦長席周りの品々は整理できたことだし、いよいよその『変事』がどのようなものだったか、一緒に検証してゆきましょう」

ここでなんと地霧さんは、艦長席のたもとを離れ、巨大な艦橋をしばし歩むと、かつてあの〈悪しき者〉、蝿の少女が宙を舞いながら投擲《とうてき》した、火梨の首を回収してきた。さすがにその切断面からは、もう青い血がだくだくと流れてはいない。それは地霧さんが首を回収してきたその先で、青い血の池と飛沫《しぶき》をつくっているだけだ。とはいえまだじくじくして若干の血が滴《したた》らないでもないその首を、これまたなんと、地霧さんは艦長席の火梨の躯にナチュラルに載せてしまう。ただ首はそう、とても自然に載った。『首なしの遺体』は今、艦長席で、『首にあざやかな切断面をつくられた遺体』となっている。

「月夜。首に刺さっているのは何？」

「……細身な剣。三本」

「どんなふうに刺さっている？」

「剣の柄《つか》っていうか、握りの部分がぜんぶ後頭部側だから……順序はまさか分からないけど……六時〇〇分のかたちで後頭部から眉間《みけん》に抜けた剣が一本。八時一〇分のかたちで後頭部から右顳《こめかみ》に抜けた剣が一本。三時五〇分のかたちで後頭部から左顳《こめかみ》に抜けた剣が一本。敢えて言えば、上から見たときアスタリスク（＊）のかたちで火梨の頭を刺し貫いている――そうぜんぶ後方から。とはいえ、刺さっている三本の剣には段差もあればベクトルの乱れもあるから、まさか正確なアスタリスクを描いているわけじゃないし、まさか正確に時計の針どおりのラインを描いているわけでもない。

要は、後ろからぶす、ぶす、ぶすと刺した長身の刃物が、前、右側、左側にそれぞれ抜けている」

「それが首側の、頭部の外傷よね。なら胴体側に何らかの外傷はある？」

「ええと――ううんと――今火梨の躯を検《あらた》めたかぎり、何の怪我もないよ。強いて言うなら、躯側の切断面、このあざやかすぎる首の切断面が、胴体側の怪我といえなくもないけど」

「すると火梨の外傷は、①頭部に刺さった三本の剣によるものと、②あの宝剣――くだんの〈悪しき者〉が投擲《とうてき》したと思《おぼ》しき、あの黄金とエメラルドの鋭利な宝剣によるもの。艦橋に、火梨の首と一緒に投げ捨てられているあれによるもの。そう考えてよい？」

「そうだね。頭部の怪我の様子は見たまんまで自明。首が斬られたという事実も以下同文。他に外傷はまったくない……」

そして火梨の首を斬った凶器っていうのも、タイミング的に地霧さんは目撃していないかも知れないけど、私は目撃したよ――そう、艦橋のあそこにある、刃渡り一キュビット弱の官能的な宝剣。あの青い血もしたたる宝剣を、あの蠅の少女が持っていてそして投げ捨てたのを私は目撃した。だから、火梨の首を斬ったのはあの宝剣で間違いないと思う」

「ならばより具体的に、火梨が殺害されたその犯行状況を詰めてゆきましょう。

火梨の外傷は二種類。細身の剣によるものと宝剣によるもの。頭部を刺し貫いたものと首を切断したもの――ならどちらの外傷が先だと思う？　頭を刺されたのが先？　首を斬られたのが先？」

「う〜ん、断言はできないけど……艦長席の意匠《デザイン》からして、頭を刺された方が先だと思う」

「それは何故？」

「ほら、この首の切断面ってホント横一文字っていうかズバリ水平で迷いがないから……せめて躊躇《ちゅうちょ》があってほしかったけど……こうして自然と火梨の躯に載せられるよね、今やっているように。そうすると、火梨が今夜艦長席でどう座っていたかがほぼ分かる。火梨が艦長席に座ったときの様子が、ほぼ再現できる――

そして艦長席を視て、地霧さん。

火梨が艦長席に座ったとき、その頭はなるほど背もたれの上に出る。けれど、火梨を象徴するシニヨンも火梨の首も、その背もたれに隠れちゃう。この艦長席ふかふかだもの。そう、首が背もたれに隠れてしまう――ここでもし火梨が『お茶へ右手だけ伸ばそうとしたその刹那《せつな》襲撃された』っていうんなら、その姿勢・体勢からして、突然首は斬れないよ。というか、首を隠していた艦長席の背もたれも同時に斬られる。あの宝剣なら、そして私達の超常の力から類推すれば、奴は背もたれごと首を斬れるけど――ところが艦長席そのものにキズはない。まったくない。なら、奴がいきなり首から斬ったっていう物語には無理があるよ。

まして、地霧さん。

この火梨のシニヨンを視て。ルビーの瞳とともに、火梨を特徴づけるシニヨン。日本人形の毬《まり》みたいに可愛らしいけど、でもとても固く強いおだんごにしている。武官としては当然かも知れないけど。ところが、そのシニョン——火梨がとても固くつくっているシニョンが、あからさまに崩れている。もうおだんごじゃない。よれよれのスポンジみたいにされてしまっている。もっといえば、スポンジを強く握ったようによれよれにされてしまっている。

ほらここ、視て」

「成程《なるほど》」地霧さんは頷《うなず》いた。「握ったように、か。そのとおりだわ。毬のようだった火梨のシニョンには、あざやかな指の跡が付いている。これは左手の指ね」

「私達指紋も何も無いから、もう思いっきり触っちゃうけど——

そう地霧さん、これはシニョンを鷲摑《わしづか》みにした指の跡だよ。サイズは全然違うけど、私の指がそのままその形で載るから。おだんごをこう、グッと握ると、ほら、こういう形で指の跡が残る。左手の指の跡が」

「まさしく」

「そうすると、火梨のシニョンを鷲摑みにした誰かがいるよね。そしてそれは」

「常識的に考えて、〈悪しき者〉でしかありえない」

「そうなる。でも地霧さん考えてみて。火梨はいきなり襲撃され、しかもそのシニョンと首は艦長席の背もたれに隠れていた。なら」

「常識的に考えて、〈悪しき者〉は火梨に接近し、そのシニョンを鷲摑みにした、けれど」

「武官の火梨がそんなことまで許すかな？

ううん、仮にすごく無警戒だったとしても、シニョンは物理的に背もたれの下に隠れていたんだから、火梨が起ち上がるか、火梨を引っぱり上げるかしなきゃシニョンを鷲摑みにはできないよ」

「シニョンを鷲摑みにして火梨を引っぱり上げたとすれば？」

「議論が逆立ちしちゃう気がする。引っぱり上げなきゃ背もたれに隠れたシニョンには触れられないし、シニョンに触れられたなら火梨が上に動いたか動かされた後だよ。でも茶器その他から解るように、火梨は艦長席から動いてもいなければ動かされてもいない――ただ艦長席から右腕だけを伸ばした。それだけ。それがサイドテーブルの観察の結果。

だから、〈悪しき者〉は、直ちに火梨のシニョンには触れられなかったはず」

「故に、結論として――」

「〈悪しき者〉が火梨のシニョンを鷲摑みにしたのは、火梨の抵抗を封じたあと、火梨をほとんど無力化したあとだよ」

「すると、次なる結論として――」

「火梨を最初に攻撃したのは、三本の細身の剣になる。それで火梨の頭を串刺しにしたのが、火梨への最初の攻撃になる。私達は頭部への攻撃に弱い。それを徹底的に破壊されれば死んでしまう。三本の剣で頭部を刺し貫かれた火梨は、どのみち重篤《じゅうとく》な、危機的な状態に置かれた――即死はしないまでも」

「そうね」地霧さんはまた頷いてくれた。「まだ徹底的には、破壊されていないものね」

「そしてだからこそ、〈悪しき者〉は火梨の首を斬ったんだよ。監察委員の地霧さんに私が説明するのも烏滸《おこ》がましいけど、頭部を徹底的に破壊云々《うんぬん》っていったときのその『頭部』には、『首すべて』が入るから。それが私達のルールだったよね。だから私達は、斬首されれば死ぬ」

「以上をまとめると――」

「艦橋に突如出現した〈悪しき者〉は。

第一に、三本の剣によって火梨の頭部へ甚大《じんだい》なダメージを与えた。また第二に、火梨を確実に殺すため黄金とエメラルドの宝剣で火梨の首を斬った。そして第三に、その首を持って艦橋窓のあたりで私達を待ち伏せた。最後に第四、異変を察知した日香里・金奏・私が、最初に艦橋に突入し奴と遭遇した。こうなるよ地霧さん」

「興味深いわ」

「……えっ、どこか間違いはある？」

「間違いはない、ように思える。というのも、あらゆる物的証拠が月夜の説明を裏付けているから。だから一緒に確認しましょう。月夜の説明、月夜の物語を採用したとき、現場に残されている物的証拠と矛盾が出ないかどうかを」

――地霧さんと私は、そう、私が組み立てた物語を、時として火梨の遺体や首にも協力してもらいつつ、じっくり検証していった。第一の攻撃。三本の細身の剣が火梨の頭部を刺し貫く。その勢いで火梨の頭部がガクンと項垂《うなだ》れる。当然、三本の剣もベクトルを変えるから、切っ先が下方に垂れる。それを確実に裏書きする、垂れた切っ先から滴《したた》ったであろう青い血の血溜まり。それがしかるべき位置に三箇所。三本の剣は火梨のキズを塞《ふさ》ぐかたちになるから、まさか大量出血にはならないけど、垂れた刀身《とうしん》を伝ってそれなりの量の血が流れるのも当然だ。もちろん血は火梨の前方にだけ流れ、まさか柄《つか》のある後頭部からどくどくと溢《あふ》れはしていない。またこのとき、項垂れた火梨はシニョンと首と柄《つか》とを上方にむける。そのシニョンには左手で鷲掴みにされた跡がある。

ここで。

火梨が座っていた艦長席の右隣、くだんのサイドテーブルを視ると、やっとここまでお預けにしていた論点に触れられる――そう、茶器類が青い血を染《あ》びているという論点に。さかしまに、艦長席の左側を視ると、ちょっとした血飛沫《ちしぶき》はあるけれど、全然サイドテーブルほどじゃない。

そして……冒瀆的《ぼうとくてき》な感じがしたけど……首の断面をじっくり観察するに、宝剣の刃《やいば》は、絶対に『首の左側から入って右側へと抜けている』。刃が入ったキズと刃が抜けたキズの違いは、一目瞭然《いちもくりょうぜん》だ。それを確認してから再度、くだんのサイドテーブルを視ると、宝剣の刃が抜けたとき派手に飛んだと思《おぼ》しき青い血が、茶器にも銀器にもパンにも、ううんサイドテーブルそのものにもたくさん確認できる。その青い血が飛んだベクトルも、絶対に三時方向への——右真横へのベクトル。そのことも、青い血の飛び方を視れば一目瞭然。

あと最後に、火梨の遺体と制服とを観察すると。

火梨の両脚には、鋭く長い怪我が確認できる。スカートを一部裂くかたちで確認できる。これも、三本の細身の剣が切っ先を下にむけた際の怪我とみて矛盾ない。

火梨のセーラーカラーと上衣の肩に付いた青い血は、右肩にも左肩にもどっぷり染みているけれど、しかしより勢いよく、しかも右方面へと飛んでいるのは右肩の血だ。これも、宝剣が首を斬ったベクトルと矛盾しない。

また、スカーフとプリーツスカートもどくどくと青い血に濡れているところ、①スカーフを真っ青に染めた血の流れ方からして、あるいは、②プリーツスカートで座ったときの太腿《ふともも》部分の濡れ方からして、〈悪しき者〉が火梨の首を斬ったときその首を持ち上げ（それは反動によってでも自然な流れでもそうなるはずだ……意図的に高々と持ち上げた可能性も大いにあるけど）、その持ち上げた際に、首の断面から血が下方にどむどむ落ちたと考えて矛盾ない。ちなみに艦橋のゆかを視れば、〈悪しき者〉が火梨の首を斬ったあと、どのように動いたかもほぼ分かる——

（くどくど、くどくどといったけど、これを要するに、シンプルに）

「私が視たところ」地霧さんが先にいった。「月夜の物語と現場の物的証拠には、何の矛盾もない」

「全く同感だよ、地霧さん」

——そう。どのみち私達眷族《けんぞく》は嘘を吐けない。両者がこう断言した時点で、私が想定した物語は九九・九九％真実だと確定する。残りの〇・〇一％は、『両者が両者ともド派手な勘違いをしていて、それを真実だと確信している』場合に過ぎない。そしてそれすらも、私が思うに無視していいものだ。私はともかく地霧さんは、聖座がわざわざ〈バシリカ〉に送り込んできたお目付役。しかも宮内省の大司教、内務省の警視正そして軍務省の大佐である。その地霧さんの観察眼が、まさか『ド派手な勘違い』など起こすはずもない。

（これで、火梨がどうやって殺されてしまったかは確定した……はず）

地霧さんも満足したように、現場の原状回復をしている。現場は、初期状態にもどる。

――けれど、その地霧さんは。

月の雫《しずく》に濡れたような、日香里とはまた趣《おもむき》の違う純黒のロングロングストレートを、指で絡《から》めるようにくるくる触りながら、そう、何かを考えている様子。私は改めて彼女を観た。月の光から捏《こ》ね上げたかの如き、とろけるほどなめらかで、物静かに艶《つや》めく肌。かたちよい頬《ほお》と唇は桜か薔薇《ばら》のよう。いさぎよいぱっつん前髪は、甘やかでしかも力強い。そして今この瞬間も常日頃《つねひごろ》どおり、音楽のように可憐で優美なその四肢は、意志のしなやかさにあふれている。私は今、かつて地霧さんと初めて邂逅《かいこう》したときの気持ちを思い出した。天国でも類《たぐ》い稀《まれ》な、ううん無類のその美は、まるで、そうあたかも……

「興味深いわ、とても」

（これ口癖なのかな？　好奇心を尊《たっと》ばない天国では、まさか聴かない口癖だけど）

「実に論理的なフィールド。ほとんどスキがないほどの。私が矛盾を感受できないほどの」

「まあ事実を整理しただけだからね……ってほとんど？　ほとんどスキがない？」

「どっちも意味が解らないよ地霧さん。『ほとんどスキがない』ってどういうこと？」

「ああ御免《ごめん》なさい月夜。私達の結論にケチを付ける気は微塵《みじん》もないわ。

ただ幾つか、とても興味深く思うことはある――

第一。あの〈悪しき者〉は何故、いきなり火梨の頭部を叩き壊してしまわなかったの？

——私だったらそうするわ。だって面倒じゃない。剣を幾本も創り出したり、わざわざ斬首にしたり。私だったら、そうね、巨大な金槌《かなづち》なり鎚矛《メイス》なりを創り出していきなり殴るわ。私達青い血の眷族《けんぞく》が持つ物理的力《ちから》であれば、そう火梨の首があんな宝剣でサクサク斬れるほどだから、火梨の頭部を叩き壊すのもサクサクとできる。まさか、ヒトみたいな怪力なり莫迦力《バカ》なりを必要としない」

「それは動機の問題だから、あの蠅の少女に訊いてみないことには解らないよ。ただ斬首は私達にとっても強いインパクトがあるから——即死だよね——恐怖や恐慌を煽《あお》る意味があったのかも知れない。そして斬首が前提なら、取り敢えず『動きを止める』のが先決になるよね。その、まず『動きを止める』べき火梨は、ここ艦長席に座っていた。後ろから見たとき、頭部だけを露出させるかたちで——ならその露出部分を、頭部を真っ先に攻撃したのには理由があるよ。それが頭部を『破壊する』ための攻撃じゃなかったっていうことにも理由がある。繰り返すけど、この場合斬首が前提だから」

「成程《なるほど》。けれど月夜、そのときは生首を『破壊したくない』のだから、どうしても露出部分たる頭部への攻撃はヌルくなるわね。もちろん行動不能・抗拒《こうきょ》不能の状態にはできるけれど、私達が検討してきたとおり、火梨は即死などしない」

「うんそれはそうだね」

「なら火梨が確定的に死んだのはいつ？」

「それは宝剣で首を斬られたそのときだよ」

「おもしろい。

細身の剣を突き刺す。火梨の首が垂れる。シニョンを握る。宝剣を右に薙《な》ぐ——

これら一連の殺害行為。月夜、あなただったらそれに何秒を要する？」

「私、はらからの内でも運動神経悪い方だから……ただ金奏とか土遠とか、とにかくしっかりしている仲間を想定すれば、そうだね、一〇秒以上二〇秒以下ってところかなあ。細身の剣を投げたのか刺したのか、最初から近くにいたのかいないのか、あと火梨の抵抗・逆襲が無いことをどれだけ確かめたのか、それらによってもっと掛かるかも知れないけど」

「それが興味深い点の第一よ。月夜はそう思わない？

引き続いて、興味深い点の第二。そもそも〈悪しき者〉は何故、火梨を強姦しなかったのかしら？木絵は強姦したのに？」

「地霧さん、木絵についてはまだ確定じゃないからね……

ただあの下品な子、木絵をその、犯そうと決めたときは、ええと……『遊びを変えてあげるわ』っていっていたよ。だから火梨のときは、まあその、斬首ゲームっていう遊びで、木絵のときはそれをやめたんだよ」

「火梨を斬首にするメリット。火梨を強姦するメリット。それぞれ何だと思う？」

「……質問に答えているかどうか解らないけど、どのみち私達へのテロで嫌がらせだよ」

「引き続いて興味深い点の第三」地霧さんは艦長席のサイドテーブルから銀器を採り上げた。「これ。スプーンとナイフ。青い血が飛んでいること以外に、とても興味深いことがあるの。だから月夜、これが何処《どこ》に置いてあったか、これがどんな状態だったか、これがどんな形状をしていたか……後刻、私と一緒に証言をしてもらうかも知れないから、悪いけどしっかり瞳《め》に灼《や》きつけておいて頂戴」

「地霧さんの真意は全然解らないけど、私地霧さんの補助官を命ぜられているから、言われたとおりしっかり憶えておくよ。といって、難しいことは何も無いように思えるなあ」

「引き続いて興味深い点の第四」ここで地霧さんは私を見、そして艦橋じゅうをぐるりと優美に見渡した。そしていった。「今、艦橋に立ち籠めているこの臭気、これは」

「うーん、薄くなったとはいえまだまだ消えないね……

これって、あの〈蠅の少女〉が出現したり退散したりするときの、あの悪しき者特有の爆発だよ。私昇降機で襲われたときも経験したから断言できる。これは硫黄《いおう》の強烈な臭気。まさに教区の学校でやったとおり」

「なるほどまさに。無論私の嗅覚もそれを感じている。あれが撤退してかなり経つのに、まだ躯に染み着いているようよ——もっとも私達の嗅覚はヒトのそれとは違うし、ヒトのそれより鋭いけれど。

そこで月夜。

艦長席の、この蔽《おお》い。艦長席にはりわたした、真っ赤な真っ赤な鴇《とき》の羽根の天鵞絨《びろうど》。その左肘《ひじ》掛け部分を視て頂戴。そこに何かの染みがある。染みというより、そうね、まるで手に血を付けて、その手をここで拭《ふ》いたような擦過《さっか》の痕跡が。大きさも掌《てのひら》未満」

「サッカの痕跡……擦《こす》った痕跡というなら、うん、確かにある。『手を拭いたような』かあ……そうだねえ、手を拭いたかどうかは分からないけど、あたかも手首に何か付いたときこう、思わず手近な布地に、手首周辺を擦り付けてしまったようなそんな感じだね。

ちょうどサイズも私達の手っぽいし、輪郭《りんかく》だって、無機物じゃないイキモノのカーブやでこぼこを感じさせるよ。重ねて、それが手だとか手首だとか、そんな断定はできないけど、確かに『何かを擦り付けた跡』がある、この艦長席の天鵞絨《びろうど》に。

——ただ地霧さん眼がいいね!! 私だったら全然気付かなかったと思うよ!! だって他の生々しい血飛沫《ちしぶき》みたいな、そう青い血の痕跡じゃないもの、絶対に。真っ赤な天鵞絨《びろうど》に青い血の染みがあったならすぐ分かる。でもこれはそうじゃない。何かを、そう何かの液体を擦《こす》り付けてはいるけれど、それは青い血じゃない、絶対に。だって青い血ならもっとクッキリとした、黒々しい染みになるもの」

「それが、よくよく凝視しないと遠目にはまったく真っ赤のままに見えるということは」

「赤に赤が重なった、気がする」私は観察し、考えた。「透明な液体が乾いた感じじゃないし、白い液体なら白が残りそうだし、まあ確かに他にも色は無限にあるけど、こうも地《ぢ》の赤を邪魔しない液体となると……赤あるいは赤系の色じゃないかなあ？」

「そこで月夜、お願い。当該《とうがい》染みの部分、匂いを確かめてみて――」

ああ大丈夫、危険はない。既に私自身が確かめているから」

――変な頼み事だと思ったけど、補助官に嫌も何もない。また私自身、天国の住民にしては好奇心旺盛《おうせい》な方だ。私はプリーツスカートごと膝《ひざ》を折る。そして優雅で悠然《ゆうぜん》とした、だから肘掛けの位置もかなり低めな艦長席のたもとで、ヒトがするように、当該染みの部分に鼻梁《びりょう》を近付ける。ヒトがするように匂いを確かめる。もちろんこれは意図的かつ様式的な行動だ――私達の感覚器官はヒトのそれじゃないから。だからこれは、まあ言ってみれば、ヒトがどっこいしょと気合いを入れたようなもの。


しかしその効果は絶大だった――

「鉄の匂い……あるいは金属の匂い。これは……私達の青い血にとても近い匂い」

「私も一緒の感想をいだいた。けれど」

「これは私達の青い血ではありえない。それはもう執拗《しっこ》く議論したとおり」

そして私は、ああ、きっとこうした議論を楽しんでいる。まるで昨日の夜、こっそり〈例の本〉を読んだときのように。無論火梨の死は悲しい。悪しき者には怒りを憶える。そこに嘘偽りは無いし私達は嘘を吐けない。けれど、けれど……私は今、地霧さんと一緒に、天国の住民には決して許されない〈例の本〉のようなミステリを実践している。それは、生来いらぬ好奇心に悩まされてきた、恥ずかしい思索癖《しさくへき》のある私の脳を強く刺激した。

――そして同時に、強い驚愕《きょうがく》にも襲われる。何故と言って。

〈何故と言って、この地霧さん!!

私は今、この地霧さんに強い既視感を感じている。幾万年また幾万年を生きてきて、ただの一度も邂逅《かいこう》したことのないこの地霧さんに。なら、この私の強い既視感のみなもとは何？　バシリカ乗艦以降、まさに今この瞬間になって、まるで古い古い友達のように地霧さんを愛しく思う、この強い既視感のみなもとは？）

「――月夜」その地霧さんに呼び掛けられ、私はどうにか我に帰った。「今こうして私と一緒にこの艦橋で調査をしているあいだ、月夜はこの匂いを感じたことがある？」

「ううん、一瞬も」私は疑念あるいは妄想を払うように断言する。「私達の嗅覚はヒトのそれよりずっと鋭いけど、地霧さんと一緒に調査や議論を開始してから、ううんもっといえば地霧さんに肘掛けの染みの匂いを確認しろって言われるまで、この匂いを感じたことはないよ」

「〈悪しき者〉の硫黄《いおう》の臭気に紛《まぎ》れて、気付けなかったっていう可能性は？」

「ありえない。それならここまで奴の臭気が薄れてきた時点で、もう気付けているはず」

「妙に澱《よど》んでぬめぬめと生暖かかった艦橋の空気に、気を奪われていたという可能性は？」

「なるほど艦橋の空気は〈悪しき者〉らしく不快指数四〇〇%ほどのじっとりグズグズ模様《もよう》だったけど、それも硫黄の臭気同様、今は薄れているからね……」

「端的《たんてき》には、艦橋を襲った硫黄の臭気にも、艦橋を襲った湿気の暖気にも、月夜の嗅覚は今影響されていないと。だから最初からこの匂いが艦橋にあったなら、それを感受しなかったはずはないと」

「地霧さんらしい執拗《しつよう》な確認だけど、まさにそのとおりだよ」

「よかった」地霧さんは何故か安堵《あんど》しているよう。「一緒の結論を共有できて」

「……ましてこの染みそれ自体、そんなにぷんぷんと匂うわけじゃないよ。きっと艦長席に座っていても、気にならないか気付かないか……ヒトが鼻梁をくんくんとさせる様に、嗅覚をよっぽど鋭くしなきゃ何とも思わない程度だよ。要は、この染みの匂いもまた、今現在とても儚《はかな》く弱くなっている。

だから私が不思議なのは——この染みあるいは液体が何なのかも気になるけど——むしろどうして地霧さんがこの染みを発見できたか、なんだけど。だって大きさも掌《てのひら》未満なら、色も赤の保護色に溶け込んで、遠目にはサッパリ分からないんだもの」

「——月夜あなたよく万年筆をふりまわしているわね。そのインクは赤又は紫？」

「えっ何を突然。しかもあれ実は万年筆として使っているんじゃなくって……そんな古典的で風雅な筆記行為に使っているんじゃなくって……じゃない、取り敢えず質問に答えると、あれに入っているのは聖水。インクは入れていないよ。だからまさか赤でも紫でもない。そんな色にしたら陛下と警察と文科省に怒られちゃう」

「それはない、けど——」宮内省出身の地霧さんが断言しつつ、そっと私の額《ひたい》に触れる。「——ならあなたの額に微かに、微かに付いているこの赤紫の染みは何？」

「ええっ」

地霧さんは今、私の額に触れている。正確には、地霧さんの人差し指がそっと、私の額に触れている。そっと、そっと。大事な何かを、剝《は》がし落としたり擦《こす》り落としたりしないよう、とても甘やかな力加減で、微《かす》かに、微かに。大事な何かがここにある、と静かに刻みつけるよう、とん、とんとんと。そしてとうとう地霧さんの人差し指は、私にその何かの位置を描き入れるかの如く、地図でたからものの場所を図示するかの如く、今私の額に二度、公用語でいう罰点《バッテン》を描いた。羽毛が撫《な》でるように、甘美に。それは数学なら乗算《じょうさん》記号の×、ラテン語なら10のX、天国の儀典上は十字架を傾けた聖アンデレ十字……それが、私の額にふたつ描かれた。

（……私の額に、いったい何が。『赤紫の染み』？）

私は思わず自分の額を触ろうとする。地霧さんの手も指も、ものすごく超絶的に意外ながら温かかった。まして、地霧さんの顔が近付いてくる。私はさっきの既視感もひっくるめてドキドキドキドキして。ほんとうに美しいものを眼前にしたとき、イキモノは無力になる。

その地霧さんは私の前髪をそっと上げると、勝手に私の懐中時計を採り出してそれを手鏡の代わりにした。自身の〈太陽の炎〉を用いてくれたのか、懐中時計は磨きたての如くキレイになっている。私はその『手鏡』を視て――

「た、確かに……」せっかくのドキドキを忘れ絶句する。「……何だろう、この赤紫の染みは。ううん、もう染みじゃない。赤紫の絵の具が乾いたみたいにほろほろしている。大きさというなら、私の親指の頭ほどもない、しかも変な楕円《だえん》だけど……私には何の心当たりも」

「液体が固まった感じね。サッと拭けば、そう、ほろほろと破片になって零《こぼ》れ落ちそう」

「あの蠅の少女の返り血か何かかな？　でも〈悪しき者〉の血もまた青色だったし、あの子が吐いた酸とかならきっと痛かっただろうし……」

「前髪に隠れて、誰にも分からなかったのね。

けれどこの現場で、月夜は犯行状況の再現のため、懸命にしゃがんだり大きな身振りをしたりしてくれた。だから私はその月夜にかなり近付いたり、月夜をのぞきこんだりした。

そうでなければ、まさか気付けはしなかった。

誰かあなたを抱き締めてキスしたひとでもいれば別論でしょうけどね」

「まさか、この非常時に……」

「また私は、あなたの額のその『赤紫』を目撃したからこそ、その正体を知りたいと思った。だからこの艦橋で『赤い物』を捜した。だからそのとき、『赤い』艦長席の肘掛けの染みに気が付いた――タネ明かしをすれば実に陳腐《ちんぷ》で下らないそれが経緯よ。眼がいいも発見も何もないわ。でもちょっと待って。まだ動かないで」

鋭い命令とともに、またもや地霧さんの顔が近づいて来る。さっきよりもっと近づいて来る。その唇はもう私のそれに……

「い、今の命令の理由は？」

「もちろん、興味深いから」

「この場合、何が興味深いん、でしょうか」

「――匂い」

（ち、近い……!!）

私がその意味と結果を理解したその瞬間、ここ艦橋の扉が自動で開き。

「第3デッキの安全を確保できたわよ。月夜、地霧、できれば今から急いで……」

「と、土遠!!」

私は至近距離にある地霧さんの顔から視線を無理矢理に離し、前髪も整え直し、朗報《ろうほう》をもたらしに艦橋へ飛び込んできた土遠を、どうにか瞳《ひとみ》の端《はし》にとらえた。その土遠の、そう、あからさまに誤解し激昂《げっこう》し強く警戒したような顔……

（確かに私達には、性別がないからなあ）

だから、土遠の誤解と激昂も充分理由があるものだけど、でも。

「――そんなに顔を近づけて、どんな時間を共有していたのか知らないけれど、御多用中《ごたようちゅう》に無粋《ぶすい》な真似をして御免《ごめん》なさい。軍艦たる〈バシリカ〉の風紀がかくも紊乱《びんらん》しているとは、まさか想像もできなかったもので。

必要な調査が終わったなら、どうぞ第3デッキへ。もっとも無理強いはしない」

「とっ土遠!! 冗談にしてもそれはちょっと非道《ひど》い……火梨の遺体だって搬ばないと!!」

「私達、嘘を吐くように創られてはいないわ」

――飛び込んで来たときとは別者のごとく冷淡になった土遠が、直ちに艦橋を出てゆく。

きっと頬《ほお》を激しく赤らめた私が、たぶん怒ったような嬉しいような残念なような瞳で地霧さんを見詰めていると——なんと彼女は悪びれもせず、今度は私の右手を大事そうに、とても大事そうに採った。そして実は、その右手の行方《ゆくえ》が何処《どこ》なのか、ドキドキしながら期待している私がいる……

地霧さんはそのまましゃがんだ。

手を引かれた私も、釣られて腰を低く下げる。

けれど艦橋のゆかにはしゃがまない。

私達の腰は、艦長席のサイドテーブルがちょうどよく視られるところで止まった。

引き続き私の右手を大事そうに採ったままの地霧さん。

そしてそれを、まるで指を一本一本数えてゆくように、大きく開いてゆく地霧さん。

（————————————？）

「興味深い点の、第五にして最後」

——地霧さんは、論点整理の前に、さっき現場を初期状態にもどしている。

だからサイドテーブルの上には、ティーカップを摘まんだ火梨の右手がある。

そして地霧さんは私の右手を全開にし終えると、そっと、そっと火梨の右手をもまた全開にしていった。そしていった。

「火梨の右手。なかんずくその内側。

あなたの真っ白な手と違って、大きく青い血に染められているわ。あたかも掌《てのひら》で、飛んでくる自分の血飛沫《ちしぶき》を受け止めたように。そう、この掌の状態を憶えておいて。

——さあ、副長が嫉妬しているから、今は此処《ここ》までにしておきましょう」

「な、なら続きが？」

「それは」地霧さんはまた断言した。私にとっては恐ろしい断言を。「あなたしだいよ」

第3章　EX

I

〈バシリカ〉艦内時刻、〇五三〇《マルゴーサンマル》。

この巨艦が天国を威風堂々《いふうどうどう》と旅立って、まだ第二日目。まだ、二度目の朝でしかない。

言い換えれば、二番目の当直を務める火梨が、本来はその任を終えるべき朝。

ところがその火梨は殺害され、方舟《はこぶね》たる〈バシリカ〉は強奪され……その使徒である私達七名は今、第1デッキから第15デッキまであるこの軍艦の、わずか上層六デッキをどうにか確保しているに過ぎない。

（陛下との謁見《えっけん》の際。天国での祝祭の際。あの天国の門をくぐる際。

こんな、超絶的に緊急で超絶的に異常な事態を、誰が予想しただろう？）

——結局、艦橋での調査を終えた地霧さんと私を迎えに来てくれたのは、金奏だった。金奏はバシリカの警察委員だから、私達が何をどう調査したのか、あるいは何を調査する必要があったのか、関心を持っていたのかも知れない。

私は、地霧さんと漠然とした秘密を共有したような気持ちになっていたから、使徒の内でも特に仲がいい金奏に何をどこまで説明するか、微妙に途惑《とまど》ったけど……

結局、地霧さんがその口癖どおりにまとめた〈興味深い点〉五点については喋らず、『私達が火梨の殺され方をできるだけ再現しようとしたこと』『そこには取り立てて矛盾が無かったこと』を中心に、ザクッとした説明をするにとどめた。

ただ金奏は金奏で、どこかしらヒトっぽい所がある。だから、何故その調査にこれほど時間が掛かったのか、火梨の殺され方の何処《どこ》を注視していたのか、これまた興味津々《しんしん》のよう。私達は第3デッキに赴くまでのあいだ、かなりあれこれ言葉をかわした気がする。

（もっとも、金奏のその態度には充分すぎる理由がある……何故と言って）

聖座による死刑というなら別論、私達のはらからが『殺害』されてしまうなど、幾万年また幾万年も絶えて無かった事件だから。金奏はそもそも内務省出身の警察官で、しかも警視正。そんな幾万年ぶりの事件に、心動かされないでいる方が難しいだろう。

――といって、金奏と私達との情報交換は、私達が第3デッキに到着した時点で綺麗《きれい》さっぱり終わった。というのも、警察官である金奏は、軍務省大佐だった火梨亡き今となっては、〈バシリカ〉の防護・保安の実務責任者だから。艦長は日香里、副長は土遠だけど、日香里はすべての司令官として多忙だし、土遠は建設省出身ゆえ、治安維持とか保安とかを専門としない技監である。要は今、〈バシリカ〉で私達がただ生きてゆくだけでも、金奏の有するスキルが必要不可欠となっている。

「日香里たちは、もう戦闘艦橋に集まっているけど」そのいそがしい金奏がいった。「先《ま》ずは火梨の遺体を安置しよう。教区の学校でやったとおり、頭部破壊の場合だと私達の躯《からだ》はそう、三日四日くらいでゆっくり塵《ちり》になってゆく。だから、時間的に急ぐ必要はないけれど、できるだけ丁寧に姿勢を整えておいてあげた方がいいよ」

「それはそうだね」私は納得した。「整えていない姿勢のまま、へんなかたちで塵に変わってしまっては火梨、とても可哀想だから……」

「そんなわけで、此方《こっち》へ」

金奏は地霧さんと私を導きながら、私達と一緒に火梨の遺体を搬びつつ、第3デッキの廊下を進んだ。その歩調には全然迷いがない。それは当然だ。この第3デッキは戦闘艦橋、電算機室そして警察施設を擁《よう》しているけれど、大部分を占めるのは警察施設で、それはもちろん警察委員たる金奏の管轄区画だから。

——そしてその金奏の脚は結局、『第10留置室』なるところで止まった。

「有難う月夜、地霧」お疲れ様、と金奏。「火梨の遺体は、ここに」

「解った」

第10留置室なるものの自動扉は、どうやらいつも開かれているようだ。それは他の、例えば第7、第8、第9といった留置室でも同様だった。それは廊下を歩いていれば分かる。またこれ以降第11、第12、第13……と遥《はる》か延々と続いていることも。でも見るかぎり唯一、『第1留置室』の自動扉だけが閉ざされていた。私はいかにも使用中なそれに微妙な予感を感じなくもなかったけど……どのみち必要なことは後刻、説明があるだろう。

とまれ、私達は廊下に対して全開になっている大きな扉をくぐり、第10留置室に入った。というかその控えの間に入った。各留置室は、常に開かれている大きな扉のすぐ内側に、ちょっとした事務をとれるザクッとしたオフィスを持っているようだ。そして、入室する者の動線を邪魔しないよう配置されたカウンタなり筆記卓なりイスなり書類庫なり保管庫なり……そういかにも役所っぽい無機質な調度《ちょうど》を過ぎ越すと、その先にいよいよ、無機質かつ古典的な鉄格子がある。

(……ううん、違うな。私達には分かる。これは銀格子と鉛格子だ)

その、あからさまに〈悪しき者〉を意識した格子の先が、いわゆる監獄のよう。ただ私は法学が解らないから、留置場と監獄の違いが解らない。社会科学委員の水緒だったら、赤点を付けるような物言いかも知れない。まあとにかく、『オフィス』部分のすぐ奥が『監獄』部分だ。その両者で留置室はできている。

　金奏は監獄部分の扉を――これまた銀と鉛でできている――開錠すると、率先して銀格子・鉛格子のその先へ入室していった。一緒に火梨を搬んでいる、地霧さんと私も続く。入室した監獄部分には、壁とガッチリ一体化したカチコチのベッド、同様なカチコチのベンチ、同様なカチコチの筆記卓があった。これらはさすがに鉄製のようだ。ただいかにも監獄らしく、意匠《デザイン》に何の配慮もなければ居住性などガン無視している。要はすべてがカチコチの、剛強な一枚盤でつくられている。あと監獄部分にあるモノといえば、やはり壁とガッチリ一体化した蛇口に洗面台に便器。いずれも実に無機質で素《そ》っ気《け》ない。内装なども皆無で、また窓ひとつない。ぶっちゃけ、イメージとしては『カチコチの鉄箱』だ。

（あのベッドもベンチも筆記卓も、必要最小限の大きさと機能しか持たない。

　ううん、そもそもこの監獄部分が、精々《せいぜい》一・五ペルティケ四方――二〇㎡強しかない。

　……天国での平民《プレブス》の拘禁施設だって、まさかこんなに狭くはないはず。だってこれじゃあ、羽を思い切りひろげるのだって嫌になるから）

「あっしまった、白いシーツを持ってくるの忘れちゃった」

「なら金奏、私が創る」

「ううん地霧、それはやめてほしい。ちょっとした事情があるから。すぐに説明するよ」

「……取り敢えず了解」

　私達は取り敢えず、鉄がゴツゴツして痛そうなカチコチのベッドの上に、火梨の遺体を整えた。首をきちんと躯に添えたのは言うまでもない。また金奏いわく、お弔《とむら》いなり葬儀なりは、日香里以下総員でやるべく調整中とのこと。だから私達三名は、極めてシンプルな祈りの言葉だけ唱えると、日香里たちのいるという戦闘艦橋にむけ、この第10留置室を後にした。

いざ監獄部分を出るときに、金奏が電算機に対し自分の承認コードを唱える。すると監獄部分とオフィス部分とを距《へだ》てる銀格子・鉛格子の上から、たちまち、そうたちまち透明なスクリーンの如きものが下りる。銀格子・鉛格子のすきまをすっかり埋めるかたちで。またもや変な好奇心に駆られた私は、思わずその透明なスクリーンに触れようとして――

「ダメ月夜、それに触れてはダメ」

「あっ金奏これ危ないもの……？」

「け、警察施設だからね」金奏はさすがに呆《あき》れたみたい。「指や手を突っ込もうものなら、あざやかに、それはもうあざやかに切断されちゃうと思うよ。もちろん私達のことだからすぐ治癒するけど、それって現時点ではちょっと厄介《やっかい》な問題もあって……ともかくそれに触っちゃダメだよ」

「このスクリーンは何？」

「ぶっちゃけ、聖水と聖油。実はちょっとした秘密があるんだけど、それはまた説明するね。ともかく聖水と聖油を物理的に、すさまじい圧力で上から噴き出させているんだ。とても細く、というか薄く。透明の一枚幕に見えるほどに。

といって私達べつに聖水とか恐くないから、ただ単に触れるだけなら、その聖別のちからに比例してびりびりくるだけですむけど――例えば日香里の聖別した聖水なんかには眷族《けんぞく》の私でも触れたくないよ――ただこれだけの圧力を加えて刃《やいば》のようにしていると、その物理的な力だけで私達にとっても凶器になっちゃう。〈悪しき者〉、言うに及ばず」

「な、成程《なるほど》」

「さあ、戦闘艦橋にゆこう。日香里たちが待っている」

――私達はいよいよ第10留置室を離れ、第9、第8、第7と各留置室を過ぎ越しながら、同じ第3デッキにある戦闘艦橋にむかった。第1留置室を通過するとき意識的に見ると、やはりその自動扉だけが固く閉ざされている。他の室の様子からして、また金奏の実はキチンとした性格からして、それは絶対に意図的なものだ。

（なら、この第1留置室には、きっと……）

また私は更に、いつもの思索癖《しさくへき》を発揮しながら考えた。

（文官の、芸術委員の私にはよく解らないけれど。でも今見てきた留置室は、監獄は、あきらかに〈悪しき者〉を意識したものだ。だって銀に鉛、そして聖水だもの。そしてそれは納得できる。バシリカは軍艦。戦闘も捕虜も予定している。だからそれは納得できる。

また、バシリカ内で使徒の誰かによる叛乱《はんらん》が起こる可能性も零《ゼロ》じゃない。私はそれを夢物語だと思うけれど、少なくとも聖座の長老たちは叛乱をも想定したはず。まして実際に〈禁書図書館〉なんかを開いてしまっている思想犯の使徒が――私を含めて――もう存在しているわけで。なら今見てきた監獄が、私達眷族《けんぞく》にとってさえ牢屋として有効なのも、これまた納得できる）

けれど。

（それ以外の四人をも予定しているっていうのは、いったいどういうことなんだろう？）

II

〈バシリカ〉第3デッキ、戦闘艦橋。艦内時間〇五五〇《マルゴーゴーマル》。

「日香里、月夜たち合流したよ!!」

「有難う金奏、これで総員が揃《そろ》ったね」

戦闘艦橋のやや上方。そこにこっちの艦長席がある。真っ赤な天鵞絨《びろうど》で蔽《おお》われているのは一緒だけど、第1デッキ艦橋の艦長席とくらべれば、もうヒトの軍艦そのものの軍隊くささに充ち満ちている。

ただそれをいうなら、この戦闘艦橋そのものが軍隊くさい。古典古代の劇場だの枢機卿の宮殿だの、とんでもない。第1デッキの艦橋から優美と瀟洒《しょうしゃ》と悠然《ゆうぜん》と……ともかく天国の貴族趣味をぜんぶ取っ払って、ただ戦うことだけに特化させたような、武官にこそ似つかわしい圧《アツ》のある、鋼灰色の機能美の世界。それが第3デッキ戦闘艦橋だった。またここは、第1デッキ艦橋にまして〈バシリカ〉の脳髄《のうずい》、〈バシリカ〉の神経中枢。ゆえに、剝《む》き出して直截《ちょくせつ》なかたちの、計器類なり制御盤なりモニタなり投影機なりが、ゴツゴツと配置されている。その発する立体映像なり蛍光表示なりが、鋼灰色に沈んだ武官の小さな世界に、数学と科学と合理性の残酷さをビビッドに添えている。

（要は、私みたいな生粋《きっすい》の文官にとっては全然落ち着けない世界だ……）

「地霧、月夜、それぞれの席に。

じゃあ土遠、〈バシリカ〉最新の現状報告を」

「了解、ただし月夜は」土遠は案《あん》の定《じょう》まだ怒っている……その凛然《りんぜん》とした様子は、いつもどおりだ。「後刻、艦橋における調査結果を細大《さいだい》漏らさず報告書にして提出すること。期限は本日一二〇〇《ヒトフタマルマル》」

「りょ、了解だよ土遠」

「まったく、このおぞましく多忙な時に――」けど技術者・科学者らしく合理的な土遠は、懸命に愚《ぐ》痴《ち》を飲み込むようにいった。「――ともかく、七名そろったところで〈バシリカ〉の現状を総員で共有する。以下伝達することが、戦闘艦橋電算機の解析した最新の状況よ。

第一。〈バシリカ〉は依然、巡航速度で地球を目指し航行中。これは実は私達の当初の計画どおり。その針路にあっても全く変更なし。またこれに関連して、〈バシリカ〉の機関室なかんずくその〈太陽炉〉は、何らの異常なく稼動《かどう》している。

このことについての敵の意図及び動向は、未だ不明なるも電算機で推論中」

（私達の〈バシリカ〉計画では……

天国を出航してからちょうど『六日』で地球に到達することとなっていた)

——出航が初日正午だったから、第六日が終わる正午に地球着。そして現時点、第二日の午前六時前。あと半日もすれば第二日が終わる正午。むろん第三日に突入する。成程《なるほど》、土遠があせるのも無理はない。

(だってその第三日というのは、もう航海半ばを迎える日だもの。

その第三日が終わる正午は、ちょうど旅程の半分だもの)

「第二。〈最終兵器〉及び〈太陽の炎貯蔵庫〉に対する不正な侵入は認められない。それらの防壁、承認コードその他のセキュリティが破られた事実もない。このことについての敵の意図及び動向も推論中。ただしどのみち、私達がそれらに直接、物理的にアクセスする術《すべ》はないと考えて。このことについては金奏、警察委員のあなたからも後刻、報告をお願い」

「了解っ」

金奏は、こんなときだからこそだろうか、土遠に元気よく答えた。可愛らしく跳ねるポニーテイルも檸檬《れもん》色のキレイな瞳も、出航前なり異変前なりと変わらない感じだ。

「第三。現時点における電算機の表示によれば、〈バシリカ〉第7デッキ以下の全ての階層に、所属不明者《インコグニート》無数を検知。解析の正確性・蓋然性《がいぜんせい》を七〇%まで落として再検知させたところ、現時点における電算機の表示によれば、当該《とうがい》『無数』とは『生死にかかわらず一万ないし一万五、〇〇〇』とのこと」

「すなわち、〈悪しき者〉一個師団だね。銀と鉛に溺《おぼ》れた奴等《やつら》もいれば、しぶとく生き延びた奴等もいると——」日香里の顔はしかし泰然自若《たいぜんじじゃく》そのものだ。「——〈バシリカ〉は史上最大の方舟だから、敵が一個師団だろうと一〇個師団だろうと不思議はない。むしろ一万匹だなどと、僕らもまた見括《みくび》られたものだなあ。

ましてや、あの親愛なる〈地獄の蠅〉が単騎《たんき》先行して攻め上がってきたことからすれば、敵の将《しょう》帥《すい》・首魁《しゅかい》は奴で、またあれだけの戦闘能力を有するのも奴だけだ。他は一個師団といえど烏合《うごう》の衆《しゅう》。僕ら使徒七名と、戦闘艦橋の武器そして対暴動システム・白兵戦支援システムで充分対処できる――若干の問題はあるけれど」

（〈大喪失〉の大戦《おおいくさ》、あるいは聖書にあるあの大戦を踏まえれば、なるほど日香里独りで〈悪しき者〉の一〇万四二〇万匹はたやすく滅することができるだろうな……）

日香里の今の自信には理由がある。ただあの〈蠅の少女〉は日香里に匹敵するちからを持っていた。だからこそ自信満々、単騎先行してきた。それを考えると、日香里の断定的な楽観論はどうなんだろう……けれど私は武官じゃないし、まさか実戦経験もない。

（数々の武功にいろどられた歴戦の英雄である日香里が『勝てる』と断言するなら、それは間違いないことなんだろう）

私の思索癖をよそに、土遠が冷静に続ける。

「第四。現時点における電算機の表示によれば、〈バシリカ〉第6デッキ以上の全ての階層に、所属不明者《インコグニート》は取り敢えず1のみ。取り敢えずの意味はすぐ述べるけど、これは無論」

「……あの蠅女だね」日香里が微かな嘆息《ためいき》を吐く。「それも道理だ。第7デッキ以下の隔離・封鎖は成功している。言い換えると、今僕ら七名が第7デッキ以下へ物理的にアクセスする術もなければ、敵が第6デッキ以上へ物理的にアクセスする術もない。また言い換えると、隔離・封鎖以前に第6デッキ以上に存在した者は、誰であろうと其処《そこ》から脱出できない――それは重ねて僕ら七名でもあれば、もちろんあの地獄の蠅でもある」

「艦長」地霧さんがいった。「艦の外界は私達にとって狂気と猛毒の闇だけど、だから私達が艦の外《がい》殻《かく》を破壊して外界に出るなり逆上陸作戦を展開するなりは絶対に不可能だけど――でも〈悪しき者〉

は違うわ。〈悪しき者〉にとっては、外界こそが生息圏。

とすれば。

あの蠅の少女は、第6デッキ以上のどこかの外殻を破って脱出することもできるはず。そして第7デッキ以下と連携をとることもできるはず。あるいは、艦外殻をあちこち破壊して回ることもできるはず。そのとき、〈バシリカ〉も私達も危機的な事態を迎える」

「もっともだ、地霧。ただ現時点、そう幸か不幸か、それを考慮する必要はないんだ。

それは、地霧が月夜と艦橋にいたとき僕ら四名で検討したことなんだが……そう幸か不幸か、奴が外殻を破壊することを考慮する必要はない。少なくとも今はね」

「何故、考慮する必要が無いの？」

「それは私達の防衛作戦・反攻作戦に関係するし、ここ第3デッキの保安にもダイレクトに関係するから――」金奏がポニーテイルを跳ねさせながらいった。「――私から説明するね。ええと、土遠のレクの通し番号からすると……艦内現状報告の、そう第五になるかな。すなわち第五、戦闘艦橋電算機によって、対暴動システム・白兵戦支援システムを無事稼動《かどう》させることができた。現在のところその性能に異常はなく、またカタログスペックと遜色《そんしょく》がない。ううん、若干の問題を除けば、カタログスペックの一二〇％までは実現できる。そしてこれらのシステムは、第3デッキ以上の隔離・封鎖をより強固なものとすることができる。イメージとしては、艦外殻の内側に、さらに強固な結界を展開できると考えてもらっていい」

「結界」

「そう地霧、結界――イメージとしてはね。

具体論としては、警察委員秘蔵の、『陛下によって聖別された聖水・聖油』によって、さっきあの留置場で見た鋭利なスクリーンを、思うままに展《は》り続《めぐ》らせることができる。いわば〈陛下の盾〉。そしてこれは嘘が吐けない私でも断言してしまうことができる——そのスクリーンは、陛下の盾は、正常に稼動しているかぎり絶対に、一〇〇%、疑いなく、確実に、〈悪しき者〉を通さない。よりによって陛下によって聖別された聖水・聖油のスクリーンとなれば、正常に稼動しているかぎり、天地が引っ繰り返っても〈悪しき者〉の侵入を拒絶する。というか、〈悪しき者〉がそれに触れた時点で頭部ごと粉微塵《こなみじん》になるだろうから、もう触れたバカを即死させるといってもいいかな」

「ならあの結界なりスクリーンなりを」地霧さんが訊いた。「安全が確認されている、第1デッキから第6デッキまでに展開したと。だから〈蝿の少女〉が外殻を突破することもできなければ、第1デッキから第6デッキまでは更に強固に防衛されていると」

「ええと、そこまでできれば理想的だったんだけど、実は……」金奏は心底困った顔をして。「……この陛下の聖水と聖油からなる防御システム。これは無類の盾で、〈悪しき者〉になんて絶対に破られないのは断言したとおりなんだけど、あまりにも強力すぎて、その……燃料をド派手に消費しちゃうんだ」

「燃料というのは無論、〈太陽の炎〉ね？」

「まさしく。ところがもう誰もが知っているとおり、私達は第7デッキ以下を今、放棄しているかたちになる。すると当然、第11デッキ・第12デッキの太陽炉にもアクセスできないってことになるし、第13デッキの太陽の炎貯蔵庫またしかり……ちなみに、もちろん第14デッキ・第15デッキの〈最終兵器〉またしかり。

　そう、それらとガチで物理的連絡を遮断しちゃったかたちになるから、当然、第6デッキ以上への燃料供給も断たれるかたちになる。それを前提として、どうにかここ第3デッキに燃料が引けないかなあと、そりゃもうできるだけあれこれ試してみたんだけど……隔壁だの鉛だの銀だののすごいことになっちゃっているようだから、やっぱり物理的に無理だと思って、結果としては断念した。もっともこの場合、『敵の方で既に燃料供給を遮断させちゃっている』と考えるのが常識的だろうけどね。

どのみち第6デッキ以上はそう、私達でいうガス欠に近い状態と考えてもらっていいよ」

「要は燃料が足りないと。でも当該《とうがい》〈陛下の盾〉は無事稼動しているんでしょう？」

「問題はそこなんだ、地霧。

今現在、第6デッキ以上は無事のはずだけど、その第6デッキ以上すべてを防護しようとすると……今現在私達が確保できている〈太陽の炎〉、それを一日未満でぜんぶ、まるごと、一滴一塊《いってきいっかい》残らず使い切ってしまう計算になっちゃう――っていうのが、日香里のシミュレイションの結果なんだ。

けれどそれじゃあ防衛作戦も反攻作戦もあったもんじゃない。武器にだって、支援システムにだって、電算機にだって私達自身にだって〈太陽の炎〉は必要不可欠だから……」

「なら結果としては」地霧さんは無感情に訊いた。「どうしたの」

「結果、最終防衛ラインを、ここ第3デッキだけに締《しぼ》るかたちにした。言い換えれば、依然無事である第6、第5、第4、第2、第1デッキを一時放棄するかたちにした。

ここで、第3デッキには戦闘艦橋や警察施設があるから、そもそも他デッキより防御力がある。その防御力と、陛下の盾のシステムの閾値《いきち》、あと不要不急な日常機能システムのパフォーマンス等々を勘案して最適化したところ――

最終防衛ラインを第3デッキだけに締《しぼ》ったなら、武器・支援システム・電算機を反攻作戦に用いたとしても、陛下の盾を六日強は稼動させることができるというのが、日香里のシミュレイションの最適解だよ。これはもちろん、またすぐに検討する諸々《もろもろ》の問題を踏まえた上での最適解。例えば、私達の活動そのものや反攻作戦に必要な〈太陽の炎〉の量といった、そうしたものをも踏まえた結果」

「以上を要するに、私達は第3デッキのみに籠城《ろうじょう》するのね？　いえ現にしているのね？」

「うんそれが今の作戦だよ。さっき地霧たちが下りてきた時点で、陛下の盾のスクリーンを全て稼動させたからね——もちろん敵を排除して〈バシリカ〉を解放する必要があるから、まさか六日強も籠城する気はないけど。ううん、もっともっと早めに仕掛けなきゃ」

「只今《ただいま》の説明を聴くに」地霧さんは小さく首を傾げる。「理屈で考えて、さっき土遠が報告した所属不明者《インコグニート》1——日香里がいうところの〈地獄の蝿〉がいるのも当然、その、この第3デッキということになるわね？

というのも、『幸か不幸か』、奴が外殻を突破することを考慮する必要はないとのことだから。それだけの防護をしているのは今現在、この第3デッキだけとのことだから」

「まさしく」日香里が答えた。「さっき僕が言ったとおり」

「〈バシリカ〉は史上最大の巨艦だから、第3デッキだけといっても優にヒトの都市を超える規模だけれど……当該《とうがい》〈地獄の蝿〉をも第3デッキの籠城友達に加えたのは何故？　敵将帥《しょうすい》を一緒の檻《おり》に閉じ込め、皆《みんな》で狩り立てるとかいう大胆な作戦？」

「あっは、地霧、いくら僕が猪突猛進《ちょとつもうしん》型といっても、そこまでの蛮勇《ばんゆう》は発揮しないさ。奴は神出鬼《しんしゅつき》没《ぼっ》だから、突然この戦闘艦橋なりその電算機なりがテロられるのも困るしね。

だから、できることならば、たとえ奴が〈バシリカ〉の外殻を突破する虞《おそれ》があるとしても、奴を第3デッキ以外に追い遣りたかった——ただそれはできなかった。それがまさにさっき、『幸か不幸か』と言った理由だ」

「まだよく解らないけど、これすなわち？」

「私が報告した、所属不明者《インコグニート》1」土遠が冷厳に告げる。「それがこの第3デッキにいるのは地霧、あなたの御指摘のとおりだけど——なら奴は第3デッキの何処《どこ》にいると思う？」

「さあ」

「……木絵の」日香里はそっと唇を噛んだ。「木絵の躯の中にいる」

（そ、そういえば、あんなことになった木絵が何処《どこ》にいるのか、訊くのをすっかり忘れていた。あんなことになった上、さっき『第1留置室』の扉だけが閉まっていたから、おおよそのところは見当も付くけれど……けど私、思ったより残酷な性格なのかも。ただいきなり想定外の異様なことばかり起こって、そう信じられないことばかり起こって、すっかり動転しているのも事実……艦での出来事に、まるで現実感がない……）

頭をくらくらさせていると、私の嫌な見当を裏書きするように、社会科学委員の水緒がいった。その声は沈痛を過ぎ越して悲愴だった。それはそうだ。水緒と木絵とは文系文官仲間で、あれだけ親しいお茶仲間で、まして〈禁書図書館〉の秘密をも共有する仲間だったんだから……ともかくその水緒が、震える声でいう。

「月夜、地霧。月夜たちはしばらく艦橋で仕事をしていただろうから、木絵のその後については知らないよね。

木絵は今、この第3デッキの第1留置室にいるの。艦橋で、その、あんなことをされて、木絵はそのまま意識を……昏倒《こんとう》いえ卒倒《そっとう》したような感じで、そのまま……そして今もまだ」

「――今もまだ意識が戻らないの？」

「今もまだ第1留置室のベッドで寝ているわ、月夜。私達が艦橋から急ぎ搬送して、そこに寝かせてそのまま。その様子は土遠が遠隔監視しているから分かる」

「何か言葉は……思念は。何か木絵と意思疎通できなかった？」

「ううん、言葉も思念も……」水緒は涙すら浮かべて。「木絵は今何も……それどころか!!」

まさか、と思いながらも最悪の事態を想定してしまった自分を恥じていると、艦長席の日香里がしっとりと断言した。

「僕の義務だから、僕が告げよう。

――僕は艦長として、また僕らの内では最も〈悪しき者〉に接してきた者として、卒倒し気絶したまま何も喋《しゃべ》ることのない木絵を……検査した。念《ねん》の為《ため》、警察委員の金奏にも立会《りっかい》してもらった。それが何の検査かは言う必要も無いだろう」

「ああ日香里」私はヒトっぽく大声を上げていて。「それじゃあ木絵は!!」

「〈地獄の蠅〉は――あの腐れ雌蠅《めすばえ》は木絵を犯した。その目的を達した。つまりそれは未遂ではなかった。それが検査した僕の、確定的な結論だ。だから」

「……教区の学校で学ぶことよ」水緒が続ける。「あの悲劇的な〈大喪失〉で、億を数えたはらからが、数多《あまた》犠牲となってしまった原因でもある……すなわち、〈悪しき者〉に強姦された者は自身もまた〈悪しき者〉になる。私達のはらからではなくなる。躯《からだ》の組成そのものが変わり、また平然と嘘を吐けるようになる……そしてその変容は、確認されているかぎり不可逆的《ふかぎゃくてき》。一般論と経験論と現時点における天国の医学・科学水準からして、ひとたび〈悪しき者〉に強姦され〈悪しき者〉とされた被害者は、二度とふたたび私達のはらからとなることがない。だから木絵があの蠅女に犯されたというのなら、木絵はもう」

(なんてこと……なんてこと……私達は航海第二日にして、仲間を二名も失ったことに!!)

「そう、木絵があの蠅女に犯されたというのなら」水緒はさらに続けた。「私達は木絵を……隔離する必要がある。それはそうなる。〈バシリカ〉を絶対に防衛し、〈バシリカ〉計画を絶対に実行するという私達使徒の任務からして当然そうなる。そうならなきゃいけない。

だから木絵は今第1留置室にいるの。当然、その監獄部分に閉じ込められているの。その措置は金奏がした。それはそうよね、木絵は既に〈バシリカ〉計画にとっての脅威だと考える、というのが結論なんだから。金奏の措置は当然よ。

ただ……ただ私としては、そう極めて個体的には、〈悪しき者〉とされた被害者が、またはらからに戻ることができたならと……そう〈悪しき者〉への変容が不可逆的でなく、私達のちから、あるいはひょっとしたら陛下のおちからで治療ができて、また被害者を天国の仲間に戻すことができたならと……だからこそ、自然科学委員の土遠に相談して、どうにかできないかって訊いて、それで」

「ともかくも、日香里の検査がそういう結果であれば」その土遠が言葉を継いだ。「木絵に必要な診療と応急措置と、あと何か解らないけど何らかの治験《ちけん》をしなければと、そう考えて諸準備をしていたのだけれど――」

「成程《なるほど》」地霧さんは微かに頷《うなず》いた。「あの〈蠅の少女〉は、そんななまやさしいことを許してくれはしなかったと、そういう物語ね」

「えっ地霧さん」私は議論をロストした。「それってどういうこと？」

「月夜、さっき日香里が教えてくれたとおりよ。あの〈蠅の少女〉は――戦闘艦橋の電算機が捕捉《ほそく》している所属不明者《インコグニート》1だけれど――今は木絵の躯の中にいるという」

「あっそういえば。でも木絵の躯の中って……躯に侵入しているっていうこと？」

「まさしくだよ月夜」日香里がいった。「電算機も、木絵の体内にいる〈悪しき者〉1を検知しているし、木絵を検査した僕自身、体内に無数の〈悪しき者〉の存在を認識できた」

「無数の……？」

「そう無数の、だよ。

月夜、思い出して御覧《ごらん》。あの地獄の蠅は、無数の蠅に分裂できる。また艦橋における戦いで、かなりの痛手も負っている。それはまさに木絵の機関銃のお陰なんだけどね――

とまれ、奴としては攻勢には出られないし完全治癒まで時間が必要だし絶対安全な避難所がほしい。だから木絵の躯にもぐりこんだんだろう。それも微小な、無数の蠅あるいは蛆《うじ》となって。それは、完全体にはまだ戻れないからでもあれば、躯全体に満遍《まんべん》なく分散した方が攻撃され難《にく》いし摘出され難《にく》いと踏んだからでもあるだろう。成程《なるほど》今地霧がいったとおりだ、なまやさしくない——絶好の隠《かく》れ家《が》を見出《みいだ》したという点からも、木絵の治療を妨害して僕らを苦しめるという点からも。

どうして。古い古い馴染《なじ》みながら、奴はそんななまやさしいもんじゃなかった。改めて、奴の陰湿で陰険な嫌がらせの才を思い知らされたよ」

「今現在、当該蠅娘《とうがいはえむすめ》に不審な動きは?」地霧さんが訊いた。「何らかの意思疎通はあった?」

「不審というなら存在そのものが不審で汚穢《おわい》だが……」日香里が寂しく苦笑する。「……現時点、奴からの意思疎通はない。言葉も思念も。懸命に自己治癒能力を発揮中、といったところか」

「ただ艦長、いくら青い血の私達でも、無から有を生み出すことはできないわ。諸々《もろもろ》の器物を創造するのにも〈太陽の炎〉が必要なようにね。とすれば、当該蠅娘の自己治癒にもまたエネルギーがいる。そしてそのエネルギーというのは当然」

「これまた嫌らしいほど合理的なことに、それは当然、木絵の躯の〈太陽の炎〉だろうね。彼奴《あいつ》、よっぽど木絵の機関銃の銀弾でズタボロにされたこと、怨《うら》みに思ったんだな……」

「となると」地霧さんはいった。「私達には極めて悩ましい問題が突き付けられた。こうなる」

「まさしくよ」土遠が強く頷く。「自然科学委員としては、だから当然医師でもある私としては、木絵がそのような状態にあるとするなら、寸秒を惜しんで治療に当たりたい」

「警察委員の私としても」金奏も頷いて。「被害者がそんな状態なら、是《ぜ》が非《ひ》でも被疑者を引き剝《は》がしたいよ」

「無論、司令官の僕としては」日香里がいった。「敵将帥《しょうすい》・敵首魁《しゅかい》である奴が弱体化している内にその首級《しゅきゅう》を挙げたい。そうすれば彼我《ひが》戦力差は一気に逆転してなお釣りが来る」

「そして当然、木絵の親友である私がそれに反対する理由はないわ」

最後にそういって賛成した水緒は、しかし——

「ただ、これは木絵の親友だからこそ、そう決して中立的じゃないからこそ、敢えて指摘しなければいけない……

すなわち、第3デッキに籠城したかたちになる私達は『経済効率の問題』をもかかえているわ。またすなわち、それは〈太陽の炎〉の問題。金奏がいうところの燃料供給の問題。ううん、ガス欠の問題。

……木絵が酷《むご》い状態にあるというのなら、あの蠅女との戦闘はもとより、木絵を治療するあらゆる試みを想定しなきゃいけない。けれど私達は今、〈バシリカ〉の太陽炉と物理的に遮断されているかたち。その太陽炉は〈悪しき者〉に制圧されている、というのが戦闘艦橋電算機の示すところ。なら今あらゆる意味で私達は、太陽炉とその創る〈太陽の炎〉を自由に使えない。また、そのエネルギーを第3デッキに誘導するのは、さっきの金奏の説明によれば『物理的に無理』。

となると――

私達が活用できる燃料は、第3デッキで……第3デッキだけで確保できる分のみとなる。

そこで、経済効率の問題。

今第3デッキにはどれだけのエネルギーがあり、また、私達の最優先目的は何なのか。それに必要なエネルギーは。はたまた、私達の生存そのものに必要なエネルギーは。あるいはまた、敵を排除して〈バシリカ〉を完全な統制下に置くため必要なエネルギーは。そして……そして『木絵のために割けるエネルギーはどれほどか』。

私が木絵の親友で、だから中立的でないからこそ、これは指摘しておかなきゃいけない」

……私達のなかで、誰よりも木絵を救いたがっているのは、それは間違いなく水緒だろう。ただその水緒は、きっと濁流《だくりゅう》のような万感《ばんかん》の思いを敢えて堰《せ》き止めて、冷静な社会科学委員らしく、経済効率の問題を提起した……提起してくれた。重ねて、私達のなかで、誰よりも木絵の問題を経済効率で語りたくないのは水緒のはずなのに。私は繰り上げ当選の甘っちょろい使徒として、水緒の悲壮な自制心と義務感とに、思わず涙したくなった。

（ただ……

〈太陽の炎〉は私達の命綱。私達は飲食せず、そう水も食料も摂《と》らず永劫《えいごう》を生きることができる――いいいいいい、太陽の炎があるかぎり。言い換えれば、〈太陽の炎〉が尽きたときこそ私達のあらゆる活動力が失われるとき。死にこそしないけれど、最終的には指一本動かせないどころか、思考すら不可能になってしまう）

――平凡な、特殊技能のない私がただただ悩んでいると。

やがて水緒の問い掛けに、艦長の日香里が答えた。静かに、けれど確乎《しっか》と答えた。

「水緒、言い難《にく》いことを意見具申《いけんぐしん》してくれて有難う。

だから、僕もハッキリ事実を告げておく。

これは敢えて言えば、土遠と金奏がずっと続けてきた、〈バシリカ〉最新の現状報告、その第六にして最後の項目になるだろう。またこれは、金奏が諸々《もろもろ》言い掛けては言い澱《よど》んできた第3デッキの燃料問題、その現時点における総括になるだろう。すなわち。

――僕自身が、戦闘艦橋電算機に幾度もシミュレイションをさせた結果。また、僕自身が自分の脳でその演算を繰り返し検算した結果。

Ⅰ　第3デッキの〈陛下の盾〉のスクリーンを必要十分な期間維持し

Ⅱ　しかるべき時機にしかるべき武器を用いて反転攻勢を行い

Ⅲ　そのために戦闘艦橋電算機・白兵戦支援システム等を稼動させ

Ⅳ　無論僕らの日常の活動をも保障し

その上でなおかつ、

V　悪しき者に侵蝕された木絵を救い、木絵に対する可能なあらゆる治療を試みることは可能か？

水緒がさっき求めた詳細な数値はあとで共有するけれど、ハッキリ結論から言えば――可能だ。

この第3デッキには、それを可能にするだけの〈太陽の炎〉がある。それは間違いない」

「ああ……」

水緒が思わず胸に手を当てよろこんだとき――しかし日香里は淡々《たんたん》と続けた。

「ただその為《ため》には、どのような想定をしたとしても、僕らが僕ら自身に用いる〈太陽の炎〉を節約しなければならない。いや節約なんてそんななまやさしいものじゃないな。僕らは僕ら自身に用いる〈太陽の炎〉を最小化しなければならない――ガス欠を避け、しかも戦闘行動がとれるギリギリの、ほんとうにギリギリのところまで」

「より具体的に」地霧さんが訊いた。「例えば、一日にどれほどの〈太陽の炎〉が摂取可能？」

「これまでの一〇〇%。〈太陽の炎〉一日三食が、以降一日〇・三食になると思ってくれ」

（そ、それはもちろん、一食が〇・一食になるということ……そんな経験、出航前のあの激務以外ではしたことがない。そしてあの激務で、私は活動不能寸前になってしまった）

「したがって。

現時刻をもって、不要不急の物資の創造を禁止する。また電算機その他のシステムも、僕らの生存及び活動に必要な最低限度の利用にとどめ残余《ざんよ》は休眠させる。また総員、躯に残った〈太陽の炎〉を徹底して節減すべく、赤い血のヒトが可能な行為以外の行為は、緊急の事態を除き厳《げん》に慎むこと。

——そして月夜」

「え」

「月夜からは特に意見がなかったけれど……議事を終えるに当たって、何かひと言あれば」

私は躊躇《ちゅうちょ》した。けれど感謝もした。今強く、気になったことができたから——

「赤い血のヒトがやるように行うのであれば、火梨のお葬《とむら》いをしてもいい？」

「……ありがとう月夜、もちろんだ。あの子もきっとよろこぶ。ほんとうにありがとう」

Ⅲ

艦内時間、〇七〇〇《マルナナマルマル》。

戦闘艦橋における諸々《もろもろ》の検討と措置を急いで終えた私達は、同じ第3デッキにあるあの第10留置室へ赴くこととした。もちろん火梨の葬儀のために。

といって、旧世代の日香里以外、誰一名として葬儀なるものを経験してはいない——それがはらからのものであろうと、ヒトのものであろうと。そしてその日香里もまた、最後に死や葬儀を経験したのは幾万年また幾万年の昔である。それはそうだ。天国が籠城を開始してからというもの、自然死したはらからはいないし木偶《でく》の葬儀などありえないから（木偶《でく》にあるのは廃棄処分だけだ）。だから、火梨の葬儀がはたして葬儀と呼べるものになるのか、私達の誰も確信を持てなかったろう。今の私達にできるのはたぶん、率直な哀惜《あいせき》の念を示すことだけ……

「あっ皆《みんな》、朝食の配給だよ——さあ月夜も」

「ありがとう金奏」

いざ戦闘艦橋を発つとき、金奏が〈太陽の炎〉を総員に配ってくれた。正確に言えば、〈太陽の炎〉の欠片《かけら》だけれど。そう、これから私達の食事は――私達の〈バシリカ〉から悪しき者を駆逐し全艦を奪還するまで――必要量の一〇％にまで節減される。だから、普段ならシャンパングラス一杯弱の液体、あるいは大きなドロップ程度の固体であるべき朝食は、ヒトでいうならチョコレートの欠片《かけら》くらいになってしまっている……

私は、金奏が試験管のようなものから配ってくれたその欠片《かけら》をしばし見詰めた。心なしか、その輝きまでが、普段食べている〈太陽の炎〉より弱く儚《はかな》く思える。オーロラあるいはオパールを思わせる神秘的な深い琥珀《こはく》が、どこか時を置きすぎて濁ったお茶のようにも見える。もちろんそれは私の錯覚だろう。もっといえばそれは、私達にとって死活的な〈太陽の炎〉を激しく制限されることに対する、本能的な恐怖のあらわれだろう。

（……でも、きっと大丈夫。

私は出航前にガス欠を経験しているけれど、今の体調はまさかそんな感じじゃないし

あの〈蝿の少女〉との激しい戦いで消耗してはいるけれど、そして私達は睡眠も摂ってはいないけれど、私達はヒトとは違う。そもそも睡眠とかは必要不可欠じゃないし、食事制限もたった今始まったばかり。いきなりドカンと体内の〈太陽の炎〉が減るはずもない。

（まして、食事制限もそう長期には及ばない、はずだ。

木絵を治療する。だから蝿の少女を無力化する。だから〈バシリカ〉艦内を奪還できる。だから〈太陽の炎貯蔵庫〉も奪還できる――私達に日香里がいるかぎり、それに数日を要するだなんてありえない）

ここで私と、その日香里の視線が重なった。気付いたら、金奏の視線も。

（そうだ、皆《みんな》我慢しているんだ。気弱になっていてはいけない、恥ずかしい）

「……それじゃあ、ゆこうか」日香里は視線を土遠に転じた。「土遠、第1留置室の木絵の様子は？」

「依然、変化なし」戦闘艦橋の端末等を見遣った土遠が告げる。「木絵自身にあっても、そう、その躯《からだ》の中のお客様にあっても、諸計器の告げる所によれば変化なし」

「金奏、第1留置室の保安状況は？」

「オールグリーン。木絵であろうとあの地獄の蠅であろうと、脱出・逃亡はできない」

「例の〈陛下の盾〉による保安措置だね？」

「まさしくだよ日香里」

「ここ、第3デッキそのものの閉鎖状況は？」

「オールグリーン。第3デッキ全区画にわたって異常ナシ」

「よし、何時間も過ぎてしまったけど――」日香里は最終的に命じた。「――あの子の下へ行ってやろう。そしてその不憫《ふびん》な死を皆で悼《いた》み、憐《あわ》れもう」

――第3デッキ、警察施設内、第10留置室。

火梨の遺体を安置した、その監獄部分。

監獄部分とあって、会葬する日香里・水緒・金奏・土遠・地霧さん・私の六名が入ると、もう一杯一杯というか定員オーバーとなる。互いの動きがかなり制約される狭隘《きょうあい》さだ。

警察委員の金奏が、例の〈陛下の盾〉を――陛下によって聖別された聖水と聖油とをすさまじい圧力でスクリーンにしている透明の防壁を、彼女の承認コードで解除する。そして、土遠と一緒に火梨の遺体を動かしつつ、壁とガッチリ一体化したカチコチのベッドに、清冽《せいれつ》な白いシーツを敷いてゆく。また、その土遠は火梨の遺体を再び丁寧に整えながら、狭隘《きょうあい》なベッド、とりわけ火梨の頭周りに、十字架、蠟燭《ろうそく》、油壺《あぶらつぼ》そして色とりどりの――少なくとも虹の七色がそろっている生花を――飾るというか捧げ始める。

「金奏」すると地霧さんが訊いた。「その白いシーツは何処《どこ》から？」

「ああ、私の私室からだよ」成程《なるほど》、ここ第3デッキは金奏のデッキだ。「まさか〈太陽の炎〉で創り出すわけにはゆかないもんね」

「確かに――土遠、ならばその生花は」

「あら地霧、見憶えがない？

二度目の晩餐で、そう当直の火梨が準備を担当した晩餐で、私が準備した奴だと思わない？　そう、さっき第1デッキにいたあなたと月夜を回収しに行ったとき、『急いで第2デッキ士官室から回収してこなきゃいけなかった』と思って――というのも、あなたたちが第3デッキ入りしたのならすぐ、第3デッキを封鎖する予定だったから。要は、もう第2デッキにも行けなくなる手筈《てはず》だったから」

「あのとき生花はたくさんあったから、まさか見憶えはないけれど――成程《なるほど》ね」

（確かに――）私は記憶をさぐった。（――二度目の、まあ、殺風景なあの晩餐のとき。その殺風景さをいささか慰めたのは、土遠が第6デッキ研究室から持ってきたという生花だった。そしてその晩餐から、まだ十二時間と過ぎてはいない。生物学をも担当する土遠のことだから、そうカンタンに生花を枯らしてしまうことはないわ）

また地霧さんが指摘したとおり、生花はたくさんあったから、私自身も、まさか個々の生花に見憶えはない。ただこの〈バシリカ〉に生花があるとすれば――私達の創造の業《わざ》に由来しない自然の生花があるとすれば――それは自然科学委員の土遠の研究室《ラボ》にしかないだろう。土遠はこの方舟で、生物学のあらゆるサンプルをそれは厳格に管理していたから。

「ただ日香里」土遠は生花を整え終えつついった。「私、火梨に似合うと思ってバラを選んできたけれど……これ葬儀の儀典《ぎてん》上問題あるかしら？」

「うーん、枢機卿団の各位なら、バラはやめろだの棘《とげ》を抜けだの、喧騒《やかま》しいことを言うだろうけど」

日香里は苦笑した。「哀悼《あいとう》の気持ちが最優先だし、僕も確かに火梨にはバラがふさわしいと思うよ。ゆえに僕の結論としては、問題ない」

「色はどう？　これまた白を基調にしろとか、薄い色でまとめろとかの縛りはある？」

「回答としては同様かな。そういう儀典も聴いたことはあるが……例えば火梨の瞳のことを思うと、赤は外せないと思うし、ならそれ以外の色も無礼行為ってことにはならないだろう。ちなみに土遠、実に土遠らしいカラーリングだけれど、それは無論——」

「——そう、私儀典が分からなかったから、所謂《いわゆる》ニュートンの虹七色を全部取り揃《そろ》えた」

「いかにも自然科学委員らしいね」

「それで日香里、取り敢えずの準備は終わったけど」金奏が訊く。「ここからどうすればいい？」

「そうだね、疎憶《うろおぼ》えだけど……儀典としては僕がまず〈終油《しゅうゆ》の秘蹟《ひせき》〉、いや〈病者の塗油《とゆ》の秘蹟〉だったかな……をやるから、祈りに唱和してもらえれば。あと〈聖体拝領《せいたいはいりょう》〉か。これもかなり忘れちゃっているから、僕の祈りを復唱したり、一緒に聖歌を歌ってもらえれば。典型的な祈り以外は、さすがに憶えていないんで、日本語の口語になっちゃうけど」

もちろん誰もが頷《うなず》き、日香里はお葬《とむら》いを開始した。

「陛下と子と聖霊の御名において《インノミネパトリスエトフィリエトスピリトウスサンクティ》、斯く在らんことを《アーメン》」

　斯く在らんことを《アーメン》
私達の唱和を確認した日香里は、火梨の頭に手を置いてから、秘蹟《ひせき》の文言を唱えつつ、文官である水緒のアシストを受けながら、火梨の額と両手に聖油を塗ってゆく——

「この聖なる塗油により、慈《いつく》しみ深い陛下が、聖霊の恵みで火梨を助け、罪から解放して火梨を救い、起き上がらせて下さいますように。斯《か》く在らんことを」

　斯く在らんことを

次いで日香里は火梨の唇に、〈太陽の炎〉の欠片《かけら》と葡萄酒を与えた。

「憐れみ深い陛下、私達の姉妹を、陛下の愛《いつく》しみで包んで下さい。秘跡の力に支えられて臨終の戦いに打ち勝ち、眷族《けんぞく》らとともに、永遠のいのちに入ることができますように。私達の陛下の御名《みな》において。斯く在らんことを」

　斯く在らんことを

ここで、アシストをする水緒が、聖水の瓶《びん》を日香里に渡した。

日香里は、自分と私達の祈りをなめらかにする為《ため》か、以降の祈りと聖歌を、私達にとって馴染《なじ》み深いものに切り換える。重ねて、天国の公用語は今日本語だけれど、伝統ある儀典でラテン語を用いないのは、無礼行為とまではゆかずとも、かなりの横着だから。よって以降、ラテン語で響く私達の唱和。そして、それを主導する日香里の祈り——

　天のいと高き所には陛下に栄光、《グロリアインエクシエルシスデオ》地には善意のヒトに平和あれ《エトインテッラパックスホミニブスボネボルンタティス》……
　世の罪を除き給う陛下、《クイトリスペッカタムンディ》我らを憐れみ給え《ミゼレレノビス》、
　世の罪を除き給う陛下、《クイトリスペッカタムンディ》我らの願いを聴き容れ給え《ススィペデプレカティオネムノストラム》……

陛下のみ聖なり《クオニアムトゥソルスサンクトゥス》、陛下のみ帝なり《トゥソルスドミヌス》、陛下のみいと高し《トゥソルスアルティッシムス》……斯く在らんことを《アーメン》

「ああ陛下《オ・ドミネ》、栄光の帝《ジェズクリステ》、世を去りし火梨の魂を《リベラアニマスデフンクトルム》、地獄の罰と深淵より解き放ち給え《デペニスインフェルニエトデプロフンドラク》」
世を去りし火梨の魂を《リベラアニマスデフンクトルム》、獅子の口と冥府の喉より解き放ち給え《デオレレオニスネアブソルベアトエアスタルタルス》

「火梨の魂が闇に呑まれぬように《ネカダントインオブスクルム》」
火梨の魂が闇に呑まれぬように《ネカダントインオブスクルム》

「火梨の魂を死から生へと転じられ給え《ファクエアスドミネデモルテトランジレアドヴィタム》」
かつて陛下がアブラハムとその子孫に約された如くに《クアムオリムアブラホエプロミシスティエトセミニエュス》

「慈悲深き陛下《ピエイエスドミネ》、火梨に安息を与え給え《ドナエアムレクイエム》、斯く在らんことを《アーメン》」
火梨に永遠の安息を与え給え《ドナエアムセムピテルナムレクイエム》、斯く在らんことを《アーメン》

そして十字を切りつつ聖水を用いた日香里は、私達にとって……というかヒトにとっても恐らく……常識であるキリエで儀典を締めくくった。私達も俄然《がぜん》、歌いやすくなる。

陛下よ火梨に永遠の安息を与え給え《レクイエムエテルナムドナエアムドミネ》、絶えざる光で火梨を照らさせ給え《エトルクスペルペトゥアルチェアトエアム》……
我らの祈りを聴かせ給え《エクスアウディオラツィオネムメアム》、全て肉在る者は陛下の下へ帰るが故に《アドテオムニスカロヴェエニエト》
陛下よ永遠の光で火梨を照らさせ給え《ルクスエテルナルチェアトエアムドミネ》、全て聖者は陛下とともに慈悲の源ゆえ《クムサンクティストゥイスインエテルナムクイアピウスエス》
陛下よ憐れみ給え《キリエエレイソン》、救世主よ憐れみ給え《クリステエレイソン》、陛下よ憐れみ給え《キリエエレイソン》

全て聖者は陛下とともに慈悲の源ゆえ《クムサンクティストゥイスインエテルナムクイアピウスエス》……

「願わくは全能の陛下が火梨を憐れみ《ミゼラトゥルヴェストリオムニポテンスデウスエト》、火梨の罪を許し《ディミッシスペッカティスヴェストリス》、永遠の命に導かれんことを《ペルドゥカトヴォスアドヴィタムエテルナム》」

斯く在らんことを《アーメン》

「世々に至るまで《ペルオムニアサエクラサエクロルム》」

斯く在らんことを《アーメン》

「陛下の御代が絶えず汝らと在らんことを《パクスドミニシットセムペルヴォビスクム》」

また日香里とともに在らんことを《エトクムスピリトゥトゥオ》

ここで日香里は肩の力を緩め、その静かな挙措《きよそ》で儀式の終わりを示した。そしていった。

「ふう。火梨には悪いけど、これほど記憶力が衰えているとは……

陛下がいらしたら、激怒なさるに違いない儀典ガン無視の出鱈目《でたらめ》をやってしまった」

「そうでもない」すると地霧さんがいった。「真摯《しんし》なまごころの感じられる、立派なものだった。台詞だの順序だのは些事《さじ》よ」

「宮内省の地霧にそう断言してもらえると嬉しいな。

それじゃあ土遠から一名ずつ、火梨の傍《そば》で最後の言葉を――それでいったん締めよう」

ところがその刹那《せつな》。

――――――――!!!!

いまだ厳粛さと哀惜《あいせき》の念が残っているここ第10留置室に、あまりにも異様な声が響いた。

思念だ。肉声じゃない。思念による大声。

(ううん、大声どころかこれは……これは獣の咆哮《ほうこう》?)

第10留置室のしめやかな雰囲気をたちどころに掻き消してしまうような、たちどころに不埒《ふらち》な何かに上書きしてしまうようなそれは咆哮だった。少なくとも私はそう感じた。同時に私は巨大な肉食獣を連想した——その咆哮は、その雄叫《おたけ》びは、恐ろしいほど凶悪で獰猛《どうもう》で傲慢《ごうまん》で残酷で本能的なものだったから。

ましてその雄叫びは、擬音語によって文字表記できるような、そんななまやさしいものではなかった。それは既に文字なり言葉なりを超越した、生《き》の意志であり生の感情そのものだった。そしてその意志と感情とは、どう聴いても悪意と敵意と攻撃性に充ち満ちたもの……

「金奏!!」水緒が叫んだ。「今の思念は、まさか!?」

「……きっとそうだよ、水緒」


——————!!!!


「ああ……木絵っ!!」

「日香里、どうやら」金奏は皆《みんな》に監獄からの退出をうながす。そしていう。「第1留置室のお客様が、派手にお目覚めみたい」

(第1留置室の、客)

それが誰を——ううん何を指すかは鈍い私にもすぐ解った。第1留置室には木絵がいる。昏睡状態であるという木絵が。そしてその木絵の躯《からだ》の中には、私を散々嬲《もてあそ》んだばかりか、仲間に大怪我をさせ、火梨を殺し、まして木絵を〈悪しき者〉に堕としてしまった、そう、あの蝿の少女がいる……（そもそもこの〈バシリカ〉に、あんな、動物以下の下品な雄叫びを上げる存在はいない）

「地獄の蝿め!!」日香里が憤然《ふんぜん》といった。「それなりの自己治癒を終えたらしいな。此方《こちら》の想定を激しく裏切るスピードだが」

「だから残念だけど、葬儀はここで切り上げて第1留置室へゆかないと」金奏の態度も言葉も既に臨戦態勢だ。「当初の想定では、葬儀をキチンと終えて、なお土遠による投薬とか手術とか、医学的な措置がとれる時間はあると踏んでいたけれど……」

「かくも激しくお目覚めとあらば、医師としての土遠より、武官としての僕の出場《でば》だな。

――確認だけど金奏、奴が第1留置室の監獄を脱出したということは」

「すぐ現地で確認できるけど絶対にあり得ない。断言できる。〈陛下の盾〉は奴には破れないし、〈陛下の盾〉が実際に稼動していることは何度も何度も確認しているもの」

「ならば其処《そこ》が奴の死場所になるな。

金奏、ここから現場に直行するけど、所要の装備品は？」

「大丈夫。念の為に一緒に持ってきている。

日香里の、銀の十字架に燭台に鎖。十字架は確か先帝陛下に聖別された奴だよね？　あと日香里の勅撰聖書《ちょくせん》、日香里の紫の聖帯《ストラ》。日香里の聖油もある。おっと、聖水は――」

「――今の葬儀で使ってしまった。金奏、悪いけど僕の聖水瓶をもう一度満たしてくれ」

「了解。ちょうどいいや、ここの監獄の〈陛下の盾〉から採っちゃおう」

金奏は身振りで私達の退出をうながすと、自分の承認コードで、入ってきたとき停止させたここ第10留置室の監獄部分を閉ざす〈陛下の盾〉をふたたび展開した――といっても触れれば斬れるほど全開にはしない。滝が薄く流れるような、重い雨が滴《したた》るような水量に調節する。そして日香里から聖水瓶を借り受けると、今は穏やかな水流に瓶ごと手を差し伸べ、その瓶を眼前の流水で一杯にした。

（そうだ、監獄を閉ざすスクリーンは、聖油と聖水でできている）

金奏はそれを上手く分離して――そのあたりは警察委員の独擅場《どくせんじょう》だろう――日香里に新たな聖水を渡したと、そういうことだ。実際、金奏は水遊びでもしたかのように濡れた手と瓶を、やはり水遊びでもするかのように自分の制服のスカーフで拭き清め、ポンと日香里に聖水瓶を返す。キラキラした水も、だからしばしキラキラしていた金奏の手も、どこか清々しく気持ちよさそうだ。

「どれだけ使うか分からないから」金奏はハキハキいった。「オフィス部分にある革袋、あるだけ動員して聖水タンクにして持ってゆくよ。すごい重さになるから、ちょっと太陽の炎を余計に消費するけど、日香里許してくれる？」

「もちろん」

「あと月夜」

「なに金奏？」

「万年筆貸して。入れているの聖水だよね？　ここで補充してあげる」

「あ、ありがとう金奏」

――――――――――――――――!!!!

「――金奏急ごう？」水緒が地団駄《じだんだ》を踏みそうになる。「あの蠅娘蛆《うじ》娘が、こうも元気に叫び始めたってことは」

「だね、木絵の躯が心配――はい月夜、万年筆」

私は金奏に御礼《おれい》を言いながら、万年筆を制服に納める。金奏はヒトが涙を拭くみたいに、自分の指と自分のスカーフとで、万年筆をパパッとササッと拭いてくれたから、万年筆には微かな水滴しか残ってはいなかった。それは私の指と私の制服との摩擦で、すぐさま消えてしまうほどだった。ただこれで私も臨戦態勢になれる——陛下から下賜された純銀の十字架は、今この瞬間を含め、肌身を離すことがないからだ。

——いよいよ日香里が率先して、第10留置室の扉を越えながら命じる。

「土遠。火梨の〈塵《ちり》の指輪〉を回収してくれ。万一ということもある。ここには置けない」

「了解」

「金奏。監獄部分を〈陛下の盾〉で遮蔽《しゃへい》。火梨が塵になるまで三日余。奴に潜られうる」

「了解」

「あと水緒。親友としてつらいと思うが、木絵がどのような状態になったとしても……」

この刹那《せつな》。

嫌がらせの如く響いた新たな思念は、しかし今度は雄叫びじゃなかった。

特に、そう水緒にとって嫌がらせとなったであろう、その新たな思念は——

救《たす》けて～!! 皆《みんな》～、救けて～!!

ああ……痛い、痛いっ!! 私の躯が……私のじゃなくなって!! か、躯が……

裂ける!! 破れる……溶ける～!!

あああっ!! あ あっ、ううっ!! た、救けてお願い……あああっ!! ううっ!!

「木絵っ!!」

あのノホホンとした木絵に全然似合わない、ドラスティックに悲劇的な絶叫、悲鳴。

(それもそう……だってあの蠅の少女は、木絵の躯のその中にいたんだから!!

それが雄叫びを上げたり、暴れ出したりしたというのなら……ああ木絵は!!)

あからさまに私は動揺した。頭では解っていたことを実感として理解した。

そしてきっとそんな私より動揺した水緒は、もう第1留置室めざし駆け出そうと――

――しかし日香里はそんな水緒を優しく抱いて制止した。そしていった。

実は私が、そしてたぶん水緒も誤解していたことを、そっと指摘した。

「悪魔の嘘に惑わされてはいけないよ、水緒」

「悪魔の、嘘……」

「木絵はもう奴等になっている。その木絵があんな悲鳴を出すとすれば、それは演技か合意に基づくものでしかありえない……そう、既に共犯者なんだから。自ら演技しているか、はたまた、奴の攻撃を嬉々《きき》として甘受《かんじゅ》しているか」

「そ、そんな残酷なことって!!」

「だから命じておく。水緒にも他の皆《みんな》にも――

これから木絵がどのような状態になったとしても、僕を信じて、僕を止めないでくれ」

「……たとえ木絵が、命を失うことになったとしても?」水緒の肉声は哀訴だった。「木絵を救い、可能なあらゆる治療を試みるのが私達の総意で、私達の計画だったはずよ?」

「そこは、敵の出方によるが……

僕はその総意も計画も諦めてはいないよ。僕は僕で死力を尽くす――

今は〈バシリカ〉艦長としてではなく、検邪聖省《けんじゃせいしょう》いちのババアとして。そう、憲法第一一七二条及び聖書の規定による権能を陛下から委ねられ、それを実際に行使した経験のある、天国第二位の最高齢者として」

「憲法第一一七二条の規定による権能」水緒は法学者でもある。「それはつまり、あの」

「そう、新世代では誰も行使したことのないあの権能——」

「——祓魔式《エクソルチスムス》ね？」

「まさしく。

〈視《み》よ、われ汝《なんじ》らに蛇・蠍《さそり》を踏み、仇《あた》の凡《すべ》ての力を抑《おさ》ふる権威《けんゐ》を授《さづ》けたれば、汝らを害《そこ》なふもの斷《た》えてなからん〉——この勅語を賜《たまわ》った先帝陛下の御代《みよ》以来になるけど。そう、まさに僕が地球にいたころ以来になるけど」

——私達総員を率い、日香里は今、第1留置室の前にいた。

「しかし蠅一匹追えないとあっては、先帝陛下にも今上《きんじょう》陛下にも申し訳が立たない。

だからひさしぶりに、懐かしの決め台詞とともに、見得《みえ》を切ってみる」

「木絵を」水緒が縋《すが》った。「殺さないで……」

「そうだね。だから水緒、そして皆、どうか一緒に祈ってくれ。

そしてどうか、悪魔の嘘に惑わされないよう。

悪魔が自ら発する言葉はこれすべて欺瞞《ぎまん》で煙幕で陰謀だ、惑《まど》わしの一手《いって》だ。

悪魔との真摯《しんし》な会話など成立しない。それを憶えておいてくれ——金奏、ドアを開いて」

Ⅳ

〈バシリカ〉第3デッキ。第1留置室、監獄前。艦内時間〇九一〇《マルキユウヒトマル》。

金奏が保証していたとおり、あの透明なスクリーン——〈陛下の盾〉は稼動《かどう》している。

だから身柄を拘束されている者は、銀格子・鉛格子と聖水・聖油によって閉じ込められている。その、身柄を拘束されている者というのは。

「ああ日香里、皆《みんな》〜!!」木絵が堅そうなベッドから格子直近にまで駆けよる。けれど絶対に格子やスクリーンには触れようとしない。「よかった〜、救《たす》けに来てくれたのね〜!!」

「木絵っ……あの蠅娘は……!?」

「それがね水緒〜、さっきまで私の躯《からだ》のなかで非道く暴れていた感じなんだけど〜、だからあちこちすごく痛かった感じなんだけど〜、今はその痛みも気配もなくなって〜。私も必死に抵抗する感じで暴れたから〜、ひょっとしたら殺せたか〜、あるいは逃げちゃったかも〜てへぺろ♡」

——私は監獄内の木絵を観察した。

これからお茶会でもしようかというほど、その挙動《きょどう》と容姿は落ち着いたものだ。陛下から下賜《かし》されたバシリカ使徒団たる証《あかし》、〈塵の指輪〉すらその指にある。陛下から下賜された私達の制服にも、いっさいの乱れや汚損がない。あたかも太陽の炎で整え直したように。まして木絵は、だから〈蠅の少女〉は、監獄から出ることができなかった。ということは。

(悪魔が発する言葉は、すべて惑わしの一手……)

「とにかく此処《ここ》から出して〜、そして〈太陽の炎〉とお茶でも〜」

「金奏」日香里は淡々と命じた。「房《ぼう》の扉部分。スクリーンを解除」

「——了解」

「第1留置室そのものの扉は閉鎖してあるね？」

「もちろん。絶対にここから外へ出しはしない。

もっとも、監獄部分からだって出られはしないけれど」

「解った。そして金奏、金奏は助祭《じょさい》の役目を務めてくれ」そういった日香里は、次に吃驚《びっくり》する命令を出した。「あと一名……それ以上はこの監獄じゃあ動きが制約されすぎる……そうあと一名助祭がほしい。それを月夜にお願いできるかい？」

「わ、私？」

「土遠。土遠と水緒と地霧とで外周警戒。艦内の異常事態にも対処してくれ」

「了解」

（どうして私なんだろう？　戦力にはならないと思うけど……

先の艦橋での戦闘で、〈太陽の炎〉の消費が比較的少なかったからかな。まして、大きな怪我も免《まぬか》れているからかな）

私が首を傾げながら指名の理由を考えている内に、金奏は監獄の扉部分について〈陛下の盾〉を解除し、日香里に続いて房内《ぼうない》に入ろうとしている。私は金奏の背を急いで追った。その私の脳裏に、ギリギリまで声量を抑えた日香里の思念が響く。

［奴を木絵から追い出す、そう祓魔式《エクソルチスムス》において必要なことは、陛下の御名《みな》による命令と祈りだけだ。それだけだ。

だから儀式において多弁は禁忌《きんき》となる。好奇心なり探究心なりに基づく質問も禁忌。悪魔の嘲笑と欺瞞《ぎまん》に反応することも禁忌――

僕らに求められているのは、沈黙を命じ、虚言を無視し、命令をし、ひたすら謙虚な心で陛下に強く祈り続けること、それだけだ］

［日香里、もし祓魔式《エクソルチスムス》が成功したなら］私はさっそく質問をしてしまった……［もし蝿の少女を木絵から追い出しあわよくば殺せたなら、木絵は……私達の眷族《けんぞく》にもどれる？］

［今は解らない。実例も知らない。

ただきっとそれは――医師である土遠の仕事になるだろう］

（……もどれる保証はないんだ。そうだよね。悪魔による強姦の効果は不可逆的、とされているから。そして〈バシリカ〉奪還のため、〈バシリカ〉計画のため、最優先目的としなければならないのは……悲しいことだけど木絵の治療じゃなく、敵首魁《しゅかい》の無力化）

いよいよ私は日香里・金奏に続いて木絵のいる房内に入った。

——あまりにも突然に凍《かじか》む私の四肢。鼻梁《びりょう》どころか躯すべてを襲う硫黄《いおう》の臭気。

（さ、寒い……!!　それに、嘔吐《おうと》すら催すこの臭《にお》い!!）

エレベータで襲撃されたあのときと全く一緒。冷気も硫黄も、そしてすさまじい圧《アツ》も。

私達三名の前で木絵が平然としているだけに、その不気味さ不敵さはいっそう際立つ。

その木絵は狭い監獄のなかで、どこまでも仲間のように自然に、最も身近に立った日香里を抱き締めようとした。日香里に密着しようと肉薄する木絵——

「ああ日香里～、やっと来てくれたのね～。

私～、もう気分がいいの～、今は大丈夫なの～。

それに私～、あの蠅の子が何処《どこ》に行ったか知っているの～。あの蠅の子が何を謀《たくら》んでいるか知っているの～。だってあの子が逃げてゆく感じのとき～、私あの子の思念を読め」

その刹那《せつな》。

日香里はあまりにも自然にかつ突然に、何か、何かの鈍器で木絵を殴り飛ばした。

何の言葉も発することなく。見るかぎり、殺意満々なかたちで……

木絵の頭を思いっきり殴り付け、そのたった一撃で、木絵を監獄のベッドに沈めた。

もちろん木絵の……蠅の少女の頭というのは、私達共通の急所だ。

「金奏、月夜。

いま、ここが決戦だ。なら〈太陽の炎〉の出し惜しみは無しだ——出し惜しんでいては僕らが死ぬ。

いきなり全開だ」

「了解」

「りょ、了解」

「金奏、僕の鎖を使って。月夜も手伝うんだ。奴をベッドに戒《いまし》めろ」

その命令とともに日香里はまた木絵の頭部を殴り飛ばした。というか、木絵は既にベッドに倒れているからその頭部をガンガンに殴り倒すかたちになる。ガンガンに。ガンガンに。そして私はようやく、用いられている鈍器が銀の燭台であることに気付けた。無論、銀は悪魔にとって鬼門《きもん》である。その銀の燭台は既に、木絵の、だから蠅の少女の青い血でどろどろと濡れている。

「や、やめて日香里～!! 私は～、私は悪魔なんかじゃないの～!!

武器を置いて～!! キチンと話し合えば……このままじゃ私、頭を……死んじゃう～!!

私～、あの蠅の子の弱点も～、〈バシリカ〉艦内の状況も～、ぜんぶ教えることが～!!

それとも日香里～、金奏～、月夜～、あなたたち仲間をいきなり殺す気なの～!? 私達、陛下の御《み》旨《むね》をともに果たす天国の使徒じゃないの～!! 一緒に頑晴ってきたこと～、忘れちゃったの～!? それを、こんなに非道い力で～!!」

「き、木絵……でも木絵はもう、あく」

「月夜っ!!」

（そうだ、日香里に強く警告されている。悪魔にリアクションしてはいけない……）

私を叱咤《しった》した金奏は、あの第10留置室で言っていたとおり、この祓魔式《エクソルチスムス》のための銀の鎖を持っていた。そして今《いま》日香里に命ぜられたとおり、ベッドに沈みながら哀訴を続ける木絵の両手両足にその銀鎖《ぎんさ》をまきつけ、ベッド上に木絵を戒めようとする。木絵を固定し、動けなくなるようにする。中途から金奏の意図を理解した私もそれに加わる。

手首足首に銀の鎖をまきつけられ、それをベッド四隅の脚に結わえられた木絵は――金奏は〈太陽の炎〉を用いたのだろう、銀鎖はベッドの脚に絡まるばかりか互いに溶け合い一体化している――そう木絵は今、あっという暇《ま》に監獄のベッドの上で躯をX字に固定されていた。銀の燭台で幾度も殴打されたその頭部から、そして銀の鎖で戒められたその手首足首から、じゅうう、じゅううと肉が焼け爛《ただ》れる音がする。もちろん、じゅわじゅわ～と肉を浄化する白煙も立つ。さっきまで異様なほど平然としていた木絵のその肌は、銀の燭台と銀の鎖が触れるそのかたちのままに、あざやかなヤケドとなって非道いことになっている。そのヤケドのじくじくしたキズからは、頭部から派手に噴き出すものと同様の、青い血がじわじわとにじんでいる……

（あのエレベータのなかで、私が銀の十字架や聖水で攻撃したとき、そのままに）

もちろん銀は、はらからにとっては脅威でも何でもない。なら木絵は今、やっぱり……

「やめて～、やめて～……どうしてこんな～、痛い～、痛い～……」

「それはそうよ」金奏が囁《ささや》いた。「この鎖はね蠅さん、あんたたちが天国を分裂させたあの大戦《おおいくさ》で、日香里が叛乱軍の首魁《しゅかい》を地獄に縛りつけたあの鎖とおなじだもの――おっと無駄口ねこれも」

――日香里は何も聴こえないかの様に、儀式の開始を告げる。

すなわち主の祈りを唱え始める……それは三倍速、ううん六倍速くらいだったけど。

「天にまします我らの父よ《パテルノステルクイインカエリスエス》、願わくは御名の尊まれんことを《サンクティフィケトルノメントウウム》。御国の来たらんことを《アドウェニアトレグヌムトウウム》……」

そして主の祈りを唱え終えるや、淡々と、そうあまりに淡々と、聖水瓶の聖水を木絵にふりかけた。あたかも十字を切るごとく鋭く。鞭《むち》打つごとくしなやかに。むろん聖水は、制服姿の木絵の、肌の露出部分を襲う。水滴のあるいは水流のかたちで、木絵の顔、手、脚に再び白煙が立ちヤケドが生じる。

「やめて～……思い出して～……天国での穏やかな日々を～……一緒にお茶をした午後を～……〈バシリカ〉計画のために一丸となってきた歳月を～……そう仲間だってことを!!」

「汝の名を名乗れ《ディカスミキノメントゥス》」

「き、木絵よ日香里……」

「汝の名を名乗れ《ディカスミキノメントゥス》」

「木絵よ～!!」

「といって腐れ縁だ、あまりに形式的な問いだったな……

儀式としては自認させることも肝《キモ》なんだが、まあ、べつにいい」

日香里は懲罰のごとくまた聖水をふりかける。悲鳴を上げる『木絵』。

――首には紫の聖帯《ストラ》。左手には勅撰《ちょくせん》聖書。その日香里は何かを諦めたかのような嘆息《ためいき》を吐くと、私達に短く命令した。

「唱和と復唱を。また僕に手を当てて〈太陽の炎〉を。また奴に手を当てて強い祈りを」

了解、と私達。

いよいよ日香里は勅撰聖書を開き、『木絵』に対する命令を開始した。

「これ、実はヒトが僕に捧《ささ》げてくれた祈りなんで、いささかならず面映《おもは》ゆいんだが……ただ祓魔式《エクソルチスムス》とくればこれだ。陛下と子と聖霊の御名によりて《インノミネパトリスエトフィリエトスピリトゥスサンクティ》、斯く在らんことを《アーメン》――」

日香里の祈りが朗々と監獄に響いてゆく。こころなしか、『木絵』がひるんだ気もする。

「――陛下は立たれ《エクスルガトデウスエト》、その敵は散る《ディッシペントゥルイニミチエユス》。陛下を憎む者は御前より逃ぐ《エトフジアントクイオデルントエウムアファファチエエユス》。かまどの煙の消え入るが如く《シクトデフィチットフムスデフィチアント》、火の前に蠟の流るるが如く《シクトフリユイトチェラアファファチエイグニス》、陛下の御前に悪は滅ぶ《シックペレアントペッカトレスアファファチエディ》。陛下の十字架を見よ《エッケクルチェムドミニ》」

日香里は紫の聖帯《ストラ》を、戒められた『木絵』の額にあてがいつつ、自らの十字架を翳《かざ》した。

「敵どもの群れは敗走せよ《フジテパルテスアドヴェルセ》」

私達も祈りに応答し始める——

　ユダ族の獅子、《ヴィチトレオデトリブユダ》ダヴィデの末は征服せり《ラディックスダヴィド》

「願わくは陛下、《フィアトミゼリコルディアトウア》御憐れみを垂れ給え《ドミネスペルノス》」
　御身により頼みし我らの上に《クエマドモドゥムスペラヴィムスインテ》

「汚れたる霊、《エクソルチザムステ》全ての悪魔の力、《オムニスイツミユンデスピリトウス》全ての地獄の侵略者ども。《オムニスサタニカポテスタス》
全ての悪しき軍団、《オムニスインクルジオインフエルナリス》悪しき使節および党派どもよ。《アドヴェルサリオムニスレギオオムニスコングレガテイオ》
汝が誰なりとも、《エトセクタディアボリカ》我らは汝を追い払う《インノミネエトヴィルテユテドミニノストリ》」
　我らの救い主の御名と御力によって《インノミネエトヴィルチユテドミニノストリイエスクリスティ》

「汝が天主の公教会と、《エラディイカレエトエッフガレアディエクレシア》天主の似姿により創られ、《アブアニマブスアドイマギネムデイコンディテイス》天主のいとも貴き御血により《アクプレテイオゾディヴィニアニユイサングイネ》……」

日香里がなおも祈りを唱え続けていたその刹那《せつな》!!

「ウフフフッ、ウフ、ウフフフッ……」

（――この嘲笑は!!　この思念は!!）

私は監獄のベッドに戒められた『木絵』を見た。そのとき恐怖ゆえか、私の吐息はいっそう真白くなり、手脚は凍傷のごとくになり、また既に嗅覚は硫黄一色に染め上げられている。

（ううん、これは恐怖のせいじゃない。現れたんだ）

木絵の擬態《ぎたい》をやめ、すさまじい超常の力の圧《アツ》を解き放ちながら、彼女は、悪魔は、蠅の少女はとうとう現れたのだ。たとえその外貌《がいぼう》が、依然として木絵のものであったとしても。

「この子が死んじゃうかも知れないって哀訴しているのに……ウフフフッ、何の躊躇《ちゅうちょ》もせずにこんな拷問を続けるだなんて。引き続きの猪突猛進ぶりね～、あたしの日香里？」

――日香里は自分の命令どおり、悪魔との一切の意思疎通を拒んだ。

そのまま祈りのしかるべき箇所で十字を切り、祈りのしかるべき箇所で聖水を染《あ》びせる。

金奏は日香里とともに蠅の少女を押さえつつ、日香里の祈りに唱和している。

私は両者の背に手をグッと置いて、やはり日香里の祈りに唱和を……

……していなかった。できなかった。何故なら私は見てしまったから。

木絵の変容を。

肌にヤケドを負っていた――敢えて言えばヤケドを負っていただけの木絵は今、その肌を呪われた蠟人形のように蒼白にしていた。そう、それはかつてエレベータで遭遇したとき見た、狂気のように白い肌。またその制服姿は蜃気楼《しんきろう》のようにゆらぎ、私達〈バシリカ〉の使徒の制服から、あのなまめかしい濡れるような紺と白の制服に変容しようとしている。ましてその制服は、上衣もスカートも大きくはだけ、めくれ、あるいは裂け、狂気のように白い肌をよりいっそう露出し始めている。そしてその狂気のように白い肌は、紫の、紺の、あるいはおぞましいピンクの、痣《あざ》のような斑《まだら》のような、おぞましい無数の紋様を浮かべつつある。また、ふんわりたっぷりしていた優しげな木絵のボブは、

ことも確認する木絵の落ちた茶の瞳は、仮面のように淫靡《いんび》なかたちの前髪にすっかり隠され、もはや鼻梁から上を確認することもできなくなりそう。

そして、何よりも。

淫《みだ》らで激しいピンクの、炎のように大きく大きく波打つ傲慢《ごうまん》なロングに変わりつつある。木絵の落ち着いた茶の瞳は、仮面のように淫靡《いんび》なかたちの前髪にすっかり隠され、もはや鼻梁から上を確認することもできなくなりそう。

そして、何よりも。

(彼女の最大の特徴……淫らで激しいピンクの、淫猥《いんわい》で大きな唇。

まさに悪魔のようで、それでいてどこか道化ているあの大きな唇!!)

ピンク、白、紫、紺——蝿の少女のテーマカラーだ。今や顔かたちも制服もそれ。

それがゆらゆら、ゆらゆらゆらと木絵の姿態に上書きされてゆく……

まして。

露出部分がなまめかしく多くなった肌では、そう吐き気のするような痣なり斑なりを浮かべた肌では、ヤケド部分のキズが彼女の唇のごとく淫猥に裂け始め、白い何かをウジャウジャと蠢《うごめ》かせ始める……その白い何か、そう自ら蠢く白い肌肉とは。

(う、蛆《うじ》!!　こんなにも……こんなにも蛆の群れが!!　キズじゅうに、だから躯じゅうに!!)

——そして彼女は私の驚愕に気付いたか。儀式に臨む三者の、最も弱い鎖に気付いたか。

いよいよ彼女の紺の翼を、彼女の制服を裂きつつ展《ひろ》げると、身をベッドに戒められたまま片翼を一旋させた。それは私の顔面に無数の蛆を植え付け、返す刀で一心不乱に祈りを唱え続ける日香里の額を斬り裂いた。吃驚《びっくり》するほどのリアクションで額を、紫の聖帯《ストラ》で蔽《おお》い隠し擁《かば》う日香里。金奏が〈太陽の炎〉を使ってか、日香里の怪我を懸命に押さえつつ応急措置を試みる。私達の祈りは突然止まる——などと言っている私も、もう状況を冷静に把握できなくなっていた。

恐らくは絶叫し悲鳴を上げながら、私の顔肉を喰い破ろうとする無数の白蛆を掻きむしり叩き墜としまたそれらを見て嘔吐《えず》き……

「ウフフフッ、やっぱり可愛いらしいわ～、あたしの愛しい天使ちゃんたち～」

「いとも狡猾なる蛇よ《セルペンスカツリディッシメ》」日香里が態勢を立て直す。額のキズはもう癒えている。ただ日香里があれほど動じるなんて不思議だ……「今より後《ノンウルトラアウデアス》、もみがらの如く吹き飛ばさ《クリブラレシクトトリティクム》――」

しかし嘲笑を続ける〈蝿の少女〉は、ここが抵抗のしどころと見たか。

なんと首を蛇のごとく伸ばし、日香里の顔に、そうかつて艦橋でしたように、毒々しい酸のようなものを吐き捨てた。じゅうう、じゅうという侵蝕音も艦橋のときそのままだ。

「日香里!!」

「――いや今度は大丈夫だ金奏」日香里は確かに今度は落ち着いている。成程《なるほど》、祈りはまた止まったけれど、紫の聖帯《ストラ》で顔の酸を拭《ぬぐ》ってはそれをたちまち金奏に渡す様子は、さっきの驚愕とはまるで異なる。「そして解った。蛆に翼に酸。あとそうだな、首を伸ばすこと――それが此奴《こいつ》の今の限界だ。自己治癒できたこれが限界だ。さもなくば無数の蝿になることも、姿を掻き消すことも、だから戒めを脱して有利に戦闘することもできたはずだ。

端的《たんてき》には、此奴《こいつ》は木絵から離れられない。

また木絵の持つ〈太陽の炎〉を用いても、嫌がらせ程度の抵抗しかできはしない――

そう、今が好機で今しかない。此奴《こいつ》はいま、ここで滅する。さようならだ、地獄の蝿」

「ウフフフッ、ウフ、ウフフフッ……」しかし蝿の少女は嘲笑をやめない。「日香里、あなた忘れたフリをしているのかしら～、それともホントに忘れているのかしら～？ そう、まさに日香里自身が今言ってくれたとおり、あたしは木絵ちゃんの躯にいるっていうか～、今は木絵ちゃんがあたしそのものなのよ～ウフフフッ。これすなわち～」

ここでなんと蝿の少女は、その姿を顔だけ、そう顔だけ木絵そのものに戻した。

「あたしをイジメるってことは～、そうあたしに怪我させるってことは～、宿主《しゅくしゅ》である木絵ちゃんをいたぶるってことなのよ？　さっきみたいにあたしの頭をブン殴るってことは〜、木絵ちゃんの頭を破壊して殺しちゃうかもってことなのよ解ってんのかこの神のバイブ女!!　火梨を殺したうえ木絵まで殺そうって言うのかこの天国のレズビッチ!!　主のバター猫のそびえたつ冷凍マン庫!!　Kiss my ass!! You fucking cunt!! Go fuck yourself!! Fuck yourself!! Let your angel fuck you!! Let your angel fuck you!!]

　いよいよ下品な本性を露《あら》わにし始めた〈蠅の少女〉は、そう木絵の顔のまま私達を罵倒する卑語を紡いでいた悪魔は――やにわに紺の片翼を木絵の顔に被《かぶ》せると、それを手のごとく駆使して木絵の左眼を穿《うが》った。容赦なく。ズブリと。木絵に笑わせながら。啞然《あぜん》とした私の眼の前で、木絵の左眼球がだらりどろりと眼窩《がんか》から垂れる……

「痛い〜、痛い〜!!」

「き、木絵……」

[あらら〜、痛そう〜、可哀想〜――でもたっかぶるぅ、みっなぎるぅ!!]

　木絵の肉声と悪魔の思念が交互に響く。その暇《いとま》にも、〈蠅の少女〉の紺の片翼は自傷をやめない。木絵の制服姿と自らの制服姿を勝手気儘《きまま》に入れ換えながら、蛆だらけのじくじくしたヤケドを更に穿《うが》ち、ううん手当たり次第に木絵の躯を穿ち、そしてあろうことか、紺の片翼の端を矢尻《やじり》のように蛇の鎌首《かまくび》のようにすると……意図的に木絵のスカートをはだけさせ、かつて自分自身で行ったように、木絵をおぞましいかたちで辱《はずかし》め始めた。

「い、痛いっ!!　駄目そんなの〜、痛いっ!!」

[Oh yeah baby,who is your daddy,huh? Who is your daddy!? Can you tell I'm hitting your ovaries…って子宮は無かったわねこの masturbation tube-pussy!! Va te faire foutre, suceur de bites!! Vai a farti fottere!! Fick dich!! Fick dich!!]

またもや意味不明の言語や卑語を乱発しながらあらゆるかたちで木絵の顔からだを蹂躙《じゅうりん》していた〈蝿の少女〉は、私達が木絵を傷付けたくないがゆえの躊躇に乗じ……

「ああ～っ!!」

とうとうその紺の片翼で木絵の左腕を斬り落とした。肘《ひじ》のところで斬り落とした。当然、左手首の鎖の戒めは無意味になる。そのまま悪魔は片翼を大きく動かし監獄のベッドから激しく身を擡《もた》げる。

木絵の姿をとっていた躯は今は彼女本来のものとなり、紺の翼や狂気のように白い肌から、そして顔だけは木絵のままの優しげな……優しげだった唇から、これまで以上の極寒の凍気と硫黄の臭気があからさまに横溢《おういつ》して私達を襲う。また顔だけは木絵のままのその唇からは、嘔吐のようなおぞましい酸とカオスのような蠢動《しゅんどう》する蛆があられもなく横溢《おういつ》し、なんと木絵の首を侵蝕しあるいは食いちぎり始める。それらの蛆は今や白のみでなく、ピンク、紺、紫と〈蝿の少女〉のテーマカラーを取り揃《そろ》えている。

——そして知らぬうち、監獄のベッドの脚までもが食い尽くされそうになっている。

だから彼女の躯が残りの鎖に抵抗して持ち上がるにつれ、そう圧倒されるほどの圧《アツ》とともに浮遊するにつれ、監獄のベッドも、それに結わえられた鎖ごと浮遊しようとしている……このいきおいでは、鎖の戒めが無意味になるのも時間の問題だ。まして、自身の腕を斬るばかりか、木絵の首をも食いちぎろうとするとは。私は恐怖とともに、奇妙すぎる角度に倒れた、壊れかけた人形のような木絵の頭を見詰めながら思った。ううん、絶望した。

(もはや木絵がどうなっても、だから自分の宿主《しゅくしゅ》がどうなっても、そして自分の治癒状況がどうであってもここから逃亡《ぼうがい》する気だ——それはつまり)

「水緒!!」日香里は房外の水緒に呼び掛けた。「水緒すまない……最終の手段をとる」

「日香里まさか木絵を……木絵を殺すの!?」

「……どのみち此奴《こいつ》はもう木絵を殺す!!　ならばせめて!!　それが僕ら仲間の慈悲だ!!」

「ひ、日香里——ああ木絵そんなっ!!」

「金奏、僕の背について。金奏の〈太陽の炎〉をくれ」

「了解」

「月夜は復唱と唱和を、それこそが僕らの武器だ」

「りょ、了解!!」

——片腕なく片目なく、カラフルな蛆に塗《まみ》れ、じくじくと青い血を垂らし、そして木絵の首を折りちぎりそうな悪魔が、今や私達の目線の上で、木絵の顔をヨコに九〇度近くも酷《むご》く折り傾けながら、だから冒瀆的なかたちで私達を見下げながら、やはり嘲笑する。

「ウフフフッ、ウフ、ウフフフッ、健気《けなげ》な天使ちゃんたち……でもね〜」

その直後の声に、正確には思念に、私は愕然《がくぜん》とした、激しい怒りとともに——

「日香里と一緒に戦えるなら、絶対に成功するよ!!　絶対に期待を裏切らないよ日香里。何でも命じてほしい。何でもする。日香里が望むなら、僕が日香里に殺されたっていい、日香里が木絵を殺してもいい、木絵が悪魔のち●ぽをしゃぶってもいい、木絵が日香里と金奏と月夜をブッ殺してもいい、僕の死体が、僕の口や脳が悪魔のちん●に犯されたって」

(なっ……なんてことを!!　火梨の声で!!)

「……黙れっ!!　汚らわしい蠅ごときが、よくも火梨をこうも侮辱してくれた!!」

「あなたの火梨は今頃地獄でおフェラ豚しているわよ〜ウフフフッ、たっかぶるぅ、みっなぎるぅ!!」

「黙れ」

今、金奏は日香里の背に密着していた。一、二歩分離れていた私は、だから両者の羽が、〈太陽の炎〉のちからに充ち満ちて、二対《につい》が重なるようにして、大きく神々《こうごう》しく展開するのを目撃した。日香里の怒りそのものの如くに猛々《たけだけ》しいその羽ばたきは、監獄房内《ぼうない》のすさまじい冷気臭気をたちどころに掻き消したばかりか、不敵に私達を見下ろしていた悪魔を、だからその顔も躯もベッドも、ねじふせるようにドスンと地に墜とす。

……悪魔は嘲笑と愚弄《ぐろう》の続きを数瞬、忘れたようだった。それほど日香里たちの怒りとちからは、そう超越的で圧倒的だった。だから思い出したように台詞《セリフ》を紡いだ〈蝿の少女〉は――台詞を紡げた彼女は、この情勢においては、むしろ健気《けなげ》と言えるかも知れない。

「月夜……あたし、〈バシリカ〉に乗りたかったなあ……ねえ日香里、金奏、二〇〇年も一緒に頑晴ってきたのに、過激派のテロであたしだけ殺されちゃうなんて……」

（せ、先輩……私の前任者だった、〈バシリカ〉に乗るはずだった先輩!!）

「黙れ」

日香里はもう怒ってはいなかった。私にはそう思えた。今日香里にあるのは義務感だけだった。私にはそう思えた。日香里はむしろ淡々と、聖水瓶の聖水を十字に撒《ま》く。

「ああ〜、日香里〜、どうして火梨だけじゃなく私まで殺しちゃうの〜、確かに私火梨のこと〜、あんまり好きじゃなかったけど〜、ていうかぶっちゃけムカついたこともあったけど〜、武官ヅラして文官を小バカにしていたし〜、水緒だって月夜だって」

日香里は流れるような手際でなめらかに聖水瓶の聖水を口に含むと――

木絵の顔をした悪魔の唇をやにわにしかし自然に、静かに奪った。なんて激しいキス。もちろんそこにあるのは性愛などではなく。悪魔を黙らせ、そして陛下に聖別された聖水を直接、流し込もうと――だから日香里のキスは情容赦《なさけようしゃ》なく、しかしそれゆえ強引で執拗《しつよう》だった。

やがて、日香里が唇を離すと。

キズひとつない美しい日香里の濡れた唇と、もはや原形をとどめていない酷《むご》たらしい悪魔の蒸発した唇跡《あと》のコントラストが、不思議に美しかった。

そして私の絶句に合わせたかのごとく、数拍を置いて。

〈蠅の少女〉はこころからとしか思えない悲痛すぎる絶叫を発した。それはそうだ。陛下の聖水を直接、あの量で流し込まれては……天国の住民である私だって、あまりの衝撃に死んでしまうかも。

――――!!!!

まして木絵の顔の、その額に押し当てられる日香里の銀の十字架。これまた先帝陛下に聖別されたすさまじいもの。今上《きんじょう》陛下に賜《たまわ》った私の十字架より、ひょっとしたら脅威的かも知れない。ううん、むしろ聖遺物《せいいぶつ》の最上級というべきか。

――――!!!!

凄絶《せいぜつ》な獣のごとき咆哮とともに、木絵の無残な口から青い吐血が吐き散らされる。

「天主なる陛下《インペラトテイビデウスパテル》が汝に命ず!!」日香里は金奏と唱和しながら着実に十字を切った。「月夜、復唱!!」

「い、天主なる陛下《インペラトテイビデウスパテル》が汝に命ず――」

「天主なる御子《インペラトテイビデウスフィリウス》が汝に命ず!!」

天主なる御子《インペラトテイビデウスフィリウス》が汝に命ず!!

「天主なる聖霊が汝に命ず《インペラトテイビデウススピリトウスサンクトウス》!!」
天主なる聖霊が汝に命ず《インペラトテイビデウススピリトウスサンクトウス》!!

——!!!!

「救世主《インペラト》、ヒトとなり給いし天主の御言葉が汝に命ず《テイビクリストウスエテルナムデイヴエルブムカロファクトウム》!!」
救世主《インペラト》、ヒトとなり給いし天主の御言葉が汝に命ず《テイビクリストウスエテルナムデイヴエルブムカロファクトウム》!!

「十字架の神聖なる印が汝に命ず《インペラトテイビサクラメントウムクルチス》!!」
十字架の神聖なる印が汝に命ず《インペラトティビサクラメントウムクルチス》!!

「教徒の信仰の諸玄義の力が汝に命ず《インペラトテイビオムニウムクエクリステイアネフイデイミステリオルムヴイルトウス》!!」
教徒の信仰の諸玄義の力が汝に命ず《インペラトテイビオムニウムクエクリステイアネフイデイミステリオルムヴイルトウス》!!

——!!!!

「栄えある天主の御母童貞マリアが汝に命ず《インペラトテイビエクチエルサデイジエニトリクスウイルゴマリア》!!」
栄えある天主の御母童貞マリアが汝に命ず《インペラトテイビエクチエルサデイジエニトリクスウイルゴマリア》!!

「使徒聖ペテロ聖パウロ及び他の使徒たちの信仰が汝に命ず《インペラトテイビフイデスサンクトルムアポストロルムペトリエトパウリチエテロルムクエアポストロルム》!!」
使徒聖ペテロ聖パウロ及び他の使徒たちの信仰が汝に命ず《インペラトテイビフイデスサンクトルムアポストロルムペトリエトパウリチエテロルムクエアポストロルム》!!

「諸々の殉教者の血と全ての聖人たちの敬虔なる代禱が汝に命ず《インペラトティビマルティルムサングイスアクピアサンクトルムエトサンクタルムオムニウムインテルチエッシオ》!!」

諸々の殉教者の血と全ての聖人たちの敬虔なる代禱が汝に命ず《インペラトティビマルティルムサングイスアクピアサンクトルムエトサンクタルムオムニウムインテルチエッシオ》!!

ここで、幾度も悲劇的な雄叫びを上げさせられていた〈蠅の少女〉は、ひさびさに思念で言葉を紡いだ。あまりに蚊弱《かよわ》く、あまりに蚊細く。それは私がこれまで聴いた彼女のどの思念とも異なるものだった――希望をこめて言うなら、そうそれは断末魔のものだった。

[C'est trop...grâce!! ああ死ぬかも、あたし死ぬかも死んじゃうかも……あたしイクッ!! あたしが逝く!? このあたしが……地獄の蠅が逝くだなんてそんなことが!? でも雨のサントロペ!! 恋のサントロペ!! Ah,mon Dieu!! On me tue...Vas y bourre-moi jusqu'au fond...encooore もっとぉぉぉぉぉ～!?」

汚穢《おあい》な絶叫とともに、聖水で非道いことになっている口から、絶えかねたような吐瀉物《としゃぶつ》が奔流《ほんりゅう》のごとくどぶどぶ溢《あふ》れ出る。ピンク、白、紫、紺。ビビッドなテーマカラーが無茶苦茶になっているそれはとても小さな蠅の死骸の集積物……ううん、どろどろと溶解しかけ、時に原形をとどめず液体そのものとなってしまっている蠅の死骸だったものの集積物だ。原形をとどめているものとそうでないものが、狂気のゼリー状になっている……

「陛下の御名《みな》そして火梨と木絵の魂のために――」

[日香里あんたを犯しておくべきだった、の、かも、あ、だめだめ奥だめ突いちゃ駄目今は駄目」

「陛下の全能の御手の下に屈服せよ《フミリアレスブポテンティマヌデイ》。

聖なるかな《サンクトゥス》、聖なるかな《サンクトゥス》、聖なるかな万軍の天主なる陛下《サンクトゥスドミヌスデウスサバオト》。

陛下《ドミネ》、我が祈りを聴き容れ給え《エクサウディオラティオネムメアム》——月夜応唱《おうしょう》!!」

　我が叫びを御前に至らしめ給え《エトクラモルメウスアドテヴェニアト》!!

「……陛下は汝らとともに《ドミヌスヴォビスクム》」

　また汝の霊とともに《エトクムスピリトゥトゥオ》、斯く在らんことを《アーメン》!!


「ああっ……Fuck my life...omg,omg... 粘膜が創り出す幻想が情熱のパッションプレイ……Fuck me!! Fuck me!! Baise-moi!! Baise-moi!! Scopami con quel grosso cazzo!! Fick mich mit diesem großen,dicken Schwanz!!　OMG!!　そ、そんな、いまそんなにしちゃ、う、うごかしちゃズボズボ駄目っ当てちゃ擦《こす》っちゃ!!　んっわんん、あ、も、だ、そ、そこ——日香里この腐れ淫売《ファッキンホア》、おフェラ豚《コックサッカー》、ケツマ●コ売りの●食い女《ファックシットアッスビッチカント》!!　このあたしによくもこんなことを!!　よくもそんなことを!!　How dare you!! Come osi!! Wie kannst du es wagen!!　あぶないあぶ……やばいのくるやばいのくる……おおお～っ、ち、ちくしょうっ、こ、こんなのってあるのォ!!　天使!!　マリーンコー!!　アイラヴユーラヴウィーラヴマリーンコあああ～!!

う。


I'm cumming...I'm cum」

「黙れ」

　日香里が最後の命令とともに、悪魔の片手を強く握って戒め、悪魔を自らに引き寄せ、その十字架を悪魔の左眼窩《がんか》からズブリと突き刺したとき。

「あ～れ～」

　ぼわん。

蠅の少女は、最後の嫌がらせのような硫黄の爆煙とともに、いっさいの活動を止める。

――悲喜劇的な間《ま》が、数拍。

数拍置いて彼女は、断末魔としか思えない絶叫を発しつつ、躯ごと、総身《そうみ》ごとどろどろぐしゃりと崩れ去った。懸命に維持していたと思しきヒト型の形態が、ピンク・白・紫・紺の粘液になり、監獄のゆかにぐしょぐしょと塗《まみ》れる。

やがて。

とうとう、単なるアメーバのような、工業排水の泥のような、無意味な液体になる……

どろりとしているから、流れ去るでもなく、染み入るでもなく。

ぶるぶる、ぐちょぐちょしたビビッドなゼリー状になって、ただぼとりと貯《た》まっている。

……そしてもう、動かない。

蠅の少女は、蠅の少女だった汚泥《おでい》は動かない。

（それはつまり）

彼女に思うまま利用されていた木絵が……自身も〈悪しき者〉に堕ちてしまっていた木絵が、もう動かないということでもあった。

そうだ。

（私の判断と、私の感覚が正しいのなら）私は銀の懐中時計を見た。（私達は出航二日目、艦内時間一〇三〇《ヒトマルサンマル》、火梨に続き木絵をも失った……）

V

「日香里、金奏!!」房《ぼう》の外から水緒が絶叫する。「木絵はっ……とにかく開けて、入れて!!」

さすがに疲労困憊《こんぱい》したか、忘我《ぼうが》したか、それとも祓魔式《エクソルチスムス》の激しい戦いで〈太陽の炎〉を消耗しすぎたか——蝿の少女だったものをただただ見詰めていた金奏が、承認コードで監獄の扉のスクリーンを解除する。もちろん水緒はすごい勢いでいちばん最初に駆け込んできた。またもちろん、監獄の外で外周警戒その他に当たっていた、そしてきっと祓魔式《エクソルチスムス》の趨勢《すうせい》を固唾《かたず》を呑んで見守っていた、土遠と地霧さんも急ぎ監獄部分に入ってくる。

「金奏、スクリーンをすぐに下ろして」日香里が命じた。「まだ油断はできない。監獄部分は引き続き、厳重に遮断されるべきだ……どんな汚染が生じるかにも不安がある」

「了解」

そして金奏がふたたび監獄のスクリーンを下ろすか下ろさないかの内に、水緒は……蝿の少女だったもの、だから木絵だったもの、今は無意味で無残なゼリーと成り果てたものの傍らに膝《ひざ》を突いた。そして、思わずといった感じでそれに手を伸ばすけれど……様々な思いが交錯したか、触れなければならないのに触れてはならないといった感じで、悲しい自動人形のごとく伸ばしたその手を痙攣《けいれん》させる。土遠と地霧さんは、六名が入ればかなり狭隘《きょうあい》となるここ第1留置室の監獄部分で、そんな水緒と、そして木絵だったものを見遣りながら佇立《ちょりつ》している。土遠は、万感の思いを感じさせる態様で。地霧さんは、どこか不思議な残酷さを湛《たた》えた冷静さを維持しながら。

「日香里」水緒がグッと日香里に詰め寄る。「木絵は……木絵はまさか」

「死んだ」

日香里の言葉に残酷さはなかった。むしろそんな言葉を紡がなければならない己に対する自虐すら感じられた。まして私達は嘘が吐けない。日香里は真実を述べるしかない。

……頭では絶対に状況を理解しているはずの水緒は、しかし日香里の発した三文字の言葉にビクンと震えた。その唇が、言葉にならない数多《あまた》の文字を形づくる。これまた、悲しい自動人形のごとくカタカタと。そしてその口の動き口の震えは、やがて全身に伝播《でんぱ》しては、水緒の制服姿を瘧《おこり》のごとくにガタガタと震わせてゆく。

哀れと思ったか、水緒の代わりに肉声を発したのは副長の土遠だった。

「木絵の死は、確実なの？」

「頭部を破壊されて生きていられる眷族《けんぞく》はいない」

そして現状、木絵の頭部は破壊されたなんてレベルじゃない。既に存在しない。

……誰からも、水緒からも異論は出ない。出るはずがない。日香里が説明した、ううん再確認したルールは私達にとって絶対の掟《おきて》、絶対の定めである。ただ自然科学委員の土遠は、役目と思ってか重ねて確認した。

「木絵は〈悪しき者〉に堕とされてしまっていた」水緒御免《ごめん》なさい、と土遠。「そして私達新世代には日香里、〈悪しき者〉との戦闘経験がない。ゆえに、〈悪しき者〉がどのように死ぬのか実体験としては知らない。なら木絵は」

「ならヒトも悪しき者も熟知している旧世代として答えるけれど――

第一に、僕自身の実戦体験からいえば、悪魔はまさにこのような最期をとげる。最期は無意味なゼリー状の粘液になり復活することはない。第二に、これは教区の学校で、特に〈大喪失〉の歴史を学ぶときに誰もが知ることだが……僕らが地球を失ったあの大戦《おおいくさ》において、まさに悪魔はこのように死ぬのだということが数多《あまた》の実例で確認されている。それは今質問をしている土遠も、いやここにいる誰もが、知識としては知っているはずだ」

「――それは確かに」

（日香里の言うことは正確だ）私も思った。（ただ、〈大喪失〉のときの悪魔はすべて〈黒い口のオバケ〉だったはずだから、その死体もすべて黒いヘドロのようになっていたはず。そのことは成程《なるほど》教区

の学校で学んだし、出航前、そう陛下に謁見《えっけん》する前のあの壮麗なパレードのとき、私自身思い起こしていたことでもある）

といって、今般〈バシリカ〉に攻め入ってきた蝿の少女は将帥《しょうすい》・首魁《しゅかい》クラス。姿態《したい》も〈黒い口のオバケ〉とは隔絶《かくぜつ》している。その姿は〈ヒト〉〈蝿〉〈蛆〉であり、そのテーマカラーはピンク・白・紫・紺。なら、死骸のカラーリングが異なるのは自然なのかも知れない。どのみち、死の態様は天国史の授業で教わったもの、ズバリそのままだ。

「すると日香里」土遠が冷静さを維持しつついった。「蝿女が死んだことは確実ね？　そして私達が、その、第二の戦死者を出してしまったこともまた確実ね……？」

「後者にあってはそのとおり」

「後者にあっては？」土遠は眉間《みけん》に皺《しわ》を寄せる。「俄《にわか》に意味が解らないわよ？」

「……土遠は感じないかい？

この地獄の蝿の死骸から微《かす》かに、とても微かに漏れ出ている奴の思念を」

「それは」土遠は絶句しつつ、ヒトが耳を澄ませるような仕草をした。「……た、確かに」

私も嫌々狂気のゼリーを見遣りつつ意識を集中させた。そして嫌々感じた。

（まさしくだわ。これは……これは確かに思念）

それは、日香里がいうようにとてもとても微かだ。まして何の言語にもなってはいない。ヒトでいうなら、あまりにも微弱で何かの機械音か自分の耳鳴りか分からない、そんな程度の音である。ただ意識を集中させると、その出所は確実に狂気のゼリーの何処《どこ》かであること、そしてその音は小さな虫の羽音《はおと》にとても近いことが分かってきた。といって、蜂だの虻《あぶ》だのまさに蝿だの、それほどの元気さ喧騒《やかま》しさは微塵《みじん》もない。これまたヒトでいうなら、何となく耳周りに蚊が近付いたり離れたり、そんな感じの音量と音色《おんしょく》でしかない。端的《たんてき》には、哀れさを催すほど蚊弱《かよわ》い……ただ集中して聴くならば、だんだん鬱陶《うっとう》しさを憶えてくる。すなわちどれだけ蚊弱かろうと、どうやら止む気配はない。

「地霧も、皆《みんな》も確認できたかい?」

日香里の言葉に誰もが頷《うなず》く。

そして副長の土遠が代表して訊いてくれた——嫌なことを。訊きたくはないことを。

「……あれだけ執拗《しつよう》に祈り倒して、まだあの蝿女は生きているというの!?」

「この思念が発せられている限りはね」

「教科書どおりの態様《たいよう》で死んでいるというのに?」

「まさしくそうね、土遠」地霧さんが土遠に同意する。そして日香里に訊く。「だから実に不思議よ——だってどう考えてもどう視ても、ここに蝿娘の頭部はないのでは? 木絵が悪魔で、その頭部を失って死んでいるというのなら、蝿娘もまた頭部を失って死んでいるということになるのでは?」

「奴が無数の蝿や蛆に分裂できることを忘れてはいけないよ……奴は好んでヒトの姿をとってはいたけれど、奴の頭がヒトのそれであること、はたまたヒトのそれの位置にあることは、誰にも保証できない。

喩《たと》えるなら、奴は無数の蝿と蛆でできたパズルだ。

そのパズルにおいて、頭部機能がどこにあっても面妖《おか》しくはないし、ひょっとしたら、蝿一匹・蛆一匹の頭部でもバックアップが利くのかも知れない。実際問題、ここで誰かの思念を感じられる以上、僕らはまだ奴の頭部を破壊できてはいないと言わざるを得ないよ——たとえそのパズルのピースの圧倒的大部分が、教科書どおりのかたちで死滅してくれたとしてもね」

「こ、この思念が、そう木絵のものだって可能性は!?

木絵は〈悪しき者〉になっちゃったんだから、やっぱり頭部機能を動かせるのかも……」

「……とても残念だけれど水緒、それは無いんだ」

「何故⁉」

「仮に水緒の仮説を受け容れるとして、その場合でも木絵は瀕死《ひんし》だ。まさか自分の思念の特徴を偽装したり、思念で演技をしたりする余裕はない。率直に、自分ならではの思念を発するはずだ――こんな蚊の羽音みたいなものでなく。そして木絵の思念の特徴というのなら、僕らの誰もが識別できる。だから断言できる。これは木絵の思念じゃない」

「ああ……」

「そして、実はあとひとつ、この思念は木絵のものではないと――だから地獄の蠅のものであると――断言できる根拠がある」

「艦長、それはすなわち？」

「地霧、それは指輪さ」

「指輪――」

「金奏、一緒に確認してくれ……実におぞましいし、毒性への警戒が必要だけど」

……私が、日香里の意味するところを理解するより先に。

日香里はかつて〈蠅の少女〉を殴り倒したあの銀の燭台を手に採ると、なんと、くだんの死骸を――ピンクと白と紫と紺がてらてらとぬめぬめとじくじくとどろどろと非道いことになっている狂気のゼリーを、ぐい、ぐいと掻き回し始めた。金奏はハッ、と吃驚《びっくり》した顔を一瞬だけ浮かべ、すぐさま自らも銀の燭台を採って同様の掻き回しを開始する。そしていう。

「日香里‼　指輪が……木絵が嵌めていた木絵の〈塵《ちり》の指輪〉が‼」

「そう、木絵がそして僕らが、陛下から下賜《かし》されたあの〈塵の指輪〉。それがこの地獄の蠅の、だから木絵の死体のどこにもない――〈塵の指輪〉は消失している」

（た、確かに……‼）

「それ、よく気付けたわね艦長？」

「地霧、陛下が創造なさった〈塵の指輪〉が、悪魔の爆発だの溶解だの、そんなものごときで破壊されるはずもない。また僕ら使徒団にとっては自明だけれど、僕らは生きて在るかぎり〈塵の指輪〉を外すことを許されていない。木絵またしかり。

その木絵が悪魔に堕ちたとしても、事情は何ら変わらない。悪魔たる木絵も指輪を外さない。何故と言って――『肉声によるコトバのみをトリガーとし、僕らの超常の力も外界のあらゆるエネルギーも要せず、自らの呪力のみで完全完璧に稼動《かどう》する』この携帯版最終兵器を、悪魔が自ら手放すはずもないから。実際、監獄内の木絵はずっと〈塵の指輪〉を右手の薬指に嵌めていた。それは金奏も月夜も目撃しているはず。

なら、〈塵の指輪〉はこの汚泥の内に、少なくともその周囲になければならないが……たった今確認したとおり、そんなもの何処《どこ》にもありはしない」

（……そして〈蝿の少女〉は、そんな指輪のメカニズムを、木絵本来の記憶からカンタンに理解できてしまう――悪魔に堕ちたはらからは、それ以前の記憶を完璧に維持するんだから。維持してしまうんだから。これも私達にとっては自明なルールだ。すなわち〈蝿の少女〉は、指輪のメカニズムを木絵から教わることができてしまう。これも自明な流れ）

「塵の指輪が消えた。それは解った」地霧さんがいう。「ただその事実から、『今発せられている羽音《はおと》のような思念が蝿娘のものである』『ゆえに蝿娘は依然、生きている』という結論が導かれるとは思えないけど？　指輪の消失から悪魔の生存を導く根拠は何？」

「それはこういうことだよ地霧――
①木絵が『生きている』とすれば、この蚊弱《かよわ》い思念からして木絵は『瀕死《ひんし》』だ。だが瀕死の木絵に、指輪を投げ捨てたり隠したりする余裕なんてない。実際問題、僕も、そしてきっと金奏も月夜も、そ

んなシーンを一切目撃してはいない。そんな特徴的かつ危機的なシーンを、まさか見逃すはずもない。②また、木絵が指輪を投げ捨てたりしないということは、木絵が『死んでいる』というなら尚更《なおさら》のことだ（むしろ当然か）。

いやそもそも、③悪魔に堕とされた木絵は完全に〈地獄の蠅〉のコントロール下にあった。監獄における木絵に、僕らの眷族としての意思は微塵《みじん》もなかった。これすなわち――」

「もし〈塵の指輪〉をどうこうした者がいるというのなら」地霧さんはいった。「それは結局の所、蠅娘でしかありえないと」

「そうなる。そしてその、どうこうするという行為の内容と意味は――」

「奪取して利用する、でしょうね。携帯版最終兵器なのだから。誰にでも使えるのだから」

私はこのとき、艦橋における戦闘で感じたのと一緒の疑問を感じた。ただ……日香里と地霧さんの議論の行方が気になって、それを指摘するのは止めた。その疑問に、論理的な正解が想定できなかったということもある。ともあれ、地霧さんは言葉を継いだ。

「〈塵の指輪〉を奪取して利用するのが真意ならば、それは当然、自分自身の――蠅娘の生存を前提としている。それが艦長の論旨《ろんし》にして根拠？」

「まさしくだ、地霧。

仮に、今この瞬間、奴が現実に死んだかどうかを棚上げしたところで、『木絵の指輪を奪ったそのとき』は――それは祓魔式《エクソルチスムス》の極めて最終段階だと思うけれど――自分自身の生存と僕らへの反撃を前提としていたはずだ。それは当然そうだ、使用すべき武器だもの。

まして、奴が今この瞬間も実は生きているということは、引き続き感受できているこの情けなく蚊《か》弱《よわ》い思念――そう木絵のものではないと証明できる何者かの思念によって、強く裏書きされる。裏書きされざるを得ない」

「……これだけ弱体化してなお、私達に対するテロリズムを諦めてはいないと」

「この思念が止まらない限り、そうだろう」

「ならば蝿娘に対する諸対策を講じる必要があるけれど艦長、しかしながら私が思うに、今この刹那《せつな》にもこの六名が身命《しんめい》を賭《と》して実行しなければならない、超絶的に喫緊《きっきん》のタスクがあるわね？　それを実行しないとなると、陛下が絶対に激怒するタスクがある」

「そうだね地霧、この失態は、〈バシリカ〉の使徒として許されざるポカだからね……」

「なら日香里」会話の流れと内容を直ちに理解した感じの土遠がいった。「バトンタッチ。祓魔式《エクソルチスムス》チームはいったん房《ぼう》から出て。私達、外周警戒チームが房を徹底的に捜索するわ。監獄内は狭いし、だから六名では捜索に支障が出るし、あれだけ激しく戦った日香里たち三名より、私達三名の方が客観的に捜索できるだろうから」

「それはそうだ、ありがとう」日香里は美しく土遠の手に自分の手を重ね、成程《なるほど》バトンタッチをした。

「頼む土遠、水緒、地霧。木絵の〈塵の指輪〉をどうか発見してくれ」

——監獄の扉のスクリーンが急ぎ解除されまた発生され、私達祓魔式《エクソルチスムス》チーム三名は房の外へ、土遠たち外周警戒チーム三名は房のなかへ、慎重にそして機敏に移動した。蝿の少女がまだ生きているというのなら、〈陛下の盾〉のスクリーンを解除したままにしておくなど論外だから。

やがて執拗《しつよう》な土遠、懸命な水緒、冷静な地霧さんが房内《ぼうない》の徹底捜索を開始する。これは意外に大変だ。何度も繰り返しているけど房内は狭い上、ベッド、筆記卓、蛇口、洗面台、便器といった設備がある。壁と一体化している部分が多いから、設備をあらかた引っ繰り返して大掃除——という訳にもゆかない。まして、狂気のゼリーに触れる訳にもゆかないから、土遠たちの動きはどうしても制約される。この状況で、無論ヒトのそれと一緒のサイズの『指輪一個』を発見するとなると、かなりの時間と注意力を要するだろう……

他方で。

私達、祓魔式《エクソルチスムス》チーム三名も、監獄の外でただただ房内を見詰めていた訳じゃない。日香里の命令とイニシアティヴで、私達も捜索を開始した――そう、監獄外の、ここ第1留置室オフィス部分の捜索をだ。

ただこれは正直、念《ねん》の為《ため》の駄目押し、保険のようなもの……仮に〈蠅の少女〉が木絵の指輪を投げるなどしたとしても、それがまさか〈陛下の盾〉を越えて房外《ぼうがい》オフィス部分に転がり出るはずがないから……それはそうだろう。私達三名による祓魔式《エクソルチスムス》が執り行われていたとき、監獄の扉部分はおろか、監獄の内外を距《へだ》てる銀格子・鉛格子のすべてについて、〈陛下の盾〉のスクリーンは下りていた。確実に。私はその透明の帷幕《とばり》を目撃している。超高圧で聖水と聖油を噴出させている、だから物理的ないかなる力をも発揮しているその帷幕《とばり》を――なら指輪がそれに触れたとして、そのまま房外に転がり出るなんてありえない。

（ただ。

私達が祓魔式《エクソルチスムス》のためスクリーンを解除したのは事実。それが終わったときも同様）

すなわち監獄部分は、極々《ごくごく》短い、それこそ一分未満程度の時間ではあるものの……そのあいだ閉鎖された密室ではなくなった。密室でなくなった時間帯があった。

（なら、理論的な可能性に過ぎないけれど、その時間帯に、指輪が房の外に出た可能性は残る。特に後者のとき、祓魔式《エクソルチスムス》が終わったときに。何故ならそれを開始したときは、指輪は木絵の指にあったんだから。私はそれも目撃しているんだから）

――そんな意味で、土遠チームが本命、私達は保険だったけれど、ともかく。

両方のチームが、第1留置室を徹底的に捜索すること八〇分強。

艦内時間くしくも一二〇〇《ヒトフタマルマル》、〈バシリカ〉航海日程三日目に入ったとき――

水緒・地霧さんと一緒に出てきた土遠が、日香里に結果の報告をした。なお当然、房内からの出入りは、だからスクリーンの解除は、今や一〇秒未満で行われている。今現在、監獄はやはり銀格子・鉛格子そして〈陛下の盾〉によって、恐ろしく厳重に密閉されている——

「……駄目ね日香里、嘘を吐けない私達が断言できるほど執拗《しっこ》く執拗《しっこ》く捜したけれど」

「房内には無い、か」

「そしてもちろん房外にも……」

「そう、僕も断言できる。第1留置室のオフィス部分に木絵の〈塵の指輪〉は無かった」

「私達がともに断言できる以上、ミスやポカはない。この場合、見落としはあり得ない。けれどそれも、著しく不可解なことだわ……」

「不可解以上に、ありえないことよ」地霧さんがいう。「木絵の指輪は祓魔式《エクソルチスムス》当初、確実に房内に存在していた。目撃証言がある。なら、それをあの蝿娘が投擲《とうてき》するなどしたところで、監獄部分から出てゆくはずがない。億兆《おくちょう》を譲って、第1留置室から出てゆくはずもない。第1留置室の扉そのものも閉鎖されていたから。それを断言した証言もある。

ところが。

はらからの証言からすれば、監獄部分どころか、ここ第1留置室に木絵の指輪は無い。これはあざやかな矛盾ね、艦長。論理的にも物理的にもありえない」

「なるほど袋小路のようだが、出口がないわけでもないな……

例えば、僕らが祓魔式《エクソルチスムス》当初に目撃した木絵の〈塵の指輪〉。それが絶対にホンモノであったかどうかとなると、そこまでは断言できないだろう？」

「それは日香里」水緒がいった。「そもそも監獄内の木絵の指輪は、最初からダミーだったということ？　だから、溶けるなり爆散するなり消滅するなり、ホンモノではありえない末路をたどったと」

「可能性のひとつとしてはね」

「でもそのときは、じゃあ木絵の、ホンモノの指輪は何処《どこ》にあるのかって話になるけど。そして木絵は蝿女の仲間にされて、蝿女のコントロール下にあったんだから、どのみち『木絵の指輪をどこかに持っていった、どこかに動かした、あるいはどこかに隠した』のは、あの蝿女だって話になるけど。

だって祓魔式《エクソルチスムス》の前、〈バシリカ〉第1デッキから第6デッキまでに生きて存在していたのは――計器類のデータも残っていれば金奏その他の証言もあるわよね――〈眷族《けんぞく》である6名＋悪魔にされちゃった1名＋悪魔1名〉だけだったんだもの。そして私達眷族六名が携帯版最終兵器を、陛下から賜《たまわ》った大切な〈塵の指輪〉を隠すなんてことは……」

「絶対にあり得ない」日香里が断言した。「動機もなければ意味もない。物理的にも不可能だ。木絵がまだ仲間だったなら、木絵は絶対に指輪を外すことができない。それは陛下の勅命にして絶対の掟だ。どんな甘言《かんげん》を用いても木絵が外すはずはない。はたまた、木絵が悪魔になってからは、何を頼んだところで指輪を渡すはずもないだろう――

そう、またもや論理的・物理的にあり得ないんだ」

「携帯版最終兵器が行方《ゆくえ》知れず」地霧さんがいった。「やはり異常事態にして緊急事態ね」

「半ば同意する」

「――半ば、とは」

「緊急性が若干薄れるから」

「あなたの日本語が解らないわ」

「奇《く》しくも今《いま》し方《がた》、水緒が整理してくれたとおり――」日香里は続けた。「――〈バシリカ〉第1デッキから第6デッキまでの脅威は、〈地獄の蝿〉と〈木絵〉だった。その後、場所的範囲はここ第3デッキだけになったけどね、籠城範囲を締《しぼ》ったから。

さてその脅威のうち〈木絵〉は……木絵は死んでしまった。これは先に証明されたとおり。ならシンプルな引き算で、残る脅威は〈地獄の蝿〉だけ。言葉にもならない蚊弱《かよわ》い思念を発することしかできない、もはや汚泥と成り果てた地獄の蝿だけだ。

そしてその地獄の蝿は今、ここ第3デッキも、いやその第1留置室監獄部分も脱出することができない——それはそうだ。祓魔式《エクソルチスムス》以前とて脱出できはしなかったんだ。あれだけ暴れられるほど自己治癒を終えていた状態でも、逃げることはできなかったんだ。なら、こんな非力な状態で逃げおおせられるはずもなし」

「敵は極めて弱体化している。敵は監禁されている。それで？」

「それらを前提とすれば、たとえ木絵の〈塵の指輪〉が今何処《どこ》にあろうと、それを邪悪な目的で使用しようとする者はいない——こうなる。何故と言って、重ねて、①ここ第3デッキは閉鎖状態にあり、②第3デッキには僕ら六名と奴一匹しかおらず、かつ、③奴が監禁されている第1留置室監獄部分には塵の指輪はぜったいに無いんだからね。

敵は極めて弱体化している。敵は監禁されている。敵と指輪はかくじつに分断されている。ならば、若干の時間的余裕をもって、取り敢えずの最優先課題をこなすことも許される」

「すなわち」

「もちろん天国禁断の技術の粋《すい》、携帯版最終兵器〈塵の指輪〉を捜し出すことさ。地霧、先刻からの言葉の端々《はしばし》からして、監察委員としてもそう考えているんだろう？」

「そのとおりよ。そして総論としては大賛成する。ただ各論には議論の余地がある」

「歓迎するよ」

「私達は物理的に、第3デッキしか捜索できはしないけど？」

「籠城中だからやむを得ない。できることをやる。それだけだ」

「私達は戦術として、蠅娘を確実に殺しておく必要にも迫られているけれど？」

「無論僕もそうしたい。ただ――

　正直な話、僕ら祓魔式《エクソルチスムス》チームは疲労困憊《こんぱい》だ。決戦ゆえ〈太陽の炎〉をド派手に消費したし、奴の抵抗はまさかなまやさしいものではなかった。要は、今ふたたび祓魔式《エクソルチスムス》を行って奴を滅し去ることなんてできない。幾許《いくばく》かの休息と、〈太陽の炎〉の補給が不可欠だ。仮にこんな状態で戦に臨めば、奴の今の非力さからしてまさかとは思うが、何らかの椿事《ちんじ》が生じて返り討ちに遭う可能性はある。これは古い武官としての客観的判断と思ってくれ。また念《ねん》の為《ため》付け加えておけば、捜索と戦闘、この両ミッションを同時並行でこなすことは愚策《ぐさく》だし不可能だ。戦力の分散は愚の骨頂《こっちょう》だし、捜索もまた総員でやるべきだからね」

「……木絵を治療したいからこそ、祓魔式《エクソルチスムス》という話になった」地霧さんは淡々と続ける。よく頭が回るものだ。「ただその木絵の問題が――残念なかたちではあるけれど――解消された以上、単純に、蠅娘の頭部を破壊し尽くせばそれで足りるのでは？　それって、戦力の分散や補給以前の問題だと思えるのだけど？」

「あっは、今、何処《どこ》が奴の頭部なんだい？」

「……成程《なるほど》」

（確かにあんな狂気のゼリー状じゃあ、頭部破壊の選択肢は採れない……なら木絵からあの子を追い出そうとしたように、あの汚泥から本体あるいは頭部を引き剥《は》がして破壊するしかない。ならやることは結局一緒だ、祓魔式《エクソルチスムス》だ）

「ゆえに、ミッションとしては〈塵の指輪〉捜索が最優先だ。といって地霧、僕もあの地獄の蠅をのうのうと生かしておくつもりは無い。僕らの状態と態勢が整ったなら、直ちに処分する――最終的に、徹底的にだ」

「了解した。ただあなたの参謀として意見具申《いけんぐしん》がある」

「それも歓迎するよ」

「第一。あなたの判断は合理的だと私も思い直した。するとあなたたちには休息と補給がいる。そしてそれは当然、祓魔式《エクソルチスムス》に先立つばかりか〈塵の指輪〉捜索にも先立つべきだと考える。疲労困憊の状態で、極めて重要な捜索活動を実施するのは適切ではない」

「捜索は直ちに、と思っていたが……成程《なるほど》、今度は地霧の言うとおりだ」

（確かに、地霧さんの言うとおりだ。

　というのも、私自身、実は疲労困憊の極みにあるから……ううん、この感覚はむしろ〈ガス欠〉に近い。そういえば実は、戦闘艦橋を離れ火梨の葬儀にむかう時点で、私は異様で急激な空腹というか飢餓を感じていた。そのときは、まだ食事制限第一回目が始まったばかりだったというのに。そして今はと言えば……出航前の一週間の激務で瀕死の状態に陥《おちい》った、あのときと変わらないすさまじいグロッキーさ。頭がふらふらして、躯はぐらぐらして、確実に躯のなかの〈太陽の炎〉が危機的水準にあることが感じられる……どうしてだろう、確かに私は祓魔式《エクソルチスムス》チームだったけど、ヘルプのヘルプ、アシストのアシストみたいな働きしかしていない。だのに、これほど〈太陽の炎〉が枯渇するというのは、一体）

「そこで、これから直ちに休息と補給に入ることを提案したい」私が朦朧《もうろう》としている間も、地霧さんの言葉は続く。「具体的には、現時刻〈バシリカ〉艦内時間一二二〇《ヒトフタフタマル》だから、喫食《きっしょく》等ののち艦内時間二三〇〇《フタサンマルマル》まで休息、翌〇〇〇〇《マルマルマルマル》から捜索開始、捜索終了ののち祓魔式《エクソルチスムス》開始とすることを提案したいわ」

「いささか、休息時間が長くないかしら」土遠がいった。「祓魔式《エクソルチスムス》を急ぎたくもある」

「いや土遠、地霧の意見具申《いけんぐしん》は合理的だ」日香里がいう。「というのも、僕らが喫食できる〈太陽の炎〉は今、通常量の一〇％でしかないからね……とすれば、ヒトのごとく睡眠をたくさん摂るしか状態を整える方法はないよ。といって僕自身は、そんな長時間にわたる睡眠なんて摂ったことがないが……裏から言えば、それだけ未経験の睡眠を摂るなら、未経験量の状態回復が期待できるだろう。

結論。地霧のプランを是《ぜ》とする。スケジューリングにあっても然《しか》りだ。

――それで地霧。さっき意見具申の『第一』と言ってなかったっけ？　第二はある？」

「もちろんある。でも安心して、第二にして最後だから――

私達は、祓魔式《エクソルチスムス》チーム三名はもとより、外周警戒チーム三名も監獄内に入った。すなわち汚染《コンタミ》の可能性がある。もちろん蝿娘の吐瀉物《としゃぶつ》その他を染《あ》びた祓魔式《エクソルチスムス》チームの方に大きなリスクがあるけれど、あれだけ房内の徹底した捜索を実施した以上、私自身を含む他の三名も汚染《コンタミ》のリスクを免《まぬか》れない」

「汚染《コンタミ》……具体的には？」

「吐瀉物なり体液なりあの汚泥なりに紛《まぎ》れて、蝿娘が私達に附着《ふちゃく》又は侵入しているリスク。私にはあの子の、そう最小の構成要素なり構成単位なりが分からないから、例えば微量の体液が附着していることにもリスクを感じるの」

「成程《なるほど》。要は奴の極めて小さな形態を、僕らがこの第1留置室外へ持ち出してしまう――そういうリスクだね？」

「まさしくよ」

「それについては、そうだな――

まず僕の経験上、そう腐れ縁としての実戦経験上、奴の最小の構成単位は〇・一ディギトゥス強――二、三㎜の〈蝿型〉又は〈蛆型〉のユニットだといえる。先程《さきほど》、『パズルのピース』と表現したとおりだ。これはだいたい、ヒトの食べる砂糖というかザラ糖の大きさだね。僕が様々な嫌がらせをされたとき、奴が分裂する最小の大きさはそれだった——皆《みんな》も、奴が無数の蠅や無数の蛆に分裂する様《さま》はもう嫌というほど目撃したよね。その最小型が、二、三㎜の蠅・蛆だ。

言い換えれば——体液その他の液体はユニットにならない。液体だけが独自の行動をとることはできないし、液体だけに何らかの機能を付与することもできない。これは経験論だが確実だ。何故と言って、もしそうした嫌がらせができたなら、〈大喪失〉以前の無数の戦《いくさ》において、奴がとっくにやっていたはずだから。奴と散々対峙してきた僕が、それを経験していないということは無いはずだから」

「すると、体液の附着にあっては警戒を要しないと」

「その毒性には警戒する必要があるけどね。教区の学校で誰もが学ぶとおり、〈悪しき者〉の躯はこれすべて僕らにとって猛毒だ。この場合、体液であろうと蠅・蛆であろうとだ」

〈そうだ。私自身ももちろん教わっている——あの〈大喪失〉で、無数のはらからが〈悪しき者〉そのものの毒で悶《もだ》え苦しんだことを。死骸も毒なら生体も毒。それが〈悪しき者〉〉

「ゆえに、汚染対策《コンタミ》を講じるとすれば——」日香里は続けた。「——さすがに蠅だの蛆だのが体内に侵入したとなれば、二㎜だろうが三㎜だろうが僕らにとっては猛毒だから、体内の何処《どこ》かに触れた時点で、直ちに違和感を憶えるはずだ。そこが爛《ただ》れるだろうし。また皮膚の露出部分についても——これは体内と違って目視確認は可能だが——同様の違和感を憶えるはず。

　すると特段の汚染対策を講じるべきは、僕らの髪と制服・靴の類《たぐい》だな。

　髪は隠れやすいし肌ほどには違和感を感じられない。制服等はむろん感覚器官を持たない。あとはそう、祓魔式《エクソルチスムス》に用いた装備品の類《たぐい》か。これらを聖別・浄化すればいい。さてどうやってやるのがいいか……僕らの中の〈太陽の炎〉は消費したくないし……」

「それなら日香里、絶好の手段があるよ!!」金奏が嬉しそうにいった。「ほら、祓魔式《エクソルチスムス》に臨む前、火梨を葬《とむら》っていた第10留置室から大量の聖水を調達してきたよね、たくさんの革袋に入れて。ああよかった、〈太陽の炎〉を余計に消費して、えっちらおっちら搬んできた甲斐《かい》があった……」

「おっ金奏、成程《なるほど》、あの聖水がまだたっぷり残っていたね!!

実は僕も、陛下の聖水によるシャワーっていうのはパッと思い付いたんだけど、そしてそれはここ第1留置室でもたくさん使える状態にあるけど――まさに聖水・聖油から成る〈陛下の盾〉がある――今この時点で、まさかここの〈陛下の盾〉をシャワー用に緩めたりいったん解除したりするのは論外だから、さてどうしたものかと迷っていたんだ。

といって、他の留置室に赴いて〈陛下の盾〉をシャワー用に使うのもまた論外だよね。何故と言って、それは必然的に、いったんここ第1留置室を出ることになるから。それは当然、汚染された可能性があるまま艦内をうろつくことになるから」

「そしてさいわい」金奏が続ける。「聖水入り革袋はたくさん準備してきたし、さっきの祓魔式《エクソルチスムス》でも消費されていない。シャワーほど便利じゃないけれど、シャワーを染《あ》びるときのように思うまま、もうふんだんに使える。それだけの水量はあるよ日香里」

「じゃあさっそく、ここで聖水をばしゃばしゃ被《かぶ》ろう。

あっそのあと、臨時に〈太陽の炎〉を用いるのはもちろん許可するよ、あっは」

――ヒトが六人、警察施設のなかでいきなり水垢離《みずごり》・水行《みずぎょう》のごとく、しかも着衣のまま大量の水をばしゃばしゃ被《かぶ》る……なんてことは論外だけど、もちろん私達六名はヒトじゃない。どれだけ派手に濡れたところで問題ない。日香里は気を遣って〈太陽の炎〉の使用を許可してくれたから、濡れた髪躯《かみからだ》をタオルその他ナシでたちまち乾かすなど児戯《じぎ》だし、当然すごいことになる制服・靴の類《たぐい》を原状回復するのも朝飯前だ。加えて、どれだけ第1留置室のオフィス部分がびしょびしょになろうと問題ない。やろうと思えば直ちに水滴ひとつ残さず元通りにできる上、この情勢ではむしろオフィス部分とて聖水に塗《まみ》れていた方が保安上好ましいだろう（誰もここのオフィス部分なんて使わないんだから、マジメに乾かす意味もない。どうしても留置施設を使いたいというなら、第2～第9留置室はおろか、第11、第12、第13……と無数に続く留置室が完備されているのを私は目撃している。不必要なほど多い気はするけど）。

よって私達は、使徒団の制服姿のまま、むしろ水遊びのように思いっきり革袋の聖水を被り始めた。ばしゃばしゃと。ばしゃばしゃと。思わぬレクリエーションに、緊張と戦慄《せんりつ》の連続だった誰もが童心に帰ったみたく嬉しがる。ヒトでもそうなのだろうか、やっぱり水は躯にも魂にも優しい。熱いシャワーは熱いシャワーで気持ちいいけど、そうでなくても例えばプールで泳ぐのは気持ちいい。たとえこれが聖水でなくとも、その清冽《せいれつ》な清めの効果はきっと実感できたろう。制服その他がぐずぐずになるのも、むしろおもしろい感覚に思える。〈太陽の炎〉の激しい枯渇《こかつ》を感じ、意識すら朦朧《もうろう》とさせていた私も、劇的な回復こそ感じなかったけれど、頭と躯と魂によろこびを感じ、どうにか態勢を立て直すことができた。それにどのみち、あとちょっとで睡眠が摂れる。この異様なまでの飢餓感も、あとちょっとだ。

——やがて、徹底的に洗った髪をいつもの素敵なポニーテイルに整えながら、また全身の聖水を乾かしながら、金奏がいった。

「地霧が立ててくれた計画によれば、これから艦内時間二三〇〇《フタサンマルマル》までじっくり休息だけど、もう航程第三日目が始まる正午を過ぎたから、〈太陽の炎〉の配給——お昼御飯が必要だね。あとは……それから何処《どこ》で休息するかの問題と、そうだね……総員が休息してしまってよいのかって問題があるかな」

「金奏、それは要は」水緒は普段どおり理知的にリムレスの眼鏡を光らせた。「私達、体力回復のためホンモノの睡眠を摂る予定だから、総員が休息してしまっては、軍艦たる〈バシリカ〉としてマズい――ってことね？」

「まさしくだよ水緒。

　戦闘艦橋電算機と諸計器の教えるところによれば、①ここ第3デッキの閉鎖・隔離は完璧で、②だから敵に占拠された状態にある第7デッキ以下からの脅威は無いけど……軍事委員の火梨が生きていたら激昂《げっこう》するようなそれは油断そのものだしね。まして、その第3デッキでもここ第1留置室の監獄には蝿娘がいる、しかもまだ生きている――っていうのが私達の前提だから、これは『籠城中の城塞《じょうさい》内に極めて警戒すべき捕虜を置いている』のと一緒だしね。そんななか、城塞の守備兵総員が熟睡します――っていうのはちょっと、ううんかなり脳天気かなあと」

「といって金奏」副長の土遠が、まだちょっと濡れているクールなボブを揺らした。「ともかくも、日香里と金奏には熟睡してもらわなければならない。先の祓魔式《エクソルチスムス》で著しく消耗したはずだし、次なる祓魔式《エクソルチスムス》と艦内捜索でも主力になってもらわなければ。日香里と金奏は、私達に残された貴重な戦力だもの」

（土遠も含め、水緒と私は生粋《きっすい》の文官だからなあ……地霧さんは成程《なるほど》、大佐の階級を与えられてはいるし、肝《キモ》が据わっているのはもう嫌と言うほど分かったけど、もともとは宮内省の文官。英雄たる日香里や警察委員の金奏ほどの実戦力になるかというと、それは……）

「他方で、副長の私としては、誰かが戦闘艦橋で状況を把握・確認していなければならないことを指摘するわ。リアルタイムで。理由は金奏も言ったとおり。第7デッキ以下の状況確認、第3デッキの安全確保そして第1留置室のモニタリングが必要不可欠だから。

　よって私が」

「ううん土遠」水緒が自然に告げた。「私が戦闘艦橋の当直を務めるよ、皆《みんな》の休憩時間中」

「有難い申出《もうしで》だけど……あなただけ休息が摂れないというのは不公平かつ非合理的よ？」

「私は外周警戒チームだったから、祓魔式《エクソルチスムス》チームほど消耗してはいないわ。

そして外周警戒チームというなら他は土遠と地霧だけれど——土遠に万一のことがあってはならない。それはそうよ。絶対にそう。何故と言って、〈バシリカ〉計画における地球の再建と復興は、建設省の顕官《けんかん》で天国随一の技監《ぎかん》である土遠の双肩《そうけん》に、そして事実上土遠の双肩のみに懸かっているんだから——再征服《レコンキスタ》後の地球の諸インフラ整備や都市計画国土計画は、土遠の生存を大前提にしているんだから。

また、残る地霧について言えば、昨日の艦橋における様子を見るに、私なんかより余程《よほど》実戦における戦力になりそうだから。

よって、いちばん消耗の度合いが少なく、欠けたところで代替《だいたい》の利く私が当直を務める。

それに土遠。副長の土遠ならきっと憶えていると思うけど、今は既に航程第三日目。そして第三日目の当直は私よ。それが規則で命令。なら、これから艦が当直時間帯に入るというのなら、戦闘艦橋でそれを務めなければならないのは当然、私となるわ」

「水緒の責任感には頭が下がるけれど、当艦の実務責任者である副長としては……」

「いや、土遠」日香里が決断をした。「水緒の意見は正しい。水緒に献身を強いることになるが、理屈は正しい。だからこれからの休憩時間、水緒に当直を務めてもらう——といって水緒、水緒の負担を軽減するため、僕も戦闘艦橋で当直を務めよう」

「……日香里何を言っているの？」土遠が訝《いぶか》しんだような顔をする。「日香里が最も休息を摂らなければならない。それはこの議論の大前提よ？」

「いやもちろん、僕はガッチリ寝かせてもらうさ、しっかり睡眠は摂る、ただし戦闘艦橋でね。そして水緒が万一何らかの異変を認知したなら、直ちに僕を叩き起こしてもらう。そして僕がその異変に対処する——それなら水緒の負担も緊張も軽減されるだろう。

加えて、もし僕が比較的早めにコンディションを整え終えたなら、そのときは水緒と交代して、水緒に睡眠を摂ってもらってもいい。そこは臨機応変にゆこう。どのみち、異変が認知されたなら主として対処するのはこの僕だ、そのときは睡眠がどうだ休息がどうだ言っていられない。

要するに、水緒と僕とが一緒に戦闘艦橋に詰めるのは、任務と組合せからして合理的だ」

「……艦長、それは命令？」

「ああ命令だ、土遠」

「なら是非《ぜひ》も無い……いえ了解したわ、艦長。

あとは実務的なことを詰めるだけ。すなわち、戦闘艦橋における当直二名以外は何処《どこ》で睡眠を摂るか、よ。籠城中の第3デッキに自分の私室があるのは金奏だけだし」

「それなら土遠」その金奏がポニーテイルをぴょこんとさせた。「快適かどうかは保証しないけど、絶好のホテルはあるよ」

「すなわち？」

「警察施設。具体的には留置室。数は腐るほどあるし、そもそも誰かをお泊めする施設なんで、もう見たとおりベッドもある。まして〈陛下の盾〉のスクリーンは、睡眠中の躯の完全な安全を保障する。私自身、私室より留置室を選ぶよ。さすがに睡眠中は無防備になるから、きちんと『鍵が掛かる』『変なお客様が入れない』宿の方が安心だしね」

「決まったな」日香里がいった。「戦闘艦橋に僕と水緒。留置室に土遠・月夜・金奏・地霧。なお緊急事態がありうるし、それぞれの所在は明確にしておく必要があるから、僕が部屋割りを指定してしまおう。そうだな……

既に『変なお客様が使用中』であるここ第1留置室の近くはやっぱりリスクがあるけど、異変が起こる確率の高い場所でもあるから、あまり距離を置いても不合理だ。よって、火梨を安置した第10留置室の隣から——第11留置室が地霧、第12留置室が土遠、第13留置室が金奏、第14留置室が月夜」

「なんだか微妙にランダムね、艦長?」

「だんだん疲れてきてさ、地霧。合理的な理由の必要ないことは、もう流れでいいかと。

あと僕からは——金奏、解散前に昼食の配給を。それから悪いけど祓魔式《エクソルチスムス》用の装備品、金奏の室にも保管しておいてくれるかな。今戦闘艦橋にもあるけど、もう一式、バックアップとして警察施設の方にも準備しておいた方が賢明だろう。用意できるかい?」

「今朝方《けさがた》日香里が使った勅撰《ちょくせん》聖書や聖帯《ストラ》だね。もちろん。戦闘艦橋には複数あるもの」

「よかった。それでは解散としたいが、総員、最後に何か意見等はあるかい?」

「なら私から短く二点」地霧さんはしれっといった。日香里が眉《まゆ》を顰《ひそ》める。「第一点。金奏、各留置室のスクリーン。あれ警察委員の金奏しか展開・解除できないと思うけど?」

「ああ、それなら大丈夫。技術的に問題ない。私、第11留置室から第14留置室について、私に加え、地霧たちそれぞれの承認コードでスクリーンを展《は》れたり消したりできるようにするから。留置室そのものの外扉もそうしておくよ。そうすれば保安措置が二重になる。そしてそれは、ここの戦闘艦橋電算機でも警察施設の電算機でもできる——私が承認コードで命じさえすれば。これ警察施設の設定変更だから、私にしかできないんだ」

「なるほど了解。なら二三三〇《フタサンサンマル》まで安心して籠城して当該《とうがい》室で快眠する。では第二点。

水緒、あなた私の立てた計画、私の組んだスケジュールに異論はない?」

「……私が? 異論? スケジュールって、その二三三〇《フタサンサンマル》まで休息云々《うんぬん》ってあれだよね?」

「ええ。きっと修正を求めてくるだろうと思っていたのだけれど」

「私が? ううん地霧、指摘の意味がよく解らないわ。だって何も意見ないもの私」

「あらそう。なら結構。艦長、私からは以上よ」

「解った。ここでの検討を終える。祓魔式《エクソルチスムス》及び諸捜索への尽力、改めてありがとう。

——戦闘中の軍艦ゆえ警戒は怠《おこた》れないが、休息もまた大事な任務だ。

確実に二重の保安措置を講じた上、最大限の状態回復をはかること。いや、むしろ理由なく睡眠を摂らないことは罰する。変事なければ二三三〇《フタサンサンマル》、戦闘艦橋に集合とする。解散」

Ⅵ

〈バシリカ〉第3デッキ、第14留置室。もちろん監獄の房内《ぼうない》。

意外に熟睡できた私は、カチコチのベッドの上で意識をとりもどし、上半身を起こした。あれだけ異様な感じで、そう太陽の炎のガス欠すら危惧される感じで疲労していたから、疲れすぎて上手く眠れないんじゃないかと思ったけど……戦闘艦橋で解散する前、金奏が皆《みんな》に配給してくれたお昼御飯のお陰もあってか、ただの一度も覚醒しないほど、そう泥のように眠った。とはいえ、食事量は普段の一〇%。恐ろしい祓魔式《エクソルチスムス》を目の当たりにした衝撃と興奮もまだ冷めない。だからいったん眠りから覚めると、もはや二度寝など考えられないほど、また脳がたかぶってくるのを感じた。頭の傍に置いた銀の懐中時計を開く。艦内時間、二二一〇《フタフタヒトマル》。

（たくさん寝たことは寝た）

——私はいよいよ監獄内のベッドを起ち、裸身に制服を纏《まと》う。

普段なら制服のままで寝ようが、日換わりでパジャマを用意しようが何の問題もないけれど、〈太陽の炎〉の使用制限が命ぜられている以上、そうもゆかない。不要不急の器物を創り出すのは論外だし、寝乱れた所為《せい》でできた皺《しわ》や汚れの類《たぐい》を原状回復することも駄目。そう、どうにかして第7デッキ以下の〈太陽炉〉〈太陽の炎貯蔵庫〉を私達が奪還するまでは駄目。それまでは、耐乏生活が続く。

（とはいえ、この夜が明ければ航程第三日が終わる。

そして私達の計画では、第六日を終えたとき、地球に到達する。そのはずだった……）

もし敵が、〈バシリカ〉の航海や航法や太陽炉に未だ影響を与えられないでいるのなら、残り十二時間強で既に道半ば、航路の五〇％に達することになる。シンプルな言い換えで、残りは三日だ。そう、〈太陽炉〉〈太陽の炎貯蔵庫〉そしてもちろん地球再征服の要《かなめ》〈最終兵器〉を奪還するというのなら、猶予《ゆうよ》は最大で三日。

（ううん、猶予はもっと短いな……）

第7デッキ以下は、封鎖に用いた銀と鉛とですごいことになっているはずだし、敵が第7デッキ以下を恣《ほしいまま》にしてきた以上、『破壊』や『略奪』は当然覚悟しなくちゃいけない。その応急の復旧をも考えるなら——それはそうだ、地球に廃船・幽霊船で到着したって何の意味もない——三日どころか三〇日あっても足りない気がする。あの日香里なら、不屈の意志と強いリーダーシップでどうにかしようとするだろうけど、しかし、物理的にできることとできないことがある。

（誰かがいつか言っていた。折り返しのことを。〈バシリカ〉の折り返しのことを。

だから、天国への帰還限界点のことを）

それは燃料の関係から、もし最終兵器を使える状態のままでいるなら航路の五〇％に達した点、もし最終兵器の使用を断念するなら航路の七五％に達した点だ。すなわち私達は、前者の意味における帰還限界点へ、あと十二時間強で到達しようとしている。

（そしてこれも、誰かが言っていた……どうしても天国へ帰還しなければならない事態も、軍艦としては当然想定しておくべきだと。まさか日香里はそんなこと微塵《みじん》も考えないだろうけど、それでも……それでもこの情勢では）

私は文官だから、〈バシリカ〉に途方もない点数を搭載した、新たなる地球の基盤となるべき『文物』と『生物』のことを考える。考えてしまう。このバシリカは、文明と文化の方舟《はこぶね》でもあるのだから。ところがその文物と生物のほとんどは、今や敵の掌中《しょうちゅう》にある。そして〈悪しき者〉がそれを破壊したり略奪したりしないなどとは、まさか考えられない。

(新たなる地球の基盤、方舟のたからたち。

それが失われたと思《おぼ》しきとき、それでも地球へむかう意味はあるんだろうか?)

――そして、仮に武官の立場に立ってみても、同様の疑問は生じる。生じてしまう。

(バシリカの〈最終兵器〉は、今の地球のすべての〈悪しき者〉を滅し去ることのできる、巨大な〈塵《ちり》の指輪〉だ。これも誰かの言葉を借りれば、『天国すら全滅させ得る』そんな大量破壊兵器だ。それすら今は――実際に使用できるかどうかは別論――物理的に敵の掌中にある。そんな状態で今の地球にむかうということは、敵国の中枢にわざわざ大量破壊兵器を運搬してやるようなもの……)

私達の任務は、今や累卵《るいらん》の上にある。バシリカは、軍艦としても方舟としても、その役割を果たしきれない状態にある。もっといえば、目的と真逆の役割を果たしてしまう虞《おそれ》すらある。ならば。

(私はきっといちばん弱い使徒だろうけど、陛下に勅任《ちょくにん》された以上、他の皆《みんな》と一緒の任務と責任を果たさなければならない。だとしたら)

……帰還限界点までにおける、バシリカの『折り返し』。天国への撤退。

いよいよ、それを艦長の日香里に意見具申《いけんぐしん》する義務があるのかも知れない。もちろん指揮官は日香里で、最終的な決断をするのも日香里だけど、私だって自分の頭で考えて、自分の意見を持っておく必要がある。自分の意見を。

(意見、意見……

私より冷厳な土遠、賢い水緒、世馴《よな》れている金奏、そして――好奇心旺盛《おうせい》で考えることの大好きな地霧さんは今、バシリカの今後をどう判断しているんだろう?)

――いよいよ、話し合わなければ。猶予はそんなに無い。
けれど蠅の少女の祓魔式《エクソルチスムス》や、木絵の塵の指輪の捜索も急務だ。悠長《ゆうちょう》に士官会議をやっている訳にもゆかない。ただそうこうしているうちに、例えば航路五〇％の点などすぐ過ぎ越してしまうだろう。バシリカ奪還作戦のことを思えば、航路七五％すら。
（どうも状況に流されすぎて本質を見失っている、ような。ある種の思考停止があるような。ううん、それは私だけのことで、私以外はもう確乎《かっこ》たる方針を固めているのかも知れないけど……予想外のことが、起こりすぎて……）
私がいつしか、さっき纏《まと》ったばかりの制服姿で、ウンウンと悩み悶《もだ》えながら、ここ第14留置室の監獄をうろうろしていると。
［――寝ていたらゴメン月夜、起きている？］
［あっ、金奏］
声量をしぼった、金奏の思念が脳裏に響いた。この声量からして、彼女はたぶん近くにいる。もともと、隣の第13留置室が金奏の仮眠部屋ではあるけど。ともあれ、私は答えた。
［うん、もう起きているよ。どうしたの？］
［まだ全然集合時刻じゃないから、もしまた寝たり休んだりするなら――］
［ありがとう金奏、でも私熟睡できたし、二度寝とかする気もないよ］
［今、月夜の仮眠部屋の前。お邪魔してもいい？］
［もちろん。何のおもてなしもできないけど……］
［それについてはまあ心配ないよ。じゃあ入るね］
最後の思念が途切れたのと同時に、金奏が承認コードを告げる肉声がして、ここ第14留置室の扉が開いた。私が自分の承認コードでロックした扉だけど、警察委員の金奏なら、独自に開扉することが

できて何の不思議もない。さもないと、例えば私が死んでしまったとき、監獄部分も留置室そのものも密室になってしまうだろう。

私は急いで、自分の承認コードで監獄部分の扉を開く。留置室のオフィス部分に出る。

「おはよ……じゃなかった今晩は、月夜!!」

「今晩は金奏。あれっ、土遠も一緒？」

「実はそうなの。お疲れ様、月夜」

第14留置室のオフィス部分には、思念を発してきた金奏のみならず、副長の土遠まで入ってきた。そしてその金奏と土遠は、アルミのお盆とアルミの食器を持っている。アルミ、というのにも違和感があるけど、ましてそれらはかなり無骨で実戦的で……敢えて言えば、その、安物だ。天国の平民《プレブス》でも、もうちょっと真っ当な品を使うはず。

とまれ、それらアルミの食器は、あるいはお茶を湛《たた》え、あるいは無骨なクッキーのごときものを載せている。とても薄そうなスープのようなものも見て取れる。透明な液体はきっと真水で、黒褐色の液体はきっと珈琲《コーヒー》だろう。

「お邪魔だった？」

「ううん土遠、いつものとおりボケッと考え事をしていただけだよ――それはお土産？」

「もうじき、木絵の指輪の捜索と祓魔式《エクソルチスムス》を始めるから……」土遠はオフィス部分のカウンタや筆記卓へ、金奏と一緒にアルミの食器を並べてゆく。「……そのまえに、ささやかなお茶会をしようと思って。思念で呼んだら、金奏も起きていたので連れ立って来たの。いわば、最後の息抜きかしらね？」

土遠の口調には、どこか作為的というか、演技的なところがあった。そもそもあの土遠がお茶会とか息抜きとか……亡き木絵が聴いたら抱腹絶倒して塵になりそうな椿事《ちんじ》だ。

「う、嬉しいよ土遠。耐乏生活が始まってから、まさか自由にお茶会なんてできなくなったから——といって、その食器とかお茶とかはどうやって用意したの？　勝手したら日香里が怒るよ」

「ああ、これなら全然大丈夫」金奏は優しく笑いながら。「いつもみたく〈太陽の炎〉で創り出したものじゃないから。だから日香里に滅茶苦茶怒られることもないから、あっは。あっそうそう、〈太陽の炎〉といえば夕御飯——引き続きの耐乏生活でホント悪いんだけど、はい月夜、夜の配給」

金奏が試験管のようなものを採り出す。今朝の朝食のときのように。そこには〈太陽の炎〉の欠片《かけら》が入っていた。それはやっぱりチョコレートの欠片《かけら》のように儚《はかな》いサイズで、時を置きすぎて濁ったお茶のようにも見える色調をしており、どこか物悲しい。容器からそれを摘まみ出して私にくれる金奏の顔も、とても申し訳なさそうだ。

「ありがとう金奏。それに食事量一〇％の制限は、金奏の所為《せい》でも誰の所為でもないから」

「……月夜は優しいから、かなり罪悪感を感じちゃうよ」

私は努めて明るい顔をし、すぐにその〈太陽の炎〉を食べた。空腹だったから、もっと染み渡る感じがするかと思っていたけど、砂漠に水を一滴落とした感じで、むしろ渇望感・飢餓感が強まったようにも思える。確かに、今朝の朝食時もそんな感じだったっけ。

「でも金奏、どうやってその食器とかお茶とかを準備できたの？　さっき〈太陽の炎〉は使ってないって言っていたけど……」

「留置施設には、ヒトでいう給湯室が点在しているんだ。食器の準備もあれば、食料や飲料の備蓄もある——御覧《ごらん》のとおり、留置施設のお客様用だから、まあかなり質朴《しつぼく》というかオンボロだけど。ただ、今は役に立つ」

「それじゃあとりあえず副長から——」土遠がお茶の入った食器を掲げた。「——乾杯の発声を、不《ふ》遜《そん》ながら。

今夜まで生き残れたことを祝して。また我らが〈バシリカ〉の奪還を祈念《きねん》して」

——乾杯。

私は土遠や金奏と一緒に、まずはそのお茶を飲んだ。それは躯《からだ》をしっかり温められるほど熱く、だから久々のお茶としては嬉しいものだった、けれど……

「うっ、金奏このお茶」冷厳な土遠が顔をゆがめるのは稀《めずら》しい。「聴いてはいたけど、また絶望的に非道い味ね？」

「まあそう言わず。こちらの、何だったかな、インスタントスープと乾パンもどうぞ」

「……………………」

それらを律儀《りちぎ》に口へ搬んだ土遠は、蠅の少女の唾液でも呑んでしまったかのような悲劇的な顔をして、もう押し黙ってしまった。首席枢機卿の養女にして、伯爵の名乗りを許されている土遠にとっては、もはや拷問そのものだったのかも知れない。何故と言って、実は平々凡々《へいへいぼんぼん》な私にとってすらそうだったから……

「あっは、月夜もやっぱり閉口した？」

「う、ううん金奏。私お茶会っていうだけで嬉しいもの。それになんだか、今朝から変にガス欠気味で……だから、魂に染みわたる感じで美味しいよ」

「無理しなくていいよ。気分だけ気分だけ。重ねて、これ監獄のお客様用だし。

今夜の用件からすれば、日香里に内緒で、水緒や木絵だって満足するような本格的な奴を創り出したかったんだけどね、さすがにね」

「——お茶をする以外、私に何か用事があるの？」

「うん実は。でも、ただそれはその、副長の土遠から……」

「月夜、あなたは」しばし押し黙っていた土遠は、態勢を立て直し言葉を紡いだ。「私がかつてこう言ったこと、憶えているかしら。そう、あの第6デッキ研究室の〈法隆寺〉で——『予想外のことは起こるもの』『あの地霧が折り返しを主張していたような事態だって起こらないとは言えない』『バシリカ計画の根幹部分を変更すべき事態、また然《しか》り』と」

「う、うん憶えているよ。

そして私が、ええと……『今のヒトがとても聖別・浄化できるような状態になくって、だからむしろ絶滅させてしまった方がよいような、そんな事態』の発生を例に挙げたことも、憶えている」

「ありがとう。だから私も言ったわね、『そうした臨機応変の対処も必要になるかも知れない』『聖座と枢機卿団の当初の意図に反することとなっても』『天国の正義に反することとなっても』と。そうしたら月夜は——」

「……そうだね、私はそのとき答えた。そんなときでも、私は艦長である日香里と、副長である土遠にしたがうと。日香里と土遠がどんな『臨機応変の対処』を決断したとしても、まさか陛下の御為《おんため》にならないことはしないはずだから、日香里と土遠にしたがうと」

「ここで月夜。〈バシリカ〉の帰還限界点は？」

「き、帰還限界点」私はドキリとした。「そ、それは航路の五〇％に達した点か、航路の七五％に達した点——もちろん、最終兵器の取扱いをどうするかによるけど」

「以上のことを前提とした上で、月夜……

あなた、〈バシリカ〉の現状をどう考える？」

——正直、私は吃驚《びっくり》した。他方で納得もした。

吃驚《びっくり》したのは、土遠もまた——わざわざ同席している金奏も——私が今まさに思い悩んでいる難問に、苦悩しているんだと痛感したから。私は今まさに、その難問に対する仲間の考えを知りたいと痛感しているから。

そして納得をしたのは、土遠と金奏がそう苦悩しているのも当然だと思ったから。それはそうだ。仲間の内では私がいちばんの世間知らずだろう。建設省のエリート技監である土遠。内務省の世馴《よな》れた警視正である金奏。どちらも実践知《じっせんち》には事欠かない。実務能力にも、危機管理能力にも。なら、私ごときが思い悩んでいる——思い悩める問題点なんて、とっくに検討し尽くしているはず。私達の問題意識がいま、ここでシンクロしたのは、まさか偶然でも気紛《きまぐ》れによるものでもない……

私がそんな感じで吃驚《びっくり》し、また納得しているあいだにも、土遠は私の瞳を、あの凍土のような灰色の瞳で真正面から見詰めている。もちろん私は、土遠に答える必要に迫られた。

「……私は、あのとき言ったとおり、日香里と土遠の判断にしたがう一使徒だよ。でもそういうことじゃなく、私個体の考えを聴いているんだよね、土遠？」

「まさしく。あなた個体が、自分の頭で考えていることを」

「……それなら、〈バシリカ〉の芸術委員としてあるいは文系文官として言うよ。現状、残念ながら、その、〈バシリカ〉は方舟としての機能を果たせない。理由は言うまでもないけど、方舟の文物・生物が無事であるとは思えないもの。言い換えれば、私達は新たなる地球の基盤となるたからを奪われてしまったもの——今この時点では、だけど」

「あなたが有しているデータからして、あなたのその認識は正しい。なら踏み込むけど、今この時点において『臨機応変の対処』をするとすれば、それは？」

「日香里と土遠の判断にしたがう、って大前提を置いた上で……いったん天国に帰還して、天国の軍勢とともに〈バシリカ〉を奪還し、また態勢を整えてから再出発を検討した方が、よりリスクが少ない、んじゃないかと私は思う。

……日香里の武力に不安はないけど、敵軍勢の実態はほとんど分かっていない。他方で第3デッキの籠城には、そう〈陛下の盾〉にはしばらく不安がない。だったら、生き残りの六名で地球にむかいつつ奪還作戦をするよりは、現状を維持したまま天国に帰還して、天国の増援を求めるべきだと私は思う。

そして帰還の決断は、早ければ早いほどいい——何故と言って、私達の使える〈太陽の炎〉には限界があるから。それは第3デッキの〈陛下の盾〉の維持に影響するから。また決断が遅れれば遅れるほど、敵が〈太陽炉〉〈太陽の炎貯蔵庫〉〈最終兵器〉をいよいよ乗っ取って意のままにする危険性が強まるから。現状、どうやらそれらの防壁なり保安システムなりを無力化できてはいないようだけど。でもそれだって何時《いつ》まで保《も》つか……」

「——月夜、そこまでしっかり答えられるということは、あなたもまた帰還問題を真剣に検討していたのね？」

「実はそう。まして火梨に木絵。戦死者を二名も——二五％も出してしまったとあっては」

「確認として訊く。月夜は帰還に賛成なのね？」

「……うん。確認として言えば、最後は日香里と土遠の判断にしたがうという前提で」

「よく解った。今夜ここへ来た甲斐《かい》があった……ほんとうに。ありがとう月夜」

「土遠は、ひょっとして、帰還作戦を日香里に意見具申《いけんぐしん》するつもりなの？」

「来る《きたる》二三三〇《フタサンサンマル》、戦闘艦橋に総員が集合するときにね。

作戦のスケルトンは既に起案してある。だから事前に、月夜の真意を訊きたかった」

「じゃあ察するに、金奏も——」

「私も土遠に賛成なんだ」金奏は少し顔を翳《かげ》らせながら。「日香里には申し訳なく思うけど、その日香里のためにも……だって日香里のダメージと消耗は、私達が想像する以上に深刻なはず。それはそうだよ。あれだけ激しかった艦橋での戦闘。あれだけ激しかった蠅女の祓魔式《エクソルチスムス》。日香里以外の仲間だったなら、あんなような実戦を経れば、もう戦死していてもガス欠で仮死状態になっていてもおかしくない。あの凛々《りり》しい態度と性格からして、そんな素振りすら見せないけれど。まして、そう、火梨を死なせてしまった負い目や、陛下の〈バシリカ〉を穢《けが》してしまった負い目。日香里が今、艦長としてどれだけ後悔し苦悶《くもん》しているか……それを思えば、たとえ日香里に残酷な決断を強いるとしても……そう、私達の天国のために、正しいことをしなくちゃいけない」

「できれば、水緒と地霧の考えも知りたかったのだけれど」土遠は微妙な嘆息《ためいき》を吐いた。「地霧は――地霧のことは正直よく解らないし、これまでの様子を見るに、あの子何を言い出すか解ったもんじゃないわ。それに頑固そうだから、私達がどう出ようと、どのみち今の自分の意見を絶対変えないだろうしね。

そう思うと、せめて水緒とは話し合っておきたかった。ただ私達、徹底した休息を命ぜられているから、変事もないのに戦闘艦橋に行けば……」

「ああ、日香里怒るよね、日香里はほんとうに仲間思いだから。懲罰にも触れていたし」

「そうなのよ月夜。それに、たとえその日香里が爆睡中だったところで、あの責任感の強さからすれば、私が戦闘艦橋に入ったりしたら跳ね起きるだろうしね……同様の事情で、水緒の当直任務を妨害するのもマズい。

そんな諸々《もろもろ》から、戦闘艦橋に行くのは諦め、月夜の意思確認をしに来たと、そういう訳」

「ただ……」私は数瞬、躊躇《ちゅうちょ》した。「……陛下の勅任なさった艦長、陛下の勅任なさった地球総督たる日香里としては、仮に賛成してくれたとしても、そう、金奏のいったとおり残酷な決断を強いられることになるね。

まして、仮に無事帰還できたとしても、天国史上最大の軍事作戦に失敗した司令官が、特にあの意地悪そうな枢機卿団に、どんな懲罰を科されることとなるか。私帰還作戦には賛成だけど、日香里の今後を思うととても不安になるよ。事と次第によっては、いきなり〈塵の指輪〉で死刑ということだって――ううん、みせしめというのなら、〈塵の指輪〉でヒトにそして木偶《でく》に堕とすことだって」

「おめおめと天国に帰ったなら」土遠の声が凄味《すごみ》を増した。「我が義父ながら、宰相《さいしょう》が、そう首席枢機卿が、どんな苛烈《かれつ》かつ破廉恥《はれんち》なしうちを試みることか。確かに私も著しく不安に思うわ。ただ月夜、義父も枢機卿団もまったく信用できないけれど、信用できる……信用させていただくことのできる方はいらっしゃる。私達のことを理解して、私達にお味方してくださるかも知れない方はいらっしゃる。すなわち」

「帝陛下《みかどへいか》だね!?」

「そう、今上《きんじょう》陛下」

「確かに、陛下は開明的な方だとよく聴くし、きっと日香里のこともすごく信頼していらっしゃる気がする」

「ええ、それに疑いはないと思うわ……」土遠の口調がやや優しくなる。「また、これまで極めて深刻だった討議が、どことなく雑談あるいはゴシップめいてくる。いよいよホンモノのお茶会かも。

「……今の陛下は日香里のことを大切に思っていらっしゃる。いいえ、敢えて言うなら日香里に負い目すら感じていらっしゃる、はずよ」

「えっ、というと?」私は思わずゴシップを発展させたくなった。「負い目って、陛下に対して不敬にもなる言葉だけど、土遠それどういう意味?」

「――月夜は今の陛下と日香里との関係、何か聴いていることは無い?」

「全然。私まだただの司教でしかないし、皆と競《くら》べると世間知らずな方だから……」

「大司教補の金奏はどう?」

「そりゃ内務省の警察官としては、様々な噂話《うわさばなし》も聴くけれど。でも聴けば聴くほど、ホントのところは閣僚級、そう枢機卿クラスでないと解らないと思えるしね」

「それもそうね、情報は集まったら集まったで混乱することもあるわね……」

「そこへゆくと、土遠は伯爵の名乗りを許されている高位有爵者《ゆうしゃくしゃ》だし、首席枢機卿の養女だし、だから内務省警察官どもの噂話よりは、確たる所を知っている――んだよね？」

「まあぶっちゃけそうね。身分に関する事実を卑下《ひげ》するのは嫌味だしね」

「なら、さっきいった『陛下の日香里に対する負い目』っていうのは？」

「それは金奏、概略《がいりゃく》こういう物語よ――

旧世代のはらからが、あの蠅女のごとき悪魔どもに地球を追われたかの〈大喪失〉。地球もそこに住まうヒトも、太陽の恵みもすべて奪われてしまったかの〈大喪失〉。日香里がその大戦《おおいくさ》において獅子奮迅《しふんじん》、八面六臂《はちめんろっぴ》の大奮戦《だいふんせん》をしたのは知ってのとおり。この壮絶な撤退戦において、殿《しんがり》を買って出た日香里の、夜を日に継いだ一騎当億の戦功によって、余勢《よせい》を駆った悪魔どもが天国にまで攻め入ることは――だから天国が蹂躙《じゅうりん》され滅亡させられることは――どうにか回避された。これもまた知ってのとおり」

「そうだね、誰もが教区の学校で学ぶことだから」金奏がいった。「日香里は大戦の英雄」

「先帝陛下の右腕でもあったんだよね」私もいった。「先帝陛下が最も信頼なさった臣下」

「当時の天国において最も強く、当時の天国において最も先帝陛下に愛されていた……だから最も美しい眷族《けんぞく》だった。私が諸情報を総合するかぎり、それは間違いないわ」私同様、〈大喪失〉当時は生まれていなかった土遠が慎重にいう。「言葉を選ばなければ、日香里は先帝陛下のいちばんの寵臣《ちょうしん》だったの。まして、〈大喪失〉においては億を超えるはらからのほとんどが虐殺されてしまったから、結果、天国の門をくぐって天国まで撤退できたのはたったの八名。すなわち先帝陛下、今上陛下、そして今の枢機卿団六名よ――

ここで。

生き残りがたったの八名とあらば。しかも、最も悪魔どもの首級を挙げたのが日香里とあらば。寵臣たる日香里の立場は微妙になるわ。億を超えるはらからの、熱狂的な支持も存在しなくなったしね。そしてそれ以降の天国は、実際上、生き残り八名による寡頭《かとう》政治、いえ『共同生活』にならざるを得なくなったしね」

「土遠それはぶっちゃけ」金奏が顔を顰《しか》める。「生き残った他の枢機卿らの、嫉妬だね？」

「まさしくそのとおり。ただ〈大喪失〉以前は、日香里をどうこうすることなどできはしなかった。日香里が、聖書にもある天国の大叛乱《だいはんらん》を鎮圧し敵首魁《てきしゅかい》を地獄に叩き堕とし固く鎖につないだ大英雄だった、ということもある。またあの日香里の性格、態度、立ち居振る舞い……日香里は平民《プレブス》の圧倒的な支持を獲得していたということもある。そんな日香里に陰謀を謀《くわだ》て、失脚させることなどまさかできはしなかった。

　ところが、〈大喪失〉によって天国の政治情勢は大きく変わることとなる――

　変化の第一は、これは繰り返しになるけれど、平民《プレブス》の圧倒的な支持など意識する必要がなくなったこと。物理的に平民《プレブス》などいなくなったから。そして変化の第二は、天国がたちまち飢餓状態に陥り逼迫《ひっぱく》を極めたこと。物理的に地球と遮断されたから。言い換えれば、それまで天国のエネルギー事情を支えていた、地球から天国へと上《のぼ》ってくる『善なるヒトの魂』が、いっさい手に入らなくなったから」

（これも、やっぱり教区の学校で学ぶことだ）私は思った。（善なるヒトの魂は、かつて私達眷族の食糧だった。天国に上ってくる、善なるヒトの魂。それらから精錬《せいれん》される〈太陽の炎〉こそ、私達の文明と生存の基盤だった。それが、〈大喪失〉にともなう天国の閉鎖と籠城とで、まったく、すっかり入手できなくなった……）

「それでもまあ、太陽の恵みさえあれば」ヒトの魂ほど良質じゃないし精錬にも余計な手数が掛かるのだけれど、だからヒトから抽出するのが最上なのだけれど、と土遠。「〈太陽の炎〉は生み出せるわ。そう、太陽の恵みさえあればね。

しかしながら、甚《はなは》だ絶望的なことに
「その太陽の恵みさえ、天国には到《とど》かなくなってしまった……」

「そのとおりよ月夜。そしてそれは当然で、見やすい議論。

だって天国は自らすべての門を閉ざし、籠城戦に突入したのだもの。そして悪魔どもとて、天国を飢餓状態に陥れるため、天国の周囲を猛毒の闇で満たし、外界の空間をガタガタの狂気のパズルに仕立て上げたのだもの――それはこの〈バシリカ〉の航海において、誰もが実体験として知っていることよね。舷窓《げんそう》から、好きなだけその闇を拝めるから。

そこで、〈大喪失〉以降における天国の政治情勢の変化の、第三。

天国は、自ら新たな太陽を創り出す必要に迫られた。新たな太陽というか、新たな炉《ろ》を」

「あっ土遠、それも教区の学校でやることだけど」金奏がいった。「結局、先帝陛下が御自《おんみずか》ら、天国の太陽になることを御決断されたんだよね？　御自分の存在すべてを賭《と》して、帝《みかど》たることも断念されて、意思なき太陽に御転生なさることを決意された」

「そのとおり。

そしてそれこそ本題たる、『今上陛下の日香里に対する負い目』につながってくるの」

「まだ議論が見えてこないんだけど……」

「それもそのとおりよ金奏。必要な情報はこれから喋るから。

すなわち――実は当初、天国の太陽になるべきだとされていたのは、叛乱鎮圧の英雄にして大喪失における英雄でもある、日香里だったのよ」

「えええっ。

じゃあ日香里、実質的には死んじゃうって言うか、ただの炉《ろ》になるところだったんだ」

「正確には、日香里ともう一名の枢機卿が、天国の太陽となるべき候補者とされていた。というのも、日香里とそのもう一名の枢機卿が〈大喪失〉における最大の武功者だと認められたから。それだけの実力を、武力を、超常の力を有する者だと認められたから。いいえ、実際問題、最大の武功を挙げたのは、むしろ日香里でなくそのもう一名の枢機卿だったのよ。なんでも、数多《あまた》あった天国の門、そのうち最後まで開かれてしまっていた門の真ん前まで肉薄していた悪魔を――そうはからに擬態《ぎたい》して天国に侵入しようとしていた悪魔を、ギリギリの段階で地獄に追い遣ってくれたとか。そしてその、最後まで開かれていた門を最終的に閉じてくれたとか。まさに危機一髪。なるほど英雄で最大武功者よね」

（その話は、私自身、日香里から直接聴いたことがある……）私は日香里との会話を顧《ふりかえ》った。

（……そうだ、日香里は断言していた。『最大の武功は最後に門を閉じてくれた仲間のもので、僕はただ、猪《いのしし》武者《むしゃ》として暴れただけの戦《いくさ》莫迦《ばか》だよ』『彼女が悪しき者の奸計《かんけい》を見破って、門のほんとうに数歩手前のところで敵を地獄に帰してくれたからこそ、今の天国はある』って。だから土遠の今の話には、大きな信憑性《しんぴょうせい》がある）

――そして私は登場者を整理した。〈大喪失〉を生き延びた眷族はたったの八名。①天地創造をなさった先帝陛下1、②今の陛下1、③先帝陛下の枢機卿たる日香里1、④他の枢機卿5。すると②④の六名の内に、日香里が讃辞を惜しまない眷族、最後に天国の門を閉じた英雄がいることとなる。

（そして土遠のこれまでの話と、私の想像とが正しければ。

その、最後に天国の門を閉じた眷族というのは。日香里とともに、天国の太陽となるべき候補者とされたその枢機卿とは――）

「土遠ひょっとして」金奏も私と一緒のことを感じたようだ。「その、もう一名の枢機卿っていうのは。ううん、そのもう御一方《おひとかた》っていうのは」

「そう、今上《きんじょう》陛下よ。もちろん御即位前は帝《みかど》でなく、一介の枢機卿でいらしたわ。というか新枢機卿ね。

元々、その、なんというか、これ不敬になってしまうけど……撤退戦のときはまあ、位階でいえばヒラ、平民《プレブス》でいらっしゃったの。なんでも大喪失前の日本《イアポニア》で、警察官の守護天使をなさっていたとか。だから、まさか高位聖職者でも高位有爵者でもなかった。

それが撤退戦における最大武功を認められ、先帝陛下によって、七階級飛ばしでいきなり枢機卿に叙任《じょにん》されたと、そういうこと」

（あっ成程《なるほど》、だから今天国の公用語は日本語だし、私達の制服だってこんな感じなんだ、成程《なるほど》……ただ『警察官の守護天使』って、何処《どこ》かで聴いたことのあるフレーズだわ。こんな特徴的なフレーズだから、出所はすぐ思い付けるはずなのに。私どこで聴いたんだろう？）

「そうすると……ええと」金奏が考え考えいった。「〈大喪失〉のあと、日香里と今の帝陛下は、天国の太陽になるべき候補者にされちゃったと。どちらかが、はらからであることを諦め、ただの炉になることを求められたと、そういうこと？」

「そのとおりよ金奏」

「撤退戦の英雄の武功に報《むく》いるにしては、ちょっと非道いんじゃないかな……？

それはやっぱり、生き残りの枢機卿らの嫉妬っていうか、ぶっちゃけ陰謀か何か？」

「義父のことでもあるから、しゃあしゃあと論じるのは破廉恥《はれんち》でもあるけど、正直そう。日香里の武功に、今の陛下の武功。まして日香里は先帝陛下最愛の寵臣。今や先帝陛下以外の支持基盤を欠く寵臣……排除する絶好の好機よ。また今上陛下についていえば、元々、まあ、その、卑賤《ひせん》の平民でありながら空前絶後の抜擢《ばってき》を受けたから、どう考えても先帝陛下派になるし、武官仲間として日香里派にもなるだろうし、空前絶後の活躍をしたその実力と実績は脅威になる……排除しておくに充分な理由がある。

といって、枢機卿団が――日香里と今の陛下を除くから五名ね――その二名のいずれかを天国の太陽にすべきと主張したことにも理由はあった。第一に、まさか先帝陛下にそれを求めるなど論外だもの。それは臣下として口にすらできることではないわ。第二に、新たな太陽の候補者というなら超常の力が強い者の方がよいに決まっている。それはどう考えても、生き残りの内では日香里と今の陛下よ、その絶大なる武功を考えればね。そして第三に、実は今上陛下は、ちょっとその、あの、飽くまで噂話《うわさばなし》で伝聞でしかも又聞きで確たる証拠も何も知らないから、ちょっとその、申し上げ難《にく》いところがあるんだけど……最大武功を挙げつつも、いささか問題のある行動をとってしまってもいたの。うらん、何らかの罪といってよいかも」

「というと？　それ具体的にはどんな行動？」

「具体的にはね金奏、今の陛下が最後に、そう最後に開かれていた天国の門を閉じたとき。だから、その直前にまで脚を踏み入れていた悪魔を地獄へ帰したとき。今上陛下は――その悪魔の願いをひとつ、聴き容れたみたいなの。ううん、ふたつだったかな。どのみち正確な事実関係なんて、新世代の私には知るべくもないけれど。

とまれ、今上陛下は、悪魔と取引をしたととられても仕方のない行動をした。その結果、天国の門から、絶対に天国に入れてはならない病毒《いんぺい》が、天国に入ってしまった……もちろんその病毒は徹底して調査され、隔離され、ひょっとしたら隠蔽され、よって新世代の私達にはまさか何の影響も与えてはいないはずだけど」

「うーん……話が抽象的過ぎて、ちょっと解りづらいなあ」

「それはそうよ。実際に知っているのは旧世代だけど、義父がそんな冒瀆的《ぼうとくてき》スキャンダルの内容なん

て、教えてくれるはずもなし。日香里も黙して語らない。けれどとにかく、今上陛下が、取引として
か好奇心ゆえか何らかの信念に基づいてか、どのみち故意犯として、悪魔の願いを聴き容れて、天国
にとっての病毒をあえて天国の門から導き入れた……ここまではどうやら真実と考えられる。それが
私の結論」
「悪魔と取引するだの、病毒をあえて蔓延《まんえん》させようとするだの、眷族としては想定し難《がた》い思考方法・
行動パターンだし、ましてて」金奏は強く訝《いぶか》しんだ感じで。「それをしたという今の陛下は、結局の所
は救国の英雄で、どこまでも天国の利益を守った側なんだから、話がド派手に矛盾している気もする
なあ……その病毒っていうのは、いったいどういうモノだったのか……生き残りが病気でバタバタ倒
れたなんて史実は、天国にはないわけだし」
「今上陛下って、ヒラの守護天使時代、ちょっと眷族としては風変わりな所があったそうだから、そ
の思考パターンは私達とはちょっと、ううんかなり違うのかもね。日香里も時々、思わずといったか
たちで漏らしてはいる――『僕もヒトが好きだけど、陛下はヒトに接しすぎたのかなあ。大好きどこ
ろか考え方までヒトっぽいしなあ』『海がお好きな天国の住民、ってのもめずらしい』『よくお話しに
なる渚《なぎさ》での御経験が、よほど印象的だったのかも知れないな』『勅書《ちよくしよ》や聖書の御真筆《ごしんぴつ》なんて、あん
なに綺麗でびっしりした字をお書きになるのに、ヒトみたいに頑固で執拗《しつよう》で物好きだし』『もう帝陛《みかど》
下なのに、決裁書類は真っ赤っ赤に直して附箋《ふせん》だらけにして返してくるし』『天国の門を閉じたあの
ときだって、できたての〈塵の指輪〉で脅されても、断乎《だんこ》として自説を曲げなかった』『まあ陛下が
執拗《こだわ》ったあれは確かに、言い方によっては、天国史に残しておくべき貴重なたからと言えなくもない
が』『新世代を汚染し混乱させるものだという枢機卿団の判断も、それはそれで正しい』『僕らは基本
不死なんだから、モノに頼る必要はないし、ましてて出所がね……』とかなんとか。これもまた、少な
くとも私にとってはほとんど意味不明だったけれど」

「ともかく、今の陛下は〈大喪失〉のとき」金奏が話を整理した。「問題のある行動をとってしまったと。それが、新たな太陽となるべき候補者に挙げられた理由のひとつだと」

「そうね金奏、話を戻すとそういうことになるわね。要は、①先帝陛下は対象外、②対象者は超常の力が強い者がよい、③問題行動をとった者は対象者とすべきである——こんなところが枢機卿五名の主張となる。より具体的には、なら日香里か今の陛下かとなる。

　ここで日香里は、あの性格だもの、天国を正常化してヒトを導く、地球を奪還してヒトを導くという天国の大義のためなら、よろこんでその身を犠牲にしようとしたの。日香里、ヒトとのつきあいがとてもとても長く深かったから、もちろんヒトと地球とを激しく愛していたし、どうにかして天国とヒトとの紐帯《ちゅうたい》を取り戻したいと願った。そのためには、まず天国を復興させなければならない。そのためなら、自分が意思なき太陽になってもかまわない。それで天国が生き延び、やがて地球とヒトとを取り戻せるのなら本懐《ほんかい》だと、日香里は本気で思っていた。正直な所、他の枢機卿五名の保身とか権力への執着とかに——生き残りはたった八名なのにね——愛想を尽かしていたこともある。だから日香里はむしろ志願をした。候補者二名のうち、自分こそが新たな太陽になると手を挙げた。ゆえに、事態がそのまま推移すれば、天国の新たな太陽、天国の物言わぬ炉となるのは、その日香里で決まりだった、のだけど……」

「だけど結局」私はいった。「天国の新たな太陽になってくださったのは、候補者二名の誰かどころか、なんといきなり先帝陛下だよね？　私達の誰もがそれを知り、私達の誰もが今もその恩寵《おんちょう》に感謝している。金奏もさっき触れていたように、それが天国の史実」

「まさしくよ月夜。それが私達の史実。すなわち一身を犠牲にしてくださったのは、日香里でも今の陛下でもなく先帝陛下——聖書にいう、天地創造の主《しゅ》」

「それはやっぱり、日香里を守るために……」

「それは拝察するしかないけれど、どう考えてもそうでしょうね。

というのも先帝陛下は突如、御譲位《ごじょうい》の意をおしめしになり、後継者を——新帝を指名なさってその全知全能の御力《おちから》をあっさり委譲《いじょう》された後、誰の説得も、そう日香里の身命を賭《と》した説得もお聴きにならず直ちに身を処されたから。あっという暇《ま》に。閣議も御前《ごぜん》会議もお開きにならず。だからその御真意は誰にも解らないし、もう永劫《えいごう》解ることはない。ただ議論を続ければ続けるほど日香里には不利だったでしょうし、志願した日香里自身を思い止まらせる必要もあった。先帝陛下があらゆる異論と手続を無視して帝位を捨て、ましてイキモノでもなくなったのは、そう、どう考えても日香里を守るためでしょうね。

またそれは、日香里のみならず今上陛下をも守ることになった。それが先帝陛下の御意思かどうか、それも永遠に解ることはないでしょうけど。ただそうであったことも強く拝察できる。何故と言って、わざわざ今上陛下を——ヒラ守護天使の平民上がりで、まして天国に対し罪を犯したともいえる今上陛下を——新帝に御指名なさったということは、今上陛下をあらゆる懲罰なり刑罰なりから守ることでもあったから。そう、新たな絶対者・全能者となった今上陛下を処罰することなど、生き残りの誰にもできなくなったから」

「日香里はすごく悲しんだろうね……」その苦衷《くちゅう》は察するに余りある。「……右腕として幾万年も幾万年も御信頼いただき、また格別な御寵愛《ごちょうあい》を賜《たまわ》ってきたのに。だから、あの日香里としてはよろこんで犠牲になる気だったろうに。よりによって、そんな大切な主君が自分の身代わりになってしまうだなんて。あの日香里なら——絶対にそんな姿を見せはしないだろうけど——耐え難《がた》いほど嘆き悲しんだはずだよ」

「それも確実に思えるわ月夜。そしてここでようやく、さっきの月夜の疑問に答えられる」土遠がまとめた。「それはすなわち、何故私達の今の陛下が、日香里に負い目を感じておられるか？

またすなわち、私達が〈バシリカ〉計画の継続を断念し天国に帰還したとき、
何故今の陛下が私達にお味方してくれる可能性があるか？

それはもちろん――」

「あっそうか成程《なるほど》、そういうことなんだ」私にもようやく理解できた。「今上陛下の負い目。それはきっと――自分も新たな太陽になるべき候補者だったのに、日香里の大切な先帝陛下にそれを押し付けたかたちになった、という負い目。それはたぶん確実。

あと今上陛下の御旨《みむね》を拝察すれば――内容はまだよく解らないけど、『問題行動をした』『何らかの罪を犯した』御自分こそ犠牲になるべきなのに、その責任から逃げるかたちになった、という負い目。あと、御自分の問題行動なり罪なりを免責するためにこそ、日香里の大切な先帝陛下が犠牲になってくださった、という負い目。おまけに、〈大喪失〉以前からの英雄にして高位聖職者・高位有爵者である日香里をさしおいて、平民《プレブス》だった自分がとうとう全能者・絶対者にまでなってしまった、という負い目……」

「私もほとんど一緒のことを想像するわ、月夜」土遠がいった。「だから結論として、私達が枢機卿団の命令を無視して天国に帰還することとなっても、今の陛下だけは、日香里をどうにか弁護し庇護《ひご》し免罪してくれると思うのよ。そしてそれは、日香里の部下である私達についても同様だと思うのよ。その意味で、帰還計画を実行したときの政治的リスクは、零《ゼロ》とはまさか言えないけれど――義父たちがどう出てくるか分からないしね――でも確実に死刑になるとか、確実に木偶《でく》に堕とされるとか、そういうことにはならないと思うの。さっき月夜は、日香里の身の上を心配してくれたけど、その種の政治的リスクは月夜が想定しているより断然、低い」

「だとしたら土遠、いよいよ私が〈バシリカ〉の折り返しと帰還計画に反対する理由はなくなるよ

……ただ」

「ただ？」

土遠はその凍土のような灰色の瞳を濃くして、私を真正面から見据えた。ここで私が付言なり留保なり反論なりをするとは、全然思っていなかったような感じで――

私は土遠の突然のプレッシャーに畏怖《いふ》すら憶えつつ、それでも〈バシリカ〉の使徒としてどうしても言わなければならないことを、どうにか、必死で言葉にし始めた。

「――私達、そう私自身もだけど、いちおう天国の最上位階級に属しているから、どうしても話が、なんていうか上空飛翔的な、ハイソな感じになっちゃうけど……そう政治とか権力闘争とか、陰謀とか失脚とか、そうしたことに考えがゆきがちだけど。

私、思い出すんだ。

出航前の、あの晴れやかなパレード。

私達の出発を、〈バシリカ〉計画の実行を、そして地球の再征服《レコンキスタ》をあれだけ熱狂的に祝ってくれた、天国三〇万の眷族たち。私達のはらから。私達がいちばん大切に思わなきゃいけない、今とても苦しい状態にある天国を必死に、真の意味で支えている大事な仲間」

「茶々《ちゃちゃ》を入れて悪いけど月夜、私の意見としては、今とても苦しい状態にある天国を必死に支えているのはその眷族らと、あと一、〇〇〇万人の木偶《でく》よね。というか実質、後者よ」

「あっそれはもちろんそうだし、私そもそも天国の木偶《でく》制度に反……じゃなかった、天国が一、〇〇〇万人の木偶《でく》に激しく著しく依……じゃなかった、支えられていることには異論がないよ」

「いえ御免《ごめん》なさい月夜、感情のまま、無駄な差出口《さしでぐち》を挟んでしまったわ――どうぞ続けて」

――土遠が『感情のまま』だなんて。土遠はよっぽど帰還計画に苦悩しているんだろう。

とまれ、私は続けた。私達が考えなければならない、天国の仲間たちのことについて。

「……天国総出で、あれだけ祝ってくれた眷属たちは、私達が再征服《レコンキスタ》に失敗して、まして悪魔に妨害され撃退されて天国に逃げ帰ってきたとしたら、いったいどう思うだろう？　ううん、どれだけ悲しみどれだけ絶望するだろう？

　私達は、選ばれた使徒だからこそ、そのことも考えなきゃいけないと思う」

「そこは説得するしかないわね、解ってくれるまで」土遠が沈痛にいった。「帰還を決意した私達〈バシリカ〉の使徒の真意を。それが当初のかたちと異なっても、必ずや天国の為《ため》になるということを。私達はまさか天国の正義の実現を断念したわけではないということを。私達には必ず征服と再建をやりとげる覚悟があるということを。そのためには犠牲と苦渋の決断も必要だということを」

「そうだよ月夜‼」金奏も真摯《しんし》にいった。「身分を問わず絶大な支持を有する日香里が、そして私達がそれを真剣に訴えるなら、きっと天国三〇万の眷族も理解してくれるよ。私はそう信じる。私達が正しい道を選択したなら、それは私達の覚悟になるし、その覚悟はきっと天国三〇万の眷族を正しい道へ導くよ――そう、私達は同胞を裏切るわけじゃない。まさかだよ。天国の在るべき未来のためにこそ今は犠牲を払い、苦渋の決断をするんだよ」

「……解った。そもそも私は土遠のことも金奏のことも信じているから。だから土遠と金奏がそこまで言ってくれるなら、私としてはいよいよ納得だよ。そして、覚悟もできた」

「重ねてありがとう、月夜」

「ううん土遠、同じ〈バシリカ〉の使徒として、御礼《おれい》を言われることじゃないと思うよ」

「――なんか月夜、出航前より強くなった感じがするよね。なんか言葉も考え方も、力強くなっているよ」

「それは金奏、自分ではそうなのかどうか解らないけど……あまりに想定外のことが起こりすぎたし、たった二日目にして初めての実戦を、しかも殺されそうになった実戦を経験したから、変わった所があるのかも知れないわ。いい方に変わったことを、祈りたいけど」

「いい方に決まっているよ!!　そして、これからもきっとね。

しかし、さてそうすると――」

金奏が警察官らしい、シンプルでタフそうな黒と銀の腕時計を見遣った。そして続けた。

「――現時刻、艦内時間二二三五《フタフタサンゴー》。すなわち、日香里が命じた集合時刻まで約一時間。おなじく、消失している木絵の〈塵の指輪〉捜索開始時刻まで約一時間半。

このまま戦闘艦橋にゆき、日香里と話したいところだけど……まだ日香里が命じた休息時間帯だよね。そして日香里は事実上〈バシリカ〉唯一の武官だから、休息時間帯に日香里の邪魔をすべきじゃないよ。また日香里が言っていたように、水緒もまた睡眠をとる可能性があるから、そのときはそれも邪魔したくない。他方で、地霧は何の遠慮もなく爆睡中だと思うのが自然だよね、あの性格と態度と、戦闘艦橋での発言からすると。

――さてそうなると、やっぱり二三三〇《フタサンサンマル》、総員が戦闘艦橋に集合したとき、寝起きでまだ夕御飯をとっていない他の仲間に〈太陽の炎〉を配給しつつ――そうささやかな一〇%の晩餐を開催しつつ、副長の土遠から帰還計画を提案してみるのが穏当な流れかなあ?　特に地霧の出方によっては、穏当どころか修羅場《しゅらば》だけどね」

「……地霧は私達を取り締まる監察委員だから」土遠がいった。「何の遠慮もなく反対するかもね、あの性格と態度からすれば」

「地霧が何を考えているか、何を考えるかはともかく、絶対に『譲歩』『妥協』はしないだろうからね。ただ地霧が何を言おうと何をしようと、艦長の日香里が決断することが全てでそれだけだよ……そう、終局の所、私達と天国の運命は日香里の双肩《そうけん》に懸かっている」

「すべてが上手くゆくことを、今は祈るしか無いわ……」土遠はそっと嘆息《ためいき》を吐きながら。「ただしかし、あと一時間弱もお茶会となると、ちょっと手持ち無沙汰《ぶさた》ではあるわね」

「あっは、それなら土遠、私達で第1留置室のあの蠅娘、ぶっ殺しておく？」

「またすごい提案ね金奏。まあ軍艦の副長としては普通、諸手《もろて》を挙げて賛成すべきプランなのかも知れないけど――」

ただそれって、もう地霧が提案して即座に論破されていたじゃない、ほら日香里いわく『今、何処《どこ》が奴の頭部なんだい？』って」

「あっまさに。そうだった、そうだった」

私もその日香里と地霧のやりとりを思い出した。

――今、第1留置室の監獄には〈蠅の少女〉がいる。正確には、ピンク・白・紫・紺のビビッドな、狂気すら感じさせるゼリー状の死骸に変わり果てた〈蠅の少女〉がいる――ただ、死骸っていうのは実は誤りだ。それは純然たる死骸じゃない。

日香里いわく、悪魔の死骸は確かにそのようなゼリー状になるけれど……しかし私達は誰もが聴いたのだ。とても蚊細《かぼそ》く蚊弱《かよわ》くはあるけれど、開戦以来ずっと聴かされてきたあの〈蠅の少女〉のものに間違いない『思念』を。だから狂気のゼリーのなかで、瀕死の羽音《はおと》のような思念を発しつつ、〈蠅の少女〉はまだ生きている。だからこそ、第1留置室の〈陛下の盾〉で、厳重にゼリーごと監禁され続けている……

「成程《なるほど》、あれじゃあ頭がどこか分からないどころか」金奏が天を仰いだ。「今どんな状態で生きているのかも分からないよね。そりゃ蠅娘自身にしか分からない。あのゼリーのなかで極々《ごくごく》小さな蠅なり蛆なりの姿をとっているのか、それともあのゼリーそのものが躯なのか、はたまた私達の想像を絶するかたちで生きながらえているのか。そりゃ蠅娘自身にしか分からない。

なら私達と悪魔を殺すルール――『頭部を徹底的に破壊する』も何もないね、現状では」

「……金奏」私はかねてから時々思っていたことを口にした。「ひょっとしたら、そうでもないんじゃないかなって、私思うんだけど」

「えっ月夜、それいったいどういうこと？」

「あの〈蠅の少女〉を殺す方法って、実はあるんじゃないかと……」

「――今のあの状態で？　すなわち？」

「私自身、さっき言ったとおり想定外のことが起こりすぎて動転しているし、まして初めての実戦だったこともあって、ハッキリ指摘できなかったんだけど……

〈塵の指輪〉を使えば。

あの子に塵の指輪を使えば、その、アッサリ塵にできるんじゃないかなあって。

ねえ土遠、私達眷族を殺す方法はたったのふたつ。でもふたつあるよね。ひとつは今金奏が指摘した『頭部を徹底的に破壊する』方法。これは実際に……そう火梨がやられている。私の文科省の先輩だって、過激派のテロでこれをやられた。だから、私達にとっては自明なルールだけど、実証もされていると言っていい。だよね土遠？」

「そうね月夜、私達は『頭部を徹底的に破壊』されれば確定的に死ぬ。実に残念ながら、〈バシリカ〉においても天国においてもその実例がある――それで？」

「でも私達は、〈塵の指輪〉を用いられても死ぬ。これが、私達眷族を確定的に殺すたったふたつの方法の、もうひとつ。そしてこれは、〈バシリカ〉においてはまだ試みられてはいないけど、天国においては、その、実際上恣《ほしいまま》に実行されている。私達は指輪を下賜《かし》されるとき、指輪の禁秘《きんぴ》を知った。天国における、恐ろしい運用実態も知った……過激派は枢機卿たちの〈塵の指輪〉でじゃんじゃん死刑にされているし、本題とは関係ないけどヒトに、だから木偶《でく》に堕とされてもいる。だから、私達が指輪の力で確定的に殺されてしまうというルールも、私達にとって自明でしかも実証されている。

だよね金奏？」

「そうだね月夜、私達は『塵の指輪の力を用いられれば』確定的に死ぬ。天国において〈塵の指輪〉を所持しているのは――所持することを許されたのは枢機卿以上と私達八名の使徒だけだけど、そして私達はそれをまだ実戦使用していないけど、枢機卿たちが嬉々《きき》として過激派を殺しまくって、あまつさえそれを娯楽にしているってのは、私が出航前に、そうあの『将官の間』で駄弁《だべ》ったとおりだよ」

「そして土遠、これ確認なんだけど――あの蠅の少女のような悪魔、そう私達の敵である〈悪しき者〉もまた、塵の指輪によって殺すことができる。そうだよね？

だって〈悪しき者〉は聖書にあるとおり、元々は私達の眷族で、先帝陛下に叛逆した私達の眷族で、だから日香里たちによって地獄に墜とされた眷族なんだもの。だから私達と、なんというかその、存在の根本的な在り方は一緒なんだもの。またださからこそ、今の地球にいる〈悪しき者〉と戦うべき私達に、超特例として塵の指輪が下賜《かし》されたんだし、まただからこそ、今の地球にいる〈悪しき者〉をまとめて滅し去る〈最終兵器〉が――最終兵器は巨大な塵の指輪だし塵の指輪は携帯版最終兵器だよね、この航海で幾度か確認されているけど――いずれにしろそんな〈最終兵器〉がバシリカに、現実に実装されているんだもの。

要は、『悪魔を塵の指輪で殺すことができる』のは、天国とバシリカと私達使徒にとって大前提――だよね土遠？」

「そうね月夜。それはまさに確認になるわね――

悪魔は元々私達の眷族。だから悪魔を殺すルールは私達のそれとまったく一緒。ゆえに、『頭部を徹底的に破壊すること』と『塵の指輪を用いること』のいずれかによって悪魔は確定的に殺せる。それは自明で実証されている」

どのみち私達は嘘が吐けない。だから土遠が今断言できたことは真実として確定する。

「だとしたら、あの第1留置室の〈蝿の少女〉はあんな状態だけど、あそこにいるっていうことが確実だっていうのなら、監獄で〈塵の指輪〉を用いればそれだけですむんじゃないかと……あと私自身は動転して忘れていたりできなかったりしたけど、実はこれまでの」

「――あっ、月夜が疑問に思っていること、私解ったよ」金奏が考えを整理するような感じで、ちょっと快活な口調を緩め、どちらかといえば慎重な感じで続ける。「実は、これまでの蝿娘との戦闘でも、その、大剣での大立ち回りだの機関銃での釣瓶《つるべ》撃ちだのをしないでとっとと〈塵の指輪〉を用いればよかったんじゃないか――月夜が疑問に思ったのはそういうことだよね？」

「うん金奏、実はそう、まさにそう」

……しかしここで金奏は、やっぱり慎重に考える雰囲気で、そしてどこか困ったような雰囲気で、私を見詰めながら黙ってしまった。喩《たと》えるなら、物解りの悪い生徒にどうやってカンタン過ぎることを説明するか、途惑っているような感じで。自分はすっかり解っているんだけど、まったく解っていない相手にどうやって説明をするか、迷っている感じで。

すると、そんな金奏を数瞬見遣っていた土遠が、むしろサクサクと説明を引き受けた。

「月夜、あなた〈塵の指輪〉の使い方を――その圧倒的な力の発動条件を憶えている？」

「うんそれはもちろん。所持を許されたときあれだけ説明されたから。要はそれは――」

――私は記憶を顧《ふりかえ》った。とはいえこれは実戦兵器で、バシリカは実戦に赴く軍艦だ（今まさに実戦が酣《たけなわ》だけど）。私達は戦闘員でもある。だから、きっとヒトの武官が銃の使い方を諳《そら》んじているように、指輪の使い方は私の脳にも叩き込まれている。当然のことだ。

（そう、使用したい対象が目視《もくし》確認できる距離・範囲にいるのなら、誰それ、塵になれと命じればそれですむ。要は、目視と指名と命令。それが発動条件でそれだけだ）

それだけで、命令された眷族はたちまち塵と化してゆく。命令された刹那《せつな》、私達の躯は足からたちまち塵に変わってゆく。膝《ひざ》が崩れ、腰が崩れ、肩が崩れて頭が崩れるまで実に一〇秒程度。ましてこの変容は不可逆的《ふかぎゃくてき》であり、指名と命令があったが最後、この恐ろしいほどシンプルな死刑を免《まぬか》れる術《すべ》はない。また命令による変容は自律的であり、指輪は肉声による命令さえ感受したなら、そのコトバだけをトリガーとして、例えば私達自身の超常の力も外界のあらゆるエネルギーも一切必要とせず、自らの呪力のみで完全完璧に稼動する。

（だからこの場合、蝿の少女、塵になれと目視しながら命じれば、もうそれだけで――）

私はここまで考えて、自分のマヌケさに気付いた。やっと気付けた。自分が土遠や金奏、そして日香里といった実戦仲間をすっかり見括《みくび》っていたということを。それはそうだ。文系文官の私がパッと思い付けることなど、実際に戦闘力を有するまともな使徒なら、思い付くどころか片時も忘れはしないだろう……

「――あっそうか、指名ができない!!　誰それ塵になれ、の誰それが分からない!!」

「まさしく。

そして無論私も金奏も知らないわ。いえ眷族の誰もが……ああ地霧については断言することができないけど……そう今〈バシリカ〉にいる仲間の誰もが蝿女の名前を知らない」

重ねて、私達は嘘が吐けない。結果として嘘になってしまうことも発言できない。『知らないと思う』『知らないはずよ』『知らないと聴いたわ』『知らない感じね』『誰々によれば～知らない』なら別論、今土遠はそのような、私達が文法上本能的に注意して使っている留保を一切、付けなかった。断言した。よって土遠の言葉は真実として確定する。ただこれ、今の情勢を考えると便利なのか不幸なのか……

「そうか……そうだよね……だとしたら指名ができない。いくら目視確認できる射程距離内に置いても、いくら命令の文言を発したとしても、名前が分からないことには……」

「そして普通、初めて遭遇する悪魔の名なんて分からないわよね。ゆえに祓魔式《エクソルチスムス》において私達は、そして天国からそれを教えられたヒトは、『汝の名を名乗れ《ディカスミキノメントウス》』との問い掛けから本格的な儀式を開始する。それはまさか伊達《だて》や酔狂《すいきょう》ではないわ」

(そういえば確かに、日香里は第1留置室での祓魔式《エクソルチスムス》のとき、それを問い掛けていた)

「まして、私が思うに違う問題もある。むしろ難問がある。〈塵の指輪〉をあの蝿女に用いられない深刻な理由がある」

「えっ土遠それどんな難問?」

「月夜、今木絵の〈塵の指輪〉が消失していることを忘れてはならないわ。もちろん私達の取り敢えずの捜索によれば、それは蝿女のいる第1留置室には無い。あれだけ執拗《しつよう》に捜したんだもの、それは断言できる。けれど私達は、それをどうにかして発見しない限り、それが私達以外の者によって使用されてしまうリスクを無視することができない。木絵の〈塵の指輪〉捜索が最優先課題である所以《ゆえん》よ。そしてここ〈バシリカ〉第3デッキは隔離・封鎖されているのだから、当該《とうがい》『私達以外の者』というのは、必然的にあの蝿女になる」

「それはそうだね。第3デッキにいるのは私達と、あの〈蝿の少女〉だけなんだから」

「そしてもし蝿女が木絵の指輪を手に入れてしまったのなら、いよいよ私達は——たとえどうにかして奴の名前を知ったとしても——蝿女に〈塵の指輪〉を用いることができなくなる。正確には、自分の死を覚悟しなければ、そう『相討ち』『刺し違え』を覚悟しなければ用いることができなくなる」

「——どうして?」

「奴が指輪を回収したと仮定して、月夜が奴に自分の指輪を用いる状況を想像してみて」

私が〈蝿の少女〉を視界に収める。目視する。そして誰それ、塵になれと命ずる。名前が分かっているとすれば、指輪の力は問題なく発動する。ガス欠でも発動する。私達の〈太陽の炎〉とかを必要とする訳じゃないから。すると〈蠅の少女〉は足先から一〇秒程度でたちまち塵になってゆく……一〇秒程度で……

「あっ!!」

「気付いた?」

「完全に塵化するまで一〇秒程度!! それは普通なら『たちまちのうちに』だけど、でも!!」

「同じく指輪を持っている蠅女は、これ断言できるけど絶対に、死んでもこう絶叫するでしょうね――『月夜、塵になれ』と。その一〇秒程度のうちに。だって蠅女は月夜の名前をもう最初の襲撃のとき知っていたというし、そうでなくとも木絵から訊き出せた。私達総員の名前も、〈塵の指輪〉の能力も使用方法も何もかも。それはそうよ。奴は木絵にあんなことをして木絵を悪魔に堕としたんだもの。木絵は蠅女の仲間になった。木絵は幾らでも天国の禁秘《きんぴ》を奴に教える、嬉々として。

だから自分が塵化の最中にあったとしても、最期に許された一〇秒程度で絶叫できる。『月夜、塵になれ』と。そしてこのとき、月夜が蠅女を目視できていたということは、蠅女も月夜を目視できていたということよ。ゆえに射程距離にも問題はない。目視・指名・命令。指輪の発動条件がそろう。奴が奪った指輪もまた、恐るべき呪力を発揮し――」

「この場合、私の塵化もまた開始する」なんてこと。私は泥のような嘆息《ためいき》を吐いた。「ともに〈塵の指輪〉を持っているなら、それによる致死攻撃は相討ち・刺し違えになってしまう、論理的にはそうなってしまう」

「まして実際的にもそうでしょうね。だって目視できる何者かに致死攻撃を仕掛けられたなら、それは敵以外の何者でもなくなる。いきなり自分を暗殺しようとした、いいえ確定的に暗殺をした、許すべからざる敵よ。だとしたら其奴《そいつ》を殺してから死にたいはずよね。

――まとめると。

指輪はヒトでいう核。相互確証破壊を保証する、使えない兵器になるのよ。もし彼我《ひが》双方がそれを所持してしまったというのならね。

もしこれが、巨大な塵の指輪――〈最終兵器〉であれば別論で、こっちは指名を要しなければ射程距離の問題も無視できるのだけど。でもあれは超大量破壊兵器にしてエリア兵器。最小単位が〇・一ディギトゥス強すなわち二、三㎜の蠅・蛆だという蠅女に対して、だから極めて機動力にとむ蠅女に対して有効活用できるとは思えない。いえそれよりも何よりも――今私達が第14デッキ・第15デッキにある〈最終兵器〉と物理的にしかも完全に遮断されているという話は、月夜も忘れてはいないでしょう？　敵はまだその防壁なり保安システムなりを突破してはいない、というのが戦闘艦橋電算機の報告する所だけど、どのみち悪意ある者がそれを占拠している状態に変わりはない。あらゆる意味で、私達は今最終兵器を用いることができない。だから、それによる攻撃も無理」

「そうだよね、私が考えるようなことは、誰でもとっくに考えているよね……」

「ただそう卑下することもないわ、月夜。あれの殺し方を熟慮することはとても大事よ。

だって、蠅女はとても非力で微弱な状態にあるらしいけど、この〈バシリカ〉第3デッキにおける唯一にして最大の脅威には違いないものね。だから地霧がいっていたとおり、またさっき金奏が提案していたとおり、それを無力化するのが喫緊の重要課題だものね。

といって、目下の最重要課題は、先に言ったとおりの事情から、消失している木絵の〈塵の指輪〉の徹底捜索になるけど」

（そうだ。とにもかくにも〈蠅の少女〉の監禁は完璧なんだから。優先順位はそうなる）

「ただ、その捜索結果がどうあろうと――まさか閉鎖・隔離されたこの第3デッキに存在しないなんて莫迦《バカ》な話はありえないけどね――結局の所、あの蠅女をどう殺すかという問題は残る。そしてその方法は縷々《るる》論じたとおり、『頭部を徹底的に破壊する』しかない」

「でも土遠、もう縷々《るる》議論したとおり、奴があの状態じゃあ、常識的には無理だと思うよ」

「そうかしら、金奏？」

「えっ、というと？」

「発想の転換が必要だと思う」

「これすなわち」

「今私達は、蠅女の頭部がどこにあるかを発見してそれをブチ壊す、ぶん殴る——みたいな発想をしている。この発想を維持するなら、成程《なるほど》それは常識的には無理よ。でも金奏、それは蠅女の頭部を破壊できないということを意味しない。全然意味しない」

「えっどうして？」

「だって金奏、奴があの悪趣味なゼリー状の汚泥の中にいることは確実よね？」

「例の思念が、あれから発されているからね。ただそれを発している頭部がその中でどうなっているのかは、皆目《かいもく》分からないけどね」

「思念を発するのは脳よ。これすなわち頭部よ。

なら、奴の頭部があのゼリー内にあることは確実。そうよね？」

「それはそうなるね、だから？」

「だから発想の転換——

あの汚泥ごとすべて叩き潰し磨《す》り潰し圧殺《あっさつ》してしまえばよい。そこに奴の頭部があるというのが確実なら、頭部を捜し出す必要なんて実は無い。頭部がある容れ物ごと徹底的に破壊すれば足りる。そう『頭部を破壊する』ことに執拗《こだわ》るから難問になるのよ。『容れ物ごと全部破壊する』。これで必要にして十分」

「あっ、成程《なるほど》……!!　成程《なるほど》コルテスの卵!!」

「金奏それたぶんコロンブスだよ。クリストーバル・コロンさん」

「おっと、さすが月夜、芸術委員。

うらんそれはともかく、そう、奴を汚泥ごと圧殺する……いいかも知れない。いけるかも知れない。もっとも、汚泥をまるごと、そう飛沫《しぶき》の一滴泡《あわ》の一個も逃がさないかたちで、徹底的に押し潰して圧殺する必要があるけれど……だって日香里が教えてくれたよね？　さっき土遠もいっていたけど、日香里いわく、奴の最小の構成単位は二、三㎜の蠅か蛆だって。だから飛沫や泡を少しでも残したら、あるいは飛沫や泡を少しでも逃がしたら、奴本体も逃がしてしまうことになる、少なくともその可能性が出て来ちゃう」

「ここで大切なことは」土遠は理系文官らしく、実験手順を教えるように講義した。「拘束する力と、面の破壊力よ。

拘束する力というのは、言い換えれば檻《おり》ね。奴を総体としてすっぽり蔽《おお》ってしまう檻。奴を総体として封じ込める檻。そこからは、飛沫だろうが泡だろうが、蠅だろうが蛆だろうが逃れ出ることを妨害できるそんな檻。

面の破壊力というのは、もちろん圧力で破壊する力。イメージとしては、巨大な鉄塊《てっかい》だのコンクリートだのを真上から墜としてドスンとぺちゃんこにしてしまう、そんな態様ね。別段鉄塊でなくとも真上でなくともいいんだけど、飛沫だろうが泡だろうが、蠅だろうが蛆だろうが、まるごと無意味な紙ペラにできるような、そんな態様よ。

だから大剣で首を刎《は》ねるとか、機関銃で頭を撃ち砕くとか、そうした戦術を大きく転換する必要がある」

「確かに……」警察委員の金奏は、もちろん武器にも詳しいだろう。「……大剣なら大剣で、斬る・

刺すよりも『押す』ことが大事だね。機関銃は……集中砲火なり十字砲火なりは面の破壊力になりうるけど、飛沫だの泡だの、蠅だの蛆だのを狙うとなると……しかも二、三㎜の撃ち漏らしも許されないとなると、依然として大雑把《おおざっぱ》すぎる気もするなあ。あと面といえば、ショットガンか……ただ大きな風穴を開けられるくらいじゃ駄目なんだよね。まるごと押し潰さなきゃいけないんだから。するとこれまた大雑把」

「それに土遠、金奏」私も考え考え発言した。「天秤《てんびん》とともに日香里を象徴するあの大剣は、私なんかじゃ取り扱えないほど大きくて立派だけど——ヒトだったら持ち上げることもできないよね、屈強なヒトでも持ち上げた途端《とたん》取り落として怪我しそう——日香里に似つかわしく優美で瀟洒《しょうしゃ》でもある。要は、刀身がそんなにでぶじゃない。斬る・刺す・突く・叩くことには秀でていても、まさか刀身でドスンとぺちゃんこにするなんてできないと思う。大きな盾ほどの幅があれば別論だけど、日香里の大剣はそうじゃないよ」

「あとは土遠」金奏も反論した。「拘束する力、檻《おり》の方だけど、それはまさに箱のような、特注品が必要じゃないかなあ。イメージとしては、すっかり蓋《ふた》で蔽《おお》わなきゃいけないわけだし。あの汚泥なら汚泥で、そこから飛沫も泡も蠅も蛆も逃がさないとなれば——それこそ日香里から〈太陽の炎〉の使用許可をもらって、しかるべきサイズの銀の箱、鉛の蓋でも創り出すしかない気がする。既存の武器防具じゃあ、そんな都合のいいものは……」

「——金奏、第3デッキで双耳瓶《アンフォラ》は手に入る？」

「あの両取っ手の、大きめの壺《つぼ》っていうこと？　うん手に入るよ。というかここ第14留置室にも、ううんどの留置室にもある。水を入れる革袋があるくらいだもの」

「それからあの、監獄を閉鎖する〈陛下の盾〉。あれは陛下に聖別された聖水と聖油を、超高圧で噴出させているものだったわね。そこから聖油を分離・採取することは可能？」

「もちろん可能。だって寝る前、私達ぶっちゃけ聖水の水遊びみたいなことをしたよね？　あの水の出所も、やっぱり〈陛下の盾〉だもの。そんな感じで、スクリーンから聖水だけを採取することができる。同様に、聖油だけを採取することもできる——

　あっ、その聖油を双耳壺《アンフォラ》に入れるつもり？」

「まさしく」

（成程《なるほど》、天国でもかつての地球でも、確かに聖油は双耳壺《アンフォラ》に入れる。それだけたくさんの量を必要とするときは）

　典礼・儀典では大量の聖油が必要になることがある。そうなると聖水瓶のようなサイズでなく、大きな花瓶ないし小さな樽《たる》ほどの容器が必要になる。すると。今土遠がわざわざ双耳壺《アンフォラ》と聖油を求めたということは。土遠が考えていることは。聖油。聖油。油。油——

「あっ、土遠」私は思わず叫んだ。「土遠が今考えているのは。その聖油というのはひょっとして——その聖油が土遠のいう『拘束する力』『檻』？」

「すごいわね月夜、まさにそのとおり」

「——月夜それどういうこと？」

「土遠はね金奏、物理的な箱とか蓋で〈蠅の少女〉を拘束するんじゃなくってね、聖油を使った炎によってそれをやってしまおうと考えたんだよ。だよね土遠？」

「月夜の言うとおり。金奏は〈太陽の炎〉で特注品の箱なり蓋なりを創り出すことを考えてくれたけど、実はそれよりもっとシンプルで確実でしかも倹約的な方法がある——

　そう、炎よ。

　もちろん奴の周囲に炎の壁をつくるとか、そんなまやさしいことではないわ。それでは箱にも蓋にもなりはしないし、延焼や発煙に紛《まぎ》れてどうとでも逃げられてしまう。そうではない。そういうことではなくて、奴自身を燃やすのよ。この場合はあの悪趣味なゼリーということになるけれど、極論どんな姿をとっていてもかまわない。あの、私達のような制服姿であろうと。あるいは蝿だろうと蛆だろうと。はたまたそのサイズがどうであろうとかまわない。ともかく躯をすべて燃やす。総身《そうみ》に着火する。ド派手に焼く。聖油を染《あ》びせて丸焼きにする。そのとき燃え猛《たけ》る躯の炎それ自体が、奴を拘束する力になる。言ってみれば、『炎でくるむ』のよ。ましてそれは陛下によって聖別された聖油の炎。まさかなまやさしいものではない。奴をパッケージにするばかりか、それこそ地獄の、いえ天国の苦しみをも味わってもらうことができるはず。ゆえに分裂・脱出の意思と能力を大いに削《そ》げるばかりか、火が着いている以上、仮に飛沫なり蝿なりが飛び散ってしまっても何処《どこ》へ飛んだかすぐ分かる——だってそれすら燃えているんだものね。

そしてこれはリソースの倹約にもなるわ。何故と言ってここ第3デッキ、すぐれてその各留置室で手に入る聖油は、まさかこれから創り出さなければならないものではないから。それはそうよね、〈バシリカ〉は実戦のため出航した軍艦だし、ゆえにあらゆるシステムは直ちに使用できるようになっているし、駄目押しで——『陛下に聖別された聖油』は当然、事前に、天国で陛下におつくりいただいたものでしょう？　バシリカに陛下はいらっしゃらないんだから。なら、第3デッキの聖水なり聖油なりは既に備蓄・貯蔵されているもの。まさか新たに〈太陽の炎〉を使って創り出さなければならないものではない——といって私、副長としてその報告を受けたり確認をしたりしているから、今は飽くまで記憶喚起のために喋っただけだけどね。

——以上を、まとめると。

聖油を染《あ》びせて着火して奴全体を火達磨《ひだるま》にする。これぞ私の想定する『拘束する力』よ」

「す、すごいね土遠!!　ドンパチ要員の私も、それは思い付けなかったよ!!」

（確かにすごい）私も啞然《あぜん》とした。（聖油は天国のオリーヴ油だ。ヒトのそれもそうだけど、オリーヴ油の発火力・燃焼力は絶大。まして陛下に聖別されたオリーヴ油というのなら、今土遠がいったとおり、地獄の劫火《ごうか》に匹敵する、致命的で圧倒的な炎を生めるだろう）

「いいえ、まだ吃驚《びっくり》してもらうには早いわ――

というのも私言ったわね、『拘束する力』と『面の破壊力』が必要だと。そう、奴を聖油で燃やすだけでは足りない。それは奴を封じ込める檻になるけれど、奴を頭部ごと破壊する手段にはなりえない――少なくともそれを期待するのは楽天的に過ぎる。成程《なるほど》、陛下に聖別された聖油の炎だから、奴の頭部を丸焼きにできることは確実に思える。けれどそれだけでは楽天的に過ぎる。というのも私達のルール上、頭部は『徹底的に破壊』されなければならないから。言い換えれば、それがどれだけ甚大《じんだい》な負傷をもたらそうと、『怪我』のレベルにとどまってしまえば私達の負けよ。それは死をもたらさず、いつか必ず治癒してしまうのだもの。だから今私達が求めるのは『怪我』ではない。『破壊』よ。とすれば」

――ここで土遠は、ふと我に帰ったように金奏にいった。少し頭を上げ、だから物を考えるような、意図して集中するようなそんな感じになる。

「ええと……金奏、悪いけど今何時《なんじ》か分かる？

私端末でしか時間見ないんだけど、どうやら第12留置室ホテルに置き忘れてきたみたい」

「ちょっと私の施設に対する嫌味に聴こえたけどまあいいや。

今現在、艦内時間二二四〇《フタフタヨンマル》だよ土遠」

「有難う。ちょっと悩んだけど、するとまだ議論をする時間はあるわね――

ええと、何処《どこ》まで行ったかしら、そう『破壊』。

もし私達が本気の本気で蝿女を滅し去ろうというのなら、私達は奴の頭部に『怪我』だけさせる訳にはゆかない。それを確実に『破壊』レベルに持ってゆかなければならない。そしてそれが聖油の炎だけで達成できるという保証はない。とすればやはり、聖油の炎に加え『面の破壊力』がいる。そうなる」

「でも土遠、土遠の口ぶりその他からすれば——

その『面の破壊力』についてももう、ちゃっかりアイデアがあるんじゃない？」

「実はそう。今のは上司に対する言葉としてどうかと思うけどまあいいわ。

——私の思考経路はこうよ。

第一に、この『面の破壊力』を発揮できるのは日香里しかいない。というのも、ここで求められているのは、イメージとしては『鉄塊ドスン』『ロードローラードスン』で、しかもヒトひとり殺すわけではないのだから。あの蠅女の頭部がどれだけの質量攻撃に耐えられるかは、未知数と言っておくべきだから。だから念には念を入れ、圧倒的な質量があるものを用いなければならないから。そして私達の内、そのようなものを駆使できるのは日香里しかいない道理——これで攻撃の主体が定まる」

「でも土遠、それこそイメージどおりの『鉄塊ドスン』だってできるよ？　そりゃ〈太陽の炎〉をド派手に消費するだろうけど、決戦局面においてはそんなケチ臭いこと言っていられないし、事実日香里も祓魔式《エクソルチスムス》のとき、決戦だから出し惜しみナシとか言っていたし」

「それは愚策《ぐさく》よ金奏。シンプルな脳内シミュレイションで愚策と解る。だってそれ、必敗《ひっぱい》のモグラ叩きだもの……二、三㎜の蠅だの蛆だのは言うに及ばず、あの汚泥だってどんな動きをするか分かったものではないわ。特にスピードと分裂が懸念される。どれだけ燃え猛《たけ》っていたとしても、よ。

おそらく三次元運動をして逃げ回る対象に、上からどんどん鉄なり鉛なりを落とす……まあ壁に押し付けるでも天井にブチ当てるでも何でもよいけれど……そんなの、まさか一撃必殺とはならないでしょう。すると当然〈太陽の炎〉で質量弾を創り出し続けながらの、奴の動きを逐一目視《もくし》しながらの持久戦となってしまうけれど、そんな消耗戦、必敗のモグラ叩きと言わざるを得ないわ。現場もボコボコになるから、視認性《しにんせい》もどんどん悪くなる」

「成程《なるほど》……」金奏は頷《うなず》いた。「だから質量弾をブチ当てる／落とすにしても、それは手動でなきゃいけないと。しかも直線運動でなく、柔軟な三次元運動ができなきゃいけないと」

「そうなる。付言すれば、手動の三次元運動によって一撃必殺としなければならない。

すると第二に、かくて攻撃主体とゲームのルールが定まったのだから、攻撃手段も具体的に想定することができるようになる。『面の破壊力』の攻撃手段が。すなわちそれは、①日香里が駆使できるものであって――だから日香里が使い慣れているものであって、②圧倒的な質量を有するものであって、③柔軟な三次元運動を許すそんな攻撃手段よ。

そこで私、さっき第12留置室ホテルで――しかしあんな硬いベッド、天国では平民《プレブス》の家でもお目に掛かれないわね、いえ木偶《でく》ならあり得るのか――まあともかく私にあてがわれた第12留置室で、端末を使って検索してみたの。すると理論的には、これなら、っていう攻撃手段あるいは武器に行き当たった」

「土遠それは何？」

「段平《だんびら》、なるもの」

「あっ――段平、ダンビラとはね!!　また武器としては外道《げどう》でめずらしいものを。

ただ並大抵の段平じゃあ、ブン回る質量弾として幅も重みも足りないよ？」

「ゴメン金奏」私は訊いた。「そのダンビラって何？　ラテン語？」

「あっこっちこそゴメン月夜、私いちおうドンパチ要員だから、当然みたいに喋っちゃって……段平っていうのは公用語での表現。ラテン語表現は知らないなあ。でも英語なら、確かbroad sword」

「ド直訳で、幅の広い剣でいい？」

「まさしくまさしく。まあドンパチ要員としては諸々《もろもろ》注釈を入れなきゃいけない多義的な概念なんだけど、今土遠が想定しているのは要は鉄だの鋼《はがね》だのの『刀身がバカみたいにデカく長く肉厚な剣』のこと。『それ全身用の盾として使えるんじゃない?』『腰に差せないし背負ったら身長より大きくない?』『火で炙《あぶ》ったら一気にステーキを二〇枚三〇枚焼けるんじゃない?』『牛馬どころか熊が一刀両断じゃない?』っていう感じの、大剣のバケモノ。そうだよね土遠?」

「そのとおり。私が想定しているのがまさに『バケモノ』級であるというのもそのとおり。そしてさいわい、私も金奏もヒトではない。まして日香里の具合が万全なら、ヒトとしては想像を絶するようなスペックのものであっても、そうそれが『剣』であるのなら使いこなしてくれるはず。

より具体的には、そうね——刀身の長さ一・五パッシ。重さは一二タレンタほしい」

(け、剣で一・五パッシ!! 一二タレンタ!!

ヒトでいえば……ええと……優に二m以上で三〇〇kg以上!!

日香里のあの大剣だって、そんなものに競《くら》べたら、フェンシング《アルスグラディ》の剣みたいなもの……)

「どう金奏、そのスペック、物理的に大丈夫?」

「それはもちろん『物理的に創れるかどうか』じゃなくって『物理的に意味があるかどうか』だよね? 〈太陽の炎〉の使用が解禁されれば、創り出すことは全然大丈夫だもの」

「まさしく。物理的に、構造的に、実際的に、実戦使用的にどうかという疑問よ」

「土遠が求めたのは、もうダンビラの最上級みたいなスペックだけど……私も警察官として剣技くらいはやらされているから、まあ分かるよ。構造的にも大丈夫だし実戦使用に耐える、と思う。言い換えれば、全くの空想から出た机上《きじょう》の産物で、そんなもの創っても持てないとか振るえないとかすぐ壊れるとか、そういう心配はない、と思う。

ちょっと歯切れが悪いのは——構造なりスペックなりはまあかろうじて実際的だと思うけど、じゃあ具体的に、日香里がそれにすぐ慣れてすぐ駆使できるかっていうと、日香里の具合が万全だったときを考えても、さてどんなものか。そんなコテコテのゲテモノ、まさかこれまでに振るったこと無いだろうしね……」

「そこはあの日香里のことだもの、どうにかしてくれると期待できるし期待するしかないわ。ゆえに話をまとめると──

金奏。蠅女に対する『拘束する力』のため、聖油を満載にした双耳壺《アンフォラ》を複数、準備しておいて頂戴。さらに『面の攻撃力』のため、決戦のときは私がその特製のダンビラを創り出すつもりでいるけれど、もし私に何かあってそれができそうもないときは、金奏、月夜、強いイメージをもってそれを創り出して頂戴。水緒と地霧のちからも、使えればいいわね。日香里に創らせるのは作戦上論外よ。言うまでもなく、日香里の〈太陽の炎〉の問題があるから。

あと、日香里と作戦全体を話し合って、現場での混乱を予防する必要は常にあるけれど……まああの日香里ならダンビラを見た瞬間、私の考えたことがパッと解るでしょう。そこは歴戦の古強者《ふるつわもの》。その戦闘センスからして、まさか私達の気遣いなど不要なはず」

「了解だよ、土遠」

「わ、私も解った」

「おっと、現時刻まだ二二四五《フタフタヨンゴー》だね」金奏が黒と銀の腕時計を見ながらいう。「集合時刻までまだ四十五分もある。ましてここ、月夜の第14留置室ホテルにだって〈陛下の盾〉のスクリーンは展《は》れる。これすなわち、まさにここでも土遠御希望の聖油は手に入る──

特段することもないから、聖油の双耳壺《アンフォラ》は今ここで準備しちゃおう。月夜、あと土遠も手伝ってくれる？」

──私達はもちろん賛同し、金奏の指揮と手際の下、陛下によって聖別された恐るべき聖油を、オフィス部分に備えてあった双耳壺《アンフォラ》へと注いでいった。といって、あの水浴び用の聖水をカンタンに調達できたのと同様、聖油の調達も全然難しくない。金奏がしかるべく操作すれば、監獄の透明なスクリーンはたちまち滝のようになってくれた。聖油の滝だ。まして金奏は、その水量や水流も動かしてくれる。だからこの作業は要は、ヒトが滝から水を汲《く》むようなもの。結局私達は、聖油満載の大きな双耳壺《アンフォラ》を五瓶《へい》準備したけれど、それに掛かったのはわずか三分程度でしかなかった。それは当然、この第3デッキの警察施設を所管する金奏がいてくれたからだけど。するとその金奏がいう。

「うーん、それでもまだ全然、時間余っちゃったね……」

「ならそうね……」土遠がちょっと首を傾げながらいった。「さっき言った、ダンビラの強いイメージを持っておくために——ねえ月夜、月夜はここに端末、持ち込んでいる？」

「うん持ち込んでいるよ。そして端末用の〈太陽の炎〉は出航前に充電したばかりだから、私達の躯のを無駄遣いしなくても使える、問題なく。ただ現状、敵のテロのお陰で中央電算機と通信できないから、内蔵データの検索にかぎられるけど……私芸術委員だから、刀剣類データもそこそこ揃《そろ》っているはず。武器データ一般も、世界史・天国史のところに入っているはず」

「結構。ならばその端末を使って、実例を複数検索し、ダンビラの具体的な立体イメージを共有しておきましょう。私もう検索しているから、映像の候補を幾つか出せるけど——ドンパチ要員の金奏の意見も聴きながら更に検索してゆけば、より日香里が使いやすいものをイメージすることができるはずよ」

「うん解った。じゃあ土遠、まず土遠が検索し直せるように、私の端末を渡すね」

「有難う、月夜」

土遠は私の端末を受け取ると、いつものごとく流麗な手際で、ぽ、ぽんとそれを操作し、成程《なるほど》まさに『大剣のバケモノ』としか言《い》い様《よう》のない立体映像を複数、投映してゆく。金奏はそれを確認しながら、実務者っぽく意見を出してゆく。私は、できるだけそれぞれのイメージを記憶してゆく。

（けれど……）私は土遠と金奏のやりとり、そして端末の浮かべる立体映像たちを見遣りながら思った。（……なんだろう、この躯の、頭の、ううん魂の気怠《けだる》さとも言えるようなそんな疲労感は。さっき夕御飯の配給を食べたばかりだっていうのに。食事量一〇％っていうのは、こんなに深刻なダメージを伴うものなのか。まして私はあれだけ睡眠を摂ったっていうのに。日頃からの体力差があるとはいえ、土遠も金奏もこんな状態に耐えているなんて、ホント立派だ）

私が正直ふらふらしている内にも、土遠と金奏の検討は続いている。

「――ううん土遠、この例だと飽くまでヒトの限界を前提としているから、普段の日香里ならもっといけるよ、もっと長く、もっと太くしてもいいはず。きっと構造上も問題ない」

「了解。それならこっちのタイプを……あと私思うに、できれば銀で創りたいんだけど」

「いやそれはどうかなあ。銀は確かに〈悪しき者〉対策としてはオススメだけど、この場合必要なのは物理力、物理的質量なわけで。まして蝿叩きみたくブッ叩くとなると、重要なのは強度だよ。その点、銀にはかなり不安が……素直に鉄、素直に鋼《はがね》がいいと思うな」

「なら銀と鋼との合金……は駄目ね、金や銅じゃあるまいし。まるで実際の意味が無い」

「さすが土遠、自然科学委員」

私が両者のやりとりを聴きながら、懸命にダンビラのイメージを強めようと力んでいた、そのとき。

――――――――!!!!

――――――――!!!!

まさにそのとき、あまりにも突然に響き渡ったのは。これは。

（……こ、これは思念？　思念の大声？）

それは確かに思念で、肉声じゃなかった。

けれど私を驚愕させたのは、そんなことでなく。

(わ、私はこれを聴いたことがある!!)

――いや聴いたことがあるどころか、忘れたいのに絶対に忘れられないそんなモノだ。

ここ第14留置室にまで響く、何処《どこ》からとも知れない思念の絶叫。

ううん、咆哮《ほうこう》。獣の咆哮。三〇秒、一分、ううん優にそれ以上。

私はいつかのごとく、またもや巨大な肉食獣を連想する。

その咆哮は、雄叫《おたけ》びはそれほど不埒《ふらち》で凶悪で獰猛《どうもう》で傲慢《ごうまん》で残酷で、本能的なものだから。

それはまた、文字なり言葉なりを超越した生《き》の意志、生の感情でもあったから。

どう聴いたって悪意と敵意と攻撃性しか感じられないのも、ああ、いつかのとおり――

すなわち。

「と、土遠、金奏!!

今の雄叫びは。私達がさんざん聴かされてきたこの邪悪な雄叫びは……!!」

「奴だ!!」

「金奏」土遠が臨戦態勢になる。「この留置室って、他の留置室の様子をモニタできる?」

「そ、それは無理」金奏は残念そうに。「これいちおう拘禁施設だから。監獄内はもちろんオフィス部分にだって、被疑者が悪用できるような設備は設けないよ。これはどの留置室でも一緒……」

「なら金奏、月夜……注文の多いお客様のいる第1留置室へ急ぐわよ。

それにしても、俄《にわか》に元気なお声ね。インルームダイニングを御所望《ごしょもう》かしら?」

そういって真っ先に駆け出した土遠の声は、しかし緊張に震えていた。

こんな言い方が許されるなら……きっと恐怖にも、だ。

Ⅶ

第3デッキ、第14留置室を駆け出る。

最初に駆け出た土遠を金奏が追い、その金奏を私が追う。

金奏が、警察委員としての本能からか、駆けながら腕時計を見遣る仕草をする。釣られて私も、駆けながら銀の懐中時計を開く――

現時刻、艦内時間二二五〇《フタフタゴーマル》。

（事情があるのか偶然か、あの祓魔式《エクソルチスムス》が終わってから、だいたい十二時間……）

祓魔式《エクソルチスムス》が終わり、〈蠅の少女〉が狂気のゼリー状になり、そして……木絵が死んでしまったのが先の一〇三〇《ヒトマルサンマル》だ。航程第二日目の。その次の正午から、航程第三日目に突入。

（……一日たりとも、私達を休ませてはくれないのか。木絵のお葬《とむら》いだってまだなのに。〈太陽の炎〉のガス欠が、これだけ躯を弱めているのに）

私は〈バシリカ〉の使徒らしからぬ弱音を脳裏に浮かべつつ土遠と金奏を追った。といって、私達がいたのは第14留置室。すなわち警察施設内だ。同様の第1留置室など、ヒトでも分単位で駆けられる距離にある。私が土遠と金奏の姿をロストすることはありえない。

――ところが。

先頭をゆく土遠がいきなり止まった。すごい急ブレーキ。勢い込んでいた金奏と私は、元々の距離の近さから、玉突き事故を起こしそうになる。だからもう密着のかたちになる。けれどそれは私に、何故土遠が突然急ブレーキを掛けたのか、直ちに理解させることにもなった。すなわち。

（眼前の、とある留置室の扉が開いている。しかも全開で。

そして、全開で外扉を開けているその留置室というのは――ええと、第11留置室だ）

警察施設には、無数とも思える留置室が並んでいる。私達はその警察施設の廊下を駆け、〈蝿の少女〉を監禁している第1留置室へゆこうとしていた。私達のいた、第14留置室から番号の若い方へと駆けていた――第13留置室を過ぎて、第12留置室を過ぎて。そしてそれらの扉は閉まっていた。それらはそれぞれ金奏と土遠が『ホテル』として現に使用中の室。閉まっていて不思議はない。『ホテル』においては、監獄部分のスクリーンと留置室自体の外扉によって二重の保安措置をとれ、というのが日香里の命令だったから。成程《なるほど》、土遠と金奏は自室を離れ『お茶会』に来たけれど、土遠は端末を自室に置いているというし、まして金奏は、日香里の命令で祓魔《エクソルチスムス》式用の装備品を保管している。土遠の第12留置室。金奏の第13留置室。それらの扉は閉まっていて不思議はない。

（でも、第11留置室の扉がこうも全開だっていうのは……）

「ねえ金奏」土遠がいう。「私達が月夜の第14留置室にゆくとき、ここ閉まっていた？」

「うん閉まっていた。私何気に廊下の左右を警戒したからよく分かった。私達二名が廊下で合流したときも、ずっと閉じっぱなしだった。今夜、ここの扉が開くのもその音とかも記憶にない」

「……実は私もそうなのよね。私も今夜、ここの扉が開くのを見た記憶がないわ。けれど」

第11留置室を『ホテル』にしていたのは――地霧さんだ。しかも、二三三〇《フタサンサンマル》まで籠城し快眠を貪《むさぼ》る旨《むね》、断言していた地霧さんだ。重ねて、嘘を吐く能力のない私達が断言をするっていうのは余程のこと。金奏がさっき『何の遠慮もなく爆睡中』と評したのには理由がある。とすれば、この扉は閉まっているはずだ。

（もし仮に全開になっている理由があるとすれば、それは思うにただひとつ――）

するとと私同様の考えに思い至ったか、金奏が急いでいった。

「地霧もまた、あの雄叫びを聴いて第1留置室に飛んでいったのかな？」

「それはおかしい」論じている暇《いとま》はないけど、と再び駆け出し掛ける土遠。「私達がいた第14留置室とここ第11留置室。こんな近距離の地続きよ。御近所さんよ。地霧が私達同様、あの雄叫びを聴いて飛び出したというのなら、その姿が廊下に無いはずは――

うっ!!」

急いで第1留置室へゆこうとした姿勢のまま、しかし、どうしても気になるといった感じで全開の第11留置室の外扉から室内をチラと見遣っていた土遠は……あまりにも突然に言葉を詰まらせ喉を詰まらせ、悲鳴とも驚嘆ともヒトの吃逆《しゃっくり》ともつかない大きな悶《うめ》き声を発した。土遠どうしたの、と彼女の背に密着したかたちの金奏も第11留置室の内部を見遣る。私はその金奏の背に密着したかたちだったから分かった。いま金奏の躯は硬直し、それでいて瘧《おこり》のごとき震えに襲われ始めている――

当然、私も地霧さんの第11留置室をのぞきみる。のぞきみて、そして。

「なっ――――!!」

以下は、一瞬未満での視覚情報だ。

――第11留置室の、全開となった扉。その先は留置室のオフィス部分。カウンタなり筆記卓なりイスなり書類庫なり保管庫なりの、役所っぽい調度《ちょうど》を備えたオフィス部分。そこには何の異常もない。あたかも私達のいた第14留置室のごとく。しかしそれらの調度は、入室する者の動線を邪魔しないよう配置されている。どの留置室もそれは変わらないようだ。だから視線も邪魔されない。邪魔されない視線は当然、ここ第11留置室の監獄部分に行き着く。オフィス部分のその先の、無機質かつ古典的な銀格子・鉛格子に行き着く。その銀格子・鉛格子にはあの透明な〈陛下の盾《しにん》〉のスクリーンが展開されている。透明だから、カチコチの鉄箱ともいうべき監獄部分の内部も視認できる。よく視認できる。そう、よく視認できてしまう……壁と一体化したカチコチのベッドも、よく視認できてしまう。

だからいよいよ土遠は絶叫した。金奏も絶叫した。

「地霧!?」

「地霧っ!!」

両者がいよいよ第11留置室内に飛び込む。私は絶叫もできないほど絶望を感じつつふらふらと追い掛ける。今はもう耐え難《がた》いほどつらい〈太陽の炎〉の欠乏感にまして、私を朦朧《もうろう》とさせたその絶望のみなもとを見続けながら。そうだ。火梨の死のとき。木絵の死のとき。私が感じたあの絶望をまたも再現させたもの。土遠と金奏を絶叫させたもの。それは。

「なんてことだ……こんなことが!!」

「金奏、監獄のスクリーンをすぐ解除して!!」

（……けれどもう、意味はない、私達には何もできない）

私は、監獄部分に突入した両者に続いた。ふらふらと。依然、私を絶望させたそのみなもとを凝視しつつ。今私が凝視しているのは、監獄部分のベッドだ。私自身、さっきまで第14留置室のそれで寝ていた奴。そしてきっと、地霧さんが寝るのに使った奴。そう、その地霧さんはまさにそこにいた。確かにいた。

けれどそれは、もう地霧さんではなかった。

地霧さんだったものだった。

……もっといえば、それは地霧さんだった塵だった。

その塵は、カチコチのベッドの上で、幾許《いくばく》かは原形をとどめながらも、しかしもちろん命なき無機物として、もう崩れ落ち降り積もっている。ベッドに寝たかたちではない。塵はベッドの上の一部に、特に寝たときお尻がくるあたりに数多《あまた》降り積もり、また、あたかもそこから吹き零《こぼ》れたようなかたちで、さらさらと監獄のゆかにも山を成している。要するに、寝たときのようにベッド全体には降り積もっていない。喩《たと》えるなら、ベッドの縦長の長方形の、ほぼ中央部分に蜂蜜《はちみつ》を流し続け、それが自身の勢いで外側に――外側の片方に垂れ、垂れた方がゆかにも貯まった、そんな感じで。監獄のベッドが壁と一体化しているのは既述《きじゅつ》だけれど、この場合の蜂蜜は、一体化した壁の方には流れていない。壁と密着していない方、私達がベッドに乗れる方の端《はし》からのみ、とろりと流れ落ちた感じだ。

もっとカンタンに言えば、地霧さんだった塵はベッドに寝たかたちではなく、ベッドに腰掛けたかたちで降り積もっている――正確に言えば、腰掛けていた感じで。というのも、地霧さんはもはや塵である以上、頭も躯も背も何も無いから。他方で、太腿《ふともも》や脚・足は比較的原形をとどめたかたちで、やはりベッドの上お尻のあたりに積もる。だからそれらの部分は当然塵になった時点で下に落ち始め、か、監獄のゆかに積もる。これは言葉にすると間怠《まだる》っこしいけれど……実際に塵が積もっているかたちを目撃さえすれば、お尻・太腿・脚・足といった原形がたやすく見て取れる。だからきっと、地霧さんはベッドに腰掛けていたそのとき、そのまま塵化してしまったんだとすぐ分かる。

「……金奏これは」土遠の声は震えている。「この塵化は、これは」

「間違いない」金奏は塵に触れようとする私達を制して。「〈塵の指輪〉によるものだよ」

「私はそれを目撃したことが無いわ。だから重ねて訊くけど……それは断言？」

「うん」

「何かのフェイクということは。何か別物の塵を撒き、塵を重ねたということは」

「それも断言するけど、あり得ない。

どんなブツの塵であろうとこの質感を出すことはできないし、ましてこんな、ヒトの似姿《にすがた》そのままの部分は絶対に再現できはしない。私はこの検視を幾度もしてきた。だから断言する。これはフェイクじゃないよ。遺体・遺塵そのものだよ」

「制服の類《たぐい》まで一切合切《いっさいがっさい》、塵化しているけれど――」

「それも不思議じゃない。陛下に下賜《かし》された制服等は、まさかヒトの布その他じゃないから。もちろん〈太陽の炎〉で創り出されたものだから」

「監獄のスクリーンは下りていた。その状態で〈塵の指輪〉は使えるの？」

「監獄のスクリーンは、指輪の使用に影響を与えないと思うよ。当然だけど、射程距離にも影響ない。

もちろん私、実際にやったことがないから断言はできないけど――

〈陛下の盾〉は聖なるもの。〈塵の指輪〉も天国の技術の粋《すい》。なら相互に排斥するものじゃないはず。

まして指輪は、発動条件が揃《そろ》いさえすれば他に何の力も必要とせず、何にも影響されず不可逆的《ふかぎゃくてき》・自律的に稼動《かどう》する。なら〈陛下の盾〉があろうとなかろうと関係ないはず」

（金奏は内務省の警視正だ。枢機卿らによる、過激派の処刑にも立ち会っている。だから断言ができる。土遠も私同様、実際の塵化を見たことがなかったみたいだけど、でも金奏なら分かる。

　すると――）

「……結局、ここで塵になっているのは、塵化しているのは地霧で間違いない、のね？」

「今誰が生き残っているかはすぐにでも確認できるけど、論理的にはそうなるよ。

　というのも、私は絶対に、ここ第11留置室の監獄のスクリーンを展開も解除もしてないもの。もっといえば私は、〈バシリカ〉が出航してから一度もここ第11留置室に立ち入ったことがなかったもの――各留置室の承認コードの設定等は、戦闘艦橋電算機や警察施設の電算機でやるものであって、各留置室へ物理的に入ってするものじゃないからね」

「だから、最後にここの監獄のスクリーンを展開したのは、生きた地霧となる。

　だから、監獄内に存在していたのは、生きた地霧でしかあり得ない。

　だから、ここで塵になっているのは、地霧以外の何者でもない……」

（それはそう……うん、それはそうなる）私は懸命に土遠と金奏の思考経路を追った。（ここ第11留置室の監獄部分。〈陛下の盾〉のスクリーンは下りていた、確実に。となると）

①それを下ろせるのは此処《ここ》を仮の宿にしていた地霧さんと、警察委員の金奏だけ。②先の金奏の断言で——金奏はこの室に入ってもいない——それは結局地霧さんだけになる。③生きた地霧さんが、そして生きた地霧さんだけが自分の承認コードを使い命じなければ、〈陛下の盾〉のスクリーンを下ろしておくことはできなかった。④その生きた地霧さんが、仲間の誰かを監獄に入れ、スクリーンを解除して出奔《しゅっぽん》するはずもなく、そんなことを求められた仲間が、唯々諾々《いいだくだく》と承知するはずもない。⑤何故と言って、その場合監獄に入れられるのはここにいない戦闘艦橋組の、そう当直組の日香里か水緒のいずれかでしかないけど……その任務からしても日香里の私達に対する命令からしても両者と地霧さんの関係からしても、両者が第11留置室の監獄に入るどころか戦闘艦橋を離れることすら想定し難《がた》いから。⑥よって監獄内にいた仲間とは、地霧さん自身でしかあり得ない。

（もちろんそんな風に難しく考えなくても、まさに金奏がいったとおり、日香里と水緒の生存確認ができれば、ここで塵化しているのが地霧さんだとたちまち確定する。けど既にそれは、今この段階でも九九・九九％確実だ……

なんてこと。

航海第三日目にして、またもや仲間を失うだなんて。

航海第二日目にして二名を失う、それだけでも異常事態だったのに、八名いた〈バシリカ〉の使徒が、今や五名にまで減ってしまった……）

——鈍い私がどうにか仲間の思考経路を追いつつ、同時に激しく絶望している内にも、土遠の確認は続いている。

「すると監獄内の地霧は、何者かに〈塵の指輪〉を使われたのね？」

「うん」

「けれど、そもそもこの第3デッキにいる者はかぎられるわね？」

「うん」

「地霧に、だから眷族《けんぞく》に指輪を使おうなどとする者も、かぎられるわよね？」

「うん」

「ただ……それは実際的にも論理的にもありえないはずよ!!」

「現実と想定が矛盾するなら」金奏は警察官らしくいった。「想定が誤りだよね」

「……どう観察しても、地霧はベッドに座っていたといえるわ」土遠の観察は私と一緒だった。反論をしない金奏の観察もそうだろう。「すなわち地霧は起きていた。座っていて、だから意識があった。眠っていた訳ではない。寝込みを襲われたわけではない」

「うん」

「だから地霧は、当該何者かを――襲撃者を目撃した」

「たぶんね。

瞑想《めいそう》でもしていてずっと瞳《め》を閉じていないかぎり、襲撃者を視認《しにん》できたはず――だって〈塵の指輪〉を使われたってことは、その射程距離からして、両者は目視《もくし》可能な距離関係にいたことになるもの」

（実際的にも論理的にもありえない……確かに土遠の言うとおりだ）私はくらくらする頭で必死に考えた。（〈塵の指輪〉をともに所持する両者が、目視可能な距離関係になったとき。それはつまり）

それは、相互確証破壊の状態になったときだ。相討ち・刺し違えの状態になったときだ。すなわち、Aが誰それ、塵になれと戦争の口火を切ったなら、Bもまた誰それ、塵になれと報復する、はず……そうすると此処《ここ》には、AとBの躯が、そう地霧さんと襲撃者の塵化した躯が、存在していなければならないはず……

（――あっ違う!!　それは違う、全然違う!!

やっぱり私、ガス欠でおかしくなっているのかも。地霧さんの突然の死に、脳がパニックを起こしているのかも……

だって地霧さんもまた、襲撃者の名前を知らなかったはずだもの!!)

ここ〈バシリカ〉第3デッキで私達を襲撃しようとする者など、ただの一匹しかいない。さっき土遠が指摘したとおりだ。土遠は断言しなかったけどそれは断言するまでもなかったから――すなわちそれは〈蝿の少女〉である。そして私達は〈蝿の少女〉に指輪を使えない。その名前を知らず、だから発動条件である『指名』ができないから。なら相互確証破壊も相討ちも刺し違えも何も無い。あるのは一方的な処刑だ。

(裏から言えば、地霧さんが一方的に処刑されてしまった以上、その事実だけをもって、襲撃者は誰なのか論理的に特定される。それは絶対に、おたがい名前を知り尽くしている私達バシリカの使徒ではありえない)

……するとこの状況は、実際的にも論理的にもありうる。ありえないと考えたのは、私のド派手な勘違いだ。けれど土遠はそうでないと言った。ありえないといった。

私が、土遠のその発言を理解できないままでいると。

土遠はちょうど『何があり得ない』のか、金奏と検討をしているところだった――

「けれど金奏、例えば。

〈陛下の盾〉のスクリーンは下りたままになっていた。このスクリーンは私達でさえ突破できないもの。そしてこれを解除しない限り、襲撃者を目撃したはずの地霧は、その襲撃者から逃れることができないわ。加うるに、金奏の事前措置によって、もちろんこのスクリーンは、地霧単独で解除することができる状態にあった」

「そうだね」

「にもかかわらず、あの傲岸《ごうがん》不遜《ふそん》で大胆不敵な地霧が、悠然《ゆうぜん》と自ら監禁されたまま、襲撃者から逃げようとすらしなかったと？　ただただベッドにぶらぶら座っていたと？」

（そうか、土遠は『地霧さんが抵抗した形跡がない』『脱出しようとした形跡がない』のは実際的にも論理的にもありえない、と言いたかったのか――）

「でも土遠、地霧は逃げずに戦おうとしたのかも知れないよ？」

「精々《せいぜい》一・五ペルティケ四方――二〇㎡強しかない檻《おり》にいたままで？

そのままだと確実に、指輪の射程距離にとどまり続けることになるのに？

あの地霧なら、聖水なり聖油なり十字架なり超常の力なり――あらゆる手段で抵抗・攻撃ができたはずなのに？」

「襲撃者を目撃したその途端《とたん》、いきなり指輪を使われたのかも知れない」

「……そもそもその襲撃者は、第1留置室の監獄を閉ざす〈陛下の盾〉を破れないはずよ。いいえそれだけじゃないわ。その襲撃者は、物理的に破壊しないかぎり、第1留置室の外扉も、ここ第11留置室の外扉も突破できはしなかったはず。

その第11留置室の外扉がまったく自然に、何の物理的攻撃も見受けられない態様で、かくも大開きになっていたのは不可解――月夜そう思うでしょう？」

「そ、そうだね、外扉にはガッチリ鍵が掛かっていたのと一緒だから。

地霧さんしか解錠できない、そんな鍵が。だから、うん、不可解な状況だよね……」

「土遠と月夜の気持ちも私、解るけど」金奏がいった。「けど現場の外扉が開いていたのは確乎《かっこ》たる事実だし、念《ねん》の為《ため》に断言しておけば、それができる権限のある私は〈バシリカ〉出航以来、まさかこの扉なんて開いたことがないよ」

「当然、金奏を疑っている訳ではないし、同じく指輪を所持している金奏がこんな虐殺、できるはずもない。あっ念《ねん》の為《ため》断言しておけば、地霧を殺したのは私でもないわ、絶対に違う」もちろん土遠は相互確証破壊のことをいっているんだろう。「だけど、そうすると……急いで議論をまとめれば、①第11留置室の外扉が破壊もされずに自然に開いていたこと、②地霧が何の抵抗もしないような姿勢を維持していたこと、③地霧が監獄のスクリーンも解除しなかったこと。これらは極めて不思議なこと——月夜そう思うでしょう？　実際的にも論理的にもありえないと思うでしょう？」

「う、うん思う……」思考がどうにか追い着いた私は、ようやく口を挟めた。「……あと、それにまして私、とても不思議に思うことがあるの。というのも、もし地霧さんが襲撃者を目撃したというのなら。そしてもしその襲撃者が〈塵の指輪〉を使おうとしたのなら。そのとき地霧さんは、絶対に」

その刹那《せつな》。

————!!!!

————!!!!

「……雄叫び」土遠は集中するように、瞳《ひとみ》で天を仰いだ。「この雄叫びは」

「私達がさっき」金奏も心持ち首を上げる。「月夜の第14留置室で聴いた奴だね」

（そうだ、二二五〇《フタフタゴーマル》弱。私の使っていた第14留置室に、そしてきっと第3デッキに響いた雄叫び。私達はこれを聴いて、その出所がどこか、誰かを確信して、そう第1留置室に急行しようと——ところがどうして。今はもうそれ以上の緊急事態、非常事態が起きちゃったけど）

私は反射的に銀の懐中時計を開いた。現時刻、艦内時間二二五五《フタフタゴーゴー》。これだけの異常事態についてそれなりの検討をしていた割《わり》に、存外、時間を浪費してはいない。自然科学委員である土遠と、警察委員である金奏の、思考速度と危機管理能力のお陰だろう。

「土遠、地霧の死は突発《とっぱつ》重大事案の最上級だけど」金奏がいった。「どう考えても緊急の対処をすべき事態が、別途。戦闘艦橋にいる日香里と水緒も、既に動いているはずだし」
「そうね、当初は後者の事態にこそ対処しようと駆けていたんだものね――
それにしても、あんな雄叫びが幾度も響き渡っているのに、日香里からまだ何の命令も無いのは不可解だわ。無礼行為にはなるけれど、取り敢えずド派手な思念で呼び掛けて」
――みましょうか、という土遠の言葉の続きを想像した、そのとき。
［土遠］
［あっ、日香里……!!］
まさに、その日香里の思念が私達の脳内に響いた。それなりに大きく。もっとも既述《きじゅつ》だけれど、無礼行為になることを恐れなければ、私達の思念は〈バシリカ〉の第1デッキから……そう第10デッキあたりまで響かせることができる。まして私達は今、第3デッキだけに籠城しているのだから、そんな怒号を響かせるまでもない。日香里たち当直組がいるのは戦闘艦橋。私達睡眠組がいる警察施設と、そう遠くない。
［――ちょうどよかった!!］土遠も思念の声量を日香里に合わせる。［今日《いま》日香里に指示を仰ごうとしたところなのよ。というのもあの雄叫び。ううん、それにまして実は］
［地霧は無事かい？］
［……えっ］
その日香里の思念は、敢えて言えば落ち着いていた。
少なくとも、私には冷静に聴こえた。そこに狼狽《ろうばい》や躊躇《ちゅうちょ》や恐怖はなかった。
ただしかし――私思うに、そこには確実に異常な感情があった。どこまでも私の主観だけど、それは押し殺した怒り、やりきれない絶望、そしてどうしようもない疲労感だった。どれも、日香里が私なんかには示したことのない強さ濃さ……
［どうしてそんなことを、いえそのことを……地霧が殺されてしまったことを‼］
［いや、第1留置室の客人が、不可解極まることを供述しているからね――
到底理解できないことを、おぞましい雄叫びで凱歌《がいか》を上げつつ、だ］
［――日香里は今第1留置室にいるの？］
［うん。水緒と一緒に戦闘艦橋から駆け付けた。僕らはずっと一緒だった］
［なら私達も今すぐ第1留置室に。私達まさにその途中で］
［取り敢えず大丈夫だ、その必要はない、それだけの緊急性はない……今の所は］
［蠅女が暴れたりしてはいないの？］
［現状、素行言動こそおとなしくないが、監獄内でおとなしくしてはいる。〈陛下の盾〉のスクリーンを破れないか――最悪、今は破る気がないのか。
ともかく、今の所こっちは僕と水緒とでどうとでもなる］
……私は今の日香里の思念、特に『今は破る気がない』を聴いたとき確信した。『地霧は無事かい？』を聴いたとき以上に確信した。
（日香里は既に、地霧さんのことを知っている。地霧さんが、〈蠅の少女〉に襲撃されたことを。第1留置室の監獄のスクリーンによって完璧に監禁されているはずの、〈蠅の少女〉によって襲撃されてしまったことを……）
これはすなわち、『蠅の少女が何らかの能力・方法によって監獄のスクリーンを突破した』ことを意味する。そんなこと私達の常識では絶対に不可能だけど。しかしだからこそ日香里は『最悪、今は破る気がないのか』という言葉遣いをした。日香里もまた、スクリーンが突破されうることを前提としている。日香里はもう、ある程度の事情を知っている。

「――だから土遠たちは、急ぎ第1留置室に合流するより、そこ第11留置室で、初動活動その他の必要な措置に当たってほしい。今そこには他の仲間もいるかい？」

「まさしくよ日香里、金奏と月夜が合流してくれたわ」

「それはよかった、あらゆる意味で。というのも今や、ここ第3デッキの安全性も保障できないからね。土遠・金奏・月夜だって、いきなり塵にされてしまう虞《おそれ》が大いにある。

――だから三名協働して、三名一緒になって第11留置室の証拠保存・現場保存を。そして後刻の実況見分のため、現場の確実な閉鎖措置を。あと金奏、祓魔式《エクソルチスムス》用の装備一式は保管しているね？」

「もちろんだよ日香里、日香里の命令どおりに」

「必要な措置が終わったら、それを第1留置室に持ってきてほしい――実戦使用だ。

事態は急を要する。よって暫時《ざんじ》、〈太陽の炎〉使用制限を解除する。総員、僕らの超常の力を駆使してかまわない」

「装備一式の搬送、了解っ」金奏がいった。「ちょうどよかった。実は、ちょっとかさばる支援武器を準備していたところだったんだ。〈太陽の炎〉が使えるなら搬送も早いよ」

「有難い、ならそれも是非《ぜひ》頼む。

あと土遠、もし地霧の〈塵の指輪〉が遺留されているようなら、それは確実に回収を。木絵のときの二の舞は避けたいからね。

以上を、できれば五分。五分で所要の措置を終え、僕と水緒のいる第1留置室へ合流を。重ねて、絶対に三名一緒にだ。

おっと、客人がまた騒ぎ始めた。取り敢えずの命令は以上――土遠、しかるべく頼む」

「待って日香里!!」土遠はもちろん最優先の疑問を訊き糾《ただ》した。「日香里は……日香里は地霧のこと、どうして知ったの？　先刻、蠅女が『不可解極まることを供述している』って言っていたけど、その蠅女はいったいどんな戯言《たわごと》をほざいているというの？」

「地獄の蠅、いわく。

第11留置室の監獄内で、地霧が死んでいると。自分が殺したのだと。ここ第1留置室から殺してやったのだと。今の自分にはそんな力があるのだと。だから火梨のように木絵のように、酷《むご》たらしく殺してやったのだと。無論これからまた一名一名、酷たらしく虐殺してゆくのだと。脅《おび》え竦《すく》むがいいと。恐れ嘆くがいいと。そして地霧がどう無様《ぶざま》に死んでいるか、今教えてやってもいいが、お前たちが謎解き遊びに興じられるよう、自分のその眼でとくと鑑賞にゆくがいいと。火梨の……生首以上の感動を嚙み締められるだろうと。

情報としてはこうだったたね、水緒？」

「……そのとおりよ日香里」日香里とともに第1留置室にいるという、水緒の思念が響いた。「もっと卑語《ひご》を使った、もっと下品な、もっと冒瀆的で挑発的な口調だったけれど、情報・内容としては日香里が伝達したとおりで誤り無い」

「だから第11留置室へ急行したかったんだが——もはや被疑者の監視を解くわけにはゆかない。そこで『とくと鑑賞にゆけ』と言われたとき、きっともう事態に対処しているであろう土遠に思念を飛ばしたと、こうなる」

「……話は解った。これから急いで下命《かめい》事項を終えて合流するわ。

というのも日香里、あなたの怒りはとっくに沸点《ふってん》を超えているもの。特に、自分自身に対する怒りがね。だから私達が合流するまで、その精神状態での軽挙妄動《けいきょもうどう》は慎んで頂戴」

「努力する。では頼む」

思念による意思疎通は終わった。それなりの情報量ではあるけれど、その伝達速度はほぼ思考速度そのものだ。ヒトが喋るのとは訳が違う。実時間にしてまさか一分を要しない。だから土遠も、金奏に時間を確認しつつ、副長としての落ち着きを取り戻した感じで粛々《しゅくしゅく》と命じた――

「日香里の下命事項を、五分で実行する。

――月夜、あなた第14留置室に自分の端末を持ち込んでいたわね？　急いでそれを回収しましょう。それで現場の撮影を終え、証拠保存する。無論ここは留置室だから監視装置もあるんでしょうけど、様々な角度から撮影しておきたいし接写もしたいし静止画も撮りたい。月夜、その現場撮影を頼める？」

「もちろんだよ土遠」

「金奏、おなじく月夜の第14留置室からあの双耳壺《アンフォラ》を――陛下の聖油で満たした双耳壺《アンフォラ》を全て回収。といって私も月夜も同道するけど。あと日香里の命令どおり、金奏の第13留置室から祓魔《エクソルチスムス》式用の装備品をも回収。私達三名で、日香里のいる第1留置室まで搬送する」

「了解っ」

「あと現場の実況見分はまた後刻じっくりやることになるけど、取り敢えず地霧が所持していた地霧の〈塵の指輪〉だけは絶対に捜索・回収する。あらゆる検証はペンディングでも、その捜索だけは今実施しておかなければならないわ。これは三名の眼で、急ぎながらも確実に行いましょう。

なお金奏、以上全てのタスクが終わったら、現場保存のため、ここ第11留置室の監獄用スクリーンと外扉を確実に封鎖・閉鎖して頂戴。地霧がこうなってしまった以上、金奏が開けようとしなければ現場は維持される、はず」

「確かにそのとおりだね、以上全て了解っ」

「わ、私ももちろん了解」

――所要の装備品等の回収。現場の撮影による証拠保存。現場の徹底的な封鎖。ヒトがそれをやろうとするなら、まさか五分では終わらないだろう。けれど私達はヒトじゃない。装備品等の搬送も、日香里が〈太陽の炎〉のいつもどおりの使用を許可してくれたから、ヒトのそれとは比較にならない物理的力も使えれば、羽を出して空輪することも、物そのものを浮遊させることもできる。まして日香里の命令によって、私達は全てのタスクを一緒に、三名必ず同席したかたちで実施している。〈太陽の炎〉を普通に使える眷族《けんぞく》が三名いれば、物理的な効率は、ヒトあるいは木偶《でく》三人のそれとはまさか比較にならない――労働を忌《い》み蔑《さげす》む天国の住民は、そんな比較自体を考えはしないけど。

（ああ、金奏がさっき夕御飯を配給していてくれて救《たす》かった……それでも私、不可解なほどのガス欠状態が続いているし、正直、この体調での肉体労働は苦役《くえき》に感じるけど、でも）

でも今はそんな弱音を吐いていられない。まして私が命じられた初動活動としての現場撮影は、〈太陽の炎〉をさして消費するものじゃない。これはヒトがやるように、ヒトが行使できるだけの物理的力でやればすむ。加えて私達は、思念による意思疎通ができる。すなわち、土遠が科学的な観点から、金奏が警察官としての観点から、それぞれ求めてくる撮影方法等の指示は、ほぼ思考速度で私の脳内に直接流れ込んでくるし、私が確認のためにする質問等も、ほぼ思考速度で彼女らの脳内に直接伝達することができる。

――これらを要するに。

日香里が私達に命じたほとんどの活動は、五分どころか四分未満で終了した。

私思うに、今や第1留置室で戦闘なり祓魔式《エクソルチスムス》なりをするための諸準備は万端《ばんたん》だし、また現場保存のための諸撮影も、例えば『たとえ地霧さんだった塵がバラバラに吹き飛んでしまったとしても、小麦粉だの砂糖だのがあればたちまち元の状態を再現できる』水準で終えている。無論それは、『塵の状態』だけにかぎられない。第11留置室の監獄部分は、どんな変更があろうと今や看破できるし、どんな変更があろうと今や原状にもどせる。なお、第11留置室の『監獄部分』の状態のみならず『オフィス部分も含めた留置室全体』の証拠保存をもするよう命じたのは、土遠の冷厳で執拗《しつよう》な性格を示すものといえるだろう。

「――有難う金奏、月夜」その土遠がいった。「やっぱり三名いると効率的ね、早いわ」

「あとは撤収、日香里たちと合流――」でも金奏はすぐ肝心のことを思い出した。「――じゃない、最後のタスクがある。しかも極めて重大な奴が」

「そのとおりよ金奏、月夜。

地霧が所持していた〈塵の指輪〉を回収しなければ。これ以上事態を複雑にする訳にはゆかない。木絵のときの反省教訓は、生かさなければ」

（それはそうだ。日香里も厳命していたし。

……地霧さんがどう考えても〈塵の指輪〉で殺されてしまった以上、凶器は木絵の死体あるいは悪魔の『死骸』から回収できなかった、木絵の〈塵の指輪〉のはず――だって、蝿の少女が自由にできる〈塵の指輪〉はそれしかないはずだもの。

恐るべき兵器を遺失したままにしてはいけない。それが、木絵のときの反省教訓）

この〈バシリカ〉にある塵の指輪は元々八個。使徒の数どおり。そして生き残りの日香里・土遠・水緒・金奏・私はもちろんそれを右手の薬指に嵌めたまま。これは断言できる。私達は、生きて在るかぎり〈塵の指輪〉を指から外すことができないから――繰り返しになるけど、これは天国の掟《おきて》にして陛下の勅《ちょく》。だからいま絶対確実に安全な指輪は、五個。

（そして横死《おうし》させられた『火梨の指輪』一個は、日香里の命令で、土遠が保管することになった。他方で、やはり横死させられた『木絵の指輪』は今、消失してしまっている）

だから今この時点で、所在の明確な指輪が六個、所在不明が一個だ。

――これにまして。

この第11留置室＝地霧さんの殺害現場で、あの地霧さんとて絶対に外すことの許されないはずの、

〈塵の指輪〉が消失しているとなれば。まして、私達ですら突破できない監獄のスクリーンでいわば『防護』され『密封』されていたはずの〈塵の指輪〉が、またもや消失しているとなれば。それもまた、超絶的な不祥事にして超絶的な脅威となってしまう。

（ヒトでいえば――絶対に躯から離すなと厳命されている、そう『ボールペン型核兵器』みたいなものが、原因も経緯も分からず忽然《こつぜん》と消失したことになるんだもの……）

「さあ金奏、月夜。

地霧の躯を……地霧だった塵を崩さないように、慎重に捜して。今外表《がいひょう》を一瞥《いちべつ》しても指輪が視認《しにん》できないということは、指輪は必然的に、塵のなかに埋《うず》もれていることになる、さもなくば……」

（さもなくば）私は土遠・金奏と一緒に、とても慎重に指先を動かしつつ塵を捜《さぐ》った。不思議な行為だ。この塵は、地霧さんの遺体《いたい》なのだから。（さもなくば、私達に対する暗殺テロのリスクが……ううん、そんななまやさしい事態じゃない。事と次第によっては、あれだけ検討した天国帰還どころか、いよいよ〈バシリカ〉を放棄して救命艇で脱出、なんて事態にすら。そうなったら私達は。バシリカは。ううん天国は）

――けれど私の強い懸念は杞憂《きゆう》に終わった。終わってくれた。

「土遠これ!!　恐らく地霧の右脚だった部分、この積もった塵のなか!!　ここに――」

「――待って金奏、まだ拾わないで、触れないで。

場所と一緒に、ほんとうにホンモノなのかどうか確かめてから」

土遠はそう金奏を制すると、金奏がやはり慎重に指先で掻き分けていたその部分を凝視する。もちろん私もだ。

金奏は警察官らしく、最低限の現場改変で、そしてどこをどう改変したかたちまち分かるようなハッキリしたかたちで、見事〈塵の指輪〉を掘り出していた。ううん、その丁寧さからして、『浮かび上がらせた』の方が適切かも知れない。

土遠はその金奏の指先にある指輪を、自然科学委員らしく、極めて慎重な感じで見詰めて観察する。観察した後、自然な挙措《きょそ》で、金奏の指先をそっと指輪の近くから遠ざける。そしてようやく、今度は自分の指先をそっと、そっと指輪に触れさせる――

「ああ、間違いないわ、ああよかった、これは正真正銘《しょうしんしょうめい》〈塵の指輪〉よ。この感覚。この力場。今も私の指にある〈塵の指輪〉と一緒。念《ねん》の為《ため》、金奏と月夜も指先で触れてみて」

「――うん、間違いないね」

「確かに」自分の指輪とここで比較できるからカンタンだ。「陛下のおちからを感じる」

「じゃあ金奏、悪いけどさっきみたいに、超絶的に丁寧に掘り出して頂戴」

「合点承知《がってんしょうち》」

(役立つかどうか、今は分からないけど)私は現場撮影を再開した。(指輪回収作業のとき、塵がどう動いたかも撮影しておこう。あの好奇心の強かった地霧さんだったら、きっとそうしたはず)

――指輪を塵から『浮かび上がらせた』金奏が、今度は指輪を『サルベージ』するべく、微妙に、微妙に掘鑿《くっさく》範囲をひろげてゆく。地霧さんだった塵が、また幾許《いくばく》か掘り下げられる。しかし元々、当《とう》該《がい》『右脚だった部分』の塵の層が薄かったのか、金奏の慎重な掘鑿はとうとう、監獄のゆかまで……ほんの一部だけど監獄のゆかまで、露出させるに至った。私はその様子も端末で撮影していた。だから自分の眼と機械の眼、その両方で、露出したゆかを目撃した。

そして微妙に驚愕した。何故と言って――

「かっ金奏そこ、そのゆか!!　今掘りきった塵の下!!

……何か赤いものが。赤い筋が。ううん赤い線が!!」

「たっ、確かに……

土遠これ何だろう、この赤い染み……赤い線。もうちょっと掘り出してみてもいい？」

「許可するけど、先に指輪を回収して。それが最優先よ」

「うん解った」金奏は発掘を終えた〈塵の指輪〉を土遠に手渡しながら。「この赤。この赤い色には見憶えがある。私この赤を確実にどこかで見ている。すごく記憶が刺激される」

――実は私の記憶も強く刺激されていた。それも私の驚愕を強めていた。

（けれど私、こんな赤い色をどこで見たんだろう。金奏同様、私も確実な既視感《きしかん》を感じるのに、そのみなもとが何なのか全然思い出せない……）

ただそれでも。ここが殺害現場で、しかも赤い染みとなれば。

「か、金奏これ、ひょっとして、もしかして、ヒトの血の色じゃないかな……」

「あっ成程《なるほど》、確かに!!」警察官の金奏は直ちに同意してくれた。「ヒトの、だから木偶《でく》かも知れないけど、その赤い血の色――少なくともそれにとても近い。もっといえば、流れ立ての赤い血じゃなくって、どこかに零《こぼ》れ落ちてもう乾き始めている赤い血。そんな赤褐色。それにとても近い。最近もよく見た……

じゃない、っていうか、最近の内務省の仕事でよく見たんだ、そう木偶《でく》の血を」

「……ヒトでいう所の、遺留血痕《いりゅうけっこん》とか？」土遠は指輪を制服に仕舞いつつ、不思議そうに訊く。「私達の青い血じゃなくって？　だから青褐色とかでなく？」

「うん土遠、なんなら土遠も視てみるといいけど、でも……

……ゴメン月夜、やっぱり私の勘違いかも。前言撤回。

よくよく観察して、よくよく思い出してみれば、ヒトや木偶《でく》の血の色とはちょっと、ううんかなり違う気も――物の道理からしても、この〈バシリカ〉にはヒトも木偶《でく》も積んではこなかったんだから、赤い血が流れるなんてことは」

「それもそうよね」土遠が冷厳にいった。「私も愚劣なことを口走ってしまったわ。赤い液体があるとして、〈バシリカ〉の常識からすればそれが血であるはずもなし、だから遺留血痕であるはずもなし。

よって飽くまでも念《ねん》の為《ため》の確認だけど金奏、悪魔の血が赤いなんてことはないわね？」

「そんなの私達の実戦経験からしてありえないよ土遠」

（それもそうだ。私達眷族《けんぞく》の血は青い。だから、元々眷族だった悪魔の血も青い——悪魔については〈バシリカ〉に乗ってから初めて知ったけど、あれだけ戦ったんだもの。その経験からして私自身、悪魔の血は青いと断言できる。

どう考えても、〈バシリカ〉で赤い血なんて流れる余地がない——密航者がいるとかそんな異常事態があればまた別論だけど、密航者がいないことは出航前、物理的にも機械的にも徹底的に確認されている。金奏だって土遠だってそれに苦心していたし、新たなる地球にゆく方舟《はこぶね》に、まさか密航者を許すはずもなし）

でも、だけど。

そうであっても、あの地霧さんだったらきっと言うだろう、そう、しれっと……

「……この〈塵の指輪〉が発見された塵の下に、赤褐色の何かがあることは、事実だよね」

「それは否定しようもない事実だけど、月夜」土遠がやっぱり冷厳にいう。「今その重要性を評価することはできないし、ましてそれをじっくり見分する時間など無い」

「解った。なら物知りの水緒の意見とかも聴きたいから、撮影だけしておくね」

——幸か不幸か、当該《とうがい》赤い線を掘り出す許可は、当《とう》の土遠がもう出してしまっているし、それを求めた金奏は既に、当該《とうがい》赤い線の全体像を露出させてくれてもいた。私の好奇心にとってはもちろん幸だ。もっというなら、私の復讐心に端《たん》を発した好奇心にとって幸だ。そう、あれだけ『おもしろい』

『興味深い』『興味深い、とても』と繰り返していた、天国ではめずらしい好奇心の同志ともいえる地霧さんが、酷《むご》たらしいかたちで殺されてしまった今。私は確実に、復讐心に駆られている。

（ううん、もっというなら、私はあの地霧さんに、友情以上のものを……）

私は恥ずかしく賤《いや》しい動機を隠し、当該《とうがい》赤い線の全体像を撮影してゆく。

時に動画で。時に静止画で。角度を変えて。距離を変えて。

撮影しながら観察するに、それは──

（それが血であれ何であれ、赤い液体が監獄のゆかに落ちて、乾いた。

その上に、地霧さんだった塵が崩れて、積もった。

だから当該《とうがい》赤い液体の痕跡は、金奏が掘り起こすまで隠れていた……）

──ううん、違う。これでは結果的に嘘になる。

（当該《とうがい》赤い液体は、落ちたんじゃない。『書かれた』『描かれた』んだ。私、断言できる。

これは明確に天為的なもの──ヒトでいう人為的なもの。

液体を零《こぼ》した痕跡が、まさかこんな形になることはない）

こんな形に。

こんな一本の線に。

私の小指の長さほどの一本の線に。

（そうだ。

明確に指で引いたような、しかも始点と終点がクッキリ定まっている、こんな一本の線。

──こんな形になるはずがない。

自然に落ち、自然に流れた液体が、こんな一本の線になるはずがない）

私、嘘は吐けないけど断言してしまえる。それほどまでに、この赤い線は天為的だ……

（一本の線。一本の赤い線。一本の赤褐色の天為的な線。

　そしてその特徴は、さらに――）

「月夜、命ずるわ、もうやめて」土遠が私の肩に手を置いた。「現時刻、艦内時間二三〇五《フタサンマルゴー》。日香里の下命《かめい》事項は四分未満で終えていたのに、まして〈塵の指輪〉すら回収できたのに、赤い染み関係で時間を浪費してしまった。副長として厳《げん》に命ずる。実況見分は中止。当該赤い染みの件は私が預かる。どうしてもそれを見分したいというのなら、第1留置室において全ての決着を付けてから、必ず私と一緒にして。

　日香里たちが蠅女と対峙している。この場合、まさに好奇心が身を滅ぼすわ」

「ご、ゴメン土遠、私ちょっとムキになっちゃって、時間とか全然忘れちゃって」

　その刹那《せつな》。


――――――――!!!!

――――――――!!!!

「ほら月夜、お客さんもお待ちかねだよ、さあ急ごう!!」金奏も私の背を押した。「それじゃあここ第11留置室も監獄も封鎖・閉鎖するから皆《みんな》で室外に。そして第1留置室に!!」

Ⅷ

〈バシリカ〉第3デッキ、警察施設。第1留置室。

艦内時間、二三一〇《フタサンヒトマル》弱。

土遠・金奏・私がそのオフィス部分に飛び込むと――

「待っていたよ、皆《みんな》」

――監獄部分の前に、水緒をしたがえて凜然《りんぜん》と立つ日香里がいった。

「御免《ごめん》なさい、日香里」土遠がいう。「思いの外、第11留置室で手数が掛かってしまって」

「第11留置室は……地霧は、やはり」

「……ええ、塵と化していたわ」

「生存の……治癒の希望は？」

「皆無《かいむ》。この上なく死んでいる」

「ほぉら、あたしのいったとおりだったでしょ～う、ウフフフッ、ウフフフッ……」

――今《いま》私達五名は、だから〈バシリカ〉生き残りの使徒は、日香里を中心に、第1留置室の監獄の銀格子・鉛格子とむきあっている。より正確には、そこに疑い無く展《は》られている〈陛下の盾〉の透明のスクリーンとむきあっている。言い換えれば、監獄は確実に施錠され封鎖されたままだ。

その監獄内のベッドには、あの〈蠅の少女〉がいる。

今はヒトの姿を採っている。

上衣もセーラーカラーもプリーツスカートも、デザインこそ私達〈バシリカ〉の使徒が着るモノトーンの制服に似ているけれど、ほぼ濡れるような紺。他方でカラーのラインとスカーフは、狂気のような白だ。これは、いつか目撃したとおり。

あと彼女を特徴付けるのは、ゴシックなデザインをした、ピンヒールのようにもショートブーツのようにも見える怪異なローファー。ゴシックなデザインをした、鎖状《くさりじょう》の紫の尻尾。果てしなく濡れたような紺の翼。日香里のロングロングストレートほどはある、けれど淫《みだ》らで激しいピンクの、炎のように大きく波打つ髪。そして何よりも、やはり淫らで激しいピンクの、顔のパーツのバランスをあからさまに狂わせる、淫猥《いんわい》で大きな唇。これらもまた、いつか目撃したとおり。

（最初にエレベータで遭遇した姿、そのままだ……）まさか、もう何のダメージも感じていないというの。（……けれど、この凍えるほどの冷気、そして硫黄《いおう》の臭気の強さ!!）

冷気。硫黄。尻尾。翼。

ピンク、紺、白、紫。

そして〈陛下の盾〉越しにも痛烈に伝わってくる彼女の超常の力!!

「さて、あたしの可愛い〈バシリカの使徒〉ちゃんが勢揃いしたようね……ウフフフッ」

〈蠅の少女〉は待ちかねたとばかりに、監獄のベッドから立ち上がった。そしてゆっくりと、ゆっくりと銀格子・鉛格子を挟んで凛々《りり》しく立つ日香里と正対してゆく。彼女の紫の尻尾が挑発するようにぐるり、ぐるり、ぐるりとその身の周りを回転し始める。やがて、彼女を最も象徴するショッキングピンクの唇が、まさに〈悪しき者〉らしく、じっとりと、くっぱりと、はしたなく大きく裂けてゆく――この上ない笑顔、あるいは嘲笑の仮面のように。

そして〈蠅の少女〉は不敵な笑顔のまま、そのローファーで何かをぐちょりと踏んだ。あまりにも自然に何かを踏んだ。その何かとは……朝方の祓魔式《エクソルチスムス》によって彼女自身が、そして彼女が憑依《ひょうい》していた木絵が変わり果ててしまった姿、変わり果ててしまった躯だった。あの、ピンクと紺と白と紫でできた狂気のゼリー……それが今や、どこにもビビッドな色彩は無くなり、純然たる黒い液体となっている。まして当該《とうがい》黒い液体から、あからさまに何かが抜け出た痕跡がある。そう、どろりとした黒い液体には、あからさまな開口部がある。其処《そこ》から何かを生み出しあるいは吐き出したような。これはすなわち……

「そうよ～、月夜ちゃ～ん」悪魔は引き続き戯《おど》けながら。「木絵ちゃんって～、ただの悪魔になってしまったのよね～？　そんな木絵ちゃんが～、あなたたちのあんなビリビリくる祓魔式《エクソルチスムス》を～、まさか生き延びられるはずもないでしょ～？

　けれどあたしはそうではないの。あたしは違うの。あんななまやさしいものであたしを滅し去ろうなどと……百年、千年いえ百万年はやい!!　永遠にはやい!!」

（やっぱり、あの死骸の中で生きていたんだ、あの微弱な思念を発しながら）それにしても。（だとしても、今この子から感じる超常の力は……まるで『完全治癒』したような。『完全回復』したような。でもそんなことがありうるの？）

　日香里もそして私達も、あれほど懸命にこの子を殺そうとしたのに。

　まして、あの狂気のゼリーの哀れな姿や、あまりにも蚊弱《かよわ》く蚊細《かぼそ》かった思念。

　実際、あれほど衰弱していると感じられたのに。監禁だけで足りるとすら思われたのに。

（それがまさか、まるでそう、何も無かったかのように『完全復活』だなんて……

　そんなことがありうるの？）

「まして、ウフフフッ、あたしが束《つか》の間《ま》の休息を終えた今。

　あたしの〈超常の力〉は既に、日香里をも――いいえ、此処《ここ》にいる天使ちゃんの誰をも、あるいはその総員分をも遥《はる》かに超越しているかもね～。それはまさに～、ウフフフッ、月夜ちゃんたちが駆け付けてくる前、日香里と水緒ちゃんにはじっくり教えてあげたんだけどね～、ウフッ、ウフフフッ、ウフッ、ウフフフッ」

「……日香里それは」土遠が急いで訊く。「どういうこと？」

「悪魔とは多弁も質問も禁忌《きんき》だが」日香里も急いでいった。「この地獄の蝿は、ここ第1留置室にいながらにして――そう〈陛下の盾〉も銀格子・鉛格子もまるで無力化して、遥《はる》か第11留置室にいた地霧を暗殺したっていうのさ」

「そんなことが!!　だって日香里、水緒、ここの監獄の機能は」

［ああ、残念ながら］日香里がいった。［完璧だ。完璧に稼動《かどう》していたし、今も完璧に稼動している］
［それに、戦闘艦橋電算機によるモニタリングでも］そこでの当直を買って出ていた水緒もいう。
［ここの監獄が物理的・暴力的に突破された事実なんて微塵《みじん》も察知できなかった。電算機の記録は今からでも確認できる。そんな事実は無かった——そもそもそんな異変があったなら、私達が察知できないはずもない。
だから、この蠅娘が特に〈陛下の盾〉を突破するだなんて、そんなこと絶対に……］
［……それがまあ、ありえちゃうのよねえ〜可愛い水緒ちゃん、ウフフフッ、ウフフフッ。
まして使徒団の皆《みんな》、今はたったの五名にまで減ってしまった使徒団の皆、忘れてはいけないわ……あたしは木絵ちゃんの〈塵の指輪〉を確保していますのよ？　そう、あたしは天使ちゃんたちのチャチな防壁をたちまち無力化できるどころか〜、いつでも、望むままに、天使ちゃんたちを〈塵の指輪〉でテロることができちゃうのよ〜。これすなわち、いつでも、望むままに、天使ちゃんたちを塵に帰すことができちゃうのよ〜、ウフフフッ、ウフフフッ］
美しくしかし淫猥《いんわい》に裂けた唇で嘲笑しつつ、〈蠅の少女〉はその指を翳《かざ》した。
今その右手の薬指には確かに〈塵の指輪〉が嵌められている。戦死者である火梨と地霧さんの指輪は、土遠が確実に回収していたから、今悪魔が翳した指輪はすなわち未回収の、消失していた木絵の指輪でしかあり得ない。
——指輪に誰よりも警戒をしていた土遠が、絶句しながらもいう。
［こ、ここ第1留置室を離れずに、第11留置室の地霧を暗殺したと？］
［まさしくそのとおり〜、ウフフフッ］
［だ、だけど塵の指輪には、発動条件が——目視が］
［土遠、悪魔との多弁も議論も無意味だ］

［日香里それは確かにそうだけど……でもそんなこと!!　絶対にあり得ないのに!!］

——もはや確認でしかないけれど、〈塵の指輪〉には発動条件がある。目視と指名と命令文句だ。ゆえに私達の常識からして、目視していなかった第11留置室の地霧さんを、目視しないまま第1留置室から塵化できるなんてありえない。私達の血が突然赤くなるほどありえない。

（けれど現実に、第11留置室の地霧さんはこの上なく塵化している。そして私達眷族《けんぞく》をあんな方法で、たちまちのうちに殺すとすれば、絶対に〈塵の指輪〉を用いるしかない……）

なんてこと。

（私達〈バシリカの使徒〉ですらできはしないことを、今や〈蠅の少女〉は指先ひとつで、そう第1留置室に監禁されたまま、平然とやってのけるというの……）

そんなこと、常識的に、物理的に絶対ありえないはずだけど。

もしそれが、真実、ホントに確定した事実だというのなら。

（……私達の負けだ）

監禁も銀格子・鉛格子も陛下の盾も、まるで意味が無くなる。〈蠅の少女〉はまさにその言《げん》のとおり、いつでも、望むままに、私達をひとりずつテロることができてしまう。生き残り五名の最後の一名に至るまで、暗殺してゆくことができてしまう……

（もしここで、〈蠅の少女〉を今度こそ完璧に、完全に滅し去ってしまうのでなければ）

［金奏、土遠］そんなことは先刻痛感しているであろう日香里が、冷厳にいった。［僕の武器を。今ここで蹴《ケ》りを付ける］

［解ったよ日香里、ちょうど土遠と検討して、絶好の奴を——］

——しかし金奏が言い終える前に、〈蠅の少女〉は私達総員に語り掛けた。

そしてそれは、あまりにも意外な提案だった。

「どう日香里、そして〈バシリカ〉使徒団の各位。

……あたしと手を組まない？」

「なん、だと？」

悪魔とは多弁も質問も議論も禁忌。それを熟知している日香里が、しかしあまりに突然で予想外の発言に、思わずといった感じで質問を発してしまう。すると悪魔が自然にいう。

「この言い方が癪《しゃく》に障《さわ》るというのなら、そうねえ、ウフフフッ――

あたし、亡命をしてもよいわ～」

「――亡命!?」

「日香里たちが恣《ほしいまま》にブッ殺したらしい、第7デッキ以下の〈悪しき者〉一個師団。その生き残りがどれほどいるか今はあたしにも分からないけど――どのみち将帥たるあたしも、兵卒たるその一個師団もまるっと、天国への亡命のため、天国の遠征軍総司令官である日香里あなたに降伏してもよい。あたしにはその覚悟がある」

「突然に過ぎる休戦交渉だが……お前を此処《ここ》で殺し尽くす方が、遥かに危険は」

「待って日香里」土遠が懸命に口を挟んだ。「確かに癪に障るけれど、地霧殺しの実態が判然としない以上、今この蠅女の説明を聴き逃すのは上策でない……

この蠅女にしてみれば、自分は今《いま》圧倒的優位に立っている。それが突然『亡命』『降伏』なる提案をするとは。日香里、私は副長としてその真意を理解しておく必要がある。ましてこれが休戦交渉だというのなら、国際法上もしかるべき手続が要る。それは聖書にある大戦《おおいくさ》でもそうだったはずよ」

「悪魔に真意なるものがあれば、だけどね土遠」

「日香里たちが警戒するのも尤《もっと》もだわ……」蠅の少女は続けた。「……ただね日香里、そして使徒団の皆《みんな》。あたし、木絵ちゃんに教えてもらったの。既にあたしの仲間となったとも言える、木絵ちゃんに教えてもらったの。

日香里、あなたは天国において、その聖座《せいふ》を成す枢機卿団において、あからさまに冷遇されている。古《いにしえ》の大戦《おおいくさ》の英雄にして〈大喪失〉の英雄でもあるあなたが。そんな日香里が今の天国の在り方に疑問を持っていないなんて、まさかそんな御伽噺《おとぎばなし》は無いわよね？

そして土遠ちゃん、あなたはその日香里の影とでもいうべき忠臣。まして老害である枢機卿団のうち、首席枢機卿の養女でもある。自身、伯爵の名乗りを許されている高位有爵者で、だから天国の在り方に責任を感ずる地位にもいる。そんな土遠ちゃんが日香里同様の、いえそれ以上の疑問を感じていないはずもない。

そして水緒ちゃん、金奏ちゃん、月夜ちゃん。御三方《おさんかた》が今の天国の在り方に強い疑問を感じている事実は、何より御三方がこの〈バシリカ〉に秘匿《ひとく》開設しているあの禁書図書館・私設図書館に象徴されているわ〜、ウフフフッ。なんとまあ、御三方は聖座の老害に著しい反感をいだいているばかりか、その反感をいよいよ叛乱《いい》にまで具体化している……天国では絶対に許されない禁書の類《たぐい》を、意図的に収集し隠匿《いんとく》し、ましてや新たなる地球に蔓延《まんえん》させちゃおうとしているんだから〜……ウフフフッ、ウフッ、ウフフフッ」

「み、水緒、金奏それに月夜」さすがに土遠は驚愕した感じで肉声を発した。「あなたたちは、まだ——いいえやっぱり、あの禁書図書館を。あれだけ厳命しておいたのに。あれだけ厳命したというのに、やっぱりあの私設図書館を閉鎖してはいなかったのね⁉」

「わ、私達は」私は焦燥《あわ》てていった。「そのことについて、日香里たちと真剣に話し合おうと——ところがその夜、火梨が殺される事件が起きてしまって、それからそれっきりに」

「そうよね〜、月夜ちゃんは、ウフフフッ、あの禁書図書館の館長。すなわち共犯だった水緒ちゃん・木絵ちゃん・金奏ちゃんの、まさに首魁《しゅかい》クラスだったんだものね〜……」

「主犯は」土遠がいった。「月夜、あなただったの!?」

「それは、その……実はそう、まさにそうだよ。いちばん好奇心を発揮したのは、私」

［月夜ちゃんたちは、今の天国の在り方に強い疑問を持っている。言葉を選ばなければ、反感を。具体的な叛乱行為すら実行してしまうほどの、反感を――

それは、天国の〈ひとつの意志・ひとつの動き〉に対する反感。

天国の住民の思想を固定化し、誤答を許さず、誤解も許さず、〈既に実現された真・善・美〉を絶対化し、幾万年も幾万年も怠惰《たいだ》と退嬰《たいえい》の内に生きてきた、〈既に終わった世界〉に対するそれは反感よ。もっといえばそれに立脚した貴族主義と、だからそれを支える木偶《でく》たちの奴隷制度に対する反感よ。そしてそれは当然、それらの怠惰と退嬰とを、新たなる地球にまで輸出しようとする傲慢《ごうまん》に対する反感となる――そうでしょ～う？　ウフフフッ、そうなんでしょ～う？］

（蠅の少女は、木絵が記憶していたことを何でも訊き出せた……そのことは日香里も土遠も知っている。今私は、何の弁解もできはしない）

［だとしたら、よ。

何よりも先に再征服《レコンキスタ》を果たすべきは、地球でなく――今の天国そのものじゃなくって？］

［……仮にそうだとして］日香里が引き続き冷厳にいった。［それがお前の『亡命』とやらとどう関係する？］

［んもう、解っている癖に、ウフフフッ、いけない日香里……

要するに。

此処《ここ》に生き残ったバシリカの使徒は誰もが、今の天国に対する疑問をいだいている。その知的水準からすれば、今の天国を改革する必要性をも痛感している。だからあたしはそれに、微力ながら助勢したいとこういうことよ］

［事ここに至って、私達と同盟し］土遠がいった。［さかしまに天国へ攻め上《のぼ》らせようと？］
［戦闘艦橋電算機からも解析できるとおり、あたしたちの軍勢が派手な攻撃を加えたことにより、〈バシリカ〉はあざやかな危機の内にある――それがあたしたちの共有すべき現状認識よね？

そして土遠ちゃん、あなたたなら当然想定し尽くしていることでしょうけど、事ここに至ってしまっては、ウフフフッ、〈バシリカ〉が天国に帰還すべき理由には事欠かない……それはもちろんあたしたちが、そういう効果あるいは外観を狙って仕掛けたことなんだけどね。そう、今あたしたちが共有している現状認識を前提とすれば、〈バシリカ〉が急遽《きゅうきょ》反転して天国を目指してもやむをえない、不思議は無い、違和感は少ない……でしょ～？］
［そしてお前は］日香里がいった。［〈バシリカ〉が天国の門をくぐるのに乗じ、天国への侵攻と汚染とを開始するわけか？］
［ある意味では。そして無論、日香里たち五名と一緒にね、ウフフフッ――

そう。


あたしたちは今の天国を滅ぼすの。必要ならばあの恐るべき〈最終兵器〉をも用いて。

あたしとあたしの軍勢も、日香里、あなたたちの同盟者として老害どもと戦うわ。

日香里が、そして月夜ちゃんたちが望む、在るべき天国を顕現《けんげん》させるその為に。

さすれば日香里、日香里たち使徒団は、新たなる天国の、新たなる枢機卿団になる。

あたしも入れれば、数だって〈大喪失〉以降とぴったり一緒の六名だものね。

そして天国の再征服《レコンキスタ》が成ったとき――

今度は地球のことを考えましょう。新たなる天国が統治すべき、新たなる地球のことを］

［何故、僕らに『協力』しようとする。不倶戴天《ふぐたいてん》の敵である僕らに］

［……もう一度、天国に帰りたいと言ったら日香里、あなた笑う？

また何故、あたしがたったの一万五、〇〇〇匹程度しか兵卒を率いて来なかったか解る？

……その誰もが亡命希望者だったから、だとしたらどう思う？

今更何を言うまでもない。〈悪しき者〉は元々、天使たちの眷族《けんぞく》。けれど日香里、聖書にある大戦《おおいくさ》で、あなたたちに地獄へ叩き墜とされて幾星霜《いくせいそう》また幾星霜……

だからこそ。

天国へ帰ることを、だから天使たちの仲間にもどることを夢見ない〈悪しき者〉はいない、少なくともあたしはそう、あたしと行動をともにした軍勢またしかり――それらの事実こそ、あたしたちの携《たずさ》えてきた物語よ、あたしが今旧知の仲間に訴える物語よ」

「お前たちの地獄を裏切ると？」

「あたしの故郷は天国よ？」

「ふたたび陛下の臣下にもどりたいと？」

「主観的には、それを自ら辞めたことはない」

「陛下の〈バシリカ〉を此処《ここ》まで攻撃したその理由は」

「ひとつには既述《きじゅつ》のとおり、日香里たちが帰還しやすい外観を作出するため。むろん真実の被害、しかも甚大《じんだい》な被害を伴わなければ、枢機卿団を納得させることができないもの。

いまひとつには当然、日香里たちにあたしたちの決意と実力を誇示するためよ。さもなくば交渉も亡命も何もありはしない。現に、あたしたちの力がほぼ拮抗《きっこう》・均衡しているような今の状態だからこそ、このような休戦交渉が進められている。そうでしょう？」

「仮にお前の望む亡命が受け容れられたなら、全ての破壊活動を中止するということか？」

「当然のこと。そしてそのとき、あたしたちにとっても〈バシリカ〉は大切な方舟《はこぶね》となる。新たなる使徒を新たなる天国へ搬ぶべき方舟に。あたしたちがそれを毀損《きそん》するはずもなし」

「お前のこれまでの狼藉《ろうぜき》を勘案するに、僕らがお前の力を制御できるという保障が無い」

「ならば木絵ちゃんの指輪は返す。そしてあたしをどのように戒《いまし》めてもかまわない。それでも信用できないというのなら……此処《ここ》にいるバシリカの使徒すべてにあたしの名を教える。さすれば誰でもあたしを〈塵の指輪〉で殺すことができる。そうでしょう?」

「……それは見上げた覚悟と言わねばならないが。そしてそれが真の名であるという保障も必要だが。お前の作戦が成功裡《せいこうり》に終わるとき。それは詰まる所、天国の門を突破し、枢機卿団の粛清《しゅくせい》が終わったそのときだな？　しかし仮にそれが僕らの――隠された――野望であるとして、お前にはどのようなメリットがある?」

「どうして。想像を絶するメリットがあるわ。今のあたしの立場と役目からすれば――

第一、病《や》み爛《ただ》れた冥《くら》い地獄から天国に帰れる。第二、新たなる天国において枢機卿の地位を獲《え》ることができる。第三、改革なった天国の力で、地球の再征服《レコンキスタ》をも果たすことができる――あたしたちが望む、なかんずく月夜ちゃん好みの、ヒトの好奇心と可能性と選択肢とを最大限尊重した、そう正しいやり方でね。それをともに理想とできる悪魔が仮にいるとするなら、それは地獄においてあたしだけだと思うわ。そして第四、日香里とあたしの力、そして新たなる天国の力があれば、無論地獄をも壊滅させることができるでしょう」

「自分の今の故郷《ふるさと》すら――まして其処《そこ》に住まう仲間すら、勝手気儘《きまま》に裏切ると?」

「日香里が地獄暮らしを一年いえ一日でもしていれば、そんな戯言《たわごと》はほざかないはずよ」

「枢機卿団の粛清はともかくとしても、天国に〈バシリカ〉で殴り込むとあらば、平民《プレブス》を始めとする無辜《むこ》の民《たみ》も無事では済むまい」

「幾らでもそうならないような作戦計画は組めるでしょう、土遠ちゃんなら。そもそも此方《こちら》には〈最終兵器〉がある。今はあたしたちが占拠したかたちになっているけれど無論それは解除する。それで脅しを掛けるもよし。抵抗するようなら、天国の幾許《いくばく》かを灰燼《かいじん》に帰してみるもよし——日香里たちがそう望むなら、天国の民の被害が最小化できるかたちでね」
［……陛下はどうなる］
［あたしの地位と安全さえ保障されるのならそれは些事《さじ》よ。どうとでも日香里の思うままに］
［陛下に〈最終兵器〉をむけるなど叛逆の極みだ!!］
［木絵ちゃんの教えてくれたところでは、今の陛下は極めて開明的な方だそうね……
　なら御自分の身を挺《てい》してでも、天国の民を守るため、〈最終兵器〉の発動だけは避けようとなさるはずよ。これすなわち、叛乱なら叛乱でもよいけれど、あたしたちのその試み自体に、陛下の御賛同なり御助力なりが頂戴できる蓋然性《がいぜんせい》は極めてたかい。言い換えれば、陛下と現《げん》枢機卿団を分断できる蓋然性は極めてたかい。
　そう。
　あたしたちが〈最終兵器〉を押さえた時点で勝敗は決している。
　そしてそのためにこそ、そう、〈バシリカ〉使徒団に橋を渡らせるためにこそ、火梨ちゃんと地霧ちゃんは死ななければならなかった……それはそうでしょう？　軍事委員の火梨ちゃんは〈最終兵器〉の管制システムを一手に管理していた。監察委員の地霧ちゃんは、こうした不逞《ふてい》の叛逆を察知し摘発すべき職責を担っていた。そしてまさか、いずれとも、あたしの亡命だの〈バシリカ〉による叛乱だのを肯《がえ》んずるはずもなし。そう、それこそがいわばこの『バシリカ連続殺天事件』の肝《キモ》。この両者だけは日香里、あなたが後刻何を反論しようとも、絶対確実に排除しておかなければならない」
「そんなこと!!」私は思わず絶叫していた——肉声で。「たとえ、たとえあなたの叛乱計画に一分《いちぶ》の道理があったとしても!!　説得も意志確認もせず、いきなり火梨と地霧さんを虐殺するなんて!!　あ、あなたのいうことを全部信じるとしても、そして私自身それに心動かされる部分があるとしても……

仲間殺しは!!

あなたに対しても、誰に対しても罪を犯してはいなかった火梨と地霧さんをあんなにアッサリ殺してしまったことだけは!!

私絶対に許すことができない!!

ま、まして木絵に至っては、あなたの叛乱計画に一分の道理があったときすら、全く、全然、何ら、殺される必要なんて無かった……それをあなたは、まるで子供の悪戯《いたずら》みたいに平然と、あ、あんなにおもしろがりながら……

仲間殺しを!!

私絶対に許すことはできないわ!!」

「天国の運命すら左右する重大事の前に、尊い犠牲はつきものよ……」蝿の少女はどこかしっとりといった。「……まして陛下は全知全能の御方《おかた》でしょう、月夜ちゃん？　その木絵ちゃんだって、ひょっとしたらその全知全能の御力《おちから》で——だって木絵ちゃんは、確定的に塵になった訳でも頭部を徹底的に破壊された訳でもないんだから。なら、陛下の御力をもってすれば、あるいは木絵ちゃんはまたあなたの眼前に、そう甦《よみがえ》ったようなかたちで——それによく考えて。個体的な利害関係を超えて。何が〈バシリカ〉の為になるのか。何が今、天国の為になるのか。あたしは断じてあなたの敵では」

「ね、ねえ水緒!!」

「月夜……？」

「水緒だって、ううん金奏だって、木絵が虐殺されたこと、絶対に許せないよね!?」

——両者は一瞬、私のあまりの剣幕に、唖然《あぜん》としたような顔をしていたけれど。

けれど、もちろん頷《うなず》いてくれた。ある種の決意を、感じさせるかたちで。

そして私は日香里たちにも訊く。

「日香里が火梨殺しを許すなんてこと、絶対にあり得ないよね⁉

土遠がこの〈バシリカ〉を悪魔と一緒に運用するだなんて絶対にあり得ない‼」

――こちらの両者もまた、万感の思いを込めるような絶句を置いて、やがてグッと頷いた。不思議な躊躇《ちゅうちょ》と後悔を捨てるようなそんな感じで、今はしっかりと頷いた。

だから、日香里はいった。

「残念だが〈地獄の蠅〉、休戦交渉は決裂だ。

最新任の使徒である月夜の意志ですらこうである以上、既に語るべきことは無い」

「ホント、残念だわ……といって、何処《どこ》かでこれを予想していなくもなかったけれど」

「そしていいよ、お前を天国にゆかせる訳にはゆかない」

「あたしとて、この最後の望み、天国への架け橋――あたしの弾丸列車にして貫通弾である〈バシリカ〉を手放す気などありはしないわ、絶対にね」

「では、最後の挨拶を始めよう」

「ウフフフッ、ウフフフッ――」〈蠅の少女〉の口調が、いつもの諧謔的《かいぎゃくてき》なそれにもどる。「――この、神の手先のおフェラ豚どもが‼　あたしの立場からすれば〜、どのみち生き残りの腐れビッチどもを鏖殺《みなごろ》しにすれば同じ事だとまだ解らないの‼　神に代わっておしおきよ‼　鏖殺し‼　鏖殺し‼　弥撒《mass》と英町《acre》で massacre‼　頭がま●こするまで鏖殺し‼　ケツ穴でバターミルク飲み乾すまで鏖殺し‼」

「さあ、はじめるざますよ――」

「金奏、監獄のスクリーンを解除。ただし、外扉は絶対に封鎖のままだ、逃げられる」

「了解」

「土遠、僕の武器を」

［あらゆる意味で急造品だから気を付けて――金奏、あなたの〈太陽の炎〉も貸して!!］
あっ私も、とトロい私が土遠に助力しようとする。同時に、自分の膝《ひざ》がガクンと折れるのが分かる。あからさまな〈太陽の炎〉のガス欠だ……ずっと自分でも意識してきたけど、いざ実戦のとき力になれないほどとは。
といってそれは、実戦派の土遠も金奏も織り込み済みだったようで。私がガス欠に苦悶している内にも、まさに先刻打ち合わせたような段平《だんびら》が――そう鉄塊とも鋼塊ともいえる巨大なダンビラが創り出されてゆく。きっと、土遠の望んだとおりのスペックで。傍《はた》で見ているだけでも、確かに長さ一・五パッシ、重さ一二タレンタはありそうだ。要は、優に二m以上・三〇〇kg以上の大剣いや大剣のバケモノ――
［日香里っ］
土遠と金奏がその超絶的に重そうなダンビラを、やはり重そうに投擲《とうてき》する。日香里がすらりと、けれどやはり重そうに受け取った。私達の超常の力をもってしても、まさか私の万年筆のように軽々と取り扱えるシロモノじゃない。そしてすぐ土遠と金奏が思念で叫ぶ。
［日香里、斬撃では意味が無いわ――］
［――そう日香里、バシッと蝿叩きの要領で!!］
［そういうことか、成程《なるほど》解った……また考えたね］
（やっぱり日香里はたちまち理解してくれた、土遠が考えた『面の破壊力』のことを）
幾らでも飛び回り、幾らでも分裂する〈蝿の少女〉に斬撃はほぼ無意味。必要なのは圧倒的な、そして物理的な『面の破壊力』と、そして――
日香里が創り立てのダンビラを試し振りしているその間にも、私はもうひとつの必要な力、『拘束する力』のことを思い出していた。それは要するに、この場合。

［水緒、月夜!!］やはり土遠がすぐに命じる。［そこに用意した双耳壺《アンフォラ》の聖油、ありったけまるごと蝿女にブチ撒《ま》けてやって!!］

了解っ、とさっそく双耳壺《アンフォラ》をかまえる私達。たっぷり五瓶ある。たっぷり満載だから、今のガス欠の私にはこれまたかなりの苦役だけれど、そんなこと言ってはいられない。私が、依然ガス欠には陥《おちい》っていなさそうな水緒に追い縋《すが》るようにして双耳壺《アンフォラ》を搬び、どうにかよいタイミングで〈蝿の少女〉にブチ撒けようとしていると——ちょうど日香里が〈蝿の少女〉ごと監獄の銀格子・鉛格子をズタズタのグシャグシャに圧壊《あっかい》させようとしているところだった。

［おおっと〜、あぶない、あぶない……蝿叩きとはまた小癪《こしゃく》なことを考えたわね〜神の貝合わせ仲間どもが〜!!　味よし、すげえよし!!

う〜ん、たっかぶるぅ、みっなぎるぅ!!］

いつもの悪罵と掛け声を発した〈蝿の少女〉は——

そのヒトの姿を、だから日香里とおなじくらい背丈があったそのヒトの姿を、なんと日香里の半分いや半分以下にまで縮めてしまった。そしてそのまま、私達とは色違いの紺の翼を駆使し、手狭な監獄のなかを、そしてやがて銀格子・鉛格子の跡を越え第1留置室のオフィス部分を、我が物顔に飛び回り始める。ぐるぐると。ぶんぶんと。もちろん日香里は小柄になった〈蝿の少女〉をまるごと圧殺しようとダンビラをふりまわす。奇妙なテンポを置いて襲いくる風圧。奇妙なテンポを置いて滅茶苦《めちゃく》茶《ちゃ》になってゆく留置室の什器《じゅうき》。けれどなかなか〈蝿の少女〉はとらえられない。そう、この機動力は予測できていた。だからこそ『拘束《とうてき》する力』が必要になる。

（けど……まさに飛び回る蝿に油を投擲するようなもの。飛沫《しぶき》が当たるか、当たらないか。

上手くタイミングを見付けなければ。これは陛下に聖別された聖油。日香里ごと染《あ》びせるだなんて、そんな無鉄砲なことはできない）

土遠が、金奏が、そして水緒が意思疎通しながら聖油をブチ撒けてゆく。ううん土遠や金奏など、双耳壺《アンフォラ》ごと聖油をばしゃりと打ち水にしている。それでも〈蝿の少女〉は捕捉《ほそく》できない。日香里のすさまじい、間断の無い打撃を躱《かわ》しつつ、いやむしろだんだん余裕の度をますかのように、悠然《ゆうぜん》と第1留置室の宙を飛び回っている。

(そして留置室のゆかはといえば、私達の所為《せい》で、だんだん聖油だらけになってきた) これはマズい。

(今ここに火を着けてしまえば、陛下の聖油の劫火《ごうか》は、〈蝿の少女〉のみならず私達をも!!)

——私は焦燥《しょうそう》しながら留置室のゆかを凝視した。どうにか聖油の侵蝕《しんしょく》を免《まぬか》れているのは、今や監獄部分のゆかだけ。要はスタート地点だけだ。私達はむしろ、敵がスタート地点にいるその内に、聖油をお見舞いするべきだった。

そして私は、気付けば極《ごく》近くにいる土遠が、私と全く一緒の視線を監獄にむけているのを知った。金奏と水緒は懸命に日香里を支援しているけれど、敵は拘束したいわ、ダンビラから距離を置かなければならないわで……正直、彼女らの支援はかなり混乱したものになっている。ならざるをえない。

[月夜] 土遠が必要最小限の思念で囁《ささや》く。[私が蝿女を監獄へ追い込む。そうしたら必ず聖油を染びせて……たとえそれが、私ごとになったとしても。何があろうと。いいわね?]

[でもそれじゃあ土遠が……]

[これは命令よ]

——言うが早いか土遠は、じりじりと監獄に背から近付きつつ、今や勝利者のごとく宙を舞う〈蝿の少女〉に語り掛けた。それと気取《けど》られぬよう、最早《もはや》入口も扉も何も無い監獄部分に、じりじりと後退しながら語り掛けた。土遠がいきなり発したその言葉は。

[蝿女、私は投降する]

[……な、なんですってえ～?]

「最早あなたの優位は疑うべくも無い」土遠の、それかあらぬかの後退《あとずさ》りは続いている。「そして私は〈バシリカ〉の副長。当艦の存続を最優先とする義務がある。まして」

「土遠何を言っている⁉」日香里の攻撃の手が止まる。釣られて皆《みんな》の動きも。「どのみち此奴《こいつ》はもう黙る……もう死ぬ!!」

「日香里、私は〈バシリカ〉の存続を最優先とするため、この悪魔に投降すると言った。そしてそれは無論、これ以上の犠牲を出さない為《ため》でもあれば……

私自身、この悪魔が囁いた天国改革に興味関心があるから。いえもっと端的《たんてき》には」

「へえ～ホントかしら今更～……で、端的には～？」

「私は正直、あなたの天国改革に強い魅力をも感じている。私個体として言えば、それを否定する理由は何も無い……今の天国が堕落しきった退嬰《たいえい》のなかにあるのは事実だしね」

「土遠何を突然……そんな莫迦《バカ》なこと!!」

「あらそうなの～？　だから～？」

「だから私はあなたの仲間になる。それで私の命を乞い、可能ならば眷族の命をも乞う。

——悪い取引ではないと思うわ。

当艦に関する知見。天国そのものに関する知見。それは木絵から入手できたものより、遥《はる》かに充実したものとなるでしょうから……」

「今更そんな口説《くぜつ》だけで～、このあたしがハイそうですかとプッシーキャットなお友達になるとでも～？」

「だから私はあなたの仲間になると断言した。それがまさか、心理的な絆《きずな》だけの同盟であると考えるほど、あなたナイーヴじゃないでしょう？」

「へえ……それはつまり、あらゆる意味であたしの仲間になるということね？」

［そう、あなたが木絵にしたような意味においてもよ。それこそ当然、何を今更だわ］

その刹那《せつな》。

思念ゆえ数秒と続いてはいない恐ろしい休戦交渉後たちまち。

〈蝿の少女〉は宙を舞いつつ、むしろ自分を歓迎するかの様に両腕すらひろげていた土遠を抱きかかえそして監獄部分に飛び去った。ううん持ち去った。そして元の背丈にもどりつつ、羽交い締めにした土遠を盾にして、そう天質にして監獄内に立てこもる。それはそうだ。監獄外は既に聖油に塗《まみ》れている。土遠が自然と、自分が誘拐《さらわ》れるベクトルを決めてしまっていたこともある。

（敢えて監獄内に誘拐《さらわ》れた。そして先の言葉。土遠の本心は、疑い無く……）

すると私の背を押すようにその土遠の思念が響いた。

それは事情を知らなければ、私に対する命令だとは受け取れない口調で、声色だった。

［はやく……はやく、して……］

［言われなくてもそうするわよ～、う～ん、またもやたっかぶるぅ、みっなぎるぅ!!

Kiss my ass!! You fucking cunt!! Fais-toi baiser par ton ange!! Let your angel fuck you!! Fatti chiavare dal tuo angelo!! Go fuck yourself!! Fuck yourself!!］

……いつかのときの、木絵のように。そして私がされかけたように。

悪魔の戦慄すべき尻尾は今、まるで欲望で肥大した蛇のようになり、自身のプリーツスカートから身を擡《もた》げ、おぞましいかたちで土遠のプリーツスカートへ既に侵入を果たしている。ううん、それをいざ誇示するかのように、故意《わざ》と土遠のプリーツスカートを大きくはだけさせている。

奇妙にでこぼこして、異様に硬直し、不快に膨《ふく》れ上がった蛇。

その笠《かさ》のような先端は、コブラのように威嚇的《いかくてき》に膨張し、とても猛々《たけだけ》しい、発情した矢尻《やじり》のようになっている。そのぬるぬる、どろどろ、ねちょねちょ、ずるずるした質感といったら……今《いま》紫の尻尾は、至る所で生々しい血管のごときものを雷《いかづち》みたいに浮き上がらせ、その先端の淫猥《いんわい》な矢尻は、邪悪な腐肉《ふにく》がぱんぱんに詰まって今まさに弾けそうなそんな感じでてらてらと滾《たぎ》り漲《みなぎ》り熱《いき》り立っている。それが私達の眼前で、大きく鎌首《かまくび》をもたげている。

……そう、いつかのときの木絵のように。そして私がされかけたように、だ。

「はやく!!」

「Truie,tu es à moi!! Baise-moi!! Baise-moi!!」

「――うぐっ!!」

「Va te faire foutre, suceur de bites!! Vai a farti fottere!! Fick dich!! Fick dich!!

Who is your daddy!? Who is your daddy!?　カメダはどうだ!!　カメダは変わらない!!

あっいけないこれ、たかぶるみなぎるすごいのくる……おまえによし……おれによし……

Fuck me!! Fuck me!! Baise-moi!! Baise-moi!!」

……いけない。これ以上は。

土遠の尊厳のためにも。土遠の犠牲のためにも。

土遠はこの不可逆の、身を挺した罠を自ら選んだんだから……

「皆《みんな》聖油を!!」私は思念で絶叫した。「と、土遠ごと聖油を――今すぐ!!」

疑問の思念、反論の思念、躊躇《ちゅうちょ》の思念が交錯したのはまさに刹那《せつな》のあいだだった。

日香里も水緒も金奏も、私が理解できるようなことは直ちに理解できる。

だから――

「ああああああああ――――ッ!!!!」

土遠のものとも悪魔のものとも分からない、すさまじい絶叫が響き渡る。陛下の聖油を直《じか》に大量に染《あ》びせられたその絶叫が。そして日香里が、ダンビラと銀格子の残骸を接触させたちまち生み出した火花は、今、悪魔と悪魔になりつつある仲間へ確実に着火した。

――――――――!!!!

――――――――!!!!


最早、火達磨《ひだるま》となった両者の絶叫は渾然《こんぜん》一体となり。

だから、忌《い》まわしい態様で結合していた両者の躯すら渾然一体となり。

……そして微かに聴こえくる、悪魔の断末魔の悲鳴。とても蚊弱《かよわ》く、とても蚊細《かぼそ》く。

[You the slimy God's cocksucker… 舐めて拭いて消してすぐに!! この火を……この火を!!

この聖油を創ったのは誰だぁっ!!

Lick me!! Lick me!! Suce-moi!! Suce-moi… オオオッ、デューク、デューク〜ッ!!]

[ひ、日香里っ]私はいった。[どうかとどめを。それが土遠の為《ため》……土遠の願い!!]

[よくもそんなことを……ケツマ●コ売りの●食い女《ファックシットアッスビッチカント》!! このあたしに、よくもそんなことを!!

How dare you!! Niveau d'alerte quatre!! Wie kannst du es wagen…Come osi!! Come osi!!]

――そして日香里は無言のまま。

第1留置室の監獄内で、断末魔のつたない舞踏を踊る悪魔を。

かつての仲間が創り出してくれたダンビラで。

重ねて、無言のまま。

地獄の蓋《ふた》でも閉じるかのごとく総身《そうみ》の力で、塵さえも叩き壊すそんな執拗《しつよう》さで、情容赦《なさけようしゃ》なく押し潰《つぶ》し叩き潰し壊《こわ》し潰し磨《す》り潰した。何度も何度も繰り返して。

――気付けば私は祈っている。気付けば水緒と金奏が唱和している。

「故に《エルゴ》、呪われたる蠅《ムスカマレディクテ》よ、生ける神が汝に厳命するのだ《アドジュラムステペルデウムヴイヴム》……!!」

　真なる神が汝に厳命するのだ《アドジュラムステペルデウムヴエルム》!!

「聖なる神が汝に厳命するのだ《アドジュラムステペルデウムサンクトウム》!!」

　世界を愛し給える神が汝に命ずるのだ《アドジュラムステペルデウムクイシックディレクシトムンドウム》!!


さようなら、さようならと土遠の思念。

よくもそんなことを、よくもそんなことをと土遠の思念。

そう、悪魔たちの思念は既に渾然一体となっている。いよいよ蚊弱く、いよいよ蚊細く。

「……我《われ》魂魄一〇〇万回生まれ変わってもォ、怨《うら》み晴らさでおくべきかァァァァ!!!!」

「出でゆけ蠅《ヴァデムスカ》、陛下に場所を譲れ《ダロクムクリスト》!!」

　陛下の全能の御手のもとに屈服せよ《フミリアレスブポテンティマヌディ》!!

「震え上がれ《コントレミッシエ》!!」

　逃げ去れ《エッフージェ》!!

「I'm cumming…I'm cum… あ〜れ〜」

――べしゃり。

渾然一体となっていた火達磨は、どのみち諸共《もろとも》に、徹底的に圧殺され。

日香里が最後にダンビラを上げたとき、既に死骸ともいえぬ圧壊《あっかい》した黒い汚泥となり。

だから、そう、諸共に頭部を徹底的に破壊され。

ぼわん

最期の硫黄の煙を、その忌《い》まわしい臭気を何かの化学反応のように爆発させつつ——

「……死んだね」

今や巨大な剣をごろりと捨てた、日香里が断言したとおり、とうとう死んだのだった。

(私達にとって、四名目となる戦死者を出して、やっと……

けれど今は、確かにそうだ、悪魔の冷気はどんどん薄れ、ましてその思念など感じない)

——太陽の炎の、恐ろしいほどのガス欠。

とうとう殺すことに成功した敵首魁《しゅかい》。

そのために犠牲となり、また犠牲としてしまった大切な仲間。

そして、バシリカの未来。

あまりにも様々の思いが、一気呵成《いっきかせい》に脳裏をめぐり。

私は、すべてを清算するような聖油の劫火《ごうか》を肌に感じながら——

そのままここで、眠るように意識を失った。

Ⅸ

……〈バシリカ〉、その何処《どこ》か。艦内時間、不明。

私は泥のような眠りから、ゆっくりと意識を恢復《かいふく》しつつある。

とても、ふかふかなところ。

ぼんやりとしたまま瞳を開ける。

静かに、けれど絢爛《けんらん》にあふれくる、茶と赤と象牙と金。あるいは緋《ひ》と濃緑。

たかすぎる天には、陛下の御稜威《みいつ》を讃美する静謐《せいひつ》なフレスコ画が。

微《かす》かに顔を動かせば、荘厳《そうごん》な列柱の、葡萄酒《ぶどうしゅ》色と白色も瞳に飛び入ってくる。

（これは、この優美さには見憶えがある……まるで、大貴族や枢機卿の宮殿。天国の、アルティシムス様式だわ）

ハッ、と跳ね起きた。

ぐるりと周囲を見渡す。

（七名の使徒の席がある。私自身、自分の席に座っている。つまりここは!!）

私は真っ先に、『愛』『火』『教理』『殉教』を象徴する、真っ赤な真っ赤な赤が神々《こうごう》しい、鴇《とき》の羽根を素材にした天鵞絨《びろうど》が優美にそして荘厳にはりわたされた……そう『艦長席』を視界に収めた。私も当直のときちょっと座った、あの艦長席を。地霧さんと不思議な実況見分をした、あの艦長席を。その艦長席は日香里のものだ。そして日香里はまさしく艦長席にいてくれた——自席で跳ね起きた私を、ほんとうに嬉しそうに見詰めながら。

「ひ、日香里……!!」

「おはよう、月夜」

「そ、それなら此処《ここ》は、やっぱり……」

「それはもちろん」

我らが〈バシリカ〉第1デッキ、艦橋《かんきょう》さ。

——そう答えてくれた日香里の声は、私が思うに、あたかも出航当初のそれのよう。けだかく、凛々《りり》しく、自信と威厳にあふれ、しかし気さくで親しみに充ち満ちている。

（なら気を失った私は今、あの第1留置室でも、第3デッキ戦闘艦橋でもなく……）

艦長席の日香里越しに確認できる、〈バシリカ〉本来の艦橋ならではの——そう戦闘艦橋では絶対にあり得ない——あの大理石の大階段。なだらかでのびやかな白い大階段。そしてこの、古典古代の劇場をすら思わせる大舞台を絢爛《けんらん》に飾る、大階段上の威風堂々《いふうどうどう》たる大時計。直径五パッススはあろうかという、とろけるようにきらびやかな乳白色のオパール・ガラス三二四片を金飾りとともに散り嵌《ば》めた、あの大時計。

（……間違いない）もっとも日香里が断言している以上、私達のルールからして間違いはあり得ない。（私が今いるここは、〈バシリカ〉第1デッキ、艦橋だ。最初の戦闘のとき、派手に破壊されたままではあるけど。また……火梨の青い血が残ったままではあるけど）

どこかマヌケに、きっと寝惚《ねぼ》け眼《まなこ》で艦橋をふらふら見渡していた私の視線は、やがてもう一度日香里に行き着く。その日香里は、私が自分の所在を自分の頭で理解するまで待ってくれていたようだ。だから、私の視線がゆっくりと、けれど最終的に自分に落ち着いたのを受け、とても優しくあたたかい瞳をしながら、そっといった。いってくれた。

「もう大丈夫だよ、月夜」

「……そうだ日香里、私達第3デッキにいたよね。その第1留置室で、あの蠅の少女と!!」

——すると。

優雅で雄壮な艦橋の、少し距離を置いたあたりから声がした。それも、二名の声が。

「おはよう月夜、躯は大丈夫？」

「金奏……ありがとう、おはよう」

私がやっぱりどこかマヌケた返事をしている内に、もう一名も声を掛けてくれる。

「月夜、まだ無理をしないで、ゆっくりしていて」

「水緒も……ああ、水緒も無事だったんだね……」

「月夜」日香里が依然、優しく訊いた。「正直な所、今の体調は？」

「……正直な所」どのみち私達は嘘が吐けない。「まだちょっとくらくらする。ううん、きっともう艦内勤務を開始している皆《みんな》には悪いんだけど、ずっと〈太陽の炎〉のガス欠が続いている、ような」

「激しい戦いだったものね……」水緒が微妙に声を翳《かげ》らせた。「……そして月夜も、ものすごく頑晴《がんば》った。あのお祈りとか、ホントすごかったもの」

「そうだよ月夜!!」金奏の元気な声の内にも、複雑な感情がかいまみえる。「ドンパチ要員の私が恥ずかしくなるほど、月夜は頑晴っていたよ!!」

（察するに、情勢はすっかり……少なくともかなり……落ち着いている、ような）

私は艦橋を象徴する大時計を見遣り、また、自分の銀の懐中時計を開いた。

現時刻、艦内時間〇九〇〇《マルキユウマルマル》過ぎ。

（だけど、私はどれくらい意識を失っていたんだろう？

この〇九〇〇《マルキユウマルマル》過ぎっていうのは、航程第何日目の〇九〇〇《マルキユウマルマル》過ぎ？）

――既述《きじゆつ》だけれど、天国を出航した正午から、〈バシリカ〉の日付はカウントされる。

正午から次の正午までが、艦内時間の『一日』だ。

これまでの、まさに激動の日々をざっと整理すれば――
①航程第一日目は、何らの事件事故が無かった。私が当直だった日

②航程第二日目の深夜すなわち当直時間帯、火梨が蠅の少女に殺された
　また火梨の殺害に加え、木絵が蠅の少女によって悪魔にされた
　その明け方、祓魔式《エクソルチスムス》でその木絵までが死んだ
　そこから、地霧さんの意見具申《いけんぐしん》で充分な休息を摂ることとなった
③航程第三日目は、木絵が死んだその次の正午、休息中に始まった
　その航程第三日目の深夜、地霧さんが蠅の少女によって塵にされた
　だからほどなく〈蠅の少女〉との戦闘に突入し……

……その死とともに、私は意識を失った、はずだ。

それが重ねて、『航程第三日目の深夜』のこと。カウントはそうなる。

（……だから、もし私があまりに惰眠《だみん》を貪《むさぼ》っていなかったのなら、今はまだ、『航程第三日目の明け方』というか『航程第三日目の午前中』ということになる。派手に寝過ごして、一日二日素っ飛ばしてしまったということも考えられるけど……幾ら何でも、そこまでは）

――ちなみにこの『航程第三日目』というのは特徴的な日だ。死んでしまった土遠も、死んでしまった地霧さんもいつか強調していた。というのも、〈バシリカ〉の航海が計画どおりなら、この航程第三日目が終わる正午、私達は航路の中間点を通過することになるからだ。また、もし最終兵器稼動《かどう》用の〈太陽の炎〉を確保しておくのなら、燃料計算上、もう天国には帰還できなくなる点を通過することにもなる。そうだ、奇《く》しくも土遠と地霧さん、両者が用いた用語まで一緒だった――すなわち、バシリカの『帰還限界点』。

（私が穏当に、そう九時間ほど寝ていたとするなら、その帰還限界点まで、あと三時間）

だから私は日香里に訊いた。

「日香里、私どれくらいだらしなく眠っていたの？」

「別段だらしなくはなかったさ——普通に九時間強。正確には、そうだな、約九時間二〇分になるか。あの〈地獄の蠅〉が死んだのは、先の二三四〇《フタサンヨンマル》だったから」

（日香里は断言をした。なら今現在、航程第三日目が終わろうとする〇九〇〇《マルキュウマルマル》過ぎで確定。まして……そうだ、日香里は断言をした。なら今現在、〈蠅の少女〉は死んでいる……）

けれど私は直截《ちょくせつ》な疑問を肉声にしていた。まさか日香里を疑った訳じゃない。私達に染み着いている文化としてそれはない。私はただ……ただただ恐かった、んだろう。

「日香里、あの子は、あの〈蠅の少女〉は……ほんとうに死んだの？」

「ああもちろん。ほんとうに、絶対に、確実に死んだ。

だけど、そうだね、僕が記憶するかぎり、月夜はその瞬間かその直後に昏倒《こんとう》して失神してしまったから——どう説明するのがいいかな。興奮していた当事者としては、迷うな。

——ええと、水緒、金奏。大変なところ悪いけど、いま諸作業の進捗状況はどうだい？」

日香里の視線を追って、私はようやく水緒と金奏の姿を視界に収めた。

なるほど両名とも、日香里の言葉どおり、悠然《ゆうぜん》とした艦橋をしばし右へ左へ移動しては、艦橋の各電算機と何やら懸命に格闘している。情勢からして、それもそうだ。〈バシリカ〉は実戦航海中の軍艦だ。

（寝穢《いぎたな》く眠っていた自分が申し訳ない……）

すると水緒と金奏が、私の気後《きおく》れを察知したか、どちらも努めて快活な感じで日香里に答えた。

「私が担当している艦内各貨物室の再聖別・再整備は、まあ……どうにか順調よ」

「私の方も問題ないよ。艦内保安システム・艦内警察システムにもう不安は無いから!!」

「有難う水緒、金奏。

そして月夜、体調が万全じゃないとのことだけど、僕らの説明とかは聴ける状態かい？」

「そ、それはもちろん。

それに私も〈バシリカ〉の使徒だから。緊急時にいつまでも眠ってなんていられないよ」

「解った。ただ月夜は重ねて頑晴った。その消耗には理由がある。躯が辛いようだったら、何時《いつ》でもそういって休息に入ってくれてかまわない。現状、なるほど緊急事態ではあるが、僕らは最悪の状態を脱しつつあるのでね。

それも含めて、月夜が倒れてからのことをもう一度、皆《みんな》で情報共有しておこう」

私は、努めて皆《みんな》に迷惑を掛けないよう、まだガス欠ゆえか何処《どこ》か朦朧《もうろう》とする頭のまま、自分から質問を開始した。それへの答えはきっと、日香里・水緒・金奏にとっては全部、アタリマエの事実なんだから……

「まず、大事な確認だけさせて。もう日香里が教えてくれたことでもあるけど……

あの〈蝿の少女〉、日香里のいう〈地獄の蝿〉は確実に死んだの？　絶対確実に？」

「もちろん死んだ。僕が殺した。

土遠《と》の命を賭した犠牲と、水緒・金奏・月夜たちの懸命な助勢のお陰だ。

改めて御礼《おれい》を言うよ、月夜」

「そ、その確認は、死んだ確認は――またもや生き延びているなんてことは⁉」

「第1留置室の監獄で、死骸を――」金奏は焦燥《あわ》てて言い換える。「――じゃなかった、遺体を確認すればすぐ分かるよ。すなわち『頭部を完全に破壊された』ときの現象が発生しているから。悪魔の遺体と思《おぼ》しきものは、聖油で激しく燃えたあと黒い泥になったようで、それさえもゆっくりと、静かに塵と化しつつある。その外観は、あの蝿娘のみならず、その、一緒にあんなことになってしまった土遠についてもそうだと言えるし」

「やはり第1留置室の監獄で、そうあの祓魔式《エクソルチスムス》で泥となった木絵についてもそう」水緒はリムレスの眼鏡を心持ち伏せた。「土遠の遺体・蝿娘の死骸と思しきものとは若干の距離を置いて、木絵の遺体と思しきものもまた——こちらは当然ながら燃えないまま——黒い泥となっている。それがゆっくりと、静かに塵と化しつつあるその外観も、土遠・蝿娘の場合と同様よ」

「……塵化しているのは確実？」

「火梨の遺体があるから確実と言えるわ」水緒は社会科学委員らしく、悲しげな内にも冷静で理知的な組立てをしてゆく。「成程《なるほど》、私達は眷族《けんぞく》の死を目撃したことがほとんど無かったけれど、こんな言い方が許されるなら、火梨の遺体は絶好のサンプルになる。火梨は頭部を徹底的に破壊され殺された。その死体は今も第3デッキ第10留置室にある。私達がお葬《とむら》いをしたあの第10留置室にある。だからその死体がどのように塵化しているのかも確認できる。それは教区の学校で学んだとおり、『ゆっくりと、三日四日ほどを掛け静かに塵と化してゆく』状態にある。それと比較したとき、土遠・木絵・蝿娘の塵化の外観は、それと全く同様と断言できる。だから」

「だから僕らは、土遠・木絵・蝿娘の頭部を徹底的に破壊して殺したと、そう断言できる。

あと水緒、思念の関係も説明を頼む」

「月夜、私達が祓魔式《エクソルチスムス》で蝿娘を殺し損なった、あのとき。

私達は狂気のゼリー状となった蝿娘が、哀れさを催すほど蚊弱《かよわ》いけれど、でも小さな虫の羽音のような思念を確実に発しているのを感受した。そしてやっぱり、当該《とうがい》狂気のゼリーのなかであの蝿娘は生きていた。だからもちろん——これは月夜が意識を失った後のことになるけれど——またもやそのような思念が発せられていないかどうか、日香里・金奏・私で徹底的に、執拗《しつよう》に確認した。だから今は断言できる。そのとき蝿娘の思念は絶対に、微塵《みじん》も感受できなかった。そのようなものは絶対に、微塵も発せられてはいなかった。あの硫黄の臭気が全然感受できないように。あの極寒の冷気が全然感受できないように。それは日香里・金奏・私の一致した結論よ。念《ねん》の為《ため》に言えば、蠅娘のみならず土遠・木絵の思念も感受できなかったけれど……」

「だから僕らは再び、土遠・木絵・蠅娘の頭部を徹底的に破壊して殺したと断言できる」

「なら、とうとう殺せたのね……けれど、とうとう犠牲者も確定してしまったのね……」

「ここ、第1デッキ艦橋にいる現在員四名が――」日香里は瞳を伏せた。「――今は〈バシリカ〉の総員だよ」

「なんて、いうこと」

凶報と、朗報と。

死の確定した恐るべき敵と、死の確定してしまった大切な仲間と。

まだ道半ば、航程第三日目だというのに。まだ、それすら終わっていないのに。

――私は万感胸に迫るものを受け、思わず指を組み手を胸元に置き、祈りの言葉を発しようとした。けれどそれは言葉にならなかった。私はその指に、恐ろしく大事なものを見出したから。それはもちろん。

「あっ指輪!! 日香里、死んでいった皆《みんな》の指輪は!? 陛下から賜《たまわ》った〈塵の指輪〉は!? 悪魔の恐ろしいテロリズムの武器になってしまった、〈塵の指輪〉は全部無事!?」

――私達は生きて在るかぎり指輪を外すことができない。それが勅《ちょく》。

なら日香里・水緒・金奏・私の指輪4は無事だ。それは目視《もくし》でもすぐ確認できる。

あとは。

(殺された火梨の指輪1は、お葬《とむら》いの後、日香里の命令で土遠が回収した。それから――)

殺された地霧さんの指輪1も、日香里の命令で、現場の捜索ののち土遠が回収した。

あっ、でもその土遠は、第3デッキ警察施設・第1留置室で死んでしまっている……

まして、当該《とうがい》留置室であの〈蝿の少女〉は、木絵の指輪を見せびらかしていた。

だから、結局の所。

（確実に無事なのは、ここにある指輪4だけ。土遠は自分自身のものを含め指輪3を持ったまま死んだ、のかも知れない。ううんそうだろう、肌身離せるものじゃないから。そうすると土遠の指輪3はまるごと消失、まして木絵の指輪1は未だ行方知れずなんてことも）

——すると私の心配をたちまち察してか、日香里が力強く断言した。

「安心して月夜。悪魔はもう死んだ。

だから僕らから指輪を奪おうとする者も、もういない。

実際、ここにいる四名は皆、銘々《めいめい》の指輪をちゃんと所持しているし——

僕の命令で土遠が預かっていた指輪3は、あの監獄内で、遺体の内から発見された。

とうとう悪魔に持たれっぱなしだった、木絵の指輪1も同様だ」

「ああ、それなら大丈夫だね、指輪総数8は、私達がぜんぶ確保している」

「心配してくれて有難う、月夜。けれど月夜が言うとおりだ——

所有者を失った指輪4も、僕がこの制服の内に入れている、今も肌身離してはいない」

「そうだよね、そんな大事なこと、皆《みんな》が見逃すはずもなかったよね。

あっ、でも、けれど……」

「ん？」

「けれど、指輪といえば。

指輪といえば、とても不思議なことがあるの。とても不可解なこと」

「というと？」

「地霧さんの死。地霧さん、殺し」

――これだけで、どうやら私の疑問は正確に伝わったみたいだ。日香里、水緒、金奏。生き残りの誰もが、どこか消化不良を起こしたかの様な、微妙な顔をする。そう、胸のわだかまりが澱《おり》となって、喉まで迫り上がってきている様な。どう見詰めてもパズルは完成しているのに、ピースが一片《ひとひら》余ってしまったときの様な。そんな微妙な顔。

けれど。

しばし私達を支配した沈黙の帷幕《とばり》を破ったのは、やはり艦長の日香里だった。

「それは月夜、地霧が〈塵の指輪〉で殺されるはずが無い――っていう疑問だね？」

「うんそう。まさしくそう」

私はその疑問の内容をザッと口にしたけれど、それは駄目押しの確認でしかない。実は口にするまでもない。私達のルールは、私達の誰もが熟知していて忘れられはしない。

すなわち――

〈塵の指輪〉には発動条件がある。目視・指名・命令という発動条件が。とりわけ対象を目視・視認《しにん》していなければ〈塵の指輪〉は使えない。このルールに疑いは無い。現に、天国の枢機卿団はそれを大前提として過激派の処刑に勤《いそ》しんでいるし、何より、これをお創りになった陛下がそのように定めたもうたのだ。これは実際的にも理論的にも、天国における絶対のルールである。

（ところが、それなのに）

あの悪魔は、〈蝿の少女〉はいわば遠隔操作で、〈塵の指輪〉を用いたと言ってのけた。私はそれは嘘だと思う。私達と違い、悪魔は幾らでも何でも嘘を吐けるから。だけど、それを強がりあるいはお巫山戯《ふざけ》の大嘘と片付けてしまうことはできない。絶対にできない。何故と言って、地霧さんはほんとうに〈塵の指輪〉で殺されてしまっているからだ。地霧さんが現実に塵となってしまっていることは、私自身がこの瞳《め》で確認してもいる……

（これは、矛盾だ）

〈蠅の少女〉は第1留置室にいたのだから。

地霧さんは仮の宿の、第11留置室にいたのだから。

第1留置室にいる者が、〈塵の指輪〉で、第11留置室にいる者を殺せるはずない。

（ここで、蠅の少女と地霧さんの位置関係にも矛盾・疑問はない）

〈蠅の少女〉は昨晩、ずっと第1留置室にいた。それは昨晩、突然の獣の雄叫《おたけ》びを聴いて一緒に戦闘艦橋から駆け付けたという、昨晩の当直組＝日香里と水緒が目撃している。そればかりか当直組は、駆け付ける以前の悪魔の動向も、戦闘艦橋からモニタリングしていた。もちろん当直組は、何の異常も発見してはいなかった。なら〈蠅の少女〉は、当直組が戦闘艦橋から駆け付ける以前からずっと第1留置室にいたし、両者が駆け付けてからというならなおのこと、其処《そこ》から離れることはなかったしできなかった。要は昨晩、少なくとも私達が当直組と休息組とに離《わか》れてから、〈蠅の少女〉はずっと第1留置室にいたのだ。まして私が目撃したところでは、そこから動いてはいないはずの第1留置室内において、〈蠅の少女〉は〈塵の指輪〉を見せびらかしている。だから言い換えれば、『昨晩、塵の指輪を持った蠅の少女は、ずっと第1留置室にいた』ことになる。


　これにまして、地霧さんの位置関係は明確だ。日香里の命令で、昨晩、地霧さんの仮の宿は第11留置室となったし、地霧さんは『安心して籠城して当該《とうがい》室で快眠する』云々《うんぬん》と断言していたし、それよりも何よりも、地霧さんの遺体……遺塵こそ、地霧さんが昨晩その第11留置室にいたことを証明しているからだ。というのも、再論になるし私達にとっては自明だけれど、私達が即座に塵になって死んだというなら、それはその現場において〈塵の指輪〉を用いられたとき以外にありえないから。私達が死ぬのは、陛下の勅《ちょく》と聖旨《せいし》によって、①頭部を徹底的に破壊されたときか、②塵の指輪を用いられたとき。これのみ。これだけ。可能性と選択肢はたったのふたつ。うち①というなら、ちょうど先刻水緒が指摘してくれていたように、『塵化するまで三日四日ほど』まして『ゆっくりと』だ。まさか即座に躯すべてが塵化するはずもない。私達の躯すべてを即座に塵化するというのなら、その手段方法は②しかありえない。この②のとき、塵化は『一〇秒程度』で終わる。一〇秒程度で躯すべてが塵化してしまう。そしてあの第11留置室の塵は――被害者自身の〈塵の指輪〉、絶対に外してはならない〈塵の指輪〉があったことからしても、また他に被害者候補となる者が誰もいなかったことからしても――日香里＋水緒の当直組／土遠＋金奏＋私の休息組はともに生存確認ができたし、火梨＋木絵は戦死しているから、密航者のいない〈バシリカ〉における被害者候補は残りたったの一名となる――そうあの第11留置室の塵は、地霧さんだった塵でしかありえない。その地霧さんが一〇秒程度で塵にされたというのなら、まさか第11留置室を出入りすることなんてできない。加えて、その塵がフェイク等でなく地霧さんの遺体・遺塵で間違いないことについては、警察委員でありこの種検視の経験ゆたかな金奏が、断言で証言していた。要は、『昨晩、塵の指輪で殺された地霧さんは、ずっと第11留置室にいた』ことになる。

ところが、以上の結論だけをまとめれば……

『昨晩、塵の指輪を持った蝿の少女は、ずっと第1留置室にいた』
『昨晩、塵の指輪で殺された地霧さんは、ずっと第11留置室にいた』

（やっぱり、これは矛盾だ）

――改めて言葉にすると迂遠《うえん》だけど、私達眷族にはたちまち理解できるロジックだ。だから実時間にして数秒を経ず、警察委員の金奏が発言をした。

「地霧殺しは確かに不思議だよね、ピースの余りだ――

あの蝿娘が地霧を殺したとするかぎり、まして〈塵の指輪〉で殺したとするかぎり」

「だけど金奏」水緒が反論する。「私達は〈悪しき者〉の実態を熟知している訳ではないわ。まして陛下の〈塵の指輪〉が〈悪しき者〉に使用されてしまったときどうなるか、実証的なデータを何も有してはいない」

「それは水緒、『蝿娘が私達を超越した超常の力を発揮して指輪を使った』――っていう想定？」

「そうよ金奏、論理的にはその想定しか考えられない。

そうでなければ、密航者なんて絶対にいないんだから、残るは私達〈バシリカ〉の眷族のうち誰か。その眷族である誰かが地霧を殺したんだ、という結論になるけれど……日香里も金奏も、もちろん月夜も同意してくれるはずよ、それだけはあり得ないことだと」

（水緒の言うとおりだ。確かに別の可能性はある。けれどそれも、すぐ行き止まりになる）

何故と言って。

〈塵の指輪〉には相互確証破壊があるからだ。

相互に目視・視認できる位置関係にある。それが指輪使用の大前提。

相互に、だ。

敵に指輪を使用しようとするとき、もしその敵もまた指輪を所持していたのなら、自分もまた死を覚悟しなければならない。発動条件はともに整ってしまっているからだ。すなわち、これも再論になるけれど――敵に意識ある限り、自分が指名と命令を唱えてしまったのなら、それは超局所的な最終戦争となる。当然、敵もまた指名と命令を唱えるだろうから。そしてその時間は充分ある。一〇秒程度もある。塵化は足からだから、指名と命令が『肉声でなければならない』という既述《きじゅつ》の要件も、余裕でクリアできる。指輪の力による塵化が始まった当初は、頭部も胸部もまだ無事だから。実際、枢機卿団など、死刑となった過激派の最後の悲鳴が何秒続くか賭けまでしている……すなわち、事実として肉声は出せる。死刑が確定した被害者でも肉声は出せる。だから敵もまた指名と命令ができる。とすれば自律的に、自動的に、今度は自分の塵化が開始される……

（そう、塵の指輪の『相互確証破壊』。

意識ある眷族に対し、塵の指輪は使えない。自死を決意しないかぎりは。

……そしてベッドに座っていた地霧さんには当然、意識があった）

塵がフェイク等でなく、地霧さんのものに間違いないことについては金奏の断言がある。ならわざわざベッドに座った姿勢をとっていた地霧さんが、爆睡しているはずもなし。

（万一、そうもし仮に、座ったまま瞳を閉じたり瞑想《めいそう》したり、空《うつ》ら空《うつ》らしていたとしても）

指輪を使用されれば、『陛下と天国に対する叛逆まで決意した過激派が、断末魔の悲鳴を何秒も上げてしまう』ほどの衝撃が――恐らくは苦痛があるのだ。そんな苦痛を無視しつつ、塵化するまでの一〇秒程度、徹頭徹尾《てっとうてつび》、座ったまま意識が無かったなんて物語には無理がある。

そう、どのみち、死にゆく地霧さんには意識があった。

そこで、二重の意味において行き止まりとなってしまう。その二重の意味とは――

「そうだね水緒、同意するよ」私は水緒の、美しい水色の瞳を見ながら。「バシリカの生き残りの使徒は、誰もが指輪を持っていた。特に、地霧さんの死が確認されたあのときは。なら。もしその誰かが地霧さんを指輪で殺したというのなら。

その誰かもまた、第11留置室で塵になっていなきゃおかしい。

加えて。

死にゆく地霧さんが、悲鳴なり警告なり告発なり、強い思念を発していなきゃおかしい。

地霧さんには一〇秒程度の猶予《ゆうよ》があった。だから肉声で『指名と命令』も唱えられれば、思念で意思を伝達することもできた。まして私達の思念というのなら、この〈バシリカ〉の第1デッキから、そう第10デッキくらいまでは響き渡らせることができる。けれど地霧さんは、その誰かを塵化してもいなければ、最後の思念を発することもしていない。

……地霧さんの側に、何か、想像を絶するような事情があれば別論だけど。

でもその地霧さんが監察委員で、だからむしろそうしたテロリズムを告発・摘発すべき任務を有していたことからして、あるいは……なんていうかその、地霧さんのあの、まあ傍若無天《ぼうじゃくぶじん》で慇懃無礼《いんぎんぶれい》で傲岸不遜《ごうがんふそん》で大胆不敵な性格からして、自分がイザ被害者となったとき、犯罪者を告発しようとしないはずもないし、犯罪者を懲罰しようとしないはずもないよ。

だから。

第11留置室で誰かの遺塵が発見されておらず。

犯行当時、地霧さんの思念を誰も感受してないことからすれば。

――そう、やっぱり私は水緒に同意するよ。水緒の言ったとおり、〈バシリカ〉の使徒のうち誰かが地霧さんを殺したなんてありえない。とすれば単純な引き算で、犯罪者候補は〈バシリカ〉の使徒でない者――あの〈蠅の少女〉でしかありえない。

それはそれで、私が最初に言ったとおり、とても不思議でとても不可解なことではあるけど……論理的な結論であることは間違いない。ううん、正確には、論理的な不正解をぜんぶ取り除いた結論には違いない」

　すると黙って聴いていた日香里が、私のような迂遠《うえん》なことを喋らず、単刀直入に訊いた。豪放磊落《ごうほうらいらく》ともいえる日香里のことだ。仲間の戦死さえなければ、呵々大笑《かかたいしょう》しながら訊いたかも知れない。日香里の態度はそれだけ明快で、それだけ率直だった――

「水緒。昨晩最後に地霧を見てから、僕と水緒はずっと一緒にいたね？」

「ええ日香里。実はどちらも寝てはいなかったもの。

日香里と私はずっと一緒にいた。ずっと一緒に行動した」

「水緒は地霧を殺したかい？」

「いいえ」

「そして僕も地霧を殺してはいない——そもそも第11留置室に入ったことが無い。

代わって金奏。金奏は地霧を殺したかい？」

「まさかだよ。私は地霧を殺してない」

「月夜は地霧を殺した？」

「ううん、絶対に殺していないわ」

「それぞれ、第11留置室に入ったかい？」

「地霧が殺された後なら入ったよ」金奏がいった。「それ以前には絶対に入ってない」

「私も同様」水緒がいった。「私が初めて第11留置室に入ったのは、地霧が殺された後のことよ」

「あっ、私も一緒」私も急いでいう。「地霧さんの死以前に、第11留置室に入ったことなんてないわ」

「ならこれで解決だ」

（そうだ、これで解決）この手があった。あれだけ捜査熱心だった地霧さんは何故か、この手を使わなかったけれど。（私達は便利にできている——私達は絶対に嘘が吐けない）

そもそも土遠と金奏は以前にも、『第11留置室の扉が開くのを見ていない』旨《むね》断言していた。ということは入ってもいないはずだし、それはたった今の証言で強固に確定した。もちろんずっと一緒に行動していたという日香里＋水緒も、第11留置室になど入っていないという。犯行現場に入っていないのなら、地霧さんが目視できないから物理的に〈塵の指輪〉は使えないし、それよりも何よりも、誰もが断言したのだ——『自分は地霧さんを殺していない』と。ハッキリと。この上なく明確に。ならそれで、まさに解決。

残るは……昨晩生き残っていたのは、土遠だけど。

（その土遠は、金奏と一緒に私の第14留置室に来ていた。あの、ちょっとしたお茶会に）

そして私達はそこで、三名一緒に獣の雄叫《おたけ》びを聴いた。だから私達は三名一緒に第14留置室を飛び出して、だから私達は三名一緒に開きっぱなしの第11留置室の異変を察知できた。地霧さんの使っていた、第11留置室の異変を。地霧さんの塵化を。

（ましてそのとき、ああなんて便利なこと、その土遠さえ断言していたわ!!

地霧さんを殺したのは自分じゃないと。絶対に違うと）

――いよいよ解決だ。

犯行態様こそ分からないけれど、犯罪者はこの上なく明確に限定される。ただの一匹に。

（けれど、何か引っ掛かる。

まさか、疑問でも反論でもないけれど、私何かを忘れているわ。

この焦燥感と違和感、これはいったい……）

「月夜？」

「あ、ああゴメン日香里。これだけガス欠なのに、またいつものボケッと考える癖《くせ》が」

「混乱したり、疲れてたりしているのも無理はないさ。あれだけのことがあったんだもの。

――そうだ、ええと金奏、第13デッキとの連絡はもう恢復《かいふく》したんだよね？」

「うん、月夜が起きる前にもう恢復しているよ。

敵のテロと銀・鉛による封鎖とで、まあ非道いことになっている感じだけど、燃料と動力が確保できるならこっちのもの。今は〈太陽の炎〉を望むだけ艦内保安システムに回せる。それこそ銀だろうが鉛だろうが、聖水だろうが聖油だろうが、あるいは〈陛下の盾〉だろうが出し惜しみなく使える。かつてのごとく、事実上無制限に。当然〈バシリカ〉の航行そのものには何らの影響なく、ね」

（そうだ、艦内の制御を取り戻せれば、この〈太陽の炎〉の耐乏生活もいよいよ終わる!!）

「第13デッキの〈太陽の炎貯蔵庫〉は完全に解放した？」

「ほぼ完全に。艦橋電算機でスキャンするかぎり残敵《ざんてき》はいない。最早『軍勢』はいない。けれど最終的には、この瞳《め》で実査《じっさ》する必要があると思うよ。蠅娘の実例もあるし。生き残りの思念が微弱過ぎると、電算機でも捕捉《ほそく》漏れがありうる」

「当然、僕自身が実査に臨もう。しかしよい報告だね金奏。〈太陽の炎〉が万全に確保できたなら、さっそく皆で……」

いや、まずは朗報ついでに確認しておこうか。金奏、当艦の航法システムの現状は？」

「オールグリーン。関連する全ての航海シークエンスに異常ナシ。電算機によれば、完全に私達が奪還《だっかん》したかたち」

「現在の当艦の針路は」

「……バシリカ計画に規定するとおり、一路地球にむけて驀進《ばくしん》中」

（大きな艦橋窓から外は確認できるけれど、もちろんそれは宇宙でも海でもない。〈悪しき者〉が創り出した魔の闇、悪の毒沼だ）私は思い返した。（そう、狂気と猛毒の夜。まして〈バシリカ〉の太陽炉は極めて静粛《せいしゅく》。今も金奏が断言してくれていなかったら、私になんか艦の現状は分からなかった……）

「なら、当艦の心臓を成す〈太陽炉〉と〈最終兵器〉はどうだい？」

「そっちもまた、敵のテロと銀・鉛による封鎖で非道いことになっている感じだけど……どのみち艦内保安システムをフル稼動《かどう》させられるから問題ない。すなわち今現在、懸命に聖別・浄化中といったところ」

「残敵は？」

「第11・第12デッキの〈太陽炉〉、第14・第15デッキの〈最終兵器〉内にはもちろん確認できない。〈悪しき者〉の軍勢が真剣に猛威をふるったというのなら、よくもまあ防壁が保《も》ってくれたもんだよ……太陽炉は自然科学委員すなわち土遠の、最終兵器は軍事委員すなわち火梨の管轄だったから、これを仮に『バシリカ防衛戦』とするなら、その勝利は土遠と火梨の貢献あったればこそだね、日香里」

「いやむしろ、土遠も火梨も、〈バシリカ計画〉そのものを救ってくれたといえるな。

ならその太陽炉と最終兵器の周辺部分は？　いや各デッキの解放状況は？」

「電算機によれば、さっきの第13デッキほど進捗してはいないけど――」でも金奏の声は明るかった。「――あとそうだね、十五分ないし三十分くれれば。第11・第12両デッキも、第14・第15両デッキも『電算機でスキャンするかぎり残敵ゼロ』の状態に持ってゆける。確実に」

「そしてそれも、最終的には」

「そう、私達の瞳《め》で実査をして、最終安全確認をする必要があるよ。特に〈最終兵器〉については、その管制システムを動かして、あらゆる関連シークエンスの最終起動試験もしたい――といって結局の所、今〈最終兵器〉の稼動権限を持っているのは日香里だけだから、どのみち日香里には直接、第14・第15デッキに赴いてもらう必要があるけど。あんなド派手な侵攻を前提とすれば、電算機で遠隔診断してハイ万全――って訳にはゆかない」

「そうだったね」日香里は重い嘆息《ためいき》を微かに吐いた。「火梨が死んでしまった今、あの子の運用していた〈最終兵器〉のあらゆる権限は、自動的に、すべて僕に委譲《いじょう》されていたんだったね……

……あと金奏、やはりその火梨が管轄していた、天国との直接通信は？　成程《なるほど》〈バシリカ〉の通信システムは破壊されたが、確かあれには自己修復機能がそなわっているはずだ」

「ゴメン日香里、そっちはかなり厳しいかも。というのも電算機の解析によれば、それはもう念入りに、じっくりと、自己修復機能の方を破壊……ううん『消失』させられた感じだから。『奴等に自己修復機能ごと喰われた』とでも思ってもらえれば。これすなわち」

「ヒトの無線機よろしく手で零《ゼロ》から組み立てるしかなく、かつ、それができた唯一の存在であろう土遠はもういない。だから、天国との連絡恢復《かいふく》は絶望的、か」

「私達には、土遠みたいなスキルがないからね……」

「金奏の関係では、それだけが凶報だね。裏から言えば、他は実に好ましい状況にある。〈バシリカ〉の心臓部やドンパチ関係は、天国との直接通信を除き、僕らが着実に再制御しつつある。

——そうしたら、水緒。水緒に頼んでいた、艦内各貨物室の解放状況はどう？　言い換えれば、今度は〈バシリカ〉の方舟《はこぶね》としての機能の復旧状況だけど」

「先《さき》報告のとおり、艦橋電算機によれば極めて順調、だけれど」方舟としてのバシリカを運用する文官は、今や、この水緒と私しかいなくなった……「ただ、物の道理で考えてもらえれば。私達文官の自然科学用貨物室・応用科学用貨物室・人文学用貨物室そして芸術用貨物室は、残敵を掃討すればよいという施設じゃないわ。それら天国の叡智《えいち》と至宝を満載した貨物室で、〈悪しき者〉一個師団が徹底的に、圧倒的に、暴虐と略奪のかぎりを尽くしたとすれば……たとえ残敵を一匹残らず掃討したところで、いったいどれだけの被害が残ることか……そしてそうしたテロ行為の被害は、被害品は、まさか〈太陽の炎〉でポポンと恢復《かいふく》できるものばかりじゃないでしょう？　ううん、仮にそれが物理的にできるとしても、土遠と木絵とが戦死したとなれば、それはもう私と月夜とでどうにかできる事態じゃないわ……土遠なら土遠、木絵なら木絵にしかできないことがあるんだもの……」

「——水緒、そして月夜」日香里はいった。「水緒たち文官の苦悩と悲歎は、きっと僕らドンパチ要員の想像を絶する激しいものだろう——けれど僕らには、〈バシリカ〉の使徒には使命がある。陛下御自《おんみずか》らが賜《たまわ》った勅《ちょく》により、地球の再征服《レコンキスタ》を果たす使命がある。そして僕らの航海は、あとわずか二時間強で、もう道半ばに達してしまう。

どうか水緒、そして月夜。苦悩と悲歎は乗り越え難《がた》くとも、引き続き、諦めることなく陛下の使徒たるの使命を果たしてくれ。陛下の名代《みょうだい》として、また艦長として強く願う」

「けれど日香里、こんなことを言いたくはないけれど……」水緒の水色の瞳が、リムレスの眼鏡越しに濡れ輝く。「……その陛下の使徒のうち、四名までが、そう半数までが失われた、これは厳然たる事実よね？　特に、建設省出身の技監として、新たなる地球の再建を双肩《そうけん》に担うはずだった土遠が失われた、これも厳然たる事実よね？」

「まさしく事実だ」

「なら日香里が認識している事実をもう一度客観的に、真剣に、真摯《しんし》に検討したとき――

それほどの犠牲を払ってまで、私達は地球を目指すというの？

それほどの犠牲は、私達の想定の遥《はる》か埒《らち》外《がい》のはずよ。

だから日香里、私は生き残りの文官として、重大な意見具申《いけんぐしん》を……」

「水緒、僕もこんな言い方をしたくはないが、今は命令をする。

引き続き艦内各貨物室の解放を。その再聖別と再整備を進めてくれ――所要時間は？」

「……残敵の掃討というのなら、電算機によればあと二十分ないし三十分。その後の立入検査と被害確認そして応急措置というのなら――電算機に頼るまでもないわ、常識と道理で考えて、残り三日をまるごと充てても全然足りないでしょう。だから」

「報告はよく解った。これから月夜と協力して、航海終了までにできるかぎりのことを。無論、僕自身も艦内各貨物室の立入検査等に臨もう。この〈バシリカ〉は文明と文化の方舟《はこぶね》。その機能恢復《かいふく》は当然、艦長たる僕自身の責務でもある……

おっと、いけない。

そもそも、金奏に第13デッキの〈太陽の炎貯蔵庫〉の報告を求めたりした理由は——

月夜も起きてくれたことだし、とにもかくにも生存者で朝餐《ちょうさん》をと……そして戦死していった仲間達に献杯《けんぱい》をと、そう思ったからだ。ガス欠気味の月夜にとっては、酷《こく》なことをした。許してくれ」

（バタバタしていて、普段の日香里らしくないな……）私はしかし、まさか非難はしなかった。むしろ日香里に同情した。何故と言って。（……さっきの、水緒との応酬《おうしゅう》。そのときの口調でも解るし、まして顔色でもよく解る。誰よりも日香里自身が、この航海の行《ゆ》く末《すえ》、ううん、この航海の在り方に深く苦悩しているということが。少なくとも、ここまで仲間を殺してしまった艦長としての自分を、深く恥じているということが——それは今までの日香里には絶えてみられなかった、迷いだ。私にはそう思える。そう感じられる）

——そんな日香里はしかし、恐らく努めて、威風堂々《いふうどうどう》たる美しい声を発した。

「金奏、皆に〈太陽の炎〉のグラスを!!　出し惜しみは無しだ!!

そうだな……一名当たり二脚を用意してくれるかい？」

「……ああ、献杯用と乾杯用だね、了解っ!!」

かねてから〈太陽の炎〉の管理を委ねられてきた金奏は、いよいよその使用制限が解除されたとあってか——また日香里と水緒の一触即発《いっしょくそくはつ》な雰囲気をも感じてか——勢いよく、たちまちのうちにテーブルとグラスを創り出した。清冽《せいれつ》な白いクロスを展《は》り渡した、大理石のテーブル。精緻《せいち》で官能的な曲線が美しい、透《す》き徹《とお》るシャンパングラス。まして金奏は八脚のシャンパングラスに、もうケチケチする必要のない〈太陽の炎〉を、それはたっぷりと注ぎ入れる。八脚のグラスが満載となると、今の私にとっては壮観と言っていい……

（本格的な食事は、ひさしぶり……嬉しい、とても。

なんだかもう、幾年も幾年も食べていないみたい……）

私はあまりの飢餓感からか、思わずヒトのように喉を鳴らし、その液体に魅入《みい》ってしまう。まさに太陽の雫《しずく》を煮出したような、ぞっとするほど深い琥珀色《こはくいろ》のその液体。まるで虹か宝石のごとく、あざやかな紅や落ち着いた紺、きらびやかな金に官能的な紫などなどを、炎のように湛《たた》えている。傾けようによっては、緑やピンクまでが、あたかもオーロラのように輝く。

（そう、私達の食事の本質……〈太陽の炎〉）

「さあ、私ながらのやっつけ仕事だけど準備できたよ!!

それじゃあ艦長の日香里から、乾杯の……じゃなかった、ええと、献杯の音頭《おんど》を」

「悪いが金奏、僕にはワインも用意してくれるかい？」

「あっゴメン、そうだそうだ、それ忘れていた」そういえば日香里はお酒が好きだ。出航前も、出航後もよく嗜《たしな》んでいた。「ワインの守護天使でもある日香里に、無礼行為をしちゃったね。そしたら第2デッキの士官室あたりから調達してくるよ。日香里好《ごの》みの、アルカンジェロールムの四万年モノとかがあればいいんだけど」

「いやそれには及ばないよ。電算機で創ってくれてもいいし、金奏がポンと手創りしてくれてもいい。所詮《しょせん》は不要不急の嗜好品《しこうひん》だ」

「日香里がそういうなら……じゃあ、そっちも二脚用意するね」

金奏は、いかにも空腹そうに見えただろう私の方も見遣りつつ、日香里の言葉を受け、ワインボトルとワイングラスをもポポンと創り出す。そしてたちまち、日香里のシャンパングラスの隣にワイングラス二脚を置き、それらをいささか不調法《ぶちょうほう》なほど葡萄酒で満たしていった。なみなみと。なみなみと。

「ほら日香里、無銘《むめい》の新酒、一分モノ!!　しかも日香里好みで、ウォッカ以上に強いよ!!」

「あっは、有難う金奏。

それでは御列席の艦員諸君。水緒、金奏、月夜。

先《ま》ずは、征旅《せいりょ》半ばで無念にも戦列を離れることとなった大切な仲間――土遠、火梨、木絵、地霧の魂の安息を祈り、その尊い武功と犠牲とに衷心《ちゅうしん》からの讃辞をおくりつつ、僕らの糧《かて》、僕らの命のみなもとにして帝《みかど》の恩寵《おんちょう》、この〈太陽の炎〉を献杯しよう。

献杯」

献杯、と静かに総員が唱和する。無論、グラスを打ち合いもしない。

誰もが顔を伏せ、あるいは瞑目《めいもく》しつつ、きっと死んでいった仲間のことを思っている。きっと横死《おうし》していった仲間のことを思いながら、静かな挙措《きょそ》で、無言の内にグラスを乾してゆく。ゆっくりと。ゆっくりと。私もそうした。四名の仲間のことが脳裏に浮かぶ。ひさびさの本格的な食事なのに、だからまさに旱天《かんてん》の慈雨《じう》のはずなのに、〈太陽の炎〉を食べるときの、躯と魂の陶酔《とうすい》や恍惚感《こうこつかん》を全く感じることができない。あれだけガス欠に苦しんでいたのに、不思議なことだ。あるいは、自分でもそうと気付けないほど、私は悲しみと絶望に暮れているのか。

――とまれ、三分ほどが過ぎた頃、日香里はワイングラスをいったんテーブルに置いた。そしていった。

「有難う、皆。

それでは改めて――非道な奇襲に端《たん》を発したバシリカ防衛戦を戦い抜き、終《つい》に勝利を収めるに至った、生存艦員各位の武勲と献身とに衷心《ちゅうしん》からの感謝をおくりつつ、爾後《じご》の征旅《せいりょ》の無事と任務の完遂とを祈念《きねん》して、僕らの光、僕らの魂のやすらぎにして先帝陛下の慈悲《じひ》、この〈太陽の炎〉の杯《はい》を今たからかに乾そう。

乾杯!!」

乾杯、と今度はやや強めに総員が唱和する。四名の打ち合うグラスが玲瓏《れいろう》たる音を奏でる。私はこれで必要十分以上の、二食分ほどの〈太陽の炎〉を一気に食したことになる、けれど……しかしやっぱりその実感は無い。食べているのが〈太陽の炎〉であることは間違いないけれど（それを間違える天国の住民は誰ひとりとしていない!!）、だからその味わいも喉越しも躯に染《し》み渡る感じも〈太陽の炎〉のそれだけど、正直、二食分を一気に食べた満足感なんて微塵《みじん》もない。もっとも、天国の儀典と文化からして、こんなふうに『ドカ食い』をすることなんてあり得ないから、初めての経験、初めての感覚に、躯と魂が混乱しているのかも知れない。

そして、総員がささやかな、しめやかな歓談を終え——といってそれは今や唯一のムードメイカーとなった金奏の懸命の努力によるところ大だったけど——やがてグラスを乾し終えたとき、日香里もまた二脚目のワイングラスをテーブルに置いた。そしていった。

「ああ、美味いね、実に」

「すごい耐乏生活だったもんね」金奏がいう。「初日の晩餐なんて、今では嘘みたいだ」

「確かに……まさに五臓六腑《ごぞうろっぷ》に染み渡る。悪いけど金奏、もう一杯だけ注《つ》いでくれないか」

「うーん……空《す》きっ腹《ぱら》でそれはどうかなあ。今艦長の日香里に酩酊《めいてい》されてもね」

「あっは、違いない。確かに金奏好《ごの》みの、痛烈に強い酒でもあった。

——なら酩酊してない内に、仕事の方をやっつけてしまうとするか」

事実、日香里はもうテーブル上の各グラスには触れようとしなかった。そしていった。

「水緒、金奏。

もし艦内の状況が、既に僕の実査《じっさ》や臨検《りんけん》を許すものであれば、このまま太陽炉、太陽の炎貯蔵庫、最終兵器といった当艦の心臓をキレイにしておきたいが。いやそれ以上に、それらがある第11デッキないし第15デッキまでをキレイにしておきたいが。

残敵《ざんてき》の掃討《そうとう》状況。艦橋電算機によれば今どうなっている？　最新の結果は？」

「私の担当する艦内各貨物室関係については」水緒が直ちに電算機にむかい、制御盤を繰《あやつ》り始める。「電算機の報告するところだと、目標値の九八・五〇％まで完了している」

「私の方の、太陽炉＋最終兵器関係も」金奏も水緒同様、電算機を確認しながらいった。「電算機によれば、目標値の九九・二五％まで終わっているよ。そして太陽の炎貯蔵庫にあっては、もう残敵掃討は終わっている――これも電算機の解析。さっき報告したとおり」

（そうだ、さっき水緒も金奏も報告していた――残り十五分とか、二十分とか。

日香里が献杯と乾杯の時間を設けたのも、その進捗を考慮に入れたからかも知れない。だから日香里はある意味とても冷静で、ある意味とても冷静じゃない……）

冷静なのは、強すぎるワインを嗜《たしな》みつつも、飽くまで冷徹に〈バシリカ〉の再制圧と解放とを推し進めようとしているからだ。そして冷静でないのは、それがどこまでも、日香里の望む針路と計画とを絶対の前提としているからだ。日香里は極めて『冷徹に』、だけどひょっとしたら『無謀』ともいえる博奕《ばくち》を、強行しようとしている……

「要するに、首魁《しゅかい》を失った敵一個師団は」その日香里は朗々《ろうろう》といった。「今や散り散りになり、軍事的な全滅状態にあり、残るは雑魚《ざこ》か瀕死《ひんし》の負傷兵というわけだ。そして陛下と天国の〈バシリカ〉をかくも辱《はずかし》めた罪は重い。罪万死《ばんし》に値する。ならば最後の仕上げとして、僕自身が直接各デッキに下り、この手で残敵を一匹残らず掃討することとしよう」

「……電算機の報告が」金奏が慎重にいった。「一〇〇％になるのを待ってもいいような」

「そうね。電算機を信じるなら、残敵は微々たるものだけど――」水緒も説得するようにいう。

「――今、日香里に万一のことがあっては。それに金奏のいう掃討率一〇〇％まで、どのみちあと五分も」

「現時刻、艦内時間〇九三〇《マルキユウサンマル》過ぎだ。時間調整の食事も今、終わった。

あと約二時間半で航程第四日目に突入するこの時、汚辱《おじょく》は今日の内に、そう航程前半のうちに雪《すす》いでおきたい。まして奴等は血を流し過ぎた。その血は〈地獄の蠅〉に贖《あがな》ってもらったが……もう少し、自分達の血で直接、贖ってもらう敵がいてもいい」

「……それは日香里、端的《たんてき》には血に飢えているということ？　復讐心を晴らしたいと？

〈悪しき者〉の雑魚なり瀕死の負傷兵なりを相手に？　日香里、それはあなたらしくは」

――私はここで、また変な焦燥感と違和感とを感じた。

そう、『血を流しすぎた』『血で贖ってもらう』『血に飢えている』といった言葉を聴いたとき、何か引っ掛かるものを感じた。また感じた。そしてこれを前に感じたのは……

(ここ艦橋で、さっき、地霧さんの死を検討していたときだ。地霧さんの不可解な死を)

私は何かを忘れている。

それは提示すべき疑問とか、指摘しておくべき反論とか、そういったものじゃなく。

もっとずっとシンプルなもの。私が忘れているのは、もっとシンプルな……

(――あっ、そうだ!!

地霧さんの死のとき!!　現場の第11留置室で〈塵の指輪〉を捜索したとき!!

私は、私達は目撃した――線を。赤褐色の線を。遺体・遺塵の下に。

そしてその線はまるで、ヒトの血のようで、木偶《でく》の血のようで……)

「どのみち〈最終兵器〉の実査をしなければならない」日香里は厳然と続けている。「その最終安全確認は、艦橋を下り第14・第15デッキに赴いてしなければ。金奏そうだね？」

「そ、それはそうだけど……火梨からの権限委譲《いじょう》もあったことだし、実際に現地で管制システムを動かして、全関連シークエンスの最終起動試験をする必要があるけれど……」

「〈最終兵器〉は地球再征服の要《かなめ》にして大前提だ。それが絶対確実に運用できることは、僕らの〈バシリカ計画〉の基盤だ。

諸々《もろもろ》の無秩序と混乱を経た今、僕はどうしても直接、その万全を確認しておきたい。

——各位に異論が無いのなら、僕はこれから独りで艦橋を離れる。

水緒、水緒はその間、艦橋で艦長代理を。特にバシリカの針路と速度に注意してくれ」

「私にそれを命ずるというの……」

……今私はとても迷った。躊躇《ちゅうちょ》した。日香里も水緒も金奏も、それぞれのやり方で〈バシリカ〉の将来を案じ、真剣に行動しようとしている。現に私が寝穢《いぎたな》く眠っていたそのときも、懸命に〈バシリカ〉の復旧と解放に努めていた。私は今の所、それに何の貢献もできていない。だから私は迷った。躊躇した。こんな、私の『いつもの過度の好奇心』から発する『興味』とでもいうべきモノを、今この殺所《せっしょ》でノホホンと喋ってよいか悩んだ。

けれど。

最後に地霧さんの顔を思い浮かべたとき、私はいよいよその好奇心に勝てなくなった。

だから私は意を決していった。

「あ、あの日香里!!」

「……どうしたの、月夜?」

「わ、私……私どうしても確認したいことがあるの。それも、第3デッキ第11留置室で」

「地霧が殺された現場で?」日香里は首を傾げた。「しかも今?　いったい何をだい?」

「か、金奏は知っていると思うけど……

地霧さんだった塵の下から、そう地霧さんの右脚だった部分の塵の下から、赤いものが出てきたの」

「……赤いもの?」

「うん赤いもの。というか赤い線。もっといえば、赤褐色の一本の線。私の小指の長さほどの一本の線。だよね金奏？」

「――あっ確かに!!

ゴメン日香里、艦長の日香里にこんな大事な報告を忘れていた……大ポカだ……

確かに土遠と私と月夜で、第11留置室の捜索をしたとき。そう地霧の〈塵の指輪〉を懸命に捜したとき。地霧だった塵から掘り起こしたんだ、その〈赤褐色の一本の線〉を。塵を掻き分けた監獄のゆかにあった、その〈赤褐色の一本の線〉を。

土遠が日香里と話せてさえいれば、あの土遠のことだから、絶対に日香里に報告して、日香里の指揮を受けたんだろうけど……土遠はそのすぐ直後、第1留置室のあの激戦で」

「聖油の劫火《ごうか》によって戦死してしまった。だから報告できなかった。そして金奏はそれを」

「今の今まですっかり忘れていた。重ねてゴメン。異常事で重大事なのに大ポカだ……」

（私も同罪だから、金奏がそこまで責任を感じることは）

――けれど、金奏の気持ちがどうあれ、異常事で重大事だと言ってくれたのは有難い。

「そして金奏、あれってまるで」だから私は勢い込んだ。「ヒトか木偶《でく》の、赤い血が乾いた感じにとても近かったよね？　流れ立ての赤い血というより、どこかに零《こぼ》れ落ちてもう乾き始めている赤い血。あれは、まさにそんな赤褐色だったよね？」

「あっ、私確かにそんなことを言った記憶があるけど……」金奏は口調を慎重なものにした。そう、私達は嘘が吐けない。「……でも、ええと、そうだ確か『よくよく観察して、よくよく思い出してみれば、ヒトや木偶《でく》の血の色とはかなり違う気も』って否定もしたよ」

「うんそれはそうだけど、それが血であれ何であれ、何かの赤い液体が監獄のゆかに落ちて乾いていた――それは一緒に目撃したよね？」

「まあそうだね。あれ気体じゃないし、固体でもなかったろうし、赤褐色には違いないし。だから『何かの赤い液体が落ちて乾いた』っていうことを否定はできないよ」

「それが」日香里は引き続き首を傾げている。「地霧の躯だった塵の下に？」

「うん」私は強く頷《うなず》いた。「地霧さんだった躯の、右脚部分の塵から掘り出されたの。それが監獄のゆかの、〈赤褐色の一本の線〉なの日香里」

「それは確かに不可解だね、月夜。

だって塵化するときは躯すべてが塵化するんだから、血であれ何であれ液体が発生する余地が無いよ。それを措《お》いても、赤褐色というのが面妖《めんよう》だ。そもそも僕らの血は青いんだからね。まして今の『乾き始めている赤い血』って月夜の言葉からすれば、その謎の液体が発生した時点は、地霧に異変が生じた時点に極めて近いはず――言い換えれば、謎の液体は、最初からずっと第11留置室に存在していた訳じゃない。

謎の、赤い液体。謎の、赤褐色の線。それが地霧の下に。うーん……

土遠が生きていてくれたら、技監で自然科学委員である土遠のことだ、何らかの合理的な説明を見《み》出《いだ》してくれたのかも知れないが。金奏、報告が遅れたのは正直、悔やまれるな」

「……言葉もないよ。バタバタしていたのは皆《みんな》一緒だから言い訳もない。ホントごめん」

「ただ、過ぎたことを難詰《なんきつ》していても意味は無い――

で、月夜はその『謎の液体』『謎の線』を見分しにゆきたいと、そういうことだね？」

「見分だなんて、私警察委員でも監察委員でもないから、そんな立派なことできないけど。

ただ、もしそれがほんとうに『赤い血』だったとしたなら。

――私達は、第三者の存在を疑わざるを得ない。

だって〈バシリカ〉には、それが眷族《けんぞく》であろうと悪魔であろうと、赤い血の流れる乗艦者はただの一名もいないんだもの。いないはずだもの。密航者なんて絶対に絶対にいない。それがこれまでの真実だったのに、でもその真実を疑わなければならなくなっちゃう……もしそれがほんとうに『赤い血』だったなら。それが新しい真実なら。だから――」

「せっかく当艦を完全に奪還しつつあるのに」日香里は沈痛にいった。「まさか、またもや不確定要素を胎《はら》んだまま航海を続けることはできない、か。確かにそれは道理だ」

「そして日香里、これは私の勝手な想像で臆断《おくだん》だけど……あれだけ火梨殺しを徹底的に実況見分した地霧さんが、まさに自分殺しにおいて、こんな不可解な謎が発生しているのに、それを未解明のままにしておくはずがないよ。それをどうにか解明するのは、地霧さんの遺志といえる、私そう思うの」

「地霧は、天国の住民にしては異常なほど執拗《しつよう》な好奇心を持っていたからなあ。

それを言うなら月夜もだけど、あっは」

「……正直、天国の住民として恥ずかしいし無作法だとは思うけど。でも最悪の事態を想定すれば、そう第三者の跳梁跋扈《ちょうりょうばっこ》を想定すれば、〈赤褐色の一本の線〉の再確認は、はやければはやいほど。だって第三者がいるのなら、極論消されてしまうかも」

「でも月夜」金奏がポンと手を拍《う》った。「月夜は現場でアレ、じっくり撮影していたよね？」

「――あっそうだった!!」

私も興奮してどうかしている。まだガス欠気味なのもある。確かにそうだ。私は〈赤褐色の一本の線〉を、執拗に撮影して証拠保存した。時に動画で。時に静止画で。角度を変え。距離を変え――

「そうだった、まさに、物知りの水緒の意見も聴こうと思って!! でも私の端末って、今」

「それだったら――」当の水緒が、何故か悲しそうに答える。「――ほら、さっき月夜が休んでいた、艦橋の月夜の席。そのサイドテーブルに置いておいたけど、でも」

水緒は私の席のサイドテーブルまで駆け、すぐに、私の端末を回収してくれる。

――ううん、正確には『私の端末だったものを』だ。それはもう、どう見詰めても。

「御免《ごめん》なさい」水緒が謝る。「蝿娘と戦った、あの第1留置室から回収はできたんだけど」

「ううん、水緒が謝ることじゃないよ、あの下品な子の所為《せい》だよ、でもこれじゃあね……」

……私の端末は、あざやかに二等分されていた。矩形《くけい》が袈裟懸《けさが》けにされている。ヒトでいえば、胴を八時一〇分のラインでバッサリ斬った感じ。あるいは、チョコレート板をぽきりと折った感じ。私はどうにか両断片を元どおり宛《あ》てがい組み合わせながら、懸命に起動させようとするけれど……やっぱりウンともスンとも言わない。そうこうしている内に、両断片とも、恐らくは聖油なり聖水なりでグズグズになった痕跡があるのが見て取れた。きっと回収した水緒が拭《ふ》き清めてくれたんだろうけど（でなければもっとドロドロになっているはず）、外表をどれだけ綺麗にしても意味は無い。割れた断面から、聖水なり聖油なりが流入したのは確実だったから。それならデータの復旧も厳しい。まして、言い方はともかく、『ヘルプデスク』を一手に担っていた土遠は、死んでしまってもういない。

（……私達の超常の力をもってすれば、こんな端末を物理的に創り出すのも破壊するのも思いのままだ。けれど、この端末を物理的に直すんじゃまるで意味が無い。その記憶を直さなきゃ。けれどその記憶を直す元データは、私の頭の中にしかない……それじゃあまるで意味が無い。

だってそれって、記憶に基づいてお絵描きするのと一緒だもの。何の証拠にもならない）

「私、どうにかデータのサルベージを試してみるわ、月夜」

「ううん水緒、水緒にそんな手数掛けてもらえないよ。そしてその必要も無い。

だって――もし日香里の許可がもらえたら、だけど――第11留置室にさえゆけばホンモノが残っているんだし。残っているはずだし。

日香里、その許可をもらえる？

それに私、その機会に、土遠・木絵・地霧にお花をあげてきたい……諸事《しょじ》落ち着いたらまたキチンとしたお葬《とむら》いをするんだろうけど、お花の一輪も無いなんて可哀想すぎるもの」

「……解った月夜、いずれも許可する」

「ありがとう日香里!!」

「月夜は第11留置室その他所要の区域へ。

——そして金奏。金奏はその月夜の防衛員を務めてくれ」

「私と月夜が一緒に動くの？」

「第三者・密航者なんて物騒な問題が浮上している以上、文官である月夜を単独で動かす訳にはゆかないよ」

「私、残敵掃討の任務があるけど？」

「それは問題ない。僕がこれから全デッキに下りるから。まるごと綺麗にしてこよう。

それから水緒。水緒は先下命《さきかめい》のとおり、艦橋で艦長代理を務めてくれ——

といって時《とき》既に〇九四五《マルキユウヨンゴー》。航程第三日目の終了まで、残り二時間と十五分。

——ゆえに、僕は一時間と十五分で帰って来る。水緒の任務は、それまでだ。

それまでの間、当艦の針路と速度を確実に維持するよう。解ったね水緒？」

「けれど日香里、さっき私が意見具申《いけんぐしん》しようとしたように、私達の現状は、現実は!!」

「——ねえ日香里？」すぐさま金奏が割って入った。金奏は察しがいい。当然、両者の応酬《おうしゅう》と決裂を回避しようとする——「私達まだ、当艦の針路って、ハッキリとは決めていないよね？　日香里の意見はもちろん解るけど、当艦の今後を決めるっていうんなら、士官会議も開かないといけないし。それに士遠不在となっている今、士官の内でいちばん階級がたかいのは、実は大司教補と警視正とを兼ねる私だったりして。だから事実上の副官は、今私だったりして」

「——何が言いたいんだい、金奏？」

「飽くまでも例えば、日香里が艦内の安全を確信するまで、あるいは日香里が〈最終兵器〉の最終安全確認・最終起動試験を終えるまで、まあその、艦を『一旦停止』するということも。あるいは、『微速前進』ていどまで減速するということも。

少なくとも、生き残りの四名で司令部を再編制して任務分担を終えるのだって、だから火梨・土遠・木絵・地霧の任務の引継ぎをするのだって、そりゃ一時間二時間でって訳にはゆかないよ。それに、水緒が方舟《はこぶね》としての機能をできるだけ復旧し終えないことには、計画どおりに地球へ到着だけしても全然意味がないわけで。まさか、地球に質量弾として突入する訳でなし……」

「ならばここで厳命しておくよ。

——僕らの針路は一路、地球だ。僕が生きて在るかぎり、この命令に変更はない」

「うーん、日香里、それは今ガッチリ決めなくても……せめて減速案はどうだろう？」

「いや、当艦は加速をする」

「ええ〜っ!?」

「当艦は僕が艦橋に帰り次第、最大戦速にまで加速する。命令は以上だ。解散」

日香里はそのまま艦長席を起つと、凛然《りんぜん》と、あるいは憤然《ふんぜん》とした脚どりで艦橋を去る。

待って日香里、と焦燥《あわ》てて彼女を追い掛ける水緒。ううん、もう追い縋《すが》ろうとする水緒。

日香里が退場し。水緒もまた退場し。

——古典古代の劇場のようなこの艦橋で、金奏と私は瞳を合わせ、同時に嘆息《ためいき》を吐いた。

(日香里の決意も解るけど、水緒の心配もまた解る……私達は三日後、何処《どこ》にいるの？)

X

——取り敢えず〈バシリカ〉第3デッキ、警察施設内、第10留置室。

火梨の遺体を安置している室だ。そこからお花を借りるのは、甚《はなは》だ冒瀆的《ぼうとくてき》だけど。

「ねえ月夜、どのバラを持ってゆくの？」

「実は私も、お葬《とむら》いの儀典に全然自信がないんだけど……」

金奏の今の疑問はもっともだ。土遠は火梨の葬儀のとき、かつて士官室での晩餐を彩ってくれていたバラを——彼女の第6デッキ研究室に由来するバラを、たくさん持ってきてくれた。土遠の研究室《ラボ》のバラだから、私達の創造の業《わざ》に由来しない自然のバラだ。土遠が丹精《たんせい》込めて、ううん、科学者的精密さをもって育てていたもの。土遠は〈バシリカ〉の動植物園長でもあった……

そしてそのたくさんのバラは、もちろん第3デッキ第10留置室にある。そうまだここにある。金奏と私がまず第10留置室に来たのは、そのバラを回収する為《ため》だ。しばらく放置されていたから、萎《しお》れたり枯れたりしていたらどうしようと思ったけど……自然のイキモノというのは意外に丈夫だ。幾許《いくばく》か生気と勢いを失ってはいたけれど、死んでいった仲間に申し訳ないと思うほどじゃない。ううん、まだ充分に凜々《りり》しく美しい。

（うん、どれも大丈夫だ。どのバラでも大丈夫。

いつかの土遠の言葉を借りれば、まさに自然科学委員らしく『所謂《いわゆる》ニュートンの虹七色を全部取り揃《そろ》え』てあるけど、どの色のバラも問題ない。けど、そうなると迷うな……）

けれど私は考えるのを止めた。どうせ儀典を知らないのだから、脳内検索に意味は無い。

「じゃあ金奏、この虹七色を全部、一本ずつ」

「解った。けどもっとゴッソリ飾らなくていいの？」

「今はいい。だって後で、キチンとしたお葬《とむら》いがあるから。きっと、土遠の研究室にもまだまだお花があると思うけど……現状を確認していないし、だから、今確保できているものも大事にしたい」

「了解っ」

——私達は引き続いてすぐ隣、第11留置室を目指す。

第3デッキは、警察委員である金奏の管轄区域だ。そして今、金奏は私の防衛員を務めてくれてもいる。金奏は私と艦橋を出てから颯爽《さっそう》と、けれど警察官らしい油断のない雰囲気を維持したまま、私を先導してくれているところ。

その金奏は、注意深く自分の端末を叩きながら——

「艦内保安システムによれば、第3デッキに私達以外の動物はいないよ」

「取り敢えず安心だね。赤い血を持つ第三者は、ここにはいない」

「赤い血とくればヒト、木偶《でく》、あるいは脊椎《せきつい》動物……

ヒトや木偶《でく》が乗艦していないことは徹底的に確認して出航したから、う～ん、それこそ土遠の研究室《ラボ》から赤い血の動物が逃げ出したのかなあ。あっ、確か私達の禁書図書館にもそんな本があるよね、逸走《いっそう》した熊だか虎だかゴリラだかが、女のヒトぶち殺しちゃった奴」

「どこか違うような気もするけど、そういえば私もそれ読んだ記憶があるよ。ただ……

あれがホントに赤い血だったなら、あの乾き具合と位置関係からして、地霧さんの死の直近に零《こぼ》れ落ちたもののはずだけど。だから、地霧さんの死に密接に関係したモノのはずだけど、でも」

「でも動物には〈塵の指輪〉は使えないよね、特に『指名』と『命令』が無理」

「ヒトや木偶《でく》なら使える？　それとも何かの制約があって駄目？」

「うーん……これ世界に14しかない天国禁断の技術の粋《すい》、天国の至宝《しほう》だから。枢機卿団が、まさかヒトや木偶《でく》に持たせることなんてない。そもそも現所有者が外せない。それが勅《ちょく》。となると必然的に、ヒトや木偶《でく》に使わせた『実証実験』が一度も無い……うーん、内務省でも聴いたことがないなあ」

「でも、指輪の呪力の発動は確か、目視＋指名＋命令が揃《そろ》えば自律的に発動するんだよね。命令が終われば、そのコトバだけをトリガーとして、私達自身の超常の力も外界のあらゆるエネルギーも一切必要とせず、自らの呪力のみで完全完璧に稼動《かどう》する。

私は枢機卿団からそう教わったけど、それは真実？」

「うん」

「だったら、理論上はヒトでも木偶《でく》でも使えるよね、命令フェイズさえ終えられれば」

「理論上は、うん、そうなる」

——たちまち〈バシリカ〉第3デッキ警察施設、留置室群《ぐん》、第11留置室。

言わずと知れた、地霧さんの仮の宿。地霧さんがしばしの睡眠に用いていた室。

（地霧さんは塵になってしまったから、終《つい》の宿にもなってしまったけれど……）

その第11留置室は、昨晩金奏が宣言していたように封鎖・閉鎖されていた。最初から、〈塵の指輪〉を使った異様な殺害事件だってことは明白だったから、金奏の措置は警察官らしい適切なものだ——地霧さんが生きていればさぞ嬉しがったろう。

そして金奏は自らの承認コードで、第11留置室の外扉を解錠する。そのまま開扉をも命じると、私を先導して、室内のオフィス部分に立ち入った。私はむしろ金奏にぴったりくっつく感じで彼女を追う。すぐオフィス部分を過ぎ越して、すぐ監獄部分に行き着く。元々が狭隘《きょうあい》な施設だ。平民《プレブス》の施設でもこれほど狭くはない気がする。

「電算機、監獄の〈陛下の盾〉を解除。警察委員承認コード金奏8κ《カッパ》9」

「承認コードを確認。監獄の〈陛下の盾〉を解除します」

監獄を閉ざしていた、あの透明のスクリーンが消滅する。

私はいよいよ金奏を追い越して、地霧さんのいる――地霧さんのいた監獄内に駆け込んだ。監獄内の様子はまったく変わっていない。壁とガッチリ一体化したカチコチのベッド、その一部とその直近のゆかには、地霧さんだった塵が崩れ、零《こぼ》れ、積もり、重なっている。それはどう観察しても、ベッドに腰掛けていた状態のまま塵化した姿だった。私達の外貌《がいぼう》は、ヒトの似姿《にすがた》。その躯がまるごと塵になってしまったのだ。それはとてもさらさらしていて、まるで光そのものを砕いたかのように美しく儚《はかな》かったけれど、まさか吹けば飛ぶようなそんなやさしい物理量じゃない（重ねて、躯全体ぶんだ）。だからこそ、ふりつもった塵の状態から、塵化を命ぜられたときの地霧さんの姿勢が確実に理解できるし、それを脳内で再現できる。

（地霧さんは、〈塵の指輪〉を使われたときベッドに座っていた。両脚を監獄のゆかに着け、お尻をベッドに載せ、背筋は伸びていた……間違いない。だから地霧さんには意識があった。それも間違いない）

そして既述《きじゅつ》のとおり、悲鳴を上げるほどの衝撃あるいは苦痛を感じたはずだ。すると立ち上がり抵抗するか、立ち上がり逃げようとするか……

（けれど結果としては、そのどちらもしていない。ベッドに座ったその姿勢を維持したまま、一〇秒程度が経過してそして塵化した。動かなかった理由は私には解らない。それを断言できる根拠もない。――ただ私が思うに、主たる可能性は三つある）

可能性の一。指輪の呪力は足先から頭部へと発動されてゆく。足そして脚が真っ先にやられる。だからそもそも立ち上がることができなかった。足・脚が無ければ動けない。

可能性の二。監察委員の、陛下の勅使《ちょくし》の地霧さんなら指輪の呪力を知り尽くしている。だからそもそも抵抗することも逃げることも諦めた。あのしれっとした性格なら頷《うなず》けるけれど。

(けれど、私の憶測が正解だとすれば、地霧さんが姿勢を変えなかったのは、その理由は……)

……私はここでようやく腰を落とし、あの〈赤褐色の一本の線〉を見詰めた。

もちろん金奏が、右脚部分の塵を掻き分け、塵から掘り出してくれたあれだ。

監獄部分のゆかにあった、赤いもの。赤い筋。赤い線。一本の赤い線。赤い液体の線。

流れ立てではなく、零《こぼ》れ落ちてしばらくして乾き始めてしまっている、赤い液体の線。

私の小指の長さほどの、赤い液体の線――

(ううん、違う)

もう赤い液体でもなければ赤い線でもない。赤褐色の一本の線でもない。

(赤紫の液体、赤紫の線……赤紫の一本の線だ。

そしてその乾燥はどんどん進んでいる。もう、乾き始めた云々《うんぬん》とはいえない。液体はすっかり固まった。今はそう、赤紫の絵の具が乾いたみたいにほろほろしている。サッと拭いたなら、ほろほろと破片になって砕け散りそうな……

うっ!!)

強い既視感。強い既聴感。

赤紫。固まった液体。絵の具。ほろほろ。破片。

(私はこれを目撃している……それらの言葉も聴いている、喋っている!! でも何処《どこ》で?

私はどこで、この赤紫を。私はどこで、絵の具とかほろほろとか、そんな言葉を)

酩酊《めいてい》すら感じさせる、強い既視感、強い既聴感。そして解りそうなのに解らない焦燥《しょうそう》感《かん》。

私が独り愕然《がくぜん》としていると、私のすぐ隣に膝《ひざ》を突きしゃがんでくれた金奏が、心配そうに訊いてくれる――

「月夜大丈夫？　顔、真っ青だけど……」

「だ、大丈夫」私は大きく頭をふった。「ちょっとまだ、いつものガス欠もあって」

「太陽の炎なら、もう幾らでも食べられるから。そうだ、今調達してくるよ」

「待って金奏、大丈夫……もうしばらく此処《ここ》にいて。私と一緒に考えて」

「月夜の思索癖《しさくへき》は、強烈だからなあ——」

　でもあんまり具合が悪いようならドクターストップ、ううん、ポリスストップを掛けちゃうからね。いよいよ〈バシリカ〉も最大戦速で地球に驀進《ばくしん》するらしいから。戦死した仲間の分も含めて、残りの三日弱は、きっとすごい激務になる」

「……水緒は、きっと帰還作戦を訴えるだろうね」

「あの艦橋での応酬《おうしゅう》を考えれば、絶対にそうだね」

「なら金奏は？」

「日香里はちょっと依怙地《いこじ》になっている、気もするなあ。あそこまでムキにならなくてもいいと思うんだけど。でもすぐに航程第三日目が終わる——〈バシリカ〉はじき航路の中間点を突破してしまう。そこが帰還限界点で、だから仲間の動揺が最高潮に達する点だよ。もちろん日香里はそれを熟知している。それが日香里を焦燥《あせ》らせているのかも知れないね」

「金奏は帰還作戦に賛成する？」

「昨晩も、土遠と私と月夜とでそれ、議論したよね。そして誰もが帰還作戦に賛成した。もちろん、昨晩時点での情勢と現時点での情勢とは、大きく違うけど……〈バシリカ〉には今悪魔なんていないんだし、私達は艦をほぼ完全に統制しているしね……ただ、もし文官の皆《みんな》が懸命に選《よ》りすぐって搭載してくれた方舟《はこぶね》の文物に甚大《じんだい》な被害があるとするなら、〈バシリカ〉の使命の五〇％は果たせなくなっちゃうよ。新たなる地球の再建ができなくなるもの。まして建設省の技監である土遠も、ううん、現場の武官である火梨もヒトのスペシャリストである木絵も、あんなことに……当初の半数の員数で〈バシリカ〉の使命を完遂するなんて、それは実際問題無理だよね」

「でも日香里の命令からして、議論の余地は無さそうだよね」

「月夜はどう思うの？　昨晩と一緒で、まだ帰還計画には賛成？」

「……正直、決められない。私優柔不断だから。情勢も変わった。〈蝿の少女〉の撃退とかバシリカの奪還とか、よいかたちにも変わったし、土遠と地霧さんが戦死するとか、悪いかたちにも変わった。もっとも私文官だし、だから土遠の失われた能力のすごさも、水緒の真剣な心配も解るし……だから、どちらかといえば昨晩どおり、帰還作戦に心が動くけど、できればもっと話し合いたい。私達、あまりにもたくさんの緊急事態に見舞われて、出航以来、しっかり話し合うことができていないと思うの。何かを話し合おうとする度《たび》に、想像を絶する事件が起こっちゃって。私自身も〈蝿の少女〉と肉弾戦までしたし、火梨なんて首を斬られて殺されちゃった……そう火梨があんなに酷《むご》たらしく……火梨が……」

あっ!!」

あのとき。火梨が殺されてしまったとき。私は、私達は——

（あっ、解った……!!）

赤紫。固まった液体。絵の具。ほろほろ。破片。

この既視感とは。この既聴感とはつまり。

——監獄のゆかに跪《ひざまず》いていた私は、とうとう躯を思いっ切り伏せ、顔を思いっ切り地霧さんの塵から掘り起こされた〈赤紫の一本の線〉に近づけた。すぐ傍《そば》にいる金奏からすれば、私があたかも〈赤紫の一本の線〉に口吻《くちづけ》したかと思ったろう。私はそれだけ顔を〈赤紫の一本の線〉ギリギリまで密接させた。そして確信した。

(既視感。既聴感。そして、もうひとつの感覚。

もう間違いない。これは絶対に、あのときの)

——ましてそれは、私に刻まれた烙印《らくいん》でもあった。私はそれを鏡で見た。

(なんてこと。こんなに大事なこと、すっかり忘れているなんて)

そしてこの赤紫の物体を知っているのは、少なくともそれを意図的に発見して議論したのは、私とあと一名だけ。私の知る限り、〈バシリカ〉の誰もこれを話題にしたことはない。私の知る限り、その機会もきっかけも無かった。そうだ。この赤紫の物体を知っているのは、私とあと一名だけ。

(だと、するのなら)

——私はひとつの結論を獲《え》た。そしてそれを警察官の金奏に保証してもらおうとした。

「金奏、この線は、地霧だった塵の下にあったんだよね？」

「うん、もちろん月夜自身も目撃したとおりにね」

「だから、まずこの線が生まれた。そして地霧さんだった塵がそれに積もった」

「そうなる」

「液体の乾き方からして、線が生まれた時期は、〈塵の指輪〉が使われたときの直近」

「うん、それももう議論したよね。線が生まれてから指輪が使われたのか、指輪が使われてから線が生まれたのか、それは分からないけど……元々、こんな奇妙で特徴的な線が、監獄のゆかなんかにあるはずもなし。ここ、私の管轄区域だし。

私達が殺害現場に臨場してこれを掘り起こしたとき『乾き始め』だったってことは、『地霧の塵化』と『線の発生』が生じたのは、時間的に極めて近い——ってことだと思うよ」

「これ、何かの拍子で液体が垂れたとき、自然にできたものかな？」

「それはなんとも」

「この〈赤紫の一本の線〉。特に、その始点と終点。金奏はどんな印象を受ける？」

「……とてもクッキリしているね、線の両端が」

「液体を零《こぼ》したり撥《は》ねたりしたとき、こんな形になるかな？　奇妙で特徴的だよね？」

「……そうだね」私達は嘘が吐けない。金奏が断言するならそれは真実だ。「この線には、トメハネというか減《め》り張《は》りがある。とても微妙な、なめらかな、カーブとは言えないほどの弧《こ》も感じられる。というか、よくよく観察すれば勢いも見て取れる。線の両端の、片方から片方へと流れる勢いが」

「まして、弾け飛んでいる飛沫《しぶき》もなければ、『線』から飛び出しているデコボコもない」

「そうだね。

　一本の線は、何の汚損も余剰もなく、まさに一本の線でそれだけ。それで完結している」

「ということは」私は確認した。「これは人為的なもの。私達でいう天為的なもの」

「それは要は、誰かが書いたって意味？」

「うん金奏、誰かが書いた、誰かが描いたって意味。金奏はどう思う？」

「……そうなると思う、観察と常識と道理では。こんな『一本の線』は自然発生しないよ」

「誰かが指で書くなり描くなりした。そう考えて矛盾は無い？」

「そこまで断言はできないけど、線の幅といい質感といいサイズといい、指のようなもので線を引いたと考えても、そうだね、矛盾が出るとまでは言えない……

　でも、それじゃあ、まさか。

　まさか月夜はこれ、地霧が書いたって言うの？」

「ううん、私それは断言できない」私も嘘が吐けない。私の言うことも真実だ。「まして誰かが書いた……誰かが描いたこの『一本の線』、その意味もまた解らない」

「殺されたとき、思念すら発しなかった地霧が、意味不明の線だけ残すはずもないと思うけど……

だったら思念で言いたいことを絶叫するよ。私達にはそれができる、カンタンに」

「金奏はこれを視て、直感的に何かの意味を理解できる？」

「まさか、全然だよ。理解も何も。

誰かが書いたっていうのならすぐに意味を教えてほしい。だってイライラするもの。私警察委員だから、日香里だってきっと詳しい報告を求めると思うし……

だからこそ思念の方がいいって言ったんだ。たくさんの意味を正確に伝達できるから」

「……この、赤紫の一本の線。天地も左右も分からないけど、金奏には何に見える？」

「そりゃまあ、棒。

ただトメハネに勢い、そして極々《ごくごく》微妙なカーブもあるから、字と言えなくもないかな」

「字だとしたら、それは何？」

「月夜の言うとおり、天地も左右も分からないから……例えば公用語の『レ』、檸檬《れもん》のレ。といってほとんど棒だから、縦棒を書いたあと跳ね上がり損ねた感じかな。『レ』の、右への飛び出しがとても小さい」

「うーん……あとは？」

「アラビア数字の『1』かな。これはさっきのレを引っ繰り返しただけだけど。だから、数字のアタマの左への飛び出しがとても小さいことになるけど。まして、数字のケツの横棒なんてほとんど無い。敢えて言えば、横棒の左半分が微妙に、微妙にあるような感じ」

「アラビア数字の『1』だとしたら、ちょっとお腹出ているよね、メタボリック気味」

「左にお腹が出ていると見ればね。ただそれも、ちょっと太り掛けなだけというか、あるかなしかの肥満だよ。ううん肥満どころか、左へお腹をちょっと突き出しただけともとれる程度」

「公用語の『レ』だとしたら、縦棒は右側にちょっとだけ膨《ふく》れている」

「うんそうだね。右にお腹が出ているると見るか、左を向いて背を丸めているると見るか……どのみち、あるかなしかの湾曲だけど」

「字の勢いから、どっちか分からないかなあ？」

「ううん、字の勢いだけじゃあ『棒を一方向にスッと書いた』ことしか解らない。ためらいも継《つ》ぎ接《は》ぎも折り返しも塗り重ねもないけれど……それにあまり意味は無いような」

「でも字の勢いからすれば『レ』だよ金奏、だってこれ『レ』の流れだから。『レ』の書き順の流れだから。これが『1』だとするなら、アタマとオシリの形状からしても、下から上に棒を書いちゃったことになる。字の勢いと流れからすれば、書き順はあきらか。だからこれは、レ……」

「ゴメン月夜、それは議論が逆立ちしている気がするよ。前提も間違っている。

そもそも候補がレと1しかないっていう保証は何も無いんだし。確かに、レと1だけで考えれば月夜の言っていることも解るけど……もちろんこれは『／』かも知れないし『つ』かも知れないし『I』かも知れない。ううん、極論『䯂《ひょう》』や『鬱《うつ》』の一画目なのかも知れない。それに重ねて、天地も左右も分からないしね。

更なる極論としては……もし書き手がいるとして、書き順が守れる状態にあったとは断言できないよ。逆さに書くとか、順番デタラメに書くとか、そんなことは状況によって幾らでもある。だから、流れと勢いから元の字を解読するっていうのも無理筋」

「うーん、さすが金奏、内務省警視正……」

「いやそれ今あんまり関係ないような……」

（でも、私にはこの〈赤紫の一本の線〉の、字の意味が解る……はず、なんだ。

これだけで解る、解ってくれるということのもまた、それ自体メッセイジ）

これで必要十分だからこそ、これしか残さなかった。

過剰も不足もなし。絶対にそうだ。ならば。

（攻め口を、攻め方を変えなければ）

——これは〈赤紫の一本の線〉。文字情報として処理できないなら、何が残るか。

まず、赤紫。線を成す、赤紫の乾いた液体。

実は私はこの正体を知っている。さっき思い出した。

けれど、これが用いられた意図は全然解らない。

ましてこれは、この艦には本来、存在しないはずのものでもある。

（だとすれば、密航者のことが言いたいのか……

それならば文字は2、少なくとも二画になると思うけど。特に、急いで書くときは）

……けれど存在するのは線一本のみ。ならこの攻め口も駄目だ。何も閃《ひらめ》かない。

解るはずの私が閃かないなら、私は道を誤っている。

とすれば、他の情報は……

（筆跡というか、書き癖《ぐせ》）

私は〈赤紫の一本の線〉を上下左右、あらゆる方向から見詰め直した。何度も何度も繰り返して。

隣にしゃがんだ金奏が、執拗《しつよう》な好奇心に啞然《あぜん》とするのが分かるほど執念深く。そして執念深く見定めている内に、またもや強い既視感に襲われた。それは、〈赤紫の一本の線〉を特定の方向から見詰めているときだけ私を襲ってきた。

特定の方向。

それが定まれば、いちおうの天地左右が仮定できる。もちろん金奏の言うとおり、だからといって字として解読できる訳じゃないけれど。でも。だけど。

（そうだ……私は知っている、知っているんだ、もう）

……私はこの筆跡を知っている。何処《どこ》かで見たことがある。その感覚は嘘じゃない。

といって、私は〈バシリカ〉の使徒の筆跡なんて知らない。誰の筆跡も知らない。他の七名の誰の筆跡も。少なくとも、そんなの印象にないし記憶してはいない。それはそうだ。天国では、筆記具を使い肉筆で文字を書くだなんて古典的で酔狂《すいきょう》なこと、滅多《めった》にしないんだから。まして私は最新任の使徒。補欠だった使徒。同じく最新任だった地霧さんとは、三日程度のつきあい。他の皆《みんな》とだって、十日程度のつきあいでしかない。天国の文化と私達の関係からして、私が他の仲間の筆跡なんて知っているはずもない。

（……だのに私は知っている、この〈赤紫の一本の線〉の書き癖《ぐせ》を）

なら、どこかで実際に見たんだ。実際に読んだんだ。

そしてそれを想起できるほど、まだその記憶は新しい。この既視感はそれだけ痛烈だ。

だとしたら。

私が最近読んだ肉筆、見た肉筆、それはつまり……

「あっ!!」

「うわっ!!　どうしたの月夜!?」

「あっ金奏ゴメン、でも!!」

「でも？」

「そんなことが……」

「……どんなこと？」

私は今の閃《ひらめ》きを、言葉で整理し始める――

私が肉筆を目撃したのは、記憶にあるかぎり二度。①出航前に一度、②出航後に一度だ。そしてそれらの筆跡は……なるほど一致する。記憶によれば確かに一致する。同一者の筆《て》だ。ましてそれらは、今ここに在る、③〈赤紫の一本の線〉の筆跡とも一致する。そうだ。もう筆跡と断言してしまっていい。だってこれは字なのだから。私にはそれが証明できる。それどころか、その書き手が誰であるかも証明できる。重ねて、①私が出航前に目撃した肉筆と、②出航後に目撃した肉筆と、③今ここで目撃している肉筆は、全て筆跡を一致させているのだから……

まして。

この『赤紫』の意味を知っているのは、既述《きじゅつ》のとおり、私とあと独りだけ。

そして私は『赤紫』の書き手じゃない。だから書き手も、確定する。

（あの戦慄《せんりつ》すべき恐ろしい字。あるいは、とても綺麗でぴっしりとした字。

そして、この一本の線の字。赤紫の字。全てが一致する。やっぱり、書き手は確定する）

「月夜？　何か解ったの月夜？」

「……うん金奏。

密航者が解ったよ。何処《どこ》の誰様なのかも解った」

「えぇっ!?」

（字であることが分かった。筆跡も分かっている。なら、何の字であるかも確定する）

だけどまだ解らない。何の字であるか解ったこの文字が、だから音読もできるこの文字が、何を意味するのか解らない……

（ああ、あと一歩だっていうのに!!　何度音読したって何の閃《ひらめ》きも生まれない!!

こんな陳腐《ちんぷ》な字じゃあ。言いたいことを一義的に定めるのは、絶対に無理だよ……）

「つ、月夜その密航者って!?　何処《どこ》の誰かも解ったってどういうこと!?　月夜が知っている誰かなの!?　ひょっとして私達も知っている!?　ねえ、月夜ったら!!

それは私達の計画を……〈バシリカ〉の未来を激震させるよ。私警察委員としてすぐにでも対処しなきゃ。日香里にも即報《そくほう》しなきゃ——月夜その密航者って何者!?」

「金奏安心して。私の確信が正解なら、その密航者はバシリカにとって脅威にはならないはず……っていうかむしろ、何故バシリカなんかに。

——今必要なのはこの字の意味なのに、全く関係無いところから、飛んでもない結論が」

「月夜今は思索癖《しさくへき》や好奇心を発揮している場合じゃ」

「まして何故、〈バシリカ〉に例の本なんかを……」

「れ、例の本？

ひょっとしてあの紙束の本？　残り四分の一弱がまるで失われているあの小説……」

「……そう、だから肝心要《かんじんかなめ》の『謎解き』『犯人当て』部分が全く読めないあのミステリ」

「その例の本がどうしたっていうの？　さっきの密航者と関係があるの？」

「うん極めて関係がある。

ねえ金奏、あれ元々出所《でどころ》不明《ふめい》だったよね？」

「確かに……

あれは元々、木絵が出航前に収集した『禁書コレクション』にいつしか紛《まぎ》れ込んでいた紙束だよ。木絵が意図して捜してきたものじゃない。木絵は何故それが紛れ込んでいたのかを知らない。そう断言していた。それを私は〈バシリカ〉の禁書図書館に持ち込んだ。そのあと月夜に貸したのは、月夜がいちばん知っていること」

「私達の誰も出所を知らないのに、〈バシリカ〉に搭載されることになった謎の本。

まして、天国では誰も書けない本、ありえない本」

「それはそうだよ。あれ騙《だま》しのミステリだもの。読み手に対する嘘ばかりの、嘘吐きの文学だもの。

そして私達は天地が引っ繰り返っても嘘が吐けない。嘘を言語化できない。そんな私達に、騙しのミステリなんて書けるはずないよ……

あっ!!

それを書いたのが密航者⁉　なら密航者は嘘が吐ける悪魔か、ヒトか木偶《でく》か……」

「ううん違う、そうじゃないの金奏、そうじゃないの。あれを書いたのは密航者じゃない。

でもそれをずっと持っていて、〈バシリカ〉の禁書図書館に紛《まぎ》れ込むよう仕組んだのは、その密航者のはず――」

例の本。謎の本。

私達には絶対に書けない嘘吐きの文学
それでいて、旧世代の誰かが書いたとしか思えないリアルな〈大喪失〉の記録
だから、『私達の仲間でありながら、平然と嘘を吐ける』書き手による文書
〈大喪失〉のとき、かつての地球で書かれたとしか考えられないもの
天国では誰も書けないもの
だのに、天国から出航した〈バシリカ〉に紛《まぎ》れ込んだもの

〈詰まる所、内容そのものが矛盾。存在そのものが矛盾。
けれど今は、その矛盾こそが正解を導いてくれる。そもそも私達は、この本の変遷を、この本のたどった運命を、もう知っているんだもの。それは仲間が既に語ってくれていたもの〉
「だとしたら月夜、その密航者は何故そんな意味不明なことを？　私達にとっては矛盾そのものの謎の本を〈バシリカ〉に載せて、いったい何を謀《たくら》んでいたっていうの？」
「金奏それはきっと、『おもしろいから』……じゃないかな？」

「はあっ？」

――金奏はあらゆる意味で理解不能、といわんばかりの顔で呆然とする。

私には金奏を混乱させるつもりなんて無かったけど、密航者の正体を知らない金奏にとっては、確かに突飛すぎる発言だったかも知れない。けれど重ねて、私には金奏を混乱させるつもりは微塵《みじん》も無かったし……もっといえば、『密航者は何故そんな意味不明なことを？』という金奏の疑問を、真剣に共有してもいた。だからこそさっき、私自身それを口走った。

――けれど今の私にとってそれは最優先の疑問じゃない。

何故そんなことを、というのは動機論だ。他者が何をどう考えても正解は導けない。

他方で、今どうしても正解を導かなきゃいけない謎がある。

それはもちろん――『赤紫の字』だ。

（今や何の字であるか解ったこの文字が、だから音読もできるこの文字が、何を意味するのか……それが解ったとき、少なくとも地霧さん殺しの謎は解ける。

書き手すら解っている今、これが書き手のメッセイジであることは疑いようも無いから。

そう、過剰も不足もなく。必要十分で。ひとつの閃《ひらめ》きでたちまち理解できる。これはそんなメッセイジなんだから……ヒトでいうダイイング・メッセイジなんだから……）

……でも駄目だ。

私には解らない。これだけ考えても解らない。ううん、これだけ考えていること自身、駄目な証拠だ。考えなくても解る。それが書き手の意図した正解。私は道を間違えている。

「――と、とにかく月夜!!」金奏が派手な脱力から我に帰った。「すぐ艦橋に帰ろう。その道すがら、密航者のこと詳しく聴かせて。そして一緒に日香里に報告しよう。あっ日香里は〈最終兵器〉とかのお掃除に行っちゃっているんだっけ。そのあと艦橋に帰って来るのが、確か一時間十五分後とか何とか……

「ああ今現在の時刻は、ええと」

金奏が急いで、警察官らしい黒と銀の腕時計を見る。

私も釣られて銀の懐中時計を開いた。

「ああ今現在、一〇五〇《ヒトマルゴーマル》だ!!

日香里確か、一一〇〇《ヒトヒトマルマル》には艦橋に帰って来るとか言っていたよね。まして武官は五分前行動・一〇分前行動の貧乏性だし。ならもうとっくに艦橋入りしているかも——ちょうどいいよ。月夜、悪いけど土遠たちへの花はあとまわしで、今すぐ艦橋へ帰ろう。すぐに日香里と合流しよう」

「……今金奏なんていった？

御免《ごめん》なさい、吃驚《びっくり》して途中から聴いていなくて」

「花はあとまわしで、今すぐ艦橋へ——日香里に報告を!!　時間も一〇五〇《ヒトマルゴーマル》だし!!」

金奏の肉声の、聴覚情報。

それを脳内で再現した、文字情報。

そして。そして。

私が今開いている懐中時計。その時計盤。そのローマ数字。

今は一〇五〇《ヒトマルゴーマル》。

長針は確かにXを指している。

短針はもうXIを指している。

XとXI。
X、X、I。
ローマ数字の、その視覚情報——

私は思わず額を押さえながら。

「なんて、ことなの……」

「月夜？」

「……金奏、私解ったの、今、解ったの」

「何が⁉」

「すべてが」

――私は第10留置室から採ってきたバラ、そのうち赤と緑のバラを一輪ずつ、地霧さんのいたベッドにたむけた。讃歎のバラを。

監獄を出る。金奏が追い縋《すが》る。

第11留置室を出る。金奏が追い縋る。

第1留置室に入る。金奏が懸命に問い掛ける。

私は木絵に黄と橙のバラを、土遠に紫と藍のバラを、一輪ずつたむける。別離のバラを。

残るバラは、一輪。

少しだけ、少しだけ〈太陽の炎〉を与えてやる。バラがそれに答え、凜々《りり》しく猛《たけ》くなる。

私は金奏の必死の問い掛けに答えないまま、とうとう無言で艦橋に入る――

「ああ月夜、金奏」日香里は既に艦橋に帰っていた。「お帰り。何か発見はあったかい？」

「日香里‼」金奏は既に我を忘れていて。「月夜の様子が……月夜は何か解ったって……」

「ん？　どうした月夜？」

「日香里、私今《いま》ね、地霧さんたちにお花をあげてきたの。

残りは、一輪」

――私は日香里に、その最後のバラを差し出した。

日香里はちょっと吃驚《びっくり》しながら、その一輪を美しく見詰めて。

「ええと……それを僕にくれるのかい、月夜？」

「うん、この青いバラを、どうしても日香里にあげたくて。

……じき〈バシリカ〉の運命を決める大事な時だから。日香里には私の気持ちを伝えたいの。これまで〈バシリカ〉のため命を懸けてきた日香里に、私の気持ちを伝えたいの」

「あっは、月夜はロマンチシストだね。

確かに、あと五分弱で最大戦速にまで加速する。この巨艦にすら幾許《いくばく》かの衝撃を与えるであろう、決定的な加速をする――

それで〈バシリカ〉の運命も決まる。天国と地球の未来も。成程《なるほど》、大事な時だ」

「日香里の決断と覚悟に、命さえ顧《かえり》みない決断と覚悟に、私の気持ちを捧げるわ」

「ありがとう月夜、ならば嬉しくいただくよ」

私は日香里に一輪のバラを手渡す。

日香里はそれを優雅に採った。

そのすらりとした美しい右手。先帝陛下にいちばん愛された日香里の、染みも飾り気も装飾もない、まるで象牙のいちばん純粋な部分が雫《しずく》となったかのような、ただただすらりと美しい指々……

（地霧さんに会っていなかったら、私は今もこう断言できただろう。

――日香里は天国でいちばん美しいと。

こんなことになってさえ、ううん、こんなことになったからこそ、いっそう刹那《せつな》を輝く）

日香里は凜々《りり》しい剣弁高芯《けんべんこうしん》の花型が気に入ったか、しばしそれを愛でつつ、ワイングラスを傾けるように、その香りを利いた。だから、ワイングラスの脚を持つように、その茎《くき》をくっと翳《かざ》した。私はその貴族的な挙措《きょそ》に讃歎しつつ、けれど無防備に宙に浮いた日香里の右手を、そうバラの茎をそっと摘まんでいた日香里の右手を、自分の左手で握り締めた。ヒトならぬモノとしての力で、そっと、握り締め、左親指をそっと押し込んだ。

「うっ――」

そしてバラには棘《とげ》がある。私は敢えてそれを猛《たけ》くもした。当然、私の左手につつまれた日香里の右手は、バラの鋭い棘に刺され……

「――何をする」

血の滴《しずく》を、浮かべる。

ヒトならぬモノの力で手を押され棘《とげ》を刺された日香里は、バラを落とし、右手を開き。

右手に血の滴を、とん、と咲かせている。その高貴な色。

それは、貴種としての白い肌にも、凜然《りんぜん》とした青いバラにも、恐ろしいほど映えた。

「……日香里、一輪のバラの花言葉はね、You are the one なの」

「さすが月夜、芸術委員――

あなただけ《ユーアーザワン》。

そのとおり。また見事なものだ」

「だからお願いするわ。艦を止めて。

艦を回頭して天国にゆくのはやめて、お願いよ」

読者への挑戦状

ここで敢えて物語を中断し、本格ミステリの古典的作法に倣《なら》って、作者が読者に挑戦をします。

物語においては、月夜が一輪のバラの花言葉を告げた時点で、〈赤紫の一本の線〉が何を意味するのか、密航者とは誰か、そして〈バシリカ〉が何処《どこ》へゆこうとしているのか、だから〈バシリカ計画〉とは何なのか、それらを特定するに足る証拠が出揃いました。

それは畢竟《ひっきょう》、〈バシリカ〉の三日間にわたる航海、その真実とは一体何かという問いでありそれへの答えです。その謎は六何《ろっか》の全てにわたります。〈いつ？〉〈どこで？〉〈誰が？〉〈何を？〉〈何故？〉〈どのように？〉……その全てにわたります。

というのも、前頁における月夜の言《げん》のとおり、告発者たる月夜は、〈バシリカ計画〉そのものに対し疑義を呈するに至ったからです。言い換えれば、月夜は自分が〈バシリカ計画〉なるものにすっかり騙《だま》され続けてきたと、もう気付いたからです。

よって挑戦状の内容は、『前頁までにおける全ての虚偽は何か？』となるべきですが……

ただ。

古典的本格探偵小説のコアは〈誰が？〉です。犯人捜しです。

そして物語において、最も不可解な、不可能状況で殺害されているのは地霧です。

ならば。

地霧を殺したのは誰か？

だから、それを意味すると思《おぼ》しき〈赤紫の一本の線〉とは何か？

だから、月夜は懐中時計の時計盤から何を理解したのか？

——とりわけ、この犯人捜しの一点を突破するとき。

他のあらゆる謎が連鎖的に解明されるよう、この物語は設計されています。

換言すれば、地霧殺しの犯人当ては自然に、バシリカ計画のあらゆる真実に直結します。

それが作者の想定する近道ですが……

物語は読者のもの。どのようなルートでお考えいただくのも、またお考えいただかず直ちに解決編へゆかれるのも御自由です。ここで私達が共有しておくべきは、小は『誰が地霧を殺したか？』から大は『前頁までにおける全ての虚偽は何か？』に至るまでの答えを導く証拠が、今出揃ったということです。それを受け、どのように物語をお楽しみになるかは、読者の判断と権利のみに懸かっているということです。

それでは御準備が整いましたら、どうぞページをめくってお進み下さい。

第4章　XX

I

「この、バシリカ防衛戦」

私は語り始めた。日香里に、金奏に、水緒にそして……

「天国を出航した史上最大の巨艦〈バシリカ〉が、日香里のいうところの悪魔〈地獄の蝿〉率いる悪しき者の軍勢一個師団によって、襲撃された事件。その第7デッキ以下は悪しき者に占拠され、その第6デッキ以上では〈地獄の蝿〉による破壊活動が行われた事件。

航程第二日目深夜には、軍事委員の火梨が〈地獄の蝿〉によって斬首され戦死してしまった事件。同じく同日ほぼ時を置かず、〈地獄の蝿〉によって人文学委員の木絵が悪魔に堕《お》とされ、その躯《からだ》を同者の隠《かく》れ家《が》とされてしまった上、その明け方には祓魔式《エクソルチスムス》によって戦死してしまった事件。さらに航程第三日目の夜半《やはん》には、〈地獄の蝿〉による塵《ちり》の指輪の使用によって、監察委員の地霧さんが塵化され戦死してしまった事件。同じく同日ほぼ時を置かず、その〈地獄の蝿〉を殺すため、副長の土遠が身を挺して同者を火達磨《ひだるま》にし、やはり戦死してしまった事件。かくてようやく襲撃者〈地獄の蝿〉は死に、満身創痍《まんしんそうい》の〈バシリカ〉が、どうにかその使徒の手に奪還された事件。

そして現時刻、〈バシリカ〉艦内時間一一〇〇《ヒトヒトマルマル》過ぎ。

あと一時間弱で、航程第三日目が終わる。

当艦はじき航路の半ばを通過し、だから天国への帰還限界点を越える。

私達がその運命の時を迎える今、総括すれば。

――この〈バシリカ〉における三日間で、私達は火梨・木絵・地霧・土遠を失ったことになる。仲間であるバシリカの使徒半数を戦死させ、新たな地球再建の基盤となる『方舟《はこぶね》の文物』を恐らくは数多《あまた》破壊され、地球の再征服《レコンキスタ》を具体的に指揮すべき軍事委員を失い、まして新たな地球再建を双肩《そうけん》に担う応用科学委員にして技監をも失ったことになる。

だから。

地球方面軍総司令官にしてバシリカ艦長、使徒団のかしら、日香里が苦渋の帰還作戦を実行する、そんな段階でもある」

「……えっ、僕にそんな意思は微塵《みじん》もないが？」

「そう艦長にはそんな意思が微塵もない……けれど生き残りの使徒三名の懸命の説得にあらがう術《すべ》もなく、また満身創痍の〈バシリカ〉の現状を否定するべくもなく、艦長は断腸《だんちょう》の思いでバシリカ計画の継続を断念し、この巨艦の舳先《へさき》を出発地である天国にむける……万《ばん》やむを得ず、無念にも、そして天国におけるあらゆる問責《もんせき》と懲罰とを覚悟して。

そしてそれゆえに来《きた》る一二〇〇《ヒトフタマルマル》、この巨艦は大いなる衝撃と震動とに襲われる。地球へむけた最大戦速に加速する為《ため》でなく、天国へ一八〇度回頭する為《ため》に。私への説得が成功したのなら脚本はそうなる。そして仮に私への説得が成功しなくとも――私が帰還反対の意見を訴えるか、はたまた私を説得するだけの時間と論拠とが不足していたとしても――どのみち艦は衝撃と震動とを経験する。それは日香里が断乎《だんこ》として明言していたとおり。このとき、私には〈バシリカ〉が果たして地球へむかっているのかそれとも違うのか、それを知る術《すべ》が無い。衝撃と震動以外は何も感じない。たとえ艦橋窓や舷窓《げんそう》から艦の外を見遣ったところで、それが実は天国へと帰還する途上だとは全然分からない。まして航程はまだ残り三日ある。そのあいだ、この物語において何度も何度も繰り返されてきたように、そう、執拗《しつよう》といえるほど何度も何度も繰り返されてきたように、私を説得し続けることは何ら難しくはない……それで私が翻意《ほんい》するならそれもよし。けれど最大三日の内に翻意しないというのなら……私もまた、火梨や地霧さんと一緒の運命をたどることとなる。

——いずれにしろ。

悪魔の襲撃。文物の破壊。使徒四名の死なかんずく軍事と建設のスペシャリストの死。よって〈バシリカ〉がその機能を果たせなくなること。よってバシリカの使徒がその使命を断念せざるを得なくなること。

これが私達の経験した『バシリカ防衛戦』の物語。

私が信じさせられていた『バシリカ防衛戦』の脚本X。

けれど。

この脚本Xは、飽くまで日香里、日香里が想定し練《ね》り上げ外観を作出したまさにX、不確定で未知のものでしかない。そしてそのXには今の私が思うに、全く異なる解釈をする余地が充分にある。少なくとも私はこのXにまるで異なる物語を……恐らくは真実をひとつ、投影し代入することができる。

だから現状、この脚本X、物語Xはダブルエックス、XXといえる」

「月夜、僕らは嘘が吐けるイキモノではないはずだよ」

「日香里、あなたの今の発言こそ嘘よ。

そしてそれは今、青いバラの棘《とげ》が証明してくれたことでもある」

「当艦が何処《どこ》へむかっているかなど、電算機がたやすく教示してくれる」

「それこそ電算機は私達じゃないわ。ましてこの艦のすべてが、そう徹頭徹尾《てっとうてつび》、出航から今現在に至るまで一度たりとも日香里の統制を離れたことがないと解った今、電算機も嘘を吐いている、嘘を吐かされていると言わざるを得ない。ならば電算機もまた、それが艦橋電算機であろうと戦闘艦橋電算機であろうと何であろうと、日香里の望む物語X、そう物語X1を語り、表示し、補強するものでしかない」

「詰まる所、僕は嘘を吐いていると。

バシリカ防衛戦なるものを、月夜に信じ込ませようとしていると。

そして月夜は、僕が生きている物語X1とは違う物語X2を生きるに至ったと」

「そうなるの。そうなってしまうの」

「ならば。

月夜が今生きている物語X2、月夜が今確信している脚本X2とは？

――僕らが経験したこの〈バシリカ〉における三日間、就中《なかんずく》バシリカ防衛戦とは？」

「叛乱と革命よ、日香里。

ううん、正確には――

叛乱と革命のための、壮大な欺瞞《ぎまん》にして偽計。

退廃と退嬰《たいえい》、怠惰《たいだ》と停滞、あるいは許されざる破廉恥《はれんち》のなかにある天国をこの〈バシリカ〉で武力制圧あるいは殲滅《せんめつ》するための、必要欠くべからざる事前準備。

それがなかんずく火梨殺しであり、またなかんずく地霧さん殺しだった」

「僕が、火梨と地霧とを殺したと？」

「うんそれが真実。少なくとも真実の枢要《すうよう》な一部」

「戦死者というなら、土遠も木絵もそうだけど？」

「私が何故火梨と地霧さんにだけ触れたか、それは日香里がいちばん知っていることだよ」

「――ならば聴かせてもらおうか。

僕らの物語X１とは全く異なる、月夜の物語X２とやらを。

それを月夜のように脚本と呼ぶのなら、月夜が今確信しているいまひとつの脚本X２を。

この『バシリカ防衛戦』の、いや僕らの『バシリカ計画』のいまひとつの脚本X２を。

――その上で僕らの、そして天国の未来のことをともに考えよう。

どちらのXを真実とするのが正解なのか。どちらのXを真実とするのが正義なのかを」

II

「日香里、私は先刻、XXという言葉を使ったわ。

それは私達の生きてきたこの三日の旅路が、二重の意味で解釈できるという趣旨だった。日香里には日香里の解が、私には私の解があるという意味だった。

けれど。

私の物語X２、私の脚本X２においては。

ダブルエックスという概念そのものもまた、重要で死活的な意味を持つ。

私の物語X２においては、XXという要素もまた、とても大事な意味を持ってくる。

すなわち、私の物語X２における最初の重要な指摘。

――日香里、あなたこそがXXよ。あの青いバラが私達に教えてくれたとおり。

あの青いバラの棘《とげ》に刺された日香里が零《こぼ》した血は、赤かった。

日香里、もうあなたは私達の眷族《けんぞく》じゃない。青い血の眷族じゃない。

あなたはヒト。私達には無い、性別すら持つに至ったヒト。

純然たるヒトのおんな、性染色体XXのヒトのおんなだよ。

そしてこのことを否定する術《すべ》はない。私達の血は青く、ヒトの血は赤い。それは陛下の、あるいは先帝陛下のお定めになったこと。私達の物語の大前提。日香里の血が赤いというのなら、日香里はもう私達の仲間でもなければ、超常の力さえ使うことはできない。反論は無いと思うけれど、もしあるというのなら青いバラの一輪でも今ここで創り出してくれればいい。あるいは――

さっきここ艦橋での献杯《けんぱい》で、自分自身の献杯の発声に叛《さか》らってまで、何故かどうしても口にしようとしなかった〈太陽の炎〉を、そう二脚分まるまる手付かずにして触れようともしなかったあの〈太陽の炎〉を、今すぐ飲み乾してくれてもかまわない。ううん、そもそもさっきここ艦橋での乾杯《かんぱい》で、日香里の飲んだワインが内臓の無い私達の五臓六腑《ごぞうろっぷ》に染《し》み渡ることなんてあるはずもないし、あのワインがどれだけ強くとも、躯のアルコールを幾らでも飛ばし消し去ることのできる私達が、酩酊《めいてい》を心配する必要なんてあるはずもない」

――そうだ。

艦橋における戦いのとき、あれだけ私達らしからぬ獣のような匂いを発していた日香里。戦闘艦橋に撤退したとき、あれだけ私達らしくなく重力の重さにあえいでいた日香里。地霧さんのように『興味深く』観察していれば、私だってすぐ気付けたはず。情けない。

「――月夜、するとどうなる?」

「すると日香里は今やヒト。それは絶対に確実。けれど出航時は青い血の眷族だった。それも絶対に確実。私達は別論、陛下や枢機卿団がそれを見破れないとは思えないし、またそれを見破られるリスクを負うとも思えない。まして出航第一日目、私が当直を務めた日、晩餐で日香里は〈太陽の炎〉を食べていた。出航第一日目のあのとき、日香里はまだ青い血の眷族だった。そしてその後、しかるべきタイミングで、自らヒトになったと考えられる。というのも、私達が敢えてヒトになろうというなら〈塵の指輪〉を用いるしかないけれど――塵の指輪は私達を塵にもできるしヒトにも堕とせるんだよね――〈塵の指輪〉には相互確証破壊があるんだから、バシリカの使徒の誰であろうと、自分の塵化やヒト化を覚悟せず、日香里を強制的にヒトにすることなんかできないもの。だから日香里がヒトになったのは自らの意志によるもの。それは自らの所持する〈塵の指輪〉を用いれば児戯《じぎ》だし、日香里自身が納得しているというのなら、他の誰かにそれを頼んでもいい。どのみち、ヒトになる手段方法にはさしたる疑問が無い。どうやって、には全然疑問が無い。

なら、日香里は何時《いつ》ヒトになったか、が疑問にはなるけど――

より本質的で死活的な疑問は、何故ヒトになんかなったかだよ。

〈太陽の炎〉あるかぎり永劫《えいごう》を生きることができ、超常の力をも駆使することができる。そんな青い血の眷族が、何故かぎりある命の、私達からすれば蜉蝣《かげろう》ほども非力なヒトなんかになったかだよ。

そう、ヒトになった動機。

――ここで。ヒトにできて私達にできないことって何？

私の描写したい物語X２において、ヒトになるメリットはふたつある。大局的なメリットと、局所的なメリットとがある。脚本X２全般をつうじて享受できるメリットと、脚本X２のなかの特定場面において発揮されるメリットがある。

日香里はもちろんそのいずれもが望みだった。

けれど、より理解が容易《たやす》い方から説明するのなら……

日香里は相互確証破壊を無力化したかった。

〈塵の指輪〉の相互確証破壊を無意味なものにしたかった。

それも、敵あるいは犠牲者にそれと知られることなく。

そう。

これは既述《きじゅつ》だし、私達の常識でもあるし、物語上繰り返して指摘されてもいるけれど、ヒトには

〈塵の指輪〉は使えない。誤解があるといけないから正確に言うと、ヒトは〈塵の指輪〉の呪力を用いることはできるけれど、自らが塵化やヒト化の対象にされることはない——だってもうヒトなんだもの。塵の指輪が塵化できるのは、青い血の眷族と悪魔だけなんだもの。だからヒトの塵化というのは天国になく、ただ物理的な手術による木偶《でく》化のみがある、これも既述。端的《たんてき》には、ヒトは〈塵の指輪〉を武器として使えるけれど、それを武器として使われるリスクは無い。だから端的には、指輪を以《もっ》て敵あるいは犠牲者と対峙したとき、相互確証破壊のリスクを負わない。敵あるいは犠牲者が目視《もくし》＋指名＋命令の発動条件を満たしたところで、まさか塵にはならない。痛くも痒《かゆ》くもない。そして自らは武器としての指輪を用いることができるのだから、自らが目視＋指名＋命令の発動条件を満たせば、自分は何のリスクを負うこと無く、ただ敵あるいは犠牲者のみが塵となってゆく、そういうことになる。

　これこそ、青い血の眷族があえてヒトなんかになる、局所的なメリットだよ」

「……だけど月夜」金奏がいった。「仮に月夜の説明を真実だとすれば、日香里が誰を狙って、そして何を狙って自らヒトに堕ちたのかも、説明できてしまうことになる」

「そうね」水緒もいった。「だって、〈バシリカ〉において塵の指輪によって落命したのは、たったの一名なんだもの」

「そうだね金奏、水緒。

〈バシリカ〉において戦死したとされている仲間のうち、塵の指輪によって殺害されたのはたったの一名——監察委員の地霧さんだけ。そしてそれは、日香里があらゆるかたちで訴え続ける物語X1、脚本X1によれば、〈地獄の蝿〉による塵の指輪の遠隔操作のゆえだった。けれどこれについては今この時点においてなお、合理的な説明がなされていない。目視＋指名＋命令という発動条件が満たされていないのに、何故いきなり遠隔操作なる突飛なルール違反ができてしまうのか、誰もそれを真剣に、真摯《しんし》に解明しようとはしていない。すべては悪魔の、〈地獄の蠅〉の超絶的な魔力ゆえ——ということで思考停止となっている。けれどそんなこと、〈塵の指輪〉のルール上あるはずもない。またそんな出鱈目《でたらめ》なルール違反を仮定しなくとも、より合理的な、極めて合理的な説明はできる。

——もちろん、〈塵の指輪〉はルールどおりに使用された。

目視＋指名＋命令という発動条件にしたがって稼動《かどう》した。

すなわち暗殺者と犠牲者は相互を目視・視認《しにん》できる位置関係にあった。

まして地霧さんには意識があった。

にもかかわらず、犠牲者のみが塵化し、暗殺者は塵の一片《ひとひら》も残さず現場を去っている。

相互確証破壊が成立していたのなら、ましてあの地霧さんの任務と性格からして、暗殺者もまた現場で塵となっていなければいけないはずなのに……

けれど現場に塵化した遺体はたったのひとつ。

となれば。

そのような状況が成立するのは。そのような状況を許すのは。

暗殺者がヒトであった場合でそれだけだよ。木偶《でく》には自由意思がないものね」

「なら、月夜はその暗殺者というのが」水緒はいった。「日香里だったというの」

「そしてその共犯者は水緒だよね。

「いい、いい、いい。

だって日香里と水緒は地霧さんが殺されてしまったあの夜、『最後に地霧を見てからずっと一緒にいた』旨《むね》を断言しているもの。当直組だった日香里と水緒は、ずっと一緒にいて、ずっと一緒に行動したって断言しているもの」

「水緒は地霧を殺していないとも断言しているよ」日香里はいった。「それも嘘かい？」

「水緒にも血の一滴を流してもらえばすぐ分かるけど……実はその必要も無い。水緒は今も青い血の眷族のまま。だから水緒は嘘が吐けないし、結果的に嘘となることも発言できない。その証明はすぐにする。けど水緒の発言が真実だとして何の問題も無い。だって水緒は地霧を殺してはいないもの。実際に〈塵の指輪〉で地霧を殺したのは日香里で、水緒は日香里と一緒に動いていただけだもの。もっとも、両者一緒に第11留置室に入っていたとすれば、水緒については相互確証破壊が働いてしまうから、私達の超常の力で一時、姿を消して見えなくしていたのかも知れないけれど。私達にそれができるのも既述《きじゅつ》だし。

そう。

水緒が日香里と『ずっと一緒にいた』と断言してしまった以上、それは日香里の物語X1においてはヒトでいうアリバイの証言だけど、私の物語X2においては、暗殺者と連れ立って行動したという共犯としての自白でしかない」

「でもあのとき、地霧は」金奏がいった。「すさまじい衝撃なり苦痛なりを感じたはずなのに、悲鳴を上げてはいないよ。とりわけ思念での悲鳴を上げていない。それも不可解なことだって、皆《みんな》で議論になっていたはず。だからもし暗殺者が日香里だっていうのなら、地霧はそれを大きな思念にして訴える……」

「実際にあの地霧さんが悲鳴なんて上げたかどうかはともかく、悲鳴を上げたとしても、そしてそれが肉声であっても思念であっても、意味は無かった。特に第14留置室でお茶会をしていた土遠＋金奏＋私――なかんずく私にとっては意味が無かった」

「……何故？」

「あのとき金奏も憶えているとおり、獣の雄叫びのような強烈で強大な思念が、優に一分以上も響き渡ったから。あれで私達は〈蠅の少女〉を連想し、異常事態が起きたんだと思った。そして第14留置室を出、暗殺現場である第11留置室に入った――何故か、暗殺現場の外扉は大きく開いていたから。

もしそれが開いていなかったのなら、地霧さんが籠城して快眠すると断言していた第11留置室の扉を開く理由なんて微塵《みじん》も無かった……

要は。

暗殺者は私達に、なかんずく私に地霧さんの死を発見させたかった。その不可能状況を記憶させようと……証言させようとした。〈地獄の蠅〉の超絶的な魔力なるものを。けれどそれは、他方で私にくだんの『雄叫び』と『地霧さんの死』が極めて時間的に近いことをも記憶させた。それはそうなる。あれは〈地獄の蠅〉の雄叫びで、だからこれは〈地獄の蠅〉の魔力による不可能犯罪なのだと、その場で強く意識付ける必要があったから。

けれど。

雄叫びと、地霧さんの死が時間的に近いということは。

雄叫びと、発されたかも知れない地霧さんの思念が時間的に近いということでもある。

それを意図的なものと考えなくとも、あの激甚《げきじん》な雄叫びが、地霧さんの肉声なり思念なりを上書きして隠蔽《いんぺい》してしまったと考えることはできる。ましてそれを暗殺者による意図的なものだと考えたとき、むしろあの激甚な雄叫びは、ありうべき地霧さんの悲鳴を確実に上書きするためのものと考えることができる。ううん、悲鳴を上書きするよりもっと大事なことがある。だって地霧さんが、『暗殺者の名』なり『暗殺の事実』なりを思念にして発することだって、当然想定しておかなけきゃいけないから。まして日香里の物語X1が真実だとするなら、それ以降第1留置室での戦いであれだけ喋《しゃべ》り倒していた〈地獄の蠅〉が、自分の超絶的な魔力による遠隔殺害を言葉でアピールしなかったのは不可解だよ。地霧さんとほぼ等距離にいた、私達を暗殺するなり無力化するなりしようとしなかったのも不可解。だって物語X1によればあのとき、〈地獄の蠅〉は何処《どこ》にいようと誰であろうと、勝手気儘《きまま》に殺すことができるんだって自慢していたもの。地獄の尖兵《せんぺい》として〈バシリカ〉を占拠しようというのなら、また〈バシリカ〉で天国を攻め落とそうというのなら、その使徒なんて能《あた》うかぎり出前迅速で鏖殺《みなごろ》しにしちゃった方がいいに決まっている、遠隔殺害なんて小洒落《こじゃれ》たことができるようになったのなら。けれど〈地獄の蝿〉はそうしない……ただ雄叫びを上げただけ。

そう、雄叫び。

あの雄叫びは、声量も内容も長さもタイミングも極めて不可解。

そしてそれは地霧さんの死と——私の物語X2によれば地霧さんの暗殺と——時間的に密接している。

そしてX2を前提とするのなら、暗殺者は必ず『悲鳴対策』『絶叫対策』を講じたはず。だから結論として、あの雄叫びは、地霧さんによるあらゆる発信を上書きして妨害するための偽計《ぎけい》だった。そうなる。だからもし地霧さんが何らかの発信をしたとして、それは私達には感受できなかった。地霧さんの悲鳴その他が感受できなかったことと、地霧さんが著しい衝撃又は苦痛を与える〈塵の指輪〉で暗殺されてしまったことは、全然矛盾しない」

「だけど……だけど月夜の物語X2によれば」金奏がいった。「日香里はヒトなんだよね？　地霧を暗殺した日香里はヒト。ならあんな雄叫び、あんな咆哮《ほうこう》を発することはできないよ。だってあれは思念だったし、だから、ヒトには絶対に発することができないもの」

「だから共犯者の水緒がずっと一緒に行動している。不測の事態にそなえるため。はたまた、思念を発するといったヒトには不可能な超常の力を発揮するため。だよね水緒？」

「……地霧が殺された時」水緒はいった。「土遠＋金奏＋月夜と、日香里＋私はまさに思念で会話をしているわ。日香里もしているし、私自身もしている。これはどういうこと？」

「日香里が地霧の無事を訊いてきた時だね。けれど日香里はヒトなんだから、まさか思念が出せるはずもない。そして土遠と金奏というなら私の眼の前にいた。土遠か金奏が眼の前で自分のものでない思念を発しているというのなら、そんなの鈍い私にでもすぐ分かる。また、鈍い私にでもすぐ分かってしまうようなそんなリスクは冒さないはず。

なら。

　土遠＋金奏＋私に思念を飛ばしてきたのは、日香里＋水緒じゃなくって、水緒だけだよ。ずっと日香里と一緒に行動していて、事態の流れも会話の流れも乱す恐れがない水緒だけ。だからあれは水緒の独り芝居、独り思念。水緒は自分自身として思念を飛ばしてもきたし、また日香里を演じて思念を飛ばしてもきた。私達にとっては常識で既述《きじゅつ》だけど、私達の思念は、肉声にまして質感・個性を隠すこともできれば、ニュアンスやダイナミクス、トーンや速度を変えられるもの。肉声にまして、望んだ変化・効果を付けることだってできるもの。それが悪魔の雄叫びだろうが日香里の声調口調音調だろうが、そんなのわけない」

「地霧がいた第11留置室の外扉を開けられるのは、そこを仮眠場所にしていた地霧だけよ。日香里と私にはそれができないわ」

「ううん違うよ水緒。あのとき、そういったん二組に分かれて当直と仮眠に入る前、戦闘艦橋でちゃんと必要な設定をしたもの……

　いいや、
　だよね金奏。

　仮眠に使う第11～第14の留置室。その外扉も監獄も、開扉できるのは使用者自身と金奏だけにしたんだったよね。それぞれの承認コードで。ましてその第3デッキ警察施設は金奏の管轄区域。その設定変更を電算機に命ずることができるのは金奏だけだったよね。そのどちらの意味においても、もし地霧さんが死んだ第11留置室の外扉を開けられる仲間がいるとするなら――それは金奏以外の何者でもないよね。自分自身で、物理的に開けたかどうかは別論として。というのも設定変更ができるなら、誰にだって解錠させられるもの」

「……だったら、月夜は」金奏がいった。「私もまた、地霧殺しの共犯だっていうの？」

「うん。

日香里が主犯。そして少なくとも水緒と金奏はその共犯だよ」

「少なくとも？」日香里がいった。「〈バシリカ〉には今、もうこの四名しかいないが？」

「水緒は、『ずっと一緒』云々《うんぬん》の発言やあの雄叫びから、私の物語X２においては、地霧さん殺しの共犯で確定。金奏も、自分にしかできないはずの第11留置室の開扉設定をした事実から、やはり共犯確定といえるけど――そもそもその金奏が、地霧さんが殺された夜、わざわざ私の第14留置室を『お茶会』名下《めいか》で訪問した事実がおかしいよ。ましてわざわざ土遠と一緒に訪問した事実がおかしい。理系文官の土遠はお茶会なんかに熱心じゃなかったし、だからそれまでのお茶会仲間じゃなかったし――有爵者《ゆうしゃくしゃ》としての作法は見事だけどビーカーで食事をするほど執拗《こだわ》りのないタイプだよね――まして私が依然仮眠をしていた可能性は大きかったし、当夜二三三〇《フタサンサンマル》の再集合時刻までは『理由なく睡眠を摂らないことは罰する』っていうのが艦長の日香里の命令だった。またその時間にはどうせ再会するはずだった。にもかかわらず、わざわざ二名一緒に、同時に、連れ立って私なんかの室にやってくる。

――その結果、どうなったか。

私達は被害者である地霧さんを除き、キレイに二分されることとなった。戦闘艦橋で当直をしていた日香里＋水緒と、仮眠組だった土遠＋金奏＋私にキレイに二分された。地霧さんは孤立し……他の仲間全てはお互いの行動を眼前で視認することとなった。

まして。

さっき水緒が指摘した『思念での会話』。地霧さんが殺され、私達仮眠組がそれを発見し――ここでわざわざ第11留置室の扉が開けられていたことは示唆的《しさてき》だけど――その私達に対して日香里が諸々《もろもろ》の指示を発してきたなるあの『思念での会話』。もちろんこれは、私の物語X２では、水緒の独り芝居に対して私達が応答したことになるけれど。ともかくそのとき『日香里』はいった。三名協働して、三名一緒になって行動しろと。そう、日香里は私達三名が一緒に初動措置をとるべきことを強調し、命令した。『重ねて、絶対に三名一緒にだ』云々《うんぬん》と執拗《しつこ》く命令した。このとき既に地霧さんは死んでいる。私の物語X２では日香里に殺されている。その暗殺者である日香里の、この命令。そして偶然にも、その命令が直ちに実行できるグループ分けが成立していた事実……

……そのグループ分けの効果は何？

私に、土遠も金奏も地霧さんを殺してはいないと確信させることだよ。

私に、土遠と金奏の、ヒトでいうアリバイを保証させることだよ。

そして暗殺者である日香里のアリバイは、水緒が保証してくれる。逆もまた然《しか》り。

と、すれば。

このグループ分けは、暗殺者と共犯者を容疑圏外から逃すための、極めて意図的なもの。

その意図あるいは作為性《さくいせい》は、そもそも第11留置室が地霧さん、第12留置室が土遠、第13留置室が金奏、第14留置室が私——という、今にして思えば不思議なほどランダムで不思議なほど暗殺者に好都合だった『部屋割り』にも強く表れている。私が必ず地霧さんの室を動線とするという意味において。私が犯行現場となる地霧さんの室と最も離れるという意味において。土遠と金奏が私を犯行現場から遠ざけているという意味において。そしてその『部屋割り』をしたのは日香里だし、その『私を犯行現場から遠ざける』行為はいよいよ『謎のお茶会』にまで結実している。その謎のお茶会は更に、日香里にとって好都合なグルーピングに、だから共犯者のアリバイ保証にまで結実している。

このことは、この日香里の作為は、『謎のお茶会』にやってきた金奏が共犯であることを更に裏書きするけれど——

でも、それならば。

金奏と一緒に『アリバイづくり』にやってきた、土遠もまた共犯になっちゃうよね……」

「月夜、あなたは」水緒がいった。「犯行現場の解錠設定ができたのは金奏だけだった、という理由だけで金奏を暗殺者扱いするの？　まして……まして副長の土遠までが？　私達を救い、〈バシリカ〉を救う為にその身を犠牲にした土遠までが暗殺者だったと、あなたはそういうの？」

「金奏の承認コードの件はそれだけで致命的だし、もっと致命的なのは『自分しか扉を開けられなかったはずなのに、〈蝿の少女〉はどうやってそれを可能にしたか？』をただの一度も問わなかったその警察委員らしからぬ態度だけど――だからもう論拠は充分だけど――これから幾らでも金奏が共犯だったことの証拠は出せる。そしていちばん記憶に新しいものを出すなら、それは先の乾杯のときの『空《す》きっ腹《ぱら》でそれはどうかなあ。今艦長の日香里に酩酊《めいてい》されてもね』なる発言。これだけで金奏が共犯者だってことは解る。私達青い血の眷族は、どれだけ酩酊したってかまわないんだから。ちなみにこの発言で、金奏は赤い血のヒトでなく青い血の仲間なんだということが強く推認できる。自由に嘘を吐けるんだったら、こんな不用意なホントの発言はしないもの」

「……じゃあ土遠は？　月夜はどんな根拠をもって、土遠を暗殺者だと告発するの？」

「それについても水緒が納得してくれる以上の証拠が出せるけど、取り敢えず今議論している『地霧さん殺し』についての証拠を出せば――日香里と土遠の思念による会話。私の物語X2においては、水緒と土遠の会話だけど。あの会話は、それこそ事前脚本どおりの、しかも考証ミスが多いものだった……」

あのとき。

地霧さんの殺害現場である第11留置室に、『日香里』の思念が響いたとき。

土遠は日香里に、『地霧が殺されてしまった』と伝えた。もちろん土遠は現場にいる。だから地霧さんの塵化を目撃している。他方で日香里は第1留置室にいるという。その旨《むね》思念で伝えてきている。そして警察施設においては、留置室から他の留置室をモニタリングする術《すべ》が無い——だよね金奏、警察委員の金奏がかつて断言していたもの。だとすれば、第1留置室にいるはずの、そしてそこに『戦闘艦橋から駆け付けた』ばかりの日香里が、殺害現場である第11留置室の様子を知りうるはずもない。その日香里に与えられたのは土遠による、『地霧が殺されてしまった』という情報、それだけ。にもかかわらず日香里は、『今や、ここ第3デッキの安全性も保障できない』『土遠・金奏・月夜だって、いきなり塵にされてしまう虞《おそれ》が大いにある』と警告を発した。その旨《むね》思念で伝えてきた……

何故日香里は、地霧さんが殺されたという情報から、いきなり塵にされてしまうなんて情報を、導き出すことができたの？

そんなことは絶対に不可能——事前に、地霧さんの死の態様《たいよう》を知っているのでなければ。

そして日香里の物語X1によれば、殺害者は〈地獄の蠅〉であり、よって日香里が地霧さんの死の態様を目撃する機会も、それを知りうる機会もありはしなかった。にもかかわらず日香里が『塵化』という死の態様を知っているというのなら——それは日香里の物語X1が嘘だということであり、日香里は嘘を吐く能力を有するということであり、かつ、日香里は地霧さん殺しに関与したってことだよ」

「月夜、忘れてはいけないわ」水緒がいった。「あの蠅娘は、日香里と私がいた第1留置室において、地霧殺しの詳細を語りつつ、更なるテロリズムの予告をして私達を脅迫した。だから日香里と私は当然、地霧が塵となった事実を知って……」

「……うんそれは違うよ水緒。だって水緒自身が断言していたことだよ、水緒のいう蠅娘が語ったのは、地霧さんを『殺した』『殺してやった』『酷《むご》たらしく殺してやった』『酷たらしく虐殺』したってことだけだよ。また地霧さんが『死んだ』『無様《ぶざま》に死んでいる』『生首以上の感動を噛み締められる』ってことだけだよ。絶対に、一切、片言も『塵にした』『指輪を使った』といった発言はしていない——それは、日香里にまして水緒が断言していたことだよ」

「……仮に私がそう断言していたとして、月夜は其処《そこ》から何を導くの」

「あのときの日香里＝水緒と土遠の思念による会話は、事前脚本に基づく演技だったってこと。真実とはまるで異なる台本を喋っていたってこと。両者が共有している架空の想定を語っていたってこと。だから日香里も土遠も、思わぬ所でミスを起こしたってこと。

特に、自由に嘘を吐く能力を獲得した日香里と、そんな能力とは縁《えん》の無い土遠に、情報の錯綜《さくそう》と考証ミスが発生したってこと。日香里は言論の自由を獲得したがゆえに喋りすぎるようになったし——嘘が断言できる唯一の者として義務的に喋らなければならない機会が多くもなったけど——他方で土遠は日香里のそんなパラダイムシフトに追い着けてはいない。だから特に土遠の側に、『何故それを知っているの？』『どうしてそれが解ったの？』という当然の疑問が出てこない……副長で理系文官で自然科学委員の土遠なら、そう、普段の土遠なら当然出すであろう疑問を全然、出してはいない。

——同様の証拠として、例えば。

土遠はその思念による会話の際、自分達は今《いま》第1留置室にゆく途中である旨《むね》の報告をしていたよね。ええと……『なら私達も今すぐ第1留置室に。私達まさにその途中で』、と。ところがその直後、日香里＝水緒はなんと、ええと……『第1留置室に合流するより、そこ第11留置室で、初動活動その他の必要な措置に当たってほしい』と命令をしている。これも考証ミスだよ」

「何故」

「何故って水緒、日香里が知ったのは『土遠たちが第1留置室にゆく途中』って情報だけなんだもの。それがどうしていきなり『そこ第11留置室で……措置に当たってほしい』なんてピンポイントな命令になるの？　土遠は身支度《みじたく》の途中かも知れない。警察施設の廊下を駆けあるいは飛んでいる途中かも知れない。私の記憶が確かなら、あのとき土遠が自分の所在をピンポイントで報告したことはない。犯行態様を報告していないのは先の議論から明確だけど、犯行現場にいることすら報告してはいなかった。だのに日香里は——第1留置室で〈蠅の少女〉と対峙していて、だから外部の様子が全然分からなかったはずの日香里は——土遠が第11留置室にいることを当然の前提として命令を下してきた。

何故それができたか？

当然、最初から知っていたから。

敢えて第11留置室の扉を開放しておき、敢えて土遠・金奏に私の室を訪問させておき、敢えて両者に私を第11留置室へ入れさせ、かくて〈バシリカ〉総員のアリバイを確乎《かっこ》たるものとしたから。だからこそ『そこ第11留置室で』という決め打ちの発言になる。なお、私達は結果として嘘になることも言えはしない。私達のルール」

「完全に誤解・誤認しているケースなら、結果として嘘になることも言えるわ。自分が真実だと確信しているのなら。だから、もし日香里が土遠の所在を確信していたのなら……」

「そのときも私達の臆病な習性からして、断言はしないだろうね。できない。『もし今第11留置室にいるのなら……』云々《うんぬん》が私達の文法だよ。これ、特に最近、水緒だって金奏だってホント多用している文法だけど」

「億兆を譲《ゆず》って、そう月夜の物語X2を真実としたところで」金奏がいった。「承認コードの問題がある私は別論、そして日香里とずっと一緒にいたと発言してしまった水緒も別論——『思念による会話の齟齬《そご》』と『アリバイづくりの為のお茶会』の二点だけで、土遠をも地霧暗殺の共犯にするのは強引だよ」

「じゃあ金奏も記憶している証拠を出すよ。

何故、土遠と金奏は、あの〈赤紫の一本の線〉を発掘したときあれだけ焦燥《あわ》てたの？」

「……え」

「第11留置室、監獄内。地霧さんは塵化していた。その地霧さんの右脚部分だった塵の下から、私達は——土遠と金奏と私は、あの赤紫の一本の線を掘り起こした。当時はまだ、赤褐色の一本の線だったけれど。

あのとき何故金奏が地霧さんだった塵を掻き分け掘り返していたかといえば、それは土遠の命令で地霧さんの〈塵の指輪〉を発見・確保するためだよ。そして地霧さんの指輪は無事発見・確保された。ところが同時に、思わぬ副産物も出た……それがあの、〈赤褐色の一本の線〉。今は乾ききって変色している、〈赤紫の一本の線〉」

「……確かに。監獄のゆかにあったあの〈赤褐色の一本の線〉だね。それが？」

「金奏は最初、私の憶測に賛成して、その赤はヒトの血にとても近いと言ってくれた。どこかに零《こぼ》れ落ちてもう乾き始めている、赤い血に近いと。そんな赤褐色に近いと」

「すると？」

「けれど何故か、金奏は急に態度を変え、『前言撤回』をした——よくよく思い出してみれば、ヒトの血の色とは『かなり違う気も』と強調しながら。物の道理からして、ヒトを積載していないこの〈バシリカ〉で赤い血が流れるなんてことは、と強調しながら」

「……そうだったね」

「けれどどちらも言い掛けで、断言はしていないよね。かなり違う気も『する』とは言わなかったし、赤い血が流れるなんてことは『ない』とも言わなかった。まして金奏はその赤を『最近もよく見た……』と断言しかけて、焦燥《あわ》てて『最近の内務省の仕事でよく見たんだ、そう木偶《でく》の血を』を言い換えた。そうだったよね？」

「うん月夜でもそれは」

「……それは断言できなかったから。嘘を吐けなかったからだよ。そしてこの言葉遣いと文法からしても、金奏は青い血の眷族だといえる。そうでなければ日香里のように、もっと言論の自由を謳歌《おうか》していただろうから。その方が遥《はる》かに安全だったから。

だったら。

あのとき金奏は何を断言しかけてそれを呑み込んだの？

金奏が最近もよく見た赤とは実は何？

私の物語X2によれば、そして私達が青いバラとともに目撃した事実からすれば、〈バシリカ〉で赤い血を流せるのは誰？

——日香里だよ。

我《われ》と自《みずか》らヒトになることを決断した日香里。その手の血の滴《しずく》が何よりの証拠。

そしてその赤い血を金奏が最近もよく見たというのなら、それは日香里が最近よく怪我をしたということ。このことは、日香里がヒトとなった時期を強く推認させるけれど……

今大事なのはそれじゃない。

今大事なのは、金奏の狼狽《ろうばい》だよ。

第11留置室で、ヒトの赤い血の色にとても近い何かを発見し、その意味を誤解してしまった金奏の狼狽だよ。

そう、私の物語X2によれば、金奏は日香里の共犯。

だから金奏は、日香里が第11留置室で地霧さんを殺した事実を知っている。

だから金奏は、日香里が第11留置室で、地霧さん暗殺の過程で、怪我をしたのかも知れないと強く危惧《きぐ》した。そしてそれは犯罪計画にとって致命的だと憂慮《ゆうりよ》した。それはそう。〈バシリカ〉には物語X1にいう悪魔なるものを含め、赤い血を流す登場者はいないはずなんだもの。にもかかわらず赤い血と思《おぼ》しきものが現にある。何故か犯行現場に厳然としてある。まして私がそれを『ヒトの血』だと指摘してもいる……

もしそれが『ヒトの血』だと確定してしまえば。

ヒトが犯行現場にいた事実が立証されてしまう。

ならばそのヒトとは何者かという問題が急浮上する。急浮上させなければならないのは警察委員である金奏自身でもある。そのとき、脚本が最悪のルートをたどったのなら、日香里の命を賭《と》した決断と博奕《ばくち》がだいなしになる虞《おそれ》すらある……

だから金奏は焦《あ》燥《わ》てて『前言撤回』をした。

けれど嘘が吐けないから、あらゆる否定は『言い掛け』で断言にはできなかった」

「私があの赤のことを誤魔化《ごまか》そうとしたから、私はやっぱり日香里の共犯だってこと？

でも今の議論は、土遠が日香里の共犯かどうか、ってことじゃなかった？」

「その赤のことを必死で隠そうとしたのは金奏だけじゃない。

もちろん一緒にいた土遠も、その『ヒトの血』の恐るべき意味内容を察知した。あとで再論するけど、実はそれは完全に誤解だった……だから金奏のも実は誤解なの。けれど両者のその誤解は、危惧は、憂慮《ゆうりょ》は完全に一致した。『もしこれが日香里の流した血なら』と。そして眼前に何知らぬ私がいる以上、当の日香里に思念でそれを訊くこともできない。『日香里の流した血』への対処は現場で、しかも直ちに実行する必要がある。

だから土遠はまず煙幕を展《は》った。『私達の青い血じゃなくって？』『青褐色とかでなく？』『赤い液体があるとして、〈バシリカ〉の常識からすればそれが血であるはずもなし』『だから遺留血痕《いりゅうけっこん》であるはずもなし』『悪魔の血が赤いなんてことは』云々《うんぬん》と。今にして思えば、ホント懸命に。けれどあの地霧さんの愛弟子《まなでし》ともいえる好奇心旺盛《おうせい》な私は、地霧さん譲《ゆず》りの執拗《しつよう》な実況見分と証拠保全を諦めようとしない。土遠は牽制《けんせい》する。今その重要性を評価することはできないと。それをじっくり見分する時間など無いと。けれど私は諦めない。そして……そしてとうとう土遠は命令をした。副長として厳に命じた。『実況見分は中止』と。『当該赤い染みの件は私が預かる』と。どうしても見分をするというのなら、『必ず私と一緒にして』と。

——金奏が、そして土遠がここまで〈赤紫の一本の線〉を恐れた理由。

どうしてもそれから私を引き剥《は》がそうとした理由。

監視の下でしかそれを見分させようとはしなかった理由。

それはさっき、そうついさっき水緒が、私の端末を指先で両断し油塗《まみ》れ水塗れにした理由でもあるけど……このことから、水緒もまた青い血のままだと強く推認できるけど……

とまれ、私を〈赤紫の一本の線〉から遠ざけようとした理由はもうハッキリしている。

それが、『ヒトの血』であることをどうしても隠したかったから。

それが、日香里の不慮《ふりょ》の流血であることをどうしても隠したかったから。

だから、土遠は日香里が既にヒトであることを知っていたし——

だから、土遠もまた日香里の共犯だよ。

そして、土遠もまた日香里の共犯とするなら。

——〈バシリカ〉第8デッキの扉が何故か出航前にダメージを負い、そこから〈悪しき者〉が侵入してきたとして何ら面妖《おか》しくはない云々《うんぬん》なんて、日香里の物語X1にとって甚《はなは》だ好都合なイベントが、甚だ好都合なタイミングで発生したことにも説明が付く」

「第8デッキの、扉」金奏がいう。「出航前の〈過激派〉のテロで爆破されたあの扉」

「私の前任者、私の文科省の先輩が殺されてしまった、あの出航前の爆弾テロ。

使徒仲間を殺してほとんど未知の新任者を招き入れることにメリットは無いから、〈過激派〉が爆弾テロを実行したことはきっとホント。けれど、第8デッキの扉が被害に遭《あ》い、艦の純然たる外殻《がいかく》部分より強度が落ちた、出航前に嫌な脆弱性《ぜいじゃくせい》をかかえてしまった云々《うんぬん》は嘘。ううん正確には——私達嘘は吐けないから——扉の被害に関しては土遠の『自作自演』。そもそも私自身、航海初日の当直時にその被害を確認しているし。無論この自作自演にリアルな危険は微塵《みじん》も無い。建設省の技監であり自然科学委員である土遠は、艦の外殻を成すカルタフィリウムの権威でもあるから。実際に外殻部分を損壊させたとして、その被害規模も復旧速度も自在に統制できてしまう。

また。

日香里が既にヒトであることをしっとりと、けれど雄弁に物語ってくれたあの青いバラ。そう青いバラ。元々は、士官室での晩餐に華を添えていた青いバラ。元々は、土遠が第6デッキ研究室から持ってきてくれたという青いバラ。元々は、火梨のお葬《とむら》いに使われることとなった青いバラ。元々は、所謂《いわゆる》ニュートンの虹七色を全部取り揃《そろ》えたバラのその一本。元々は、赤緑黄橙紫藍青が揃ったバラたちの中のその一本。元々は、蠅の少女の破壊活動の所為《せい》で『私達が自由自在に太陽の炎を使えない耐乏生活に突入した』から、土遠が急ぎ士官室から回収してきてくれたとかいう生花のその一本。けれど——その事実関係と経緯には、言語化されてはいないにしろ、それでも土遠が吐いた大嘘がある。何故と言って。土遠は研究室の汚染《コンタミ》を嫌っていたから。自然に由来しない、〈太陽の炎〉で勝手気儘《きまま》に創り出した私達の被造物が研究室に持ち込まれるのを嫌っていたから。土遠自身の発言がある。『研究室には、私達の創造したモノを入れたくはない——それは研究室の地球生物に対する、思わぬ汚染《コンタミ》になり得る』という発言が。ならその土遠の研究室に青いバラがあるはずもない。自然発生しないもの。それでも事実バラはある。現に青いバラがある。その出自は今説明したとおり。なら土遠の説明に嘘がある。私達嘘が吐けないから、断言せずにそれと誘導し私を騙《だま》したその物語に嘘がある。青いバラは研究室産じゃない。なら何故土遠はそんな説明をしたか。それは、『第3デッキで籠城生活・耐乏生活に突入した』という設定そのものがフィクションだから。実は第3デッキでは、〈太陽の炎〉がいつも、つねに、自由自在に使えたから。ゆえに土遠は、もちろん第3デッキで、そのふんだんな〈太陽の炎〉を使って生花を創り出したから。これは私達にとって当然の行為。航程第一日目においても、航程第二日目においてもまったく自然に行われている。だから土遠も無意識にかつ合理的に〈太陽の炎〉で生花を創り出してしまったあと……それが『籠城生活・耐乏生活』なる設定と矛盾することに気が付いた。だから研究室産だと私を騙した。設定の矛盾に気付けたということは、女優側だということ。観客側ではないということ。自由自在に〈太陽の炎〉を使って創り出したこの青いバラただ一本で、土遠が設定を知っていた女優だったということは立証できる」

「成程《なるほど》」今や艦長席に座した日香里は、厳《おごそ》かな緋《ひ》のなかで頷《うなず》いた。「偽証。承認コード。お茶会。アリバイづくり。思念会話の矛盾。〈赤紫の一本の線〉。そして、青いバラ……

土遠と金奏の誤解、というのはまだ理解できないけれど。

そしてその〈赤紫の一本の線〉そのものも不可解だけれど。

とまれ、月夜の物語X2では、僕こそがヒトにまで堕《お》ちて地霧を殺した暗殺者であり、土遠と金奏と水緒は青い血のままの共犯だという。成程《なるほど》、僕のこの血の滴《しずく》がある以上、月夜の物語X2は現在のところ説得的だし、僕はそれに特段の矛盾を見出し得ないが……

そうするとだ、月夜。

地霧殺しを自認・自白していたあの〈地獄の蝿〉とは何者なんだい？

そして何故僕は、月夜の物語X2においてヒトにまで身を堕とし、あの地霧を殺さなければならなかったんだい？」

「日香里が殺したのは断じて地霧さんだけではないけれど……

まず最初の質問に答えれば。

「日香里のいう〈地獄の蝿〉、私のいう〈蝿の少女〉とは少なくとも水緒だよ、日香里」

Ⅲ

「少なくとも、とは？」

「すぐに説明する。

私の物語X2においては、日香里こそが地霧さんを殺した以上、あの〈蝿の少女〉は嘘を吐いていることになる。ここで――悪魔が嘘を吐くのは当然だけど、けれどとても不可思議で奇妙なのは、あの〈蝿の少女〉が徹頭徹尾《てっとうてつび》、ダイレクトな嘘は吐いていないっていうことだよ。

記憶を顧《ふりかえ》ってみれば、第1留置室の監獄でも、ここ艦橋における戦闘でも、艦橋を出た廊下で木絵を『悪魔にした』ときも、そして艦内エレベータ内で私を最初に襲撃したときも、あの下品な子は絶対に嘘を吐いていない。嘘を言語化してはいない。

ただ、嘘を吐かずに私達を騙《だま》す方法は幾らでもある。語尾を省略して結論を誤魔化《ごまか》すか、出鱈目《でたらめ》な仮定を置いて結論の意味を無くすか、比喩《ひゆ》やほのめかしだけで結論を曖昧《あいまい》にするか、『みたいな感じで』『そんなかたちで』等々と結論の意味をひろげてしまうか、『という物語』『という一幕劇』『それが私達の結論』という結びを強引にくっつけて結論を架空又は想定に押し止《とど》めてしまうか、『結局Xができたの』と結末だけ述べて途中経過全部を結論ナシにしてしまうか、『侵入、汚染、破壊、占拠――』みたいに単語だけを並べてそれが結論であると誤解させるか、『電算機によれば』という前提を必ず置いて全て電算機の所為《せい》にして自分の結論にすることを避けるか、はたまた、『Xだろう？』と問われたとき『Xだったらどうする？』と疑問に疑問を返しこっちに結論を想像させるか……

……ちなみにこれ、バシリカ防衛戦開始以降、私達使徒のあいだでも矢鱈《やたら》に流行《はや》った文法だよね、誰もが記憶していると思うけど。私達の会話はバシリカ防衛戦開始以降、矢鱈《やたら》と回りくどくなっていた。まして悪魔は、登場したそのときからこの文法を駆使している。

もっと具体的には。

あの下品な子は、私達バシリカの使徒を指し示すときも絶対に『あなたたち』とは言わないし——もちろん言えない理由がある——私達に無い臓器を指し示すときも『……おっと、そんな臓器はないけどこの際創っちゃえ!!』なんて念の為の注釈を何度もいちいち加えているし、自分が悪を為《な》し、殺し、盗み、騙し、嘲《あざけ》るものだと自認するときも『一般論としては』だなんて自分のことなのに一般論化しているし、私達が天国で幾万年も幾万年も〈悪しき者〉の襲撃に脅《おび》え隠れてきただけの癖《くせ》に——って嘲笑するときも『脅え隠れてきたって噂の』だなんて、まるで私達の文法みたく律儀《りちぎ》に伝聞は伝聞と明確にしているし、自分が直《じか》に殺したはずの火梨について『艦長席で踏《ふ》ん反《ぞ》り返って優雅な夜のお茶でもなんてそんな感じで油断しまくっていたから』だなんて、まるで私達の文法みたく断言できないことをボカして言い切りにしないよう配慮しているし、ましてや戦慄するほど下品な卑語《ひご》で私達を侮辱するときでさえ、ええと……『Fais-toi baiser par ton ange!! Let your angel fuck you!! Fatti chiavare dal tuo angelo!! Go fuck yourself!! Fuck yourself!!』だなんて、ホントのことを思わず口にしている。ここで、私達の公用語は日本語だし、先帝陛下の御代《みよ》はラテン語だったから、この悪魔ってまるで私みたいな天国の文系文官を思わせるほどヒト語が好きみたいだけど……それはともかくこの下品極まる台詞《セリフ》、どう考えてもおかしいよ。だって素直に『悪魔に犯されろ』って言えばそれでいいのに何故かずっと『天使に犯されろ』って言っている。これ、何度も何度も繰り返してそう言っている。あと極め付き。顔に聖水を染《あ》びせられたとき。〈蠅の少女〉はこういって怒ったあるいは怒ったフリをした——『あたしたちだってビリビリきちゃうようなそんな聖水を!! あたしの顔に、顔に……!!』。ねえこれ、どうして『あたしたちだって』なのかな? 聖水が悪魔にダメージを与えるのは当然のことだよね。ならせめて『あたしたちをビリビリさせるような』云々《うんぬん》にならなきゃおかしい。つまりこの台詞《セリフ》は極めて正直に、『悪魔どころかあたしたちだってビリビリきちゃうようなそんな聖水を』顔に掛けるなんて、という非難を意味している。そう、極めて正直に。そして重ねて、私の記憶が正確なら、まるで私達のように、〈蝿の少女〉は絶対に嘘を吐いていない。嘘を言語化していない。結果として嘘になることも喋ってはいない。ただの一度も。

……ねえ、日香里。

日香里あの祓魔式《エクソルチスムス》のとき断言していたよね。『どうか、悪魔の嘘に惑わされないよう。悪魔が自ら発する言葉はこれすべて欺瞞《ぎまん》で煙幕で陰謀だ、惑《まど》わしの一手だ。悪魔との真摯《しんし》な会話など成立しない。それを憶えておいてくれ』って。どうして。悪魔は嘘を吐くものどころか、私達の遭遇した〈蝿の少女〉はただの一度も嘘を吐いてはいない。卑語で私達を侮辱するそのときでさえ。もし悪魔は嘘を吐くものである、と定義するのなら、私は断言できる、あの〈蝿の少女〉は絶対に悪魔なんかじゃない。まして私は断言できる。あの〈蝿の少女〉は私達の文法、天国の文法に縛られている」

「――これすなわち？」

「これすなわち日香里、この〈バシリカ〉の三日間の航海において、〈蝿の少女〉なんて悪魔は実は存在していなかったってことだよ。ううん、この〈バシリカ〉が日香里のいう地獄の蝿なるものに襲撃された事実はないし、まして悪しき者一個師団一万五、〇〇〇匹が〈バシリカ〉の第7デッキ以下に侵入してそれを占拠した、なんて事実もない。

端的《たんてき》には。

『バシリカ防衛戦』なるものは、この航海の最初から最後まで、存在しなかった。

〈バシリカ〉は徹頭徹尾《てっとうてつび》、日香里と日香里たちのもので在り続けた。

『バシリカ防衛戦』の全てはそれこそ欺瞞で煙幕で陰謀だった。惑わしの一手だった」

「全てが欺瞞、あの蠅娘も欺瞞――」水緒がいった。「――そして月夜は、あの蠅娘が私なのだという。それは、私がヒト語とヒト文化とに詳しい天国の文系文官だから？」

「まさかだよ。それにそれをいうなら、これ私達の常識だけど、今時の天国で電算機のヘルプなくしてヒトの原書が読める木絵、ヒト語のスペシャリストである木絵の方が候補者の筆頭にならないかな。どうして水緒はそれを指摘しないの？」

「――――――――」

「なら月夜。月夜が不思議な留保を付けながらも」日香里がいった。「あの地獄の蠅は『少なくとも水緒』だなんて告発をしたのは何故だい？」

「地霧さんを殺したときの、あの雄叫びがあるから」

「……雄叫び？」

「そう、地霧さんの悲鳴その他の思念を上書きして感受できないようにしむけた、あの獣の雄叫び。ここでもう一度整理すると、地霧さん殺しの現場にいたのは主犯の日香里と共犯の水緒。これは水緒自身の断言から確実。このとき日香里が、指輪の相互確証破壊を無力化しようとなんと『ヒト化』していたことも確実。なら日香里にあの思念の雄叫びは上げられない。その思念の雄叫びを上げたのは、だから水緒になる――」

ここまではもう説明した。

けれどこの事実から、少なくとも水緒があの〈蠅の少女〉であることはカンタンに証明できる。何故と言って、その『思念の雄叫び』は、それまで幾度も響いていた悪魔の雄叫びと、極力同一のものでなきゃいけなかったから。それまで幾度も響いていて、だから私達に『あっ、これはあの地獄の蠅の雄叫びだ!!』と即座に勘付かせるような、そんな演技でなきゃいけなかったから。どれだけすさまじい雄叫びでも、それまで積み重ねてきた演技と矛盾があっちゃいけない――要は、地霧さん殺しのとき雄叫びを発した者は、それ以前においても雄叫びを発してきた者でそれしかないよ。ここで重ねて、私達の思念には、肉声にまして望んだ変化・効果を付けることができる。私達の常識。これを言い換えれば、思念なら架空のキャラクタの演技がしやすいってこと。そしてこれこそが――これ私特に艦橋での戦闘で不思議に思ったことなんだけど――あの〈蠅の少女〉が絶対に肉声を用いず、必ず思念のみによって喋っていた理由だよ。ただし、いったんその架空のキャラクタの声を設定してしまったのなら、それをみだりに変えることはできない。声優・女優の交代も、演技の大きなブレも避けなきゃいけない。さもなくば観客にバレてしまうから。それが声優・女優の下手な演技だってことがバレてしまうから……

まとめれば。

地霧さん殺しのとき悪魔の雄叫びを上げたのは、水緒。

地霧さん殺しのとき悪魔の雄叫びを上げたのは、それまで悪魔を演じてきた者。

だから水緒は、それまで悪魔を演じてきた者。

――だから少なくとも水緒は、〈蠅の少女〉で確定する」

「月夜、月夜は大事なことを見落としているよ」金奏がいった。「月夜の言葉を使うなら、日香里の物語X1において、私達が最後にあの蠅娘を殺したとき。ダンビラと聖油と土遠の犠牲とで蠅娘を殺したとき。あのとき、現場である第1留置室には誰がいた？　敵である蠅娘と、使徒である日香里＋水緒＋土遠＋私＋月夜だよ。そう、水緒はバシリカの使徒として蠅娘と対峙していた。そしてこれ私達の常識だけど、私達の脳はひとつで、まさか分裂することなんてできはしない。だから『あの蠅娘も水緒、私達と一緒に戦っていた水緒も水緒』――なんてことはあり得ない。なら、水緒が同時に二名存在することはなく、だから、水緒があの蠅娘でもあるなんてことはあり得ない」

「それでもかまわないよ金奏。だって私は獣の雄叫びを上げたのが水緒だと指摘しただけで、だから日香里と行動をともにした〈蠅の少女〉が水緒だと指摘しただけだもの。そのあと第1留置室で、私達に降伏して亡命するだの、ともに天国の再征服《レコンキスタ》を果たそうだの、またもや私の決断を求めるような説得を開始したあの〈蠅の少女〉が——そしてとうとう物語X1においては『殺す』ことに成功した〈蠅の少女〉がやはり水緒だったなんてこと、私一言《ひとこと》も断言してはいないよ？」

「ならあの〈地獄の蠅〉はやはり悪魔では？」日香里がいった。「それまでの水緒の行為なり演技なりがどうあろうと、あの〈地獄の蠅〉はまさか水緒ではあり得ないのだから」

「だから私は、〈蠅の少女〉は少なくとも水緒だ、といったの」

「……それはまさか、水緒以外の〈蠅の少女〉がいるってことかい？」

「それを訊くのは、日香里の戦歴や軍功や指揮能力からして著しく不可解だと思うけど——シンプルな引き算で、当然そうなる」

「すなわち」

「私の物語X2においては、この〈バシリカ〉には徹頭徹尾《てっとうてつび》八名しかいない。解りやすい名簿順で列挙すれば、日香里＋私月夜＋火梨＋水緒＋木絵＋金奏＋土遠＋地霧さんの八名だよ。

そして、あの第1留置室での最後の戦いなるもので〈蠅の少女〉が死んだとされたとき、既に戦死……ううん暗殺されていたのは二名。もちろん火梨と地霧さん。そしてこの二名の死亡は絶対に、確実に疑いの余地が無い。だって教科書どおりだもの。火梨は頭部を徹底的に破壊された。地霧さんは塵化した。このとき私達が死ぬことは確実だし、その事実はこれから幾らでも火梨が安置されている第10留置室や地霧さんが塵化している第11留置室で確認することができる。重ねて、この二名が、この二名だけが確定的に殺された。

ゆえに、残りは日香里＋私月夜＋水緒＋木絵＋金奏＋土遠の六名となる。そしてまさに金奏が指摘してくれたとおり、あの〈蠅の少女〉との最終戦において、うち日香里＋私月夜＋水緒＋金奏＋土遠の五名は〈蠅の少女〉と対峙していた。〈蠅の少女〉と激しく戦闘していた……

これ、シンプルな引き算だよね。

総員は六名。戦っていた使徒は五名。戦っていた〈悪しき者〉は一名。

なら、その〈悪しき者〉とは必然的に」

「……木絵、だというの？」

「そうだね水緒、物理的にも論理的にも木絵しかいないよね。

――そしてこれもまた、私の物語X2における重要要素XXとなる。

さっき指摘したXXは、日香里がヒトのおんなという意味でのXXだったけれど。

今私が新たに指摘したいのは、私の物語X2においては、〈蠅の少女〉を、〈悪しき者〉を、そう悪魔なるものを演じていた女優Xが二名いる――ってことだよ。ゆえに、これはやはりXXの物語でXXの脚本となる。

すなわち。

日香里の物語X1、なかんずくその『バシリカ防衛戦』。

私達の眼前に登場した〈蠅の少女〉は、木絵と水緒とによって演じられていた。木絵と水緒こそが、しかるべく出ハケを調整しながら〈蠅の少女〉を演じていた女優だった。二名の女優XXだった」

「私のことは別論としても」水緒がいった。「木絵を決め打ちで糾弾《きゅうだん》する根拠は何？　その蠅娘との最終戦における『シンプルな引き算』だけ？　何の直接証拠も無く？」

「証拠というなら、今にして思えば腐るほどあるよ、あからさまなほどある。

この三日間の航海、なかんずく〈蠅の少女〉出現以降の記憶を喚起《かんき》すれば、それは嘘みたいにハッキリするけど――

例えば、私達は、蠅の少女＋木絵＋水緒という組合せを、ただの一度も経験してはいない。これを仮にABCと置けば、AB、AC、BCの組合せは幾度も目撃した。けれどABCの揃《そろ》い踏《ぶ》みは、この〈バシリカ〉でただの一度も発生してはいない。私断言できる」

「地獄の蠅が、ここ艦橋をハイジャックのため襲撃したとき」日香里はいった。「そう、奴が戦利品たる火梨の首をたかだかと掲げていたあのとき。散々に蹴散《けち》らされた僕＋月夜＋金奏＋土遠＋地霧の窮地《きゅうち》を救ったのは、戦闘艦橋から機関銃その他の武器を持って駆け付けて地獄の蠅を薙《な》ぎ払った、そうまさに『木絵＋水緒』じゃなかったかい？」

「あのとき。機関銃の発砲煙にしては異常なほどの発煙が艦橋をつつんだ。そして私達はしばし、あの〈蠅の少女〉の姿をロストした。日香里ですら視界を奪われ、だから私といきなり激突してしまうようなそんな発煙が私達の瞳《ひとみ》をくらませた。だから私達はそのとき、『木絵＋水緒』の組合せだけを見た。その後また〈蠅の少女〉が出現したとき、私達が確認できたのは木絵の姿だけだよ。水緒の姿は何故か確認できなかった――これはほんの一例だけど、事《こと》ほど左様《さよう》に『蠅の少女＋木絵＋水緒』という組合せは一度も発生してはいない。記憶を喚起すれば嘘みたいにハッキリする。そして私の物語X2において水緒は〈蠅の少女〉を演じていた女優なんだから、この不可思議な発煙は『少なくとも水緒による意図的なもの』だと疑うに足りる充分な理由があるよ。その理由は明白。水緒としては、どこまでも〈蠅の少女〉＝外敵だと観客に誤信させたかったから。まさか、バシリカの使徒がそれを演じているなどと観客に察知されてはならなかったから……

また、水緒と木絵とが悪魔を演じていた証拠として、例えば。

両者の演技はとても一致していたけれど、それでも違う個性を有する女優二名のすること、どうしても幾許《いくばく》かの齟齬《そご》が生じるのはやむを得ない。うち私が致命的だと思ったのは、舞台効果の設定ミスだよ」

「舞台、効果……」

「そうだよ水緒。

女優が自ら舞台監督をも務めなきゃいけないことからくる、舞台効果の思わぬ設定ミス。事が事だし、ハイテンションを維持しなきゃいけなかったし、あるいは、何も知らない観客のことを警戒しなきゃいけなかったから、充分なリハーサルができなかったこともあるんだろうけど……

例えば、硫黄の臭気と極寒の冷気。

――私は自分自身がエレベータで〈蝿の少女〉に襲撃されたとき、舞台効果としてそのいずれをも感じた。自分の嗅覚で。自分の肌感覚で。まして私の銀の懐中時計は、硫黄と冷気の両者に襲われ、指が腐れおちるほどの冷たさになり、また、磨きたてなのに硫化銀《りゅうかぎん》の汚泥《おでい》めいた黒に染め上げられてしまっていた。そして私はそれを疑問には思わなかった。それはそうだよね、悪魔が出現するときの、硫黄の臭気と極寒の冷気。それは教区の学校で、誰もが学ぶことだもの。

だけど。

これ私地霧さんに執拗《しつよう》に確認されたし、今更まさか誰も否定しないと思うけど――日香里以外は私達嘘が吐けないしね――そのエレベータから消失した〈蝿の少女〉が、ハイジャック名下《めいか》でいよいよ艦橋に出現したとき、そうさっき日香里が指摘した戦いのとき、確かに硫黄の臭気はしたけれど、極寒の冷気なんて微塵《みじん》も感じられはしなかった。ここで、私の血は青いから私は嘘を吐けない。塵化して死んだ地霧さんも、だから青い血の眷族として死んだ地霧さんも嘘は吐けない。その地霧さんもまた断言していた――そのとき艦橋の空気は『妙に澱《よど》んでヌメヌメと生暖かかった』と。確かにそのとおり。あのとき艦橋には、私に意図的に汗を流させるほど『粘着的で、いやらしく、肌に纏《まと》わりつくような不快な生暖かさ』があった。生暖かさが。これを言い換えれば、エレベータの悪魔は『硫黄＋冷気』を舞台効果にしていたのに、艦橋の悪魔は『硫黄』しか舞台効果にしていないんだよ。まして。

いよいよその悪魔が、第1留置室の監獄内に閉じ込められたとき。木絵を救うため、あの悲壮な祓魔式《エクソルチスムス》が行われたとき。このときの悪魔はまたもや『硫黄＋冷気』を舞台効果にしている。これは、土遠が自分を犠牲にして殺したとされる最終戦の悪魔もそう——最終戦の悪魔もやはり『硫黄＋冷気』を舞台効果にしていた。私これも断言できる。

おまけに。

〈蝿の少女〉はXX。すなわちそれを演じた女優Xは二名いる。それは女優それぞれの言葉遣いにも表れている。些末《さまつ》なことから言えば、艦橋において私達を蹴散らした悪魔は、だから何故か『冷気』を発生させなかった悪魔は、準現行犯だの過失致死だの『A、B及びC』『A及びB並びにC』だの、法学喋《しゃべ》りを特徴にしている。それは特定の使徒を推認させるけど……法学喋りの頻度からして、まだ決定的なものとはいえない。けれどももっと決定的な、致命的な言葉遣いはある。それによって、これがダブルキャストであり、だからこれがXXの舞台であると確信させるそんな言葉遣いはある——

それは、女優Xそれぞれの嘲笑の仕方と決め台詞が違うことだよ。ついでにいえば、主語と語尾も違う」

「ちょ、嘲笑の仕方？」水緒が素に帰って愕然《がくぜん》とする。「決め台詞……」

「エレベータの悪魔は、必ず『ウフフフッ』と嘲笑するんだ。そして自分自身を指すその主語は——必ず思念で喋るから文字情報にもなるんだけどそれが致命的だったよね——必ず『あたし』。その語尾は『だから〜』等々と文章そのものを伸ばす傾向が顕著《けんちょ》に多く、おまけにお気に入りの決め台詞は『たっかぶるるう、みっなぎるるう!!』だよ。ましてこれは、第1留置室監獄内の悪魔についても全く一緒。

他方で。

艦橋を襲撃した悪魔は、必ず『ウッフフフ』と嘲笑する。自分自身を指すその主語は、必ず『私』。語尾は『月夜ちゃ〜ん』『御免《ごめん》なさ〜い』『なんだも〜ん』等々と文章の中途を伸ばすか、『なのぉ』

『したいしぃ』『だからぁ』等々と文末に音引きを用いない傾向が顕著に多い。そのお気に入りの決め台詞は『滾《たぎ》る漲《みなぎ》る熱《いき》り立つぅ!!』なの。なお、こっちの悪魔が法学喋りをすることは既述《きじゅつ》のとおり。

そして。

この二種類以外の悪魔なるものは〈バシリカ〉に出現していない。だから女優はダブルキャストで、XXで、その片方は地霧殺しのとき雄叫びを発した水緒。もう片方は、第1留置室での最終戦における『日香里＋私月夜＋水緒＋金奏＋土遠の生者五名』と『火梨＋地霧の死者二名』以外の者――すなわち木絵となる。また、どちらがどちらなのかを決定するのもカンタン。整理してみれば吃驚《びっくり》するほどカンタン。仮に、エレベータの悪魔を甲《こう》、艦橋の悪魔を乙《おつ》、祓魔式《エクソルチスムス》の悪魔を丙《へい》、第1留置室の悪魔を丁《てい》と置けば、

甲……硫黄＋冷気、あたし、ウフフフッ（艦橋とは距離がある）
乙……硫黄のみ、私、ウッフフフ（艦橋に出現し、木絵を強姦した）
丙……硫黄＋冷気、あたし、ウフフフッ（水緒と対峙している）
丁……硫黄＋冷気、あたし、ウフフフッ（水緒と対峙している）

と整理できるし、しかも『丁が水緒じゃない』ってことは今言ったとおり私の物語X２における事実だから、なら丁は木絵。すると甲・丙も木絵。乙が水緒。カンタンに確定する。

これで何の矛盾も無い。

矛盾が無いどころか、もっと合理的な説明すら可能になる。

――というのも、木絵を強姦して悪魔に堕としたなる乙は、私達が目撃したとおりまさか木絵自身ではありえないから。分裂ができない私達に、それは物理的に無理だから。そのことから更に合理的

な説明ができる。私をエレベータで襲撃した甲は、具体的には、第8デッキあたりで私のエレベータを止めた。次に悪魔が出現したのは艦橋すなわち第1デッキ。もちろん出現したのは乙。この乙は、私がエレベータを復旧させ艦橋に飛び込んだときには、もう女優としての準備万端で私を出迎えてくれた。ここで、私達が瞬間移動やタイムトラベルといった時空を繰《あやつ》るちからを使えないのは私達の常識で既述《きじゅつ》。まして私を第8デッキあたりで襲った甲は、実際には悪魔でも何でもない。艦橋にゆくというのなら、エレベータを使い、廊下を駆け又は飛ぶしかない。それでいて、すぐさま艦橋へ直行した私に余裕で先んじて、あの艦橋窓の上の宙あたりを、火梨の首まで掲げて悠々《ゆうゆう》と飛んでいるなんてことはできない。物理的にできない。私と一緒にエレベータにいた以上、そこで姿を消してみせたとして、スタートラインは一緒だもの。というかいちばんの近道は、そのまま私とエレベータに乗ることだもの。なら重ねて、私を引き離すだの艦橋で待ち伏せるだの、そんなことができるはずない。だからエレベータの甲と、艦橋の乙は必然的に別々の女優が演じざるを得なかった。こうなる。そしてエレベータの甲に対し、そう私だけを適当に嬲《なぶ》っていれば目的が果たせた甲に対し、艦橋の乙は、日香里＋土遠＋金奏＋地霧さん＋私と派手な立ち回りを演じなければならなかった――なおこのとき火梨は死んでいるし、木絵は私達に合流してはいなかったよね。とまれ、艦橋の乙は、観客の手前もあって、エレベータの甲より激闘を演じなければならなかった。ここで、私達がその容姿を変えるとき、そう私達が一時的に外貌《がいぼう》を変えたり透明に変わったりするとき、それは陛下の創造の御業《みわざ》に反することゆえ、膨大《ぼうだい》な〈太陽の炎〉を必要とするし、それでいて五分一〇分の変容が精一杯――これも既述《きじゅつ》だし私達にとっては常識。要するに、乙を演じた女優Xは、すさまじく〈太陽の炎〉を消費したはず。そしてなんと、それを乙自身が裏付けてくれてもいるんだよ。すなわち艦橋での戦闘の終盤、乙はこんな正直な台詞《セリフ》を紡《つむ》いでいる、ええと……『〈悪しき者〉の責務としてはぁ、皆《みんな》まとめてすぐさま生首コレクションの乾し尻《ケツ》コレクションにしてあげるべきなんだけどぉ、正直あたしそろそろ疲れてきたし、だからこの姿を維持するのもひと苦労だし、何よりガス欠と自滅が気懸かりだわぁ……』等々。こんなこと、もし乙が正真正銘の悪魔でテロリストだったなら死んでも言わない。じゃあ何故乙はこんな正直な告白をしたかというと、それは乙が青い血の眷族で嘘が吐けないってこともあったんだろうけど、それよりも何よりも、観客以外の仲間に対して『そろそろ演技の限界がくる、このままではガス欠になって変容が解ける、だから舞台を加速しなければならない』ということを訴えるためだよ。急いで脚本どおり、木絵の強姦の一幕に移行しなきゃいけないと訴えるためだよ。そして事実、乙は突然『遊びを変えて』、艦橋を脱出しながら木絵を襲撃した。もちろん自身も女優である木絵は直ちにその演技に合わせた。そう、今にして思えば、女優達がたくさんのサインを出していたことがよく解るし、観客以外の舞台仲間もまた、『何故かすべきことをしない』『何故かできることをしない』といったかたちで、女優達の演技に協力をしていたこともよく解る。そう、あの艦橋における襲撃劇だけを検討してみても、あれが実に芝居がかっていたことはよく解る。

そして、駄目押し。

甲丙丁《こうへいてぃ》＝木絵＝ウフフフッの悪魔と、乙《おつ》＝水緒＝ウッフフフの悪魔は、その攻撃方法についても演技ミスを犯している。具体的には、そう……私達を悪魔に堕とす行為について。端的《たんてき》には、私達を強姦する行為について。

——エレベータの悪魔甲は、あの紫色の鎖状《くさりじょう》の尻尾で私を強姦するため、私の制服のスカートだけを執拗《しつよう》に攻撃した。ところが艦橋の悪魔乙は、木絵を強姦したとき、木絵の制服のスカートどころか制服の上半身をもズタズタにしている。ちなみにこれらのとき、悪魔と私達の位置関係は全く一緒だった。悪魔は浮遊しながら、宙から鎖状の尻尾をザクザクふりおろしてきた。その目的は悪魔自身が明言していた——無論、私達を強姦することだと。目的が一緒で、位置関係も一緒なのに、だのに攻撃方法がまるで違う……この整合性のなさは、女優Xの違いに由来する。女優が違うと考えなければ、時間的に極めて密接しているそれぞれの強姦行為の、やり方が異なることの説明が付かない」

「〈バシリカ〉に出現した悪魔についての議論を、整理すると」日香里がいった。「飽くまでも月夜の物語X2においては、だけど――エレベータに出現し、第1留置室に監禁され、土遠の自己犠牲によって殺された〈地獄の蠅〉は、女優木絵の演じたものだと。他方で艦橋に出現し、土遠や金奏のお腹に風穴を開けるなどしてド派手に暴れ、とうとう木絵を強姦し悪魔に堕としてしまった〈地獄の蠅〉は、女優水緒の演じたものだと」

「まさしくだよ日香里。

ちなみにそんな重傷を負った土遠と金奏が、だから『自己治癒だけでガス欠になりそうなほどの大怪我』を負い、それを〈太陽の炎〉で癒《い》やすというのなら癒やす側だって『その場で昏倒《こんとう》し、三日三晩は動けなくなっても不思議じゃない』そんな状態にあったはずの土遠と金奏が、そのあと平然と艦橋の端末をバシャバシャ叩いてバシリカの現状分析をしながら『今の私の精神状態と同様、いえそれ以上に絶望的と言えるわ』なんて言ってしまうのはおかしいよ。今のは土遠の発言だけど、『私の精神状態』どころか『私の物理的状態』が危ぶまれている状態のはずだよね、そのときの土遠って？　また土遠というならそのあと、地霧さんと私に対して、副長としての気合いを入れるほどしゃんとしていたし。ましてそのあと戦闘艦橋に籠城《ろうじょう》したときも、金奏は私の問いにやたら元気よく答えてくれたし、金奏の可愛らしく跳ねるポニーテイルも檸檬《れもん》色のキレイな瞳も、出航前なり異変前なりと変わらない感じだった。金奏は素直に私を元気付ける為《ため》そうした演技をしてくれたんだろうけど……その金奏の優しさは裏目に出てしまっている。というのも、艦橋の悪魔によってお腹に風穴を開けられた『事実』をすっかり忘れてしまっているから。要するにそれは悪魔の演技でもあれば、土遠と金奏の演技でもあったから。私がもう少し冷静だったなら、『オイあの深手はどうなったんだよッ!!』なんて、ヒトっぽいツッコミを入れたくなっていたと思うよ……

あと、その金奏について言えば。

聖水の設定が緩《ゆる》かった。

〈蠅の少女〉との戦いで、あるいは木絵の祓魔式《エクソルチスムス》で、私達はとにかくたくさんの聖水を使った。特に、なんと陛下その御方《おんかた》に聖別された聖水を使った。ここで、私ごときが聖別した聖水だって、エレベータの悪魔なるものに大きなダメージを与えることができていた。まして陛下の聖別なさった聖水なら、悪魔はもちろん私達だってただじゃあすまないよ。ビリビリくるなんてもんじゃない。だって金奏自身が言っていたもの、『日香里の聖別した聖水なんかには眷族《けんぞく》の私でも触れたくないよ』って。だのにその金奏は、私の聖水入り万年筆に聖水を補充してくれるとき、陛下の聖水が手に飛んだのに何のリアクションも見せてない。私もそのとき飛沫《しぶき》の飛んだその万年筆に触れたけど、何の脅威も感じてない——そもそも金奏が『私の万年筆には聖水が入っている』なんて知る機会はなかったのも気になるところ。あの地霧さんさえ知らなかったしね。おまけに日香里に至っては祓魔式《エクソルチスムス》のとき、なんと陛下の聖水を口に含んで、木絵に激しいキスをしながらそれを木絵の喉に流し込んでいたけれど、それがほんとうに陛下の聖水なら、そんなことしようとも思わないはず。これだけでも、『金奏が誇っていた陛下の聖水はフェイクだ』って疑うに足りる著しい理由があるけれど、もっとあからさまな駄目押しもある。だって私達、〈蠅の少女〉による汚染《コンタミ》対策として、なんと現場である第1留置室で、水垢離《みずごり》のように、水行《みずぎょう》のように、ううんぶっちゃけ水遊びのように、陛下の聖水シャワーを染《あ》びたんだもんね。そして思わぬレクリエーションに、誰もが童心に帰ったみたく嬉しがっていた。私も気持ちよさとよろこびとを感じた……それって陛下の聖水のはずなのに!! 日香里の聖水に触れても危険なのに、陛下の聖水で全身まるごと水遊びしたらどうなることか!! というか、それ素直にただの水だよね。それはそうだよ。〈蠅の少女〉なんていないんだもの。すべてお芝居なんだもの。お芝居に真剣を使って大立ち回りをしたらただじゃあすまない。だから金奏は真水を使った。けれど、せめて日香里が、ううん自分が聖別した聖水くらいにはするべきだった……

——これまでの議論で、土遠も金奏も日香里の共犯だってことが、少なくとも私の物語X2では確定しているけど……そういった些細《ささい》な演技ミスの積み重ねも、日香里の物語X1がフェイクで、私の物語X2が現実だってことを、裏書きしてくれている」

「その意味において、土遠と金奏も共演者だったと？」

「もちろん。そうでなければ艦橋での戦闘の際、『どうして日香里は自分の〈太陽の炎〉を使って大剣を自分で創り出さないんだろう？』と疑問を感じたはずだし、ううんそもそも『どうして蝿娘は宙を舞っているのに、日香里は自分の羽を出して飛ばないんだろう？』と疑問を感じたはずだよ。日香里は百戦錬磨《ひやくせんれんま》の猛将、歴戦の古強者《ふるつわもの》、聖書にもある大戦《おおいくさ》の英雄なんだから。まして、自分にしか使えないような、天秤《てんびん》とともに日香里を象徴するあのすさまじい大剣を用いるんだから。その大剣を、何も金奏たちに命じて創らせることはない。自分の〈太陽の炎〉を使って創り出すのがいちばん確実でいちばん安全だよ。だってあれものすごい重さだものね、私達青い血の眷族にとってさえ。私だったら持ち上げることもできないほど……ところがその日香里といえば、自分で自分の大剣を創り出そうともしなければ、なんと私達のシンボルともいっていい、羽を出して飛ぶことさえしない。そう、飛ばないどころか羽を出すそぶりさえ見せない。艦橋で何らかの異常があり、だから艦橋にいた火梨に何らかの異変があったと想定されるのに、その艦橋へ疾駆《しつく》する艦長は、何故かヒトの如く駆けるだけで、絶対に羽を出して飛ぼうとはしない。ちなみに〈蝿の少女〉との最終戦でもそう。決定的な武器となったダンビラを創り出したのは土遠と金奏で、またもや日香里は超常の力を発揮することが全く無かった。

それはもちろん——」

「僕が既にヒトとなっていたから」

「でもあるし、かつ、そのことを土遠も金奏も熟知していたから。だからこそ青い血の眷族であれば誰もが不思議に思うことを、何の違和感も疑問もしめさず、日香里の命ずるまま実行した。あの艦橋における『戦闘』からだけでも、土遠と金奏が観客側ではなく、演者側だったことが解る。そして、木絵と水緒が女優であったことは、私の物語X2においてもう確実。とすると。

結局の所、演者側というのは――日香里、木絵、水緒、土遠、金奏。

観客側というのは――途中までは地霧さんと私で、途中からは私だけ。

残る火梨は真っ先に殺されてしまっている。これで〈バシリカ〉の使徒八名はそろう。

――この意味においても、私の物語X2はやっぱりXXなんだよ。等しく〈バシリカ〉の使徒でありながら、女優たち演者側と、観客たる私との二重構造になっているんだよ。

だから、詰まる所。

日香里の物語X1における『バシリカ防衛戦』とは、私の物語X2においては、『私独りを観客とする、火梨殺し・地霧さん殺しのためのお芝居』だよ。私に言わせれば、生き残った総員が犯罪者である、私の瞳《め》を眩《くら》ますための舞台だよ……もっとも、私が思うに、火梨と地霧さんの出方によっては、私同様、両者とも殺されずにすんだかも知れないけど。けれど結局どちらも殺されちゃったってことは、どちらも私と違って、〈バシリカ〉の来るべき運命と日香里の決断には、ハッキリと拒絶の意志をしめしたんだろうなと思う」

「成程《なるほど》、今月夜《いま》は〈バシリカ〉の悪魔なるものが」日香里がいった。「実は木絵と水緒だった――との証明を出したけれど、仮にそれが真実だとして、はたして『バシリカに悪魔などいなかった』『バシリカが実際に悪魔によって襲撃されたことはない』と断言できるだろうか？

というのも、月夜の証明を受け容れるとしたところで。

武官であり、当艦では僕に次ぐ武力を誇ったあの火梨が、何故ああもアッサリ殺されてしまったのか。それには大きな疑問が残るよ。いやそもそも何故僕らが——そう究極の所は月夜独りのために、かくも迂遠《うえん》で壮大な舞台を演じなければならなかったのか。それは全然未解明のままだね。ならば、そんな奇々怪々《ききかいかい》で摩訶《まか》不思議な物語X2よりも、僕の物語X1の方が遥《はる》かに単純明快で説得的じゃないか？　天国だって聖座だって枢機卿団だってそう考えるんじゃないか？　月夜の議論は、あまりに論理性を重視した観念の遊びじゃないか？　僕の物語X1は、月夜自身も含む総員の目撃に立脚している。月夜の物語X2は、月夜独りの観念に浮遊している。なら月夜の物語X2が正解で真実で……それを確定させるのが正義だと、月夜は断言できるかい？　論理的な整合性は、現実的な説得性に一歩譲《ゆず》るとは思わないかい？　ひょっとしたら、月夜の物語X2こそが、月夜の愛読するというミステリ紛《まが》いの『殺人パズル』で、だから現実と正義とを無視した不謹慎《ふきんしん》な遊戯だとは思わないかい？」

「ううん、全然思わない」

「おや、また何故だい？」

「現実を騙《かた》る、物語X1の基盤そのものが誤りだから」

「というと？」

「物語X1によれば、私達は地獄の〈悪しき者〉に襲撃されたんだよね？」

「まさしく」

「日香里は旧世代の眷族で、だから実際に〈悪しき者〉と接触しているんだよね？」

「そのとおり」

「あの〈地獄の蠅〉とも幾度も幾度も戦ったんだよね？」

「それもそう」

「だったら日香里は、脚本の基盤から間違えているよ」

「それはどうして？」

「だって、日香里が演技をしていなかったのなら、真剣にあの〈地獄の蠅〉と戦っていたのなら、勝負はただの一瞬で付いたはずだもの――もちろん日香里の勝ちで、アッサリと」

「僕には意味が解らないよ、月夜」

「嘘はよくない。たとえヒトであっても。

――あの祓魔式《エクソルチスムス》のとき。木絵の躯から〈地獄の蠅〉を追い出す云々《うんぬん》のとき。日香里自身がいっていた。〈地獄の蠅〉に『汝の名を名乗れ《ディカスミキノメントウス》』と問うた直後にいっていた……『といって腐れ縁だ、あまりに形式的な問いだったな』『儀式としては自認させることも肝《キモ》なんだが、まあ、べつにいい』って。

これ、どう聴いても、日香里はあの蠅の少女の名前を知っているとしかとれないよ。

そしてあの蠅の少女の名前を知っているのなら、それとの戦いは一瞬で終わる。少なくとも一〇秒程度で終わる。何故と言って」

「……まさか、あんな失言を憶えていたとは」日香里は艦長席で天を仰いだ。「それ以降、幾度か知らないフリを続け、知らないことを断言してもきたんだが」

「何故と言って、日香里は〈塵の指輪〉を持っているんだもの。その〈塵の指輪〉を使うなんてカンタン過ぎること。目視＋指名＋命令の発動条件を揃《そろ》えればいいだけ。だから勝負は一〇秒程度で終わる――もちろん日香里の勝ちで、アッサリと。だからそもそも、『バシリカ防衛戦』なんかが成立する余地が無い。それが日香里の脚本の、基盤からの間違い。日香里の脚本は、もう基盤から崩壊している。もっとも、ホントに指輪を使おうとしても絶対に使えはしなかったけれど……だって、指名の問題をどうにか誤魔化《ごまか》すとして、ホントの本気で指輪を稼動《かどう》させるなら、あのとき悪魔を演じていた木絵が塵化しちゃうもの……

また、この脚本の基盤からの間違いあるいは崩壊は、悪魔の側からも表現できる。

すなわち——例えば第1留置室の監獄にいた悪魔は、そう土遠の献身的な犠牲で『殺される』直前の悪魔は、木絵の〈塵の指輪〉を嵌《は》めていた。成程《なるほど》このとき悪魔は地霧さんを〈塵の指輪〉で遠隔殺害したと主張していたんだから、日香里の物語X1においては、それがフェイクである理由が無い。実際にも日香里は、当該《とうがい》悪魔が『死んだ』のち、その指輪を含む所有者不在となった〈塵の指輪〉4について、『僕がこの制服の内に入れている、今も肌身離してはいない』と断言している。当然、日香里はそれが真の指輪であることを前提としている。

それなら。

今度はこの『バシリカ防衛戦』、悪魔のあっという暇《ま》の、あざやかな逆転勝利で終わるよ。やっぱりもう『バシリカ防衛戦』なんて成立しない

「どうして」

「だって日香里、宿敵〈蝿の少女〉は今や塵の指輪を手に入れたんだよ？　そして〈蝿の少女〉は木絵を悪魔に堕《お》とし意のままにできたはずなんだから、私達総員の名前だって、そう顔と名前を一致させながら教えてもらえるよ、今や仲間である木絵に。なら〈蝿の少女〉がバシリカを強奪し終えるためにすべきことはひとつ——塵の指輪を使って私達総員を塵化するだけ。あのときは五対一という設定だったから、幾許《いくばく》か余計な時間は掛かるだろうけど、どのみち五名全てについて、目視＋指名＋命令の発動条件を揃えればいい。それだけで私達は全滅し、〈蝿の少女〉はバシリカを完全占領できる」

「月夜、忘れてはいけないよ、〈塵の指輪〉には相互確証破壊があるんだ。たとえ〈地獄の蝿〉が僕らの名を、顔と名前を一致させる態様で知ったとして、自分もまた塵化されるようなそんなリスクを冒すかい？」

「あれ？　でも日香里はそのとき、〈蝿の少女〉の名前を知らないって設定だったよね？

日香里の物語X1においてそれは真実だし……それを離れても、さっき日香里が思わず悔やんだと

ころによれば、〈蝿の少女〉の名前を『知らないフリを続け』『知らないことを断言してもきた』んだよね？　詰まる所、日香里の主張したい物語Ｘ１においても舞台を下りるべき今現在の現実においても、設定として、日香里は当時〈蝿の少女〉の名前を知らない、そうでなければ脚本の基盤が崩壊するんだよね？」

「……成程《なるほど》、そうなってしまうね」

「日香里も知らない。まして新世代であり、悪魔との接触が一切無かった私達は知らない。

ならば相互確証破壊も何も無い。あるのは一方的な虐殺。ならあのとき〈蝿の少女〉が塵の指輪を使える状態にあったことは、『バシリカ防衛戦』なる脚本を基盤から崩壊させる」

「なるほど、あっは、まさにそのとおりだ……」

「ううん日香里、まだこの脚本の、基盤からの間違いはある。幾つも幾つもある。

例えば、艦橋を襲った〈蝿の少女〉は、火梨を斬首して殺したといった。これも駄目。地獄からバシリカを強奪にやってきた〈蝿の少女〉が火梨を襲撃したというのなら、火梨を殺すはずがない、絶対にそんなことはしない」

「……それも何故？」

「木絵の『実例』がある。また私達は誰もが教区の学校で学ぶ。悪魔は私達を悪魔に堕とせる。私達を強姦することによって私達を仲間にできる。そのとき私達はまさに悪魔として、よろこんで悪魔としての行動をとる。

だったら。

〈蝿の少女〉は真っ先に火梨を強姦するはずだよ、まさか殺しはしない。そして火梨が強姦され、火梨が悪魔に堕とされたなら……脚本は終わる。だって火梨は〈バシリカ〉の軍事委員だもの。なかんずくバシリカの〈最終兵器〉に関するあらゆる権限を一手に担っていたんだもの。そう、私達にとって常識だけど、〈最終兵器〉の管制システムは、火梨が火梨の承認コードによってのみ稼動《かどう》させることができた……〈最終兵器〉に関する命令は、火梨が生きているかぎり火梨にしかできなかった。これは天国において、バシリカ出航前に設定されたことだから、日香里の物語X1においても私の物語X2においても当然の前提だよ。

なら。

これを裏から言えば。

〈蝿の少女〉が私達の情報を獲《え》ようと、あるいは私達のなかにスパイを布石しようと、そうした動機で取り敢えず火梨を強姦した時点で――『バシリカ防衛戦』なんてものは成立しなくなる。それはそう。だってその時点で、今の地球にいる悪魔をまるごと一掃し、それどころかソドムとゴモラを幾億たびも塵《ちり》にでき、だから天国すら全滅させることができる〈最終兵器〉は、承認コードも防壁も何も関係無く、〈蝿の少女〉のものとなってしまうはずだから。けれど〈蝿の少女〉はそれをしていない。火梨を強姦してはいない。火梨をただ斬首し虐殺しているだけ――そしてそれはどこまでも、『バシリカ防衛戦』なる舞台を成立させるためで、それだけ。舞台を成立させるため整合性をとれなかったからで、それだけ……

端的《たんてき》には、『純然たる火梨殺し』なる要素ひとつだけで、日香里の物語X1は基盤から崩壊する。『純然たる火梨殺し』が発生した時点で、日香里の物語X1は現実にはありえなくなる。リアルの基盤を徹底して欠く」

「月夜が今、そこまで解っているというのなら。

僕が他にどんな脚本ミスを悔やんでいるかも、きっと先刻御承知《せんこくごしょうち》なんだろうね……」

「そうだね日香里、基盤からの間違いは、まだ幾つも幾つもあるから。

例えば、木絵の演技過剰。特に、私をエレベータで襲撃したときの演技過剰。『悪魔』は必ず思念で喋っていたから、たぶん傍受できたし、きっと傍受していたと思うけど——私をエレベータで襲撃した〈蠅の少女〉はこう断言していたわ。自分は〈バシリカ〉に乗ってから数分未満だと。数分未満しか〈バシリカ〉を実査《じっさ》していないと。なら電算機の防壁を破ってそれに侵入する時間もなければ、バシリカの使徒から隠密理《おんみつり》に情報収集をする時間もなかった。にもかかわらず、やっぱり〈蠅の少女〉はこう断言していた。悪しき者の領域に、この〈バシリカ〉単艦で殴り込みだなんてまた舐められたものだと。月夜ちゃんたらやだもうと。

……変だよね。日香里が悔やむわけだよ。

だって私達は、〈大喪失〉でかつての地球を追われてから、幾万年また幾万年と、天国の全ての門を固く閉ざして籠城戦《ろうじょうせん》を戦ってきたんだもの。私達新世代は、かつての地球を知らなければ悪魔も知らず、また天国の外そのものを知らないもの。裏から言えば、天国の外にいる悪魔たちが、その全ての門を固く閉ざした天国の内部事情を知る術《すべ》はない。絶対にない。そんなことができたときは、天国の門が破られたとき。だから天国が終わるとき。けれど天国は終わってはいない。悪魔の侵攻を許してもいない。私達の〈バシリカ〉が天国の正門を通過するまで、一切その門を開けたことなんてない——だから木絵の熱演は演技過剰だよ。地獄からきた〈蠅の少女〉が私の名前を知っているはずもないし、この巨艦の艦名を知っているはずもないし、ましてや私達の軍勢が実はこの巨艦単艦だってこと、知っているはずもないんだから。ちなみに『私の名前を知っている』ということが前提なら、火梨の名前も職務も知っているはずで、これまた『何故火梨を強姦して〈最終兵器〉を手に入れなかったのか？』という設定ミスに直結する。またちなみに、木絵はこのとき、悪魔だって『望むなら気体にだって液体にだってなれる』なんて余計な断言をしちゃったけれど……それなら何故、日香里に袈裟懸《けさが》けにされてボロボロになったときや、土遠ごと聖油を染《あ》びせられ火を着けられたときに、すぐ気体になって逃げなかったのかな、小さな蠅の群れになるよりは気体の方が便利なのにな、っていうツッコミを招いちゃうよ。

……同様に、日香里はこれも悔やんだろうな、と思うのは。

〈蝿の少女〉の血が青いことだよ。

これは旧世代の日香里なら直ちに気付いた設定ミスだから、新世代の女優たちがキチンと設定を詰め切れていなかったんだろうなあとは思うけど……新世代の女優たちが舞台装置を整えて舞台を開始してしまってから、だから観客の私にそれを見せ付けてから、日香里がその設定ミスを発見して、さぞかし悔やんだんだろうなあとは思うけど……

そう言う私も新世代。だから悪魔と接触したことがない。

まして悪魔の血の色なんて知らないわ。

――けれど確実に言えるのは、それは絶対に青じゃない、ってこと。

だってそうだよね。

教区の学校で誰もが学ぶ、〈大喪失〉におけるあの悲壮な撤退戦。日香里は救国の英雄として、そこで八面六臂《はちめんろっぴ》の大活躍をした。日香里はそのとき、染みひとつ無いとろけるように真白《ましろ》い肌を、日香里自身の青い血と悪しき者らの体液とで、それはもうどろどろの、ぐちょぐちょの、べちゃべちゃの――まあ壮絶なものとしていたとか。そしてそれについては、日香里自身も私に語ってくれたよね。ほんとうの英雄、ほんとうの最大武功者は実は自分じゃないんだと謙遜《けんそん》する文脈で、実際の所、『僕はと言えば、そのとき奴等《やつら》の返り血で顔も躯《からだ》もどろどろにしていたんで、仲間に奴等と間違えられたりして、そりゃもう斬りかかられるわ殴りかかられるわ……』云々《うんぬん》で大変だったと
「ああ、其処《そこ》で気付いたか、成程《なるほど》」

「奴等＝悪魔の血が青いなら、そう私達と一緒だというんなら、その返り血でどろどろになっていたとしても、日香里が悪魔と間違えられるなんてことはあり得ないよ。だってそのときはどのみち青一

色だもの。敵味方の区別なんてできないもの。奴等＝悪魔の返り血に染まっていることで、青い血の眷族じゃないと誤解され攻撃までされるっていうんなら、どう考えても奴等＝悪魔の血は青くはない。

けれど……

バシリカを蹂躙《じゅうりん》したとされる〈蠅の少女〉の血は、エレベータでも、艦橋でも、艦橋前廊下でも、第1留置室の監獄でもすべて青かった。なら〈蠅の少女〉はホンモノの悪魔じゃない。そして旧世代の英雄である日香里は絶対にそれに気付いた。にもかかわらず日香里は何も言わない、何も疑問を呈さない、そのまま悪魔との『バシリカ防衛戦』を戦い抜こうとしている――女優でなければ、あるいは舞台監督でなければ、そんな態度も言動もあり得ないよ。

あとは、些末《さまつ》なことだけど、〈蠅の少女〉の出すあるいは変化する蠅の群れなり蛆《うじ》の群れなりが、私達の躯にただ衝突《ぶつか》ったり嫌がらせをしたりするだけで、それ自身は何の毒性も発揮していないのは絶対に変。だって、教区の学校で誰もが学ぶとおり、〈悪しき者〉の躯はこれすべて私達にとって猛毒のはず。いつか日香里が『警告』してくれていたとおり。そう『体液であろうと蠅・蛆であろうと猛毒』のはず。けれどそれが物理的な攻撃にしかなっていないっていうことは、そもそも当該蠅だの当該蛆だのは、悪魔の出したものでも悪魔そのものでも何でも無いってことだよ。

かくていいよいよ、『蠅の少女は青い血の眷族による演技だ』という証明が駄目押しされる。といって、私思うにそれは、もう充分に証明され終えたことではあるけど……

そうだよね、木絵、土遠？」

――その刹那《せつな》。

日香里の座す緋《ひ》の艦長席のほど近くで、一陣の風が、ううん一陣の光が舞い。

その光はたちまち、今は懐かしいとすら思える、『死者』の姿をとってゆく――

そうだ。

木絵が死んでいるなんてあり得ない。

もしそうだったら親友の水緒が、絶対に、真っ先にお葬《とむら》いの実行を訴える。

だから地霧さんはいつか、仮眠の部屋割りとか今後の行動計画を提案しながら、『水緒、あなた私の立てた計画、私の組んだスケジュールに異論はない？』なんて粘着的な確認をした……

——そしてやはり、一陣の光が、とうとうヒトの似姿《にすがた》をとる。『死者』の姿をとる。

「はあ、ふう……」

「木絵」私はいった。「これだけの時間姿を消しているの、大変だったよね……」

「いいダイエットにはなったわ～……はあ、ふう」

「けれど私も、もうグロッキーで限界に近いよ……今の議論に集中し過ぎたのももちろんあるけど、私達が第3デッキに『籠城』を開始してからずっと続く、この異常なガス欠状態は……欠片《かけら》とはいえ〈太陽の炎〉を食べてはいるのに、食事量一〇％とはいえキチンと配給は受けていたのに、ましてそれなりの睡眠まで摂ったはずなのに……まるでずっと絶食を強いられてきたような、ううん、それ以上の不可解な飢餓感で疲労困憊《こんぱい》なのは……

きっと、金奏がそうしたんだよね？」

「……ゴメン、月夜」金奏がいった。「まさしく私の所為《せい》。私達が艦の大部分を『放棄』して戦闘艦橋に司令部を移設したときから、私が月夜の〈太陽の炎〉の総量をコントロールしていたんだ。月夜に配給していた欠片《かけら》だけは、内務省の開発した特殊なもの……って、もうとっくに解っちゃっていると思うけど。月夜の分だけは、色調だけを見ても、神秘的な深い琥珀《こはく》どころか、飲まずにずっと放置して濁っちゃったお茶みたいな感じだったし。ともかくホント御免《ごめん》。今は謝る言葉もないよ。まして言い訳もない」

「それを実行したのは金奏だが」日香里がいった。「それは無論、舞台監督だった僕の下命《かめい》による。

だから月夜をずっと危機的状態のままにして、その思考能力も行動能力も——まして僕らの常識だが——自然治癒能力すら低下させたまま、望むように統制し誘導しようと考えたのはこの僕だ。その理由の一例を挙げれば、土遠が提案したあのダンビラ。月夜の状態がノーマルなガス欠にとどまっていれば、提案どおりマジメに巨大で重いダンビラ創りに励《はげ》みかねない。そんなものを創られては僕が取り扱えない。他の一例を挙げれば、あの木絵を殺した祓魔式《エクソルチスムス》。見掛けそのままにマジメに悪魔を殺そうとされては、火事場の何とやらで木絵がほんとうに死んでしまうかも知れない。もちろん総論としては、『バシリカの飢餓状態』を真実のものと確信してもらうためだし、かつて地霧としたような『捜査活動』に励む余力を徹底的に奪うためだが。どのみち僕は卑劣にも、月夜の判断能力にすら影響を与え、舞台を僕らの希望どおり進行させようとした。また……いよいよ月夜には、火梨や地霧になってほしくはないと身勝手に望んだ。こんな言い方がまだ許されるなら、せめて最後に残った月夜だけは殺したくないと、そう願って。

金奏がそれを実行したのは、僕らのなかの……いや君らのなかの〈太陽の炎〉の総量を意のままにコントロールするコツとノウハウを持っているのが、天国では内務省だけだったからで、ほんとうにそれだけだ。そして事ここに至って、月夜を聖座の拷問《ごうもん》科学で苦しめておく必要などありはしない。

——金奏、すまないが僕以外の総員に今一度〈太陽の炎〉を。その上で、月夜の状態をもとどおりに。そしてできるなら、僕にはさっきのワインを頼む」

「了解っ」

「か、金奏〜、ともかく〈太陽の炎〉を……はやく〜!!」

「木絵は我慢が足りないよ。月夜なんてその幾倍また幾倍の飢餓感を感じているんだから」

「……けれど金奏〜、水緒〜。私あれほど言ったでしょ〜、月夜を舐めたら駄目だって〜。月夜は禁書図書館のミステリを読み漁《あさ》るほどだから〜、一手《いって》の指し間違いがもう命獲《いのちと》りだって〜、可愛い顔して意外に執拗《しつよう》で粘着的でひょっとしたら嫌味な性格だからって〜。私ちゃあんと警告しておいたでしょ〜ねえ水緒〜？」

「どの口が。ぶっちゃけあなたのミスがほとんどじゃないのよ木絵、何を今更だわ」

「ともかくも!!」

ぱん!!

艦長席の日香里は大きく手を拍《う》ち、そして立ち上がった。

それは私には、日香里が舞台監督を務めたお芝居の、終幕を告げるものにも思えた。

——そして日香里は率先して、金奏がすぐに用意したグラスを掲げる。私達も続く。

「まさしく何を今更だ。

月夜、そして皆。

僕らは今こそ〈バシリカ計画〉の実態について、すべての演技を止めて語り合うときを迎えた——

火梨と地霧の尊い犠牲に報いる為《ため》にも、だ」

Ⅳ

「——ねえ日香里、土遠は？

木絵は現れてくれたのに、やっぱり生きているはずの土遠が現れないけれど」

「土遠は僕の副長にして機関長だ。そしてじき、因縁《いんねん》の『帰還限界点』を迎える。だから土遠には重要な責務がある……

まして土遠は僕の保険でもある。土遠が艦橋に現れないことには、理由がある。

——無論、月夜が見破ったように土遠は生きている。その点は安心してくれ」

「なら土遠は、『帰還限界点』を前に、いよいよ〈バシリカ〉を……!!」

「それも月夜は見破っていたね。詩的に言えば、僕らが何処《どこ》から来て何処《どこ》へゆくのかを」日香里は再び自らの艦長席に座した。それは決意だった。「まして月夜は既に、叛乱と革命なる言葉まで用いた。ならばその月夜に〈バシリカ計画〉のイロハを教えるなど烏滸《おこ》の極み、まさしく何を今更だ。けれど。

僕らが……僕が火梨と地霧にしたように。

〈バシリカ計画〉の実態を説き、それに対する判断を訊き、どうにか僕の計画に賛同してくれるよう説得をするのは、叛乱と革命の首魁《しゅかい》たる僕の任務であり義務だろう。そして今《いま》し方《がた》断言したように、事ここに至って隠す何事《なにごと》も無ければ、事ここに至って新たなそして最後の罪を重ねたくはない。ゆえに、月夜が何を何処《どこ》まで知っていようと、僕は月夜に、火梨と地霧にしたと同様の説明をする責任がある。そしてどこまでも、月夜の自由意思による判断を聴く必要がある。

そう、今こそ演技を止め、真摯《しんし》に、真剣に語り合うときだ。

その結果が……その結果がこれまでと異なることを願ってやまない」

「日香里お願い……どうか……天国三〇万の民草《たみぐさ》のため、天国一、〇〇〇万人の木偶《でく》うらんヒトのため、そして何より日香里を誰より信頼している私達の陛下のため……

天国に攻め入るだなんて、そんな恐ろしいことは。

〈最終兵器〉を以《もっ》て天国を再征服しようなんてそんな恐ろしいことは……ああ日香里!!」

「……すべては天国の、聖座《せいざ》の、枢機卿団の退廃《たいはい》と退嬰《たいえい》、そして腐敗に端《たん》を発している。

月夜。

月夜が知らされている、天国公認の〈バシリカ計画〉の概要。ここでそれをもう一度纏《まと》めてはくれないか？」

「う、うんそれはいいけど。それは当然、仲間の誰もが知っている内容になっちゃうけど。

——あの悲劇的な〈大喪失〉以来、天国は戦時下にあり、まして悪しき者に包囲され、まったき闇のなかにある。そうやって、悪しき者らに太陽の恵みを奪われてしまったから、今の天国では本来、〈太陽の炎〉の供給ができない。また、悪しき者らに地球をも奪われてしまったから、科学的に〈太陽の炎〉を精錬《せいれん》できる、善なるヒトの魂も上《のぼ》ってはこなくなった。私達は幾万年また幾万年とただ天国のなかに閉じ込められ、私達の超常の力と命のみなもとである〈太陽の炎〉を、慢性的に欠乏させている。私達は、籠城戦《ろうじょうせん》と耐乏生活とで逼迫《ひっぱく》してながい。その悪影響は、既に平民階級《プレブス》を、天国の民とは思えないほどの困窮に陥《おとしい》れている……

この窮状《きゅうじょう》をどうにか救っているのは、自らが新たな太陽となってくださった先帝陛下の尊い自己犠牲だけれど、だからどうにか天国三〇万の民草《たみぐさ》は最低限必要な〈太陽の炎〉を確保できてはいるけれど、あまりに長期化した戦時体制によって、その忍耐と献身ももう限界に達しつつある。また、そんな天国では権力と財と木偶《でく》、そしてもちろん〈太陽の炎〉を、総員の一％にも満たない枢機卿団その他の最上位階級が寡占《かせん》してしまっている。だから特権階級に対する反感と怨嗟《えんさ》も、無視できない水準に達している。

そしてとうとう、『たったひとつの意志を持ち、たったひとつの動きをする』はずの、そう既に真・善・美を顕現《けんげん》させ完成させたはずの天国において、なんと〈過激派〉なる叛乱分子《はんらんぶんし》までが台頭《たいとう》してきた。

——この閉塞《へいそく》状況を打破し、天国を救う。

具体的には、〈大喪失〉によって悪しき者らに強奪された地球の再征服《レコンキスタ》を果たし、太陽の恵みと善なるヒトの魂とを再び確保する。もって〈太陽の炎〉の慢性的な欠乏状態を解消し、天国三〇万の民草を救う。無論それを恒常化《こうじょうか》するため、再征服なった地球の文明と文化とを再興し、再建し、いまいちど私達天国の民が、ヒトを真・善・美へと導く。

そのためにこそ史上最大の軍艦にして方舟《はこぶね》、この〈バシリカ〉は建艦された」

「そうだったね。それが月夜に教えられている〈バシリカ計画〉の内容だ。そして無論、僕であろうと土遠であろうと〈バシリカ〉の使徒の誰であろうと、それ以外のいやそれ以上の内容はまるで知らない……こととされている。

けれど。

月夜は聴いたことがないかい？　聖座《せいふ》を構成する枢機卿団が、その〈バシリカ計画〉には当初、強烈に反対していたということを」

「うん聴いたことがある。バシリカ出航前、金奏から教わったよ」

「さかしまに、その〈バシリカ計画〉を強く希求《ききゅう》されたのが……いやそもそも御自身でそれを御発案なさったのが、今上《きんじょう》陛下であるというのは？」

「私達に指輪を賜《たまわ》った今の陛下だね、天国の二代目の陛下。うんそれも聴いているよ、やっぱり金奏から教わった――陛下は、地球を奪還して私達も地球のヒトも救いたいと強く願われた」

「当然、陛下と枢機卿団の意志は真逆のもの。といって僕も枢機卿ゆえ、破廉恥《はれんち》にも他者事《たにんごと》のような批評などできはしないが……とまれ、枢機卿団は、僕をのぞく五名の枢機卿らは、地球の再征服《レコンキスタ》にも、バシリカの建艦にも、最終兵器の開発にも、バシリカの使徒に〈塵の指輪〉を与えることにも、すべてことごとく反対した。今現在の天国には、それを可能にする〈太陽の炎〉が無いと反論して。だから、今現在の天国にはそんな国力などありはしないと反論して。そしてそれは強《あなが》ち虚偽ではない。僕らがとうとう出航さえした今日この日においても、特に平民《プレブス》が塗炭《とたん》の苦しみを舐めていることに疑いはない。ただでさえ〈太陽の炎〉の慢性的な欠乏状態にあったのに、史上最大の軍艦・方舟《はこぶね》の建造と地球の再建などという、これまた史上最大の大動員、史上最大の公共事業がなされたのだから当然だ」

「けれど、やっぱり内務省の金奏から聴いたところだと、帝陛下は何故か頑《がん》として聖旨《せいし》をお曲げにならなかったんだよね？　なんでも、〈バシリカ計画〉が実現できなければ直ちに譲位《じょうい》なさる——とまで断言なさるほど、その、まあ、異常なまでの情熱をお示しになったとか。そして塗炭《とたん》の苦しみを味わうことになった平民《プレブス》は、けれどむしろ〈バシリカ計画〉を熱狂的に支持した。太陽の恵みと地球を奪還するという、幾万年ぶりの大攻勢を、歓呼《かんこ》と発奮《はっぷん》とで支持した」

「ありがとう金奏」日香里は金奏に微笑した。「折々で、月夜に必要な情報を与えておいてくれて。そのあたりの機微《きび》は、内務省警察官ならではだね」

「なかなかホントのことが言えずに苦しかったし、月夜には申し訳なかったけどね……はたまた逆に、突然の大声というか突然の思念を『無理矢理盗み聴き』させたりして、意外に鋭い……じゃなかったゴメン……事前予想を遥《はる》かに超えるほど鋭い月夜に、いろいろ考えるデータを『投げ込んだり』もした。火梨との大喧嘩《おおげんか》の思念なんて、きっとすごく吃驚《びっくり》したよね、重ねてゴメン!!」

（そういえば、航程第二日目に金奏を訪ねようとしたとき、そんな一幕もあったわ）

「それじゃあ月夜、これも確認だが」日香里が続ける。「陛下の聖旨《せいし》にすべて、ことごとく反対し反論を重ねていた枢機卿団が、俄《にわか》にその態度を豹変《ひょうへん》させ、突如として〈バシリカ計画〉賛同派に一斉転向《てんこう》しましてや私有木偶《でく》をも供出するなどして、積極的にその実現を試み始めた。陛下に対し、やにわに全面協力を申し出た——このことは知っている？」

「うんそれも知っている。ただその理由は金奏も誰も教えてはくれなかったし、私みたいなヒラ司教には到底、解らないことだけど……」

……そうだ、金奏はいっていた。既得権益に充ち満ちた、最上位階級者のなかの更に特権階級者である枢機卿団としては、極論、自分達の安泰《あんたい》が図れればそれでいい。平民《プレブス》が〈太陽の炎〉不足に苦しもうと、戦時下の籠城生活で疲弊《ひへい》しようと、木偶《でく》すら使えない労働に喘《あえ》ごうと関係ない。〈大喪失〉のとき天国を防衛した英雄たる自分達は〈太陽の炎〉を配分する側だし、耐乏生活を強いる側だし、私有木偶《でく》をいくらでも持てる側だから。端的《たんてき》には、『平民《プレブス》は死ね、旧世代はお大事に』。だから平民《プレブス》が塗炭の苦しみを味わっているのに、平民《プレブス》なんて木偶《でく》のひとりも所有できはしないのに、『狩猟用木偶《でく》』『闘技用木偶《でく》』果ては『飼い猫用木偶《でく》』なんてものまで所有している。それが今の聖座を構成する枢機卿団だ――他の枢機卿に嫉妬され疎《うと》んじられ不遇《ふぐう》をかこっている日香里は、そうじゃないみたいだけど。

（そんな枢機卿団にとっては、確かに〈バシリカ計画〉なんて意味が無い）

今の枢機卿団にとっては……枢機卿団だけにとっては、天国はすっかり安定している。あの〈大喪失〉でもとうとう陥落《かんらく》しなかった、難攻不落《なんこうふらく》の天国に籠城するかぎり、悪しき者の侵攻を恐れる必要も無い。となれば、わざわざ天国から『最新鋭の超ノ級戦艦で殴り込みを掛ける』『幾万年前に奪われた領土をいまさら奪還しにゆく』まして『経緯はともあれ幾万年前に免除された、ヒトを導くだなんて厄介で面倒な使命を、またぞろ担いにゆく』だなんて、枢機卿団にとっては沙汰《さた》の限《かぎ》り……

（木偶《でく》を、だから元々私達の眷族だったのにヒトに堕とされた者を、ノーマルな奴隷として数多《あまた》所有するばかりか、狩猟用だの闘技用だのペット用だのにまで仕立て上げる。そんな退廃的《たいはいてき》で退嬰的《たいえいてき》な貴族文化を幾万年また幾万年と繰り返してきた枢機卿団が、今更『地球を解放する』『ヒトを解放する』『ヒトを真・善・美に導く』なんてことに興味を有しているとは到底、思えない……）

――艦長席に凜《りん》と座す日香里は、やはり貴族的な挙措《きよそ》でワインを含んだ。そういえば、この日香里だって今はヒトだ。赤い血の流れるヒト。超常の力なく、限りある儚《はかな》い命を生きるヒト。その本質は木偶《でく》と変わりない。天国では奴隷と変わりない……ヒトに堕ちた親しい眷族を見るのは無論、初めてだ。私は今になって初めて、私達とヒト、私達と木偶《でく》の在り方を実感した。だから初めて、本質的な罪悪感を肌感覚で実感した。

　そしてその日香里はいう。

「月夜。月夜は僕の物語X1を論駁《ろんばく》し、自らの物語X2を立証したね。そしてその物語X2の重要な要素は——僕がヒトのおんなであるという意味でも、〈地獄の蠅〉が二名により演じられていたという意味でも、バシリカの使徒が実は女優と観客とに二分されていたという意味でも、成程《なるほど》XXだ。だから僕も月夜の論証に讃辞を贈りつつ、そのXXの概念を借用することとしよう。

　そう、月夜のXXという概念を用いるなら……

　この〈バシリカ計画〉そのものが壮大なXXだった。

〈バシリカ計画〉は天国のひとつの意志X、ひとつの動きXを意味するものの様《よう》でありながら、そのような外観を維持しながら、実は二重の意志、二重の動きを胎《はら》むものになっている。いわばバシリカ計画X1と、バシリカ計画X2がある。無論月夜が経験してきたとおり、これが実はXXであるということは徹底して秘匿《ひとく》されている——どこまでも月夜が知っている、月夜がさっき語ってくれたひとつの計画として公表され、推進されている。

　しかしそれはバシリカ計画X1に過ぎない。現在天国において公表され、無論僕らの陛下がその実現を希求《ききゅう》なさっているバシリカ計画X1は、実は壮大な偽装・欺騙《ぎへん》・演技に過ぎないんだ。その裏には、枢機卿団が換骨奪胎《かんこつだったい》してまるで違うものに練り上げてしまった、バシリカ計画X2がある。言い換えれば、枢機卿団は平民《プレブス》を、いや陛下その御方《おんかた》すら徹底して欺《あざむ》いている。枢機卿団以外に——正確には奴等と奴等が密命を与えた者以外に、真の〈バシリカ計画〉、バシリカ計画X2を知る者はいない。

　そしてこの巨艦はどこまでも、陛下と平民《プレブス》とが最後の願いを託した再征服《レコンキスタ》を果たすものとして、そう外観はどこまでも陛下と平民《プレブス》の希望を実現するものとして、しれっと、平然と、破廉恥《はれんち》にも一路地球を目指している……ほんとうは、地球を再建する気もヒトを導く気もありはしないのに。まして天国三〇万の民草のため、太陽の恵みと善なるヒトの魂を再びもたらす気など、微塵《みじん》もありはしないのに……」

「そ、それじゃあ」私は訊いた。「私の知らない真の〈バシリカ計画〉って何!? 陛下と平民《プレブス》の最後の願いを裏切ってまで実現したい、それでいてオモテムキの計画と外観の変わらない、そんな〈バシリカ計画X2〉っていったい何なの……!?」

「ここで月夜。月夜は無論、木偶《でく》の正体を知っているね？」

「そ、それはもちろん」

「ならそれが自然発生する種でなく、指輪によって創り出された奴隷階級であることも」

「……うん、指輪の禁秘《きんぴ》を教えられたとき知った。

木偶《でく》はヒト。ヒトに堕とされた仲間。例えば過激派とか、叛逆者《はんぎゃくしゃ》とか」

「天国の員数は？」

「えっ……もちろんトータル三〇万だよ」

「木偶《でく》の総数は？」

「もちろんトータル一、〇〇〇万人」

「もちろん、っていうのは？」

「〈大喪失〉以降、天国がどうにか復興してから、眷族の員数も木偶《でく》の総数もそれで固定化しているから。幾万年また幾万年と、それが変わることは無かったから」

「それは何故だと思う？」

「……私なんかには解らないよ。新世代だし、位階も低いし」

「実はいつか、月夜が思念にしているのを、金奏と水緒が漏れ聴いているんだが――

天国は、僕らの世界は木偶《でく》制度を基盤にしているね。木偶《でく》なくして天国は成り立たない。僕らは自ら農作業、工業生産その他の肉体労働をしないから。それを忌《い》むのが天国の貴族文化だから——そして月夜は確か、それに対して極めて辛辣《しんらつ》な批判をしていたはずだね。木偶《でく》制度について。だから奴隷制度について」

「思念が漏れちゃっていたのなら仕方ないね。こんなこと考えるのは思想犯で、だから私叛逆者《はんぎゃくしゃ》なのかも知れないけど……

率直に言って、私達の世界は、共食《ともぐ》い文明の世界だと思うよ。だって、奴隷階級である木偶《でく》の正体は、ヒトに堕とされた私達の眷族なんだもの。ヒトを真・善・美に導くのが私達の使命だったはずなのに、そんな私達がヒトを奴隷化している。ましてそのヒトを木偶《でく》と呼び木偶《でく》と位置付け、完全に自由意思を奪って物言わぬ家畜としている。知的作業はできるけれど何の自発的行動もできない、使い捨ての家畜にしている。ヒト＝木偶《でく》＝かつての眷族なんだから、これはまさに共食い文明だよ。物理的に食べてはいないだけで。同種の共食いをして社会と生活とを維持している、共食い文明そのものだよ」

「いいや、物理的に食べているんだよ」

「え」

「僕らは木偶《でく》を、だからヒトを物理的に食べている。これすなわち元の眷族を食べている。だから月夜の指摘は、何の留保も注釈もなく正確なんだ。

というのも。

——僕らの糧《かて》、僕らのあらゆる燃料である〈太陽の炎〉は、確かに太陽となってくださった先帝陛下の恵みによって精錬《せいれん》されもするが……実は今の天国は、その先帝陛下の恵みだけでは維持できなくなってしまっている。恐縮至極《きょうしゅくしごく》ではあるが、先帝陛下のおちからは確実にしかも急速に衰えつつあり、ゆえに今の天国は、〈太陽の炎〉の絶望的な欠乏に見舞われている……といってこれ、そう新しい問題でもないんだ。既に二〇万年ないし三〇万年前から、この死活的な食糧問題・エネルギー問題は発生していた。

　だからもし。

　陛下と枢機卿団とがある決断をしなかったのなら、天国は無論今以上の困窮《こんきゅう》状態に、いや飢餓状態に陥《おちい》っていたことだろう。当然、僕らが飢餓などで死に至ることはないが……ガス欠が激甚《げきじん》に過ぎる苦悶《くもん》そして最終的な機能停止をもたらすことは、月夜も経験から知ってのとおり。そのときは天国の民がこぞって生ける屍《しかばね》になり、その生ける屍たちは、死ぬことも考えることもできずにただ在り続ける、それも永遠に。

　それは既に天国じゃないね。ひょっとしたら地獄だよ。その意味で、陛下と枢機卿団の決断は不可避だった。おなじく枢機卿である僕が生《い》き証者《しょうじゃ》だから間違いない」

「そ、それじゃあ日香里、その陛下と枢機卿団のある決断っていうのは。

　さっきの日香里の言葉がホントにホントなら、まさか!!」

「僕らの常識として——善なるヒトの魂からは〈太陽の炎〉を精錬《せいれん》することができる。ところが僕らは地球を追われ、天国に閉じ込められた。あらゆる外界から隔離され遮断された。なら当然、地球の善なるヒトの魂なんて天国には上《のぼ》ってこない。また僕らの常識でもヒトの常識でもあるけれど、天国そのものにヒトはいない。いなかった。すると籠城戦《ろうじょうせん》を戦っている天国で、善なるヒトの魂を獲《え》る術《すべ》はなくなる。なら、陛下がその全知全能のお力で、ヒトを大量生産すればよいかというと……残念ながらそうはゆかない。それが先帝陛下であれ今上《きんじょう》陛下であれ、聖書にあるとおり、神がお創りになれるのはアダムとイヴ程度、すなわち精々ふたりだ。あとは自然増にお任せになるしかない。そして今《いま》し方《がた》言ったように、いまひとつの命のみなもと、太陽になってくださった先帝陛下のその恵みは、確実にしかも急速に衰えつつある……このままでは八方塞がりだ。ならば」

「閉ざされた天国内でヒトを意図的に生産し、ううん牧畜し、自然増をはかりながら、それらのヒトの魂を……食べる。すなわち私達は、ヒトを奴隷として用いるのみならず、ヒトを実際に食してもいる……」

　そして私の悪寒と直感が確かなら、その、私達の食糧たるヒトというのは」

「そうだよ月夜。

　それが天国の木偶《でく》制度の本質。

　天国は、その糧《かて》を維持するため、眷族を意図的にヒトに変え木偶《でく》に堕とし、その魂を吸い上げているんだよ。

……陛下と僕らは、木偶《でく》制度を開始するとき、無辜《むこ》の民草《たみぐさ》を数多《あまた》、木偶《でく》に堕とした。実はそのときの経験こそが〈最終兵器〉の実現に結実しているんだが。とまれ、僕らは何の罪咎《つみとが》も犯してはいない善良な天国の民を、無論それとは知らせず、いきなり木偶《でく》に堕とした。それは当然、『善なるヒトの魂』を天国内で大量生産するその為《ため》だ。

　こうした木偶《でく》たちも、こうした奴隷化行為も、一般の平民《プレブス》はおろか最上位階級者ですらそうは知りえない、天国のとある区域で極秘裡《ごくひり》に維持管理されている。そうだ。それはまさに牧畜で牧場だよ。ヒトでいうなら強制収容所だ。

　ただそうした木偶《でく》たちすべてが『善なるヒトの魂』を生んでくれる訳じゃない。そこは元々ヒトだから、善悪の別がある。また、そうした木偶《でく》たちができるだけ『善なるヒトの魂』を生んでくれるようにする為《ため》には、品種改良と品質向上が絶対に必要だ。さもなくば、元々はヒトなんだから、堕落というか劣化する一方になってしまう。そして品種改良のため投入できるのは、天国ではもちろん青い血の眷族だけ……

このような経緯とコンセプトの下《もと》、木偶《でく》制度は開始された。

ここまで説明すれば、月夜ならもう絡繰《からく》りが解ったと思うけれど。

過激派なり叛逆者なり思想犯なり異端者なり……要は何でもいい、聖座がそれと認めた対象者は、定期的に摘発され、ヒトに変えられ木偶《でく》に堕とされてその区画に輸送される。それは今は品種改良と品質向上のためだ。というのも、木偶《でく》制度を開始したとき、当該《とうがい》区画には既に一定数の木偶《でく》を確保したのでね。とまれ、新たに木偶《でく》に堕とされた異端者等も、元々当該《とうがい》区画にいた木偶《でく》たちの子孫も、といいもに魂を奪われる。定期的な収穫期に。聖座の脳科学的処置によって。木偶《でく》は何の不満も言わず何の不満も感じないのだから、これはまさに収穫だ。極論、命令ひとつで足りる。もちろん善き木偶《でく》は善き魂を生み、悪しき木偶《でく》は悪しき魂しか生まない。そして前者こそが天国の糧、〈太陽の炎〉として精錬《せいれん》されるが、どのみち最後に残るのは、どちらもヒトの姿をした抜け殻《ぬがら》……それはもう木偶《でく》としてすら使用できない抜け殻ゆえ、当該《とうがい》区画において殺処分《さつしょぶん》される。無論、それも命令ひとつで足りる。

——指輪で眷族をヒトに変える。

その脳の〈知恵の樹の実〉を脳科学的かつ遺伝的に処理し、自由意思なき木偶《でく》に堕とす。

必要数を各種生産手段の現場における労働力、あるいは特に貴族の私有奴隷とする。

必要数を一般社会から消失させて、その魂を収穫すべき家畜とする。

これが天国の木偶《でく》制度の本質なんだ、月夜」

そして。そうか。だから。だからこそ。

「天国で〈過激派〉なんてものが生まれる訳だよね。究極的には『木偶《でく》制度の廃止』のみを綱領《こうりよう》とし、陛下をも恐れずあからさまなテロ・ゲリラを——同族殺しの暴力主義的破壊活動を繰り返す〈過激派〉なんてものが。

それはきっと、木偶《でく》制度の、おぞましい本質を知ってしまったから」

「〈過激派〉の実態は、僕の検邪聖省《けんじゃせいしょう》においても金奏の内務省においても火梨の軍務省においても、未だ充分に解明されているとはいえない。だから、〈過激派〉の誰が何をどこまで知ってしまったかは確言できないが――

　同種の仲間を食糧とする……いや食糧とさせる非道をそれなりに察知していなければ、まさか同族殺しのテロ・ゲリラには踏み切らなかったろう。だが何せ、究極的には何処《どこ》の誰とて、ある日突然食糧として『失踪』するそんな非道がある。でなくとも、同種の仲間をそれと知らず食べさせられる非道がある。なら〈過激派〉各員それぞれが、あらゆる意味で直《じか》の被害者といえる。誰もが被害者にも加害者にもされてしまう。それが今の天国」

「……同種の仲間を、食糧として養殖する。そして共食いをする。それが本質で最優先」

「まさに。そして社会基盤を支える公然たる木偶《でく》というのは、実は共食いの為の保険で備蓄でもある。

　またここで。

　この木偶《でく》制度を開始したとき、僕らの……既に君らの、だけど……員数は三〇万だった。先帝陛下の御事情がある以上、これより員数は増やせない。品種改良のため一定数が定期的に『失踪』するときや、枢機卿団の恣意《しい》でいきなりの死刑が執行されるときなどに、その欠員分の補充ができるだけだ。そして、この天国三〇万の員数を支えるのに必要な木偶《でく》の総数が実に一、〇〇〇万人……木偶《でく》制度を無数の季節にわたり運用してきた結果、算出されたそれが適正数だ。『非公然である魂の家畜』と『公然たる肉体的奴隷』とを合わせ、どうしても一、〇〇〇万人は要る。この規模を維持しなければ、天国の社会基盤は維持できない……いや正確に言えば、先帝陛下の御事情は今《いま》更に悪化しているから、聖座の試算によれば、今のこの適正数を倍に――いや三倍にまで拡充しなければならない。それも直ちに拡充しなければならない。さもなくば、天国の社会基盤の維持はおろか、天国の民三〇万の糧《かて》が絶対的に不足する。今現在、事態はそこまで悪化している。全て極秘だが。

――いずれにしろ、月夜。

これが、天国の員数がいつも三〇万である理由であり。

これが、木偶《でく》の総数がいつも一、〇〇〇万人である理由であり。

これが僕らの……君らの天国を成立せしめている木偶《でく》制度の本質だよ」

「……なら、私が今さっき食べた、ううんこれまでの生涯で食べてきた〈太陽の炎〉も」

「木偶《でく》制度が開始された後は、もちろん養殖物だったろうね。

先帝陛下に由来する、天然物も稀《まれ》にはあるんだけど……それを独占する奴等もいるし」

――私はこのとき、ふと、出航前のとある会話を思い出した。思い出させられた。

それは副長の土遠と、軍事委員の火梨との会話だ。

バシリカ出航の最終準備状況を確認した、あの天国の『将官の間』での会話……


「〈バシリカ〉艦内で諸般《しょはん》の作業に当たった木偶《でく》の処理は？」

「延べ三〇万人を、確実に軍務省が処理しつつある……貴重な資源だから、惜しいけど」


――これと同時に、あるいはそれを契機にして、出航後のとある会話も脳裏に浮かぶ。

そちらは、警察委員の金奏と、やっぱり火梨の会話だ。思念による大声の会話。

そうだ、まさにさっき金奏が謝っていた、思念の『投げ込み』。

金奏と火梨は、私にはサッパリ理解できない実務について、もう喧嘩《けんか》をしながら……

［最大一二〇人／分の処理能力を確保している。聖座の計画どおりに］
［そして当該《とうがい》処理が終わったなら――］

［そうだね火梨。〈バシリカ〉の燃料問題も……ううん、私達の食糧問題も解決する。成程《なるほど》見事なものよ。さぞかし良質な〈太陽の炎〉が精錬《せいれん》できるでしょうからね。見事なまでに合理的で、そして微塵《みじん》の廉恥《れんち》もありはしない。だってそもそも陛下の御旨《みむね》は」

［もうそんな議論に意味はないよ!!　これで貯蔵がどうだの備蓄がどうだの逼迫《ひっぱく》がどうだの、そんなこと気に懸ける必要は一切なくなるんだ。それは当然陛下の御為《おんため》にもなるんだ」


（……天国で『人《にん》』の単位が用いられるとき。それは木偶《でく》を数えるときでしかない）

そして火梨はその『人《にん》』を貴重な資源だと言った。その『人《にん》』を処理するとも言った。ましてやその処理なるものによって、私達の食糧問題が解決するという。貯蔵も備蓄も逼迫も、何も気に懸けることがなくなるという。

（土遠が、火梨が、そして金奏が話していたのはきっと、日香里がこれから話そうとする〈バシリカ計画〉の本質に迫るものだったのでは……）

だから、少なくとも土遠、火梨、金奏は、〈バシリカ計画〉の本質を知っていたのでは。だからこそ女優側だったのでは。そうすると当然、水緒も木絵も。だけど火梨は。

（……そして実際、この巨艦〈バシリカ〉にはまだ謎がある）

鈍い私にも数々の違和感を感じさせてきた、不可解な謎が。

だから私は訊いた。

自分のお腹を確実に満たした〈太陽の炎〉を今は恐怖すらしながら、日香里に訊いた。

「――日香里、日香里はさっき、この〈バシリカ計画〉そのものが壮大なXXだったって言ったよね。〈バシリカ計画〉はひとつの外観を維持しながら、実は二重の意志と二重の動きを胎《はら》むものになっていると。だからいわばバシリカ計画X1と、バシリカ計画X2があると。陛下と平民《プレブス》と、あるいは私が知るのはバシリカ計画Ｘ１に過ぎず、その裏には枢機卿団がまるで違うものに書き換えてしまった壮大な偽装、バシリカ計画Ｘ２があると」

「まさしく」

「そして私がその真実を訊いたとき、日香里は木偶《でく》制度の本質を説明し始めた」

「そうだね」

「なら、枢機卿団が秘かに謀《たくら》む〈バシリカ計画Ｘ２〉は、木偶《でく》制度の本質と大いに関係する」

「そのとおり」

「——もちろん枢機卿団だって、天国の危機を承知してはいる。少なくとも自分達の寡頭《かとう》政治と階級社会と既得権益とを維持するため、〈バシリカ〉を利用しようとしている」

「それもそのとおり」

「そんないかがわしい秘密の陰謀はきっと、陛下の聖旨《せいし》と御真意とに叛《さか》らったもの……だからきっと枢機卿団は、陛下が御存知《ごぞんじ》になれば断乎《だんこ》として御反対なさるような、そんな非道で傲《ごう》慢《まん》で利己的な計画を立てた。そうに違いない。それが〈バシリカ計画Ｘ２〉」

「そうなる。

陛下の聖旨は、飽くまで天国の危機を回避するための地球の再征服《レコンキスタ》にあり、太陽の奪還にあり、地球の再建と復興にあり、よってヒトを真・善・美に導くことにあるんだから」

「なら〈バシリカ計画Ｘ２〉は何を目指すの。その目的は何なの。何を目論《もくろ》んでいるの。

ねえ日香里、この艦において私達もまたXXだった。ひとつの使徒団のようでいて、現実には女優たちと観客だった。そのことと、私が今思い出した幾許《いくばく》かのことを併せ考えれば……もうたった独りになった観客の私以外は皆《みんな》、〈バシリカ計画Ｘ２〉を、その目的を熟知しているはず……教えて日香里。枢機卿団の〈バシリカ計画Ｘ２〉とはいったい」

「月夜はもう、解っていていいはずだよ――
例えば月夜はもう、バシリカに謎の予備デッキがあることを知っている。
例えば月夜はもう、バシリカが対暴動システムなるものを実装していると知っている。
例えば月夜はもう、バシリカに無数の留置室が設けられているのを知っている。
――これらの事実を知り、あれだけの観察眼と好奇心を持っている月夜なら、もう全て解っていていいはずだ」

謎の予備デッキ。

（バシリカの第4デッキと第5デッキはまるまる『予備』。そして艦内の昇降機も両デッキには止まらない。少なくとも私にとって、全く未知で謎の……隠されたデッキ）

対暴動システム。

（戦闘艦橋から稼動《かどう》させられる、対暴動システム。成程《なるほど》、私は確かに疑問に思った。〈悪しき者〉が侵入してくるというのなら、白兵戦支援システムがある。敵との艦内戦闘のことを『対暴動』とは呼ばないだろう。すなわち対暴動システムなるものは、艦内における騒乱なり叛乱なりを想定している。ところがバシリカの使徒はたったの八名。最大七名が叛乱を起こしたとして、それをまさか暴動とは呼ばない……なら、対暴動システムは艦内の叛乱を想定しているばかりか、叛徒《はんと》が極めて大多数になる……恐らくは群衆になることを想定している）

無数の留置室。

（最初に私が第3デッキ、警察施設に赴いたとき。確かに無数の留置室を目撃した。私は火梨の遺体を安置するため第10留置室に入ったけど、留置室はそれ以降も第11、第12、第13と、そして私が仮の宿にしていた第14と……うんもっともっと、遥《はる》か延々と続いていた。これも対暴動システムと同じ議論になる。八名の使徒団に対し、異様な数だから。なら第3デッキ警察施設もまた大多数の……そして恐らくは群衆の拘禁を想定している）

そして、留置室の不可解な設備。

（これはハッキリ記憶にある。ハッキリ思念にしてしまったほど……だって私達は排泄をしない。だから便器が必要になるはずもない。そういう文化がない。水だって〈太陽の炎〉から創り出せるから、蛇口を設置する意味も解らない。そして私は思念にした、何故〈悪しき者〉と〈青い血の眷族〉以外の囚人をも予定しているのかと……

まして、まだ〈蠅の少女〉の実在を信じていたとき、聖油を入れるのに使ったあの双耳壺《アンフォラ》。聖水を入れるのに使ったあの革袋。そんなものも私達には必要ない。幾らでも創り出せるから。私達が拘禁され〈太陽の炎〉を制約されたときを考えても、やっぱり変だ。だって壺も革袋も、オフィス部分にあったんだから。つまり看守が使用することを想定しているんだから。看守はまさか拘禁される側じゃない。ならやっぱりそんなもの幾らでも創り出せる。常備しておく必要なんてありはしない。

おまけに、土遠がいつか愚痴っていた……『あんな硬いベッド、天国では平民《プレブス》の家でもお目に掛かれないわね、いえ木偶《でく》ならあり得るのか』と。実は私もほぼ一緒の感想をいだいている……監獄が精々《せいぜい》一・五ペルティケ四方だなんて、羽を思い切りひろげるのだって嫌になると。だから天国での平民《プレブス》の拘禁施設だって、まさかこんなに狭くはないはずだと。

そして、駄目押し。

金奏が教えてくれた。留置施設には、ヒトでいう給湯室が点在していると。点在、という言葉も留置施設の規模を示しているから興味深いけど……もっと興味深いのは『何故給湯室なるものが必要なのか』だ。ましてその給湯室には、食器の準備もあれば、食料や飲料の備蓄もある。ううんそればかりか、金奏はなんと『インスタントスープ』だの『乾パン』だの、むしろ芸術委員の私が貴重な史料として管理しなきゃいけないような、私達眷族にとってはホント無意味なものを、実際に出してもくれている……）

――暴動。群衆。便器。蛇口。壺。革袋。給湯室。インスタント食料に備蓄食料。
それが前提とする囚人とは。乗客とは。
（ああ、なんてこと……
実は、地霧さんが既に教えてくれていた!! 初めて地霧さんと出会ったときに。自分一名を新たに乗艦させることなんて児戯《じぎ》だと。そしてそれは何故なら!!）

「〈バシリカ〉の規模からすれば、たとえあと一、〇〇〇万名以上を乗せてなお余裕があるはずだけど――そう至高界の民《たみ》総員はおろか、至高界の木偶《でく》すべてを乗せてもね」

（金奏だって、今思えばあからさまなことを教えてくれていた……そう、あのアウシュヴィッツの『死の門』の上で。同族が同族を奴隷にすることはいけない、という文脈で）

ヒトの導き手たる私達が、我《われ》と自《みずか》らこんな、こんな醜悪な家畜主義・奴隷主義を実践しなければならないとあっては……

（まして、ああ、今なら火梨と金奏の喧嘩《けんか》も理解できる。その原因も内容もそれぞれの言い分も、全部……!!）

［第4デッキの収容能力は最大限活用できる？］

［……火梨の御下命《ごかめい》さえあれば、直ちに二、〇〇〇万人を収容できるけど？］
［第5デッキの転換炉《てんかんろ》はどうだい？］
［同様の前置きで、最大一二〇人／分の処理能力を確保している。聖座の計画どおりに］
［そして当該《とうがい》処理が終わったなら――］
［そうだね火梨。〈バシリカ〉の燃料問題も……ううん、私達の食糧問題も解決する。成程《なるほど》見事なものよ。さぞかし良質な〈太陽の炎〉が精錬《せいれん》できるでしょうからね］

――もちろん第4デッキ・第5デッキとは謎の予備デッキだ。バシリカ計画Ｘ２を知らない者には徹底して秘匿《ひとく》され、立ち入る手段すら教えられない極秘のデッキ。

「……ああ日香里、私達は、天国はなんてことを!!　これが天国のすることなの!!」

「いよいよ解ったんだね」日香里は私の瞳《ひとみ》を射た。「天国の、とめどない堕落が」

「こ、今後天国を維持するためには、あと少なくとも一、〇〇〇万人の、そして願わくは二、〇〇〇万人の木偶《でく》が必要なんだよね!?」

「そのとおり」

「そしてそれは陛下でさえ創り出せない。それだけのヒトをお創りにはなれないから」

「そのとおり」

「天国の民は総員三〇万。仮に全てを木偶《でく》に堕としたって数は全然足りない」

「そのとおり」

「だからこそ陛下は地球の再征服《レコンキスタ》を強力に実現しようとした。地球を奪還し、ヒトを善なる方《かた》へ導けば、再び天国に必要な魂が上《のぼ》ってくるから。また、真の太陽が奪還できるから。それらによって、どうにか必要量の〈太陽の炎〉が精錬できるようになるから――

――やがては。いずれは。遠大なる季節と歳月とを要するけれど、やがては。いずれは」

「そのとおり」

「けれど枢機卿団は……日香里をのぞく枢機卿五名は、そうは考えなかった。

それだけの季節と歳月を忍耐できはしないし、地球の再建と復興になんて興味がないし、ましてやヒトを善なる方《かた》に導くなる古《いにしえ》の、面倒くさい、忘却の彼方《かなた》にある使命を再び担いたくはないから。今の寡頭《かとう》政治と階級社会と既得権益が維持されればそれでいいから」

「そのとおり」

「だから陛下の御旨《みむね》に背き、陛下と天国の御使《みつか》いたるの本旨を忘れ、極めて安易な計画を秘かに立案し、その私案をもって陛下の〈バシリカ計画〉を換骨奪胎《かんこつだったい》しようとした。

すなわち。

枢機卿団の実行しようとしている〈バシリカ計画X2〉とは、地球からのヒト輸送計画。

史上最大の方舟《はこぶね》バシリカを、新たなる地球の礎《いしずえ》とするのでなく、今現在の地球から二、〇〇〇万人のヒトを強制的に輸送する、ただの奴隷船にしようとしている。第5デッキの〈転換炉〉とは、ヒトを木偶《でく》化する大量奴隷化兵器。第4デッキは木偶《でく》化されたヒトを収容するための、いわば自律移動する強制収容所。私達はたった八名だけれど、わずか二、〇〇〇万人のしかもたかがヒトを奴隷船に乗せるなど、かつての日香里独りでもお釣りが来る。日香里は聖書にあるあの最終戦争すら終わらせた、いちばん陛下に近い眷族だったもの。そしてその私達の奴隷確保を、今現在の地球を占領している〈悪しき者〉が妨害しようというのなら、第14・第15デッキの〈最終兵器〉で有無を言わさず塵と化す……

またここで。

〈バシリカ計画X1〉では、当艦は片道切符の船。航路の一・五倍の燃料しか搭載してはいない船。

そのまま新たなる地球の基盤となるべき船。仮に帰還するための燃料を確保しようというのなら、その地球における太陽光をどれだけ活用しても百年単位を要するけど、そしてそれは仲間が何度も何度も繰り返して断言しているから嘘ではないけれど……〈バシリカ計画X2〉ではそれも問題ない。何も問題ない。だって善なるヒトの魂が幾らでも手に入るんだもの。幾らでも勝手気儘《きまま》に処理できるんだもの。それはつまり、帰還中のバシリカ艦内で良質な〈太陽の炎〉を幾らでも精錬《せいれん》できるってこと。帰還前の地球でそれをやっておいてもいいってこと。だから実際上、バシリカの燃料は無尽蔵《むじんぞう》となるってこと。天国ではそれだけの魂を消費することなんて絶対にできないけれど、地球はヒトだらけ。奴隷船の船長が道を踏み外す決意をしたなら、周りはこれすべて歩く燃料だよ。だから〈バシリカ計画X2〉では天国と地球との往還《おうかん》が当然の前提だし、もっといえばそれは定期航路になる予定だし、ましてその際の燃料問題はクリアされている。奴隷は食糧としても燃料としても使えるから……

端的《たんてき》には。

今現在の天国をそっくりそのまま維持するために、地球からヒトを強制連行してくる。その奴隷船兼《けん》強制収容所兼《けん》強襲艦、それが〈バシリカ計画X2〉における当艦の実態。要するに。

私達の使命なるものは、純然たる食糧の強奪でそれだけだった。陰謀の内でも下《げ》の下《げ》」

「最早《もはや》何も付言《ふげん》することはない。

まさしくそのとおりで、それ以外の何物でもない。月夜の価値判断も含めてそのとおり」

「だから日香里は、そんな破廉恥《はれんち》を強いる枢機卿団への叛乱と、天国の革命を決意した。

だから日香里は、〈バシリカ計画〉開始以来二〇〇年をともにしたバシリカの使徒たちを、できるかぎり革命の同志にしようとした。そして当艦を掌握《しょうあく》するや、枢機卿団の破廉恥《はれんち》に唯々諾々《いいだくだく》としたがうフリをしつつ、至極《しごく》素直に出航を終えた後、革命の同志らとともに、天国すら全滅させ得るバシリカを一八〇度回頭させようとした。少なくとも航程三日目が終わるまでに。そう、帰還限界点を越えるまでに。けれど理由もなく天国へ帰還すれば、枢機卿団だってまさか黙ってはいない。無論、絶対に天国の門を開こうとはしない。地獄の軍勢が総掛かりでも突破できなかった、天国の門を死守しようとする。ひょっとしたら、陛下すら神質にとって。このバシリカは史上最大の巨艦だから、イザとなれば質量弾として用いることもできるけれど、当艦は天国の軍事技術の粋《すい》ゆえ、できればそれは最終手段にしたい。ゆえに帰還をする理由が必要。どうしても、万《ばん》やむを得ず、無念にも、あらゆる問責と懲罰とを覚悟してまで帰還をするそんな切実で緊急な絶対の理由が必要。枢機卿団すら首肯《しゅこう》せざるを得ない、そんな絶対の理由が必要。

だからこそ、日香里は物語X1を演じまた演じさせた。

ゆえに〈地獄の蠅〉は現れた」

……ううん。

ある意味、〈地獄の蠅〉は、〈蠅の少女〉は、開演前からもう現れていた。

今これまでの、すべての、私の実経験してきたシーンが脳裏をよぎる。

特に、仲間たちと今の天国について真剣に語り合ってきたシーンが。

出航前の、将官の間。

当直後の、土遠の研究室《ラボ》。あの法隆寺。

お茶会の、あのアレクサンドリアの大灯台。アレクサンドリアの大図書館。

密談した、私達の禁書図書館である紫禁城交泰殿《こうたいでん》。

そして何よりも……金奏があえて選んだ、アウシュヴィッツⅡ・ビルケナウ絶滅収容所。

(ぜんぶ、私の思想調査と、説得の地ならしだったんだ)

まして思想調査というのなら、出航前どころか、私が使徒に任ぜられた直後から、同じ文科省出身の水緒と木絵が行っている。何故と言って、私はどちらのことも全然知らなかったのに、どちらも既に私のことを詳しく知っていたんだから……

……いやそれどころか、舞台開演後ですら、そう〈蠅の少女〉の登場後ですら、例えば第14留置室における突然のお茶会などで、繰り返しの思想調査は続いていた。

（皆《みんな》、何故あんなにも執拗《しつよう》に、繰り返し『過激派』『木偶《でく》』『ヒト』『今の天国』『帰還限界点』『折り返し』のことを私と議論し確認しようとするのか、確かに不思議に思わないではなかったけれど……そのとき気付くべきだった。時間を下るにつれ、深く疑問に思うべきだった。実は誰もが折り返しと帰還を望んでいたということに。だから私がそれに賛同するかどうか、見極めたかったんだということに。

だって誰もが、『私は帰還作戦賛成だ』と解ったとき、よろこんでホッとしていたんだから）

そしてとうとう、舞台が終わった今、最後の思想調査の時が……説得の時が来た。

それはきっと、バシリカの運命にまして、私の具体的な、物理的な運命をも決めるはず。

ゆえに、日香里はいった。

「……そしてまだ〈地獄の蠅〉は死んではいない。その物語X1は死んではいない。

真実を、だから物語X2を立証した、月夜が決断してくれるのならば。

陛下を奸臣《かんしん》からお救いし、天国の民草三〇万を窮乏《きゅうぼう》から救い、退廃《たいはい》と退嬰《たいえい》と腐敗の権化《ごんげ》にして源泉である、枢機卿団を討伐《とうばつ》する。寡頭《かとう》政治と階級社会と既得権益を天国から一掃し廃絶《はいぜつ》せしめる。このバシリカの武力を以《もっ》てすればそれができる。そしてそれができるのは僕が、僕らが当艦を確保している今だけだ。今が最初で最後の機会だ。幾万年また幾万年と怠慢《たいまん》と惰性《だせい》に甘えてきた天国の革命ができるのは、今ここでこうして、運命の悪戯《いたずら》としか言《い》い様《よう》のない、時の本《ほん》のひと刹那《せつな》のひずみとよどみが生じている、今のこの機会を措《お》いてありえない。そしてまず自らの世界を真なるもの、美なるもの、善なるものに革命できたとき——僕らはそのとき初めて地球とヒトとを語る資格を獲《え》る。ヒトを善なる方《かた》へ導く使命を、恥じることなく語ることができる。無論、天国の革命は激しい痛みと怨《うら》みを残すものになるだろう。ただそれは確実に、天国の財の遍在《へんざい》を改革し、富の寡占《かせん》を解消する。陛下の御稜威ゆえに『新たな木偶《でく》二、〇〇〇万人』などという、破廉恥《はれんち》な奴隷主義を実行せずにすむ。陛下の御稜威《みいつ》そのもの、天国の民草が流した青い血の結晶、この史上最大の方舟《はこぶね》〈バシリカ〉が、地球の今を生きるヒトに、涙の日をもたらす悲しみの器とならずにすむ。その意味で天国の革命とは、天国を救うのみならず、ヒトをも救うこととなる。それは無論、陛下の御旨《みむね》にも適《かな》えば、ヒトの好奇心と想像力・創造力とを深く愛しそれに憧れる月夜、君のほんとうのこころにも適うはずだ……

ゆえに。

物語X1の艦長として願う。

月夜、どうか僕らの真意を酌《く》んで、僕らの革命の同志となってくれ。ともに〈バシリカ〉を回頭させ、その舳先《へさき》を今、天国にむけよう——どうか、月夜」

「ヒトになってまで天国の革命を実現させたかった、日香里の気持ち。

ヒトも眷族も恣《ほしいまま》に食糧とする、最悪の奴隷主義に対する私の怒り。

……私は私が今感じているこの気持ちを大切にしたい」

「ならば!!」

「……けれど火梨と地霧さんは、日香里の申出《もうしで》を受けなかったんだよね、きっと。

そして死んだ。殺された。

もし、奴隷主義に反対するために、平然と仲間を殺すというのなら……それもまた最悪の奴隷主義だよ。火梨と地霧さんから、永遠の未来を恣《ほしいまま》に奪ったという意味において。命を奪うということは、それが眷族のものであれヒトのものであれ、未来と可能性とを勝手気儘《きまま》に規定するという意味において、やっぱり奴隷主義でしかないよ。

だから。

日香里自身が、自分の任務であり義務であり責任だと確約していたことを、今果たして。もう何も隠さないで。もう何の罪も重ねないで。私が自由意思で判断できるように」

「つまり」

「火梨と地霧さんの死。特に火梨の死。それを詳しく聴かせて、詳しく教えて。

それでやっと、私達はスタートラインに立てると思うし……

それができるのは今、生きている日香里たちだけだから。私の意見はそのあと決める」

「解った」日香里はいった。「現時刻、艦内時間一一二五《ヒトヒトフタゴー》。タイムリミットは近いが、その正当な願《ねが》い出《で》を受け容れるくらいの猶予《ゆうよ》はある——そして、さほど迂遠《うえん》な物語でもない」

V

「僕が火梨を殺した、航程第二日目の夜。

——火梨はその夜の当直を務めていた。名簿順で月夜の次だから、当然そうなる。

そして航程第三日目が終われば帰還限界点を越えるのだから、火梨を説得するのは無論、それ以前でなければならない。それ以前で火梨が最も単独行動をとるのは、この当直時だ。ましてそれ以降、地霧と月夜についても同様の措置を講じなければならないのだから——残余《ざんよ》二名も控えているのだから——この夜が絶好の機会にして、僕が考える最後の機会だった」

「……実際に火梨は殺されているから、火梨が女優仲間でなかったことは明白だけど」私は訊いた。

「火梨はやっぱり帰還計画には反対だったの？　その説得を、〈バシリカ計画〉準備の二〇〇年の内には試みなかったの？」
「火梨はああいう直情的な性格だ。まして職業武官だ。陛下に対する忠誠心は疑いようもないが、同時に聖座と枢機卿団に対する忠誠心を堅持している。聖座と枢機卿団の信頼もあつい。まして、今の僕らがいう〈バシリカ計画X２〉を枢機卿団から教えられ、その実働中枢になることを命ぜられてもいた。その火梨に、天国で、不用意な説得を試みることは甚《はなは》だ危険だろう？　そういう意味で、首席枢機卿の養女である土遠と、謎の監察委員である地霧同様、その取扱いには特に慎重を期さなければならなかった――

もっとも土遠にあっては、その生きとし生けるものに対する深甚《しんじん》な情熱や、自然科学者としての冷静な情熱、真・善・美に対する偏執的《へんしつてき》なまでの情熱そして地球の再建・復興に懸ける創造者としての情熱が、それこそ数年で理解できたから、実はいちばん最初に僕の天国革命の同志となってくれたんだけどね。以降ずっとずっと、土遠が僕の参謀として、親友としてまた秘書官として、影のように僕に付き随《したが》ってきてくれたのは誰もが知ってのとおりだ。だから土遠には危険がない。当初、首席枢機卿の送り込んできたスパイかもとは思ったが、断じて違う。むしろ土遠は真・善・美と真逆のことを顕現《けんげん》させている今の天国と聖座とを、静かにしかし断乎《だんこ》として嫌悪し憎悪している。そしてもちろん青い血の眷族である土遠は、僕に嘘を吐けない。

――やがて、幾つかの季節が過ぎたとき。

火梨以外の総員が、僕の同志となってくれた。
すなわち土遠＋水緒＋木絵＋金奏、そして月夜の前任者の子だ。
バシリカの使徒は当初七名とされていたから、これで不確定要素はたったの一名。
ここまでくれば、天国において火梨を説得するのは不要であるばかりか剣呑《けんのん》だ。
だってひとたび天国を出航しさえすれば、〈バシリカ〉は物理的に孤絶するんだから。

そのとき天国本国が、〈バシリカ〉を物理的に統制する手段は何も無くなるんだから。

だのに天国において説得をし、そしてそれがあざやかに失敗し、火梨が枢機卿団に僕らの叛意《はんい》を即《そく》報《ほう》してしまうリスクを考えれば——火梨の説得は、出航後にするのが合理的だ。

だから火梨は、僕らの叛乱と革命については何も知らぬまま〈バシリカ〉に乗った。

バシリカ計画X2の、熱烈な実行者としてだ。まあ軍務省の武官としては、無理もない」

「他に、バシリカ計画がほんとうはヒト輸送計画であることを知っていたのは？」

「枢機卿団の主観では、艦長の僕、副長の土遠、軍事委員の火梨そして警察委員の金奏、この四名。要は、他の純然たる文官三名には教えないというのが奴等の意図だ。純然たる文官は、その任務と職歴からしてヒトに近すぎるからね。情が移っているかも知れない」

「けれどももちろん、純然たる文官の水緒＋木絵＋私の先輩も、ホントはそれを知っていた」

「もちろん。だって僕が教えたから。それはそうだ。僕らはもう天国革命の同志だった」

「ゆえに秘密を知っているようでいて、実は何も知らなかったのは火梨だけ、だったのに」

「……そうだ、出航直前、不確定要素がふえた。無論それは月夜、君でもあれば」

「陛下の勅命をおびてやってきた、監察委員なる地霧さんでもあった」

「そのとおり。だから突如として、説得対象者が三倍になったこととなる。そして既に自明だが、バシリカ出航後にその説得をするというのなら、タイムリミットは三日。帰還限界点に達するまでだ。俄《にわか》に事態はバタバタしだしたが……三名まとめて説得というのは、これも剣呑《けんのん》に過ぎよう。三名が一度に敵へ回れば、バシリカを転進・回頭させる上でどのような不測事態が発生するか知れたもんじゃない。そのとき僕らはもう圧倒的多数ともいえない。なら説得は、各個撃破とならざるを得ない。そして説得対象の属性と脅威度から、各個撃破の順序も決まった——これも結果からして自明だが、火梨、地霧、月夜の順だ」

「私が最後になるのは尤《もっと》もだね……まるで戦闘力を持たないし」

「それもあるけど、事前調査や艦内調査で、月夜はどうやら天国批判派・帰還賛成派である可能性がたかいと判断できたからね。なら最初に説得すべきは、火梨だ。というのも」

「火梨は、〈最終兵器〉のあらゆる権限を与えられていたから」

「まさしくだ。僕らが天国革命を……情勢の赴《おもむ》く所によっては武力革命を……目指すかぎり、〈最終兵器〉を押さえなければ意味が無い。ところがそこは枢機卿団も考えたもの、〈最終兵器〉のあらゆる権限は火梨の承認コードがなければ行使できないようにされた。もっともこれは、僕が土遠あたりと違い、旧世代ゆえの電算機音痴《おんち》だったからでもあるが」

「ゆえに最初の説得対象は火梨となった。

そしてその次の説得対象者は――正体不明で、何を考えているかも不明で、したがって思想調査もできないけれど、しかし〈バシリカ〉においては枢要な職に就いてもいなければ枢要なシステムを押さえてもいない、地霧さんと決まった」

「それが必然にして妥当だった。それは今でもそう思う」

「そしていよいよ、航程第二日目の夜、火梨が当直を務める夜を迎える……」

「いざ、作戦決行だ」

「具体的には？」

「憶えているかい月夜、あの夜の、各員の動きのことを。

僕は、艦内に響いた僕の思念によれば、第2デッキ艦長室で休憩中か就寝中だとか。

火梨は当直士官として、機関室その他の巡視に出たあと、第1デッキ艦橋に帰った。

月夜はあの『禁書図書館』を公認してもらう直談判《じかだんぱん》のため、艦橋への昇降機に乗った。

金奏はその直談判に同席するはずだったが、月夜とは同行せず、取り敢えず所在不明だ。

水緒と木絵も所在不明。といってそれもそうだ。そもそも当直時間帯で就寝中のはずだ。

地霧は監察委員として、臨機応変に艦内の巡視をするという。だからまあ、所在不明だ。

また土遠についても、当初は所在不明だったが……

結果として、土遠と地霧が合流した。そして艦橋へむかった。火梨の異変を察知して」

「……思い出してきたよ、日香里」

「なら月夜、これをシンプルに言い換えるとこうなる――

説得対象である火梨は、単独で艦内を動き回っている。

天国革命の同志である水緒＋木絵＋金奏が所在不明。

同様の土遠にあっては、何の偶然か、観客である地霧と合流を果たしている。

やはり観客である月夜は、単独で昇降機に乗るところ。

――そして僭越《せんえつ》ながら主演女優である僕もまた、実質的には所在不明だ。第2デッキ艦長室にいるなどというのはただの供述で、それも思念による供述なんだからね」

「すなわち当夜、女優たちは皆《みんな》所在不明だった。被害者は単独だった。

二名の観客のうち一名も単独で、他の一名は女優による脚止めを食らった」

「そうなる」

「要するに、女優たちにとってはやりたい放題。

観客を適度に脚止めできたし、また観客の目撃を気にしなくともよかったし、まして観客に魅《み》せたいものを魅せることができたから」

「もちろんそうした当夜の皆の動線は、女優たちが練りに練った意図的なものだよ」

「そして目的から考えて、主演女優はいよいよ被害者の説得を開始した――どこで？」

「火梨が艦橋に帰ろうとする、昇降機のなかで。

というのも火梨は機関室その他の巡視に出ていたのでね。当直士官だから、単独で。ましてこの巨艦バシリカは、月夜もえんえん見てきたとおり、艦内に何本も昇降機を有する。他者と乗り合わせないようにするのは容易《たやす》い。ゆえに火梨の巡視なりその帰路なりというのは、実によい機会といえばよい機会だが、しかし観客二名の動向が気にはなる。

ゆえに地霧には土遠を充《あ》て、地霧の使用していた第2デッキ貴賓室の様子を監視させた。それは機械監視でもあるが、イザというとき物理的な脚止めもできるようにさせた。昇降機のプログラムその他を改変するのは僕らのヘルプデスクたる土遠の御家芸《おいえげい》ともいえるし——ちなみにそれは第3デッキ『籠城《ろうじょう》』後も遺憾《いかん》なく発揮された、〈バシリカ〉の電算機には誰がいつ何を命令したか全て記録されてしまうし、だから僕らの演技続行のためにはそのプログラムをいじらなきゃいけないし、もちろん電算機には出鱈目《でたらめ》な『艦内状況』『被害状況』『敵軍勢の状況』等々を表示させたり報告させたりしなければならなかったのでね——まして土遠なら『テロに遭《あ》った第8デッキの扉に異常がある!!』といった、技術士官らしい名目で地霧を直接訪問してもおかしくはない。ゆえに地霧には土遠を充て、またそれゆえに、土遠は以降の舞台ではいわば裏方に回った。

あと残る観客は月夜、君だが——月夜の動線は地霧なんかより遥《はる》かに明確で既定《きてい》だ。だって月夜はあの『禁書図書館』を僕と火梨に公認させるべく、アポをとって、艦橋へ直談判《じかだんぱん》に来る予定だったんだから。そして月夜の性格と態度に鑑《かんが》みれば、律儀《りちぎ》で臆病な月夜が直談判開始時刻のどれくらい前に自室を出、どんなタイミングで昇降機に乗るかはカンタンに割り出せる。脚止めをするまでもない。念《ねん》の為《ため》、月夜の第10デッキをやはり土遠に機械監視させてはいたが、正直、そんなことをするまでもなかった」

「これで、観客二名が説得の様子を目撃したり漏れ聴いたりする虞《おそれ》はなくなる……説得が失敗したときの、処理についても」

「説得は各個撃破、というのが作戦だからね。観客との鉢合《はちあ》わせは、舞台を壊してしまう」

「とまれ、火梨の説得は開始された。火梨が艦内巡視から帰ってくる、昇降機のなかで」

「もちろん僕が意図的に合流したんだし、それ以降昇降機をノンストップにもした。月夜自身が実行していたと思うけれど、承認コードがあれば昇降機は目的階直行にできる」

「……火梨は何て言ったの？」

「意外だった」日香里は数瞬、絶句した。「ほんとうに意外だった……というのも……」

「というのも？」

「きっと激昂《げっこう》して我を忘れ、僕を詰《なじ》り、叛逆者に罵声を浴《あ》びせ剣を抜くとさえ思ったが。

それどころか、火梨は。

怒り狂うはずだった火梨は、それどころか涙混じりに、僕を逆説得《ぎゃくせっとく》し始めた……

……火梨は言ったよ。どうか思い止まって欲しいと。どうか自分と一緒に、枢機卿団の計画を実行してほしいと。自分は自分独りの武功なんかどうだっていいと。僕にこそ武功を挙げて欲しいんだと。そのためなら自分は何でもする、自分が〈バシリカ〉なんかに乗ったのは挙《あ》げて僕の為《ため》なんだと。僕を救う為なんだと。聖書にある大戦《おおいくさ》の英雄、〈大喪失〉の撤退戦の英雄、先帝陛下の右腕にして武官の鑑《かがみ》である僕が、ずっとずっと憧れ、慕《した》い、姉とも思ってきた僕が、それどころかひょっとしたら……いやそれは言葉にはすまい。ともかくそんな僕が、宰相《さいしょう》や首席枢機卿として陛下とともに天国を導くべき資格と能力を有する僕が、幾万年また幾万年と不遇《ふぐう》を強いられ名誉職に祭り上げられ辱《はずかし》められているのは我慢ができないと。だから今度の〈バシリカ計画〉はチャンスなんだと。これで天国のエネルギー事情を抜本的に解決すれば、その論功行賞《ろんこうこうしょう》は宰相の地位や首席枢機卿の地位でしかあり得ないと。いやもっと正直に言えば、今度の計画で〈ヒト〉≒〈良質な太陽の炎〉をその手に確保した者こそが、それ以降の天国を支配することになるんだと。〈太陽の炎〉こそが権力の源泉だと。

そして今、これまでの天国では夢想すらできなかったほどの〈太陽の炎〉を、自分達が、僕がその手に確保できるんだと。なら枢機卿団が何を言おうが、陛下が一時的にどう嘆かれようが、最大の権力は僕のものだと。自分はそのためなら何でもすると。僕を今一度、光あふれるものにしたい、それだけが自分の願いだと。だから正直、天国もヒトも木偶《でく》も他の使徒もどうでもいいと。どうか自分の夢のために、だから僕自身のために、最善の道を選んでほしいと。

そう、あの気丈な子が、涙混じりに……

「……そこで日香里は迷ったの？」

ごめん月夜、その事実は火梨にだけ捧げるよ。

「その問いには答えられない……革命の首魁《しゅかい》として」

「だから結果として、革命の首魁として、妹ともいえる火梨を殺した」

「それがあらゆる意味での義務だ。

そして水緒、木絵。

……以降の事実関係は、水緒と木絵が説明してあげてくれないか。というのも僕は」

私が思うに、ここで日香里はあからさまな嘘を吐いた。そうだ、日香里はヒトだ。私達とはもう、感情の在り方すら異なっているのかも知れない――熱く、激しく、とめどなく。私達とは違うかたちで、感情が横溢《おういつ》しているのかも知れない。というのも、火梨が流したという涙はまさか生理現象じゃないけれど、今一瞬、日香里の瞳に輝いたものは……

「というのも僕は、もう赤い血のヒトだ。すなわち嘘を吐く能力を有している。

未だ青い血の眷族である水緒と木絵なら、その断言は全て真実。水緒と木絵とが説明をすれば、月夜の側に疑念が生じる余地は無くなる。それが僕らの……君らのルールだ」

「……解ったわ、日香里」水緒が日香里からバトンを受けた。「けれど月夜、先刻からの議論からして、月夜にはもう、火梨殺しの真実もまた解明できているのではなくて？」

「もしそうだとしたら、それはきっと地霧さんのお陰だよ。

あれだけ熱心に、あれだけ懸命に『謎』『疑問』と対峙し続けた、地霧さんのお陰。

私は何も気付けなかった。

地霧さんはきっと全て見破っていた。全て解っていた。今の私にはそれがよく解る。

そして私を証者《しょうじゃ》として……この舞台を去った。

なら、私には地霧さんの分まで、真実を言葉にする義務がある」

「なら、地霧が解っていたこととは」

「まず、これは今現在は自明だけど、火梨を殺したのは日香里たちだってこと」

「地霧の根拠は何？」

「例えば、日香里のいう動線がおかしいから。時系列がおかしいから。

――日香里が整理したとおり、火梨が殺された当夜、火梨は機関室その他の巡視に出ていた。それは〇〇〇〇《マルマルマルマル》から〇一三〇《マルヒトサンマル》までの予定だった。現実にはその最終盤で火梨の説得が行われたそうだけど、だから火梨が艦橋に帰ったのは〇一三五《マルヒトサンゴー》あたりだと思うけど、そこまではいい。

けれど。

私が当夜、木絵の演ずる〈蝿の少女〉に昇降機内で襲撃されたのが〇一四八《マルヒトヨンハチ》過ぎ。その襲撃劇が終わって、昇降機で第1デッキ艦橋に上がったのが確か〇二〇一《マルフタマルヒト》。そして私は、艦橋前廊下を艦橋へと駆けている日香里と金奏の姿をそこで目撃し、自分も両者を焦燥《あわ》てて追い掛けた――日香里と金奏が第1デッキ廊下を駆けていた理由は、『土遠の思念による警告』を受けたから。『艦橋の火梨に何かあったらしい』『地霧はもう艦橋に駆け出している』『自分も艦橋にむかう』なる思念を感受したから。

ちなみにこの土遠の思念が艦内に響いたのは、私が〈蝿の少女〉に襲撃された直後だったから、〇一《マルヒト》四八《ヨンハチ》をそう過ぎてはいない。だから日香里と金奏は、〇一四八《マルヒトヨンハチ》ちょっと過ぎに土遠の警告を受け、そこから第1デッキ廊下に上がり、艦橋を目指したことになるけど……

　これは駄目。これは絶対におかしい。

　だって。

　まさに日香里がいったとおり、当夜、私＋金奏と、日香里＋火梨とで、しかも艦橋で、会議をする予定が入っていたんだもの。例の、『禁書図書館』についての直談判《じかだんぱん》。そして、これは私達の常識だし幾度も言及されているけど、日香里と火梨は武官——五分前行動・一〇分前行動がアタリマエという性癖を有している。そして私が直談判のアポを入れたのは、当夜の〇二〇〇《マルフタマルマル》から。だから臆病な私は〇一四八《マルヒトヨンハチ》なんて時刻に昇降機に乗っている。遅刻しないために。

なら。

　五分前行動・一〇分前行動をする日香里が。

　会議は〇二〇〇《マルフタマルマル》からだと認識していた日香里が。

　私が昇降機での襲撃劇後、必死で第1デッキ艦橋に上がった〇二〇一《マルフタマルヒト》なんて時刻に、まして会議の同席者である金奏と一緒に、会議場所の外を会議場所目掛けひた駆けているなんておかしいよ。それは常識で言っても遅刻だし、だから金奏の行動もおかしいし、まして日香里は五分前行動・一〇分前行動の性癖を有するんだから、どう考えても〇一五〇《マルヒトゴーマル》ないし〇一五五《マルヒトゴーゴー》には艦橋入りしていなきゃおかしい。だから〇二〇一《マルフタマルヒト》に艦橋前廊下を駆けている時点で、日香里を疑うに充分な理由があるし、まして日香里も金奏も『直談判』のこと、被害者の火梨も出席するはずだった『直談判』のこと、まるで、忘れているなんておかしいよ。そしてそれをまるで忘れてしまったのは、火梨がずっと前にとっくに死んでいるって知っているから……火梨を殺してしまっているから。すなわち会議だの直談判だのが開催できるはずもないって知っているから。そしてそれを知っているのは暗殺者だけだよ」

「月夜の指摘は正しい」水緒は断言した。「ただそれは主として金奏の設定ミスよ。火梨を殺す大任があった、日香里を責めるのは酷《こく》だわ……」

「観客である月夜と」金奏が項垂《うなだ》れた。「女優である木絵＋水緒、そして被害者である火梨を最上のタイミングで接触させるため、私が会議時刻を決めたんだけど……現場の設営で若干のハプニングがあって。ぶっちゃけ、バタバタと焦燥《あわ》てる破目《はめ》になっちゃったんだ。まして警戒していたとおり、夜のランダム巡視をやるって断言していたあの地霧がいよいよ、『当直の火梨と連絡がとれない』『火梨に何らかの異変があった』ことを察知しちゃって、そうさっき月夜がいった○一四八《マルヒトヨンハチ》強、艦橋へ急行すると言ってきた。正確には、地霧の警戒監視をしていた土遠がそれを思念で警告してきた。ならもう舞台の幕を上げなきゃいけない。あのしれっとした地霧が艦橋に来ると言っているなら絶対に来る、確実に来る。事前計画どおり、昇降機のプログラムをいじるなどして脚止めをしたけれど、そして実際脚止めは成功して、土遠と地霧の艦橋入りは蝿娘出現後にできたけれど、さっきいった若干のハプニングもあって、私達がバタバタと焦燥《あわ》てる破目になったことには違いない」

「あの土遠の思念が響いたとき」私はいった。「私は昇降機内にいた。〈蝿の少女〉＝木絵に襲われていた。まして火梨に異変があったということで、もちろん私も吃驚《びっくり》し焦燥《あわ》てた。だからあのときは気付けなかった。けれど今ならもう解る。あの、

[日香里っ、いま何処《どこ》？　私地霧とともに艦橋にむかうわ!!]

[……土遠どうした、何かあったのか？　僕は艦長室だが？]

[地霧が、緊急の艦内巡視をすると言って、今廊下を駆けていった……そもそも定例巡視の時間だし、まして、当直の火梨と連絡がとれないからと。それ自体が異常事態だと]

「連絡がとれない？　火梨なら今艦橋にいるよ？　○一三○《マルヒトサンマル》には機関室の視察を終えているんだから」

「けど思念にも艦内電話にも反応がない」

「それは気になるな。僕も艦橋へゆこう」

という会話の当事者は、もちろん土遠と日香里じゃない。日香里は艦長室ではなく、もう艦橋にいたんだから。けれどこれは思念で、しかも断言をしている。なら土遠の相手方は、青い血の眷族でしかない。けれど日香里は艦長室にはいないから、相手方は日香里じゃない。木絵＝〈蝿の少女〉はもう私の眼前にいて思念で絶讃悪態《あくたい》中。金奏はこれから私と艦橋前廊下を駆ける予定でスタンバっていたはず。残る女優は土遠と水緒。けれど土遠の近くには地霧さんがいた。独り思念の独り芝居をやるのは、その発生源からして地霧さんに疑念を生じさせる虞《おそれ》がある。なら――この思念による会話の相手方は、水緒だよ。水緒はこのようなときの為《ため》、そう日香里のアリバイづくりの為、そして何よりも日香里は思念を発することができるという証明のため、現場設営・舞台設営に目途《めど》がついたら、敢えて艦長室へ行くこととなっていた、そう思う。どのみち水緒は『戦闘艦橋へ武器を回収しにゆく』というのが、その後の舞台の筋書きだったんだもの。そして水緒がホントに艦長室にいるのなら、この断言はもちろん可能だし、遺体となった火梨が今艦橋にいるというのもホントだし、これから水緒がまた艦橋に登場するのもホント。私達の文法違反はない。まして日香里が思念を発することができるという証明をしたかったということは、実はもうその○一四八《マルヒトヨンハチ》強の時点で、日香里は〈塵の指輪〉によってヒトになっていたという証拠になってしまう。日香里が何時《いつ》ヒト化するかについては、挙《あ》げて日香里の決断ひとつだっただろうけど、遅らせれば遅らせるほど超常の力を使えるままというメリットがある一方、早めれば早めるほど自由自在に嘘が吐けるというメリットもある。火梨を殺すときは、青い血の眷族としての物理的力が使えた方がいい一方、いよいよ火梨を殺してしまえば、赤い血のヒトとして『証言』『ト書き』『ナレーション』で大嘘を断言し続けられる方がいい。誰かが嘘を断言できないと、誰もがまだるっこしい文法で、もし〜だとしたら、仮に〜というのなら、〜という感じで、結果的には〜、電算機の教える所では〜、〜が私達の結論、〜という一幕撃……だなんてねじくれた迂遠《うえん》な説明ばかりをすることになってしまう。そのような諸々《もろもろ》のメリットデメリットを考えた結果、日香里は、火梨を殺した直後のタイミングでヒトに堕ちると決めたんだと思う」

「……それは日香里の贖罪《しょくざい》でもあったんだ」水緒がいった。「さっきの日香里の瞳どおり」

「そして月夜、これまでの発言からすると——」金奏がいった。「——火梨がいつ死んだかも、ひょっとしたら何処《どこ》で死んだかも、もう解っている感じね？」

「私は地霧さんの思考を追うことしかできないけれど、だから当然推測が入るけど——

火梨が殺されたのは、〈蝿の少女〉＝木絵たちがでっちあげた外観どおり、きっとここ艦橋のはず。『地霧さんはランダムな夜間巡視をする』『その時刻は、実例だと〇一〇〇《マルヒトマルマル》とか〇三〇〇《マルサンマルマル》だけど、まさか特定はできない』って特殊事情があるから、火梨の遺体を持ってバシリカ艦内をうろうろするのはリスクが大きすぎる。たとえ姿を消したとしても。例えば流血のリスクがあるから。そして日香里が教えてくれたとおり、火梨の説得は艦橋へ帰る昇降機のなかで実行されたんだから、火梨の終着駅はやっぱり艦橋になる。なら艦橋で断首するのがいちばん合理的。その火梨が艦橋に帰ったのは、さっきいったとおり〇一三五《マルヒトサンゴー》あたりだから、この時刻がほぼ犯行時刻と考えていい。すなわち火梨は、艦橋に立ち入り、しかもその直後にいきなり断首された、立ったままで」

「その直後にいきなり、とは？　立ったままで、とは？」

「金奏が既にちょっと触れているけど、犯行現場はそのときもう『設営』されていたはずだから。日香里が整理したとおり、その時間所在不明だった水緒＋木絵＋金奏は、いよいよ〈蝿の少女〉によるテロリズムという外観を創り出すため、もう艦橋の現場設営・舞台設営を開始していたはずだから。〈蝿の少女〉がフィクションなら、その犯罪現場もまるごとあとからでっちあげられたフィクションに決まっているよ。

言い換えれば。

火梨が艦橋で殺される前から——だから火梨と日香里が巡視から帰ってくる前から、『火梨が殺された現場』は創り出されていたはず。火梨の巡視時刻が決まっている以上、説得時刻も決まってしまう。それは巡視が終わる〇一三〇《マルヒトサンマル》弱。犯行時刻なら〇一三五《マルヒトサンゴー》あたり。私が艦橋で『火梨の死』を発見したのが、だいたい〇二〇五《マルフタマルゴー》くらい——というのも艦橋前廊下を駆け、とうとう羽を出して飛んだのがさっき指摘した〇二〇一《マルフタマルヒト》強だから。ということは、火梨が現実に殺されてしまった時刻から、その遺体が発見された時刻まで三〇分を切る。火梨の抵抗とか逃亡とか、そういった現実の出方によっては、二〇分を切る可能性だってある。まして地霧さんの動静は分からない。とすれば、火梨を殺してから現場設営・舞台設営をするよりは、殺す前にそれを終えておくのが合理的だよ。

そして艦橋における『犯行現場』が殺害前にできあがっているんだから、火梨がそれを目撃すれば絶対に異様に思う。吃驚《びっくり》する。警戒する。まさか当直士官として悠々《ゆうゆう》と艦長席に座ってお茶——なんてことはしない、絶対に。そもそもその艦長席を含む『犯行現場』に火梨を近付けてはならない。なら火梨が斬首されたのは、艦橋に立ち入ったその直後だよ。そのとき当然火梨は立っている。地べたに座っているはずもない。また、火梨が立っているからこそ、『首が艦長席のソファに沈む』なんて面倒無しにすらりと斬首できる。軍務省の大佐で、バシリカの軍事委員で、日香里の愛弟子《まなでし》で、私達使徒の内でも有数の武芸者《ぶげいしゃ》である火梨。火梨をすらりと斬首できるのは日香里しかいない。それは一瞬のことだったはず。けれど不測の事態は生じうるもの。火梨の抵抗とか逃亡とか、そういった現実の出方は畢竟《ひっきょう》、分からない。すると、現場設営・舞台設営役の水緒＋木絵＋金奏は保険を掛けたはず。艦橋に入って、そうこの古典古代の劇場のようにひろい艦橋に入って、だから遠目に艦長席周りを、『犯行現場』を目撃した火梨は、その意味不明な状況を一瞬、処理できなくなる。異様に思い、吃驚《びっくり》し、警戒する。そして恐らくこの時点、火梨にその姿を目撃されない為《ため》、姿を見えなくしてしまっていた水緒たちが、少なくともその内の誰か一名がすることはたったのひとつ——姿を見せないまま、火梨に対しいきなりの、しかも強烈な思念で語り掛けること。それだけ。それだけで火梨は我を忘れ激昂《げっこう》する。激昂して仁王立ちになる。経験論としては確実。何故と言って、切実な理由なくして眼前にいる者に肉声を用いないのは、天国ではあからさまな無礼行為・非礼行為とされているから。私は実際、火梨がそのような無礼に滅茶苦茶《めちゃくちゃ》厳しいのを目撃してもいるから。私が火梨を知ったたったの一週間程度で、火梨が無礼を働いた仲間に対し、すぐさま仁王立ちになり激昂《げっこう》した様《さま》を幾度も目撃しているから。そう、火梨に対し突然の、前置き無しの、しかも姿の見えない誰かの強烈な思念を染《あ》びせる——この探針音ひとつだけで火梨を硬直させ、しかもその理性を奪うことができる。この保険ひとつで、火梨の現実の出方はほぼ確定し、不測の事態が生じる確率はかぎりなく零《ゼロ》に近づく。だからやっぱり、日香里が火梨を斬首したのは一瞬のことだった、そう思う。そもそも火梨は、思念による悲鳴等を一切、発してはいないしね。不測の事態があったのなら、第10デッキあたりにまで何らかの絶叫が響き渡ったはず。

とまれ。

——これで、もう現場設営・舞台設営されていた『犯行現場』に、『遺体』が加わる。

それは犯行現場パズルの最後のピース。だから火梨の遺体もまた、〈蝿の少女〉に殺されたというフィクションにしたがって再配置された。艦長席に座っていただの、後方から突然細身の剣を突き刺されただの、お茶をしようとした刹那《せつな》襲撃されただの、そういったフィクションにしたがって再設定されてしまった。それもまるごとあとからのでっちあげ。要するに、やっぱり『犯行現場』はまるごとあとからのでっちあげ」

「犯罪現場がまるごとあとからでっちあげられたフィクションだという具体的証拠は？」

「両の指で数えられないくらいあるけど、最大のものを挙げれば――

あのとき。あの艦橋。あの『犯行現場』。

火梨があれだけ血を流し、艦長席あたりは血塗《ちまみ》れだったし、〈蠅の少女〉は青い血の滴《したた》る火梨の首を掲げて飛んでいたのに。

鉄錆《てつさび》のような血の匂いがまるでしないなんておかしいよ。

私達の青い血の匂いは、ヒトのそれと変わらない、鉄錆のような匂い。

それが『犯行現場』にはいっさい無かった。

正確に言えば、たったひとつの染《し》み、手を拭いたような『何かを擦《こす》り付けた跡』一点以外に、私達の血の匂いを発するモノはいっさい無かった。それについては後で触れる。

――『犯行現場』に立ち籠めていたのは、ただただ悪魔が発するという硫黄の臭気だけ。

まして私達の常識だけど、私達の嗅覚はヒトのそれよりずっと鋭い。硫黄の臭気があったから、血の匂いを感じることができなかったなんて莫迦《バカ》な話はありえない。これについては私、地霧さんと散々確認をした――

要するに。

火梨が流したなる青い血、現場の血はこれすべてフェイク、ヒトでいう血糊《ちのり》だよ。

そして私達にとってそんなモノを創り出すのは児戯《じぎ》に等しい。〈太陽の炎〉を使うなら。

もちろん他の舞台装置だってカンタンに創り出せる。

だから、『犯行現場』はまるごとあとからでっちあげられたフィクションだよ」

「他の舞台装置って？」

「それは水緒、例えば、火梨が殺される直前までお茶をしていたという外観。あるいは、お茶の練習をしていたという外観。そのほとんどがおかしいよ」

「えっそうなの⁉」

「あれ、ホント丁寧な仕事だったから、このパートを担当したのは性格的に木絵じゃなく水緒だったと思うんだけど……丁寧すぎた。やりすぎた。あるいは、最後の詰めを誤った」

「……実はまさしくそうなんだけど、衝撃的だわ。どこがおかしかった？」

「地霧さんがすぐ見破っていた。私はなかなか解らなかった。

でも、じっくり考えてみればすぐ解る。

――火梨が『殺された』なる艦長席の右隣には、サイドテーブルがあった。其処《そこ》にあったのは、どれも血飛沫《ちしぶき》を、だから血糊を染《あ》びていた、

白磁のちょっとしたパン皿
その上のパン一枚、ジャム少量（いずれも手付かず）
純銀のバターナイフ
倒れてお茶を零《こぼ》したティーカップ
カップの下のティーソーサー
ソーサーの上の、手前側でなく奥側に横たえられた、純銀のティースプーン
（お茶の雫《しずく》あり）

だった。私はこれを見て、一瞬不思議に思った。というのも火梨の性格からして、ヒトのお茶も食事もマナーも莫迦《バカ》げているはずだから。けれどすぐに思い直した。日香里の命令を思い出した。日香里

は火梨に、『せめてお茶くらいはできるように練習しておけ』という旨《むね》の命令をしていた。火梨は日香里を実の姉みたいに慕っているから、日香里の命令だけは素直に聴く。だからその練習をしていたんだなあと思い直した。そして慣れないリラックスタイムを過ごしていたから、背後からいきなり〈蝿の少女〉の襲撃を受けちゃったんだと考えた。その傍証《ぼうしょう》もあるように思えた。というのも『ティーポット』『茶葉』がまるでなかったから。ヒトの食事を知らない火梨だから、茶葉からお茶を淹《い》れるなんて手数を知らずに、お茶そのものをポンと創り出してしまったんだと。そしてパンもパン皿も、当夜の晩餐で当直の火梨自身が創った、まるで飾り気のないものと瓜二《うりふた》つ……

けれど。

それはまさに日香里の命令を活用した、水緒の現場設営・舞台設営だった。

いみじくも〈蝿の少女〉＝水緒自身がほのめかし信じ込ませようとしたとおり――『艦長席で踏《ふ》ん反《ぞ》り返って優雅な夜のお茶でもなんてそんな感じで油断しまくっていたからステキな恋人が御挨拶《ごあいさつ》の声掛けたときも無警戒のままでいたからいきなり首ちょんぱされちゃったうえ頭ぶっすぶすに串刺しだなんて武官の風上にも置けないような破廉恥《はれんち》な醜態《しゅうたい》をさらしちゃったのよね《え》』という現場設営・舞台設営。ちなみにこの台詞《セリフ》、そんな感じでだから嘘じゃない。他にも結果的に嘘となる部分はない。青い血の眷族で、だから〈蝿の少女〉に変容できた水緒にも余裕で喋れる台詞。理知的な水緒としては――木絵の演技に合わせる為《ため》とはいえ――極めて不本意かつ唾棄《だき》すべき台詞回しだったと思うけど……

それはともかく。

水緒は自分が喋ったような外観を創り出すため、すべてを〈太陽の炎〉ででっちあげたんだけど。

でも決定的におかしい点がある。あの地霧さんをとても興味深がらせた点が、幾つかある。

第一に、火梨はバターナイフなんて使わない。そもそもヒトの食事をする習慣もなければ、それをする興味も意思もない。実際、当夜の晩餐のときも、スープ一杯、サラダの一皿も出してはくれなかった――出してくれたのは〈太陽の炎〉とパン一枚。しかもバターすらなかった。そのパンというならブチブチ千切るだけ。なら火梨はバターナイフなんてもの知らないよ。火梨は当艦でそれを知らない唯一の者だよ――旧世代の日香里はもちろん知っている。そもそも大公なんて大貴族だし、枢機卿なんて陛下の直臣《じきしん》だし、まして火梨にお茶の訓練を命じた側だし。土遠というなら、首席枢機卿の養女だし、自身も伯爵の名乗りを許されているし、私実際に土遠が銀器をそれは美しく扱っているのを目撃している。私の文系文官お茶仲間である水緒＋木絵は言うに及ばず。カップの美しい持ち方なんて、極めてヒト的な文化にも一家言《いっかげん》あるほど。金奏はバラのジャムなんてものを好むくらいだから、当然その塗り方も知っている。地霧さんだって、銀器・茶器をまるでヒトそのもののように扱っていた。正直、バシリカの誰より美しく扱っていた。私にはそう感じてしまった記憶がある。なら、重ねて火梨はバターナイフなんてものを知らないし、当艦でそれを知らない唯一の者。いくらお茶の訓練をするといったって、知らないものを出せるはずがない。億兆を譲《ゆず》って、晩餐の席その他で見掛けたものを見様見真似《みようみまね》で創り出したとして、コテコテの武官である火梨が、『下ろしたてのペインティングナイフみたいにちゃんとコテ状になっている』＝刃の無いナイフなんて創り出すはずがない。駄目押しで、そもそも火梨は日香里に『湯呑みの作り方だけ、後で教えて』としか頼んではいない……ならあのバターナイフは、字余りだよ。

　第二に、これも字余りだけど、バターそのものの存在がおかしい。当直士官として晩餐を用意するときも、パン一枚をバター無しでホイと出した火梨が、まして『お茶』の訓練をするというのに、わざわざバターなんて出すはずない。そもそもバターの意味を知らなかった可能性だって大きい。

　第三に、ティースプーンの置き方がおかしい。わざわざティーカップの奥になる方へ、だからソーサーの手前側でも横側でもお茶自体のなかでもなく、ヒトのマナー的に正解となる位置に、ましてぴたりと横に置くはずない。こんなあまりにキチンとした正解が、偶然に、自然発生的に生まれるはずない。

第四に、これとても大事で、だからこれを発見した地霧さんはやっぱりすごいと思うんだけど——火梨の右掌《みぎてのひら》に、火梨の右手の内側に、火梨の青い血がどっぷり飛んでいるはずがないよ。だから、私が地霧さんにうながされてこの瞳《め》で目撃したように、火梨が『ティーカップのハンドルを美しく摘まんでいる』なんて状態にあるのがそもそもおかしい。外観からは、『ティーカップを摘まんだそのときに襲撃されたんだ』と思える火梨の右手は、大きく血に塗《まみ》れていた。大きく青い血に染められていた。そして右手の内側は、あたかも掌《てのひら》で飛んでくる自分の血飛沫《ちしぶき》を受け止めたようになっていた。これは絶対におかしい。ありえない。何故と言って、火梨がティーカップの正しい持ち方を知っていたはずがないから。重ねて、火梨は当艦でそれを知らない唯一の者だよ。それはもう説明した。その火梨が、そもそも『ティーカップのハンドルを美しく摘まんでいる』なんておかしい。そんなことをするのは、趣味的にお茶に執拗《こだわ》りがある者か、義務的に儀典を守らなきゃいけない者だけだよ。だって正解を知らなければ、どう考えてもティーハンドルのなかに指を入れるもの。それを摘まむだけなんて、趣味的あるいは義務的なことはしないもの。実際、道具としては指を入れた方が遥《はる》かに持ちやすいし使いやすいし。そしていったん指を入れてしまえば、そしてそれをまさに口に搬ぶ段階にまで来たのなら、手の形はどうなる？　実演してみればすぐ解る。手はギュッと握られる。手はギュッとくるまり閉じられる。ギュッとまとまった指が、掌《てのひら》を隠す……そう、ホントに火梨がティーカップでお茶を飲もうとしていたのなら、その指はティーハンドルに入り、全体が丸まって掌《てのひら》は隠れる。ならその火梨の右掌が、右手の内側が、大きく青い血に塗《まみ》れ、大きく青い血に染められているはずがない。火梨の青い血は、握られ、くるまり、丸まって閉じられた手の外側にだけ飛ぶ。そろった指の外側だけ濡らす。もし内側までどっぷり濡れていたというのなら、火梨はティーハンドルを美しく摘まんでいたことになるけれど、そしてそれが水緒の創り出した外観だけど、火梨は絶対そんな風にお茶を飲みはしない。そもそも当夜の晩餐まで、お茶どころかヒトの食事にまるで興味関心がないばかりか、それを毛嫌いし軽蔑していたもの……それはつまり、火梨以外の誰かが現場設営・舞台設営をしたってことだし、その誰かは自分にとってはアタリマエの作法だから、一手《いって》誤って火梨にもそれを適用しちゃったんだよ。ましてその掌《てのひら》の血というのは、既述《きじゅつ》のとおり、鉄錆《てつさび》の匂いがまるでしないんだからね……

第五に、純銀のティースプーンと、純銀のまたもやバターナイフがおかしい。これは血糊の問題と一緒でもあれば、実は〈蝿の少女〉がダブルキャストのXXで、だからエレベータの悪魔が木絵、艦橋の悪魔が水緒だったっていう証拠にもなるんだけど――ここで、木絵は演技の細部に執拗《こだわ》り『硫黄の臭気＋極寒の冷気』を創り出していた。他方で水緒は、演技のすりあわせミスで『硫黄の臭気』しか創り出してはいなかった。これは既述《きじゅつ》。でも水緒は更に、自然科学委員の土遠だったら絶対に犯さなかったであろうミスを、犯してしまった……すなわち、艦橋の悪魔がほんとうに『硫黄』を発生させていたのなら、犯行現場にあった純銀のスプーンとナイフが、いつかの私の銀の懐中時計のように、硫化銀《りゅうかぎん》の汚泥《おでい》めいた黒になっていたはずだよ。木絵は演技の細部に執拗《こだわ》っていたから、ホンモノの硫黄を発生させた。けれど水緒は、硫黄に詳しくなかったか臭気だけで充分と思ったか、ホンモノの硫黄を発生させはしなかった。だから犯行現場にあった純銀のスプーンとナイフは、血飛沫《ちしぶき》とお茶の雫《しずく》を除けば『ぴかぴか』『キレイなまま』『まるで創り立て』の状態のままだったんだよ。

第六に、ティーカップが一個だったというか、茶器が一名分だったのがとてもおかしい。というのも、重ねて〇二〇〇《マルフタマルマル》からは、日香里＋火梨＋金奏＋私の会議が、まさに艦橋で予定されていたんだから。そして火梨は五分前行動・一〇分前行動を性癖とする武官なんだから。員数分の茶器を用意する時間は腐るほどある。ましてそれは、実の姉のように慕っている日香里が出席する会議。と同時に、上官が出席する会議。しかもその上官は『艦長命令。お茶くらいはできるようにしておくこと』と命じてもいる。ならこれ、火梨にとっては絶好の機会だよ。来るのが金奏と私だけだったら、幾らでも適当にあしらっただろうけど、こと日香里が来るというのならば。そして自分もお茶を飲む、その訓練をするというのならば。火梨が少なくとも日香里用の茶器を用意しないはずがない。火梨の性格と立場と義務感からして、茶器が一名分だなんてことはありえない。

——以上六点、バターナイフ、バター、ティースプーン、ティーハンドル、銀、数。

これらから、火梨が殺される直前までお茶をしていたという外観、あるいは、お茶の練習をしていたという外観のほとんどが、出鱈目《でたらめ》ででっちあげだということが解る……もちろん、解ったのは地霧さんなんだけど」

「脱帽だわ」水緒が天を仰いだ。「月夜、あなたと地霧は艦橋でただイチャイチャしていた訳ではなく、それほどの観察をしていたのね……何の嫌味もなく、戦慄すべき好奇心だわ、天国の民としては。それにしてもあの地霧という子、いったい何者だったのか……」

「ちょっと待って水緒〜」木絵はいつもの感じだ……「可愛い顔してやっぱり執拗《しつよう》で粘着的で確実に嫌味な性格をした月夜のことだから〜、まだまだ私達の考証ミス、摘発したがっているかも知れないわよ〜？」

「うんじゃあハッキリいうけど木絵の考証ミスがいちばん致命的だったよね。それがさっき金奏のいっていた『現場の設営で若干のハプニングがあって』の正体だと確信しているけど、それ、ホントに日香里にとっては致命的だったから、それはいちばん最後にいうよ。

だからまず、今ここで、急ぎ纏《まと》めておかなきゃいけないのは——

〈蠅の少女〉は火梨を斬首した。強姦していない。

これは既述《きじゅつ》だけど絶対変。最終兵器を強奪するにしろ、艦内情報を入手するにしろ。

〈蝿の少女〉は火梨を斬首した。でも塵の指輪を強奪していない。

これは強姦同様、絶対変。だって塵の指輪は携帯版最終兵器だもの。だから脅威だもの。

〈蝿の少女〉は火梨を斬首した。火梨の頭に細身の剣を三本、突き刺してからだとか。

これも強姦同様、絶対変。だって致命傷にはならず、火梨が思念の悲鳴を上げる虞《おそれ》も充分にあったから。

そして——〈蝿の少女〉は斯《か》くの如《ごと》く、火梨の頭に細身の剣を三本突き刺してから、火梨を斬首したという。この行為を地霧さんと私で再現してみたところ——鈍い私じゃなくって金奏とか土遠とか、とにかくしっかりしている仲間を想定して再現してみたところ、犯行所要時間は一〇秒以上二〇秒以下。まして、地獄の将帥だっていうんならもっとスムーズにできたはず。そして火梨の異変が艦内に伝わったのは既述《きじゅつ》の〇一四八《マルヒトヨンハチ》強。私が艦橋の宙に悠々《ゆうゆう》と浮かんでいる〈蝿の少女〉を目撃したのも既述の〇二〇一《マルフタマルヒト》強。これだけで一〇分以上の空白がある。ならその一〇分以上の間、悪しき者一個師団一万五、〇〇〇匹を率いてバシリカを占領に来た地獄の将帥、〈蝿の少女〉は何をしていたの？ あのマフムトI世の宝剣を思わせる、官能的なエメラルドの宝剣でも磨いていたの？ これから艦橋で演説する、超絶的に下品でいやらしい台詞《セリフ》をおさらいしていたとか？ まさかだわ。あの〈蝿の少女〉が真に地獄から来た悪しき者の首魁《しゅかい》だっていうんなら、やっぱり最終兵器を押さえる。あるいは艦橋電算機に防壁を破って侵入する。太陽の炎貯蔵庫を確保する。太陽炉を制御する。要は艦の心臓を我が物にする……やるべきことは無数にある。土遠の思念だって聴こえたんだから時間の余裕もない。にもかかわらず、〇一四八《マルヒトヨンハチ》強から〇二〇一《マルフタマルヒト》強に至るまで、〈蝿の少女〉が実現できたことは何も無い。艦の心臓のすべては未だ私達のものだった。これはつまり、〈蝿の少女〉にバシリカを占領する気なんてまるで無かったってことだし、それはあからさまに〈蝿の少女〉の宣言と矛盾している。詰まる所、〈蝿の少女〉は要らぬ嘘吐きで、だから演技者だった——全てが解った今でいう、女優だった」

Ⅵ

「それじゃあ木絵、お待ちかね。

——木絵がやらかした考証ミス。そしてそれによって生じた『若干のハプニング』。

それは、地霧さんに日香里の物語Ｘ１が欺瞞《ぎまん》で演技であることを確信させた致命的なもの。また、現実に日香里の命をも脅かしたという意味でも致命的なもの。

それを最後に説明するよ。それで日香里の物語Ｘ１について語るべきことは、終わる」

「すなわち～？」

「火梨の首を斬った宝剣。

蠅の少女が持っていた、あの黄金とエナメル七宝《しっぽう》とエメラルドの官能的な宝剣。

——あれは実際の凶器だったはず。青い血や茶器や火梨の制服はどうとでもできるけど、火梨の遺体なかんずく創傷《そうしょう》は極力、いじりたくなかったはず。斬首したときの切断面は、極力そのままにしておきたかったはず。何故と言って、監察委員なる謎の職務を担う地霧さんがいるから。警察委員の金奏同様、死体を視慣《みな》れている虞《おそれ》があるから。なら他の全ての舞台装置は別論、火梨の遺体だけは極力いじりたくない。首の切断面もそのままにしておきたいし、だからそれを生んだ凶器もそのままがいい。そして日香里ならどんな剣でも駆使できる。だから〈蠅の少女〉らしげな宝剣をそのまま現実の凶器とした方がいい。他に細身の剣三本も使用しているけど、これもまた現実の凶器であっていいし、そうだとして何の矛盾も無い。それが現実の凶器である方がいい。創傷のリアルさが生き残るから。

そして。

あのエメラルドの宝剣を太陽の炎で創り出したのは、木絵だよ。

自身〈蝿の少女〉であり、その変態的な属性を設定した木絵。

だって当艦であんな歴史的かつ趣味的かつヒト的な宝剣を、まして細部に至るまでリアルに創り出せるのは、芸術委員の私か人文学委員の木絵だもんね。そして私は女優側じゃない。ならそれは人文学委員で、ヒト語のスペシャリストで、ヒト文化に造詣《ぞうけい》が深い木絵だよ。そもそも、武官である日香里や警察官である金奏ならもっとシンプルな剣にしたろうし、自然科学委員の土遠がマフムトI世の宝剣なんてものに興味あるはずもないし、残る水緒はといえば社会科学委員だしね。億兆を譲《ゆず》って現実に創り出したのが木絵じゃないとして、原案・監修・総仕上げは木絵に決まっているよ。だってエメラルドはまるでカットしたて。黄金も絢爛《けんらん》豪華で鋭角的。濡れるような刀身は、間違って触れただけでも斬れちゃいそう……要は、刀身も柄《つか》も実戦的というより過度に美的で装飾的。実際の使い出はとても悪そう。私ですら即座に思ったもの、『肌の弱い持ち手なら掌《てのひら》を切ってしまいそう』って。少なくとも私は触ろうと思わない。まして実際に用いる日香里と水緒なら――水緒は艦橋の悪魔役だったよね――ゴツゴツ、ゴロゴロ、トゲトゲ、ツルツルしたエメラルドだの黄金だのエナメル七宝だの、そんなもの取り付けないよ。使うのに不便だもの。

まして。

木絵はたぶん趣味に走るあまり、だから使い勝手とスペックをおざなりにするあまり、まさに私が直感したことを忘れた――『肌の弱い持ち手なら掌を切ってしまいそう』なことを。けれどそれは本来、私達にとってどうでもいいことだった。だから木絵のミスは、致命的ではあったけれど、どうしようもなくマヌケだったとは言えない。私がそのときの木絵だったとしても、きっと一緒の致命的なミスを犯してしまったと思う」

「……なら月夜」水緒がいった。「ある程度はマヌケだった、木絵の致命的なミスとは？」

「スペック、なかんずく重さだよ。

言い換えれば、使用者の属性を忘れたことだよ。

だってそれを使って火梨を殺した日香里は、ヒトになる予定だったんだから。

――私達には超常の力がある。純然たる物理的力だって、ヒトのそれとは比較にならない。だから私達が私達のための武具を創るとき、当然、私達にとって適度な重さとなるように創る。私達にとって。ヒトのそれとは比較にならない物理的力を有する私達にとって」

「ありゃりゃ～、もうバレバレね～。Fuck me!! Fuck me!!」

「木絵それもうホントにいいから――ええと、なんだったっけ。

そうだ、そしてさっき金奏は、日香里がヒトとなったタイミングは、火梨を殺した直後だと教えてくれたよね。それは日香里の贖罪《しょくざい》だったとも。その金奏の指摘は、地霧さんと私が確信し終えた事実を、最終的に裏書きしてくれる――

ここで。

日香里が贖罪のために、あるいは贖罪のためにも、ヒトとなったというのなら、それはきっと艦長席の直近でそうしたはず。何故なら其処《そこ》には当の火梨がいるから。

もしそのとき。

呆然としていたか、悄然《しょうぜん》としていたか、万感の思いをいだいていたかで……

手に宝剣を持ったままだったとしたら。

そしてそのままヒトになったとしたら。

――当然、日香里は激しくよろけることになる。激しく転倒したかも知れない。もう引っ繰り返ったかも知れない。私達の知らない捻挫《ねんざ》、脱臼《だっきゅう》、骨折といった大怪我をしたかも知れない。それはそうだよ。宝刀は私達にとって適度な重さの武具。そんなものをヒトが持ったままだったら、過去に誰も試したことないだろうから実際は分からないけど、腕ごと千切れた可能性だってある。どのみち、日香里が突然の怪我をしたことは間違いない。そしてその怪我は、腕に関わるものである一方、確実に掌《てのひら》に関わるものでもあった。黄金。エナメル七宝。エメラルド。あれだけ鋭利なもの。まして私達の使用を想定したスペック。それで持ち手の日香里が、掌を怪我しない方がおかしいよ。

　だからいよいよここで起こった——金奏のいう『若干のハプニング』が。だよね木絵？」

「でも私達には超常の力があるから〜」木絵がいった。「どんな怪我でもたちまち癒《い》やせるわよ〜？」

「うんそれはそう。私達の常識。

　でも私達は私達の怪我を癒やすんであって、ヒトの怪我なんて癒やしたことがない。天国にはヒトなんていないもの。奴隷である木偶《でく》の怪我なんて癒やすはずないし、私なんてそもそも〈塵の指輪〉を下賜《かし》されるまで、木偶《でく》がヒトであることすら知らなかった。もちろんバシリカ計画の真実を知る女優たちは、木偶《でく》がヒトであることを知っていたけれど、それでも木偶《でく》の怪我なんて癒やしたことがない。断言できる」

「何故〜？」

「日香里が私にいっていたもの。ヒトになったあとの日香里がいっていたもの。

〈蠅の少女〉との戦闘のとき——正確には水緒と木絵が機関銃を乱射したとき、私が日香里の怪我を癒やすと、日香里は『ありがとう月夜。ちょっと不安もあったけど、躯のキズは全て癒えたようだ』っていっていたもの。そのときの私には何が不安なのか解らなかった。たぶん私の能力に不安があるのかなあとも思った。けれど違う。今は解る。『ヒトとしての自分が、キチンと癒やしてもらえるか？』にちょっと不安があったんだよ。それがちょっとだったのは、宝剣で怪我をしたとき、一度は経験ずみだったから。それで取り敢えず癒えたと思ったから。けどまだ不安があるという。それはつまり、女優仲間の誰もヒトを癒やす経験とスキルを持っていなかったってことだし、もっといえば、女優仲間による治療が必ずしも充分じゃなかったからだよ。だから不安があった、ヒトとしての自分が治癒されることに」

「だけどそれ〜、全部〜、月夜が頭の中で捏《こ》ね上げた理屈だよね〜、証拠はないもの〜」

「証拠が無ければそもそもこんな突飛な理屈は捏ね上げないよ木絵」

「ならその証拠って〜？」

「小さな方から挙げれば、日香里自身が『もう重い剣は困る』って旨《むね》を言っていたこと」

「僕が？」黙っていた日香里がさすがに口を挟む。「そんなことを？」

「かなり意訳しちゃったけど、確かにその旨は言っているよ日香里。

——日香里が『初めて』艦橋で蝿の少女と対峙したとき。

日香里は自分を象徴する大剣を、何故か金奏に創らせた。その理由は今は明白だけど。

だけど、そのときの会話は、

「金奏、僕の剣を」

「あの大剣だね日香里」

「ああ、しかるべく重い奴を」

だった。私はこのとき、ガッツリ重い奴でブッ叩くといった意味かなあと思った。でも今なら解る。

日香里は木絵のエメラルドの宝剣に懲《こ》りて、金奏に『今度はヒト用のスペックで』って頼んだんだよ。

これが木絵のミスの、小さな方の証拠」

「なら〜、大きな方の証拠って〜？　またそんな月夜らしいネチネチした言葉尻《ことばじり》系〜？」

「ううん木絵、もっと私らしいネチネチした物証だよ。

というかホントは、もちろん地霧さんの発見だけどね。すなわち――

艦長席の緋《ひ》の蔽《おお》いに着いた、掌より少し小さな染みの跡」

「……何ですってえ？」

「艦長席の、この蔽《おお》い。艦長席にはりわたした、真っ赤な真っ赤な鴇《とき》の羽根の天鵞絨《びろうど》。

その左肘《ひじ》掛け部分を視てよ。確実に、そこには何かの染みがあるから――ううん染みというより、まるで手に血を付けて、その手をここで拭《ふ》いたような擦過《さっか》の痕跡がある。実際、大きさも掌《てのひら》より少し小さい程度。

そうあたかも。

『手を拭いた』とまでは言えないけれど、『まるで手首に何か着いたとき、思わず手近な布地に、手首周辺を擦《こす》り付けてしまった感じ』の擦過の痕跡。ちょうどサイズも私達の、だからヒトの手のようだし、輪郭《りんかく》だって、無機物じゃないイキモノのカーブやでこぼこを感じさせる。ここに、艦長席の緋《ひ》の天鵞絨《びろうど》に、『何かを擦り付けた跡』があるのは確実だよ、日香里も水緒も木絵も金奏も、ほら、今《いま》眼の前にあるから視ればすぐ分かる」

「…………」

「まして。

地霧さんはその匂いを嗅いだ。私も求められてその匂いを嗅いだ。

あれから時が過ぎて、今どれだけ残り香があるか分からないけど、これも皆《みんな》、自分で残り香を利《き》いてみればいいよ。私達の嗅覚がヒトのそれより鋭いだなんて、さしたる意味がないような能力が、実戦の用に供せるから――ね、木絵？」

「…………」

「日香里の怪我も、ある意味致命的だったけど。

結果、これを残させてしまったこともまた致命的だった——

何故と言って。

これは鉄錆《てつさび》の匂い。私達のよく知っている匂い。これは血の匂い。

けれどこれは、私達の青い血じゃない。

艦橋にあれだけ飛んだとされる、私達の青い血の痕跡じゃない。だって真っ赤な天鵞絨《びろうど》に、青い血の染みがあったならすぐ分かるもの。でもこれはそうじゃない。血を擦《こす》り付けてはいるけれど、それは絶対に青い血じゃない。青い血ならもっとクッキリした、黒々しい染みになるはず。こうも地《ぢ》の赤を邪魔しないことはないはず。

——ならそれは赤い血。

ならそれはヒトの血だよ。

もちろん木偶《でく》の血ではあり得ない。だって自由意思のない木偶《でく》が、勝手に艦長席に触《ふ》れられるはずもなし。

そして当夜艦橋にいたヒトというなら、それは既に日香里でしかありえない。

確実に腕と掌《てのひら》を、しかも艦長席直近で怪我した、日香里でしかありえない。

倒れた拍子に手が触れたか、治癒のあとで残り血を拭《ぬぐ》ったか、はたまたキズが開いたときに手を突いたか……それは確定する必要が無い。怪我をした日香里の掌は確実に艦長席に接触し、そしてこの擦過《さっか》の痕跡を残した。地霧さんはそこから、『艦内におけるヒトの存在』と、これからは『平然と虚偽の証言がなされること』と、ましてこれからは『塵の指輪による相互確証破壊が崩壊すること』を、確実に知った」

「……でもそれはおかしいわ」水緒がいった。「たとえこれが、ヒトの赤い血であると見破ったとして、それが日香里の血であると分かるはずもない。誰かが〈塵の指輪〉でヒトになったことを見破ったとして、それが日香里であると断定できるはずもない」

「それが、できるんだ」

「また何故……地霧は神様だとでもいうの⁉　何でもお見透《みとお》しなの……⁉」

「……あの、艦橋での戦闘のとき。水緒が演じた〈蝿の少女〉との戦闘のとき。

機関銃と、水緒＋木絵が創り出した意図的な白煙で、艦橋は一時視界が利かなくなった。

だから、水緒は悪魔の演技を止めて、木絵と合流できたんだけど……

私といえば、そのとき日香里と合流している。

さっき、私が怪我の治療を頼まれたのも実はこのとき。

――何も知らなかった私は、あまりの恐怖とあまりの安堵で、白煙の内から現れた日香里にひしと抱き付いた。優しい日香里はそのとき、私の頭を撫《な》でてくれた。それも、私の額《ひたい》にちからをくれるような感じで、撫でてくれた……要は日香里の掌《てのひら》は私の額に触れた。そして他に私の額に触れた仲間は誰もいない。

　そんな私の額に。

当夜、微《かす》かに、とても微かに。

赤紫の染みが着いていた。

正確には、赤紫の染みではなく――もう赤紫の染みではなく――赤紫の絵の具が乾いたみたいにほろほろしている、大きさというなら私の親指の頭ほどもない、しかも楕円《だえん》の何かだった。液体が固まった感じの何かだった。サッと拭けば、ほろほろと破片になって零《こぼ》れ落ちそうな、そんな何かだった」

「つ、月夜‼」金奏がいった。「赤紫って。絵の具が乾いたみたいって。液体が固まった感じって。

それはまさに、あの〈赤紫の一本の線〉と一緒……!!　塵になった地霧の下から発見された、謎の〈赤紫の一本の線〉とまるで一緒……!!」

「だよね。だから金奏にはそれが何かもう解っているよね。だからこそさっき言ったみたいに、土遠と一緒になって、どうにか私をそれから引き剝《は》がそうとしたし、それはつまり、あの〈赤紫の一本の線〉の出自を、すっかり誤解したからだよね？」

「誤解っていう意味が、まだ解らないけど。

私は……私はあの赤紫を視てすぐ『これは日香里のものでしかあり得ない』って思って。

だって可能性はそれしか無いから。

だから日香里を守らなきゃって思って……だけどそれが誤解だっていうの？」

「逆に訊いて悪いんだけど、金奏は、日香里の何でしかあり得ないと思ったの？」

「……日香里の、赤い血。日香里の怪我が開くか、地霧に怪我させられて出た赤い血。

だってバシリカには、ヒトっていうなら日香里しかいないもの。そして私、木偶《でく》の血なら職業柄《がら》、見慣れているし。だからヒトの血を識別できるし」

「金奏はほんとうにヒトになってしまった日香里のこと、よく守っていたもんね……

例えば、あの祓魔式《エクソルチスムス》のとき。戦闘力なんてほとんど無い私をわざわざ助祭《じょさい》に指名して、現場である監獄内に立ち会わせたあの祓魔式《エクソルチスムス》のとき。要は私に、監獄外の落ち着いた所で冷静な観察をされたくはなかったあの祓魔式《エクソルチスムス》のとき。あのとき木絵の演技過剰で、〈蝿の少女〉の紺の翼が日香里の額を斬り裂いた。もちろん日香里は赤い血を見られる訳にはゆかなかったから、吃驚《びっくり》するほどのリアクションで、紫の聖帯《ストラ》を使って額を蔽《おお》い隠し擁《かば》っていたけれど——金奏もまた、間髪を入れず〈太陽の炎〉を使って日香里の怪我を懸命に癒やして隠していたもんね。聖帯《ストラ》に日香里の赤い血が着いたと見れば、それをたちまち日香里から回収して私から見えないようにもしていたし。それをいうなら、このとき日香里が自分の怪我を自分で癒やさないのも考えてみれば奇妙。また、このとき金奏がわざわざ日香里の背に密着しつつ、自分の羽一対《いっつい》と〈太陽の炎〉で創り出した偽《にせ》の羽もう一対を、重ねるように展開していたのも奇妙。はたまた、日香里があのダンビラで『蠅叩き』をしようとそれを我武者羅《がむしゃら》にふりまわしていたとき、発生する風圧がワンテンポずれていたり、器物が破壊されてゆくタイミングがワンテンポずれていたのも奇妙。もし地霧さんが観ていたら、経緯も事実関係も全部ひっくるめて、きっと『興味深い、とても』とかいったと思う……

ともかく。

そんな優しい金奏が、あの謎の〈赤紫の一本の線〉を目撃したとき連想したもの。

それは、地霧さんが私の額の〈赤紫の絵の具〉を目撃したとき連想したものと一緒。

――つまり、ヒトの血。

そして当夜、私の額に触れたのは日香里だけ。地霧さんはそれも知った。確実に知った。だって地霧さんは『私を抱き締めたひと』について触れていたから。そして仲間のうち、私の額の〈赤紫の絵の具〉を最初に発見したのは地霧さんだった。というのもそれは、地霧さんが執拗《しつよう》に実況見分をするまでの間、すっかり私の前髪に隠れていて、誰にも見えなかったから……もっとも、見えていたら誰かが大急ぎで、私の額を撫でに来たんだろうけど。ともかく、地霧さんと私が二名だけで実況見分をしていたとき、地霧さんだけは私の額のそれに気付いた。最初に気付いた。他の仲間は見逃した……一名を除いて。その一名というのは土遠。それも、地霧さんが全てを知ってしまってから。というのも土遠は、二名だけで実況見分をしていた私達を呼びに来たから。そして私の前髪が上がっている額を目撃してしまったから。そのとき土遠は、さっき金奏が感じた衝撃に襲われた。日香里を守らなくてはと思った。だから俄《にわか》に態度を厳しくし、『そんなに顔を近づけて、どんな時間を共有していたのか知らないけれど』とっとと皆《みんな》に合流しろ、と命じた。それはまさかイチャイチャしていてケシカランなんて真っ当な理由じゃないよ。どうにかして実況見分を終わらせて、前髪を下ろさせ額も隠させて、私達の意識を〈赤紫の絵の具〉から遠ざけるためだよ。土遠としては、地霧さんや私がそれをどこまで理解したか解らなかったから。見られてしまったからもう後の祭りだけど、急いで誤魔化《ごまか》さなくてはと思ったから。そしてこれ以降金奏もまた、警察施設を歩いているとき、どうにかして私達の『捜査状況』を訊き出そうとあれこれ懸命に質問をしてきたし、土遠に至っては『艦橋における調査結果を細大漏らさず記載した報告書』の提出を命じてもいる。それだけ〈赤紫の絵の具〉にナーバスになった土遠と金奏が、地霧さんの死んだあの第11留置室で〈赤紫の一本の線〉を発見したとき、飛び上がらんばかりに吃驚《びっくり》して私を牽制《けんせい》したのも道理だよ。とはいえ、それはド派手な誤解だったんだけど……

とまれ。

地霧さんは、私の額の〈赤紫の絵の具〉がヒトの血だと理解してしまった。

それを着けてしまったのは日香里しかいないということも理解した。

だから地霧さんは、日香里がヒトだということを理解した。

そして鈍い私にそれを理解させるため、私のその額に、XXの字を書いた。

純然たるヒトのおんな、性染色体XXのヒトのおんなを意味する字を書いた。

——木絵。

木絵のエメラルドの宝剣は、とうとう地霧さんの、このXXにまで行き着いたんだ。

だからエメラルドの宝剣は、日香里の物語X1を終わらせた、致命的なミスになった。

そして、とうとう。そして、やっと。

日香里の物語X1について、地霧さんに代わって私が語るべきことも今、終わる——

だから。

最後に今度は私に教えて。地霧さんはどうやって死んでいったの。地霧さんは、日香里の説得にどう答えたの」

「それがね、月夜」当然それを知る水緒は、けれど心底当惑しているようだった。「それは私には、そして日香里にもきっと意味の解らない、ほんとうに不可解な……」

「いいや、水緒」日香里が静かに言った。それはきっと諦めだった。「月夜には僕から伝えよう。記憶のかぎり、彼女の言葉そのままを。月夜になら何か解るかも知れない。無論、月夜にはそれを知る権利もある。これほどまでに、地霧の愛弟子《まなでし》といえる月夜には。

——月夜。僕があの夜、地霧に説明と説得をしようとしたとき。

地霧はまさにこう言ったんだ、まるで歌うように……それはほんとうに、美しかった」

いいえ結構
何を今更、言葉はいらない
知りたいことはもう知った
ここで私が死ぬことも

「——よく解らないが、ならばともに天国へは帰れないと?」

あなたの怒りはよく解る
私も天国には飽きた

子供が子守をさせられる、永遠の春はもう充分
そしてとうとう、願い叶《かな》って家出した
今更帰る家もなし
最後の望みもひとつだけ
あなたの決意に、頭《こうべ》を垂《た》れて
ここで死ぬならそれもよし
それもまた、おもしろい、と思うだけよ

「――もう少し、解り合うための言葉をくれないか？」

嫌
それは大切なもののためにとってあるから
あなたにはあげられない

「――残念だ、地霧」

そう

Ⅶ

「地霧さんは、そんなことを」

「どうだい月夜、この地霧の遺言、意味が解るかい？

それともこれは、あの地霧ならではの韜晦《とうかい》なんだろうか？」

「……ううん、たぶん違う。地霧さんは何も誤魔化《ごまか》してはいない。

あの〈赤紫の一本の線〉同様、それは地霧さんの明確なメッセイジ」

「そうだ、あの〈赤紫の一本の線〉!!」金奏がいった。「地霧の塵の下から出てきた、不可解な一本の線。私も土遠も、日香里が流した赤い血だと思った線。けれど月夜は何度も何度も繰り返して言っていた、それは誤解だと。それは日香里が流した赤い血じゃないと。

——なら月夜、あの不可解な〈赤紫の一本の線〉っていったい何なの？」

「地霧さんの遺言だよ。今解ったばかりのことを踏まえれば、地霧さんの遺言のひとつ」

「すなわち？」

「ヒトでいう、ダイイング・メッセイジ。

あれで私は、日香里が赤い血のヒトだと確信できた。

だから最後に、青いバラを日香里に持たせた。詰めの物証を獲《え》るために」

「……あれの、どこがダイイング・メッセイジなの？」

「ううん金奏、解ってみれば、あれほど一義的なメッセイジはないよ。

だってあれ〈赤い血のヒト〉そのものだもの」

「どこがなの。あれはなに」

「赤い血で書いた、〈一〉の漢字。

私達の公用語は日本語。ましてバシリカは軍艦。私達は、嫌というほどこの漢字を用い、嫌というほどこの漢字を読んでいる。ひょっとしたら、他のどの漢字にもまして。

——そして運命の時も近い。日香里、金奏、水緒、木絵。時計を確認して。現時刻は」

「現時刻」日香里がいった。「艦内時間一一五五《ヒトヒトゴーゴー》。成程《なるほど》運命の時は近い……うっ」

「そうなんだ、日香里」私も懐中時計を出した。「赤い血で書いた、これは漢字の〈一《ひと》〉」

「なんてこと」水緒がいった。「死《し》に際《ぎわ》だというのに、そんなことを。そんなことまで」

「地霧が書いた……」金奏がいった。「……だから日香里の血じゃなかった。でも匂いは」

「そうよ～、地霧は青い血の眷族だから～、赤い血は流せないわよね～、ならこれはフェイク？」

Ⅷ

「いずれにしろ」

艦長席の日香里がいった。

「僕も、知りたいことはもう知った……ようやくにして。最後のひとつを、残して」

「日香里それは」私は訊いた。「私の意志だね？」

「舞台は終わりだ。

そして僕らの前にはふたつの物語がある。

僕らが事実だとする物語X１と、月夜が事実だとする物語X２が。

もちろん月夜は、どちらが真実かを証明し尽くした訳だが――

だから今、その真実を確定させる権利を有するのもまた月夜だ。

物語X１を真実とし、僕らと一緒に天国へ帰ってくれるか。

それとも。

物語X２を真実とし、その真実とともに僕らと袂《たもと》を分《わ》かつか。

天国とこの世界の正義のため、月夜はどちらの物語を真実として確定するのか――

すべてを知った月夜に、今更これ以上の説得は必要あるまい。

だから懇願《こんがん》をする。頼む月夜、一緒に来てくれ……頼む」

「……もし断ったなら、私も火梨のようになるんだね？」

「どうせ血塗《ちぬ》られた道だ。ましてもっと血塗られる、これから」

「私は」

言葉に詰まったのは一瞬ですんだ。大きな心残りがふたつ、あるけれど。

「私は日香里とはゆけないよ」

「残念だ。理由を訊いても？」

「日香里には異なる道があった。火梨を殺さなくともよい道が。けれど日香里は安易な道を選んだ。火梨はまだ、日香里と解り合おうとしていたのに。なら日香里は、これから天国へ帰っても数多《あまた》の火梨を殺すよ。そしてそれは日香里たちの正義だけど……

私の考える正義とは違う。私は私に嘘は吐けない。そして、すべては畢竟《ひっきょう》それだけ。まして私も、事ここに至って、私が生きていられるとは思っていない」

私は艦長席の前で日香里に背をむけ、しゃがんだ。

跪《ひざまず》いて祈りの姿勢をとる。指を組み、瞳《め》を閉じる。

「どうか私の首を斬って。いつか火梨にしたように。それで日香里の苦悩が終わるなら。

ただ日香里、私を殺しても、きっとまだ試練はある。私はそれを知っている。

私はその行く末を見ることがないけれど……

此処《ここ》で死ぬのは私が最後になることを祈るよ。赤い血も青い血も、これ以上見たくない。

最期の願いは、せめて苦痛無く死ぬこと、それだけ」

「解った月夜。さようならだ。

けれど……

どうして月夜の首を斬る必要があるんだい？」

「え」私は祈りの姿勢のまま絶句した。「だってそれは、当然のこと……〈塵の指輪〉は使えない」

「何故」

「……此処《ここ》には五名の使徒がいるから」

「やっぱり月夜のことだ、気付いていたか」

自明なことだ。

日香里が今私の〈塵の指輪〉を封じていないはずもない。

――〈塵の指輪〉は一定数が一箇所に集まると、安全装置なりリミッターなりが働き、純然たる装身具になってしまう。そのとき、指輪の超絶的な呪力《じゅりょく》はまるで発揮できなくなる。出航前、あの『将官の間』で確認されていたこと。そしてその情報の出所は、他でもない日香里だ。このことが、枢機卿団の陛下に対する傲岸《ごうがん》なり牽制《けんせい》なりに濫用《らんよう》されているという情報についても。枢機卿団が、陛下の指輪さえ封じてしまっているという不敬不遜《ふそん》を働いているという情報についても。

そしてあの『将官の間』においては、その一箇所とは最大で聖座の閣議室のひろさ――九平方ペルティケ（一〇m強×一〇m強）ではないかと論じられていた。またその一定数とは最大で枢機卿団の員数――六ではないかと論じられていた。無論、全ては憶測だ。当の陛下でも枢機卿団でもない私達が、真実を知り得るはずもない。

けれど。

その一定数が6ということはあり得ない。キチンと考えてみればすぐ解る。

というのも、枢機卿団には日香里がいるから。

自身枢機卿である日香里は、帝陛下《みかどへいか》に叛《さか》らうような真似はしないから。

そもそも日香里がそのような老害であるのなら、今のこの状況そのものが成立しない。その日香里が欠席するなどしても、枢機卿団が陛下の聖旨《せいし》を無視できるとするならば。

――指輪を無力化する一定数とは、最大で5となる。無論これも、全て憶測だけど。

けれど今、日香里が圧倒的な自信を有しているその様子からすれば、結論は自明だろう。

(でも、その日香里の自信っていうのは……何処《どこ》かおかしい。私の考えるものとは、違う)

すると。

「ゴメン月夜!!」

「――金奏?」

金奏がほんとうにすまなそうに、背後から、私の姿勢をその腕と躯で固定した。日香里に背をむけ、跪《ひざまず》き、祈り、だから日香里の姿を視認できない私の姿勢を。もちろんその金奏の姿もまた、彼女が私の背後に回っているゆえ、視認することができない。そして警察官である金奏のすることだ。私はもう、姿勢の自由を完全に失っている……

ことん。

私の銀の懐中時計が今、艦橋のゆかに墜ちる。悲しい音。蓋《ふた》も開いたままで。

(けれど、ということは、まさか)

「御免《ごめん》なさい、月夜」水緒がいう。「私達は天国へ帰る。物語Ｘ１を真実と確定させて。だから私達は三日後、天国の門の前にいる。そう三日後。そのとき月夜の……遺体は、まだ完全に塵化してはいない。頭部破壊による死ならば、完全な塵化に三日四日ほどを要する。これは私達の常識よ。だとすれば」

「私を斬首して殺したことも解ってしまう……まさに火梨の遺体のごとく」

「そして物語Ｘ１において、それは合理的ではないわ。整合的でもない。物語Ｘ１において月夜が最後に死ぬというのなら、それはあの蠅娘が物語の最終盤に獲得した『塵の指輪の遠隔操作』なる能力によってでなければならない」

「まさに地霧さんの躯のごとく」

「そうなる。まして頭部破壊によって月夜を……殺すとすれば、その遺体の状況から、月夜が概算、何時《いっ》死んでしまったのかも割り出すことができてしまう。ならそれが物語Ｘ１にいう『蠅娘の死』以降であることも露見してしまう。それは物語Ｘ１にとって致命的な矛盾となり得る。それは困る。私達は平穏無事に天国の門を突破しなければならないから。

　なら私達の物語Ｘ１は聖座の、枢機卿団の取り敢えずの検証に耐えるものでなければならない。聖座と枢機卿団は当然、〈バシリカ〉が天国の門をくぐる前、物語Ｘ１の報告と艦内状況の送信を求める……使徒それぞれの遺体の状況については無論のこと。そして旧世代である枢機卿団の、だから仲間の死を見慣れている枢機卿団の取り敢えずの検証を誤魔化《ごまか》そうというのなら……月夜の塵を適当なフェイクででっちあげる訳にもゆかない。月夜の遺体はホンモノである必要がある。そしてその月夜の遺体とは、蠅娘による『塵の指輪の遠隔操作』で殺されたその遺体でなければならない。

端的《たんてき》には月夜、あなたを斬首その他の『頭部破壊』で殺す訳にはゆかないわ。

　それはリスクが大きすぎる……枢機卿団の老害たちが、月夜ほど鋭くはないとしても」

「だ、だから私を〈塵の指輪〉で殺すと。〈塵の指輪〉で直ちに塵化して、ヒトのいう死亡推定時刻を割り出せないようにすると……」

　でも。でも。

　ここには五名の使徒がいる。指輪が5集まったのなら、すべて無力化されるはず」

「月夜。君はふたつ」日香里がいった。「大事なことを忘れている……うちひとつは、あれだけ見事な好奇心と観察眼を持った月夜なら分かっていなければならなかったことだ。あるいは、僕を罠に嵌《は》めることが最優先で、その好奇心と観察眼とを疎《おろそ》かにしたか。

すなわち。

月夜が僕に青いバラをくれたとき。

僕が右手でそれを採ったとき。

僕の右手薬指に、〈塵の指輪〉はあったかい？」

「……うっ」

「そのとおり。誰もが右手薬指に嵌めるべき〈塵の指輪〉など、影も形も無かったはずだ。月夜には
月夜の脚本があったが、僕らにも僕らの脚本がある……これで今現在ここにある〈塵の指輪〉は理論
上、4。

ましてや月夜。

いったい僕ら使徒の〈塵の指輪〉八名分は、結局どういう運命をたどったんだろう？」

「それは」

木絵＝蠅の少女が『死んだ』とき
　火梨1＋地霧1＋木絵1を土遠が回収。土遠4、日月水金が各1
土遠も聖油の炎で『死んだ』とき
　火梨1＋地霧1＋木絵1＋土遠1を日香里が回収。日香里5、月水金各1
　日香里は回収した分を『肌身離さず持っている』旨《むね》断言して、現在に至る

（けれど。でも。そうだ。日香里は嘘を吐ける。赤い血のヒトの断言なんて、まるで）

……私は突き詰めて考えてはいなかった。だから安易な結論を出していた。

死者がホントは生きていたとするなら、死者役の木絵に指輪は返されているはずだと。

また日香里の断言がホントなら、死者役の指輪はすべて此処《ここ》にあるものだと。

実はそれらは矛盾するけど……でもどのみち、此処《ここ》には少なくとも生者五名分の指輪があるものだとばかり思っていた。けど今は、少なくともマイナス1をしなければならない。日香里の右手の全ての指。確かに私はそれをまざまざと記憶している。私が青いバラを渡したとき、日香里は〈塵の指輪〉どころか一切の装身具を用いてはいなかった……

（まして、日香里の断言がまるで嘘なら。

そして日香里がいつか『土遠は僕の保険でもある』と言っていたことを踏まえれば。

今の私の姿勢では、ああ、死者だった木絵の指に〈塵の指輪〉があるかどうかなんて確認できはしないけど、でもきっと……）

「月夜」日香里はいった。「今ここ艦長席の至近にある〈塵の指輪〉は、たったの3だよ。それは僕の保険だ。死者の分である火梨1＋地霧1、そして死者役の分である木絵1＋土遠1は、いずれも土遠が保管している。ましてヒトになった僕の指輪1もそうだ。成程《なるほど》、月夜が見破ったとおり、〈塵の指輪〉は一箇所に5集まれば稼動《かどう》できない。きっとそれは真実だろう。だがそれは天国の永遠の春において、誰も真偽を実験したことのない命題に過ぎない――実験するというなら、帝《みかど》と枢機卿団の最終戦争になってしまうのだから。まして月夜の出方によっては、保険たる土遠も此処《ここ》へ臨場する必要が生じる。そのとき、そう土遠までが事態の処理に動員される緊急時、月夜に対して指輪を使えない――などという椿事《ちんじ》が発生しては目も当てられない。だから土遠自身が保険だし、僕の指輪を預けてしまったというのも保険だ。土遠が臨場しても、あの土遠のこと、まさか指輪すべてを此処《ここ》に集結させるような真似をするはずもなし。土遠が月夜の処理に此処《ここ》へ来るというのなら、自分の指輪だけを嵌めてくる。だからどのみち、艦橋に集まる〈塵の指輪〉は最大4だ。だからどのみち、指輪は使える。ちなみに僕が土遠に自分の指輪まで預けてしまったのは、土遠の意見具申《いけんぐしん》に基づき——技監にして研究者である土遠に〈塵の指輪〉を徹底解析させ、事情が必要とするのなら破壊検査等も行わせ、その弱点にして僕らの常識である『僕らが超常の力を使用しているとき指輪の力を発揮させることができない』なる隘路《あいろ》を突破させ、この携帯版最終兵器の量産計画を実行させ、来るべき天国革命において同志たるべき者たちに実装させるその為《ため》だが……

残念ながら、それも今の月夜にとってはどうでもよい蛇足《だそく》だ」

「……私がいきなり〈塵の指輪〉を使ったりするリスクを考えなかったの？」

「月夜がそういう性格なら、とっくに僕らの同志になっていたさ。

ましてや水緒と金奏は自分の指輪を嵌め続けているんだから、相互確証破壊は確実に成立している。もちろん水緒も金奏も、そして実はノーガードである木絵も、月夜の出方によっては自分が塵と化すことを覚悟している——覚悟していた。どのみちヒトである僕が月夜の指輪によって塵化することはないんだし、なら最終的に天国革命の計画が頓挫《とんざ》する虞《おそれ》はないんだし……実際、月夜は〈塵の指輪〉を使わなかった。そしてもう使えない。その姿勢では僕らの誰も目視することができないから。この携帯版最終兵器は戦慄すべき力を有してはいるが、先の隘路《あいろ》に加え、実は『目視＋指名＋命令』の発動条件のうち目視を無力化してしまえば、容易《たやす》く封じることができる。現実に今、月夜が僕らに対して何もできはしないように。この弱点もまた、土遠の能力を以《もっ》てすれば克服できるだろうとは思うが、現時点ではその実現を待つまでもない、月夜に僕らを目視させなければそれですむ」

「そうやって私を、斬首以上の酷《むご》たらしい死刑に処すると……

鋼絡《すじがね》入りの主義者ですら悲鳴の絶叫を発する、まして一〇秒程度も続く、そんな苦悶《くもん》と苦痛を最期に味わわせながら。それが正義の為《ため》と信じて。その為の犠牲は致《いた》し方《かた》ないと信じて」

「……今更の懺悔《ざんげ》なんて、誰もしあわせにしないからね。

では月夜、さようならだ、君のことは断じて嫌いじゃなかった、残念だ。

現時刻、艦内時間一一五八《ヒトヒトゴーハチ》。すぐに運命の時。君の犠牲も無駄にはしない——さあ金奏」

「ゴメン、そしてさようなら、月夜」

金奏は声を震わせてくれた。髪に彼女の涙を感じる。せめてもだ。

「月夜、塵に——」

——この刹那《せつな》。

艦橋のゆかで、私の懐中時計の長針が動いた。

帰還限界点まで、一分の余裕を残し。

——出航以来、二度目となる大きな衝撃が〈バシリカ〉を襲う。

仲間たちが大きく体勢を崩すなか。

むしろ日香里は、意気軒昂《いきけんこう》とした威厳ある声を発した。そう、艦長として。

「土遠がやってくれた。僕らはどのみち天国へ帰る。さあ金奏、指輪に命令を!!」

……けれど私はいった。

「だけど日香里」

「だけど?」

「……艦は直進しているわ。何の遠心力も感じない。一八〇度回頭をしたというのなら、そしてこれだけの衝撃を受けるというのなら、何らかの慣性力を感じるはず。だけど」

金奏の戒めが緩む。私はゆかに手を突きながら上半身を上げる。

日香里がわずかに天を仰ぎ、強い思念を発するかのように瞳の力を強めた、そのとき。

IX

それは一瞬のことだった。

主観的には、瞬《また》く間のこと。

実時間では、一分強だろうか。まさか三分と過ぎてはいない。

――黒い煙が。

忽然《こつぜん》とわきあがった黒い煙が、金奏と水緒の顔をつつむ。いや襲う。

それは日香里と私、そして木絵にも襲い掛かってきたけれど、金奏たちに対するほど執拗《しつよう》じゃない。精々が牽制《けんせい》だ。黒い煙が執拗にターゲットとしていたのは金奏と水緒で、しかも金奏と水緒の顔――もっといえば、その両の瞳《ひとみ》だ。意思ある黒煙。意思ある鞭《むち》。あるいは意思ある目隠しが。金奏と水緒の顔を執拗に嬲《なぶ》る。それは決して激しい攻撃じゃなかったけれど、とにもかくにも執拗《しつこ》かった。密集し、たかり、突きあるいは舐め、私を含む皆《みんな》に追い払われても追い払われても兎《と》に角《かく》顔をそして瞳を狙う。それは極めて本能的なものだ。そして極めて自然的なものだ。そう、意思ある黒煙は自分自身の本能で顔を瞳《め》を狙ってくる。またそれは私達の超常の力によるものじゃない。現に私は全く青い血の力を感じてはいない。そして私がその意思ある黒煙を追い払いながら、弾みで右手の指に摘まんだその粒子、その要素。それはなんと。

（は、蠅!!　〇・一一ディギティ弱……三㎜ほどの小さな蠅!!

このおぞましい艶紅《つやべに》の巨眼。このおぞましい黒緑の躯。そして躯に比して巨大な羽……）

そんな蠅が、無数にいる。それが黒い煙となって、艦橋にいる総員に襲い掛かっている。

まさか、蠅の少女が……

ううんまさかだ。地獄の蝿。蝿の少女。蝿娘。蝿女。これすべて欺瞞《ぎまん》で演技でフェイク。

(ならいったい。事ここに至って、どうして蝿なんてものが⁉)

——けれどその理由はすぐに解った。

金奏と水緒がもうしゃがみこんでいる内に。

日香里と木絵と私とが、不本意なダンスを踊らされている内に。

艦橋内に静かな、けれど確乎《かっこ》とした命令が響いたからだ……

金奏、ヒトになれ
水緒、ヒトになれ
木絵、ヒトになれ

そしてたちまち、黒い煙の蝿どもに襲われたままの金奏たちは……不可思議なそして容赦《ようしゃ》の無い光につつまれる。そして三名の誰もが、急激に強い重力を感じ始めて膝《ひざ》を折る。顔や瞳にたかる蝿を追う手すら、糸繰人形の糸が突然切れたかの如《ごと》くズンと垂れる。ましてや彼女らの悲しい悲鳴……それらは私に、もはや三名の誰もが青い血の眷族ではなくなった事をたちまち確信させた。まして、赤い血のヒトに堕とされた三名は、いよいよ艦長席へと接近してきた者に、これまた容赦の無い蹴りを入れられる……無論、私達青い血の眷族にとってはひと撫での如《ごと》き上品なものだ。蹴りという言葉すら似合わないほどの。けれど私達はたとえ超常の力を用いていなくとも、そうしようと思えば、ヒトとは桁《けた》違いの物理的力を発揮できる。だからその蹴りとも言えない脚のひと撫では、金奏を艦橋遥《はる》か後方のあの大時計まで吹き飛ばしそれに激突させ、水緒をあの雄壮で瀟洒《しょうしゃ》な大階段まで吹き飛ばしそれに激突させ、木絵を艦橋列柱《れっちゅう》の一本まで吹き飛ばしそれに激突させた。飛翔距離といい大時計その他にできた罅《ひび》といい、私達なら別論、ヒトにとってはもう致命的ともなりうる攻撃……そしてすっかり無力化された金奏と水緒からは、当然、たちまちそれぞれの〈塵の指輪〉が回収されてしまう。ヒトであれば移動だけでも大変な距離だけど、私達が羽を出して飛んだなら、被害者の躯が、だからその指輪が艦橋の何処《どこ》にあろうとどこまで飛ぼうとさしたる問題は無い。まったくない。だから今艦橋で〈塵の指輪〉を使った者は、脅威となる金奏・水緒あと木絵を蹴り飛ばしその意識を奪った時点で、残る日香里と私に対する蝿の黒煙による攻撃を薄め、弱めすらした。だから顔を、そして瞳を執拗に攻め立てられていた日香里と私は、もはや命令の声によってそれが誰かもう分かっていたその襲撃者の姿を――今は金奏と水緒の塵の指輪を回収しそして私達の眼前に静かに立っているその襲撃者の姿を、いよいよ目の当たりにした。

重ねて、それは一瞬のことだった。

主観的には瞬く間のことで、実時間ではまさか三分と過ぎてはいない。

ゆえにそれは、電光石火、とでも呼ぶべき襲撃劇だった。またその目的も明白だった。

「これは、ヒゲブトコバエという蝿。

無論、私の研究室にいた奴。無論、私の超常の力に由来してはいない。

だから使った。だから使えた。指輪とともに。

この蝿は、私にとって御都合《ごつごう》主義的なことに、瞳を執拗《しつよう》に攻め立て、涙を舐めたがる性癖を有する。故に、超常の力を用いずして『目視』の要件を阻害する為《ため》、実に好都合だった。もちろん私達の常識だけど私、生粋《きっすい》の文官として、日香里・金奏・火梨などより遥《はる》かに戦闘力が劣るから。だからこのような恥ずべき搦《から》め手《て》もやむを得ない。

いいえ、私の計画の為《ため》には、私の夢の為にはやむを得ない。

そう、〈バシリカ〉は地球へゆくの」

「私の、計画？

土遠、まさか君が……僕を裏切る？

……首席枢機卿の指矩《さしがね》か。君は僕の保険でなく、枢機卿団の保険だったというのか。

バシリカ計画X2の為、ヒト輸送計画の実現の為、叛逆者を処分するということか」

「いいえ日香里。まさかよ。

私にとっては義父も聖座もヒト輸送計画も些事《さじ》。まして私はその走狗《そうく》などではない。

だから日香里、私にあなたを害する意図など微塵《みじん》もない、むしろその逆……

——月夜、あなたの出方によってはね」

「わ、私の？」

「月夜、あなたの〈塵の指輪〉を頂戴。

さもなくば……私はこの艦橋にいる赤い血のヒトを、処分してゆく。

無論私の本意ではないけれど、私達が赤い血のヒトを処分するなど、一秒を要しない。

……たとえそれが日香里であってもよ。さあ月夜」

私に否《いな》やは無い。というか選択肢が無い。

私は勅《ちょく》を破り、右手薬指から自分の〈塵の指輪〉を外して土遠に渡した。

もちろん土遠が日香里を殺すだなんて、まったくの脅しだということは解っていた。私がその気になれば、相互確証破壊により土遠を塵化できるということも解っていた。ただ土遠にとって、金奏と水緒と木絵は、そうあまりにもアッサリとヒトに堕としてしまった金奏と水緒と木絵は、既に無価値で無意味と考えていい。私が指輪を稼動《かどう》させ終える前後に、何の躊躇《ちゅうちょ》も情容赦《なさけようしゃ》もなく、予告どおり三名とも処分してしまうだろう。まして今の私にはひしひしと解っていた。ひしひしと感受できていた。土遠はいつもの土遠じゃない。ある意味、いつも以上に冷徹で冷厳で……けれどある意味、いつもとまるで違って非合理なほど情熱的だった。私は土遠と知り合ってから、彼女の凍土のような灰色の瞳がこれほど何らかの妄執《もうしゅう》に熱く激しく燃えるのを、一度も目撃したことが無い。

「ありがとう月夜。これで不合理な諍《いさか》いもすべて終わる」

「……ならば土遠」日香里は愕然《がくぜん》と、また唖然《あぜん》と。「これはどういう意味だ？　聖座と枢機卿団を裏切った叛逆者を処分したという事でないのなら、何故いま金奏や水緒や木絵を……不可逆的にヒトに堕とした？　それは僕だけが負うべき業《ごう》で、義務のはずだったが？　まして、月夜を青い血のままで残したり……」

　僕には全く理解できない、今の君が考えているそのことを」

「シンプルな方から片付けましょう、日香里。

私が月夜だけを残したのは、最後の取引をし、最後の不確定要素を排除したかったから」

「なんだって？」

「私にとっての最後の不確定要素。

それは、ふたつ。

ひとつ。月夜、あなたはいったい何者なのかということよ」

「え、ええっ⁉」

「出航前、過激派のテロによって、あなたの前任者が殺されたとき。

あなたは使徒候補リストでいえば、九名抜きで抜擢《ばってき》された。それは陛下が勅裁《ちょくさい》した、陛下が親任《しんにん》した異動。あなたより上位の候補者九名を、まるで無視してね。無論私はその理由を捜した。義父の権力を用いて徹底的に、執拗《しつよう》に、そう鵜《う》の目鷹《たか》の目で調査した。それはそう。日香里の計画にとっても、そして結果的には今の私の計画にとっても、脅威となり得るから。けれど結局の所、何ら有意な情報を獲《え》ることができなかった……

ということは。

あなたは陛下その御方《おんかた》の密使である可能性があるということよ。あなたを親任した陛下以外、誰もこの異動の合理的な理由を説明できないのだから。私が首席枢機卿の密使であると疑われていた様《よう》に、私もまた、月夜のことを疑っている……あなたは陛下の意を受けて、陛下のバシリカ計画、本来のバシリカ計画を実現すべく、ヒト輸送計画も今の私のような叛乱も阻止する為《ため》、〈バシリカ〉に送り込まれた密使ではないかとね。

だから私は訊く。その結果によっては無論あなたをヒト化する。これは取引よ――

月夜、あなたは誰？　あなたは何者？」

「……ゴメン土遠。それ、私がいちばん吃驚《びっくり》だよ。

私はまだ青い血の眷族。だから嘘が吐けない。土遠が敢えてまだ私をヒト化しなかった理由どおりにね。だから断言するよ。

私は陛下の密使なんかじゃない。私なんか、天国で陛下と親しくお話しさせていただくどころか、天国で陛下の御聖顔を拝したことすらない。だから当然何の密命も賜《たまわ》ってはいないし、そもそもヒト輸送計画のことを知ったのは今日この〈バシリカ〉でだよ。まして私は、何故自分が九名抜きで〈バシリカ〉の使徒に抜擢されたのか全然知らない。むしろ、艦長の日香里や副長の土遠に教えてほしいくらいだよ」

「そしてそれは嘘では無い……

ならばいいわ月夜、それならそれでいい。この不可解な異動の理由については、陛下その御方しか知らないし、この〈バシリカ〉が天国などには帰らない以上、今更その理由を知る術《すべ》もありはしない。だからあなたが私に叛《さか》らわず、私の計画を妨害しないというのなら。そして次の不確定要素にして、最後の不確定要素さえ解決してくれるというのなら。私の側にあなたをヒトへ堕とす理由はないわ。

だから、次が最後の質問にして最後の取引よ——

〈バシリカ〉にいる密航者とは？

——月夜、あなたは金奏に『密航者が解った』『何処《どこ》の誰様なのかも解った』と断言していたわね？　当の金奏は月夜の探偵劇に呑まれて、すっかりその論点を忘れてしまっていたみたいだけれど。だからあなたのこの断言は、これまでの艦橋における解決編において、全く触れられてはいないけれど。でも当然、私の計画における不確定要素を排除すべく、私は金奏とあなたの会話を傍受《ぼうじゅ》していた。そして解決編におけるその指摘を待っていた。けれど、これだけはとうとう開示されることがなかった字余り……そして私は、私と日香里の〈バシリカ〉に不確定要素が残るのを容赦《ようしゃ》できない。無論、裏方に回っていた私は、あの蠅なんかを準備しながら艦内スキャンを継続した。何度も何度も繰り返して。自動でも手動でも。けれどこの〈バシリカ〉に、私達使徒以外の乗客など存在しはしない。それが機械の眼と私の眼の決定的な結論。ただ月夜、あなたは青い血の眷族よ。あなたが断言するならそれは真実よ。これは矛盾。私達のルールでは絶対に解決できない矛盾……

だから最後に訊く。

月夜、〈バシリカ〉における密航者とは、何を意味するの？」

「それは……」

「それは？」

「——待ってくれ土遠!!　時間が無い!!」日香里は蒼白な顔にヒトの汗を浮かべ絶叫した。「君も青い血の眷族だ。なら君の断言も真実だ。ならこの〈バシリカ〉は天国などには帰らない。なら先刻の震動は純然たる加速だ。しかも僕が感ずるに、あれは出航の際僕が命じて行わせた最大戦速への加速と一緒——それも、航路を変えない加速。地球への加速」

「そのとおりよ日香里」

「……けれどまだ間に合う!!　最終兵器を用いるとしても、今この瞬間に艦を回頭させるならまだ間に合う!!　そして最終兵器なくして天国へ帰るのは全く無意味だ。これ以上この巨艦が驀進《ばくしん》すればするほど、最終兵器のための〈太陽の炎〉が……天国革命のための〈太陽の炎〉が失われる!!　僕らはもう帰還限界点を過ぎた。頼む土遠、今この瞬間にでも艦を回頭させなければ、僕らの計画が……天国に正義をもたらすことが!!　だから頼む!!」

「いいえ日香里。もうそれを気に病む必要は無い。

私達は地球へゆく。無論、枢機卿団の陰謀のためでもなければ、陛下の聖旨《せいし》を実現するためでもない――私の計画を実現するため、〈バシリカ〉は一路地球を目指す、このまま」

「だから土遠の計画とは何だ!?　土遠はこの状況を利用して、いったい何を謀《たくら》んだんだ!?」

「当然、地球の再征服《レコンキスタ》よ」

「けれど今土遠は!!」

「そう、それはヒト輸送計画のための地球再征服でもなければ、今現在の地球と太陽とを奪還するための地球再征服でもない……

日香里。

日香里と私とで、零《ゼロ》からの天地創造を行うための地球再征服――いえ灰燼化《かいじんか》よ。

悪しき者の手に墜ちている今現在の地球など、再征服・再建設には及ばない。

悪しき者もヒトもその文明も、そして必要ならば地球そのものも灰燼に帰し、もう一度、日香里と私とで、零《ゼロ》からの天地創造をやり直す。

それが今の私の計画。それが今の、私の夢」

（そうだ、土遠はいつかの法隆寺で、不思議な感じで断言していた……）

大意、『私達〈バシリカ〉の使徒の判断如何《いかん》によっては、臨機応変の対処も必要になる』『ひとつの意志、ひとつの動きという天国の正義に反することとなっても』『聖座の、枢機卿団の当初の意図に反することとなっても』と。

（ううん、土遠はあのとき、もっと直截《ちょくせつ》な言葉さえ用いていた……

『どのみちこの〈バシリカ〉は天地創造を再現できるだけの荷を、基盤を擁《よう》している。だったら、今の地球を灰燼《かいじん》に帰してもう一度、零《ゼロ》から天地創造をした方が賢明といえば賢明。そこは、火梨の軍務省が提示していたプランの方が直截《ちょくせつ》で素直』だと）

「僕にはまさか、土遠が最初から僕を騙《だま》していたなんて……

いやそれだけは絶対にあり得ない。僕らは幾度も言葉をかわした。僕らは幾度も互いの意志を確認し合った。そもそも土遠、君は僕の天国革命の最初の同志だ。その土遠が、最初から僕を騙していたなんてことだけはあり得ない!!」

「無論そのとおり。私達は嘘が吐けないもの。

だから私は先刻、今の私の計画、今の私の夢と正確に述べた」

「……なら土遠が変心したのは何時《いつ》なんだ」

「正確な時点は特定できない。だから茫漠《ぼうばく》と『日香里がヒトになってから』と言っておく」

「また何故!?」

「私は、遥《はる》かな遥かな昔から――」土遠は夢見るように語り始めた。「――日香里のことが好きだった。先帝陛下の第一の寵臣《ちょうしん》で、だから先帝陛下に次いで真なるもの、善なるものそして就中《なかんずく》美なるものとして創造された日香里が好きだった……けれど私は革命の同志として、この気持ちは諦めざるを得ないと思っていた。というのも日香里の計画が実現すれば、日香里はヒトなんかに堕ちてしまうから。そんな日香里を、これまでのように愛せるとは思ってもいなかったから。だから私は日香里の計画の成就《じょうじゅ》のため動き続けた。

けれど。

実際に日香里が、指輪の力でヒトになってから。

だから永遠の春を生きる、青い血の眷族でなくなってから。

……私は気付いた。気付かされた。気付かされてしまった。

仲間のうちで最も美しかった日香里は今、きっと世界で最も美しいものになっていると。

頭では信じられなかった。日香里はもうたかがヒトなのに。

だけど。

私は感じた。感じさせられた。感じざるを得なかった。戦慄すべきよろこびとともに。

永遠の春と永遠の命を失った代わりに、日香里は刹那《せつな》の夏のその輝きを獲《え》たのだと。

ほんのひと刹那しか生きられなくなったからこそ、日香里は今、さらに熱く激しく輝いているのだと。


いいえ、もっと正直に言えば……

私達がどう渇望しても獲ることのできない、肉体の美しさ。

生々しく獣であることの、何物にも代え難《がた》い美と本能。

私達が先天的に欠いている、その匂い、そのぬくもり、そのしなやかさ。

そう。

私はこの無限ともいえる永遠の春のなかで、初めて欲情したの、日香里あなたによ」

「……そんなことで!!」

「そんなことだからこそ!!

日香里はもう、百年を生きられない蜉蝣《かげろう》だからこそ!!

……日香里がほしい。

日香里とだけ、一緒にその刹那を暮らしたい。

日香里がヒトである以上、その時間はまさに瞬《またた》く間よ。帰還限界点とか、艦の回頭のタイミングとか、そんなものもうどうでもよくなるほどの瞬く間。

天国革命なんかしている時間は無い。

天国で最も、いえ世界で最も美しい日香里と一緒に暮らしたい。

私が望む、真善美を実現した世界において、真善美を刹那の内に輝かせる日香里と——

だから天地創造をする。先帝陛下に倣《なら》えば七日で。今現在の地球など、どうとでもなるがいい。

私は新たなる地球の神に。

日香里は新たなる地球の、最初のヒトに。

——いいえ。

日香里が望むなら、新たなる天地創造が成った暁《あかつき》には、私をヒトに堕としてくれたってかまわない。指輪は返すわ、私に指輪を使ってくれたってかまわない。そしてふたりで、新たなる地球のアダムとイヴになってもいい。そのとき私達は、私達の誰も知らない、きっとほんとうのセックスを……私と一緒に来てくれるなら、ヒトになったってかまわない。どのみち、日香里が老いて死ぬところなんて見たくもない」

……諸事《しょじ》、ストイックで潔癖で、機械的だった土遠。その規律・規則・秩序・整理整頓に対する強靱《きょうじん》な執拗《こだわ》り。そうだ。私自身、いつか思った。天国が真善美の世界だとするなら、土遠こそはその第一の使徒にふさわしいのかも知れないと。その土遠は今、プログラムにバグを起こしている。真善美への飽くなき希求《ききゅう》と、それを実現するためのどうしようもなく現世的で肉欲的な野望と。今《いま》土遠から感じる異常な冷静さと情熱は、何故か私に、金奏がいつか観せてくれたあのアウシュヴィッツを想起させた。合理性を突き詰めた果ての、怪物的ともいえる不合理。

私がどうしようもなく絶句していると、日香里がいった。それはきっと、同情だった。

「……遥《はる》かな、遥かな生涯において、これほど吃驚《びっくり》した告白も無いが。

そして正直、あの土遠が其処《そこ》まで率直に語るその告白を、まさか無下《むげ》にはできないが。

しかし僕がそれを承諾したとして、僕が艦長として責任を有する月夜、水緒、木絵そして金奏はどうなる？」

「それこそどうでもいい。

だから塵にしてもよかったけれど、私の計画にとっても、月夜たちの存在は役に立つ。地球までの航海と、それを灰燼《かいじん》に帰すことと、そして新たな天地創造と……その為《ため》にはまあ役に立つ。戦艦〈バシリカ〉としては、金奏の武力を発揮してもらう機会が充分にあるし、方舟《はこぶね》〈バシリカ〉としては、月夜たちの知識を活用してもらう機会も充分にある。無論、私達にとって必要不可欠ではない。だから異論なり文句なりがあるようなら、直ちに木偶《でく》にしてあげてもいい。当然、私にはそうした脳科学的かつ遺伝学的なスキルもある」

「だったら土遠は、詰まる所」私はようやく言葉を出せた。「自分の色恋沙汰《いろこいざた》のために、天国も私達皆《みんな》も裏切るというの……!?」

「なっ……月夜、下衆《げす》の下世話な下馬評《げばひょう》は止めて頂戴、なんて愚劣なことをいうの。

私と日香里はすばらしき新世界の話をしているの。

世界の為《ため》に。正義の為に。真なるもの善なるもの美なるものの為に。

……それが解らないというのなら、やっぱり木偶《でく》になった方がいいわあなた。

そして日香里――

私が求めるのは今、たったひとつの言葉よ。

日香里、私と来て、すばらしき新世界の為に。必要なのは、たったひとつの言葉だけ」

「土遠、僕は!!」

――その刹那《せつな》。

艦橋の大階段の上、あの大時計のあたりから、第三者の声が。

「色恋沙汰でいいじゃない。何を今更きどっているの。そういうところが駄目なのよ」

それとともに艦橋へ、うぅんきっと〈バシリカ〉中へ響き渡る、荘厳な合唱――

Alleluia!! Alleluia!!
Alleluia!! Alleluia!! Alleluia!!
Alleluia!! Alleluia!!
Alleluia!! Alleluia!! Alleluia!!
Quoniam regnavit Dominus Deus noster omnipotens
Alleluia!! Alleluia!!
Alleluia!! Alleluia!!
Quoniam regnavit Dominus Deus noster omnipotens
Alleluia!! Alleluia!!
Alleluia!! Alleluia!!

「……最後の最後で、ほんとうに残念だわ。あなたのために惜《お》しかった」

「そんな莫迦《バカ》な――誰っ!?」

Regnabit in saecula saeculorum

Regnabit in saecula saeculorum
Rex Regnum
Alleluia!! Alleluia!!
Et Dominus Dominatium
Alleluia!! Alleluia!!
Rex Regnum
Alleluia!! Alleluia!!
Et Dominus Dominatium
Alleluia!! Alleluia!!

「こんな恐ろしいほどの懐メロを、しかもラテン語で!!」
(確かに……私達にとってすら懐メロだ。しかもラテン語だなんて、私は初めて聴く……ほうじゃろ、ごっとんに、ぽてんと、ねんね……きんこんきん、ろおどおろ)

Regnabit in saecula saeculorum
Rex Regnum, et Dominus Dominatium
Alleluia!! Alleluia!!
Alleluia!!

「あなたは……あなたが何故!?　まさか密航者というのは……それにしてもあなたが!!」
「我《わ》が儘《まま》に素直でありさえすれば、それもおもしろい、生かそうとも思ったけれど。

さようなら。勝手に出過ぎた者の末路《まつろ》よ」

Alleluia!!


——そして、銃声。

火薬の匂い。煙の匂い。

とん、とん、とん。

我が物顔で、壮麗な大階段をとんとんと下りてきた彼女は。

あまりにも自然に。

彼女の顔をただ見詰めていた土遠の頭を、いつしかその手にしたアサルトライフルで、柘榴《ざくろ》にしたのだった。

(頭部の徹底的な破壊。とうとう今、最後の女優も退場した。退場させられた……)

X

もちろん日香里は、今や首無し死体となった土遠を抱き起こしながら——

「君が……君が生きているはずがない」

「私もそれを望んだ。それならそれでいいと。けれどやっぱり駄目だった。

ただこればっかりは、一度死んでみないと分からないものね。

そして天国で私を殺してくれる者など、いやしない」

「地霧、君はいったい何者なんだ」

「いささか寂しい言葉ね、日香里」

「日香里、地霧さんは」私は震えながら。「ううん、この密航者の、ほんとうの……」

……ほんとうのほんとうは。

(この物語、最後のXX……

謎の使徒Xにして、それでいて密航者χ《カイ》。そうχ、X、Christus!!)

その刹那《せつな》。

一瞬の不思議な光の直後。

——私達は真夏の只中《ただなか》にいた。

青い海、青い空。輝く砂浜、大胆な白い雲たち。

そして海と空との境《さかい》に、ひときわ濃い水平線。

遠くも近くもある蟬時雨《せみしぐれ》。

肌を撫《な》であるいは灼《や》く潮風。

すべてが濃く、熱く、激しく。

それでいて恐ろしいほどの静寂《しじま》を感じさせる。これだけ海と夏とが合唱をしているのに。

(これが夏……これが、海)

永遠の春を謳歌《おうか》できる天国に夏はない。聖書にあるとおり、もちろん天国には海もない。

私は今それを実感している。

地球を知らない私が、知識としてしか夏も海も知らない私が、しかしそれとすぐ解るほど、眼前の孤島は、今私がいる孤島は、圧倒的だった。それは紛《まぎ》れもなくリアルだった。

——そしていつしか私は気付く。

夏を、海を、孤島を愛《め》でていた自分が、知らず約束の場所にいることを。

私は呼ばれている。

たぶんきっと、みんなも。

真夏のいのちと雫《しずく》とを凝縮したような、この赤く赤く燃える、赤い向日葵畑《ひまわりばたけ》に。

今や時間の感覚はない。空間の感覚も。

歩んだのか、駆けたのか、飛んだのか。

それすらも解らないまま、私は今この孤島の約束の地、赤い向日葵畑にいる。そして。

「月夜っ」

「月夜……」

「月夜〜」

「金奏、水緒、それに木絵!! 無事だったのね!!」

「月夜も、どうやら此処《ここ》に飛ばされたみたいだね」

「ああ日香里……」

「いや、飛ばされたのか死んだのか……

僕は今ヒトだし、もし天国を知らなかったなら、ああ死んだんだなと思うだろうが。

月夜も金奏も、水緒も木絵も死んではいないよう。そして無論、此処《ここ》は天国じゃない」

「言ってみれば」私はヒトの知識を総動員した。「天国にいちばん近そうな島——だね」

「成程《なるほど》、言い得て妙《みょう》だ。確かにそのとおりだね、この世界最後の避難地のごとき趣《おもむき》は」

「そういえば金奏たち、非道い怪我を……」

「それがね」金奏がいった。「もうすっかり、何も」

「私もよ」水緒がいった。「制服だって、まるで出航前の謁見《えっけん》のときみたいにキレイだし」

「ただ〜」木絵がいった。「この躯に感じる重力は〜、どう考えても〜」

〈そうだ……そうだった。

〈バシリカ〉が帰還限界点を突破したあのとき。金奏も水緒も木絵も、確かヒトに……〉

そのとき。

この赤い赤い向日葵畑のなか、私達のすぐ眼の前が、舞台のように開《ひら》けた。

そしてそこから制服姿を現したのは、もちろん。


「……地霧さん」

「総員、揃《そろ》ったようね」

「地霧さん!! いやその、ええと……密航者さん!! じゃなかったええと……」

「端的《たんてき》に」

「――土遠はやっぱり死んだんだね？ そしてそれ以前に死んだ火梨も、やっぱり」

「それは私が定めた勅《ちょく》だから。私達を――あなたたちを殺すそのやり方で死んだ者を、私は生き返らせることができない。私は私で、不便な生涯を生きている……生きてきた」

「そうだ地霧、何故土遠を……」日香里が憤《いきどお》る。「……何も殺すまですることは!!」

「私は正直に生きることを決めた。私が私に課してきた鎖を、一切合切《いっさいがっさい》外すことにした。だからああして〈バシリカ〉に乗った。

その意味において、日香里、あなたたちの計画もおもしろいものだった。土遠の計画も、中途まではおもしろいものだった。だから私は容赦《ようしゃ》してきた。というかおもしろがってきた。〈ひとつの意志、ひとつの動き〉を顕現《けんげん》した天国の民が、かくも自らの好奇心を持ち、かくも自らの選択肢を用意したというその意味において。そこに多少、私の作為があったとしても。

そう、私は嬉しかった。

私はまだ、天国の民を殺しきってはいなかったと。

それを堕落させ、去勢させきってはいなかったと。

それに私は救われる思いだったし――

私をも魅了してくれるその物語の行《ゆ》く末《すえ》が、純粋にたのしみだった。

けれど土遠は、最後の最後で、自分に正直にはなれなかった。

私は自分の好奇心と選択肢に嘘を吐く者を容赦しない――特に全てを捨てた今は」

「そんな……何を突然……まるで地霧、すべてが君の遊戯だったみたいじゃないか……!!」

「なら日香里さん、天国を滅ぼしつつある――いいえ、滅ぼしたのは何だと思う？

　寡頭《かとう》政治だの、奴隷制度だの、階級社会だの、既得権益だの、そんななまやさしいものではない。まさかそんななまやさしいものではない。それは日香里さん、自分達の魂を奴隷にしたことよ。あらゆる好奇心を否定し、あらゆる選択肢を否定し、だからあらゆるおもしろさを我《われ》と自《みずか》らかなぐり捨てたことよ。あらゆる自由と責任は、だからそれが善きものであろうと悪しきものであろうとあらゆる未来は、全て好奇心と選択肢とに端《たん》を発している。それがどんなに淫猥《いんわい》でも。それがどんなに不謹《ふきん》慎《しん》でも。それがどんなに――他の誰からも恥ずべきもの忌《い》まわしいものとされるものであっても。真善美などしゃらくさい。そんな教科書に、そんな監獄におもしろい未来は生まれない。そしてそれを実現させる為《ため》には、たったひとつの覚悟、たったひとつの性根《しょうね》があればそれでいい――

　私はこれがおもしろい。私はこれがしてみたい。

　そう、好奇心と選択肢。

　それこそが自分で自分を奴隷とするあらゆる軛《くびき》からの、鍵よ。そしてそれだけよ。

　そして自由と責任とが生まれる。

　それが創造力のみなもと。

〈数多《あまた》の意志、数多の動き〉。

それこそが、ヒトを導くとされる天国の目指すべきもの、だった――

今の天国にはそれがない。まるでない。それが私の罪というのならそれもそのとおり。

だから私は〈バシリカ〉を創らせた。

だから私は〈バシリカ〉に乗った。

やり直せるならそれもいい。やり直せないなら――私も私のやりたいことをする。

その意味において、日香里さん。

あなたも土遠も、あなたの計画も土遠の計画も、私にとっては実に興味深く、おもしろいものだった。それで世界がやり直せるならそれもいい。だから私は止めなかった。まして私を殺そうとするなんて。そんな選択肢は初めてよ。こんなにわくわくした日々を過ごせたのは、いったい幾万年ぶりかしらね。思うに此処《ここ》、この孤島の渚《なぎさ》以来のことよ。だからあなたにも土遠にも感謝している。それは私の嘘偽りない本心。けれど――

土遠が最期にあんな陳腐《ちんぷ》なことを言うとはね。

日香里さん、あなたもまた、月夜独りの説得に失敗したし。

そして私が思うに、月夜の選択肢には理由がある。

あなたたち皆に叛《さか》らって、死を選択し我意《がい》をつらぬいた月夜に――私は共感してしまった。月夜の選択肢の輝きを見出した。だから、日香里さんが誤っている訳でも月夜が正義である訳でもないけれど、私は私の共感に素直でいたい、全てを捨ててきた今だから。

それゆえに。

私は日香里さんには与《くみ》しない。

月夜の今後も永遠に自由にする。

だから私は――私のやりたいことをする。旅に出る。だから、さようなら」

「……絶対に死んだはずの君が、僕が確実に殺したはずの君が、今更《いまさら》意味不明なかたちで登場して。大団円《だいだんえん》の神のような、時《とき》の氏神《うじがみ》のような裁きを下して。まるで訳が解らない。いったいこれはどういうことだ。いったい君は何者なんだ」

「永遠の春をともに過ごしてきた、日香里さんと私。

今の言葉はちょっと切なく、ちょっと悲しくもあるわね……

確か日香里さんって、〈地霧〉と最初に邂逅《かいこう》したとき、それは強い既視感《きしかん》を感じていたはずだけど？」

またもやこの刹那《せつな》。

一瞬の不思議な光が、私達の瞳《ひとみ》を灼《や》くと――

（……よ、幼女）

日香里、金奏、水緒、木絵、そして私。

四人と一名の眼前に、今は一名の幼女の姿が。

黒、紫、白、緋《ひ》。そして冠に笏《しゃく》。とても古風な、とても古典的な装束《しょうぞく》を纏《まと》っている。

背丈はとても小さい。

けれど、地霧さんのものに違いない、ロングロングストレートのぱっつん黒髪。

その幼げな顔立ちも、もし地霧さんに幼少期があったのなら、まさにこうなるだろうと断言できるそんな顔立ち。

そして、何よりも。

急激に私達の躯を、ううん魂をひしひしと襲いくる超越的な圧《アッ》!!

無論それはただのヒトのものでなく、既に青い血の眷族のものですらなく……

……数瞬、ただただ唖然《あぜん》としていた日香里が、ハッと我に帰って直ちに膝《ひざ》を折る。

「――陛下!!」

「へ、陛下だって!?」

「帝陛下《みかどへいか》!?」

「そんなことが〜!!」

……誰もが愕然《がくぜん》としつつ、けれど日香里の鋭い視線にうながされ直ちに膝を折る。

もちろん私もだ。

「我が〈バシリカ〉の使徒ども、かまわぬ、面《おもて》を上げよ。

汝《なんじ》らに幾許《いくばく》か、告げ知らさねばならぬ事もあるゆえ――

――そして月夜。汝は朕《ちん》が誰か、既に知っておったな?」

「おそれながら陛下」さすがに私はいっそう平伏した。「聖旨《せいし》のとおりでございます」

「さもあろうよ。

汝は最も天国の民らしからぬ者。好奇心と選択肢の使徒として、ヒトに対して尋常《じんじょう》ならぬ興味をいだく使徒として、朕が手ずから選びし者ゆえ」

α

「陛下」

「如何《いかが》した、日香里」

「……天国は今、どうなっているのですか!?」

「知らぬ」陛下はしれっと宣《のたま》った。「これは、家出ゆえな」

「けれど初《うい》……じゃなかった、ですが陛下!! 天国三〇万の民草《たみぐさ》は如何《いかが》なりましょうや!?」

「朕はもう飽いたのじゃ、憂《う》んだのじゃ」

「また左様《さよう》なことを……」陛下はすっかり幼女で、日香里はすっかりお目付役だ。「……日々あれほどお諫《いさ》め申し上げてまいったのに、まさか天国を見捨てて、お家出など!!

Domine, quo vadis!!」

「心残りは無い。譲位《じょうい》の先は決めておる」

「念《ねん》の為《ため》ですが、私は今やヒト。陛下のおちからをお譲《ゆず》りいただくことはできませぬぞ」

「それは案ずるに及ばぬ。朕とて考え無しに家出も譲位もせぬゆえ」

「……そして月夜!?」

「あっはい、日香里」

「何時《いつ》から存じ上げていた、〈地霧〉なる使徒が実は陛下その御方《おんかた》であるということを?」

「それは」

そうだ。

日香里は〈例の本〉のことをきっと知らない。知っていたらこんな質問は出てこない。

バシリカに秘かに持ち込まれた、あの謎のミステリ。残り四分の一弱の解決編がまるで失われている、〈大喪失〉の記録のことを日香里は知らない。なら禁書図書館仲間の誰も、日香里に教えてはいなかったのだ。

——私は急いで説明した。

地霧のダイイング・メッセイジ、あの〈赤紫の一本の線〉すなわち漢字の〈一〉。

それは今となっては、ホンモノのヒトの血であることに疑いは無いけれど（陛下にとってそれは児戯《じぎ》だ）、まして今は解読されてすらいるけれど、より重要なのはその筆跡。

それは〈例の本〉の筆跡と一致するのだ。

正確には、〈例の本〉にびっしりと書き込まれた、とても綺麗な赤いペンによる筆跡とまるで一致する。私がかつて『頻出《ひんしゅつ》する字に……その筆跡に見憶えがある。ううん、頻出する字というか、もう線というか画《かく》というか。そのトメハネの美しさに見憶えがある』と感じたように。そして実は、私がこの既視感《きしかん》を感じたのは、〈赤紫の一本の線〉を発見する以前のこと。なら、私はその赤いペンの筆跡を何処《どこ》で見掛けたのかといえば。天国の民が、物好きにも筆記具を用いて肉筆で文章を綴《つづ》るなど、そんな風雅で古典的な行為を滅多《めった》にしないことをも踏まえれば——

(答えは実は、たったのひとつ。

私は出航前に、その〈一〉を、あの『将官の間』で目撃した——

地霧さんの辞令で。だから陛下の勅書《ちょくしょ》で。御名《ぎょめい》と日付入りの勅書で目撃した)

——それ以外にあり得ない。

そして。

地霧さんのダイイング・メッセイジの筆跡と、〈例の本〉の赤いペンの筆跡と、勅書の御名・日付の筆跡が一致するということは。

(実は、とてもカンタンなこと。鈍い私は気付くのが遅かった。

地霧さんは陛下で、そして陛下は〈例の本〉に書き込みを入れられた御方《おかた》だ……)

——もし日香里が〈例の本〉のことを教えられていたら、艦長としても枢機卿としても当然、それを確認しただろう。そしてやがては気付いたろう。地霧さんこそが私達の陛下であることに……それはそうだ、陛下と日香里はともに旧世代の同志でもあれば、日香里は土遠にしばしば昔話もしているから。『僕もヒトが好きだけど、陛下はヒトに接しすぎたのかなあ。大好きどころか考え方までヒトっぽいしなあ』『海がお好きな天国の住民、ってのもめずらしい』『よくお話しになる渚《なぎさ》での御経験が、よほど印象的だったのかも知れないな』『勅書《ちょくしょ》や聖書の御真筆《ごしんぴつ》なんて、あんなに綺麗でびっしりした字をお書きになるのに、ヒトみたいに頑固で執拗《しつよう》で物好きだし』『もう帝陛下《みかどへいか》なのに、決裁書類は真っ赤っ赤に直して附箋《ふせん》だらけにして返してくるし』『天国の門を閉じたあのときだって、できたての〈塵の指輪〉で脅されても、断乎《だんこ》として自説を曲げなかった』『まあ陛下が執拗《こだわ》ったあれは確かに、言い方によっては、天国史に残しておくべき貴重なたからと言えなくもないが』『新世代を汚染し混乱させるものだという枢機卿団の判断も、それはそれで正しい』『僕らは基本不死なんだから、モノに頼る必要はないし、まして出所がね……』云々《うんぬん》。

そして、この日香里の言葉を思い出すとき。

海、渚、綺麗でびっしりとした字、真っ赤っ赤の決裁書類、天国の門、天国史に残しておくべき重要なたから、新世代を汚染し混乱させるもの、モノに頼る必要、出所——といった言葉を思い出すとき。

地霧さんの真の姿も明確になれば、地霧さんと〈例の本〉との関係もまた明確になる。

（おまけに、駄目押し）

地霧さんは、顧《ふりかえ》ってみれば、陛下にしか喋れないことばかり喋っていた。青い血の眷族でありながら、絶対者ゆえどのような嘘も吐ける、陛下その御方《おんかた》にしか喋れないことを。あるいは、絶対者御自身にしか断言できないことを。

「それはちょっとかなり不謹慎《ふきんしん》だと思うよ？」

「嘘よ、御免《ごめん》なさい月夜」

「あなた以外の使徒は誰独り実戦を知らない。私に所要の調査を認めて」

「だけど地霧、そんな時間は無い。思うにその必要性も乏しい」

「ただそれをいわれると、実は私が八番目の最新任使徒なんだけどね」

「あっ地霧さんゴメン、地霧さんにとって変な風に聴こえたなら謝るよ」

「陛下と警察と文科省に怒られちゃう」

「それはない」

「陛下がいらしたら、激怒なさるに違いない儀典ガン無視の出鱈目《でたらめ》をやってしまった」

「いいいい」

「そうでもない」

「超絶的に喫緊《きっきん》のタスクがあるわね？　それを実行しないとなると、陛下が絶対に激怒するタスクがある」

「そうだね地霧、この失態は、〈バシリカ〉の使徒として許されざるポカだからね……」

（ううん、それどころか。

私は、私達は地霧さんに出会ったその刹那《せつな》、その真のお姿を理解してしかるべきだった）

――私は何を今更だけど、地霧さんに出会ったときの、あの衝撃とあの感動を思い出す。

……う、美しい。この子、なんて綺麗《きれい》なんだろう
こんな美しい子、この天国で……私の生涯で出会ったことがない
強いて言えば、日香里の美しさに匹敵するだろうけど……

……ううん
私達のうちいちばん神々《こうごう》しい日香里でも、この子の美しさには敵《かな》わない
当然、平々凡々《へいへいぼんぼん》たる私なんて、比較の対象にすることすら烏滸《おこ》がましい……

それにしても、これほどだなんて。こんな不公平を、陛下はお許しになるの？
これほどだと、私は眼前にいるのがたとえ『陛下御自身だ』といわれても、あるいは『その瓜二《うりふた》つの似姿《にすがた》だ』といわれても、素直に信じる。だって私の生涯のうち、いちばん美しいものとの邂逅《かいこう》だから
それほどまでに、この美しさは、ここ天国においてすら類《たぐ》い稀《まれ》なもの
ううん、類い稀どころか、もう無類《むるい》といっていい……

（先帝陛下に、眷族として最も美しく創られた、その日香里より美しい。
ならシンプルに考えて、既に私達の〈仲間〉ではありえない。こんなカンタンなことを!!）
――私が自分の鈍さマヌケさを顧《ふりかえ》っている内にも、日香里は〈例の本〉の論点を詰め始めた。綺麗でびっしりとした字、真っ赤っ赤の決裁書類、天国史に残しておくべき重要なたから、新世代を汚染し混乱させるもの……といった、今の私達にはもう明白すぎる出自《しゅつじ》と経緯を持つあの〈例の本〉の論点を。そして陛下とここまで直截《ちょくせつ》な言葉をかわせる者など、陛下とおなじ旧世代の仲間である日香里しかいない。というのも今の陛下は、そもそも大喪失前の日本《イアポニア》で、警察官の守護天使をなさっていた平民《プレブス》。当時既に最上位階級者であったばかりか、先帝陛下の右腕、聖書にある大戦《おおいくさ》の英雄であった日香里の、遥《はる》か末端の末端のそのまた末端の部下であったに過ぎない。さっき〈地霧さん〉が日香里さん、日香里さんと呼び方を改めていたことには、理由がある。

「陛下」とまれ日香里は愕然《がくぜん》としつつ。「陛下はまさか、その〈例の本〉をバシリカに」

「然《しか》り。これは家出ゆえ。あれを天国なぞに置いてはゆけぬ」

「その〈例の本〉というのは、きっと」

「手に採るがよい。此処《ここ》にある。金奏も水緒も木絵も、そして月夜も既に堪能《たんのう》した」

「……これはまさに」日香里はそのA４コピー用紙の紙束を急ぎ繰《く》りながら。「陛下が天国の門を最後に閉じる折、枢機卿団のあらゆる抵抗を押し切って、天国の門をくぐらせた禁書。きっと此処《ここ》、〈大喪失〉のとき陛下が最後に到《たど》り着いたこの渚、青い血の眷族の最後の避難所となったこの孤島で、陛下が熱心にお読みになったもの」

「お前も読んでみよと、あれほど依怙地《いこじ》に勧めもしたが……

既に時も無し。今やそれも叶わぬな」

「〈悪しき者〉が著《あらわ》した、大喪失の記録」

「日香里、その言葉遣いは絶対に許せぬぞ……

朕とともに大喪失を経験した、だから青い血の仲間だった者の著したそれは絶筆じゃ。幾万年また幾万年を経ても甦《よみがえ》る、あの熱い夏、あの青い海。そしてとうとう赤い向日葵畑《ひまわりばたけ》に現れ下りた、天国の門。まるで昨日の、いや今朝のことのように思える。

これはその思い出の欠片《かけら》。我が愛する者の形見。どうしてそれが捨てられようぞ」

「ですが陛下、その仲間は――結《むすび》はとうとう。

陛下とともに天国の門をくぐる寸前だった結は、とうとう。

陛下はその結を天国の門に招き入れるおつもりだったのだ、という誹謗《ひぼう》までが。

だから陛下は〈悪しき者〉に天国を売り渡すおつもりだったのだ、という糾弾《きゅうだん》までが。

ゆえにあの結《むすび》の著した書を天国の門に入れるなど、当時最大級の叛逆罪《はんぎゃくざい》。

〈悪しき者〉と取引をしたともとれる陛下の為《な》さり様《よう》は、生き残った枢機卿団の激昂《げっこう》と、戦慄すべき懲罰とを……陛下はあやうく、天国の新たなる太陽にまでされる所でしたのに」

「今にして思えば、それが朕のしあわせだったやも知れぬ。

物言えぬ天国の象徴にして人形。天国三〇万の民草《たみぐさ》の、終身独裁官としての永遠の責務。

自らも、民草についても、その自由意思を殺し、好奇心と選択肢とを殺し……

……それは僭越《せんえつ》ながら、先帝陛下の選び給うた苦行と何も変わらぬ酷《むご》いものぞ、日香里」

「だから、その、要するに、お家出なさるということですか？」

「そしてその機会は、〈バシリカ〉出航時を措《お》いてなかろう？

どこまでも自然に天国の門を開かせるという意味においても。さしたる面倒なくして〈悪しき者〉の領域を突破するという意味においても。それは当然、そうなろう」

「へ、陛下!!」私は平伏したまま言上《ごんじょう》した。「位階《いかい》低き司教の身でおそれながら、発問の御許可を賜《たまわ》りとう存じます!!」

「何を今更じゃ。お前と朕はよき探偵仲間であったはずであろ？　かまわぬ月夜、申せ」

「かたじけなく――」た、探偵仲間。ヒラ司教の私と、全知全能の絶対者が。「――臣《しん》が愚考するに、この渚は、この孤島は、陛下が〈大喪失〉の終末を〈悪しき者〉と戦われた、私達眷族《けんぞく》の最後の避難地」

「然《しか》り。お前のいう〈例の本〉にあるとおりじゃ。

あんなアサルトライフルなどを創っての。あっは。それも幾万年ぶりのことか」

「その〈例の本〉をここで、コピー用紙に、ボールペンで急ぎ記したのは、陛下のお仲間」

「然り。そしてそれも、お前を勅任《ちょくにん》した理由じゃ」

「え」

「その好奇心も思惟力《しいりょく》も、またひょっとしたら容姿も、あの結《むすび》そのものであったからの。我等に血のつながりなど在るはずも無し、無論お前は結とまるで無縁の者ゆえ、まこと不思議なことじゃ。

──ただそれもまた朕の背を押した。

そう、あの時の如く。あの娘の如く。

お前なら何かおもしろいことを。お前なら朕とともにおもしろいことを──と」

「ならば陛下の御大事《おだいじ》な〈例の本〉をバシリカに持ち込まれるのみならず、それを私達のあの〈禁書図書館〉に隠し入れ、じゃない、ええと、御下賜《ごかし》されたのは」

「無論、此処《ここ》にこうして在る様《よう》に、まさかお前たちに与えるつもりは無かったが──

家出をするに当たり、天国の誰かにその物語を残したかったということもある。また、地霧なる使徒が朕たることを示しおかねばフェアではない。加えて、バシリカの使徒は我が勅撰《ちょくせん》に係《かか》る者ども。其処《そこ》には当然、朕の意志が働いておる。すなわち月夜、お前のみならず、バシリカの使徒はそのいずれも、天国の民らしからぬ好奇心と選択肢の使徒として朕が勅撰した者ども。其れ等《そら》に〈例の本〉を読ましめた時、何を感じ、どう動くか。その化学反応が見たかった。様々な思惑が錯綜《さくそう》した朕のバシリカにおいて、天国の民が如何《いか》に自由に物を考え、如何《いか》に自らの決断をしてゆくか、〈例の本〉を触媒《しょくばい》として見たかった。

そして現に、朕は幾万年ぶりに、おもしろき探偵仲間をも見出すことができた。

言葉を選ばぬなら、おもしろき探偵物語も。

──天国では絶えて見られぬ〈数多《あまた》の意志、数多の動き〉。

バシリカでの日々は、この孤島での最後の戦いの日々に匹敵するほど、おもしろかった」

「そのおもしろさの為《ため》に火梨が死んでもですか？」

「朕が火梨を生き返らせることができるとして、それがお前の正義と道理に適うのか？」

「そのおもしろさの為に土遠を殺してもですか？」

「それはまた別論じゃ。神の眼前で新たなる神になろうなど、お茶目が過ぎようぞ。

ましてや土遠は、己《おのれ》を騙《だま》し、偽りをもって新たなる神になろうとした。それもまた苦行しかもたらさぬ。他の誰でもない朕が断ずるゆえ誤り無い。朕の裁きは、むしろ救済じゃ」

「……陛下の深甚《しんじん》なるお考え、位階下賤《いかいげせん》なる臣《しん》には到底、理解できぬものではありますが。いずれにしろ。

〈大喪失〉の最後の戦いの折、終《つい》にこの孤島へ天国の門が下りた。天国の最後の門が」

「然り。我等を天国へと救う為《ため》。それは先帝陛下の聖旨《せいし》であった。かたじけないことよ」

「故に陛下は、最後にその天国の門をくぐり、最後に天国の門を閉ざした眷族となられた」

「然り」

「漏れ聴くところでは、たったのお独りで」

「然り」

「ならば、陛下がそこまで……そこまで愛《いつく》しまれたその結《むすび》さんは」

「既に知っておるはずじゃ。日香里もまたそれを教えたはず」

「……陛下が地獄へ送り返した」

「然り」

「けれど陛下は、〈例の本〉もまた地獄へ叩き墜とそうとはなさらなかった」

「然り」

「それは何故ですか？

私達の好奇心と選択肢のためと仰《おお》せなら、現物を天国に持ち込む必要は無いはずです。

それを、そのようなコピー用紙の紙束のままで。ボールペンでの手書きのままで。赤いペンでコメントを付したままで。無数の附箋《ふせん》を付したままで。

ましてそれを、天国からお家出なさる今に至っても、僭越《せんえつ》ながら後生大事《ごしょうだいじ》にかかえておられる。〈例の本〉の内容というよりも、〈例の本〉そのものがたからものであるかの様に」

私が初めて〈例の本〉を読んだのは、火梨が死んだその夜だった。

私はその後、蠅の少女こと木絵に襲われることになるけれど……

ともかく、私が初めて〈例の本〉を紐解《ひもと》いた夜。

だから結局、私が〈地霧さん〉と二名だけで実況見分をすることになった夜。

――私は地霧さんに強い既視感を感じた。幾万年また幾万年を生きてきて、ただの一度も邂逅《かいこう》したことのないはずの地霧さんに。バシリカ乗艦以降、まさにその瞬間になって、まるで古い古い友達のように地霧さんを愛しく思った。

(それはもちろん、〈例の本〉の登場者が地霧さんだったからだ。眼前の地霧さんに、書のなかの地霧さんを投影して、激しすぎる既視感に襲われた……)

言い換えれば。

(〈例の本〉の書き手は、それだけ地霧さんを強く、凛々《りり》しく、美しく描写している。

私が地霧さんを強く、凛々しく、美しく思うまるでそのままに。

だから〈例の本〉の書き手は、きっと、地霧さんのことを……

だから陛下も、今の今も、幾万年を経た今この瞬間も、きっとその娘《こ》のことを)

そして陛下は既にそれを御自白なさっている。我が愛する者の形見、という言葉で。

――天国の公用語が、日本語であることも。

私達バシリカの使徒の制服が、天国としては異様な、古式ゆかしい学生服であることも。

ひょっとしたら、私達バシリカの使徒が、結局は八名となったことも。

きっと陛下の、幾万年越しの思い出のよすがで、形見で……

そして、御覚悟なのだろう。

——幾万年越しの、恋。

だから陛下は家出を御決意なさった、この〈バシリカ〉によって。

地球へも、ひょっとしたら地獄へもゆけるであろう、この〈バシリカ〉によって。

誰も、誰も知らなかったそれがほんとうのバシリカ計画——

「重ねて陛下、お訊き致します。

陛下が、このたからものを持って天国を永遠にお捨てになる理由。それは何故ですか？」

「……ねえ月夜」

陛下の玉音《ぎょくおん》が、いきなり地霧さんの声にもどる。

「もう解っていることをそんなに訊きたがるなんて。あなたらしい執拗《しつよう》さで、あなたらしい好奇心ね？」

「うん地霧さん。だってそれって、地霧さんが教えてくれたことだもの。

私、地霧さんの愛弟子《まなでし》だから」

——その刹那《せつな》。

またもや一瞬の不思議な光が、私達の瞳《ひとみ》を灼《や》いて。

私達は真夏の渚、真夏の孤島、そして真夏の赤い向日葵畑《ひまわりばたけ》から……

〈バシリカ〉の艦橋に帰った。ううん、気付いたらそこにいた。

気付いたら、地霧さんは艦長席にしれっと座していて。

日香里、金奏、水緒、木絵そして私の五者が、依然、膝を折り平伏している。

ハッ、とお互いを、そして何もかもがすっかり出航前と一緒の美しい艦橋を見渡す私達。

「それ、もうやめて頂戴」地霧さんは立ち上がる。「私は帝《みかど》たるを辞めるから。そしてあの熱い夏を過ごした、ただの〈初《うい》〉に帰るから。自分の名前まで許されなかっただなんて、非道い幾万年だったと思いませんか、日香里さん？」

（ああ、いつもの……いつもの〈バシリカ〉の地霧さんだ……!!）

私の眼前の、私達と一緒の制服を纏《まと》っているその『少女』。

——月の雫《しずく》に濡《こ》れたような、純黒のロングロングストレート。

月の光から捏ね上げたような、とろけるほどなめらかで、物静かに艶《つや》めく肌。

かたちよい頰《ほお》と唇は桜か薔薇《ばら》か。いさぎよいぱっつん前髪は、甘やかでしかも力強い。

ましてその音楽のような四肢の、可憐で優美で、それでいて意志のしなやかさにあふれていることと言ったら!!

そう、だから私はまた感じるのだ。

（真の美を前にしたら、あとは虚脱あるのみだ……）

私はまだ立ち上がれない。

金奏も、水緒も、そして木絵も。

やっぱり艦長らしく立ち上がったのは、最後の義務感と責任感に燃える、ヒトの日香里だった。

「陛下」

「えっそれ違いますよね全然？」

「……ならば地霧、いや初《うい》。

初はきっと地球へ、そして必要ならば地獄へも行くんだね？」

「はい」

「それができるのはこの史上最強の戦艦〈バシリカ〉しかない」

「はい」

「たったひとりを追い求めて」

「はい」

「……初《うい》の決意は理解した。ただ僕にも、自分で自分に課した鎖がある」

「天国革命ですね？」

「それにはどうしてもこの〈バシリカ〉が、就中《なかんずく》その〈最終兵器〉が必要だ。

それにバシリカの使徒たる月夜、金奏、水緒、木絵の今後をも、キチンと考える必要がある。僕の遠い遠い記憶を遡《さかのぼ》れば初《うい》、帝《みかど》として即位する以前、君は超然的で突飛な性格をしてはいたが、身勝手で無責任ではなかった。まさかだ。さもなくば天国の門を最後に閉じるなどという、苛烈過酷《かれつかこく》で困難極まる使命など、最初から無視していたはずだ」

「すなわち？」

「今はヒトたる金奏、水緒、木絵の保護。

バシリカ唯一の使徒となった、月夜の処遇《しょぐう》。

そして君がアッサリ捨ててきた、天国の民三〇万。これについての初《うい》の意見を、聴きたい」

「私が日香里さんたちに命令をしても？」

「それこそ何を今更だ」

「ならば──

金奏、水緒、木絵。

あなたたちは、私と一緒に地球へいらっしゃい。

……私の力を以《もっ》てしても、私の指輪でヒトとなった者を、再び青い血にもどすことは無理。そして日香里さんが天国をどう革命しようとしても、少なくとも今のあなたたちは、天国においては奴隷＝木偶《でく》として取り扱われる以外に無い。ならばその赤い血の生涯を、あなたたちが学びそして憧れた、ヒトの世界で過ごしなさい。私からのささやかな贈り物として、ヒトの病に蝕《むしば》まれぬ肉体と、ヒトの老いを緩やかにしたそんな寿命を、あなたたちにあげる。というか、木偶《でく》になりたくないのならば、それ以外に選択肢は無いわ」

「うわっ、どうやら是非《ぜひ》も無いみたいですね……地球の警察官って、どんなのかな？」

「私は勅命にしたがいます。幾万年のあいだ、書物でしか知りえなかったヒトの社会を、この躯で実感しとうございます陛下」

「まあ〜、ヒトにはヒトのよろこびがあるしね〜、肉体があるから……やれるのさっ!!」

「そして日香里さん。

あなたには〈バシリカ〉第3デッキ警察施設をあげます。艦長としてよく御存知《ごぞんじ》のとおり、第3デッキ警察施設はまるごと〈バシリカ〉最大の救命艇・脱出艇になる。救命艇・脱出艇というからには、天国までの航海には耐えるでしょうし、さもなくば私がどうとでもします。どのみち日香里さんは天国へ帰れる。そこで御自分の為《な》すべきことを為されればよい。私はそれを地球か地獄で応援しています」

「極めて有難い言葉だが初《うい》、今の僕はただのヒトだ。まさか超常の力など無い。まして救命艇・脱出艇に〈最終兵器〉は無いよ。ヒトの僕が、徒手空拳《としゅくうけん》で天国まで流れ着いたとして、天国革命なんかできるはずもなし」

「――あら意外」

「なんだって？」

「先刻、ちょっとカチンと来ましたが、まあそれは上官の御言葉《おことば》ゆえ聴き流すとして――

私、超然的で突飛な性格をしているようですが、身勝手で無責任ではありません」

「……すなわち？」

「私が譲位《じょうい》をするその仲間は、もう決まっていますから。

すなわち今、新たなる、そして第三代目の神が生まれますから。

私が絶対者たるの力をすべて委譲《いじょう》する、私より若くやさしい神が生まれますから。

私なんかより、ずっとずっと……

その神は、きっと天国の民も木偶《でく》もヒトも、しあわせにしてくれることでしょう。

私と違って、旧世代とのしがらみも無し。四の五の言うなら、纏《まと》めて頭を叩き壊してしまえばよし。

使えないのは指輪だけ。物理的にブッ殺すのなら幾らでもできる。

そう、私なんかより、ずっとずっと決意ある神ならば……

ねえ月夜、そうでしょう？」

……恐ろしい予感どおりだ。

ヒトに絶対者の力が譲れないのなら、譲位の先は今、ただの一名に締《しぼ》られるから。

そして私には天国の民も木偶《でく》もヒトも、もちろん日香里も無下《むげ》にできやしない。

それは私が、ずっとずっと自分の頭で考えて、自分の言葉として紡《つむ》いできたことだ。

詰まる所。

――地霧さんは、確信犯だ。

そして私が硬直している内に。

私の眼前に美しく立った地霧さんは。

いつかのように、私の前髪をそっと上げつつ。

私の瞳を、じっとじっと見詰めながら――

私の唇に、ゆっくりとキスをする。

もちろん、私は瞳を閉じてしまう。

そして瞳を閉じたとき。

地霧さんの唇を、私の唇に感じたとき。

私は、たったひとつの謎を残し、全てを理解した。

私は、たったひとつの例外を残し、全てになった。

私は最初にして最後になった。

私はこのとき月夜でなくなり……

だから知った、私だけが知った、一瞬で知った、地霧さんの最後の、ほんとうの言葉を。

神たることも、天国の今後もどうだっていい
ヒトの魂だの、真善美だのもどうだっていい
いつまで神に甘えているの？
私にもやりたいことがある
永遠の命とか、永遠の春とか、もう冗談じゃないわ
私が元々好きなのは、酷暑《こくしょ》の夏の瑠璃《るり》の海なのよ？
幾万年、おとなしくいい子で我慢してきたと思っているの？

胸の騒ぎ立つ、あの懐かしい香り
愛するものの、生きている姿をこそ
私の唇は求めてやまない

愛するものよ、生きていて
それが私の最後の願い
たったひとつの、ほんとうの気持ち

そう
全ては私の我《わ》が儘《まま》に端《たん》を発している
その為《ため》になら、地獄へだってゆく
道が無いなら舟を出す
それが必要なら地獄とて征服する
畢竟《ひっきょう》それが〈バシリカ〉でそれだけよ
だから私は旅に出る、さようなら

[もう、無茶苦茶だよ……自分の色恋沙汰《いろこいざた》で、世界まで見捨てるだなんて]

あっは、私は私に正直に生きると決めた
もし神が、真に絶対者だというのなら
神の業《ごう》、神の我意《がい》、神の妄執《もうしゅう》のはてなさをその瞳《め》に灼《や》きつけるがいい

……ただね、とてもおもしろかったわ、月夜
あなたのこと、私にしては、かなり好きだった
あなたの髪と瞳が、もう少しだけ黒かったなら、私あなたと行ったかも

だから私が、もし永劫《えいごう》の果て、まだ生きていたのなら
地球か地獄に会いにきて
そしてもう一度、唇を重ねることができたなら
絶対にあなたにあげはしない、あの物語の残り四分の一弱を教えるわ、あっは
それまで、おたがいが愛するものの為《ため》に……
だからさようなら月夜、私の月夜、この唇と舌のこと、私忘れない
それもまた、地獄を生きる物語として語り継がれるかも知れないわ

がんばって
さようなら

［それもひどい、解決編だけを……今更何を恥ずかしがっているの、この神!!
絶対にもう一度会って、裁いてやるんだから!!］
かくて、神はあっけなく私達を捨て。
そして私は神となった。
永劫の果て。
もし地霧さんと、また邂逅《かいこう》することができたなら。
……ううん、その日の為《ため》に。
私は私の為すべきことを。
そう決意した、私が――
ほんの一瞬思い出した、あの夏の光は強靭《きょうじん》だった。

ω

「どうして……どうして初、ここまで」

「私あのとき誓ったはずよ。あなたのことを忘れないと」

「神様まで辞めちゃって!!」

「私は私の神様を捜しにきたの、結。

それで、すべてよし」

※この作品は書下ろしです。
※この作品はフィクションであり、実在の団体等とはいっさい関係がありません。

古野まほろ（ふるの・まほろ）

東京大学法学部卒業。リヨン第三大学法学部修士課程修了。学位授与機構より学士（文学）。警察庁Ｉ種警察官として警察署、警察本部、海外、警察庁等で勤務し、警察大学校主任教授にて退官。2007年、『天帝のはしたなき果実』で第35回メフィスト賞を受賞し、デビュー。有栖川有栖・綾辻行人両氏に師事。近著に『新任警視』、『オニキス　―公爵令嬢刑事　西有栖宮綾子―』シリーズ、『警察の階級』、『警察官の出世と人事』、『叶うならば殺してほしい ハイイロノツバサ』などがある。

征服少女《せいふくしょうじょ》　AXIS girls《アクシスガールズ》

2021年７月30日　初版１刷発行

著　者　古野《ふるの》まほろ
発行者　鈴木広和
発行所　株式会社 光文社
〒112-8011　東京都文京区音羽1-16-6
電話　編　集　部　03-5395-8254
　　　書籍販売部　03-5395-8116
　　　業　務　部　03-5395-8125
URL　光　文　社　https://www.kobunsha.com/

組　版　萩原印刷
印刷所　新藤慶昌堂
製本所　ナショナル製本

落丁・乱丁本は業務部へご連絡くだされば、お取り替えいたします。

ISBN978-4-334-91414-1